Zum Buch:

Eigentlich ist Ansgar als erstgeborener Sohn der Erbe von Burg Ravenstein. Doch nach einem politischen Streit mit seinem Vater hat dieser ihn ins Kloster verbannt und seinen jüngeren Bruder zum Erben ernannt. Dem Leben im Kloster kann Ansgar rein gar nichts abgewinnen. Erst als er erfährt, dass immer wieder junge Frauen aus den umliegenden Siedlungen verschwinden, und er die Aufgabe erhält, diesbezüglich Nachforschungen anzustellen, bekommt das Klosterleben einen Sinn. Die junge Laya soll ihn bei seinen Ausflügen begleiten und unterstützen, doch statt Antworten tun sich immer weitere Fragen auf. Auch dass Laya ihm etwas zu verschweigen scheint, macht seinen Auftrag nicht einfacher.

Zur Autorin:

Manuela Schörghofer ist durch und durch Rheinländerin und macht ihre Heimat deshalb gerne zum Schauplatz ihrer Geschichten. Ihre Passion ist schon seit Kindertagen das Schreiben von Erzählungen aus vergangenen Zeiten

Lieferbare Titel:

Die Klosterbraut
Die Sündenbraut
Das Spiel der Ketzerin
Das Gelübde der vergessenen Tochter
Das Heiligtum und die vergessene Tochter

Manuela Schörghofer

Das Gelübde der vergessenen Tochter

Roman

HarperCollins

3. Auflage 2025
Originalausgabe

Valentinskamp 24 · 20354 Hamburg
info@harpercollins.de
Vermittelt durch die Literaturagentur Kai Gathemann
Umschlaggestaltung von zero-media.net, München
Umschlagabbildung von INTERFOTO / Sammlung Rauch,
Kiselev Andrey Valerevich / Shutterstock
sowie Kiselev Andrey Valerevich / Shutterstock
Umschlaggestaltung innen: Vinzenz Schörghofer
Gesetzt aus der Stempel Garamond
von GGP Media GmbH, Pößneck
Druck und Bindung von CPI books GmbH, Leck
Printed in Germany
ISBN 978-3-365-00098-4
www.harpercollins.de

Druckprodukt mit finanziellem
Klimabeitrag
ClimatePartner.com/15109-2009-1001

MIX
Papier
FSC FSC® C083411

Verzeichnis der Personen

Historische Persönlichkeiten
sind mit einem * gekennzeichnet

Prämonstratenser Doppelkloster Tannhöhe

Almut, Leiterin des Infirmariums

Ansgar, einfaches Ordensmitglied

Claudius, Leiter des Infirmariums

Eberhard, Pförtner

Elise, Wäscherin

Elmar, Abt

Frodewin, handwerklich geschicktes Ordensmitglied

Gebhard, Cellerar

Gisela, Köchin

Gundula, einfache Schwester

Hilda, Gast im Kloster

Laya, Dienerin

Luise, Küchenmagd

Notburga, älteste Schwester

Philippa von Berg, Magistra

Familie von Ravenstein

Bruno, Grundherr auf Ravenstein

Dietlind, seine Mutter

Hermann und Ulrich, Waffenknechte

Markwart von Ravenstein, Dietlinds verstorbener Gemahl

Mathilde, Dietlinds persönliche Dienerin

Odo von Halltau, Bischof und Bruder von Dietlind

Bewohner von Buchingen

Adele, Layas älteste Schwester

Annelie, Layas jüngste Schwester

Folkert von Buchingen, freier Bauer, Layas Vater

Hans, Layas jüngster Bruder

Heinrich von Buchingen, Dorfschulze

Julian, Layas Freund

Michel, Sohn des Dorfschulzen

Pater Hildebrecht, Dorfpriester

Ruthild, Julians Mutter

Tom, Layas ältester Bruder

Sonstige Personen

Balduin, Müller am Glambach

Gernot von Mettenheim, Hildas Vater

Hanno von Gladen, Tuchhändler

*Heinrich, genannt „der Stolze“, Herzog von Bayern und Sachsen (1102/1108–20.10.1139)

Julius, Ziehsohn des Müllers

*Konrad III. von Hohenstaufen, König (1093/94–15.02.1152)

*Lothar III. von Supplinburg, Kaiser (vor 09.06.1075–03.12.1137)

*Norbert von Xanten, Gründer der Prämonstratenser und Erzbischof von Magdeburg (1080/1085–06.06.1134)

Orts- und Flussbezeichnungen, damals und heute

Balermus	Palermo
Coellen	Köln
Curia	Chur
Lindoua	Lindau
Nordhovun	Nordhofen, heute in Sonthofen aufgegangen
Sunthovun	Sonthofen

Glossar

Allmende: Gemeinschaftsbesitz abseits der aufgeteilten landwirtschaftlichen Nutzfläche

Altfreie: Bauern, denen ihr Land gehörte und die es neben ihrem Status an die nächste Generation vererbten

Au(e): weibliches Schaf

Bergfieberwurzel: gelber Enzian

Bruoch: eine Art Unterhose, an der die Beinlinge befestigt werden

Buhlin: Geliebte

Cellerar: Kellermeister

Epiphanias: wörtl. Erscheinung des Herrn, Dreikönigstag

Dorfschulze: Gemeindevorsteher

Dormitorium: Schlafsaal

Gebände: Kopfbedeckung für verheiratete Frauen

Gurde: Trinkbehälter aus einem Flaschenkürbis

Holler: Holunder

Hornung: Februar

Hübschlerin: Hure

Infirmarium: Krankensaal

Kienspan: harzhaltiger Holzspan, überwiegend aus Kiefer

Komplet: Gebet zur Abendstunde

Lenzmond: März

Maulaffen: kopfförmige Halterungen, in deren aufgesperrten Mündern der Kienspan steckte

Metze: Hure

Munt: Vormundschaft

Ostermond: April

Rise: schleierähnliches Kopftuch, das Wangen, Kinn und Hals bedeckte und am Gebände oder im Haar befestigt wurde

Schapel: reifenförmiger Kopfschmuck aus Metall, Blumen oder Bändern

Sölde: Haus und Grund eines Kleinbauern (Söldner), der sich als Tagelöhner oder Handwerker zusätzlich seinen Lebensunterhalt gegen Sold verdienen musste

Unschlittkerze: Kerze aus Talg, das meist aus Rinder- oder Hammelfett gewonnen wurde

Wintermond: Januar

Zaupelschaf: eine im MA weit verbreitete genügsame Rasse mit grober Wolle. Zaupel stammt aus dem Bayerischen für läufige Hündin. Heute gilt die Rasse als ausgestorben. Aber es gibt erfolgreiche „Rückzüchtungen" mit dem bayerischen Waldschaf und Zaupelschafen, die durch Auswanderer nach Osteuropa ausgeführt wurden.

Zingulum: Gürtel

1. Kapitel

Bayerische Alpen, 10. Dezember 1137

Ihr Atem formte kleine Wolken in der frischen Winterluft, als sie sich mühsam bergauf schleppte. *Nicht denken, außer an den nächsten Schritt.* Ihre aufgeplatzten Lippen brannten, wo sie der Faustschlag getroffen hatte. Ihr Gewand war verdreckt und eingerissen. Sie ignorierte den scharfen Schmerz in ihrem Unterleib und das Pochen in ihrem Hinterkopf. Dass sie während des Kampfes gestürzt und schmerzhaft auf einem Stein aufgekommen war, hatte ihr vermutlich das Leben gerettet. Sie hatte kurz das Bewusstsein verloren und ihr Blut den felsigen Untergrund dunkel gefärbt. Ihre Angreifer mussten davon überzeugt sein, dass sie tot war.

Es begann zu schneien. Die zarten Flocken deckten ihre Spuren zu. Das war gut. Falls jemand nach ihren sterblichen Überresten suchte, musste er annehmen, dass die Wölfe, deren Lied in der Ferne zu hören war, sich über ihren Körper hergemacht und ihn verschleppt hatten.

Das bittere Lächeln, das ihre Lippen verzog, sandte erneut eine Schmerzwelle durch sie hindurch. Nur weiter, Stück für Stück, einen Fuß vor den anderen setzen.

Sie wusste nicht, wer die Männer gewesen waren, die sie und Julian überfallen hatten. Kurz schloss sie die Augen, als die Erinnerung an Julians Lächeln sie überkam. Es hatte sie von Beginn an in ihren Bann gezogen. Jetzt würde sie es nie wieder sehen.

Tränen stiegen in ihr auf. Sie trat aus dem Wald heraus, einem lichten Gehölz aus dürren Tannen, das diese Bezeichnung kaum verdiente, und zog den vom Schnee durchnässten Umhang fester um sich. Er schützte sie nicht, weder vor dem Wind, der sie nun mit voller Wucht traf, noch vor der Kälte in ihrem Inneren.

Das Licht, das ohnehin kaum den Weg durch die Wolken fand, wurde immer schwächer. Bald würde sich die Dunkelheit über das Gebirge senken.

Sie biss die Zähne zusammen, als ein Stein unter ihrer Schuhsohle wegrutschte und sie auf die Knie fiel. Den Schmerz der frischen Schürfwunden spürte sie kaum, stemmte sich keuchend hoch und taumelte weiter.

Sie wollte leben – für Julians Kind, das sie wahrscheinlich unter dem Herzen trug. Noch war es zu früh, um ganz sicher zu sein. Aber dieses Kind war der Grund, weshalb sie sich ihrem Vater widersetzt hatte und Julian gefolgt war. Julian, dessen blaue Augen leer in den Winterhimmel gestarrt hatten, nachdem das Messer der Angreifer sein Herz durchbohrt hatte.

Ihre Kehle verengte sich und hielt den Schrei gefangen. Nur ein leises Wimmern war zu hören. Sie strauchelte, griff Halt suchend an die Felswand, fühlte, wie zwei Fingernägel abbrachen. Stöhnend hielt sie inne.

Durch das dichter werdende Schneetreiben konnte sie schemenhaft die Umrisse ihres Ziels erkennen. Sie hoffte, im Kloster Tannhöhe ein Nachtlager zu bekommen. Morgen musste sie überlegen, wohin sie sich wenden konnte. Vielleicht wussten die Frauen im Kloster Rat und würden ihr helfen. Nur ihren Namen und ihre Herkunft durften sie nicht erfahren. Die Ordensschwestern würden wohl kaum Verständnis für sie aufbringen, sie womöglich direkt zurück zu ihrem Vater schicken.

Mit vor Kälte zitternden Fingern strich sie sich eine der dunkelroten Strähnen hinters Ohr, die sich aus ihrem Zopf gelöst hatte.

Vor ihr spannte sich eine schmale Seilbrücke über die Schlucht, die sie von der Klosterpforte trennte. Die Abtei lag auf einem Plateau und von den Gebäuden lugten nur die Dächer über die Befestigungsanlage aus angespitzten Tannenpfählen, die mehr dem Sichtschutz als der Abwehr von Angreifern diente.

Einzig der Kirchturm erhob sich über dem Anwesen. Das Kreuz an dessen Spitze trotzte dem Wind und erweckte den Eindruck, als könne es die vorbeitreibenden Wolken aufhalten.

Sie lehnte sich gegen den Pfosten, betrachtete misstrauisch die schwankenden Planken, die mit einer dünnen Schneeschicht überzogen waren. Es half nichts. Wenn sie überleben wollte, dann führte der Weg nur über diese Brücke.

Mit beiden Händen ergriff sie das rechte Seil und setzte tastend die Schuhspitze auf das erste Brett. Es knirschte leise, hielt ihrem Gewicht jedoch stand. Den Blick fest auf das nächste Holz geheftet, setzte sie einen Fuß vor den anderen. Nur nicht nach unten sehen, in dieses dunkle Nichts, das sich durch die tanzenden Schneeflocken erahnen ließ. Die Fasern des Hanfseils stachen in ihre Handflächen. Doch es vermittelte ihr ein tröstliches Gefühl der Sicherheit.

Sie hatte etwa die Hälfte der Brücke hinter sich gebracht, als eine Böe so heftig an ihr zerrte, dass sie das Gleichgewicht verlor. Ihr linker Fuß rutschte zwischen zwei Planken hindurch. Sie stürzte auf die Bretter und ihre Wade wurde eingeklemmt.

Panische Angst schoss durch ihre Glieder und vertrieb für einen Augenblick die Erschöpfung. Sie klammerte sich fest an das Seil und bot ihre ganze Kraft auf, um sich wieder aufzurichten und sicheren Halt zu finden. Als sie den Fuß durch die Lücke zwischen den Planken zurückzog, löste sich ihr Schuh, und sie musste hilflos zusehen, wie er gemeinsam mit den wirbelnden Schneeflocken in der Dunkelheit des Abgrunds verschwand. Hatte sie zuvor geglaubt, ihre Zehen könnten nicht kälter werden, wurde sie eines Besseren belehrt, als sie den nackten Fuß auf das nächste Brett setzte. Sie biss die Zähne zusammen und hob das Kinn an. Sie würde diese Brücke bezwingen!

Langsam überwand sie Planke für Planke. Unter Aufbietung ihrer letzten Kräfte erreichte sie erschöpft ihr Ziel. Ihren linken Fuß spürte sie nicht mehr, als sie an das Tor klopfte. Sie konnte das Geräusch ihrer Fingerknöchel selbst kaum wahrnehmen – so würde sie niemand hören.

Sie sah sich verzweifelt um und entdeckte wenige Schritte entfernt einen faustgroßen Stein. Sie hob ihn auf und schlug damit gegen das Holz.

»Hört mich jemand? Ich brauche Hilfe!« Auch ihre Stimme klang schwach, doch sie hämmerte weiter.

Es dauerte ein wenig, bis sie schlurfende Schritte vernahm. Eine Klappe wurde geöffnet und der Kopf eines alten Mannes, die weiße Kapuze tief ins Gesicht gezogen, erschien in der Öffnung.

»Was willst du?«, brummte er.

»Helft mir, ich bin verletzt.«

Jetzt, am Ziel, verließen sie die Kräfte. Ihre Stimme war nicht mehr als ein Flüstern.

»Wir haben wahrlich schon genug Weiber hier«, erwiderte der Alte und schlug die Klappe zu.

Wer auch immer sie überfallen hatte, er hatte gewonnen. Sie würde hier vor der Klosterpforte sterben. Sie hatte den falschen Weg gewählt und hätte besser versucht, ins nächste Tal zu gelangen, um dort Obdach zu finden. Nun war es zu spät.

In einem letzten Aufbäumen donnerte sie den Stein erneut gegen die Pforte. »Nennt Ihr das Barmherzigkeit?«, stieß sie hervor. »Mein Tod lastet auf Eurer Seele, und der Herr wird Euch dafür büßen lassen.«

Ein scharfer Schmerz durchzuckte ihren Bauch. Sie krümmte sich und spürte, wie das Blut warm zwischen ihren Schenkeln hinunterlief. Sie ahnte, dass ihr Kind sie nicht ins Himmelreich begleiten würde.

Das letzte Fünkchen Hoffnung verlor sich im Schneetreiben vor dem geschlossenen Tor. Sie rollte sich zusammen und zog die Beine an. Das Leben blutete aus ihr heraus und sie wusste, ihr Tod würde schnell und schmerzlos kommen. Beinahe dankbar begrüßte sie die Dunkelheit, die sie nun umfing.

***

Er wickelte sich eine ihrer hellroten Locken um den Zeigefinger, zog kurz daran und sah fasziniert zu, wie sie sich wieder entrollte. Das halb nackte Mädchen, das sich mit beiden Händen an der Mauer abstützte, zuckte nicht einmal zusammen.

Mit den Fingerkuppen fuhr er beinahe zärtlich über die roten Striemen, die seine Peitsche auf ihrem Rücken hinterlassen hatte. Stellenweise waren sie aufgeplatzt und ein wenig Blut war hervorgequollen. Auf ewig würde sie seine Spuren auf der zuvor makellosen Haut tragen.

Jetzt, wo er sein Vergnügen und den oft kaum zu bezähmenden Drang zu quälen an ihr gestillt hatte, fühlte er sich befreit. Er trat einen Schritt zurück und ließ die Peitsche neben sich ins Stroh fallen. Das Mädchen löste die Hände von der Wand und drehte sich zu ihm um. Die getrockneten Tränenspuren auf ihren Wangen bezeugten den ihr zugefügten Schmerz und die blutigen Streifen auf ihrem Rücken seine Unbeherrschtheit. Wie immer würde auch diesmal nach einer kurzen Phase der Genugtuung die Reue und das Gefühl des Mitleids für das Mädchen einsetzen.

Ihre grauen Augen blitzten ihn zornig an. »Ja mei, so hob i ma unsa Obmachung ned vorgstäit. I häd ned dachd, dass Ihr so fest zuschlogn würdet. Hoffentlich seh i Eich nie wieda.«

Sie war stark. Nicht jede Frau hätte es gewagt, so mit ihm zu sprechen. Erst recht nicht, nachdem er so mit ihr umgegangen war. Die breite Aussprache in dem hiesigen Dialekt verriet, dass sie aus einfachen Verhältnissen stammte – wie all seine Gefährtinnen für eine Nacht.

Ja, mit ihr war er fertig. Nächstes Mal würde eine andere Schönheit ihm zu Willen sein.

»Du wirst mich niemals wiedersehen. Deinen Teil des Handels hast du erfüllt«, antwortete er und trat einen weiteren Schritt zurück.

Das Mädchen sah sich um. Wortlos deutete er auf einen Eimer mit kaltem Wasser, der neben dem Feuer stand. Er sah zu, wie sie den Lappen vom Rand nahm, ihn hineintunkte und sich notdürftig das Blut abwischte, soweit sie es am Rücken erreichte.

Wie erwartet stieg Bedauern in ihm auf. Mit einem Knurren nahm er ihr den Lappen aus der Hand und reinigte sie. Er spürte, wie sie sich kurz sträubte, die sanfte Behandlung dann aber zuließ.

Seine Gespielinnen schienen immer jünger zu werden. Diese hier stand gerade mal an der Schwelle zum Erwachsenwerden. Er unterdrückte ein Seufzen. Es wurde zunehmend schwieriger, junge Frauen zu finden, die seinen Ansprüchen genügten. Ihr Haar war nicht annähernd so dunkelrot, wie er es bevorzugte.

Das Mädchen streifte sich eine fleckige Cotte und die dunkle Tunika über, die es getragen hatte, als es vor wenigen Stunden den Raum betreten hatte. Sie zischte kurz, als der raue Stoff über ihren verletzten Rücken glitt.

»Wo is des Geld, des Ihr ma vasprochn hobt? I hoff, Ihr hobt no wos draufglegt.«

Sein Lächeln war beinahe sanft, als er antwortete: »Du wirst viel mehr erhalten, als du dir vorstellen kannst. Geh jetzt. Mein Knecht wartet draußen auf dich und wird dich für deine Dienste reichlich entlohnen.«

***

Sie hob flatternd die Lider. Durch die mit Öl getränkten Tierhäute vor den Fensteröffnungen fiel nur wenig Licht herein. Der Schein einer Talglampe leuchtete ihr direkt in die Augen. Leise stöhnend wandte sie den Kopf zur Seite. Ihr Blick fiel auf ein rundes, freundliches Gesicht, übersät mit Sommersprossen, das sich über sie beugte. Die klaren blauen Augen strahlten sie an. Der Engel war ganz in Weiß gekleidet und sein Haar von einem weißen Schleier bedeckt.

»Wen haben wir denn da?«, fragte das Wesen.

Ein Engel konnte es nicht sein, der hätte sie doch erkennen müssen. Sie schluckte, öffnete den Mund, doch ihr Hals war zu trocken. Sie brachte keinen Ton heraus.

Der falsche Engel nickte verstehend und hielt ihr einen Becher an die spröden Lippen. Wohltuend rann der heiße Tee, der nach Salbei und Baldrian schmeckte, ihre Kehle hinab.

»Du hast uns einen ganz schönen Schrecken eingejagt«, fuhr die sanfte Stimme fort. »Wie heißt du und was ist dir zugestoßen?«

Sie zuckte hilflos mit den Schultern. Offenbar hatte der Pförtner es sich anders überlegt und sie doch hinter die Klostermauern geholt. Aber ihren Namen und ihre Geschichte durfte niemand erfahren.

»Wo … wer …?«, brachte sie unter Anstrengung hervor.

»Du bist im Kloster Tannhöhe. Ich bin Gunthild, aber alle

nennen mich Hilda. Kannst du dich an deinen Namen erinnern?«

Sie schüttelte nur sacht den Kopf, als würde die Lüge dadurch weniger schwer wiegen.

»Der Pförtner hat dich halb erfroren vor dem Tor gefunden.« Hilda beobachtete sie wach und aufmerksam.

»Wie lange bin ich hier?«, krächzte sie, um Zeit zu gewinnen. Vielleicht war sie immer noch in Gefahr.

»Zwei Tage. Du hast geschlafen wie ein Murmeltier. Wir haben uns alle Sorgen gemacht. Jetzt, wo du wach bist, werde ich die Magistra holen.«

Der Schreck fuhr ihr heiß durch die Glieder. Sie sah Hilda verständnislos an. Was, wenn es hier doch jemanden gab, der sie erkannte? Sie versuchte, sich selbst zu beruhigen. Soweit sie wusste, musste ihr Dorf keine Abgaben an das Kloster zahlen. Es gab also keine Verbindungen zwischen ihnen. Insofern konnte es nur mit dem Teufel zugehen, wenn sie ihre Herkunft herausfänden.

Hilda griff nach ihrer Hand und drückte sie kurz. »Du musst dich nicht sorgen. Die Magistra ist eine wundervolle Frau. Sie wird sich schützend vor dich stellen, was immer dir auch zugestoßen sein mag. Hier bist du in Sicherheit.«

Die gut gemeinten Worte beruhigten sie nicht. Sobald ihr Vater dahinterkäme, dass sie noch lebte, würde sie niemals in Sicherheit sein. Sie hatten sich im Streit getrennt, und nur er konnte es gewesen sein, der die Männer auf ihre Fährte gesetzt hatte. Offenbar wollte er lieber ihren Tod, als dass sie sich mit einem Mann verband, der ihm nicht genehm war.

»Sieh an, unser Findelkind ist aufgewacht. Hilda, lauf zur Magistra, während ich versuche, unser Vögelchen zu füttern.«

Eine Frau mittleren Alters lächelte sie an. Sie war gekleidet wie Hilda, allerdings bestand ihr Schleier aus einem schwarzen Tuch. Entsetzt starrte sie der Frau ins Gesicht. Die Nasenspitze war verstümmelt, ebenso fehlte der untere Teil der linken Ohrmuschel.

»Die Arme kann sich an nichts mehr erinnern«, erklärte Hilda der anderen mitleidig. »Das hier ist Schwester Almut. Sie kümmert sich um die kranken Frauen.« Hilda erhob sich und sah sie aufmunternd an. »Ich bin gleich mit der Magistra zurück.«

Die junge Frau senkte verlegen den Blick auf die braune Wolldecke, die sie wärmte. Es war ihr peinlich, die missgestaltete Frau angestarrt zu haben. Sie musste sehr Schlimmes erlebt haben.

Deren Hand legte sich fest auf ihre und drückte sie kurz. »Mach dir keine Gedanken. Ich bin es gewohnt, dass die Menschen bei meinem Anblick erschaudern.«

Schwester Almut lächelte immer noch. Sie bückte sich neben das einfache Bett und hob eine Holzschüssel auf, in der ein Löffel steckte. Doch als diese sie füttern wollte, schüttelte das Mädchen den Kopf.

»Danke, aber ich brauche keine Hilfe.«

»Wie du meinst.« Sie drückte ihr die Schüssel in die Hände, blieb jedoch auf der Bettkante sitzen. »Du hast großes Glück gehabt, dass du noch lebst.«

Schwester Almut blickte sie durchdringend an. Schnell schob sie sich einen Löffel voll Getreidebrei in den Mund, um nicht antworten zu müssen. Der Brei schmeckte ebenso fade wie zu Hause, nur dass hier die Portion ein wenig größer war.

»Du bist zäh«, stellte die Frau fest. »Du wirst darüber hinwegkommen, was dir angetan wurde.«

Auf ihren erschrockenen Blick hin fuhr Schwester Almut fort: »Ich leite hier das Infirmarium und habe schon einiges in meinem Leben gesehen. Du hast dir deine Verletzungen nicht selbst beigebracht. Außerdem vermute ich, dass du ein Kind erwartet hast. Das kann aber nicht erst vor zwei Tagen in dir herangewachsen sein. Es stammte also nicht von denjenigen, die dich überfallen haben. Auch wenn das nicht heißen soll, dass dir nicht auch in dieser Hinsicht Gewalt angetan wurde.«

Sie biss sich auf die Unterlippe, bemüht, die aufsteigenden Tränen zu unterdrücken. Sie hatte das Letzte verloren, was ihr von Julian geblieben war. Sie aß einen weiteren Löffel voll Brei und schwieg.

Schwester Almut seufzte. »Wie dem auch sei, über dein weiteres Schicksal entscheidet die Magistra. Ach, da kommt sie gerade.«

Es waren deutlich sich nähernde Schritte zu hören. Der Vorhang, der das Infirmarium gegen den dahinter liegenden Raum abschirmte, wurde zurückgeschlagen. Hilda hielt ihn beiseite und die Magistra von Tannhöhe trat forschen Schrittes an ihr vorbei in den Raum. Sie nickte Schwester Almut kurz zu, ehe sie neben der Bettstatt der Kranken stehen blieb. Auch sie trug einen Habit aus weißer Schafwolle mit dunklem Schleier. Der Blick ihrer fast schwarzen Augen in dem schmalen Gesicht war unergründlich.

»Wie heißt du?« Ihre Zungenspitze schlug beim Sprechen leicht gegen die Zähne, sodass es klang, als würde sie ein wenig zischen. Wie die anderen erntete auch sie nur ein hilfloses Achselzucken.

»Bist du unserer Sprache mächtig?«

»Bin ich.«

»Gut, wenn du dich an nichts erinnern kannst, brauchst du zunächst einmal einen Namen. Irgendwie müssen wir dich ja rufen. Lass mich kurz überlegen.« Die Magistra runzelte die Stirn. »Du bist vor zwei Tagen hier aufgetaucht, das war der 10. Tag des Christmonats, an dem wir die Heilige Eulalia verehren. Das ist ein guter Name für dich.«

Sie schüttelte entschieden den Kopf und trank erneut einen Schluck von dem Tee. »So möchte ich nicht heißen.« Die ältere Frau hob ob der aufmüpfigen Antwort eine ihrer dunklen Augenbrauen.

»Magistra, darf ich etwas sagen?«, warf Hilda ein.

Auch ihr warf die Magistra einen tadelnden Blick zu. »Hast du das nicht gerade getan?«

Doch Hilda ließ sich nicht beirren. »Die Heilige Eulalia wird auch Laya genannt. Vielleicht würde der Name besser zu ihr passen.«

»Laya gefällt mir«, warf die Verletzte schnell ein.

»Dann wäre das geklärt«, stellte die Magistra zufrieden fest, ehe sich ihr Gesichtsausdruck verdüsterte. »Weißt du noch, wie du hierhergekommen bist?«

»Ich kann mich nur erinnern, dass ich mich bis ans Tor schleppte und klopfte. Der Pförtner wies mich zunächst ab, als ich um Hilfe bat.«

Die Magistra wirkte überrascht. »Was geschah dann?«

»Er schloss die Luke. Ich war verzweifelt und schrie in meiner Angst, Gott würde ihn für meinen Tod zur Rechenschaft ziehen. Dann verlor ich das Bewusstsein.«

Laya sah der Magistra ihren Zorn an der zitternden Nasenspitze an, die ein wenig nach oben gebogen war. In ihre Augen trat ein wütendes Funkeln, und sie atmete zweimal tief durch, ehe sie scheinbar gelassen antwortete: »Zum Glück für dich hat er sich besonnen. Die Männer hier sind schon etwas eigenartig. Du wirst jedoch kaum welchen begegnen, obwohl es sich bei Tannhöhe um ein Doppelkloster handelt. Jetzt ruhe dich noch ein wenig aus. Ich erwarte dich morgen nach der Kapitelversammlung in meinem Sprechzimmer. Dann werde ich dir mitteilen, wie es mit dir weitergeht.«

Die Magistra winkte Schwester Almut ihr zu folgen und verließ den Raum.

Hilda ließ ihren Blick verstohlen über die drei anderen, momentan leeren Lager streifen und lauschte, als wollte sie sichergehen, dass sie jetzt mit Laya allein war. Sie ließ sich auf der Kante der schmalen Bettstatt nieder und flüsterte: »Ist es wahr, dass du mit Bruder Eberhard gesprochen hast?«

»Falls du den Bruder von der Pforte meinst, so war unser Gespräch recht einseitig.« Laya führte einen weiteren Löffel Brei zum Mund.

Hilda beugte sich ein wenig vor. »Was glaubst du, weshalb die Magistra so zornig wurde? Sie kann den Alten ohnehin nicht leiden, und jetzt ertappt sie ihn bei einer so dreisten Lüge. Er hat nämlich behauptet, ein Geräusch vor dem Tor, das wie ein leidvolles Stöhnen klang, habe ihn dazu gebracht nachzusehen. Als er dich dort im Schnee liegen sah, erinnerte er sich an die Karitas und ließ dich hereintragen.«

»Karitas?«, wiederholte Laya verständnislos.

»Die helfende Liebe, eine der christlichen Tugenden neben Glaube und Hoffnung.«

»Du meinst Barmherzigkeit?«

Hilda nickte. »Die gehört auch dazu.«

Layas Lippen wurden schmal. »Wie gut, dass ich Bruder Eberhard daran erinnert habe. Er hatte es glatt vergessen. Bevor ich ihm mit dem Verlust seines Seelenheils gedroht hatte, habe ich ihn gefragt, ob er es barmherzig nennen würde, eine Hilfe suchende Frau abzuweisen und sie dem sicheren Tod auszusetzen.«

Hilda schmunzelte. »Damit hast du dir seine lebenslange Feindschaft zugezogen. Aber mach dir nichts draus. Er gehört zu den Männern hier, die eine Frau schon deshalb hassen, weil sie eine ist.«

»Die Magistra meinte eben, ich würde kaum einen der Männer sehen. Aber wie kann das sein, wenn sie doch auch hier leben?«, fragte Laya neugierig. In ihrem Dorf wurde allerlei erzählt und Vermutungen angestellt, wie Männer und Frauen miteinander umgingen. Teils war von unzüchtigen Gelagen die Rede. Es sollte sogar einen geheimen Acker geben, auf dem heimlich, um die Schande zu vertuschen, alle Neugeborenen verscharrt wurden, die niemals das Licht der Welt hätten erblicken sollen.

Der Winter in den Bergen war lang, und die Menschen vertrieben sich die Abende regelmäßig mit dem Austausch von Geschichten.

Das schien auch Hilda zu wissen. Jedenfalls verblasste das Grinsen und sie sah Laya ernst an. »Brüder und Schwestern leben strikt getrennt. Beide haben ihren eigenen Gebäudebereich. In der Kirche nehmen wir nur an der täglichen Messe gemeinsam teil, aber wir sehen uns nie. Die Stundengebete verrichten die Männer dort allein. Lediglich die Magistra muss manchmal mit dem Abt sprechen, der unser gemeinsames Oberhaupt ist. Dabei ist sie aber nie allein, sondern wird immer von zwei älteren Ordensmitgliedern begleitet, ebenso wie er. Wir Frauen leben in strenger Klausur und haben keine Verbindung nach draußen. Nur die Männer dürfen das Kloster verlassen, sie betreiben auch den Handel, von dem wir leben.«

»Aber in der Kirche müsst ihr euch doch sehen, wenn ihr gemeinsam die Messe besucht«, stellte Laya fest.

Zu ihrer Verwunderung schüttelte Hilda den Kopf. »Wo denkst du hin? Unser Bereich ist von dem ihren mit Tüchern getrennt, damit ja kein Blick gewechselt werden kann.«

»Immerhin hört ihr euch, wenn ihr Gottes Lob singt«, wandte Laya ein.

»Du hast ja merkwürdige Vorstellungen.« Hilda grinste kurz, ehe sie traurig sagte: »Das Singen ist uns Frauen verboten. Es könnte die Männer zu sündigen Taten verleiten.«

»Singst du gerne?«, hakte Laya nach.

Hilda gab das seufzend zu. »Wäre Tannhöhe ein reines Frauenkloster, wäre das auch möglich. Aber solange wir uns die Kirche mit Männern teilen müssen, darf es eben nicht sein.

Die Magistra achtet sehr gewissenhaft auf alle Regeln. Der Bruder, der dich gestern ins Infirmarium getragen hat, war der erste junge Mann, den ich je hier gesehen habe.« Ein verschmitztes Funkeln trat in ihre Augen. »War schon ein netterer Anblick als Bruder Eberhard oder Abt Elmar.«

»Als Novizin darfst du so etwas sicherlich nicht einmal denken.« Laya ließ den Löffel zurück in die Schüssel sinken. »Mich erstaunt, dass du überhaupt dabei sein durftest, wenn es hier sonst so streng zugeht.«

Hilda legte den Zeigefinger an die Lippen. »Sie haben mich tatsächlich rausgeschickt.«

»Aber?«, hakte Laya nach.

Hilda zwinkerte ihr zu. »Der Vorhang hat ein Loch.«

Zum ersten Mal, seit sie hier war, fühlte Laya Belustigung in sich aufsteigen. Hilda war erstaunlich mitteilsam und ganz anders, als sie sich eine Braut Christi immer vorgestellt hatte. Nicht, dass sie Zeit gehabt hätte, solchen Gedanken nachzuhängen. Dafür war auf dem Hof ihres Vaters zu viel zu tun gewesen. Als älteste Tochter war sie für ihre vier jüngeren Geschwister, den Haushalt und die Arbeit im Stall verantwortlich gewesen. Sie schob die Erinnerung an ihre beiden Brüder und Schwestern beiseite.

»Nicht, dass du jetzt daran denkst, den Habit wieder abzulegen«, grinste Laya.

Hilda erwiderte betrübt ihren Blick. »Ich bin keine Ordensfrau, und nach dem Willen meines Vaters darf ich auch niemals eine werden.«

»Aber du bist gekleidet wie eine Novizin«, wandte Laya ein.

Hilda seufzte. »Das habe ich allein dem Großmut der Magistra zu verdanken. Ich habe zu Hause gebettelt und gefleht, bis mein Vater schließlich zugestimmt hat, mich bis zu meiner Heirat bei den Prämonstratenserinnen von Tannhöhe unterzubringen. Der Magistra habe ich meinen größten Wunsch anvertraut, Gott zu dienen. Sie lässt mich die Tracht der Konversin tragen, um zu prüfen, ob eine solche Zukunft wirklich das ist, was ich möchte, oder ob ich mich nicht doch nach einer eigenen Familie sehne. ›Viele sind berufen, aber wenige sind auserwählt‹, sagte sie zu mir.«

»Und was machst du, wenn dein Vater einen Bräutigam für dich findet?«

»Dann muss ich das Kloster verlassen«, antwortete Hilda bedrückt. »Es sei denn, es geschieht ein Wunder. Und dafür bete ich tagtäglich.«

»Kann die Magistra deinen Vater nicht überzeugen, dass du besser hierbleibst?«, fragte Laya arglos.

»Mit Sicherheit versucht sie das, zumal sie sich dadurch erhofft, meine Mitgift für das Kloster zu bekommen. Aber genau die wird mein Vater ihr verweigern.«

»So ist es also. Alle wollen nur dein Bestes – dein Geld«, schloss Laya bitter.

»Ganz so schlimm, wie du es darstellst, ist es nicht«, schmollte Hilda.

»Zahlt dein Vater für deinen Aufenthalt hier?«

Hilda nickte. »Er lässt dem Kloster monatlich eine Summe für meinen Unterhalt zukommen. Sie liegt aber unter dem, was ich ihn kosten würde, wenn ich zu Hause lebte. Nur unter dieser Bedingung hat er überhaupt sein Einverständnis gegeben.«

»Und wenn er die Zahlungen einstellt?«, fragte Laya entsetzt.

»Ich hoffe nicht, dass die Magistra mich dann fortschickt. Sie ist barmherzig, sonst hätte sie dich gar nicht aufgenommen.«

»Zumal ich ihr nicht mal einen halben Pfennig zahlen kann«, ergänzte Laya.

»Oh, mach dir deshalb keine Gedanken. Sofern du bleiben darfst, wirst du deinen Unterhalt abarbeiten müssen.« Hilda grinste bereits wieder.

2. Kapitel

Hildas Herz klopfte zum Zerspringen, als sie wenig später vor der Tür des Sprechzimmers stand. Sie atmete tief durch. Was wollte die Magistra um diese Zeit noch von ihr?

»Bitte, Maria«, flehte sie leise die Gottesmutter an. »Lass nicht zu, dass mein Vater einen Gemahl für mich gefunden hat. Bitte, lass mich für immer hier im Kloster bleiben.«

Ein weiteres Mal holte sie tief Luft. Es hatte keinen Sinn, das Gespräch weiter hinauszuzögern. Ihre Faust zitterte, als sie zaghaft an die Tür klopfte und nach der knappen Aufforderung eintrat.

Philippa von Berg saß hinter ihrem Tisch und blickte auf. »Du hast dir Zeit gelassen.«

»Ich bitte um Verzeihung«, antwortete Hilda mit gesenktem Blick, ohne eine weitere Erklärung zu liefern.

Die Magistra deutete auf den Stuhl ihr gegenüber. »Setz dich.«

Es musste wirklich etwas sehr Ernstes sein, schoss es Hilda durch den Kopf. Sonst würde die Magistra ihr keinen Platz anbieten. Gewiss war sie der Überzeugung, Hilda könnte die Nachricht sonst nicht verkraften.

Nun wurden auch ihre Knie weich, gaben nach, und Hilda plumpste regelrecht auf den Stuhl, dessen Holz dies mit einem Ächzen kommentierte.

»Du kannst dir sicherlich denken, weshalb ich dich rufen ließ.«

Hilda presste die Lippen zusammen und brachte ein Nicken zustande.

»Du hast dich gut hier eingelebt und bist mit unseren Gepflogenheiten mittlerweile vertraut. Ich habe den Eindruck gewonnen, dass du tatsächlich gerne hier bist und die Gemeinschaft unterstützen willst.«

Hilda blickte erwartungsvoll auf. Ein Hoffnungsschimmer erglomm, dass die Magistra auf etwas anderes hinauswollte als ihre baldige Rückkehr zur Familie.

Philippa von Berg suchte sichtlich nach Worten, etwas, was Hilda noch nie an der Magistra aufgefallen war. »Nun, Hilda, es gibt viele Möglichkeiten, Gott zu dienen. Manchmal ist es nicht nur der einfache Dienst für den Herrn oder abgeschottet hinter hohen Mauern zu beten. Manchmal verlangt die treue Pflichterfüllung auch das Beschreiten anderer Wege.«

Also doch! Hildas Quäntchen Hoffnung schmolz dahin wie Butter in der Sonne.

»Ihr schickt mich fort, weil mein Vater mich vermählen will?« Jetzt war es heraus.

Die Magistra erwiderte ihren Blick, öffnete den Mund, schloss ihn aber wieder. Hilda begann zu weinen. Sie wollte stark sein, aber angesichts der Tatsache, ihr geliebtes Kloster zu verlassen, verlor sie alle Selbstbeherrschung. Sie schlug sich die Hände vor das Gesicht und schluchzte verzweifelt.

Sie hörte, wie die Magistra den Stuhl zurückschob, und kurz darauf spürte sie ihre Hand auf der Schulter. Philippa von Berg wollte sie trösten, doch für Hilda gab es keinen Trost.

»Aber, Kind, nicht doch.« Die Stimme der Magistra klang ungewöhnlich sanft. »Von deinem Vater habe ich noch nichts gehört. Es geht mir um etwas anderes.«

Hilda hob den tränenverschleierten Blick. »Ihr schickt mich nicht fort?«

»Wir wissen beide, dass dieser Tag kommen wird, aber nicht heute.«

Beinahe hätte Hilda die Magistra umarmt, hielt sich jedoch im letzten Moment zurück. »Ich werde alles tun, was Ihr von mir verlangt, wenn ich nur bei Euch bleiben darf.«

Die Magistra lächelte gequält, strich nochmals über Hildas Schulter und nahm wieder ihren Platz hinter dem Tisch ein. »Es geht mir um Laya.«

»Laya?«, wiederholte Hilda verblüfft. Sie konnte sich beim besten Willen nicht vorstellen, was der Neuankömmling mit ihrer Zukunft zu tun hatte.

Philippa von Berg stützte die Ellbogen auf dem Tisch ab und tippte die Fingerspitzen aneinander. »Laya verbirgt etwas vor uns. Sie hütet ein Geheimnis. Das kann dem Kloster schaden oder auch nutzen. Vielleicht ist sie nicht zufällig hier.«

Hilda nickte heftig. »Ich glaube, dass sie von der Heiligen Jungfrau hierher gesandt wurde.«

Jetzt sah die Magistra überrascht aus. »Wie kommst du darauf?«

Hilda hob den Blick. »Ich habe oft darum gebetet. Wenn ich schon vermählt werden muss, so möchte ich vorher meinen Glauben zu Gott prüfen. Ich vermute, die Gottesmutter hat meine Bitte erfüllt. Sie schickte uns Laya, um unsere wahren Überzeugungen auf die Probe zu stellen. Wir Menschen sind zu unbedeutend, um Marias Beweggründe zu erfassen.«

Philippa von Berg sah immer noch aus, als hätte Hilda in einer fremden Sprache gesprochen. Doch dann leuchtete es in ihren dunklen Augen auf, und plötzlich hatte sie keine Schwierigkeiten mehr, die Worte zu finden.

»Du hast recht, Hilda. Laya ist für uns eine Prüfung. Deshalb erbitte ich deine Hilfe.«

»Natürlich, Magistra, was soll ich tun?«

Hilda hatte kaum ausgesprochen, als Philippa von Berg sich vorbeugte und schnell auf sie einsprach. »Ich möchte, dass du Layas Vertrauen gewinnst, denn ich bin sicher, sie weiß mehr über das, was ihr geschehen ist, als sie zugeben will. Ihre Wunden rühren nicht von einem einfachen Sturz her, wie Schwester Almut mir berichtete. Jemand muss ihr die Verletzungen zugefügt haben und Laya verheimlicht uns die Zusammenhänge. Bestimmt weiß sie, wer dahintersteckt, und will es nur nicht sagen. Finde es heraus.«

»Sie darf hierbleiben?«

»Zunächst halte ich das für das Richtige.« Die Magistra sah Hilda abwartend an.

Zögerlich nickte sie. »Wie habt Ihr Euch das gedacht?«

»Wie ich schon sagte, gewinne ihr Vertrauen. Nach und nach wird sie sich dir öffnen. Vielleicht verrät sie sich auch durch eine Unachtsamkeit. Verbringe möglichst viel Zeit mit ihr und erkläre ihr alles Notwendige, was das Leben bei uns im Kloster betrifft. Beobachte sie aufmerksam und berichte mir, was sie sagt. Das Schweigegebot gilt in dieser besonderen Situation natürlich nicht. Schließlich will ich gute Ergebnisse sehen.«

Hilda schluckte. »Ich soll Laya ausspähen?«

»Es ist zu ihrem und unserem Besten. Sagtest du nicht selbst, dass du davon überzeugt bist, Maria hätte sie hergeleitet? Dann sollten wir die Gottesmutter nicht enttäuschen und uns der Prüfung stellen.«

Dem musste Hilda zustimmen – auch wenn sie dabei ein mulmiges Gefühl im Bauch hatte.

***

Am nächsten Vormittag kam Hilda zurück ins Infirmarium und brachte Laya eine helle Cotte, eine graue Tunika und ein Paar Schuhe mit.

»Dies schickt dir die Magistra. Zieh es an und begleite mich. Sie will dich jetzt sehen.«

Wenig später folgte Laya Hilda über den verschneiten Hof. Der Himmel war wolkenverhangen, und alles wirkte grau in grau. Zum ersten Mal, soweit Laya sich erinnern konnte, trug sie Schuhe ohne Löcher. Der Schnee hinterließ dunkle Flecken auf dem Leder, aber ihre Zehen wurden nicht feucht. Zielstrebig gingen sie auf ein langgezogenes Gebäude mit zwei Stockwerken zu, hinter dem die Klosterkirche emporragte. Diesseitig war etwa in der Mitte ein viereckiger Bau angesetzt. Von ihm aus erstreckte sich eine mannshohe Trennmauer bis zur Palisade.

»Das ist die Küche«, erklärte Hilda, auf den kleineren Anbau deutend. »Die Mauer geht durch sie hindurch und wird nur durch eine Öffnung unterbrochen. Uns Frauen obliegt die Pflicht zu kochen, und somit ist die Küche auf unserer Seite größer.«

»Und die Brüder holen sich zur Essenszeit an der Öffnung ihren Teller ab?«, vermutete Laya.

»Einer der ältesten Brüder nimmt das Essen entgegen und übergibt es den anderen.«

»Und das große Gebäude dort?«

»Das ist das Haupthaus. Im unteren Bereich sind das Refektorium, also der Speisesaal, und das Sprechzimmer der Magistra untergebracht. Im Obergeschoss befindet sich der Schlafsaal für alle, getrennt nach Ordensschwestern, Laienschwestern und Dienerinnen. Die Magistra hat jedoch eine kleine Kammer für sich. Da sich auf der anderen Seite das Haus der Männer befindet, sind auch hier die Übergänge zugemauert. Am Ende des Flurs im Erdgeschoss befindet sich ein vergittertes Fenster, das von beiden Seiten mit einer Lade geschlossen ist. Wenn die Magistra mit dem Abt sprechen muss, oder umgekehrt natürlich, dann treffen sie sich dort.«

»Wobei sie immer begleitet wird«, erinnerte sich Laya an Hildas Erläuterungen vom Vortag. »Gibt es auch einen Keller?«

»Natürlich, wo sonst sollen wir denn Wein, Bier und Gemüse lagern?«, fragte Hilda. »Er ist allerdings nur von außen zugänglich.«

Sie deutete auf ein paar Stufen, die neben der Küche unter das Haupthaus führten. »Selbstverständlich ist auch der Keller von dem der Brüder getrennt.«

»Das habe ich mir schon gedacht«, antwortete Laya.

»Unter uns scherzen wir darüber, dass diese Mauer nicht wegen der Versuchung des Fleisches, sondern der Gefahr der Trunksucht und Völlerei gezogen wurde. Stell dir mal vor, die Männer hätten Zugang zu diesem Bereich. Unser Keller wäre doch immer leer gesoffen und gefressen.«

Hilda schmunzelte, und auch Laya konnte sich das Grinsen nicht verkneifen, als sie sich einen fetten Bruder zwischen den Weinkrügen und Bierfässern vorstellte, der genüsslich an einer saftigen Keule nagte.

Doch das leichte Gefühl verflüchtigte sich angesichts der Beklemmung, die sich ihrer bemächtigte, als Hilda die schwere Eingangstür aus Eichenholz öffnete und sie gemeinsam das Haupthaus betraten. Was würde die Magistra von ihr wollen? Sie schien eine Frau mit wachem Verstand zu sein. Ob Laya sie täuschen konnte?

Sie schritten den Gang entlang, an dessen Ende Laya die Sprechklappe erkennen konnte, die Hilda beschrieben hatte.

Hilda blieb vor einer rot gestrichenen Holztür stehen, deren Blatt aus schräg aneinanderstoßenden Brettern bestand, die Laya an Fischgräten denken ließen. Sie klopfte und betrat nach Aufforderung von drinnen vor Laya den Raum.

»Ich bringe Euch unseren Neuling.«

Bevor sich die Magistra von ihrem Platz erhob, legte sie den Gänsekiel aus ihrer Hand neben das mit dunkler Tinte gefüllte Rinderhorn. Weil die zum Schutz vor der Kälte verhangene Fensteröffnung nur wenig Helligkeit hereinließ, brannte ein

Talglicht auf dem Tisch, dessen Schein auf die herumliegenden Pergamentrollen fiel. An der Mauer waren mehrere Wandbretter angebracht, auf denen weitere zusammengerollte Pergamente ruhten.

Die Magistra deutete auf den grob gezimmerten Armlehnenstuhl und forderte Laya auf, Platz zu nehmen. Hilda scheuchte sie mit einer wedelnden Handbewegung hinaus.

Layas Herz pochte schneller. Ihr Mund wurde trocken, und trotz der Kühle kroch Hitze über ihren Nacken. Sie ließ die Decke, die sie sich um die Schultern gelegt hatte, ein Stück über die Oberarme nach unten rutschen.

Die Magistra schürzte die Lippen und betrachtete sie eingehend. »Kannst du dich mittlerweile an deinen Namen erinnern?«

»Leider nicht«, log sie.

»Weißt du noch, wo du herkommst, wer deine Eltern sind?«

Laya schüttelte den Kopf. »Es ist, als wäre da eine schwarze Mauer in meinem Kopf. Ich erinnere mich an nichts mehr.«

Die Magistra umrundete den Tisch und verschränkte die Arme. »Aber gestern wusstest du noch, dass du Bruder Eberhard um Hilfe angefleht hast.«

Laya schluckte. War das ein Fehler gewesen? Hätte sie besser vorgegeben, sich an gar nichts erinnern zu können, was vor ihrem Erwachen im Kloster geschehen war? Doch dafür war es jetzt zu spät. Zaghaft nickte sie.

Die Magistra wirkte zufrieden. »Immerhin etwas. Und was passierte, bevor du hier ankamst? Schwester Almut hat mir von deinen Verletzungen berichtet. Und erzähle mir ja nicht, du wärst von einem Felsen gestürzt.«

Genau das war Laya für einen Moment in den Sinn gekommen, ehe sie sich an das gestrige Gespräch mit Schwester Almut erinnerte. Eine solche Lüge würde sofort entlarvt. Laya überlegte einen Augenblick lang, ehe sie antwortete: »Das weiß ich nicht. Ich kann mich nur erinnern, dass mein ganzer Körper schmerzte, als ich aufwachte. Mich trieb nur der Gedanke an, bei Euch in Tannhöhe um Hilfe zu bitten.«

»Demnach hast du uns nicht zufällig gefunden, sondern wusstest über das Kloster Bescheid. Woher?«

Um Zeit zu gewinnen, rieb sich Laya über die Schläfen. Sie durfte keinesfalls das Misstrauen der Älteren schüren. »Es war, als gäbe es eine Stimme in meinem Kopf, die mich vorantrieb. Mehr kann ich dazu nicht sagen.«

Die Magistra presste verärgert die Lippen zusammen. Laya konnte nicht sagen, ob sie ihr glaubte. Deshalb schob sie eine Entschuldigung hinterher.

Die Frau winkte ungeduldig ab. »Ist nicht deine Schuld. Ich hatte mir nur erhofft, endlich mehr über gewisse Vorgänge im Tal zu erfahren.«

»Was für Vorgänge?«, fragte Laya neugierig.

Die Magistra musterte Laya mit einem strengen Blick und schwieg. Laya gewann den Eindruck, sie bereute, etwas gesagt zu haben.

»Ich bitte um Verzeihung, es geht mich natürlich nichts an.«

Der Ausdruck in den dunklen Augen der Magistra wurde eine Spur weicher. »Lassen wir das. Zeig mir deine Hände.«

Laya streckte gehorsam die Arme aus und drehte die Handflächen nach oben. Die Magistra beugte sich über die Finger und betrachtete eingehend die Schwielen.

»Das schwere Arbeiten bist du jedenfalls gewohnt. Kannst du lesen?«

Überrascht schüttelte Laya den Kopf. Niemand, den sie kannte, beherrschte das. Allenfalls der Priester des Dorfes und das nicht besonders gut, wie sie glaubte, weil er selbst beim Lesen von kurzen Bibeltexten arg holperte. Latein hin oder her.

»Du erinnerst dich also daran?«, fragte die Magistra lauernd.

Laya entschloss sich zum Gegenangriff. »Ich kann Euch nicht meinen Namen sagen oder woher ich komme. Aber meine Fähigkeiten habe ich nicht vergessen. Ich weiß, wie Wäsche im Bach gewaschen wird oder wie ich einen Getreidebrei kochen muss. Außerdem kenne ich mich mit Pflanzen aus, welche essbar sind und welche den Tod bringen. Vielleicht ist es nicht ungewöhnlich, dass einem nur der Name nicht mehr einfällt, man aber sein Wissen um sein Können behält. Wie vielen Menschen mit Erinnerungsverlust seid Ihr denn schon begegnet?«

Um die Mundwinkel der Magistra zuckte es anerkennend. »Dumm bist du jedenfalls nicht. Vielleicht kannst du mir mit deinem wachen Verstand sogar von Nutzen sein. Wir werden sehen. Jedenfalls darfst du vorerst hierbleiben – als Dienerin. Hilda wird dir alles zeigen. Morgen nach dem Gebet meldest du dich zur Arbeit in der Küche. Du darfst jetzt gehen und dich noch ein bisschen ausruhen.«

Laya war erleichtert. Zunächst hatte sie ein Dach über dem Kopf und bekam hoffentlich genügend zu essen. Sie stand so schwungvoll auf, dass sie an die Tischkante stieß. Eine der Pergamentrollen, die darauf lagerten, fiel zu Boden. Als sie sich ein Stück entrollte, erkannte Laya darauf die Zeichnung einer Kirche.

Die Magistra bückte sich schnell und hob sie auf, ehe Laya reagieren konnte. Die Ordensfrau legte sie auf das oberste Wandbrett zu weiteren anderen Pergamenten.

»Eins möchte ich dir noch mit auf den Weg geben, bevor du gehst«, sagte die Magistra streng. »Ein Kloster ist kein Ort, um sich zu verstecken. Die Mauern schützen dich zwar vor der Außenwelt, nicht jedoch vor den Dämonen in deinem Inneren.«

Sie hat mich durchschaut, dachte Laya entsetzt und brachte nur ein schwaches Nicken zustande. Verunsichert verließ sie das Sprechzimmer und glaubte den stechenden Blick der Magistra im Rücken zu spüren.

Hilda wartete am Ende des Gangs neben dem Treppenaufgang auf sie. »Und, war es schlimm? Darfst du bleiben?«

»Vorerst ja. Aber ich scheine die Magistra enttäuscht zu haben. Mir wurde gesagt, dass ich wohl überfallen wurde, und sie hoffte von mir zu erfahren, wer dahintersteckt.«

»Das ist doch nur natürlich. Sie möchte dazu beitragen, dass derjenige zur Rechenschaft gezogen wird.«

»Nein, da ist noch etwas anderes«, widersprach Laya. Da Hilda die Neuigkeit von dem Überfall gelassen aufgenommen hatte, schloss Laya, dass sie darüber bereits unterrichtet worden war.

»Mach dir nicht zu viele Gedanken. Komm erst einmal zur Ruhe, dann werden deine Erinnerungen sicher bald zurückkehren.« Hilda deutete auf die Steintreppe hinter sich. »Ich zeige dir jetzt deinen Platz im Dormitorium.«

Laya folgte Hilda die grob behauenen Stufen hinauf. Der Treppenlauf mündete auf einen Absatz, an dem sich ein Portal mit Rundbogen befand. Ein Vorhang aus schwerem braunem Wollstoff verbarg den Blick auf den dahinter liegenden Raum. Als Hilda den Behang zur Seite hielt, um Laya den Durchgang zu ermöglichen, öffnete sich vor ihr ein großer Saal, welcher durch Tücher in einzelne Bereiche aufgeteilt wurde.

Jetzt waren sie zurückgebunden und gaben so den Blick über den gesamten Saal frei. Im westlichen Teil des Raums schliefen die Dienerinnen, im östlichen die Schwestern. In jedem Abschnitt befand sich eine Fensteröffnung. An der östlichen Kopfwand hing ein großes Kruzifix aus Lindenholz. Durch jeden Fuß des Heilands war ein Nagel ins Kreuz getrieben worden, wie auch durch die ausgestreckten Handflächen. Mit roter Farbe war an einer Seite seines bloßen Körpers auf Höhe der Rippen ein Strich aufgemalt, wo ihn die Lanze des römischen Soldaten verletzt hatte. Von dem grünen Lendentuch, das um seine Hüften geschlungen war, blätterte bereits die Farbe ab. Laya konnte sich gut vorstellen, dass das daran lag, weil die ein oder andere Schwester nicht ihre Finger bei sich behalten konnte und dem Erlöser auf diese Weise näherkommen wollte.

Jesus hing starr und aufrecht am Kreuz und wachte mit seltsam entrücktem Blick über seine schlafenden Schäfchen. Hilda bekreuzigte sich und Laya hielt es für einen guten Einfall, es ihr nachzumachen.

Für jede gab es in dem Saal ein hölzernes Bettgestell. Die Unterlagen und Kissen waren mit Stroh gefüllt, und an jedem Fußende lag eine ordentlich zusammengefaltete Decke.

Der steinerne Fußboden war so sauber gefegt, dass Laya noch nicht einmal eine Staubflocke entdecken konnte. Welch ein Unterschied zu dem Lehmboden in der Hütte ihres Vaters, auf dem immer etwas zu finden war, ganz gleich, wie sehr Laya sich auch um Reinlichkeit bemüht hatte.

Die gekalkten Wände des Schlafsaals verstärkten das schwache Licht des Wintertages. Die Ritzen in den dunklen Holzwänden von Layas ehemaligem Heim waren mit Lehm verstopft und boten Spinnen und sonstigem krabbelndem Getier einen Unterschlupf. Hier dagegen konnte sie noch nicht einmal Spinnennetze in den Ecken erkennen.

»Das Dormitorium wird täglich gesäubert«, erklärte Hilda, als hätte Laya laut gedacht. »Die Magistra ist ziemlich streng, was das angeht. ›Den Dreck überlassen wir den Männern‹, sagt sie immer.«

»Mir scheint, die Magistra ist nicht gut auf die Brüder zu sprechen«, vermutete Laya.

»Dazu hat sie auch keinen Grund«, plauderte Hilda munter drauflos, während sie auf ein Bett im zweiten Abteil zuschritt. »Der Abt ist ein alter Kauz mit merkwürdigen Ansichten.«

»Du kennst wohl doch einige Männer hier«, zog Laya sie auf.

Hilda wirkte kein bisschen verlegen. »Er nimmt uns die Beichte ab.«

Sie zeigte auf das Lager. »Hier schlafe übrigens ich.« Hilda kehrte zum westlichen Bereich des Saals zurück und blieb vor einem Bett in der Nähe der Treppe stehen. »Das hier ist dein Nachtlager.

»Wer als Letztes kommt, hat es wohl nicht anders verdient«, stellte Laya amüsiert fest.

An der Westwand des Saales hing kein Kruzifix, nicht einmal ein schlichtes Holzkreuz. Es gab jedoch eine leere Nische im Mauerwerk. Aus den Rußspuren schloss Laya, dass hier wohl ab und zu eine Kerze brannte.

Da es im Dormitorium nichts weiter zu entdecken gab, stiegen sie die Treppe wieder hinab. Hilda wandte sich nach rechts, und Laya folgte ihr. Den offenen Torbogen im Mauerwerk neben dem Treppenaufgang hatte sie vorhin schon bemerkt. Nun blieb sie neben Hilda in der Öffnung stehen. Sie blickte auf einen viereckigen Innenhof, der von einem überdachten Kreuzgang umgeben war. Das einfache Holzdach wurde von schlichten Säulen getragen.

Zur Rechten war der Gang durch einen zweistöckigen Anbau begrenzt, zur Linken durch die Trennungsmauer innerhalb des Doppelklosters, und geradeaus lag die Kirche.

Hilda deutete auf das rechte Gebäude. »Hier befindet sich der Kapitelsaal, in dem wir uns allmorgendlich versammeln. Darüber liegt das Skriptorium.«

»Ihr kopiert die Schriften selbst?«, fragte Laya überrascht.

»Weshalb denn nicht?«, erwiderte Hilda schmunzelnd. »Die Brüder besitzen auch ein Skriptorium, aber es hat sich schon herumgesprochen, dass unsere Schwestern viel sorgfältiger arbeiten. Bei der Masse an Arbeit sind die Männer über jede Unterstützung froh, aber das würden sie natürlich niemals zugeben. Wir wollen schließlich zu unserem Lebensunterhalt beitragen, auch wenn wir für die Brüder ohnehin bloß ein lästiges Anhängsel sind.«

»Das habe ich mir schon gedacht. Als ich den Pförtner um Hilfe bat, sagte er, ihr hättet schon genug Weiber hier.«

Hilda, die gerade auf eine schneebedeckte Figur im Innenhof des Kreuzgangs zeigen wollte, hielt in der Bewegung inne. »Er hat *was*?«

Laya wiederholte ihre Worte und bemerkte belustigt, wie Hilda rot anlief.

»Das werde ich der Magistra melden«, rief sie aufgebracht.

Laya erschrak. »Bitte nicht. Ich will mich nicht gleich zu Beginn noch unbeliebter machen.«

Schon indem sie seine Geschichte über ihr Auffinden revidiert hatte, hatte sie ihn sich zum Feind gemacht. Wenn sie jetzt auch noch dafür sorgte, dass die Magistra einen Beweis für seine Abneigung gegen die Frauen bekam, wäre das sicher nicht zu ihrem Besten. Das fehlte ihr noch, dass Bruder Eberhard noch zorniger wurde und sich über die neue Dienerin aufregte. Wie leicht konnte das an falsche Ohren geraten, innerhalb und außerhalb des Klosters.

»Wenn ihr bereits wisst, wie die Brüder über euch denken, ist es doch nicht nötig, das Feuer weiter zu schüren«, versuchte Laya Hilda zu beschwichtigen.

Die kratzte sich nachdenklich am Kopf. Das weiße Tuch unter dem Schleier verrutschte und eine dunkle Strähne schaute hervor. Laya machte sie darauf aufmerksam, und Hilda stopfte sie sogleich wieder zurück.

»Vielleicht hast du recht«, gab sie zögerlich zu. »Die Stimmung hier ist schlecht genug. Besonders seit der Weisung des Generalkapitels, keine Frauen mehr aufzunehmen.«

»Ach«, meinte Laya bloß und dankte dem Erlöser im Stillen dafür, dass für sie eine Ausnahme gemacht worden war.

»Es sind einfach zu viele Frauen. Die Klöster werden überschwemmt. Ich bilde da keine Ausnahme. Mir wäre es lieber hierzubleiben, als an der Seite eines Mannes leben zu müssen, der mich schlägt und mir ein Kind nach dem anderen in den Bauch pflanzt.« Hilda war im Verlauf ihrer Rede immer lauter geworden.

Laya überflutete die Erinnerung an Julian und wie sanft er stets gewesen war. Sie blinzelte die aufsteigenden Tränen fort und wischte sich mit den Handrücken über die Augen.

Hilda musterte sie aufmerksam. »Erinnerst du dich an etwas?«

Laya schüttelte vehement den Kopf. »Ich musste nur gerade an Schwester Almut denken. Ich habe mich gefragt, was für ein Dämon dieser Mensch gewesen sein muss, der ihr die Nase abgeschnitten hat.«

»Das war kein Mann, das war sie selbst«, sagte Hilda leise.

Laya glaubte, sich verhört zu haben, und starrte Hilda sprachlos an.

»Ich habe sie danach gefragt. Manche Frauen verunstalten sich, um einer unliebsamen Ehe zu entgehen. Jetzt wird kein Mann sie freiwillig anrühren und sie ist frei für Gott.«

»Du kommst aber nicht auf so einen Gedanken, oder, Hilda?«, fragte Laya entsetzt.

»Noch hege ich die Hoffnung, dass mein Vater die Heiratspläne aufgibt. Ich sagte dir doch, dass ich die Heilige Jungfrau täglich um ein Wunder bitte.«

»Und was soll das sein?«

»Das wird die Gottesmutter schon wissen. Aber ich glaube, es hat bereits begonnen.«

Erstaunt zog Laya die Augenbrauen nach oben. »Und woran erkennst du das?«

»Sie hat dich zu uns gebracht. Und ich denke, hinter deiner Geschichte steckt viel mehr, als es derzeit den Anschein hat. Vielleicht erschüttert dein Erscheinen dieses Kloster bis in die Grundfeste.«

3. Kapitel

Dietlind von Ravenstein zupfte an dem Leinenband unter ihrem Kinn, das ihr Gebände festhielt. Ihre ohnehin zu schmalen Lippen wurden zu einem Strich, als sie den verwaisten Sitzplatz am Ende der Tafel betrachtete. Wo blieb Bruno nur?

Die Unzuverlässigkeit, die ihr Sohn zunehmend an den Tag legte, empörte sie. Immerhin speiste heute Bischof Odo von Halltau mit ihnen. Da war Pünktlichkeit oberstes Gebot.

Ihren Gast schien die Abwesenheit ihres Sohnes jedoch nicht zu stören. Mit sichtlichem Vergnügen biss er in den gekochten Hühnerschenkel und zog das Fleisch vom Knochen. Ein Stück entglitt seinen Zähnen und landete auf der Tischplatte. Brühe tropfte aus seinem Mundwinkel und bekleckerte seinen Alltagsumhang aus dunkler Wolle.

Dietlind senkte den Blick, um ihr Missfallen zu verbergen. Die Männer ihrer Familie waren eine Enttäuschung. Ihr Sohn ebenso wie ihr Bruder, der sich als Bischof als Amtsnachfolger der Apostel verstand, in Dietlinds Augen jedoch nur das erbärmliche Bild eines verfressenen ungepflegten Mannes darbot. Ohne ihren verstorbenen Gemahl hätte Odo das Amt niemals erreicht. Markwart von Ravenstein hätte wohl kaum einen Finger gekrümmt und seine Beziehungen und Geld spielen lassen, wenn Dietlind ihm nicht ständig wegen ihres Bruders in den Ohren gelegen hätte.

Einen Bischof in der Familie zu haben, konnte sich als nützlich erweisen, hatte sie ihm immer wieder gepredigt. Das hatte sogar Herr Markwart eingesehen.

Seit dem Investiturstreit war es nicht mehr möglich, geistliche Würdenträger durch weltliche Herrscher einzusetzen. Allerdings gab es immer noch ausreichend Mittel und Wege, den Wunschkandidaten zu fördern.

Odo hatte sich bereits mehrfach als nützlich erwiesen, wenn auch anders, als ihr verstorbener Mann sich das je hätte vorstellen können.

Dietlind verbarg ihr Schmunzeln hinter dem Becher Wein, den sie an ihre Lippen setzte, und nippte leicht daran.

»Nun, Schwesterherz, wo bleibt dein Filius, der Stolz dieser ehrwürdigen Familie oder vielmehr das, was davon übrig ist?« Odos Stimme klang rau und tief und unterstrich sein selbstgefälliges Gemüt.

Sie lächelte entschuldigend. »Ich nehme an, dringende Geschäfte halten ihn zurück.«

»Welche auf zwei hübschen Beinen daherkommen, vermute ich.«

Dietlind setzte gerade zu einer Antwort an, als sie die gleichmäßigen Stiefeltritte ihres Sohnes auf dem Steinfußboden vernahm und Bruno unmittelbar darauf den Palas von Burg Ravenstein betrat. Das dunkelblonde Haar stand wirr vom Kopf ab, als hätte er sich eben noch auf dem Lager herumgewälzt. Seine Optik bestätigte die Vermutung des Bischofs, wie sie aus dem Grinsen ablas, das seine fettig glänzenden Lippen verzog.

»Ohm Odo, wie ich sehe, war Euer Hunger zu groß, um noch länger auf mich zu warten«, begrüßte Bruno den Gast.

Er hatte zu viel getrunken – wieder einmal. Dietlind hörte es daran, wie bedachtsam er sprach. Zum Glück musste man Bruno schon sehr gut kennen, um es zu bemerken. Sein Gang war gerade und zielstrebig, als er nun auf seinen Oheim zuschritt und den Ring an dessen Hand küsste.

»Die Sorgen um meine Schäfchen zehren mich auf«, behauptete Odo und griff nach dem nächsten Hühnerbein.

Der Bischof war nicht dick, aber auch weit davon entfernt, als mager durchzugehen. Mit über vierzig hatten seine Wangen an Straffheit eingebüßt und erinnerten Dietlind zunehmend an die hängenden Lefzen eines Hundes.

»Und welche Sorgen treiben Euch hierher? Ihr seid doch nicht nur wegen des Essens gekommen?« Bruno warf sich auf den Stuhl am Kopf der Tafel. Er schnappte sich den letzten Schenkel und legte ihn auf dem Brett vor sich ab, ohne ihn anzurühren.

Dietlind räusperte sich missbilligend, doch ihr Sohn ignorierte den sanften Tadel.

Odo hingegen zuckte mit den Schultern. »Ich will zum Kloster Tannhöhe. Von euch aus ist der Weg nicht so weit.«

Dietlind entging nicht, wie ihr Sohn sich anspannte. »Werdet Ihr Ansgar sehen?«

»Ich habe mit dem Abt dringende Angelegenheiten zu besprechen«, wich der Bischof der Frage aus.

Bruno beugte sich ein wenig über den Tisch und musterte den Besucher durchdringend. »Tannhöhe ist ein freies Reichskloster und untersteht somit der Krone. Was für Geschäfte hat der örtliche Bischof wohl mit dem Abt abzuwickeln?«

Die Ader an Odos Schläfe begann zu pochen. Er ließ das Hühnerbein sinken und starrte seinen Neffen aus zusammengekniffenen Augen an. »Ich wüsste nicht, was dich das angeht«, zischte er, und ein Speicheltropfen traf Brunos Wange.

Sichtlich angeekelt wischte der ihn weg und brachte etwas Abstand zwischen sich und seinen Oheim.

»Nimm noch von dem Wein, Odo«, versuchte Dietlind der Situation die Schärfe zu nehmen.

Ihr Bruder grunzte kurz, ehe er den Becher zum Mund führte. Bruno schwieg und Dietlind wünschte insgeheim, dass er aufhören würde, den Bischof zu reizen.

Ihr Blick fiel auf einen kleinen schwarzen Käfer, der zielstrebig über die Tafel krabbelte. Auch die Männer hatten ihn entdeckt. Während Bruno gar nichts tat, setzte Odo den Becher ab und hob die Hand.

Der Käfer hatte das Fleischstück erreicht, das ihrem Bruder vorhin aus dem Mund gefallen war. Der Bischof packte das Tier und drehte es auf den Rücken. Hilflos ruderte der Käfer mit seinen vier Beinchen in der Luft. Mit einem zufriedenen Grinsen setzte Odo den Daumen an und zerdrückte sein Opfer auf der Tischplatte, ehe er sich das Fleischstück selbst in den Mund schob.

Bruno sah seine Mutter angewidert an und stand auf. »Ich bitte Euch, mich zu entschuldigen. Unaufschiebbare Verpflichtungen bedürfen meiner Anwesenheit.«

Mit einer Handbewegung gab Dietlind zu verstehen, dass sie die Ausrede akzeptierte. In seinem Zustand war nicht auszuschließen, dass er ihren Gast weiter verärgerte. Sollte Bruno ruhig zu seinen Würfelspielen mit den Wachen zurückkehren. Sie würde schon dafür sorgen, dass die Interessen des Hauses Ravenstein bei den Geschäften des Bischofs mit dem Abt berücksichtigt wurden.

Kaum hatte Bruno den Palas verlassen, wandte sie sich mit einem verkniffenen Lächeln an ihren Bruder. »Nun können wir offen sprechen.«

***

Philippa von Berg, die Magistra von Kloster Tannhöhe, betrachtete noch immer die Tür, nachdem sie sich hinter der jungen Frau geschlossen hatte, die alle hier Laya nannten.

Philippa wusste sie nicht recht einzuordnen. Dumm war sie jedenfalls nicht und sie scheute auch keine harte Arbeit. Vermutlich stammte sie von einem der Höfe aus den umliegenden

Tälern. Zu schade, dass sie sich nicht daran erinnern konnte oder wollte, was ihr zugestoßen war.

Seit einiger Zeit verschwanden immer wieder junge Frauen, beinahe noch Mädchen. Hin und wieder auch junge Männer. Gesunde Arbeitskräfte, die dafür sorgen sollten, dass Kloster Tannhöhe die Abgaben erhielt, die ihm zugesichert waren.

Müde ging Philippa zurück zum Tisch und ließ sich in den Stuhl fallen. Sie stützte die Ellbogen auf der Platte ab und rieb mit den Fingerspitzen kreisförmig über ihre Schläfen.

Es hatte keinen Zweck, Abt Elmar abermals dazu aufzufordern, der Sache auf den Grund zu gehen. Er war der Ansicht, dass es die Mühe nicht wert wäre. Was gingen ihn die Töchter der freien und hörigen Bauern an? Sollten sie doch selbst auf ihre Brut achten. Ein paar weibliche Arbeitskräfte weniger würden das Kloster schon nicht in den Ruin treiben.

Philippa runzelte verärgert die Stirn. Eventuell hatte der Abt recht und beides hatte nichts miteinander zu tun. Wie gern würde sie selbst nach der Schneeschmelze hinunter in die Täler gehen und sich auf Spurensuche begeben. Aber das war natürlich unmöglich. Die Frauen der Prämonstratenser lebten in strenger Klausur, und da Abt Elmar jegliche Hilfe verweigerte, waren ihr die Hände gebunden.

Aber vielleicht hatte der Herr ein Einsehen und gab Laya ihr Gedächtnis zurück. Möglicherweise war ihr das Gleiche zugestoßen wie den anderen Frauen, und sie war die erste Überlebende, die davon berichten konnte. Wenn sie sich doch nur erinnern könnte!

Philippa zog in Betracht, dass Laya unter Umständen sehr wohl wissen könnte, wer ihr angetan hatte, was ihr widerfahren war, aus Angst jedoch schwieg. Daher war es wichtig, dass sie hierblieb und genügend Vertrauen zu Hilda aufbaute, um ihr irgendwann die Wahrheit anzuvertrauen.

Ihr Blick wanderte zu dem Pergament, das sie aufgehoben und auf das oberste Wandbrett gelegt hatte. Philippa war sicher, dass Laya mit der Zeichnung der Kirche nicht viel anfangen konnte, dennoch war es besser, vorsichtig zu sein. Noch war ihr Plan nicht spruchreif, Tannhöhe mit den Frauen zu verlassen.

Philippa schnaubte ungehalten. Der Gründer ihrer noch jungen Ordensgemeinschaft, Norbert von Xanten, hatte alle zu sich berufen, Männer und Frauen gleichermaßen. Viele waren seinem Ruf gefolgt – zu viele. Doppelklöster waren von Beginn an deshalb weit verbreitet. Doch sie waren keine Erfindung der Prämonstratenser, auch bei anderen Orden gab es sie zuweilen.

Überraschend hatte das Generalvikariat letztes Jahr die Weisung erlassen, keine Frauen mehr aufzunehmen, wie Abt Elmar berichtet hatte. Gesehen hatte Philippa den Beschluss allerdings nie. Jedenfalls hatte sich ihr Verhältnis zum Abt seitdem ständig verschlechtert.

Die Magistra sah nur einen Weg – die Trennung. Sie war überzeugt, dass es ihnen allen damit besser gehen würde. Nicht nur, dass sie während der Messe singen dürften und den Herrn so erst auf vollkommne Art und Weise preisen und ehren könnten. Sie würde als Äbtissin mehr Entscheidungsfreiheit erlangen.

Solange Tannhöhe ein freies Reichskloster war, fühlte sich Philippa einigermaßen geschützt. Doch sie befürchtete, dass der ortsansässige Bischof, Odo von Halltau, seine gierigen Finger nach dem Besitztum ausstreckte.

Erst vor wenigen Tagen war Kaiser Lothar gestorben. Sein Schwiegersohn Heinrich, Herzog von Bayern und Sachsen aus dem Hause der Welfen, erhob Anspruch auf den Thron. Aber auch Konrad von Hohenstaufen witterte erneut Morgenluft, nachdem seine Erhebung zum Gegenkönig zehn Jahre zuvor erfolglos geblieben war.

Die Königswahl am kommenden Pfingstfest würde darüber entscheiden, wer den Thron des Heiligen Römischen Reiches besteigen würde. Für Tannhöhe war dies im Grunde ohne Belang. Letztendlich waren die Einnahmen entscheidend, die sie erzielten. Solange diese ausreichend waren, würde der König, gleich welchem Haus er angehörte, das Kloster halten. Doch sollten diese durch Misswirtschaft oder andere Gründe einbrechen, würde der Herrscher den Besitz gewiss abstoßen.

Philippa würde ihre rechte Hand darauf verwetten, dass Bischof Odo bereits darauf hinarbeitete.

***

Das Christfest und Epiphanias waren vorübergegangen. Die anfängliche Unruhe, die Laya verspürt hatte, legte sich mit jedem Tag, den sie im Kloster verbrachte, ein wenig mehr. Sie half bei der Wäsche, die von den Frauen für den gesamten Konvent gereinigt wurde, fegte die Räume und erneuerte das Stroh in den Betten. Vorwiegend arbeitete sie allerdings in der Küche, half beim Vorbereiten der Mahlzeiten, sorgte für frisches Wasser und schürte das Feuer.

Sie bemühte sich, Schwester Gisela, der Köchin, keinen Anlass für Tadel zu bieten. Laya wusste um die Gunst, die ihr gewährt wurde, zunächst hierbleiben zu dürfen, bis sie sich vielleicht wieder erinnerte oder wusste, wie es mit ihrem Leben weitergehen sollte, und wollte niemanden, vor allem die Magistra nicht, enttäuschen. Sie brauchte Zeit, um über alles nachzudenken und sich einen Plan zurechtzulegen. Der Schmerz über das, was sie verloren hatte, hauste wie ein Schatten in einem Winkel ihres Herzens. Zunehmend erwachte in ihr jedoch ein bisher unbekanntes Gefühl: der Wunsch nach Rache.

Laya nahm sich vor, das Frühjahr abzuwarten. Sobald das Wetter beständiger wurde, würde sie zurückkehren in ihr Dorf und ihren Vater zur Rede stellen. Bis dahin würde genügend Zeit vergangen sein und er seine Tat möglicherweise bereuen. Seit dem Tod ihrer Mutter vor einigen Jahren, die ihr noch ungeborenes Kind mit in das Himmelreich genommen hatte, hatte ihr Vater sich verändert. Die Familie leitete er seitdem mit noch härterer Hand, erwartete von Laya als der ältesten, dass sie alle Pflichten ihrer Mutter in Haus und Hof zu seiner vollsten Zufriedenheit erledigte.

Erneut vermählt hatte er sich nicht. Einerseits war Laya darüber froh gewesen. Wenn ihr Vater tagsüber mit ihrem ältesten Bruder auf dem Feld war, hatten sie und ihre jüngeren Geschwister den Hof für sich. Eine keifende Stiefmutter, die ihre eigene Brut in die Welt setzen und bevorzugen würde, wollte Laya nicht.

Andererseits hätte die Frau auch ihren Teil der Arbeit erledigen müssen und dem Vater nachts das Bett gewärmt. Vielleicht wäre er dann nicht immer so gereizt gewesen. Denn je älter Laya wurde, desto öfter rutschte ihm die Hand aus. Bis zum Schluss war es jedoch bei Ohrfeigen geblieben.

Seine Faust oder Schlimmeres hatte sie noch nie zu spüren bekommen, wie sie wusste, dass es bei anderen Mädchen im Dorf mit ihren Vätern der Fall war.

Laya bückte sich nach dem faustgroßen Stein, der neben dem Regenfass lag. Mit Wucht zerschlug sie die Eisschicht, die sich über Nacht auf der Wasseroberfläche gebildet hatte, und stellte sich dabei das mit tiefen Sorgenfalten durchzogene Gesicht ihres Vaters vor. Er würde sich noch wundern. Offenbar sah er sie lieber tot als an Julians Seite.

Sie ließ den Stein fallen und tauchte den hölzernen Eimer in das Fass. Ihre Finger wurden sofort taub, als das kalte Wasser sie umschloss.

Laya hob den vollen Eimer heraus. Durch den Schwung schwappte ein wenig von dem Inhalt über den Rand und traf ihren rechten Fuß. Zischend sog sie die Luft ein und gemahnte sich, etwas achtsamer zu sein.

Sie sollte mehr tun, als ihren Vater zur Rede zu stellen. Sie musste zurück, weil sie mitverantwortlich für ihre Geschwister war. Mit Julian hatte sie ausgemacht, die Kinder zu sich zu holen, sobald sie einen neuen Platz zum Leben gefunden hatten. Sie war ihnen in den letzten Jahren die Mutter gewesen, die sie verloren hatten, und konnte sie nicht einfach im Stich lassen.

Nur Adele, ihre vier Jahre jüngere Schwester, hatte sie in ihre Pläne eingeweiht. Sie sollte nach Layas Weggang die Kleinen trösten und ihnen versichern, dass ihre große Schwester zurückkäme. Adele hatte gewusst, sie würde Layas Pflichten übernehmen müssen, und sich davor gefürchtet. Doch Laya hatte ihr gut zugeredet, ihr die Zukunft in schillernden Farben ausgemalt und ihr Mut gemacht, die kommende Zeit zu überstehen.

Was mussten ihre Geschwister nun durchmachen! Sobald sie Julians Leichnam gefunden hatten, würden sie annehmen, auch Laya wäre tot oder bestenfalls verschwunden. Wenn sie Adele doch nur eine Nachricht zukommen lassen könnte, damit ihre Schwester nicht die Hoffnung verlor. Aber was, wenn der Vater dahinterkam? Dann würde ihr Plan, ihn zu überraschen, misslingen.

Laya schüttelte den Kopf. So schwer es ihr auch fiel, sie konnte Adele und den anderen das Leid und die Ungewissheit um sie nicht ersparen. Sie musste jetzt Ruhe bewahren und nichts überstürzen. Ihre Zeit würde kommen. Und dann würde sie die Wahrheit und die Hintergründe aus ihrem Vater herauspressen, wie den Saft aus einem überreifen Apfel. Denn es musste mehr dahinterstecken als ihre heimliche Verbindung mit dem Jungen aus dem Dorf. Niemals hätte der Vater grundlos zu solch drastischen Mitteln gegriffen.

Laya schleppte den Eimer in die Küche und stellte ihn auf Schwester Giselas Geheiß neben dem offenen Herdfeuer ab. Darüber hing an einem rostigen Kesselhaken ein großer Suppentopf, aus dem es bereits nach Bohnen und Zwiebeln duftete.

Die Köchin hob die ein wenig zu groß geratene Nase und schnupperte. »Bring mir noch zwei Mohrrüben aus dem Vorratskeller. Das gibt hübsche Farbtupfer in der Suppe.«

Laya verkniff sich die Bemerkung, es wäre einem hungrigen Bauch völlig gleichgültig, ob das Essen einfarbig oder bunt aussah, Hauptsache, es war ausreichend. Sie wunderte sich ohnehin über Schwester Giselas Drang, Gerichte immer wieder abzuändern. Sie selbst war froh gewesen, wenn sie überhaupt genügend Gemüse oder Obst auf den Tisch des Hofes bringen konnte, damit alle satt wurden.

Deshalb nickte sie gehorsam und entzündete einen Kienspan am Feuer, der ihr im dunklen Kellergewölbe Licht spenden sollte, bevor sie die Küche verließ und erneut auf den Hof hinaustrat. Die in den Fels gehauenen Stufen der Kellertreppe hatte Laya wie jeden Morgen gefegt, damit niemand auf dem Schnee ausrutschte, der im Moment fast täglich über Nacht fiel.

Laya zog den Riegel zurück und drückte kräftig gegen das Holz. Nur langsam gab die schwere Eichentür nach. Sie schlüpfte durch den Spalt. Der Kellerraum war so niedrig, dass Laya nur knapp darin stehen konnte. Es musste Schwerstarbeit gewesen sein, dem Berg mit Spitzhacke und Schaufel das Gestein zu entreißen und dieses Gewölbe zu bauen.

Zunächst entzündete sie die drei Talglampen in den Mauernischen, löschte den rußenden Kienspan und steckte ihn schließlich in eine Halterung neben dem Eingang.

Sie wandte sich nach links. Direkt vor der gemauerten Wand, die diesen Kellerbereich von dem der Brüder trennte, standen mehrere mit Stroh bedeckte und aus Weidenruten geflochtene Kisten.

Laya raffte gerade die obersten Halme zusammen, um an die Möhren zu gelangen, als sie ein Poltern gefolgt von einem Klirren auf der anderen Seite vernahm.

»Zur Hölle noch mal!«, brüllte eine kräftige Stimme, die Laya instinktiv einem jüngeren Mann zuschrieb. »Wieso muss das immer mir passieren?«

Sie schmunzelte. Anscheinend sollte der Bruder Wein oder Bier holen und hatte dabei den Krug zerbrochen. Offensichtlich zum wiederholten Mal.

Der Mann schimpfte jetzt leiser vor sich hin, einzelne Worte konnte Laya nicht mehr verstehen. Neugierig legte sie ihr Ohr an die kalte Mauer. Doch auch jetzt ließ sich nicht mehr als undeutliches Gemurmel ausmachen, das sich an der Wand entlang nach rechts bewegte.

Laya folgte der Stimme auf ihrer Seite und kletterte zum Schluss sogar auf ein Weinfass, hinter dem bis zur Wand ein Haufen Gerümpel lag. Sie erkannte alte Schneeschuhe, deren Rahmen aus Birkenholz und die Trittfläche aus teils gerissenen Lederstreifen bestand. Einige Bretter, wohl aus ehemaligen Bettgestellen, waren kreuz und quer an die Wand gestellt worden, notdürftig abgedeckt mit löchrigen Tüchern. Die Ecke eines Truhendeckels lugte darunter hervor.

Mehr noch als die unbrauchbar gewordenen und achtlos gestapelten Sachen verwunderte Laya jedoch etwas anderes. Die Worte des Mannes in dem gegenüberliegenden Raum waren hier deutlich zu verstehen.

»Das hat der alte Meckersack doch mit Absicht gemacht, ausgerechnet mich wieder in den Keller zu schicken. Er weiß doch ganz genau, dass ich mir jedes Mal den Kopf stoße.«

Laya grinste. Sie musste an sich halten, um dem Bruder nicht zuzurufen, das bestimmt seine Unachtsamkeit der Grund für den Kellergang war. Ihr Vater war in solchen Dingen stets unerbittlich gewesen und hatte sie eine Sache so lange wiederholen lassen, bis er mit dem Ergebnis halbwegs zufrieden gewesen war.

»Das nächste Mal bitte ich um ein weiteres Licht. Hier ist es ja finster wie in einem Bärenarsch. Verdammt, ich war sicher, dass hier hinten noch irgendwo ein Krug stand.«

Laya hielt sich die Hand vor den Mund, um sich nicht durch ihr Glucksen zu verraten. Zu ihrem Glück stieß der Bruder gerade wieder etwas um, das krachend zu Boden fiel.

»Was für ein dämlicher Einfall, solch ein unnützes Zeugs im Vorratskeller zu lagern. Ah, da ist er ja.« Offenbar hatte der Mann den gesuchten Krug gefunden. Laya fragte sich, ob sie das richtig gedeutet hatte und die Brüder an der gleichen Stelle auf der gegenüberliegenden Seite ebenfalls Gerümpel lagerten. Hatte das etwas zu bedeuten?

Der Mann hatte sich mit dem Krug auf den Rückweg gemacht, denn seine Worte verschwammen wieder zu einem undeutlichen Gemurmel und verstummten schließlich ganz, nachdem sie eine Tür, vermutlich ähnlich der auf ihrer Seite, zufallen hörte.

Nachdenklich kletterte Laya von dem Fass und trat erneut an die Gemüsekiste. Am liebsten hätte sie nachgesehen, was hinter den Brettern und all dem Zeug verborgen war. Dort musste es eine Öffnung in der Mauer oder etwas Ähnliches geben. Weshalb hätte sie sonst so gut hören können, was auf der anderen Seite geschah? Das konnte kein Zufall sein.

Layas Neugier war erwacht. Sie lächelte bitter, als sie erneut an ihren Vater denken musste. Wie oft hatte er sie wegen ihrer Wissbegier gescholten, ihr vorgehalten, sie solle mit dem zufrieden sein, was Gott ihr geschenkt hatte.

Doch ihr Vater war weit fort, und bis hierher reichte sein Arm nicht. Laya war entschlossen, zunächst vorsichtig bei Hilda nachzufragen. Jetzt hatte sie keine Zeit, um selbst zu suchen. Schwester Gisela wartete sicherlich schon ungeduldig auf die Rüben, und ohne Erlaubnis durfte Laya nicht einfach den Keller betreten.

Schnell suchte sie zwei große Mohrrüben aus der Kiste und bedeckte das restliche Gemüse wieder sorgsam mit Stroh.

Sie blies zwei der Talglichter aus, entzündete den Kienspan an dem dritten, bevor sie auch dieses löschte, und eilte zurück an die Arbeit in der Küche.

4. Kapitel

Den ganzen Tag über ergab sich für Laya keine Gelegenheit, unbeobachtet mit Hilda zu sprechen. Immer wieder versuchte sie erfolglos, deren Aufmerksamkeit auf sich zu ziehen. Doch Hilda schien die heimlichen Winke entweder nicht zu sehen oder nicht zu verstehen.

Während des Essens gab es ebenfalls keine Möglichkeit einer leisen Unterhaltung. Es herrschte ein striktes Schweigegebot. Einzig die Stimme der Schwester, die die Tischlesung durchführte, war in dem Saal zu vernehmen.

Nach der Mahlzeit, die im Winter im letzten Licht des Tages eingenommen wurde, um Kerzen zu sparen, musste Laya helfen, das Refektorium aufzuräumen. Sie warf Hilda beschwörende Blicke zu, hätte sie am liebsten direkt angesprochen. Aber das war natürlich unmöglich, wenn sich andere Schwestern in ihrer Nähe befanden.

Seufzend fand Laya sich damit ab, Hilda heute wohl nicht mehr von ihrem Erlebnis im Keller berichten zu können. Nach der Komplet war Nachtruhe angeordnet.

Um so erstaunter war Laya, als die Magistra nach dem Stundengebet Hilda beiseitezog und Laya zu sich winkte.

»Ich habe eine Aufgabe für euch beide«, begann sie leise und sah von einer zu anderen. »Schwester Almut braucht Hilfe im Infirmarium. Schwester Gundula hat hohes Fieber. Ihr sollt bis Mitternacht bei ihr wachen und dabei helfen, die Hitze in ihrem Körper mit kühlenden Umschlägen erträglicher zu machen.«

Laya konnte ihr Glück kaum fassen. Jetzt würde sie mit Hilda allein sein und ungestört reden können. Sie musste sich zurückhalten, um nicht zu freudig zu nicken. Auf dem Weg über den Klosterhof zum Infirmarium wäre sie beinahe gehüpft.

»Ich muss dir unbedingt etwas erzählen«, begann sie.

Sie glaubte einen Funken Interesse in Hildas Augen aufleuchten zu sehen. »Ist dir dein Name wieder eingefallen?«

»Nein, leider nicht.« Laya bemühte sich, dabei enttäuscht zu klingen.

»Dann warte damit, bis wir bei der Kranken wachen. Schwester Almut wird beschäftigt sein und sollte keine Gelegenheit haben, auf unser Geplapper zu achten.«

Laya runzelte die Stirn. »Ich habe die Absicht, dir etwas Wichtiges mitzuteilen, nicht einfach daherzuschwätzen.«

Hilda lächelte mitleidig. »Das Gerede untereinander gilt immer als Geschwätz. Wir sollten eigentlich nur reden, wenn es unumgänglich und nützlich ist.«

»Das ist es«, bekräftigte Laya und erntete ein Kopfschütteln.

»Es mag für dich wichtig sein, aber ist es das auch für das größere Wohl der Gemeinschaft?«

»Wenn es danach ginge, dann müssten wohl alle den ganzen Tag den Mund halten«, brummte Laya.

»Du hast es erfasst«, bestätigte Hilda und zwinkerte ihr zu.

»Aber du redest doch die ganze Zeit mit mir.«

»Dazu habe ich auch die Erlaubnis der Magistra. Wie sonst soll ich dir alles erklären, was das Leben hier im Kloster betrifft? Aber nun sei still, wir sind da.«

Schwester Almut erwartete sie bereits. Sie hatte Leinentücher bereitgelegt und drückte Laya einen Eimer mit kaltem Wasser in die Hand.

»Kommt mit, ich zeige euch, wie ihr sie Schwester Gundula um die Waden wickeln müsst.«

»Das ist nicht nötig, ich weiß, wie es geht«, antwortete Laya, die fast jedes Jahr bei ihren Geschwistern gegen das Fieber gekämpft hatte.

»Umso besser«, entgegnete die andere und führte sie an das Krankenlager.

Schwester Gundula war eine zierliche Frau in fortgeschrittenem Alter. Sie glühte vor Hitze und bewegte sich unruhig auf der Strohunterlage hin und her. Laya erkannte sofort, dass das Fieber zu hoch war, um die Kranke sich selbst zu überlassen.

»Dann zeige uns mal, was du kannst«, forderte Schwester Almut sie auf.

Wie sie es schon so oft zu Hause getan hatte, setzte Laya sich auf die Bettstatt und sprach beruhigend auf die Kranke ein. Sie war zwar nicht sicher, ob die Schwester in ihrem Fieberwahn etwas davon verstand, aber ihre Geschwister waren immer ruhiger geworden und hatten später behauptet, sich sicherer gefühlt zu haben, wenn sie ihre Stimme vernommen hatten.

Zunächst schlug sie die Decke zurück und fasste nach den Füßen der Kranken. Sie waren sehr warm. Gleiches wiederholte sie bei den Händen.

Auf Hildas fragenden Blick hin erklärte sie: »Die Tücher sollen die Hitze im Körper senken. Wenn die Fiebernde friert, dürfen die Wickel nicht angewendet werden.«

Schwester Almut nickte zufrieden und lächelte sogar ein wenig. Durch die fehlende Nasenspitze glich ihr Gesicht um so mehr einer Fratze.

Laya wandte den Blick ab. Sie tauchte die Binden in das Wasser und wrang sie sorgfältig aus, ehe sie sie eng anliegend von unten nach oben um Schwester Gundulas Waden wickelte. Zum Schluss legte sie noch ein trockenes Leinentuch darum und bedeckte die Beine wieder mit der Decke.

Schwester Almut sah sie abwartend an, und Laya vermutete, dass sie nach weiteren Erklärungen verlangte. »Wir können die Wickel noch drei bis viermal wiederholen, bis das Fieber gesunken ist. Sollte Schwester Gundula beginnen zu frieren oder zu zittern, dann müssen sie sofort entfernt werden.«

Schwester Almut verschränkte die Hände vor der Brust. »Was schlägst du noch vor?«

»Die Kranke verliert durch das Schwitzen viel Flüssigkeit und muss ausreichend trinken. Am besten wäre ein Tee aus fiebersenkenden Heilpflanzen, wie Linden- oder Hollerblüten.«

»Wo würdest du denn hier nach einem Lindenbaum suchen?« Schwester Almut hob fragend die Augenbrauen.

»Eine Linde oder ein Hollerbusch wachsen hier oben natürlich nicht. Dafür müsste man den Berg ein gutes Stück hinuntersteigen. Doch sicherlich habt Ihr zur rechten Zeit reichlich Blüten in tieferen Lagen gesammelt.«

»Wir haben weder das eine noch das andere«, erwiderte die Ordensfrau ein wenig barsch. »Außerdem dürfen wir das Kloster nicht verlassen, um uns draußen herumzutreiben.«

»Aber die Männer könnten das doch erledigen.«

Schwester Almut schnaubte abfällig. »Von den hier anwesenden Brüdern kann keiner einen Hollerstrauch von einer Linde unterscheiden.«

Das hielt Laya für übertrieben und schrieb es vielmehr dem Hass auf Männer zu, den Schwester Almut offenbar hegte.

»Wir können froh sein, wenn sie den Händlern überhaupt Heilpflanzen für uns abkaufen. Zum Glück für uns gibt es ein paar Dorfbewohnerinnen, die gelegentlich vorbeikommen und uns welche bringen.«

Laya erschrak. Es bestand die Gefahr, dass auch Frauen aus ihrem Dorf darunter waren. »Wie ist das möglich?«, brachte sie hervor und bemühte sich, nicht allzu neugierig zu klingen.

»Das musst du nicht wissen«, erstickte Schwester Almut jede weitere Nachfrage im Keim.

Laya wurde hellhörig. In diesem Kloster war auch nicht alles so, wie es auf den ersten Blick schien.

»Weißt du, welche Pflanze in großen Höhen wächst und Schwester Gundula helfen wird?«

Jetzt blieb Laya nichts anderes übrig, als den Kopf zu schütteln. Sie war in ihrem ganzen Leben nie bis in diese Höhen vorgedrungen, hatte ihre Kräuter immer nur in der Umgebung des Dorfs gesammelt. Was nutzte es auch, andere Heilmittel zu verwenden, wenn die vor der Haustür es ebenso taten und noch dazu nichts kosteten? Geld, um Kräuter oder Gewürze zu kaufen, hatte sie nie besessen.

Schwester Almut sah gleich wieder ein wenig zufriedener aus, als sie hoheitsvoll verkündete: »Ich meine die Bergfieberwurzel.«

Von der hatte Laya noch nie etwas gehört. Aufmerksam hörte sie zu, wie Schwester Almut die hochwachsende Pflanze mit den gelben Blüten beschrieb. »Eigentlich müsstest du auf deinem Weg hierher an einigen Exemplaren vorbeigekommen sein, die ihre Fruchtstände bis weit in den Winter halten.«

Laya versuchte vergeblich, sich zu erinnern. Sie hatte anderes im Kopf gehabt, als nach Heilpflanzen Ausschau zu halten.

»Aus der Wurzel habe ich einen Tee bereitet. Er schmeckt sehr bitter, deshalb habe ich noch etwas Honig hinzugefügt. Seht zu, dass Schwester Gundula ihn trinkt.«

Die Infirmarin nickte den beiden nochmals aufmunternd zu und ließ sie dann mit der Kranken allein.

Durch das Gespräch war bereits Zeit vergangen, sodass Laya beschloss, die Wadenwickel ein erstes Mal zu erneuern. Hilda saß stumm da und schaute ihr zu.

Schwester Gundula wimmerte leise, wälzte sich aber nicht mehr im Bett herum.

»Sie schläft tief genug«, sagte Laya und sah sich um. Von Schwester Almut oder jemand anderem war nichts zu sehen.

»Hör zu«, begann Laya und senkte vorsichtshalber die Stimme, damit auch keine unsichtbaren Zuhörer etwas mitbekamen. »Mir ist heute im Keller etwas Merkwürdiges passiert.«

Hilda runzelte die Stirn. »Im Keller?«, hakte sie skeptisch nach.

Laya erzählte Hilda von dem Bruder, den sie immer besser verstehen konnte, je mehr sie sich der Stelle mit dem Gerümpel genähert hatte.

»Meinst du nicht, das könnte dem ganzen Holz geschuldet sein, das gegen die Mauer gelehnt ist? Vielleicht werden die Laute so besser übertragen«, mutmaßte Hilda.

Laya sah skeptisch drein. »Das kann ich mir nicht vorstellen. Dann müsste man ja immer, wenn die Tafeln nach dem Essen an die Wand gestellt werden, genau hören, was im Nebenraum gesprochen wird. Das ist mir aber noch nie aufgefallen.«

Das musste auch Hilda einsehen.

»Ich glaube vielmehr, dass sich hinter dem Gerümpel ein geheimer Durchbruch im Mauerwerk befindet, der durch das achtlose Lagern von alten Gegenständen verdeckt werden soll.«

»Eine heimliche Verbindung zwischen dem Trakt der Männer und der Frauen?«, stieß Hilda entsetzt hervor. »Davon müssen wir sofort die Magistra unterrichten.«

Sie wollte tatsächlich aufspringen, doch Laya griff nach Hildas Handgelenk und hielt es fest. »Nicht so schnell. Wir wissen nicht, ob ich mit meiner Vermutung richtigliege. Wozu die Hühner aufscheuchen, wenn der Fuchs nicht in der Nähe ist? Lass uns erst nachsehen und dann überlegen, was wir am besten unternehmen.«

»Aber wenn es diesen Durchgang gibt, dann muss die Magistra davon wissen«, beharrte Hilda.

»Vielleicht weiß sie es ja bereits«, wagte Laya einzuwerfen.

Hilda sah sie ungläubig an. »Das ist doch wohl ein Scherz. Zeigst du so deine Dankbarkeit, indem du ihr ein solch ungeheuerliches Wissen unterstellst? Glaubst du etwa, sie würde sich heimlich mit einem Mann treffen?«

»Jetzt übertreibe doch nicht gleich und reg dich wieder ab. Nichts dergleichen habe ich behauptet«, versuchte Laya die aufgebrachte Hilda zu beruhigen.

Schwester Gundula zuckte im Schlaf kurz zusammen.

Laya fuhr wieder leiser werdend fort: »Ich vermute nur, dass sie als Magistra das Kloster bestens kennen muss. Sie ist doch bestimmt schon Jahrzehnte hier.«

Zu ihrem Erstaunen schüttelte Hilda den Kopf. »Tannhöhe ist ein ehemaliges Benediktinerkloster. Die Prämonstratenser gibt es erst seit zwölf Jahren und haben es von ihnen übernommen.«

»Ich weiß halt noch nicht so viel über euren Orden.«

»Das wird sich bald ändern«, prophezeite Hilda. »Sobald ich dir die Geschichte des Klosters Prémontré, das Leben unseres Gründers Norbert von Xanten und natürlich die Regeln des Heiligen Augustinus nähergebracht habe.«

»Ach, das soll ich alles lernen?«, fragte Laya und hoffte, Hilda würde ihre mangelnde Begeisterung nicht bemerken.

Ihr Gegenüber geriet ins Schwärmen. »Du glaubst gar nicht, wie spannend das alles ist. Norbert von Xanten führte ein so interessantes Leben als ungestümer junger Adelssohn, als Wanderprediger und schließlich als Erzbischof von Magdeburg. Er war eine faszinierende Persönlichkeit, von beeindruckendem Äußeren und unglaublich wortgewandt.«

»Oh, du bist ihm begegnet?«

Mit ihrer Frage hatte sie Hilda aus dem Tritt gebracht. Sichtlich verwirrt gab sie zu: »Nein, natürlich nicht.«

»Also hast du es selbst nur erzählt bekommen«, schloss Laya.

»Deshalb ist es nicht weniger wahrhaftig. Allein das Spinnenwunder ...«, setzte Hilda an, brach jedoch ab, als Laya demonstrativ gähnte.

»Bringe mir besser etwas Nützliches bei, zum Beispiel über Heilpflanzen der Gebirge.«

»Dieses Wissen kannst du dir selbst aneignen.« Hilda war sichtlich eingeschnappt.

Laya schmunzelte. »Lass uns Schwester Gundula den Tee einflößen, sie scheint allmählich zu erwachen.«

***

Bruder Ansgar malte mit der Schuhspitze verworrene Muster in den Schnee. Die eiskalten Hände rieb er immer wieder aneinander und versteckte sie in den Ärmeln seines Habits. Aufgrund seiner ständigen Unachtsamkeit während der Messen und des kürzlich zerbrochenen Kruges war ihm eine Strafe auferlegt worden. Jeden Tag bis Ostern hatte er die Figur der Gottesmutter, die sich im Innenhof des Kreuzgangs befand, mit den Händen vom Schnee zu befreien und anschließend innig zu ihr um Vergebung für seine Sünden zu beten.

Ansgar dachte nicht im Traum daran, der Anweisung zu folgen. Den Schnee musste er entfernen, aber ob er betete oder nicht, konnte der Abt nicht überprüfen. Das war ganz allein seine Sache.

Frierend trat er von einem Fuß auf den anderen, während der allbekannte Zorn wieder in ihm hochkochte. Ansgar war so erleichtert gewesen, als er den zweiten Krug im Keller gefunden hatte, nachdem ihm der erste heruntergefallen war.

Doch er hatte den Cellerar unterschätzt. Der alte Bock hatte sofort erkannt, dass es nicht jener Krug war, mit dem er Ansgar in den Keller geschickt hatte, um Bier zu holen. Natürlich hatte der Giftzahn nichts Besseres zu tun gehabt, als ihn bei Abt Elmar zu melden.

»Es ist nur zu deinem Besten, Bruder Ansgar«, äffte er den Cellerar nach. »Wir sind alle besorgt um dein Seelenheil und wollen dir helfen, den rechten Weg zu Gott zu finden.«

Ansgar spuckte verächtlich in den Schnee und sah zu, wie der Speichel ein wenig in die weiße Decke einsank, ehe er gefror.

Dieses scheinheilige Volk scherte sich einen Dreck um seine Seele. Ebenso wie seine Familie, die froh war, ihn los zu sein. Es gab niemanden auf der Welt, der auch nur ein Stück Hacksilber für ihn gegeben hätte, nicht, nachdem er sich mit seinem Vater wegen politischer Ansichten überworfen hatte. Sein Vater war von Beginn an ein treuer Anhänger König Lothars gewesen. Ansgar hingegen hatte sich nach der Ernennung Konrads aus dem Haus der Hohenstaufen zum Gegenkönig auf dessen Seite geschlagen. Und was hatte es ihm genutzt?

Vor zwei Jahren hatte sich Konrad dem mittlerweile zum Kaiser ernannten Lothar unterwerfen müssen, hatte sich barfuß und im Büßerhemd selbst öffentlich gedemütigt. Der Kaiser hatte ihm verziehen und ihm sogar sein Herzogtum gelassen. Und Ansgar?

Sein Vater war außer sich vor Zorn gewesen, hatte bei seiner Rückkehr geleugnet, ihn als Sohn zu kennen, und ihn noch nicht einmal sehen wollen. Er hatte Ansgar lediglich mitteilen lassen, dass er ins Kloster Tannhöhe einzutreten habe. Wenn er noch einen Funken Ehre im Leibe besäße, würde er dort für den Verrat an seiner Familie um Vergebung bitten und Buße tun.

Zähneknirschend hatte Ansgar sich gefügt, insgeheim allerdings die Hoffnung gehegt, sein hitzköpfiger Vater würde sich wieder beruhigen und ihm verzeihen. Dazu würde es nicht kommen. Sein Vater lebte nicht mehr.

Von seiner Stiefmutter war ihm lediglich mitgeteilt worden, dass sein jüngerer Halbbruder den Besitz geerbt hatte und Ansgar im Kloster versauern sollte. Sollte er es je verlassen, so hatte sein Vater dafür Sorge getragen, dass er gejagt würde wie ein tollwütiger Hund und auch ein solches Ende fände.

Ansgar trat wütend gegen einen der kaum wadenhohen Büsche, die den freien Platz um die Statue umringten. Die Zweige erzitterten und warfen ihre Schneehaube ab.

»Mist!«, fluchte er. Wenn die Brüder das sähen, würden sie sofort erkennen, dass er dabei seinen Fuß im Spiel gehabt hatte. Er überlegte kurz und begann, gegen jeden einzelnen Busch zu treten. Bald darauf waren alle vom Schnee befreit und Ansgar konnte sich das Grinsen nicht verkneifen. Das war viel besser gewesen als Beten. Zudem war ihm jetzt warm und sein Zorn ein wenig verraucht.

Er verneigte sich tief vor der Statue der Gottesmutter und hatte einen winzigen Augenblick den Eindruck, sie würde verständnisvoll auf ihn herabschauen.

»Bruder Ansgar, du überraschst mich.«

Ansgar fuhr herum. Im Kreuzgang stand Abt Elmar und sah ihn über die hüfthohe Brüstung hinweg wohlwollend an. Der Anblick des Mannes, der neben diesem aufragte, versetzte Ansgar jedoch einen Stich. Bischof Odo von Halltau musterte ihn mit undurchdringlicher Miene.

»Es ist erfreulich zu sehen, dass du nicht nur die Gottesmutter, sondern auch die Einfassung von Schnee befreit hast. Sehr löblich von dir, mehr zu tun, als ich verlangt habe.« Abt Elmar verzog die faltigen Lippen zu einem gönnerhaften Lächeln.

»Kann ich daraus schließen, dass sich das schwarze Schaf langsam in Eure Gemeinschaft einfügt?«, fragte der Bischof und sah auf Elmar hinunter, der fast zwei Köpfe kleiner war.

»Ehrwürdige Exzellenz, Ihr wisst doch, es wird immer ungestüme Schafe geben, auf die ein Hirte besonders achtgeben muss. Es gibt Tage, da grasen sie friedlich mit den anderen, aber es gibt auch Zeiten, da laufen sie fort und drohen vom nächsten Felsen zu stürzen. Dennoch gehören sie zur Herde und sind dem Hirten so lieb wie jedes der fügsameren Schafe.« Der Abt nickte wie zur Bestätigung seiner eigenen Worte so heftig, dass die faltigen Wangen erzitterten.

Ansgar knirschte mit den Zähnen. Elmar war von dem Bild eines treusorgenden Hirten so weit entfernt wie Ansgar von einem Leben außerhalb dieser Klostermauern. Der alte Abt wollte nur seine Ruhe haben, ging jeglichem Streit aus dem Weg und tat jetzt fürsorglich, um den Bischof zu beeindrucken. Doch Odo war nicht auf den Kopf gefallen. Er wusste den Abt sehr wohl einzuschätzen. Was trieb den Bischof hierher ins Kloster? Etwas Gutes steckte bestimmt nicht dahinter.

»Du kannst dich wieder deiner Arbeit widmen, Bruder Ansgar«, bestimmte der Abt. Er schritt den Kreuzgang entlang auf die Kirche zu.

Nachdem sich die Tür des Gotteshauses hinter den beiden Männern geschlossen hatte, blickte sich Ansgar verstohlen um. Als er sich sicher war, unbeobachtet zu sein, betrat er ebenfalls den Kreuzgang und folgte den beiden. In der Kirche gab es keine Möglichkeit, sich zu verstecken und das Gespräch der beiden zu belauschen, es sei denn, er verbarg sich auf der Empore. Mit ein wenig Glück drangen die Worte zu ihm herauf und er würde, wenn er vorsichtig war, nicht zu sehen sein. Sofern die Männer sich an den richtigen Stellen unterhielten, würde er sie verstehen können.

Vor der Kirche wandte sich Ansgar nach rechts. Vom Kreuzgang aus führte dort eine Treppe hinauf, von der aus man sowohl auf die Empore als auch in das obere Stockwerk des Männertrakts gelangen konnte.

Leise öffnete Ansgar die Tür und schlüpfte hindurch. Die Empore des Seitenschiffs war von einer hüfthohen Brüstung umgeben, und von den Arkaden hatte man einen guten Blick auf den Chor und den Kirchenraum. Er lehnte sich an eine der verzierten Säulen, darauf bedacht, dass er von unten nicht entdeckt wurde.

Abt Elmar und Bischof Odo standen in der Nähe des Altars und redeten leise miteinander. Sosehr Ansgar sich auch anstrengte, er verstand kein Wort und musste näher an die beiden heran.

Hinter die Brüstung geduckt, schlich er bis zum anderen Ende der Empore. Odo zeigte auf die Truhe mit Reliquien, die der ganze Stolz des Klosters waren. Der Ordensgründer, Norbert von Xanten, hatte sie höchstpersönlich dem damaligen Erzbischof von Coellen, Friedrich von Schwarzenburg, abgeschwatzt.

Ansgar grinste kurz. Abgeschwatzt? Er würde Stockhiebe bekommen, wenn er das jemals laut äußerte. Angeblich war Norbert die fromme Bitte sofort gewährt worden und er hatte sich eine Reliquie aussuchen sollen. Er hingegen hatte beschlossen, die Entscheidung Gott zu überlassen. Dank mehrtägigem Fasten und ebenso vielen Nachtwachen war ihm schließlich eine der elftausend heiligen Jungfrauen erschienen, die mitsamt der Königstochter Ursula einst von den Hunnen in Coellen umgebracht worden waren. Sie hatte ihm ihr Grab gezeigt, und Norbert war mit vielen verschiedenen Reliquien aus Coellen zurückgekehrt. Einige von ihnen wurden inzwischen in Tannhöhe aufbewahrt. Darunter befanden sich ein Stück aus dem Schädel und ein Knochenfragment eines

Märtyrers der Thebäischen Legion. Der Legende nach hatten die christlichen Männer dieser Legion sich geweigert, vor der Schlacht den römischen Göttern zu opfern, und waren daraufhin allesamt niedergemetzelt worden.

Die wertvollste Reliquie war jedoch der Schädel der Heiligen Jungfrau, die Norbert selbst ausgegraben hatte.

Es würde Ansgar nicht weiter verwundern, wenn sich irgendwann herausstellen würde, dass der Ordensgründer schlicht in der Erde eines römischen Friedhofs gebuddelt hätte und es sich statt der Heiligen Jungfrau um die Überreste eines römischen Kriegers handelte. Soweit Ansgar wusste, brauchte man in Coellen nur einen Stein aufzuheben, um auf römische Spuren zu treffen, und er hielt diese Version damit für weitaus realistischer als die des Ordensgründers.

»Nein, Exzellenz, das ist zu viel verlangt.«

Überrascht, dass Abt Elmar so entschieden laut das Ansinnen des Bischofs ablehnte, riskierte Ansgar einen Blick über die Brüstung. Abt Elmar stand händeringend vor Odo, als wollte er so seinen Ausbruch ungeschehen machen. »Versteht mich bitte, das kann ich nicht tun.«

Leider konnte Ansgar nicht in der Mimik des Bischofs lesen, weil der ihm den Rücken zukehrte. Jedenfalls ließ er den ausgestreckten Arm sinken und nickte bedächtig.

»Dann müssen wir einen anderen Weg finden. Oder habt Ihr es Euch anders überlegt?«

Elmar schüttelte den Kopf. »Nein, Exzellenz. Ihr wisst hoffentlich, dass ich voll und ganz hinter der Angelegenheit stehe und Euch sehr dankbar bin für Eure Hilfe. Aber wir müssen vorsichtig sein. Die Magistra ist ein gerissenes Weibsstück.«

»Das Ihr hoffentlich bald loswerdet, mitsamt ihrer Schlangenbrut.«

Ansgar hielt den Atem an. Es war zwar kein Geheimnis, dass Abt Elmar die Magistra nicht ausstehen konnte und sie sich lieber heute als morgen vom Hals schaffen würde. Er war jedoch sehr erstaunt, dass der örtliche Bischof nicht nur davon wusste, sondern offenbar auch die treibende Kraft dahinter war.

Das ursprünglich benediktinische Kloster Tannhöhe war immer ein freies Reichskloster gewesen. Ansgar wusste, dass sich die Besitzverhältnisse auch unter den Prämonstratensern nicht geändert hatten. Das Kloster gehörte dem König, wer auch immer es werden mochte. Bischof Odo hatte hier nichts zu sagen.

Klöster der Prämonstratenser unterstanden allerdings oft den örtlichen Diözesen, und deren Bischöfe ließen häufig nichts unversucht, um die Äbte von der Teilnahme an den jährlichen Generalkapiteln abzuhalten.

Aber für Tannhöhe galt das nicht. Kaiser Lothar hatte die Prämonstratenser immer nach Gutdünken walten lassen und sich nicht in innere ordensrechtliche Angelegenheiten eingemischt.

Nach dem Tod des Kaisers gab es derzeit keinen legitimierten Nachfolger, und erst bei der kommenden Wahl würde sich zeigen, ob der Welfe oder der Staufer die Nase vorn hatte. Ansgar war sicher, dass beide Anwärter, sowohl Heinrich als auch Konrad, nach ihrer Ernennung Wichtigeres zu tun haben würden, als sich auf ein Kloster in den Alpen zu stürzen.

Er runzelte die Stirn. Vielleicht wollte Odo genau diese Zeit ausnutzen, um seine eigenen Pläne voranzutreiben. Weshalb tauchte er sonst so bald nach dem Tod des Kaisers hier auf?

Wenn der Bischof Abt Elmar dabei unterstützte, die Frauen von hier zu vertreiben, erwartete er dafür eine Gegenleistung.

Im Grunde war es Ansgar vollkommen gleich, was mit dem Kloster geschah. Wenn es für ihn jedoch eine Möglichkeit gab, die Pläne des Bischofs zu vereiteln, dann würde er dies ohne zu zögern tun. Er sah noch heute Odos hämisches Grinsen vor sich, als er Ansgar eröffnet hatte, ins Kloster verbannt zu werden.

Dabei hatte Ansgars Vater den Bischof zu Lebzeiten unterstützt. Ohne ihn wäre der in der kirchlichen Rangordnung bestimmt nicht so schnell aufgestiegen.

In diesem Moment beugte sich Odo zu Elmar hinunter und legte ihm die Hand vertraulich auf die Schulter. Er flüsterte dem Abt etwas zu und der nickte verschwörerisch.

Ansgar presste die Lippen zusammen. In der stillen Kirche waren selbst die leisen Worte bis zu ihm hinauf zu verstehen gewesen. Die beiden fürchteten den scharfen Verstand der Magistra. Er musste also einen Weg finden, sie von dem Besuch des Bischofs zu unterrichten.

5. Kapitel

Laya stand neben Hilda im Sprechzimmer der Magistra und nahm mit roten Ohren das Lob entgegen, weil sie sich so gut um Schwester Gundula gekümmert hatte. Sie konnte sich nicht erinnern, von ihrem Vater jemals ein freundliches Wort für die Arbeit gehört zu haben, die sie tagtäglich in Haus und Hof geleistet hatte.

Das Leben hier war bis jetzt gar nicht so schlecht, eigentlich viel besser als daheim. Wenn da nicht das zunehmende Verlangen in ihr brodeln würde, ihren Vater für das, was er ihr angetan hatte, zur Rechenschaft zu ziehen.

»Ich bin wirklich außerordentlich zufrieden mit dir«, sagte Philippa von Berg. »Hilda wird ab sofort mit deiner Ausbildung beginnen.«

»Ausbildung?«, hakte Laya verblüfft nach. Bisher hatte sie angenommen, Hilda sollte ihr lediglich die Klosterregeln und das Leben des Ordensgründers näherbringen.

»Du sagtest, dass du nicht lesen kannst. Zumindest die Grundbegriffe des Lesens, Schreibens und ein wenig Latein solltest du beherrschen. Hilda wird sich darum kümmern. Wenn du dich dabei ebenso geschickt anstellst wie in der Krankenpflege, kann ich mir durchaus vorstellen, dich als Laienschwester hierzubehalten.«

Laya wusste, dass sich hier eine Möglichkeit bot, wie sie jemandem wie ihr nur einmal im Leben vor die Füße fiel, wenn überhaupt. Bisher hatte sie allerdings noch nie von einer Bauerntochter gehört, die lesen oder schreiben konnte. Wäre sie überhaupt gelehrig genug für diese Herausforderung?

Als sie es wagte, ihre Bedenken zu äußern, schärften sich die Pupillen der Magistra ähnlich einem Raubvogel, der seine Beute erspähte. Laya wurde sofort wachsam.

»Willst du mir damit sagen, dass du glaubst, aufgrund deiner Herkunft nicht in der Lage zu sein, es zu erlernen?«

»Ich kenne meine Vergangenheit ja nicht. Aber ich bin in diesen Dingen völlig ahnungslos. Möglicherweise bin ich schlichtweg zu dumm.«

Ein heiseres Lachen war zu hören, das die dunklen Augen der Magistra jedoch nicht erreichte. »Eines ist gewiss, Mädchen, du bist alles andere als dumm. Selbst wenn du die Tochter eines Tagelöhners oder Bettlers wärst, würdest du dir dieses Wissen aneignen können, sofern es dich interessiert. Deine Herkunft ist völlig unbedeutend.«

Das war eine höchst ungewöhnliche Ansicht. Laya hatte von klein auf gelernt, dass Gott jeden Menschen auf seinen Platz gestellt hatte, damit er ihn ausfüllte und nicht daran rüttelte. Ein einziges Mal hatte sie es gewagt, in der Beichte ihren Wunsch auszusprechen, mehr vom Leben zu erwarten, als tagaus und tagein für ihren Vater zu schuften, und dafür diese Worte als Zurechtweisung des Pfarrers geerntet.

»Wenn Ihr mir das zutraut, will ich es gerne versuchen und mir alle Mühe geben«, versprach Laya der Magistra.

»So ist es recht«, antwortete diese sichtlich zufrieden. »Da gibt es noch etwas. Ich habe gleich eine Unterredung mit Abt Elmar und möchte, dass ihr zwei dabei seid.«

»Wir?«, fragte Hilda sichtlich ungläubig. »Aber wir sind viel zu jung. Weshalb ruft Ihr nicht wie gewöhnlich nach Schwester Almut und Schwester Notburga?«

Laya entging nicht der kurze Anflug von Verärgerung auf dem Gesicht der Magistra. Sie war einer Klosterschülerin keine Rechenschaft schuldig.

»Ich habe meine Gründe«, sagte Philippa scharf.

Hilda zuckte zusammen und senkte den Blick. Laya konnte sich schon denken, dass Schwester Almut zu sehr in der Krankenpflege eingespannt war. Schwester Notburga hingegen war die älteste Frau in Tannhöhe. Sie sah fast nichts mehr und hörte noch schlechter. Vielleicht fand die Magistra es an der Zeit, sie zu ersetzen.

»Darf ich fragen, was das heißen soll, wir wären zu jung?«, warf Laya in die Stille hinein, die sich unangenehm zwischen ihnen ausbreitete.

Philippa sah Laya aufmerksam an, ließ sich jedoch zu einer Erklärung herab. »Wenn der Abt oder ein Priester uns hier aufsuchen, wird er immer von zwei älteren Brüdern begleitet, damit das Fleisch nicht in Versuchung geführt wird. Andere Männer dürfen unseren Bereich nicht betreten. Bei den Unterredungen, bei denen es um die Belange des Klosters geht, reicht es, durch ein Fenster miteinander zu sprechen. Wir in Tannhöhe haben für diesen Zweck die Sprechluke in der Trennwand. In anderen Doppelklöstern gibt es ein Fenster in der Kirche. Fest steht jedoch, dass auf jeder Seite zwei ältere Mitglieder des Konvents anwesend sein müssen. Sie können das Gesagte bezeugen und haben darauf zu achten, dass kein anstößiger oder zweideutiger Austausch der Worte stattfindet.«

»Wenn die Unterredung zwischen Euch und dem Abt an der Öffnung in der Mauer stattfindet, dann könnten Hilda und ich uns doch im Schatten der Mauer verbergen, damit wir nicht gesehen werden. Auf diese Weise würde niemand durch unsere Erscheinung in Versuchung geführt«, bemerkte Laya.

Die Mundwinkel der Magistra zuckten nach oben. »Genau das habe ich auch gerade gedacht.«

Hilda sah weiterhin auf ihre Fingerspitzen. Laya glaubte regelrecht zu fühlen, was sie dachte: Nur weil es niemand sah, war es noch lange nicht rechtens.

In Layas Augen machte dieses Verhalten die Magistra jedoch erheblich menschlicher. Aber das zählte in einem Kloster wohl kaum.

Die Magistra erhob sich. »Es ist Zeit für das Gespräch mit Abt Elmar.«

Philippa von Berg verließ den Raum und stellte sich neben die Luke, ohne sie zu öffnen. Sie zeigte mit ausgestrecktem Finger auf die Plätze, die Hilda und Laya einnehmen sollten. Dann legte sie ihr Ohr an die Holzplatte und lauschte.

Vermutlich hörte sie nichts, denn sie verschränkte die Arme und wartete. Mit der linken Schuhspitze tippte die Magistra in schnellem Takt auf den Steinfußboden.

Wenig später glaubte Laya ein heiseres Husten zu hören. Philippa hielt ihren Fuß ruhig und legte erneut das Ohr ans Holz. Dieses Mal huschte ein zufriedener Ausdruck über ihr Gesicht, ehe sie den Haken, der an der Holzplatte befestigt war, lautlos aus der Öse löste, die aus der Mauer ragte. Sie wartete noch ein paar Atemzüge, ehe sie die Klappe schwungvoll aufriss.

»Zu spät, wie immer«, begrüßte sie eine etwas näselnde Stimme in leidendem Tonfall.

»Ehrwürdiger Vater, wie Ihr wisst, haben wir Frauen alle Hände voll zu tun. Da ist es bei der ganzen Arbeit für den Konvent nicht immer leicht, den richtigen Zeitpunkt abzupassen.«

Laya grinste Hilda an. Die Magistra hatte den Abt doch mit Absicht warten lassen. Aber Hilda reagierte nicht, hatte die Finger ineinander verflochten und betrachtete einen verdorrten Grashalm, der in einer Fuge lag.

Der Abt räusperte sich vernehmlich. »Ich muss Euch leider mitteilen, dass wieder einmal weniger Abgaben eintreffen werden als erhofft. Der Winter ist hart, und die letzte Ernte war schlecht.«

Die Magistra schnaubte empört. »Wir hatten schon schlimmere Winter und unseren Erträgen aus dem Klostergarten nach zu urteilen, kann die Ernte nicht so schlimm ausgefallen sein.«

»Das könnt Ihr wohl kaum beurteilen, oder verstoßt Ihr gegen Eure Klausur und schleicht heimlich in die Dörfer hinunter?«, giftete der Abt.

Philippas Lippen wurden schmal. »Selbstverständlich nicht«, presste sie verärgert hervor.

»Dann werdet Ihr meine Worte wohl nicht noch einmal anzweifeln«, sagte der Abt scharf. »Wie dem auch sei«, fuhr er fort, nachdem von der Magistra keine Reaktion erfolgte. »Fest steht jedenfalls, dass Ihr künftig besser wirtschaften müsst, wenn wir alle satt werden sollen.«

Laya nahm wahr, dass Philippas Gesichtsfarbe flüchtig einen feuerroten Ton annahm, ohne dass sich ihr Unmut jedoch in ihrer Stimme oder ihrer Mimik widerspiegelte. »Wie wäre es denn, wenn Ihr endlich der wahren Ursache auf den Grund gehen würdet?«

»Was wollt Ihr damit andeuten?«, brauste Elmar auf.

»Ich sagte Euch bereits, dass das Verschwinden der Mädchen und auch einiger Jünglinge aus den umliegenden Dörfern sicherlich mit für die schwindenden Einnahmen verantwortlich ist.«

Laya spannte sich unwillkürlich an. Davon hatte sie noch nichts gehört.

»Unsinn«, wehrte der Abt ab. »Ein paar davongelaufene Weibsbilder sind kaum daran schuld.«

»Wenn Männer ihre Töchter, Schwestern und Ehefrauen verlieren, hat das sehr wohl einen Einfluss auf die Arbeitskraft«, widersprach die Magistra.

»Das hat nichts damit zu tun«, beharrte der Abt.

Philippa sah nun richtig zornig aus. »Das behauptet Ihr doch nur, weil Ihr nichts unternehmen wollt.«

»Ich bin nicht allein mit dieser Meinung«, erklang es von der anderen Seite der Mauer.

»So, wer stimmt Euch denn hierin zu?«, fragte die Magistra.

Eisiges Schweigen antwortete ihr, bis schließlich eine kräftige Männerstimme, die sie zuvor noch nicht gehört hatten, die Stille brach: »Sicherlich Odo von Halltau.«

Philippas Gesichtsfärbung vertiefte sich erneut, während jenseits der Maueröffnung ein tadelndes Zischen dem Zwischenrufer Einhalt gebot.

»Verzeiht, Ehrwürdiger Vater«, fuhr dieselbe Stimme unbeirrt fort. »Ich dachte bloß, der gestrige Besuch des Bischofs wäre Euch entfallen.«

Jetzt erkannte Laya die Stimme. Sie gehörte dem Bruder, der auf der anderen Seite der Mauer im Keller geflucht hatte.

»Der Bischof war hier?«, empörte sich die Magistra, und Laya bemerkte, dass sie die Hände zu Fäusten geballt hatte. »Ist das wahr, Ihr habt mit Odo von Halltau über die verschwundenen Mädchen gesprochen?«

»Nein, es handelte sich um andere Dinge. Bruder Ansgar wird sich künftig mit solchen Vermutungen zurückhalten. Schließlich war er bei dem Gespräch nicht zugegen, und selbst wenn, steht es ihm nicht zu, darüber zu sprechen«, ereiferte sich der Abt. »Das wird eine weitere Strafe nach sich ziehen, Bruder.«

»Verzeiht meine Verfehlung, Ehrwürdiger Vater. Mit Demut werde ich die mir auferlegte Buße erfüllen.«

Laya konnte nicht ein Fünkchen Bedauern aus dem Tonfall des wie sie vermutete noch recht jungen Bruders heraushören. Sie hatte vielmehr den Eindruck, als hätte er Freude daran, den Abt zu verärgern.

»Werdet Ihr mir eröffnen, weshalb der Bischof Euch aufsuchte?«, fragte Philippa.

»Das ist nicht nötig. Die Angelegenheit betrifft Euch nicht.«

»Mit Verlaub, Ehrwürdiger Vater, der Bischof hat sich bestimmt nicht zu dieser Jahreszeit und bei diesen Witterungsverhältnissen hierherbemüht, um sich nach Eurem Befinden zu erkundigen. Sein Anliegen wird das Kloster betreffen, und damit muss auch ich erfahren, um was es ging.«

»Ihr müsst gar nichts. Wenn ich Euch sage, es ging um anderes, dann habt Ihr nicht zu widersprechen. Sagt Euren Schwestern, dass sie mit den Vorräten sparsamer umgehen sollen. Bei der Weinlieferung, die wir in Kürze erwarten, werdet Ihr drei Fässer weniger bekommen. Es sollte Euch nicht schwerfallen, damit auszukommen, Ihr habt schließlich noch genug davon. Mehr habe ich Euch heute nicht zu sagen.« Mit einem Knall wurde auf der anderen Seite die Klappe zugeschlagen.

»Alter Ziegenbock«, stieß Philippa unbedacht hervor, ehe sie das diesseitige Türchen ebenfalls schloss. Eine steile Falte bildete sich zwischen ihren Augenbrauen. »Kommt mit mir, ich muss euch etwas mitteilen.« Die Magistra rauschte zurück in ihr Sprechzimmer.

Laya und Hilda folgten ihr. Philippa verschränkte die Hände auf dem Rücken und lief vor dem Tisch auf und ab wie ein wildes Tier im Käfig.

Plötzlich hielt sie inne, drehte sich zu Laya um und ging zielstrebig auf sie zu. Eine halbe Armlänge vor ihr blieb sie stehen und bedachte Laya mit einem stechenden Blick. »Bist du im Auftrag des Bischofs hier, um uns auszukundschaften?«

Laya zwang sich, die Magistra offen anzusehen. »Nein, ich kenne den Bischof nicht.«

»Musst du auch nicht, um für ihn zu arbeiten. Du hilfst Schwester Gisela in der Küche und hast dadurch regelmäßig Zugang zu unseren Vorräten. Woher weiß Abt Elmar, dass wir noch ausreichend volle Weinfässer haben?«

»Vielleicht vermutet er es bloß, weil die Schwestern weniger trinken.« Laya holte tief Luft und beteuerte: »Ich schwöre Euch, ich habe mit niemandem über die Vorräte gesprochen. Ich bin Euch so dankbar, dass Ihr mich aufgenommen habt, da beiße ich doch nicht in die Hand, die mich füttert.«

Die Magistra trat einen Schritt zurück, ihr Blick wurde wieder freundlicher. »Ist schon gut, Kind. Aber jemand aus unserer Gemeinschaft muss Abt Elmar oder einem, der es an ihn weitergibt, darüber berichtet haben. Von Vermutungen hält der Ehrwürdige Vater nicht viel. Der Bischof heckt etwas aus und hat bestimmt auch seine Zuträger unter den Brüdern und Schwestern.«

»Ich dachte, Tannhöhe wäre dem König unterstellt«, warf Laya ein.

Die Magistra nickte. »Das Kloster verfügt über wertvolle Reliquien, die Scharen von Pilgern anlocken würden, wenn man es richtig anstellte. Die wiederum brächten Geld in die Kasse. Aber meine Vorschläge stoßen beim Ehrwürdigen Vater auf taube Ohren.«

»Und jetzt befürchtet Ihr, er gibt Eure Einfälle vor dem Bischof als seine eigenen aus, um seine Gunst zu erlangen?«, fragte Laya.

Philippa stutzte. »Wenn dem so wäre, würde das bedeuten, dass der Abt und der Bischof ein gemeinsames Ziel verfolgen.«

»Aber der Bischof hat hier doch nicht zu bestimmen«, meldete sich Hilda zum ersten Mal zu Wort.

»Noch nicht«, sagte die Magistra bedächtig. »Doch ich kann mir gut vorstellen, dass Bischof Odo einen fetten Fisch wie unser Kloster gerne seiner Diözese einverleiben würde. Die Reliquien der Heiligen Jungfrau und der Märtyrer werten seinen Ruf enorm auf.«

»Aber würde der König das zulassen?«, fragte Laya verwundert.

»Welcher König?« Philippa klang leicht verbittert. »Noch

ist kein neuer gewählt, und bis das passiert ist, kann viel geschehen.«

»Ihr glaubt also, dass der Bischof die Zeit nutzen will, um sich das Kloster mithilfe des Abts unter die Nägel zu reißen?«, erkannte Laya.

Überrascht sah die Magistra sie an. »Du hast die richtigen Schlüsse gezogen, Kind.«

»Aber was hätte der Ehrwürdige Vater davon?«, wollte Hilda erstaunt wissen.

Philippa zögerte ein wenig. »Abt Elmar ist kein Mann, dem das Wirtschaften liegt, und er scheut sich vor zu großer Verantwortung. Das Generalvikariat ist weit weg und König Lothar ließ ihm freie Hand. Odo von Halltau hat ihm gewiss etwas Reizvolles versprochen – Geld, Unterstützung bei der Leitung des Klosters oder möglicherweise etwas, das dem weiblichen Zweig der Gemeinschaft zum Nachteil gereicht. Es ist kein Geheimnis, dass der Abt uns als lästiges Anhängsel betrachtet.«

Laya wunderte sich, wie offen die Magistra zu ihnen sprach. Hilda war kein vollwertiges Ordensmitglied und sie selbst bloß eine Dienerin. Weshalb zog Philippa sie ins Vertrauen und nicht die älteren Frauen, wie Schwester Almut? Das konnte doch nur bedeuten, dass sie weder Hilda noch ihr den Verrat zutraute.

Laya schätzte die Magistra nicht als schwatzhaft ein. Philippa von Berg tat Dinge niemals grundlos. Demnach verfolgte sie mit ihrer Offenheit eine bestimmte Absicht.

»Was sollen wir für Euch tun?«, fragte Laya deshalb frei heraus.

Philippa lächelte anerkennend. »Solange der Winter andauert, wirst du hier im Kloster arbeiten. Lerne alles kennen, höre dich um, ob du etwas entdecken kannst. Hilda steht dir bei. Lerne von ihr lesen und schreiben, damit du auch geschriebene Nachrichten verstehen kannst, falls du auf sie stoßen solltest. Alles, was du herausfindest, berichtest du Hilda. Es würde Verdacht erwecken, wenn ich zu oft mit dir spreche. Aber da Hilda die Absicht hegt, hier im Kloster zu bleiben und unserem Orden beizutreten, ist es selbstverständlich, dass ich ihre Eignung dafür regelmäßig prüfe.«

»In Wahrheit soll ich Euch aber alles, was Laya herausfindet, bloß weitererzählen«, schloss Hilda und sah geknickt aus.

»Auch das ist eine Prüfung deines Charakters. Wenn du mir wahrheitsgemäß berichtest, stellst du damit deine Loyalität mir gegenüber unter Beweis.«

Hilda wirkte ein wenig beruhigt und nickte. Laya fiel jedoch auf, dass die Magistra von sich und nicht von der Loyalität gegenüber dem Orden gesprochen hatte. Aber das war sicher keine Absicht gewesen oder für die Magistra ein und dasselbe. Jedenfalls hütete Laya sich nachzufragen.

»Was habt Ihr mit mir vor, wenn der Winter vorbei ist?«, wollte sie stattdessen wissen.

»Im Gegensatz zu den Schwestern kannst du dich frei bewegen, bist nicht der Klausur unterworfen. Dich kann ich in die Dörfer schicken, um für uns nach Heilkräutern zu fragen.«

Laya erbleichte. Das Letzte, was sie wollte, war, dass jemand sie erkannte und zurück zu ihrem Vater schleifte.

»Euch geht es sicherlich nicht um die Heilkräuter. Bestimmt soll ich etwas anderes herausfinden.«

Die Magistra lobte Layas rasche Auffassungsgabe. »Zu einer jungen Frau wie dir fassen die Menschen schnell Vertrauen. Du erkundigst dich nach den verschwundenen Mädchen. Rede mit den betroffenen Familien, versuche, einen Zusammenhang zu erkennen und wie viele es bisher sind.«

»Und der Bischof?«, wagte Hilda einzuwerfen.

»Ich will ihm nicht unterstellen, etwas damit zu tun zu haben«, antwortete die Magistra eine Spur zu hastig. »Auch wenn es ihm natürlich in die Hände spielt. Ein Kloster, das wirtschaftlich auf tönernen Füßen steht, kann er sich eher einverleiben als eines mit einem soliden Auskommen. Aber die Zeit arbeitet gegen ihn. Sicherlich will er die Angelegenheit zum Abschluss bringen, bevor ein neuer König gewählt ist. Es wäre zu schön, wenn wir jemanden hätten, der auf unserer Seite stünde. So könnten wir vielleicht in Erfahrung bringen, welche Pläne der Bischof und der Abt verfolgen.«

»Bruder Ansgar«, stieß Laya intuitiv hervor. »So nannte der Abt ihn doch.«

Die Magistra sah sie erstaunt an. »Du meinst den Mann, der den Besuch des Bischofs ausgeplaudert hat.«

»Das war Absicht«, erwiderte Laya.

Jetzt zog Philippa beide Augenbrauen in die Höhe. »Ich bin gespannt, woraus du das geschlossen hast.«

Laya sah fragend zu Hilda, die ihr aufmunternd zulächelte.

»Ich habe ihn schon einmal sprechen gehört«, begann Laya und erzählte der Magistra, was im Keller geschehen war. »Er machte auf mich einen unzufriedenen Eindruck. Deshalb vermute ich, dass es ihm gefällt, ein wenig Zwietracht zu säen.«

Die Magistra nahm die Neuigkeit von dem Loch in der Wand erstaunlich gelassen hin. Sie nickte bedächtig. »Möglicherweise hast du recht. Bruder Ansgar sieht tatsächlich so grimmig aus, als würde er ständig genötigt, einen Krug sauren Weins zu leeren.«

Hilda kicherte. »Das ist mir auch aufgefallen.«

Philippa von Berg sah sie streng an. »Woher weißt du, wie er aussieht? Ich kann mich erinnern, dich hinter den Vorhang geschickt zu haben, als er die bewusstlose Laya nach ihrer Ankunft ins Infirmarium getragen hat.«

Hilda errötete und gab verlegen zu: »Der Vorhang hat ein Loch. Aber ich habe wirklich nicht viel von ihm gesehen.«

»Trotzdem war es nicht recht von dir, Hilda, und verdient

eine Strafe, weil du dich nicht bei der Kapitelversammlung angezeigt hast.«

Die Gescholtene senkte den Kopf und schniefte leise. Erste Tränen liefen über ihre Wangen herab.

Die Magistra seufzte. »Besser, du hast ihn heimlich beobachtet als umgekehrt.«

»Hast du mir nicht erzählt, dass du viel neugieriger darauf warst, wen er da hereingebracht hatte?«, kam Laya Hilda zu Hilfe.

»Das natürlich auch«, antwortete sie wahrheitsgemäß.

»Dann ist es ja nicht so schlimm, und ich werde ausnahmsweise auf eine Bestrafung verzichten«, sagte die Magistra gönnerhaft.

Laya gewann den Eindruck, dass Philippa von Berg mit dem Schauspiel mehr beabsichtigt hatte, den Schein zu wahren, als Hilda für ihren Ungehorsam büßen zu lassen.

»Danke, Magistra«, stieß Hilda hervor und verneigte sich ein wenig. »Ich gelobe, nie wieder ungehorsam zu ein.«

»Versprich nicht, was du nicht halten kannst, Kind«, warnte Philippa sogleich wieder schärfer werdend. »Wir haben vielleicht einen Verbündeten auf der anderen Seite. Aber es bleibt die Tatsache, dass er ein Mann ist, ein junger noch dazu. Und ich darf euch keinesfalls ermuntern, euch Bruder Ansgar zu nähern.«

»Aber Ihr dürft uns beauftragen, uns im Kloster umzuhören. Bei wem und wie wir es tun, könnt Ihr doch uns überlassen«, schlug Laya spitzfindig vor.

Die Magistra deutete ein Lächeln an.

»Aber das müssen wir doch bei der Kapitelversammlung melden«, warf Hilda ein.

»Doch nicht, wenn es in geheimer Sache zum Wohle des Klosters geschieht«, widersprach Laya. »Außerdem berichten wir doch alles der Magistra. Wenn sie entscheidet, es allen zu erzählen, dann ist es richtig. Und wenn sie es nicht tut, dann haben wir uns nichts vorzuwerfen, oder?«

»Ich sehe, wir verstehen uns, Laya. Hilda, ich übernehme die volle Verantwortung für euer Handeln. Du bringst Laya bei, was sie wissen muss, und überlässt ihr die Durchführung. Mir berichtest du dann regelmäßig über eure Fortschritte.«

Die beiden nickten gehorsam und verließen den Raum. Auf dem Gang fasste Laya Hilda am Ärmel. »Hilda, ist das nicht aufregend? Wir haben einen geheimen Spezialauftrag, den wir ganz allein ausführen dürfen.«

»Ich bin nur erstaunt, dass die Magistra offenbar nicht vor Sorge über unsere Tugend außer sich ist«, warf diese besorgt ein.

»Ich bin sicher, sie fühlt sich nicht wohl dabei, schätzt die Belange des Klosters jedoch wesentlich höher ein. Was nutzt uns unsere Tugend, wenn der Abt uns das Kloster nehmen will?«, versuchte Laya die Freundin zu beruhigen.

»Du hast recht. Und anscheinend machte Bruder Ansgar auf sie nicht den Eindruck, als würde er einzig von seiner Fleischeslust getrieben«, überlegte Hilda laut.

»Und weshalb glaubst du das?«

»Wenn dem so wäre, würde die Magistra nach einer anderen Lösung suchen.« Hilda grinste. »Und er sieht brummig drein wie ein Bär, der sofort auf einen losgeht, wenn man ihm zu nahe kommt.«

»Daraus schließe ich, dass du ihn doch sehr genau durch das Loch im Vorhang beobachtet hast«, grinste Laya und zwinkerte ihr verschwörerisch zu.

Hilda errötete erneut.

6. Kapitel

Der Wintermonat ging vorüber, und Laya war noch keinen Schritt weitergekommen. Es schien, als hätte sich alles gegen sie verschworen. Sie verbrachte die meiste Zeit des Tages damit, Wäsche zu waschen und auszubessern. Die Köchin verlangte ständig nach ihr, schickte Laya zu ihrem Verdruss aber nicht mehr in den Keller. Jetzt, wo die Vorräte knapper wurden, wollte Schwester Gisela selbst alles im Auge behalten und zählte morgens und abends die Inhalte der Kisten durch.

Wann immer Laya glaubte, endlich einmal verschnaufen zu können, bestand Hilda darauf, mit ihr lesen und schreiben zu üben und ihr etwas aus dem Leben Norberts von Xanten zu erzählen. Die Geschichte des Ordensgründers berührte Laya nicht im Mindesten. Sie sah keinen Sinn darin, den Werdegang des rheinischen Adeligen zu kennen, der als Wanderprediger umhergezogen war, in Prémontré schließlich den Orden gegründet hatte und letztendlich sogar Erzbischof von Magdeburg geworden war.

Mit dem Griffel Buchstaben in die Wachstafel zu ritzen, faszinierte sie allerdings sehr. Hier gab sie sich große Mühe, und schon bald war sie zu Hildas Freude in der Lage, einfache Wörter zu lesen. Nur mit der lateinischen Sprache tat sie sich schwer. Die Vielzahl von Regeln und Ausnahmen, die es zu beachten galt, bereitete ihr Kopfzerbrechen.

Viel lieber wollte sie endlich herausfinden, ob sich hinter dem alten Gerümpel im Keller tatsächlich ein geheimer Durchgang zum Trakt der Brüder verbarg. Doch Hilda haderte mit dem Gedanken, Laya heimlich den Keller betreten zu lassen. »Es hat noch Zeit«, wurde sie jedes Mal vertröstet, wenn sie danach fragte.

An diesem frostig kalten Tag in der Monatsmitte des Hornungs war Layas Geduld endgültig erschöpft. Sie ließ den Griffel neben die Tafel auf das Pult fallen und stellte Hilda zur Rede. »Wie lange, glaubst du, sollen wir noch warten? Will die Magistra denn nicht langsam ein Ergebnis sehen?«

»Vor allem will sie sehen, dass du etwas lernst.«

»Ich glaube, du hast Angst, dass wir damit eine Lawine lostreten, die sich nicht mehr aufhalten lässt. Aber wenn wir nichts tun, enttäuschen wir die Magistra und schaden uns selbst. Falls der Bischof und Abt Elmar etwas planen, dann mit Sicherheit nicht zum Wohle der Frauen hier.«

»Du hast ja recht«, gab Hilda kleinlaut zu.

Laya rieb sich über den Nasenrücken. »Mir fällt gerade etwas ein. Was hältst du davon, wenn wir jetzt in den Keller gehen, um ihn aufzuräumen? Dabei kannst du mir meinetwegen eine Episode aus Norberts Leben erzählen. So kommst du deiner Pflicht nach, und ich kann endlich das Geheimnis hinter dem Gerümpel erkunden.«

»In Ordnung, aber nur, wenn wir vorher die Magistra um ihre Erlaubnis fragen. Ohne ihr Einverständnis dürfen wir den Vorratsraum nicht betreten, und jetzt passt der Zeitpunkt.«

»Meinetwegen, aber beeile dich«, murrte Laya.

Hilda ließ sich tatsächlich nicht viel Zeit. Schon Augenblicke später erschien sie wieder. Die Magistra hatte die Erlaubnis mit der Maßgabe erteilt, sich umsichtig zu verhalten. Niemand sonst sollte von dem Loch in der Wand erfahren. Mit einem Talglicht in der Hand winkte Hilda Laya, ihr zu folgen. Die beiden verließen das Haupthaus und öffneten wenig später die Tür zum Keller.

Laya lauschte zunächst an der Wand. Da sie keine Geräusche von der anderen Seite hörte, nickte sie Hilda aufmunternd zu und ging zu der Ecke, in der das Fass stand, auf das sie beim letzten Mal geklettert war.

»Hilf mir, es zur Seite zu rollen«, forderte sie Hilda auf.

Gemeinsam packten sie es an. Zu ihrer Überraschung war es ganz leicht und ließ sich mühelos bewegen.

»Merkwürdig«, sagte Hilda. »Leere Fässer werden doch normalerweise nach draußen gebracht und im Schuppen gelagert.«

»Freu dich, umso einfacher war es für uns, es zur Seite zu schaffen.« Laya griff nach den kaputten Schneeschuhen und legte sie auf das Fass. Dann zog sie das erste Tuch von den Brettern herunter. Staub stieg in ihre Nase und sie musste mehrmals niesen.

Schließlich nahm sie das nächste Brett und lehnte es an die gegenüberliegende Wand. Hilda half ihr. Weniger schwungvoll entfernten sie auch die anderen Tücher, und bald darauf waren alle Bretter fortgeräumt.

»Der sieht aber schwer aus«, meinte Hilda mit Blick auf den Truhendeckel aus Eichenholz, der aufrecht hinter den Brettern angelehnt stand.

Laya stellte sich an eine Seite des Deckels und hielt die Lampe so, dass das Licht den Raum dahinter schemenhaft erhellte. »Dort sind noch mehr Kisten gestapelt. Aber ich glaube so etwas wie ein Loch zu erkennen.«

Hilda stellte sich ihr gegenüber auf. »Wenn wir das Zeug weggeräumt haben, erzähle ich dir, wie Norbert von Xanten die Reliquien in Coellen entdeckt hat, von denen ein paar hier in Tannhöhe aufbewahrt werden.«

»Jaja, später. Hast du den Deckel gut im Griff?«

Hilda nickte. In diesem Augenblick wurde die Kellertür geöffnet.

»Was bei allen Heiligen macht ihr da?«, rief die Köchin aufgebracht und eilte die Stufen hinunter auf die beiden zu.

»Wir sollen hier aufräumen, Schwester Gisela«, rechtfertigte Hilda ihr Tun.

»Wer sagt das?«

»Die Magistra natürlich.«

Schwester Gisela sah nicht im Mindesten beeindruckt aus. »Hat sie euch wortwörtlich aufgetragen, alles aus dieser Ecke zu entfernen?«

»Nein«, gestand Hilda.

Die Köchin stemmte die Hände in die Hüften. »Das hätte mich auch sehr gewundert. Das Zeug bleibt da stehen. Also los, bringt alles zurück.«

»Warum?«, fragte Laya verärgert.

»Weil es nun einmal da hingehört«, bekam sie rüde zur Antwort.

Unter ihren strengen Blicken räumten Laya und Hilda alles wieder an seinen ursprünglichen Platz.

»Und jetzt macht, dass ihr rauskommt«, brummte Schwester Gisela. »Ich muss nun die Vorräte durchzählen, und wehe euch, es fehlt auch nur eine Rübe.«

»So ein Pech«, schimpfte Laya, nachdem sie den Keller verlassen hatten. »Für mich sah es beinahe so aus, als würde der Truhendeckel eine Öffnung in der Mauer verbergen. Am besten schleichen wir uns während der Nachtruhe hierher und versuchen unser Glück erneut. Dann wird uns hoffentlich niemand überraschen.«

Hilda blies die Wangen auf. »Die Nacht ist ohnehin so kurz und wir müssten uns aus dem Dormitorium stehlen. Es wäre besser, es während des Morgengebets zu tun, wenn alle in der Kirche versammelt sind.«

»Wenn wir dem Gottesdienst fernbleiben wollen, brauchen wir die Zustimmung der Magistra«, gab Laya zu bedenken.

»Darum kümmere ich mich«, versprach Hilda. »Wenn sie Fortschritte sehen will und nicht will, dass wir erneut gestört werden, wird sie uns gewiss entschuldigen.« Laya war froh, dass Hilda allmählich ihre Scheu und Zurückhaltung ablegte und begann, sich für die Aufgabe zu interessieren und einzusetzen.

Die Magistra hatte tatsächlich nichts gegen Hildas Vorschlag einzuwenden und so versuchten die beiden jungen Frauen ihr Glück während der morgendlichen Messe.

Erneut räumten sie alles Gerümpel zur Seite. Als sie auch den Deckel der Truhe fortgeschafft hatten, sah Laya ihren Verdacht bestätigt.

Vor ihnen klaffte eine halbrunde Öffnung im Mauerwerk, die bis auf den Boden reichte. Die Mauer war dick und der Zwischenraum mit weiteren Kisten ausgefüllt, die jedoch wie auch das Fass leer und leicht waren. Laya und Hilda stellten sie zu dem anderen Gerümpel.

»Das sieht wie ein Durchgang aus«, stellte Hilda verwundert fest. »Das hier ist ein gemauerter Rundbogen und kein in die Wand gebrochenes Loch.«

Kühle Luft schlug ihnen entgegen, als sie sich nebeneinander in die Öffnung drängten. Das Öllicht flackerte ein wenig.

»Du kannst hier die Hand vor Augen nicht sehen«, brummte Laya enttäuscht. »Wir brauchen mehr Licht.«

»Ich hole einen Kienspan und entzünde ihn am Herdfeuer in der Küche«, bot sich Hilda an.

Laya runzelte die Stirn. »Wie lange dauert die Messe? Haben wir noch ausreichend Zeit?«

Ein Scharren von Holz über Stein ließ sie abrupt abbrechen. Die beiden Frauen blickten erschrocken zur Kellertür, doch sie war weiterhin geschlossen.

»Wehe dir, du verschüttest wieder etwas. Ich werde dafür sorgen, dass du für jeden Tropfen, der nicht in den Krügen landet, einen Schlag mit der Rute erhältst.« Die dünne Stimme musste zu einem älteren Mann gehören. Jetzt vernahmen sie auch sich nähernde Schritte. Der Gescholtene antwortete nicht, nur das Klirren der Tonkrüge war zu hören, als sie aneinanderschlugen.

»Pass doch auf, du Tölpel. Weshalb straft der Herr mich mit einem Gehilfen wie dir?«

»Vielleicht weil Ihr es verdient habt, Bruder Gebhard?«

Laya konnte ihr Glück kaum fassen, das war eindeutig Bruder Ansgar. Lautlos formte sie mit den Lippen seinen Namen und reckte den Daumen nach oben. Hilda nickte verstehend.

Bruder Gebhard keuchte entsetzt auf. »Wagst du dir etwa anzumaßen, die Wege Gottes zu kennen?«

Laya stellte sich vor, wie sich der Mann dabei an die Brust griff, um die Dramatik seiner Bestürzung zu untermauern.

»Natürlich nicht«, versicherte Ansgar ruhig. »Vielleicht soll durch mich lediglich Eure Geduld und Demut auf die Probe gestellt werden. Wenn Ihr dereinst vor Eurem Richter steht, werdet Ihr es sicherlich gewahr werden.«

»Du unverschämter, nichtsnutziger Lümmel«, ereiferte sich der Alte. »Ich warne dich, der Tag wird kommen, an dem auch du deine Schandtaten bereuen wirst. Ob dir das dann noch die Hölle ersparen kann, wage ich zu bezweifeln.«

»Wollt Ihr mir beim Weinschöpfen über die Schulter sehen, damit Ihr die verschütteten Tropfen zählen könnt?«

»Wohl kaum, ich habe Besseres zu tun«, erhielt er bissig zur Antwort.

»Davon will ich Euch natürlich nicht abhalten.«

Ein letztes, ziemlich entrüstet klingendes Schnaufen war zu hören, ehe die Kellertür zugezogen wurde.

»Herr im Himmel«, stöhnte Ansgar. »Schick mir ein Wunder.«

»Manche Wünsche erfüllen sich schneller als gedacht«, rief Laya und erntete einen heftigen Rippenstoß von Hilda.

Von der anderen Seite vernahmen sie einen überraschten Ausruf. Laya hätte sich nicht gewundert, wenn dem Bruder vor Schreck die Krüge aus der Hand gefallen wären. Es war jedoch nichts zu hören, das auf dergleichen schließen ließ.

»Wer ist da?«, fragte er barsch. »Und weshalb kann ich dich so gut hören?«

»Wenn du darauf eine Antwort willst, komm in die hinterste Ecke des Kellers. Du musst das Gerümpel auf deiner Seite fortschaffen.«

»Laya, die Messe wird vorbei sein, sonst wäre er in der Kirche«, gemahnte Hilda. »Wir müssen zurück.«

»Wartet«, brummte Ansgar. »Ich will erst eine Antwort auf meine Fragen.«

Im Kellerraum der Brüder war der Durchgang offenbar nur notdürftig verdeckt, oder Ansgar arbeitete sehr schnell. Bereits wenige Augenblicke später entfernte er eine große Tafel, die die Öffnung versperrte.

Der Schein des Talglichts, das er auf einem Fass daneben abgestellt hatte, beleuchtete sowohl den Gang als auch den Bruder. Das dunkle Haar, obwohl kurz geschnitten, stand wirr vom Kopf ab. Die braunen Augen unter starken Brauen musterten die beiden Frauen durchdringend.

»Dich habe ich doch schon einmal gesehen«, sagte er und deutete mit dem Finger auf Laya.

»Mir wurde berichtet, dass du mich ins Infirmarium getragen hast, nachdem ich vor dem Tor gefunden wurde. Dafür danke ich dir. Man nennt mich Laya und das hier ist Hilda.« Sie zupfte die andere am Ärmel.

Ansgar griff nach dem Talglicht und hielt es in Kopfhöhe. »Ich brauche euch Gänse wohl nicht darauf hinzuweisen, dass wir gerade gegen die Regeln verstoßen«, murrte er, sah jedoch nicht zornig aus. Sein Blick wirkte sichtlich neugierig, als er sich nun umsah.

»Da ist ja ein Gang«, rief Laya überrascht, als der Lichtschein die abgewandte Seite der Mauer beleuchtete.

»Unglaublich«, stieß Ansgar hervor. Er machte sofort Anstalten, dem Gang zu folgen.

»Um Gottes willen«, flehte Hilda. »Wir müssen zurück. Wenn wir alle zusammen erwischt werden, werden wir mit Schimpf und Schande davongejagt.«

»So viel Glück habe ich bestimmt nicht«, brummte Ansgar, hielt jedoch inne.

»Hilda hat recht. Wir sollten unbedingt erkunden, wohin der Gang führt, allerdings nicht heute«, gab Laya zu. »Außerdem müssen wir dringend etwas mit dir besprechen.«

»Mit mir?«, echote Ansgar und zog überrascht die Augenbrauen in die Höhe.

»Es geht um die Geschicke des Klosters und den Bischof. Du hast die Magistra doch absichtlich von seinem Besuch unterrichtet, nicht wahr?«

»Wie kommst du denn darauf?«, fragte er wachsam.

Laya berichtete, wie sie ihn im Keller hatte fluchen hören, nachdem er den Krug zerbrochen hatte und sie so auf die Öffnung aufmerksam geworden war. Sie vermutete, dass er kein demütiger Diener Gottes sei und etwas damit bezwecken wolle, der Magistra vom Bischof zu erzählen.

Ansgar verschränkte die Arme und wartete schweigend, bis Laya geendet hatte. Er sah sie weiterhin misstrauisch an.

»Der Bischof plant etwas, und die Magistra möchte natürlich erfahren, um was es sich handelt«, gestand Laya offen.

»Ich weiß von nichts«, wiegelte Ansgar ab.

»Aber du könntest es bestimmt herausfinden«, versuchte sie ihm die Sache schmackhaft zu machen.

»Wem sollte das etwas nutzen? Mir bringt es bestimmt nichts außer Ärger.«

»Falls du glaubst, dir wäre ein Unrecht widerfahren, bietet sich hier für dich eine Gelegenheit, Genugtuung zu erlangen. Insofern kommst du bestimmt auf deine Kosten, wenn du den

Plan deines Abts und des Bischofs mithilfe der Magistra vereiteln könntest«, setzte Laya alles auf eine Karte.

Jetzt sah er wirklich wütend aus. »So schätzt du mich also ein, als einen Menschen, der nichts anderes zu tun hat, als seinen Mitmenschen aus eigennützigen Gründen Schaden zuzufügen?«, grollte er.

Laya begriff, dass sie es falsch angefangen hatte und er sich offenbar in seiner Ehre gekränkt fühlte. Hilflos sah sie zu Hilda hinüber.

»Verzeiht ihr bitte, Bruder Ansgar. Sie hat es nicht so gemeint.« Hilda lächelte ihn scheu an.

Sogleich wurde sein finsterer Gesichtsausdruck weicher. »Du brauchst nicht so förmlich zu sein.« Er bemühte sich sichtlich darum, Hildas Lächeln zu erwidern, doch es wirkte ein wenig verzerrt. »Wie hat sie es denn gemeint?«

»Laya wollte sagen, dass es einer guten Sache dient, wenn Ihr ...« Sie stockte kurz und fuhr errötend fort: »Wenn du die Hintergründe aufdecken würdest. Was immer der Bischof und der Abt vorhaben, es wird schlecht für uns Frauen sein. Die Magistra kann sich gut vorstellen, dass die beiden sogar kurzfristig einen Schaden für das Kloster in Kauf nehmen würden, um ihre Pläne durchzusetzen. Sie hält dich für einen gerechtigkeitsliebenden Menschen, der sich von solchen Machenschaften fernhält, aber dennoch versuchen würde, Schaden von der Gemeinschaft abzuwenden, wenn er die Gelegenheit bekäme.«

Ansgar lächelte zynisch, als er sich nun an Laya wandte. »Siehst du, so macht man das. Wenn du etwas erreichen willst, schmierst du deinem Gegenüber Honig ums Maul und fällst nicht gleich samt Tür ins Haus und beleidigst ihn obendrein.«

Laya presste die Lippen aufeinander und antwortete nicht. Es sah so aus, als könnte Hilda ihn eher zu einer Mitarbeit bewegen.

»Bedeutet das, dass du uns unterstützen würdest?«, fragte Hilda nun.

Ansgar sah sie wortlos an, ehe sein Blick zu Laya schweifte. Er überlegte sichtlich angestrengt, ehe er zustimmend den Kopf neigte. »Aber nur, solange es dem Wohl der gesamten Gemeinschaft dient.«

Hilda strahlte, während Laya sich fragte, was Ansgar mit dem Possenspiel bezweckte. Für sie war es offensichtlich, dass er weder besonders gläubig noch am Wohlstand des Klosters interessiert war. Welches Geheimnis bewahrte er in seiner Seele, das ihn dazu bewog, den Frauen zu helfen?

Sie sollte keinen Gedanken daran verschwenden. Zunächst zählte nur, dass er mitspielte. Laya bemühte sich darum, ihr Misstrauen nicht zu zeigen, zumal sie bemerkte, wie Hilda ihn immer noch freudestrahlend anlächelte.

Das ging nun doch ein wenig zu weit. Laya räusperte sich so laut, dass Hilda schuldbewusst den Blick von Ansgar abwandte.

»Wir könnten uns nach der Komplet treffen«, schlug Laya vor. »Dann haben wir ausreichend Zeit, den Gang zu erkunden.«

Hilda schnaubte empört. »Während der Schlafenszeit haben wir zu ruhen.«

»Meinst du nicht, wir bekämen in diesem besonderen Fall dazu die Erlaubnis?«

»Nicht ohne die Magistra in unseren Fund einzuweihen«, dachte Ansgar laut nach.

Laya blies die Wangen auf. Unseren Fund? Jetzt hatten sie den Gang also schon gemeinsam entdeckt. Demnächst würde er noch behaupten, er selbst wäre dem Geheimnis auf die Spur gekommen.

»Und damit bringen wir sie in Verlegenheit«, ergänzte Hilda Ansgars Überlegung. »Sie ist nur an den Ergebnissen interessiert, wir haben bereits zu viele Gefallen von ihr gefordert. Sie kann uns nicht ständig entschuldigen.«

Ansgar rieb sich mit Daumen und Zeigefinger über das Kinn. »Ihr könntet heimlich das Dormitorium verlassen.«

Hilda schüttelte den Kopf, während Laya bedächtig nickte. »Ich schlafe in der Nähe der Treppe und könnte mich unbeobachtet fortschleichen.«

»Undenkbar, das gäbe einen Eklat«, warnte Hilda. »Es ist ohnehin unnötig, die Gemäuer gemeinsam zu erkunden. Unser Auftrag lautet nur herauszufinden, was zwischen dem Abt und dem Bischof vor sich geht. Es reicht also aus, uns mit Bruder Ansgar heimlich an der Sprechluke zu treffen.«

»Bist du denn gar nicht neugierig, wohin der Gang führt?«, fragte Laya verblüfft.

»Das ist nicht Teil unserer Aufgabe«, wiederholte Hilda und wich der direkten Antwort aus.

»Ich mache es ohnehin lieber allein«, mischte sich Ansgar in das Gespräch. »Sobald ich weiß, was sich dahinter verbirgt, werde ich es euch berichten.«

Hilda atmete erleichtert auf. »Ein ausgezeichneter Einfall, Bruder, vielen Dank.«

»Wenn du ihm noch mehr Honig gibst, rutscht er gleich darauf aus«, murrte Laya, der Ansgars Vorschlag überhaupt nicht behagte. Es war nicht auszuschließen, dass sie bei der Erkundung eine geheime Fluchtmöglichkeit entdeckte. Sollte jemand das Geheimnis ihrer Herkunft lüften, konnte sie ungesehen das Kloster verlassen. Sie nahm sich vor, nach der Komplet in den Keller zu schleichen und auf eigene Faust nachzusehen.

Sie verabredeten einen Zeitpunkt am nächsten Tag, an dem Ansgar zur Sprechluke kommen wollte, um über seine Fortschritte zu berichten.

»Wir brauchen zusätzlich einen sicheren Ort, um schriftliche Nachrichten auszutauschen, falls wir nicht miteinander reden können«, ergänzte er.

»Wie wäre es mit dem Keller? Du versteckst die Nachricht im Durchgang.« Hilda sah ihn erwartungsvoll an. Das Leuchten in ihren Augen erlosch, als er den Vorschlag ablehnte.

»Es ist viel zu aufwendig, jedes Mal all das Gerümpel wegzuräumen. Wir müssen eine andere Lösung finden.«

Laya zuckte mit den Schultern. »Dann löse doch irgendwo einen Stein aus der Trennmauer. Sie wird wohl nicht überall doppelwandig sein.«

Ansgar sah sie unter zusammengekniffenen Brauen an, ehe er langsam nickte. »Es gibt eine geeignete Stelle in dem Mauerteil, das die Gärten voneinander trennt. Ich sehe es mir an und gebe euch Bescheid.«

»Es freut mich sehr, wie eifrig du jetzt unsere Sache unterstützen willst, wo du doch zuerst so skeptisch warst«, konnte Laya sich nicht verkneifen. Es ärgerte sie, dass er alles an sich riss.

»Ich bin auch hocherfreut über deine Hilfe«, ergänzte Hilda arglos. »Wenn du willst, helfe ich dir noch, die Weinkrüge zu füllen.«

Es wunderte Laya nicht, dass Ansgar dem freudig zustimmte. Hatte Hilda eben nicht noch zur Eile gedrängt, weil die Messe beendet war? Jetzt verschwendete sie offensichtlich keinen Gedanken mehr daran.

Laya sah ungeduldig zu, wie Hilda sorgsam die Krüge befüllte, sodass kein Tropfen danebenlief. Ansgar hatte die Hände verschränkt und betrachtete wohlgefällig das Bild der anmutig vor dem Weinfass knienden Hilda.

Ärger kochte in Laya hoch und ihr wurde bewusst, dass auch Ordensbrüder in erster Linie Männer waren. Ihrer Schätzung nach war Ansgar nur wenig älter als Julian, stand demnach in der Blüte seines Lebens. In der Art, wie er Hilda ansah, glaubte sie mehr zu erkennen als das Interesse, ob sie die selbstauferlegte Aufgabe gewissenhaft erfüllte. Kein Wunder, dass die Prämonstratenser Wert darauf legten, dass junge Brüder nicht mit jungen Schwestern zusammentrafen.

Nachdem Hilda den letzten Krug abgesetzt hatte, erhob sie sich und sah Ansgar an. Laya fühlte sich an einen Hund erinnert, der seinem Herrchen die Jagdbeute zu Füßen legte.

Ansgar nickte gönnerhaft. »Das hast du gut gemacht. Und jetzt muss ich den Durchgang wieder verschließen. Wir treffen uns morgen wie verabredet an der Sprechluke.«

Er hatte es noch nicht einmal für nötig erachtet, sich bei Hilda zu bedanken, fuhr es Laya durch den Kopf. Das scheue Lächeln, das Hilda ihm zuwarf, erboste sie noch mehr. Ohne ihn eines weiteren Wortes oder Blickes zu würdigen, ging sie zurück in ihren Kellerraum und zog Hilda mit sich.

Die beiden stellten das Gerümpel zurück. Dabei stapelte Laya die Kisten im Durchgang so, dass ein schmaler Spalt übrig blieb. Zudem achtete sie darauf, dass der Truhendeckel ein Stück weiter von der Wand entfernt stand. So musste sie heute Nacht nur die äußeren Bretter beiseitestellen und könnte sich sowohl an dem Deckel als auch an den Kisten vorbeizwängen.

Erleichtert verriegelten die beiden Frauen wenig später die Kellertür. Ihr Ausflug war unentdeckt geblieben.

»Das war doch ein voller Erfolg«, freute sich Hilda. »Zum Glück hat Bruder Ansgar es sich überlegt und will uns helfen. Ich finde jedoch, du hättest ruhig etwas netter zu ihm sein können.«

»Und ich finde, du hast es mit deiner Freundlichkeit übertrieben«, erwiderte Laya schärfer als beabsichtigt.

»Es diente einzig unserer Sache«, behauptete Hilda und errötete erneut.

»Selbstverständlich.« Laya beschloss, Hilda nicht weiter in Verlegenheit zu bringen. Heute Nacht, nach der Komplet, würde sie in den Keller schleichen und dem Gemäuer sein Geheimnis entreißen.

7. Kapitel

Bruder Gebhard zog lediglich eine Augenbraue hoch und zeigte damit seine Überraschung, als Ansgar die drei sorgsam gefüllten Krüge vor ihm abstellte. Nicht einen Tropfen, der am Rand heruntergelaufen war, konnten die alten Augen entdecken, so eingehend er die Krüge auch betrachtete.

Ansgar verbiss sich das Grinsen. Er hatte auch nicht mit einem anerkennenden Wort gerechnet. Aber es freute ihn diebisch, dass der Cellerar dieses Mal nichts fand, um ihn zu tadeln.

»Was stehst du hier nutzlos herum? Fehlt es dir an Arbeit?«, wurde er einen Augenblick später angeblafft. »Am Zaun sind einige Latten auszutauschen, der Stiel der Harke muss erneuert werden und wir erwarten heute noch eine Lieferung, die du abladen und in den Keller bringen musst. Es ist noch viel zu tun und wage es ja nicht, zu spät zum nächsten Gebet zu erscheinen. Um drei Krüge Wein zu holen, hast du dir sehr viel Zeit gelassen.«

»Deshalb habe ich auch nichts verschüttet«, konnte sich Ansgar die Belehrung nicht verkneifen.

Bruder Gebhard maß ihn mit einem giftigen Blick. »Geh mir aus den Augen und spute dich gefälligst.«

Ansgar deutete eine Verbeugung an. »Nichts lieber als das«, murmelte er dabei so laut, dass der Cellerar es hören musste. Noch ehe Bruder Gebhard seiner Entrüstung Luft machen konnte, drehte sich Ansgar um und verließ den Raum.

Erst jetzt erlaubte er sich ein fettes Grinsen. Es schien fast, als könnte heute nichts seine gute Laune trüben. Eine ungeahnte Möglichkeit hat sich ihm aufgetan. Ansgar brannte darauf, den Gang zu erkunden. Hoffentlich fand er einen Weg, das Kloster heimlich zu verlassen. Möglicherweise war die gesamte Anlage mit unterirdischen Gängen durchzogen, sodass man ungesehen von einem Bereich in den anderen gelangen konnte.

Ansgar schüttelte über sich selbst den Kopf. Seine Fantasie ging mit ihm durch. Weshalb sollte jemand die Mühe auf sich genommen haben, Gänge in den felsigen Grund zu schlagen? Das ergab keinen Sinn.

Er schritt zügig über den Hof auf die Scheune zu und umrundete dabei sorgsam die vereisten Pfützen. Ansgar öffnete die Tür zu einem kleinen Verschlag neben der Scheune. Dort lagen, hingen oder standen die Werkzeuge, die für die Bearbeitung des kleinen Gartens und der Almwiesen, die zum Kloster gehörten, benötigt wurden. Die Harke mit dem zerbrochenen Stiel fand er neben der Sense, die ein unbedachter Bruder nach dem Schärfen mit dem Blatt nach unten an die Wand gelehnt hatte. Ansgar drehte die Sense und hängte sie an den dafür vorgesehenen Haken.

Nicht auszudenken, wenn er selbst diese Nachlässigkeit begangen hätte. Bruder Gebhards gekrümmte Nasenspitze wäre vor Wut erzittert und hätte garantiert den Tropfen verloren, der in der kalten Jahreszeit so oft daran hing. Ansgar schüttelte sich angewidert und verdrängte den Gedanken an den verbitterten Mann, der nur zu gern die Rute auf seinem Rücken tanzen ließ.

Etwas ratlos ergriff er die Harke und den abgebrochenen Teil des Stiels, schloss die Tür und trotte zu einem Nebengebäude, in dem die Werkstatt untergebracht war. Er trat ein und atmete erleichtert auf, als er Bruder Frodewin entdeckte. Der dicke Mann stand vor einem stabilen Brett, das auf zwei Ständern lag, und bohrte in regelmäßigen Abständen Löcher hinein. Dabei streckte der Bruder die Zunge ein wenig heraus und vollzog mit ihr im gleichen Takt die Bewegungen seiner rechten Hand, mit der er den Bogen bediente, der den Bohrer antrieb.

Ansgar hüstelte, sodass Frodewin aufblickte. Auf seinem runden Gesicht, das Ansgar immer an einen Vollmond denken ließ, erschien ein freudiges Strahlen. »Bruder Ansgar, dich schickt der Allmächtige.«

»Es war vielmehr Bruder Gebhard«, erwiderte Ansgar trocken.

Frodewin wischte die Antwort mit einem achtlosen Fingerschnippen beiseite. »Für den Cellerar macht das gewiss keinen Unterschied«, zwinkerte er ihm zu.

Amüsiert hob Ansgar die beiden Teile der Harke in die Höhe und schwenkte sie. »Die soll ich reparieren und bitte Euch um Hilfe.«

»Deshalb freue ich mich, dich zu sehen. So kann ich gleich ausprobieren, ob mein Einfall Früchte trägt.« Zur Erklärung deutete er auf die Löcher, die er in das Brett gebohrt hatte.

Ansgar verstand den Sinn dahinter zwar nicht, trat jedoch näher. Während Frodewin die Harke entstielte, betrachtete Ansgar die Werkzeuge, die fein säuberlich aufgereiht an der Wand hingen. Feilen, Raspeln, Bohrer, Hämmer, Beitel, unterschiedliche Sägen und Äxte hatte Frodewin nach ihrer Größe geordnet.

»Hol mir mal das aus Esche«, riss Frodewin ihn aus seinen Träumereien und zeigte auf ein helleres Brett, das neben dunkleren Eichenhölzern lag. »Das eignet sich hervorragend dafür.«

Aufmerksam verfolgte Ansgar, wie Frodewin es eingehend auf Fehler untersuchte. Er tippte auf die Stirnseite. »Es ist wichtig, dass die Jahresringe senkrecht stehen. Dann hält der Stiel deutlich länger«, klärte er Ansgar auf.

Frodewin legte das Brett auf der durchlöcherten Werkbank ab. Mit einem Holzstab, an dessen Spitze ein Stück Blei befestigt war, zeichnete er die Umrisse des alten Stiels auf.

Auf Frodewins Geheiß sägte Ansgar in gut daumenbreiten Abschnitten von der Kante bis zum aufgezeichneten Strich in das Brett hinein. Das Doppelkinn des Mitbruders wackelte fröhlich, als er zufrieden nickte, ehe er Ansgar eine Axt in die Hände drückte.

»Damit kannst du sehr gezielt entlang der Linie hacken. Die Stücke werden leicht ausbrechen.«

»Sagt mal, Bruder Frodewin«, begann Ansgar vorsichtig, während er sich an die Arbeit machte. »Ihr kennt die Klosteranlage doch schon lange. Ist Euch mal etwas Merkwürdiges aufgefallen? Vielleicht Menschen, die an einem Ende verschwunden und an einem anderen wieder aufgetaucht sind?«

»Bub, warst du zu lange der Wintersonne ausgesetzt? Der warme Wind kann es doch nicht gewesen sein, den hatten wir dieses Jahr noch nicht.« Die grauen Augen unter den buschigen Brauen musterten ihn besorgt.

»Ich kann Euch beruhigen. Mir ist lediglich durch den Kopf gegangen, dass das Gemäuer sicherlich einige Geheimnisse in sich birgt. Vielleicht gibt es unterirdische Gänge oder einen verborgenen Fluchtweg.«

»Ach so ist das, du willst dich fortschleichen«, stellte Frodewin betrübt fest.

»Wo denkt Ihr hin? Ich verlasse das Kloster nicht. Wohin sollte ich mich auch wenden?«

»Ach, Bub, du gehörst hier so wenig hin wie der Fuchs in einen Hühnerstall.« Frodewin seufzte und nahm Ansgar den behauenen Stiel aus der Hand. »Nun wollen wir mal sehen, ob mein Einfall etwas taugt.«

Neugierig sah Ansgar zu, wie er den Stiel so auf dem Brett ausrichtete, dass sich sowohl am Ende als auch am Anfang davon eines der hineingebohrten Löcher befand. In jedes schlug der Bruder einen hölzernen Zapfen, der sich nach oben hin verdickte und dem grob behauenen Stiel so Halt gab. Frodewin rüttelte an dem Stiel, der nun eingeklemmt war.

Der Bruder strahlte. »Schau nur, Ansgar, jetzt kann ich das Zugmesser führen, ohne dass du den Stiel festhalten musst.«

Zum Beweis packte er die Enden des gebogenen Werkzeugs mit beiden Händen und begann mit gleichmäßigen Bewegungen die Kanten zu glätten. Dabei führte er das Messer leicht schräg und veränderte immer wieder den Winkel. Mal von links, mal von rechts setzte er es an und schien Ansgar schon kurz darauf völlig zu vergessen.

Der dachte auch nicht daran, sich wieder in Erinnerung zu rufen. Er verschränkte die Arme und sah Frodewin zu, wie er den Stiel weiter bearbeitete.

»Du musst immer entlang der Maserung arbeiten, damit die Späne wegfliegen«, erklärte er. Plötzlich hielt er inne und reichte Ansgar das Zugmesser. »Du sollst schließlich etwas lernen«, sagte er und grinste ein wenig verschämt.

Ansgar mühte sich redlich. Hin und wieder schnitt er zu tief ins Holz, woraufhin Frodewin empfahl, das Messer von der anderen Seite aus anzusetzen. Nach und nach bekam Ansgar ein Gefühl für das, was er tat. Es faszinierte ihn zu entdecken, wie der Stiel unter seinen Händen eine gefälligere Form annahm.

Nachdem Frodewin das Werk mit sichtlicher Genugtuung betrachtet hatte, reichte er Ansgar eine Raspel. Während er begann, die Rundungen auszufeilen, kam Frodewin wieder auf ihr Gespräch zurück. »Wenn du das Kloster nicht verlassen willst, was treibt dich dann um, das Gemäuer zu erkunden?«

Ansgar zuckte mit den Achseln. »Neugier«, antwortete er lapidar. »Der Stratege in mir fragt sich natürlich, ob die

Hängebrücke über der Schlucht der einzige Weg ins Kloster ist. Was ist bei einem Angriff? Gibt es eine Möglichkeit, die Schwestern und Brüder auch auf anderem Weg in Sicherheit zu bringen?«

Frodewin schüttelte resigniert den Kopf, sodass es aussah, als würden Wellen unter seiner Haut entlanglaufen. »Bub, du verstehst es nicht. Wir sind immer in Sicherheit. Damit meine ich nicht die Klostermauern, sondern die Ruhe und Gewissheit, die wir in unserem Glauben finden.«

»Ihr meint also, wir sollten uns im Ernstfall wie die Lämmer schlachten lassen?« Ansgar zog zischend die Luft ein, weil er versehentlich die Raspel über seine Fingerkuppen gezogen hatte.

»Das nennt man Martyrium«, wies Frodewin ihn zurecht.

Ansgar leckte den Blutstropfen ab, der unter der Haut hervorquoll, und steckte sich den Zeigefinger in den Mund, als er merkte, dass er damit wenig Erfolg hatte. »Aber das Ergebnis ist dasselbe«, nuschelte er.

»Nein, Ansgar, das ist es ganz und gar nicht.« Frodewin riss Stiel und Raspel an sich, um die Arbeit fortzusetzen.

Ansgar lutschte weiterhin an seinem Finger, obwohl er jetzt schmecken konnte, dass der aufgehört hatte zu bluten. Er sah zu, wie der Bruder schließlich nach dem Sandstein griff und die Stieloberfläche sorgsam glättete.

Plötzlich hielt Frodewin inne, starrte eine Weile ins Nichts, ehe er gedankenverloren den Kopf wiegte.

»Habt Ihr Euch an etwas erinnert?«, merkte Ansgar auf und gab nicht länger vor, sich um seine Verletzung zu kümmern.

»Es ist schon länger her«, begann Frodewin zögerlich. »Bruder Eberhard war krank und ich vertrat ihn an der Pforte. Bruder Gebhard überquerte die Brücke mit einigen anderen, um eine Lieferung in Empfang zu nehmen. Etwas stimmte nicht, deshalb ging er später selbst hinunter ins Dorf, um das zu klären. Ich sah ihn nicht zurückkommen. Als ich abends abgelöst wurde, aß er jedoch mit den anderen im Refektorium. Ich muss auf meinem Posten wohl eingeschlafen sein, anders kann ich es mir nicht erklären.«

Ansgar zog spöttisch die Brauen in die Höhe. »Und das Tor habt Ihr auch gleich offen gelassen?«

Frodewin zuckte mit den Achseln. »Vielleicht habe ich es nicht richtig geschlossen, nachdem der letzte Sack Mehl hereingetragen worden war.«

Beinahe hätte Ansgar aufgelacht, verkniff es sich jedoch rechtzeitig. »Nie und nimmer hätte der prinzipientreue Bruder Gebhard Euch das durchgehen lassen. Spätestens bei der nächsten Kapitelversammlung hätte er Euch angezeigt, wenn er nicht direkt zu Abt Elmar gelaufen wäre. Auf jeden Fall aber hätte er Euch geweckt und Euch Eure Nachlässigkeit sofort unter die Nase gerieben.«

»Das hat mich damals auch gewundert, aber ich war froh, dass meine Verfehlung ohne Folgen geblieben war«, gab Frodewin kleinlaut zu.

Gespielt entrüstet stemmte Ansgar die Hände in die Hüften. »Bruder Frodewin, was für Abgründe zeigen sich in Eurer Seele? Ihr habt aus niederen Beweggründen versäumt, Euch selbst anzuzeigen? Ihr seht mich erschüttert, wo Ihr für mich doch immer ein Vorbild an Frömmigkeit gewesen seid, dem ich mit Demut nacheifern wollte. Ich hoffe, Ihr habt Eure Verfehlung wenigstens gebeichtet und geißelt Euch seitdem regelmäßig, oder tragt Ihr ein Büßerhemd?«

Die Ironie seiner Worte entging Bruder Frodewin völlig. Er zog die Schultern hoch, als könnte er sich so vor einem Unwetter schützen, das über ihm hereinzubrechen drohte. »Ich habe viel gebetet und immer wieder Kniefälle gemacht.« Seine Stimme zitterte so stark, dass Ansgar die Wahrheit seiner Aussage anzweifelte. »Und jetzt belügt Ihr mich auch noch. Da bleibt mir wohl nichts anderes übrig, als Euer Fehlverhalten zu melden.«

Frodewin kroch regelrecht in sich zusammen und Ansgar beschloss, dass er genug gelitten hatte. Er klopfte dem Dicken gönnerhaft auf den Rücken. »Lasst es gut sein, Bruder, und grämt Euch nicht. Ihr seid gewiss nicht eingeschlafen. Der Cellerar hätte Euch das niemals durchgehen lassen. Das kann nur bedeuten, dass er tatsächlich nicht über die Brücke ins Kloster zurückgekehrt ist. Es muss demnach noch einen anderen Weg geben.«

Frodewin ließ die Schultern sinken. Der kurze Hals wurde wieder sichtbar, und Ansgar fühlte sich an eine Schildkröte erinnert, die den Kopf herausstreckte, nachdem die Gefahr vorübergezogen war.

»Du hast recht«, schnaufte Frodewin erleichtert. »So habe ich das noch nie betrachtet. Aber weshalb willst du diesen Zugang unbedingt finden, wenn du nicht die Absicht hast, von hier zu fliehen?«

»Für mich ist es wichtig, mich nicht wie eine Maus in der Falle zu fühlen. Nennt es ruhig Torheit oder fehlendes Vertrauen in Gott.«

»Ach, Bub, niemand weiß, was der Allmächtige mit dir vorhat. Es wird schon seinen Sinn haben, weshalb du hier gestrandet bist. Und jetzt zeige ich dir noch einen Kniff.«

Frodewin bückte sich und hob eine Handvoll Späne und Sägemehl vom Boden auf. »Damit reibst du den Stiel ab. Dann wird er richtig glatt und liegt gut in der Hand.«

Ansgar streckte die Hand aus. Während er den Stiel fertigstellte, eilten seine Gedanken zum Abend voraus. Nach der Komplet würde er in den Gang einsteigen. Er war schon gespannt darauf, wohin er ihn führte.

***

Laya hielt die Augen fest geschlossen und achtete auf die gleichmäßigen Atemzüge um sie herum. Sie wusste, dass Hilda ihr Vorhaben missbilligte, aber sie wollte den Gang, der in den Keller mündete, selbst erkunden und sich nicht allein auf Bruder Ansgar verlassen. Möglicherweise übersah er etwas oder legte sein Augenmerk nicht auf Dinge, denen sie nachgehen würde.

Sie hatte heute mit Hilda gestritten, die keinesfalls bereit war, gegen die Regeln zu verstoßen und nachts durch das Kloster zu schleichen. Aber immerhin hatte Laya ihr das Versprechen abringen können, sie nicht daran zu hindern, nachdem sie sich bereiterklärt hatte, die gesamte Schuld für die Verfehlung allein auf sich zu nehmen. Sollte sie erwischt werden, würde sie Hilda als Mitwisserin unerwähnt lassen.

Zwei der Frauen schnarchten leise und eine stöhnte im Schlaf, als litte sie unter Schmerzen. Laya öffnete die Augen und wartete noch eine Weile, bis sie sich an die Dunkelheit gewöhnt hatte. Zum Glück war es nicht stockfinster. Das Mondlicht war schwach, doch hell genug, dass sie die Umrisse der anderen Lager erkennen konnte. Die Vorhänge zwischen den einzelnen Abschnitten waren zugezogen, sodass sie niemand von den Laienschwestern und Konversinnen sehen würde, also erhob sie sich lautlos. Keine der anderen Dienerinnen rührte sich.

Laya nahm ihre Schuhe in die Hand. Auf Zehenspitzen schlich sie zur Tür und verharrte. Luise, die ebenfalls in der Küche aushalf und in Layas Alter war, murmelte etwas im Schlaf und drehte sich auf die andere Seite. Als das Bettgestell knarzte, hielt Laya den Atem an. Nach einem kurzen Moment des Stockens fanden jedoch die Schnarchgeräusche wieder in ihren Rhythmus zurück. Laya war sich sicher, dass niemand auf sie aufmerksam geworden war. Vorsichtig schlich sie auf bloßen Füßen die Treppe hinunter. Erst nachdem sie unten angelangt war, wagte sie es, ihre Schuhe anzuziehen.

In der Küche wurde über Nacht die Glut des Feuers sicher in einem Gluttopf aufbewahrt, damit es am nächsten Tag wieder leicht zu entzünden war. Laya entfachte daran zunächst einen Kienspan, um anschließend damit ein Talglicht zu entzünden.

Sie schirmte die Flamme mit der Hand ab, sah sich noch einmal vorsichtig um und huschte dann schnellstmöglich über den Hof. Eilig stieg sie die Kellerstufen hinunter, zog den Riegel zurück und öffnete die Tür.

Im Keller räumte sie schnell die Bretter zur Seite. Sie nahm das Licht und schlüpfte zwischen dem Truhendeckel und den dahinterstehenden Kisten in den Durchgang. Auf der Seite der Brüder war die Abdeckung bereits fortgeräumt worden. Bruder Ansgar musste sich demnach in der Nähe aufhalten. Er war ihr zuvorgekommen.

Verärgert presste Laya die Lippen aufeinander. Es war keineswegs ihre Absicht gewesen, mit ihm gemeinsam den Gang zu erkunden. Andererseits hätte sie damit rechnen müssen, dass er ebenfalls die kurze Zeit der Nachtruhe dazu nutzen würde.

Sie atmete entschlossen durch und folgte dem Gang. Zunächst führte er schnurgeradeaus. Er war breit genug, sodass Laya sich bequem bewegen konnte. Sie konnte sogar aufrecht stehen, musste nur hin und wieder den Kopf einziehen.

Ab und an waren kleine Durchlässe in der Decke zu sehen. Die Flamme des Talglichts züngelte unruhig auf, wenn sie unter einem hindurchschritt, und sie spürte einen sachten Luftzug.

Plötzlich huschte ein Stück voraus von rechts kommend ein Lichtschein über die Steine, um gleich darauf wieder zu verschwinden. Layas Herz begann aufgeregt zu pochen, ehe sie sich in Erinnerung rief, dass der Urheber sicherlich Bruder Ansgar war. Dennoch schirmte sie mit der Hand ihr Talglicht notdürftig ab. Vorsichtig näherte sie sich der Stelle. Ein kurzer Gang zweigte von dem Hauptweg ab, Laya folgte ihm.

Nach wenigen Schritten mündete der Stichweg in einen kleinen kreisförmigen Raum, an dessen gegenüberliegender Seite Ansgar stand. Er drehte ihr den Rücken zu und erweckte den Eindruck, als würde er seine Stirn gegen die Mauer pressen.

»Betest du gerade?«, fragte sie leise.

Keuchend fuhr er herum. »Bist du des Wahnsinns, mich so zu erschrecken? Ich dachte, mein Herz bleibt stehen.«

»So alt bist du doch noch nicht«, wiegelte Laya ab und sah sich um. Links von ihr stand eine einfache Bettstatt. Das Laken war staubig und das Stroh in den Kissen verströmte einen muffigen Geruch. Auf der anderen Seite befand sich ein kleiner Tisch, dessen Beine zahlreiche Löcher von Holzwürmern aufwiesen. Der dazugehörige Stuhl sah nicht vertrauenserweckender aus. Auf der Tischplatte waren eingetrocknete Wachsreste zu erkennen.

»Weshalb wundert es mich überhaupt nicht, dass du dich auch nach der Komplet davongeschlichen hast?«

»Wo sind wir hier?«, überging sie seine Frage.

Ansgar deutete mit dem Daumen über seine Schulter. »Hinter uns befindet sich die Krypta der Kirche. Aus der Fuge ist ein Stück Mörtel herausgebrochen. Du kannst dadurch einige Steinsärge erkennen. Bevor die Prämonstratenser eingezogen sind, lebten hier Benediktiner. Sonst wäre Tannhöhe wahrscheinlich kein freies Reichskloster.«

Das wusste Laya bereits durch Hilda. »Der Gang sieht nicht so aus, als wäre er erst kürzlich angelegt worden. Gab es hier früher auch Männer und Frauen?«

Nun war es Ansgar, der hilflos die Schultern hob. »Doppelklöster gibt es auch bei den Benediktinern, sie sind aber nicht die Regel.«

»Dieser Raum ist jedenfalls lange nicht benutzt worden. Wofür er wohl gedient haben mag?«, überlegte Laya.

»Wenn das hier schon früher ein Doppelkloster war, kann ich es mir denken.« Ansgar grinste süffisant und deutete auf das Bett.

»Glaubst du wirklich, dass sich jemand für so etwas die Mühe gemacht hat, dies alles zu bauen?«, fragte Laya skeptisch. »Der Raum könnte auch dazu gedient haben, jemanden zu verstecken oder gefangen zu halten.«

»Möglich«, gab Ansgar zu. »Ich glaube, der Gang wurde jedoch angelegt, um im Ernstfall eine Fluchtmöglichkeit zu schaffen.«

Fluchtweg! Das Wort löste in Laya ein freudiges Zittern aus. Sie musste dem unbedingt nachgehen. Der geheime Raum und was immer darin geschehen war, interessierte sie eigentlich nicht. Laya bemerkte, wie Ansgar sie eingehend musterte.

»Wer bist du?«, fragte er plötzlich.

»Eine verletzte Frau, die hier barmherzig aufgenommen wurde«, antwortete sie.

»Das weiß ich. Schließlich war ich es, der dich ins Infirmarium getragen hat. Ich will wissen, wo du herkommst.«

Das ging ihn ebenso wenig etwas an wie all die anderen. »Leider kann ich mich an nichts erinnern«, behauptete sie.

»Tatsächlich?«, fragte er gedehnt.

Laya spürte, dass er ihr nicht glaubte, und zog es vor, nicht zu antworten.

»Behalte dein Geheimnis«, fügte er nach einigen Atemzügen hinzu. »Lass uns lieber nachsehen, welche Überraschung der Gang noch für uns bereithält.« Ansgar drängte sich an Laya vorbei.

Zurück auf dem Hauptgang, stellte sie fest, dass Ansgar dem Weg bei Weitem nicht so mühelos folgen konnte wie sie. Er ging in stark gebückter Haltung voran, und seine breiten Schultern stießen immer wieder an die Wände.

Laya war froh, ihr eigenes Licht zu halten. Sein Körper verdeckte den Schein seines eigenen fast vollständig.

»Wenn ich mich nicht irre, bewegen wir uns unter der Kirche in Richtung der Sakristei«, erklärte er.

Plötzlich hielt Ansgar an, und Laya wäre beinahe gegen ihn geprallt. Im letzten Augenblick konnte sie vermeiden, dass die Flamme seine Kutte ansengte.

»Das glaube ich jetzt nicht«, wisperte er. Ansgar drehte sich so, dass Laya an ihm vorbeisehen konnte: Fünf in den Stein gehauene Stufen führten auf ein kleines Podest.

»Worauf wartest du?«, fragte sie.

Ansgar brummte ungehalten und ging voran. Oben angekommen, führte links eine Tür ab. Sie war verschlossen.

»Sie muss von der anderen Seite verriegelt sein«, stellte Ansgar fest.

»Hast du eine Ahnung, wohin sie führt?«

»Ich werde Abt Elmar um Erlaubnis ersuchen, die liturgischen Gerätschaften zu säubern. Dann kann ich mich unauffällig umsehen, ob es tatsächlich eine versteckte Türe in der Sakristei gibt und ob sie hierherführt.«

»Gut, aber jetzt sollten wir weitergehen.« Laya hob ihr Licht in Kopfhöhe und leuchtete den Gang aus, der in einigen Schritten eine Biegung machte.

»Merkwürdig, er muss direkt auf die Felswand zuführen, die unser Kloster auf dieser Seite abschirmt. Das ergibt keinen Sinn«, befand Ansgar.

»Die Erbauer haben den Gang wohl kaum ins Nichts gebaut«, überlegte Laya laut. »Ein geheimer Weg in die Kirche ist vielleicht ganz nett, aber bei einem Überfall nicht besonders hilfreich.«

Überrascht bemerkte Laya Ansgars Schmunzeln. »Ich stelle gerade fest, dass auch an deinem Gottvertrauen noch gearbeitet werden muss. Für das Seelenheil mag es wundervoll sein, in einer Kirche vor den Schöpfer zu treten. Für den Leib ist es sicherlich angenehmer, sich in Sicherheit zu bringen.«

Er übernahm wieder die Führung und folgte der Biegung. Kurz darauf blieb er erneut stehen. »Da soll mich doch der Teufel …« Ansgar brach ab, als wäre ihm gerade aufgegangen, dass er nicht allein war.

Laya sah unter seinem erhobenen Arm, der das Licht hielt, hindurch und erblickte eine Tür aus Eichenbohlen, die mit einem schweren Riegel verschlossen war.

Ohne zu zögern packte Ansgar zu und zog den Riegel lautlos zurück. »Gut geölt, als würde er regelmäßig benutzt«, knurrte er. »Dann wollen wir doch mal sehen, was hinter der Tür verborgen ist. Eine Felswand wird es wohl nicht sein.«

Laya trat einen Schritt zurück und hielt unwillkürlich den Atem an, als Ansgar die Tür öffnete. Im flackernden Licht starrten beide enttäuscht auf den massiven Fels, der ihnen den Weg versperrte.

Ansgar wollte gerade auf ihn zutreten, als Laya einen spitzen Schrei ausstieß.

8. Kapitel

Ansgar hielt abrupt inne und sah nach unten. Sein rechter Fuß, mit dem er den nächsten Schritt machen wollte, schwebte über einem Abgrund. Laya hatte ihre Finger in seiner Kutte festgekrallt und zog daran. Entsetzt fuhr er zurück.

»Danke, Mädchen, das war knapp«, keuchte er.

Layas Brust hob und senkte sich schnell, als sie seinen Habit losließ und ihm zunickte.

Ansgar kniete sich am Rand der Kluft hin und streckte sein Talglicht vor. Laya tat es ihm gleich. Beide starrten mit Schaudern in die Tiefe, die sich vor ihnen auftat und senkrecht zwischen dem Felsgestein nach unten führte.

»Es ist zu dunkel«, murmelte Ansgar enttäuscht. »Wir müssen bei Tag wiederkommen. Bestimmt gibt es eine Abstiegsmöglichkeit, die wir jetzt nur nicht sehen.«

Laya zupfte ihn am Ärmel und deutete nach rechts. Zwischen Fels und Abgrund gab es einen schmalen Grat. Dort lag eine sorgsam aufgerollte Strickleiter, deren Enden an zwei in den Stein geschlagenen eisernen Haken befestigt waren.

»Sieh einer an, so kann Bruder Gebhard unbemerkt das Kloster verlassen und zurückkehren, wann immer es ihm beliebt«, sinnierte Ansgar.

»Wer ist Bruder Gebhard?«, fragte Laya.

»Der Cellerar unseres Klosters und mein persönlicher Peiniger«, brummte Ansgar. »Er überwacht alle Lieferungen und sorgt dafür, dass unsere Vorräte nachbestellt werden. Bruder Gebhard ist verantwortlich für die Gerätschaften und muss dafür Sorge tragen, dass alles reibungslos läuft.«

»Klingt nach einer verantwortungsvollen und umfangreichen Aufgabe«, stellte Laya fest.

»Das ist sie wirklich. Deshalb soll ich ihn dabei unterstützen. Oft erweckt Bruder Gebhard jedoch den Eindruck, keine Hilfe zu wollen.«

»Vielleicht nur nicht von dir«, vermutete Laya keck.

Ansgar stutzte kurz, ehe er unwillkürlich grinsen musste. Sie hatte wahrscheinlich recht. Es lag wohl wirklich nur an ihm selbst. Es gefiel ihm nun einmal viel zu gut, den Cellerar zu reizen, bis er wie ein Stück Kohle glühte.

Ansgar wandte sich wieder der Leiter zu und betrachtete sie so eingehend, wie es in dem diffusen Licht möglich war. Soweit er es erkennen konnte, sahen die Trittstangen stabil aus, und auch das Seil wies keinerlei Verschleißspuren auf.

Weshalb war dieser Fluchtweg im Kloster nicht bekannt? Wusste Abt Elmar ebenfalls nichts davon? Ansgar beschloss, den Ehrwürdigen Vater auszuhorchen. Elmar war nicht gerissen. Wenn er etwas wusste, würde er sich verraten. Sollte er jedoch keine Kenntnis von diesem geheimen Gang haben, trieb Bruder Gebhard wohl sein eigenes Spiel.

»Siehst du etwas, das mir entgeht?«, riss Laya ihn aus seinen Grübeleien.

»Die Strickleiter ist gut erhalten. Offenbar wird sie regelmäßig genutzt und ausgebessert«, gab er einen Teil seiner Gedanken preis.

»Und du vermutest, dass der Cellerar über diesen Gang Bescheid weiß? Das würde zumindest erklären, woher er so genaue Kenntnisse über den Bestand der Vorräte in unserem Keller hatte, er konnte einfach selbst nachsehen. Möglicherweise hat dann doch keine der Schwestern Informationen an die Brüder weitergegeben.«

Ansgar horchte auf. »Ihr vermutet eine Verräterin in euren Reihen?«

»Die Magistra wurde natürlich hellhörig, weil der Abt über unseren Lagerbestand Bescheid wusste. Daher drängte sich der Verdacht auf, dass eine von uns für den Bischof arbeitet.«

»Falls dem so sein sollte, müsst ihr der unbedingt auf die Schliche kommen. Dem Bischof ist nicht zu trauen. Er hat irgendeine Teufelei im Sinn.«

Laya blickte ihn scharf an. »Kennst du ihn näher?«

»Es reicht zu sehen, dass er und Abt Elmar die Köpfe zusammenstecken. Da kann nichts Gutes bei rumkommen«, wich er ihrer Frage aus. »Wir gehen zurück, ich würde bis zum nächsten Stundengebet gerne noch etwas schlafen.«

Ansgar stellte mit Genugtuung fest, dass Laya widerspruchslos gehorchte. Sie machte auf ihn zwar den Eindruck, durchaus eigenständig Entscheidungen treffen zu können, doch war sie es offensichtlich gewohnt, Befehle zu befolgen. Sie schien auch keine von jenen Frauen zu sein, die sich nach außen hin beugten, im Hintergrund jedoch die Fäden in der Hand hielten und ihre Männer nach Gutdünken lenkten.

Ein anderes Gesicht, schmal und bleich, die dunkelroten Locken überwiegend unter Gebände und Rise verborgen, tauchte vor Ansgars innerem Auge auf. Er erinnerte sich nur zu gut an die blaugrünen Augen, denen nichts entging und die einen einer Schwertspitze gleich durchbohren konnten. Laya glich ein wenig dem Teufelsweib, das sein Leben in eine Hölle verwandelt hatte. Ein Gutes hatte das Klosterleben wenigstens, er würde die Frau niemals wiedersehen.

Doch während er auf den dunkelroten Zopf vor ihm starrte, der im Takt ihrer Schritte über Layas Rücken schwang, spürte er Zorn und Verbitterung in sich aufsteigen. Er fühlte den Drang, ihre Haare zu ergreifen, sie nach hinten zu ziehen und die frei liegende weiße Kehle mit einem Messer zu teilen. Er stöhnte unglücklich auf.

Laya blieb augenblicklich stehen und hob das Licht. Ihre braunen Augen sahen ihn fragend an, und sofort war das Gefühl des Hasses wieder verflogen. »Hast du dir den Kopf gestoßen?«

Froh, dass sie ihm eine solche Ausrede lieferte, nickte er.

»Soll ich mal nachsehen? Ich kenne mich damit ein wenig aus«, bot sie ihm an.

»Woher?«, fragte er und wich einen Schritt zurück. Er glaubte, einen Ausdruck des Erschreckens über ihr Gesicht huschen zu sehen.

»Das weiß ich nicht«, stammelte sie und senkte den Blick.

Eine gute Lügnerin war sie jedenfalls nicht, stellte er erleichtert fest. Ihre Augen waren von einem tiefen Braun, und er konnte keine Falschheit darin erkennen. Warum auch immer sie die Wahrheit ihrer Herkunft verbarg, er war sicher, dass sie es aus Angst tat und nicht, um im Kloster Unfrieden zu stiften.

»Ist nicht so schlimm«, wehrte er ab, um nicht preiszugeben, dass er ihren Schwindel durchschaute.

Laya zuckte mit den Schultern und drehte sich wieder um. Sie passierten den Abzweig zu dem geheimen Raum und waren noch ein ganzes Stück weitergegangen, als eine entrüstete Stimme oberhalb des Gewölbes zu ihnen drang.

»Das bist du selbst schuld! Hättest ja auch einen der älteren Brüder mitnehmen können, wie es sich gehört.« Das war eindeutig die Stimme des Cellerars, Bruder Gebhard.

Ihm wurde in näselndem Tonfall geantwortet: »Du ließest mir ausrichten, dass du unpässlich wärst. Bruder Ansgar kam wie gerufen, zumal die Unterredung mit der Magistra unmittelbar bevorstand.«

»Dir kann man auch alles weismachen, Elmar. Es sollte mich nicht wundern, wenn Ansgar etwas mit meinen Bauchkrämpfen zu tun hatte.«

»Nun lass den Jungen doch mal in Ruhe. Er hat es nun wahrlich schwer genug.«

»Pffft«, war alles, was Bruder Gebhard darauf erwiderte.

Ansgar wunderte sich. Nichts hatte bisher darauf schließen lassen, dass die beiden sich viel näherstanden, als es den Anschein hatte. In der Öffentlichkeit wahrten sie immer den förmlichen Abstand. Doch das vertrauliche Du ließ nun anderes vermuten.

Er brachte seinen Mund nah an Layas Ohr heran. »Wir müssen uns unterhalb des Sprechzimmers des Ehrwürdigen Vaters befinden«, wisperte er. »Durch die Öffnungen in der Gewölbedecke können wir alles gut verstehen. Aber wir müssen leise sein. Möglicherweise können sie uns ebenso gut hören.« Laya nickte und rückte ein Stück von Ansgar ab.

Ansgar quittierte das mit einem Stirnrunzeln. Er fragte sich, ob es an seiner Kutte lag oder ob sie generell die Nähe zu Männern mied. Zu seinem eigenen Erstaunen wollte er es wirklich wissen. Doch jetzt war nicht der richtige Zeitpunkt dafür.

»Jedenfalls weiß die Magistra nun von dem Besuch des Bischofs und darüber ist sie nicht gerade erfreut«, gestand Elmar.

»Das kann ich ihr nicht verdenken. Ich würde es zwar auch lieber sehen, wenn die Weiber das Weite suchen, aber ich halte nichts davon, dass Odo von Halltau dabei mitmischt. Ich traue dem Bischof nicht. Der tut nichts ohne Gegenleistung.«

Die gemurmelte Antwort des Abts konnte Ansgar nicht verstehen.

»Pass bloß auf, Elmar, dass er dich nicht in etwas hineinzieht, das dein Seelenheil gefährdet.«

»Was meinst du damit?«, fuhr Elmar erschrocken auf.

»Du hast mir doch erzählt, dass die Magistra dir wegen der Missernten in den Dörfern nicht geglaubt hat. Sie vermutet vielmehr einen Zusammenhang mit den verschwundenen Mädchen.«

Der Abt klang tatsächlich ein wenig verärgert. »Schleiche nicht wie eine Katze um den heißen Brei herum, Gebhard, sondern sage mir, worauf du hinauswillst.«

»Was ist, wenn sie recht hat? Ich weiß, du willst nichts davon hören. Tatsache ist jedoch, dass ganze Familien weggezogen sind, nachdem ihre Töchter verschwanden, zumindest wenn es sich um freie Bauern handelte. Mich quält die Frage, ob nur diejenigen Familien betroffen sind, die für das Kloster arbeiten, oder auch Hörige der umliegenden Rittergüter. Falls dem so sein sollte, würde es mich brennend interessieren, ob auch Ravenstein betroffen ist.«

Ansgar biss die Zähne zusammen und lauschte angestrengt, damit ihm keins der folgenden Worte entging.

»Sollten die Dörfer von Ravenstein davon verschont sein, so liegt doch der Verdacht nahe, dass die Ursache dort zu suchen ist. Sind Bischof Odo und die Herrin von Ravenstein nicht Geschwister?«

Der Abt hatte das wohl mit einer Geste bestätigt, denn der Cellerar fuhr etwas leiser fort: »Was ist, wenn der Bischof für das Verschwinden der Mädchen verantwortlich ist?«

»Gebhard!«, rief der Ehrwürdige Vater entsetzt. »Das darfst du nicht einmal denken, geschweige denn aussprechen. Es ist wohl richtig, dass das Verschwinden uns in die Hände spielt, aber deshalb kannst du diese Ungeheuerlichkeit doch nicht dem Bischof unterstellen.«

»Trotzdem sollten wir zumindest herausfinden, ob er frei von Sünde ist. Bedenke, dass am Ende deiner Tage der höchste Richter über dich urteilen wird. Du willst doch nicht dein Seelenheil aufs Spiel setzen, nur weil du Unrecht tatenlos hast geschehen lassen«, drängte der Cellerar.

Elmar rang mit sich, was deutlich durch kläglich klingende Laute zum Ausdruck kam.

»Also gut«, gab er schließlich nach. »Aber weder du noch

ich dürfen persönlich in dieser Angelegenheit in Erscheinung treten. Nicht auszudenken, wenn Odo von Halltau davon Wind bekäme. Ich werde Bruder Ansgar damit beauftragen, sich vorsichtig umzuhören. Gleichzeitig kann ich damit die Magistra beruhigen.«

»Ausgerechnet diesen Tölpel willst du losschicken?«, fragte Gebhard erbost.

»Glaub mir, keiner ist dafür besser geeignet als er«, antwortete der Abt.

Ansgar wagte kaum zu atmen. Er schickte ein stummes Stoßgebet zum Himmel, dass der Ehrwürdige Vater dem Cellerar keine weitere Erklärung dazu lieferte. Soweit er wusste, war Ansgars wahre Herkunft allein dem Abt bekannt.

Zu seiner großen Erleichterung fuhr Elmar fort: »Es wird unserem Bruder guttun, nach draußen zu kommen und seinen Spürsinn unter Beweis zu stellen. Du wirst sehen, Ansgar dürstet nach einer Aufgabe und wird alles daransetzen, unentdeckt zu bleiben.«

»Alles? Das kann ja nicht viel sein«, giftete Gebhard.

»Wie würdest du denn an seiner Stelle vorgehen?«, fragte der Abt.

»Zunächst einmal nach Gemeinsamkeiten zwischen den Verschwundenen suchen. Da gibt es doch diese junge Frau, die Bruder Eberhard vor der Pforte aufgelesen hat. Es könnte gut sein, dass auch sie dem Bischof oder seinen Schergen entkommen ist und sich hier versteckt.«

Ansgar blickte Laya überrascht an. Die Flamme ihres Talglichts flackerte heftig, so sehr zitterte ihre Hand.

Lag der Cellerar mit seiner Vermutung richtig? War Laya überfallen worden und nicht etwa gestürzt, wie Ansgar angenommen hatte? Er würde sie gleich zur Rede stellen.

»Ich bin sicher, dass Bruder Ansgar nichts herausfinden wird. Dazu ist er viel zu träge. Er wird den ganzen Tag im

Gras liegen und die Gämsen beobachten«, fuhr Gebhard fort.

»Ich wundere mich doch sehr über dich. Ansgar hilft dir stets. Er mag sich manchmal etwas ungeschickt anstellen, aber faul ist er nicht.«

»Du würdest selbst ein schwarzes Schaf so lange waschen, bis sein Fell weiß ist, Elmar.«

»Die Fellfarbe ist nicht zu ändern.«

»Und ebenso wenig ändern sich die Menschen«, donnerte Gebhard.

Ansgar glaubte regelrecht zu sehen, wie der Abt resigniert den Kopf schüttelte.

»Ein Gutes hat es immerhin, wenn du ihn aussendest«, knurrte der Cellerar. »Er wird auch nichts über unser kleines Geschäft herausfinden.«

»Weshalb sollte er auch?«, fragte Elmar arglos. »Er erhält schließlich einen anderen Auftrag. Ich werde ihn demnächst zu mir rufen.« Gebhard brummte unzufrieden und verabschiedetet sich.

Ansgar drängte Laya zurück zu den Kellerräumen. Als sie den Einstieg in den Gang erreichten, wollte sie nach einem knappen Gruß zwischen den Kisten auf ihrer Seite hindurchschlüpfen. Ansgar packte ihr Handgelenk und hielt sie fest.

Es war eindeutig Angst, die er jetzt auf ihrem Gesicht ablesen konnte, als sie seinen strengen Blick erschrocken erwiderte.

»Ist das wahr, bist du überfallen worden?«, fragte er.

»Ich weiß nur noch, dass gefühlt jeder Knochen in meinem Leib schmerzte, als ich wach wurde und mich bergauf zum Kloster schleppte. Alles, was davor geschehen ist, ist durch einen schwarzen Nebel verborgen.«

Ansgar beugte sich so weit nach vorn, dass seine Nasenspitze die ihre fast berührte. »Du lügst«, zischte er.

Statt eingeschüchtert zurückzuweichen und die Wahrheit zu gestehen, wie er es erwartet hatte, schüttelte sie den Kopf und funkelte ihn entschlossen an. »Glaub doch, was du willst. Mehr kann ich dir nicht sagen.«

Ihr Atem traf seine Lippen und Ansgar bemerkte, wie nah er ihr war. Ein wenig verschämt richtete er sich auf und ließ ihr Handgelenk los. Er wurde das Gefühl nicht los, dass ihre Angst vor dem, was geschehen konnte, wenn die Wahrheit ans Licht kam, größer war als die vor ihm.

Er war kein Mann, der Freude daran hatte, Frauen einzuschüchtern. Deshalb lenkte er ein: »Ist schon gut, Laya. Der Gedanke, dass du überfallen wurdest und dich hier versteckst, klingt allerdings einleuchtend.«

»Selbst wenn ich mich an alles erinnern könnte, würde es nichts nutzen. Ich kenne weder den Bischof noch seine Männer«, gab sie kleinlaut zu.

»Odo von Halltau würde dich wohl kaum selbst durch den Wald hetzen. Dennoch wäre es gut, wenn du ihn oder die Menschen, die ihn umgeben, einmal treffen würdest. Möglicherweise kehrt deine Erinnerung plötzlich zurück«, überlegte er hoffnungsvoll.

»Vielleicht ist es besser, meine Vergangenheit ruhen zu lassen. Ich kann mir auch nicht vorstellen, was der Bischof an einer wie mir finden sollte«, entgegnete sie und wandte den Blick von seinem Gesicht ab.

»Wenn Odo von Halltau tatsächlich eine, hm, sagen wir Leidenschaft für hübsche junge Frauen entwickelt hat und sie anschließend auf unbekannte Weise verschwinden lässt, so können sie nicht höheren Standes sein. Adlige Frauen, die nicht zu ihren Familien und in die Gesellschaft zurückkehren, würden eine Welle der Empörung auslösen. Man würde sofort öffentlich Jagd auf die Täter machen. Bei Leibeigenen und Bauern ist das etwas anderes. Für deren Leid hat niemand ein Ohr.«

»Glaubst du ernsthaft, dass ein Geistlicher sich die Hände an einem Mädchen aus dem einfachen Volk schmutzig machen würde?«

»Du hast wohl noch keine Bekanntschaft mit der männlichen Natur gemacht, wenn sie einmal für etwas entflammt ist. Im Grunde sind wir alle Jäger und nur auf Beute aus.«

Laya wich zurück. »Das glaube ich nicht.«

»Kannst du aber. Ich kenne die Mitglieder meiner …« Ansgar biss sich gerade noch rechtzeitig auf die Zunge, hustete gepresst und fuhr fort: »… meines Konvents gut genug, um dir zu sagen, dass auch Männer in Kutten oft ein Geheimnis verbergen.«

Laya legte den Kopf schief. »Du auch?«, fragte sie keck.

Er grinste ein wenig unbeholfen. »Wir sollten uns jetzt verabschieden. Ich gebe dir ein Zeichen, sobald Abt Elmar mir den Auftrag offenbart hat.«

»Wie willst du das anstellen?«, wollte sie wissen.

»Während des Gottesdienstes wird sich eine Gelegenheit ergeben.«

»Durch die Tücher sehen wir uns doch gar nicht«, gab Laya zu bedenken.

»Dann werde ich wohl ›Gelobt sei Jesus Christus‹ oder etwas Ähnliches rufen. Du wirst es schon merken.«

Laya nickte ihm zum Abschied zu und schlängelte sich zwischen den gestapelten Kisten auf ihre Seite hindurch. Ansgar starrte ihr noch einen Moment nach. Der Jäger in ihm war erwacht. Laya verbarg etwas, und er wollte unbedingt herausfinden, ob sie etwas mit den verschwundenen Mädchen gemeinsam hatte. Ansgar konnte sich zum jetzigen Zeitpunkt nicht vorstellen, dass Odo von Halltau etwas damit zu tun hatte. Doch ausschließen wollte er es auch nicht. Er kannte den Bischof besser, als jeder hier vermuten würde, und hielt den Geistlichen für einen Emporkömmling, dem Macht und Stellung wichtiger waren als sein Glaube. Aber ein Mörder?

Auch wenn er es vor Laya nicht so eindeutig formuliert hatte, stand für Ansgar fest, dass die verschwundenen Frauen ermordet worden waren. Offenbar war weder eine von ihnen je wieder aufgetaucht, noch hatte man etwas über ihren Verbleib gehört. Es gab hier viele Gletscherspalten, die ihre Opfer nie wieder freigeben würden.

Das Bild von einem Haufen Leiber, eingezwängt zwischen engen Felsenwänden, stieg in Ansgar auf. Er schüttelte sich und verdrängte die Vision.

***

Laya löschte das Talglicht, stellte es in eine Mauernische und schlich die Treppen hoch zurück ins Dormitorium. Regelmäßiges Atmen und Schnarchen empfing sie. Es schien, als hätte niemand ihre Abwesenheit bemerkt.

Sie tappte auf Zehenspitzen zu ihrem Bett. Es ächzte leise, als sie sich darauf niederließ. Erschrocken verharrte sie. Elise, die Dienerin im Bett neben ihr, murmelte im Schlaf und drehte sich auf die andere Seite.

Laya glaubte etwas wie ›Ned no a Fleck‹ zu verstehen. Elise wusch die Kleidung aller Konventmitglieder. Für jeden Schmutzfleck, den sie übersah, gab es Ärger. Die hellen Habits sollten in Unschuld erstrahlen, und oft musste Elise sie mehrfach waschen. Kein Wunder, dass sie davon träumte.

Laya legte sich in das kalte Bett. Sie zog die Decke hoch bis an die Ohren und drehte sich auf die Seite. Einschlafen konnte sie allerdings nicht, obwohl sie schrecklich müde war.

Die Gedanken an die Entdeckung des Raums, des geheimen Ausgangs, sofern er wirklich vom Kloster fortführte und nicht in einem weiteren Lager endete, und schließlich das Gespräch zwischen dem Abt und dem Cellerar kreisten wie ein Schwarm aufgescheuchter Bienen durch ihren Kopf.

Ob diese verschwundenen Mädchen, von denen Ansgar wohl glaubte, sie wären ermordet worden, das hatte sie aus seiner Formulierung geschlossen, etwas mit dem Überfall auf Julian und sie zu tun hatten? Laya konnte es sich nicht vorstellen. Die beiden Männer, die sie angegriffen hatten, hatte sie noch nie zuvor gesehen. Den Bischof kannte sie auch nicht. Was sollte sie mit ihm zu schaffen haben? Julians Mörder und die ihres Kindes waren mitleidlose Schläger gewesen. Solche standen doch bestimmt nicht in den Diensten eines Geistlichen, oder etwa doch?

Wahrscheinlicher schien es Laya, dass ihr Vater die beiden in einer Schänke getroffen und auf sie angesetzt hatte. Bestimmt sollten sie Julian ordentlich verprügeln und Laya zurück zum Hof schaffen. Auf sie als Arbeitskraft hätte der Vater niemals verzichtet. Julian hingegen war ihm im Weg gewesen. Aber wäre er so weit gegangen, ihn ermorden zu lassen? Sie würde es herausfinden. Mit den verschwundenen Mädchen hatte der Überfall auf sie nichts zu tun, wenigstens davon war Laya überzeugt.

Sie stöhnte gequält. Das schlechte Gewissen nagte an ihr. Sie lag in einem weichen Bett, war in Sicherheit und bekam ausreichend zu essen, während ihre Schwester Adele die ganze Familienlast auf ihren jungen Schultern tragen musste und sich um sie grämte. Laya musste einen Weg finden, sie heimlich zu treffen.

Es würde gewiss nicht leicht, unbemerkt einen Abstecher zu ihrem Dorf zu machen, da machte sie sich keine Illusionen. Der Weg war nicht allzu weit, trotzdem musste sie einige Stunden dafür rechnen. Außerdem dürfte Hilda sie nicht begleiten. Die Magistra wollte kein unnötiges Aufsehen erregen. Als Kräutersammlerin getarnt würde Laya in den Dörfern nicht auffallen. Hingegen war Hilda die Herkunft aus gutem Hause sofort anzumerken. Sie hatte nie schwer arbeiten müssen, war gebildet und legte ein tadelloses Benehmen an den Tag. Wie leicht Hilda Ansgar von ihrer Sache überzeugt hatte, beeindruckte sie noch immer. Laya war sicher, dass sie selbst das niemals geschafft hätte.

Es erstaunte sie ein wenig, dass Ansgar heute Nacht nicht nach Hilda gefragt hatte. Laya hatte den Eindruck gewonnen, die beiden hätten sich auf Anhieb gut verstanden. Sie zwang ihre Gedanken von den beiden fort.

Viel interessanter war, was sie durch das belauschte Gespräch herausgefunden hatten. Laya konnte kaum erwarten, Hilda davon zu berichten. Selbst die Magistra würde stolz sein, dass sie nach kurzer Zeit schon die ersten Erfolge verzeichnen konnten. Sie hatten einen Verbündeten auf der Seite der Brüder. Auch dort herrschte Misstrauen gegenüber den Absichten des Bischofs und Ansgar sollte mehr über die verschwundenen Mädchen herausfinden. Bestimmt würde sich schnell herausstellen, ob die geringere Anzahl an gelieferten Abgaben damit in Zusammenhang stand.

Laya zog die Decke noch ein Stück höher. Sie fröstelte. Die Häute vor den schmalen Fensteröffnungen des Schlafsaals hielten die Kälte kaum zurück. Der geheime Raum im Gang kam ihr in den Sinn. Dort war es wärmer gewesen. Ob sich zwei Menschen dort wohl früher heimlich getroffen und gegenseitig gewärmt hatten?

Seltsamerweise musste sie an Hilda und Ansgar denken. Laya schalt sich selbst dafür. Hilda würde niemals gegen die Regeln verstoßen. Ansgar hingegen schon, da war sie sich sicher.

Laya konnte es sich selbst nicht erklären, aber sie verspürte ein mulmiges Gefühl im Bauch, wenn sie sich die beiden zusammen vorstellte.

9. Kapitel

Nach der Kapitelversammlung am nächsten Tag klopfte Hilda an die Tür des Sprechzimmers. Mit einer Mischung aus Faszination und Erschaudern hatte sie Layas Bericht gelauscht. Hilda war sich noch nicht ganz schlüssig, was sie der Magistra berichten sollte. Ansgar gegenüber hatte sie behauptet, Philippa von Berg wäre nur an Ergebnissen interessiert.

Hilda atmete tief durch. Sie musste es hinter sich bringen. Ihre Freundin war so euphorisch über die Entdeckung gewesen und ein wenig enttäuscht, dass Hilda nicht über das ganze Gesicht gestrahlt hatte. Aber Laya hatte mehr als eine Regel gebrochen und war dafür belohnt worden. Das war nicht richtig und das konnten weder Gott noch die Magistra gutheißen. Oder waren etwa doch dunkle Mächte am Werk, die Laya hierhergeführt hatten, und nicht die Heilige Jungfrau? Weshalb sonst konnte sie in so kurzer Zeit Dinge entdecken, von denen hier niemand gewusst hatte?

Sie schrak zusammen, als die Tür plötzlich von innen aufgerissen wurde. Auf Philippas Stirn hatte sich eine Zornesfalte gebildet, die sich glättete, als sie Hilda erkannte.

»Warum klopfst du erst, wenn du dann doch nicht eintrittst? Warst du so in Gedanken, dass du meine zweimalige Aufforderung nicht gehört hast?«

Hilda nickte schuldbewusst und bemerkte mit Erstaunen, dass die Magistra zufrieden lächelte. »Demnach hast du Neuigkeiten für mich.«

Hilda knetete ihre Finger und nickte abermals. Sie betrat den Raum und wartete ab, bis Philippa die Tür hinter ihr geschlossen hatte, ehe sie sich auf der Kante des Stuhls vor dem Pult niederließ. Die Magistra setzte sich ihr gegenüber und legte die gefalteten Hände auf der Tischplatte ab.

»Ich warte nicht gern«, sagte sie in leicht tadelndem Tonfall, doch Hilda spürte die aufgeregte Vorfreude hinter diesen Worten.

Hilda wusste nicht recht, wie sie beginnen sollte. Sie stotterte ein wenig herum, bis die Magistra die Geduld endgültig verlor und sie unverblümt fragte, ob es ihnen gelungen war, Kontakt zu Bruder Ansgar aufzunehmen.

»Allerdings, und ich konnte ihn dazu bewegen, mit uns für das Wohl der Gemeinschaft zusammenzuarbeiten.«

»Dir ist das gelungen, nicht Laya?« Philippa zog überrascht die Augenbrauen in die Höhe.

»Weshalb nicht?«, fragte Hilda verärgert. Traute die Magistra ihr das nicht zu? »Ich bin viel wortgewandter als Laya. Bruder Ansgar war auch dieser Ansicht. Ohne mich hätte er Laya einfach stehen lassen. Sie ist aufbrausend und hat ihn beleidigt. Ich musste mein ganzes Geschick einsetzen, ihn davon zu überzeugen, dass sie es nicht so gemeint hatte.«

Hilda übertrieb bewusst, und obwohl sie sich für einen kurzen Moment schlecht fühlte, wusste sie, dass sie es nicht beichten würde. Sie wollte, dass die Magistra ihre Stärken erkannte, und die lagen nicht nur im gehorsamen Befolgen von Regeln. Es war ihr sehr wichtig, dass die Magistra den Eindruck gewann, dass die Zusammenarbeit mit Ansgar Hildas Verdienst war. So trug sie entscheidend zum Erfolg der Angelegenheit bei. Das konnte sich später als nützlich erweisen, sollte ihr Vater sie dazu zwingen wollen, Tannhöhe zu verlassen. Wenn Philippa sie als wertvoll für die Gemeinschaft erachtete, würde sie sich Hildas Vater bestimmt entgegenstellen.

»Gut, ihr habt ihn also getroffen. Was geschah dann?«

»Wollt Ihr wirklich wissen, welche Regeln gebrochen wurden, um Ergebnisse zu bekommen, oder reicht es Euch, wenn ich von dem Gespräch zwischen dem Cellerar und Abt Elmar berichte, das die beiden belauscht haben?«, fragte Hilda. Es war ihr in den Sinn gekommen, diese Entscheidung der Magistra zu überlassen. Dadurch konnte Philippa erkennen, dass Hilda treu zu ihr stand und ihr nur das verschweigen würde, was die Magistra lieber nicht wissen wollte, um sich nicht in eine verfängliche Situation zu begeben. Die Verantwortung lag somit bei der Magistra.

Philippa schien zu verstehen, worauf Hilda hinauswollte, denn sie nahm sich einen Augenblick Zeit, um ihre Antwort gut zu durchdenken. Nachdenklich runzelte sie die Stirn. Dann schien sie ihre Entscheidung gefällt zu haben: »Erzähle mir alles, was du von Laya erfahren hast.«

Hilda schilderte anschaulich, wie Laya sich heimlich aus dem Dormitorium geschlichen hatte, durch den Gang geschritten und schließlich auf einen geheimen Raum und Bruder Ansgar getroffen war. Bei der Erwähnung des Ausgangs und der Strickleiter zuckten die Wangenmuskeln der Magistra einmal kurz, doch sie unterbrach Hilda nicht. Erst als sie erfuhr, dass kleine Luftschächte in der Decke des Gewölbegangs es möglich machten zu belauschen, was im Besprechungszimmer des Abts vor sich ging, konnte sie ein leichtes Lächeln nicht mehr unterdrücken. Als Hilda dann auch noch verkündete, dass Laya so herausgefunden hatte, dass Ansgar den Auftrag erhalten sollte zu ergründen, ob der Bischof etwas mit dem Verschwinden der Mädchen zu tun hatte, schlug sie mit der flachen Hand auf den Tisch. »Endlich bewegt sich der Abt ein wenig. Und dass er ausgerechnet Bruder Ansgar damit beauftragt, ist für uns ein wahrer Glücksfall. Laya muss unbedingt dabei sein und ihm über die Schulter sehen.«

Hilda wagte einzuwenden: »Haltet Ihr es für klug, Laya ohne Aufsicht mit Bruder Ansgar in die Täler gehen zu lassen?«

»Mir bleibt wohl keine Wahl. Sonst müsste ich eine weitere Person einweihen, und das erscheint mir zu riskant.«

Hilda hielt den Atem an. »Und wie wäre es mit mir?«

Die Magistra wirkte verblüfft. »Aber, Hilda, du weißt doch ganz genau, dass auch du der Klausur unterliegst. Wie soll ich das den anderen erklären?«

Hilda zuckte mit den Schultern. »Streng genommen bin ich bloß ein Gast.«

»Allerdings einer, der sich unseren Regeln unterwirft und gerne das ewige Gelübde ablegen würde«, erwiderte Philippa bestimmt. Ihre Augen verengten sich zu Schlitzen, als sie fragte: »Warum willst du selbst in die Dörfer?«

Hilda zwang sich, dem Blick offen zu begegnen. »Mir liegt einzig Layas Wohl am Herzen.«

Die Magistra presste kurz die Lippen aufeinander. »Geht es dir wirklich um sie, oder möchtest du viel lieber selbst in Bruder Ansgars Nähe sein?«

»Ich denke, die beiden brauchen eine Vermittlerin, sie verstehen sich nicht besonders gut.«

Philippa lehnte sich auf dem Stuhl zurück und verschränkte die Hände über dem Holzkreuz, das an einem Lederband um ihren Hals bis auf den Bauch hinabhing. »Umso besser. Dann kann ich in dieser Richtung beruhigt sein. Du sagtest, dass Laya ruppig zu ihm war. Das ist gut und zeigt mir, dass sie in der Lage ist, mit Männern umzugehen. Sie hat keine Berührungsängste, was darauf schließen lässt, dass sie in ihrem früheren Alltag gelernt hat, mit ihnen zu leben. Du hingegen hattest kaum Berührungspunkte mit dem anderen Geschlecht. Dein Herz ist noch frei und damit leichte Beute für einen, der es darauf anlegt.«

»Bruder Ansgar ist nicht so«, fühlte Hilda sich verpflichtet, ihn zu verteidigen.

»Und du glaubst, das nach einer kurzen Begegnung mit ihm beurteilen zu können?«, fragte die Magistra spöttisch. »Glaube mir, der Wolf kommt oft im Schafspelz daher, bevor er sein wahres Gesicht zeigt.«

Hilda zuckte zusammen. »Dann wäre Laya bei ihm in Gefahr.«

Die Magistra winkte ab. »Laya ist zäh und weiß sich zu wehren. Selbst wenn es zwischen den beiden zu einer unerlaubten Annäherung käme – Laya ist bloß eine Dienerin und kaum jemand weiß von ihr. Sie müsste das Kloster verlassen und mit ihrer Schande leben. Dir hingegen darf so etwas nicht geschehen. Ich trage für dich die Verantwortung und werde dich deshalb nicht dieser Gefahr aussetzen.«

Hilda wusste darauf keine Antwort. Der Magistra war es gleich, ob etwas zwischen Laya und Ansgar passierte. Laya würde die Leidtragende sein und keinerlei Unterstützung erhalten, wenn sie in Schwierigkeiten geriet. Hilda nahm sich vor, die Freundin zu warnen und darauf zu drängen, stets genügend Abstand zu Ansgar zu halten. Vermutlich würde sie lachen und Hilda damit aufziehen, dass sie doch nur eifersüchtig sei und hoffte, selbst die Aufmerksamkeit des jungen Bruders zu erwecken.

Zu ihrem Erschrecken musste Hilda feststellen, dass diese Vermutung nicht von der Hand zu weisen war und ein kleines Stück Wahrheit dahintersteckte.

***

Bruno von Ravenstein saß seiner Mutter in ihrer Kemenate gegenüber. Im Kamin knisterte ein Feuer, das es jedoch nicht schaffte, die Kälte gänzlich aus dem Raum zu vertreiben. Fröstelnd rieb er sich über die Arme.

»Wiederholt das bitte«, forderte er sie auf, weil er glaubte, sich verhört zu haben. »Ich soll *was*?«

»Heiraten. Es gibt eine geeignete Kandidatin, die wir ins Auge gefasst haben.«

»Wir?«, hakte Bruno nach. »Redet Ihr von Euch und Eurem Bruder?«

»Natürlich, sonst hast du ja keine Familie mehr.«

Bruno verzog verbittert das Gesicht. »Das sehe ich anders.«

Dietlind von Ravenstein wedelte mit der Hand durch die Luft, als wollte sie eine lästige Fliege verscheuchen. »Du bist der Herr des Hauses, und es ist deine Pflicht, einen Sohn zu zeugen, um unseren Namen zu erhalten.«

Bruno schnaubte. »Davon laufen bestimmt schon einige durch die Welt.«

Dietlinds Augen wurden schmal. »Du weißt genau, was ich meine. Ravenstein braucht einen rechtmäßigen Erben, nicht einen halben Bauerntölpel.«

»Mutter, Ihr kennt mich doch. Glaubt Ihr wirklich, dass ich zum Ehemann tauge?«, versuchte Bruno es auf andere Weise. Er wusste, dass er einen offenen Streit mit ihr verlieren würde. Sie war wesentlich wortgewandter als er.

»Darauf kommt es nicht an. Du kannst dein Leben weiterführen wie bisher. Deiner Frau musst du nur beiwohnen, bis sie empfangen hat. Danach brauchst du dich nicht mehr um sie zu kümmern.«

Bruno zog die Brauen nach oben. »Wo ist der Haken?«

»Deine Frau muss mindestens so lange hier leben, bis sie dir zwei Söhne geboren hat.«

»Willst du mir damit zu verstehen geben, dass sie dann ihre Schuldigkeit getan hat?«, fragte er überrascht.

»Ihr beide«, entgegnete Dietlind süffisant.

»Sobald ich mich vermähle, hat meine Frau das Sagen über den Haushalt, nicht länger Ihr. Ihr werdet die Schlüsselgewalt abgeben müssen.« Bruno wollte seine Mutter lediglich ein wenig ärgern, erschrak jedoch über den Blick, mit dem sie ihn bedachte.

In ihren blaugrünen Augen loderte ein bedrohliches Feuer. Die immer noch ansehnlichen Züge des schmalen Gesichts verzerrten sich zu einer Fratze. Bruno lief ein Schauder über den Rücken.

»Ich bleibe die Herrin auf Ravenstein, solange ich lebe. Ich habe zu hart dafür gekämpft, um mir das wegnehmen zu lassen.«

»Was habt Ihr schon getan?«, fragte Bruno barsch. »Einen trauernden Witwer getröstet und die Beine für ihn breit gemacht.«

»Du hast keine Ahnung, was mich das gekostet hat«, zischte sie. »Ohne mich müsstest du deinen Lebensunterhalt als Söldner verdienen und Odo wäre noch immer Pfarrer in einer kleinen Holzkirche in irgendeinem Bergdorf. Zeig gefälligst ein wenig mehr Respekt.«

»Ich weiß Eure Unterstützung sehr wohl zu würdigen«, antwortete Bruno bitter. »Aber wir wissen beide, dass Ihr es nur macht, um Eure eigene Stellung zu festigen. Und dazu braucht Ihr sowohl Ohm Odo als auch mich. Mein Bruder hätte Euch schon längst von Ravenstein vertrieben, wenn er noch hier wäre.«

»Lass ihn aus dem Spiel. Was ihm widerfahren ist, hat er sich selbst zuzuschreiben«, würgte Dietlind seinen Einwand ab. »Glaubst du wirklich, er würde deine Eskapaden dulden und dich auch noch decken, damit der Ruf der Familie nicht darunter leidet?«

Brunos Nacken wurde heiß, und er schwieg. Seine schlanken Finger krallten sich um die Armlehnen des Stuhls, als könnte das Holz davon abhalten, eine Torheit zu begehen. Wie so oft überfiel ihn das Verlangen, Dietlind von Ravenstein seine Hände um den Hals zu legen und zuzudrücken.

Er schloss die Augen, die den ihren so ähnlich waren, und gab sich einen Moment lang der Vorstellung hin, wie seine Mutter vergeblich an seinen Handgelenken zerrte, ehe sie blau anlief, ein letztes Mal röchelte und schließlich erschlaffte.

Bruno schüttelte sich, um das verführerische Bild aus seinem Kopf zu vertreiben. Er entspannte die Finger und senkte ergeben den Kopf. »Nein, Mutter, das würde er nicht.«

Dietlind lächelte schmal. »Gut, dass du vernünftig bist.«

»Wann soll die Hochzeit stattfinden?«, fragte er, weil er die eintretende Stille nicht ertragen konnte.

»Sofern wir uns einig werden, noch in diesem Halbjahr.«

»Ist meine Braut wenigstens ansehnlich?«

Dietlind zuckte mit den Schultern. »Ich habe sie noch nicht gesehen, aber darauf kommt es auch nicht an. Wichtig ist nur, dass du sie zuvorkommend behandelst und dein impulsives Wesen ihr gegenüber unter Kontrolle behältst, zumindest zu Beginn.«

Bruno glaubte zu ersticken. Hatte er zunächst trotz des Feuers gefröstelt, so war ihm nun unerträglich heiß. »Darf ich gehen?«, presste er hervor.

»Ich weiß, dass du verärgert bist, aber nun ist es an dir, endlich etwas für die Familie zu tun. Am besten gehst du auf die Jagd und lässt deinen Zorn an einem armen Tier aus«, schlug sie gönnerhaft vor.

Genau das würde er tun. Bruno hoffte, auf einen Rotfuchs zu treffen, dessen Fellfarbe dem Haar seiner Mutter glich. Er würde es ihm über die Ohren ziehen.

***

Es dauerte fast eine Woche, bis Abt Elmar Ansgar in sein Sprechzimmer rufen ließ, um ihm den Auftrag zu erteilen, nach den verschwundenen Mädchen zu forschen.

»Ich weiß, die Angelegenheit ist ein wenig delikat, aber ich hoffe, dass du das nötige Fingerspitzengefühl dafür besitzt«, schloss der Ehrwürdige Vater seine Ausführungen.

»Weil ich das schon oft unter Beweis gestellt habe?«, konnte Ansgar sich die ironische Bemerkung nicht verkneifen.

»Das hier ist etwas anderes«, winkte Elmar ab. »Niemand hier kennt den Bischof so gut wie du. Glaubst du, er könnte wirklich etwas mit den Geschehnissen in den Dörfern zu tun haben? Es gibt sicherlich viele Männer, die für ein solches Verbrechen infrage kämen.«

»Ob tatsächlich ein Verbrechen vorliegt oder nicht, muss sich wohl erst noch herausstellen.« Obwohl Ansgar längst überzeugt war, dass hier alles war, wie es schien, wollte er sichergehen, dass der Abt seine Meinung hinsichtlich der Notwendigkeit der Untersuchungen nicht doch noch änderte. »Doch wenn Ihr wissen wollt, ob ich Odo von Halltau zutraue, junge Mädchen zu entführen und umzubringen, dann kann ich Euch beruhigen. Er ist ein Emporkömmling, aber bestimmt kein Mörder«, gestand er dennoch.

Elmar atmete sichtlich erleichtert auf. »Ich kann mir das auch nicht vorstellen. Er ist ein gläubiger Christenmensch und hat nur das Wohl der Kirche im Sinn.«

Diesmal konnte Ansgar ihm nicht zustimmen. Aus Erfahrung wusste er es besser, hütete sich jedoch, etwas darauf zu erwidern.

»Es sind übrigens nicht nur Mädchen verschwunden.« Elmar musterte einen Wachsfleck auf dem Tisch und begann ihn mit dem Daumennagel abzuschaben. »Teils sind ganze Familien von zu Hause aufgebrochen und nicht mehr aufgetaucht. Ich weiß aber nicht, ob es da einen Zusammenhang gibt.«

Überrascht stieß Ansgar die Luft aus. »Sind das alles Familien, die eine Tochter verloren haben?«

Elmar zuckte hilflos mit den Schultern. »Möglich.«

»Verschwanden sie vor oder nach ihren Kindern?«

Wiederum erntete er ein Achselzucken. »Wenn ich das alles wüsste, Ansgar, dann bräuchte ich dich nicht auszusenden. Aber wir müssen ausschließen, dass auch nur der Hauch eines Verdachts auf unser Kloster fällt.«

Ansgar kniff die Brauen zusammen. »Was soll das heißen? Erwartet Ihr von mir etwa, eine Spur zu verwischen, falls sie nach Tannhöhe führt?«

Ihm fiel ein, dass der Cellerar etwas von einem kleinen Geschäft erwähnt hatte und der Abt sicher war, dass Ansgar nichts darüber in Erfahrung bringen würde. Der würde sich wundern!

Elmar hatte das Wachs mittlerweile von der Tischplatte gekratzt und puhlte die Reste unter seinem zu langen Daumennagel hervor. »Ich will damit sagen, dass du alles, was du herausfindest, erst mit mir besprichst. Wir werden dann eine Lösung finden.«

»Und mit ›wir‹ meint Ihr Euch und mich?«, fragte Ansgar erstaunt.

Elmar schnippte ein Wachsstück auf den Fußboden. »Ich dachte an Bruder Gebhard oder den Bischof. Je nachdem, wie das Ergebnis deiner Nachforschungen lautet.«

Eine Entscheidung allein zu treffen, war nicht die Stärke des Abts. Das hatte Ansgar bereits bemerkt. Was, wenn sich herausstellte, dass sowohl der Cellerar als auch der Bischof an der Sache beteiligt waren? Wen würde der Ehrwürdige Vater wohl dann um Hilfe anflehen?

»Ich muss nachdenken, wie ich es am besten anstelle«, entgegnete er stattdessen. »Mit Eurer Erlaubnis würde ich mich gerne für einige Zeit in die Sakristei zurückziehen. Beim Polieren der liturgischen Gegenstände habe ich bestimmt eine Eingebung.«

Der Abt stimmte sofort zu. »Der Herr wird dich führen, wenn du dich ihm anvertraust. Ich stelle dich heute für die Dienste bei Bruder Gebhard frei. Geh nur, mein Sohn.«

Ansgar verneigte sich und verließ erleichtert den Raum. Endlich konnte er ungestört in der Sakristei nach dem Einstieg in den geheimen Gang suchen. In den letzten Tagen hatte er es nicht gewagt, weil der Cellerar ihn keinen Moment aus den Augen gelassen hatte. Er hatte deshalb auch keine Gelegenheit gefunden, die Gartenmauer nach einer geeigneten Stelle für einen Nachrichtenaustausch zu untersuchen. Bestimmt wartete Laya schon ungeduldig auf sein Zeichen.

Er musste es irgendwie einrichten, dass sie ihn auf seinen Erkundungen in den Dörfern begleiten durfte. Die Bäuerinnen und Mägde würden ihr eher etwas anvertrauen als ihm.

Während Ansgar noch darüber nachgrübelte, fiel ihm auf, dass er Laya noch nie bei Tageslicht gesehen hatte. Als er sie durch die Klosterpforte getragen hatte, war die Dämmerung schon hereingebrochen, und in Keller und Gang war ihr Gesicht nur von einem schummrigen Talglicht beleuchtet worden.

Er schob die merkwürdigen Gedanken unwirsch beiseite und machte sich auf den Weg zur Sakristei.

Sie war ein schlichter Raum, in dessen einer Ecke zwei große Eichentruhen standen. In der rechten wurden die liturgischen Gewänder aufbewahrt, die Abt Elmar anlegte, wenn er die Heilige Messe zelebrierte.

Der Kelch zur Aufnahme des Messweins und die anderen Gerätschaften waren sorgsam in kostbarem Samt eingewickelt und ruhten in der linken Truhe. Ansgar wuchtete den Deckel hoch, entfernte den Stoff von dem Kelch und stellte ihn auf den kleinen Tisch in der Mitte des Raums. Das mitgebrachte Tuch legte er daneben und rückte den Faltstuhl so zurecht, dass er sich im Notfall schnell auf ihn setzen konnte, um so zu tun, als würde er den Kelch polieren.

Ansgar sah sich um. Die Wände waren weiß gekalkt. In regelmäßigen Abständen war eine senkrechte Schmuckborte aufgemalt. Auf einer Seite befand sich eine bogenförmige Nische, deren rückseitige Wand mit Holz vertäfelt war. Zur Aufnahme von Gegenständen waren in gleichmäßigen Abständen Wandbretter daran befestigt, welche auf der rechten Seite in einem seltsamen Winkel endeten, der nicht so recht an den Mauerabschluss passte. Tücher lagerten darauf, die über dem Altar ausgebreitet wurden, ein Rinderhorn sowie mehrere Schreibkiele und Radiermesser. Diese Utensilien gehörten nach Ansgars Ansicht eher in das Skriptorium. Andererseits wurde die Sakristei in Tannhöhe auch als Aufbewahrungsort wichtiger Schriften genutzt, wie die übereinanderliegenden Pergamente bewiesen, die ebenfalls die Wandbretter füllten. Vielleicht wurden die wichtigsten Verträge hier aufgesetzt.

Ansgar juckte es in den Fingern, die ein oder andere Rolle zu öffnen und einen Blick hineinzuwerfen, zwang sich jedoch dazu, sich auf seine Aufgabe zu besinnen. Er musste die verborgene Tür zum Gang finden.

Er grinste siegesgewiss, als sein Blick auf einen Wandteppich fiel, auf dem die Geschichte von Jakobs Sohn Joseph und seinen Abenteuern in Ägypten dargestellt war. Er reichte von der Decke bis auf den Boden und war gut zwei Armlängen breit.

Ansgar schritt zielstrebig auf ihn zu und packte eine der unteren Ecken. Schwungvoll hob er sie an und starrte verblüfft auf die darunterliegende Wand. Er konnte keine Tür entdecken. Zur Sicherheit fuhr er mit den Fingerspitzen über den Putz. Doch kein Spalt tat sich auf, kein Wunder geschah. Enttäuscht ließ er den Teppich wieder sinken.

Sollte er sich geirrt haben und die Tür, die sie im Gang entdeckt hatten, endete gar nicht in der Sakristei? In Gedanken schritt er den Weg nochmals ab und schüttelte schließlich den Kopf. Es war kein Irrtum möglich. Der Zugang musste hier irgendwo verborgen sein.

Verärgert begann er damit, die Wand ringsherum abzutasten. Bei den Schmuckborten legte er eine besondere Sorgfalt an den Tag. Doch sie waren alle ebenmäßig aufgemalt und verdeckten keine Fuge. Die Zeit lief ihm davon und er hatte noch nichts erreicht. Was würde Laya wohl von ihm denken, wenn er ihr von seinem Misserfolg berichtete?

Resigniert ließ er sich auf den Stuhl fallen. Er griff nach dem Kelchschaft und drehte ihn zwischen den Fingern. Für einen Augenblick war er versucht, den Kelch an die Wand zu werfen, bezähmte seine aufschäumende Wut jedoch und hielt ihn ins Licht.

»Wenigstens etwas Nützliches kann ich tun, wenn ich schon mal hier bin. Außerdem habe ich den Ehrwürdigen Vater dann nicht belogen.« Ansgar legte den Kelch in seinen Schoß und nahm das Tuch zur Hand. Eine ganze Weile rieb er über das Messing, hauchte immer wieder dagegen, bis der Kelch glänzte. Zufrieden hob er ihn erneut hoch.

Ein Sonnenstrahl fand seinen Weg durch die einzige Fensteröffnung, traf den Kelch, der ihn zurück auf das Wandregal in der Nische warf. Kurz blitzte von dort etwas auf.

Vor Schreck hätte Ansgar den Kelch beinahe fallen lassen. Vorsichtig stellte er ihn wieder auf dem Tisch ab und erhob sich. Eingehend betrachtete er die Bretter, fand jedoch nichts, was genug glänzte, um den Lichtstrahl zurückzuwerfen.

Ansgar bückte sich ein wenig, sodass sein Kopf ungefähr auf der gleichen Höhe war, als würde er auf dem Stuhl sitzen. Jetzt sah er es! Ihm stockte der Atem, und ein Schauer lief seinen Rücken hinunter, als er den kleinen Riegel entdeckte, der direkt auf der hölzernen Wand, genau unterhalb eines Bretts, angebracht war.

Er wusste plötzlich, dass er mit Gottes Hilfe die Tür gefunden hatte. Ansgar bekreuzigte sich und schickte dem Herrn ein kurzes Dankgebet. Dieses Mal kamen Geste und Gebet aus tiefstem Herzen.

Seine Finger zitterten vor Aufregung, als er den Riegel zurückschob. Ansgar bemerkte ein längliches Loch in dem Wandbrett. Er steckte Zeige- und Mittelfinger hinein und zog daran. Jetzt ergaben auch die abgeschrägten Seiten der Bretter Sinn, denn nur dadurch ließ sich die Tür problemlos öffnen.

Er trat hindurch auf das Podest. Das Gefühl des Triumphs rauschte durch seine Adern. Jetzt musste er nur noch Laya ein Zeichen geben, um sie erneut zu treffen und über die letzten Entwicklungen zu informieren. Sie musste einen Weg finden, um ihn in die Dörfer zu begleiten.

Ansgar kehrte vergnügt in die Sakristei zurück. Plötzlich erschien ihm das Klosterleben gar nicht mehr so eintönig.

10. Kapitel

Seit Laya sich mit Ansgar getroffen hatte, lauschte sie bei der täglichen gemeinsamen Messe vergeblich auf ein Zeichen. Oder hatte er ihr eines gegeben und sie hatte es nicht erkannt? Sie begann an sich selbst zu zweifeln. Hilda versuchte, sie zu beruhigen. Wie sie Bruder Ansgar einschätzte, könnten sie das Zeichen gar nicht überhören. Laya hoffte, dass Hilda recht behielt.

Bei jeder Gelegenheit war Laya in den Garten gegangen und hatte sich die Trennmauer genau angesehen. Ansgar hatte behauptet, dass sich dort ein passendes Versteck befände, doch sie konnte nichts entdecken. Lediglich einen losen Stein hatte sie ausfindig gemacht. Als es ihr tatsächlich gelungen war, ihn aus der Mauer zu ziehen, musste sie allerdings zu ihrer Enttäuschung feststellen, dass ein weiterer Stein ihr den Blick auf die andere Seite versperrte.

Die Tage wurden wieder länger. Doch noch ruhte die Sonne tief im Schatten der Bergkuppen, als Laya an diesem Morgen hinter Hilda in der Kirche stand und leise betete.

Irgendwo auf der anderen Seite des Vorhangs, nur wenige Schritte von ihnen entfernt, stand Ansgar. Jetzt begannen die Brüder Gottes Lob zu singen, während die Schwestern schweigen mussten. Laya ahnte, wie schwer Hilda das fiel. Wann immer sie zusammen waren und wortlos ihre Arbeit verrichteten, summte Hilda leise vor sich hin. Sie liebte die Musik über alles und sang bestimmt ganz wundervoll, während Laya sicher war, dass ihre eigene Stimme wie eine quietschende Säge klang.

Plötzlich begann einer der Brüder sehr hoch zu singen,

konnte den Ton jedoch nicht halten. Er krächzte vernehmlich und endete in einem Hustenanfall.

Hilda drehte sich um und nickte Laya verschwörerisch zu. Laya schmunzelte. Sie war sich ebenfalls sicher, dass das nur Ansgar gewesen sein konnte. Er hatte also seinen Auftrag vom Abt erhalten.

Layas Herz klopfte schneller, wenn sie daran dachte, dass sie Ansgar in die Dörfer begleiten sollte. Aus ihrem eigenen Dorf war noch keine junge Frau verschwunden, soweit sie wusste. Ein bitterer Geschmack lag plötzlich auf ihrer Zunge, als ihr bewusst wurde, dass ausgerechnet sie diejenige war, die von einem auf den anderen Tag nicht mehr auf dem Hof anzutreffen gewesen war.

Aber das hatte andere Gründe. Sie selbst hatte entschieden, zu gehen und nicht zurückzukehren. Der Überfall hatte erst stattgefunden, als sie ihr Zuhause bereits verlassen hatte, und hatte dazu dienen sollen, sie zurückzuholen – jedenfalls vermutete sie, dass dies das Ansinnen der Männer gewesen war, wenn ihr Vater sie beauftragt hatte. Vielleicht gelang es ihr mit Ansgars Hilfe, diese ausfindig zu machen. Doch was würde ihr das nutzen? Sie würde ihren Vater konfrontieren müssen und ihn dazu bringen, die Wahrheit zu sagen. Sie wollte wissen, woher das Geld für die Männer gekommen war, die ihre Arbeit gewiss nicht für Gotteslohn erledigt hatten.

Ansgar dafür heimlich zu entwischen, gelang ihr bestimmt nicht. Also musste sie ihn überzeugen, ihr zu helfen. Ansgar mit Geschicklichkeit und süßen Worten einzuwickeln, lag Hilda mehr. Laya war einen kurzen Moment lang versucht, Hilda in ihre Vergangenheit einzuweihen, entschied sich jedoch dagegen. Diese Last musste sie allein tragen.

Nach der Kapitelversammlung suchte Hilda zuerst die Magistra auf, um ihr von Ansgars Zeichen zu berichten, während Laya sich auf den Weg in die Küche machte.

Sie putzte gerade das Gemüse für Schwester Giselas Suppe, als Hilda eintrat. Vorsichtig schabte Laya mit der Messerklinge über die Karotte, um nur die Erdreste, nicht jedoch zu viel von der Schale zu entfernen. Schwester Gisela konnte sehr ungemütlich werden, wenn sie Verschwendung witterte.

Da die Köchin selbst in den Keller gegangen war, ließ Laya Messer und Mohrrübe in den Schoß sinken und sah Hilda erwartungsvoll entgegen.

»Die Magistra ist froh, dass Bruder Ansgar endlich den Auftrag erhalten hat. Wenn sie die Unterredung mit Abt Elmar führt, wird er ihr gewiss nichts dergleichen erzählen«, klärte Hilda sie sogleich über das Gespräch auf.

»Sie wird doch wohl nicht erwähnen, dass ich ihn begleiten soll«, erschrak Laya.

Hilda winkte ab. »Natürlich nicht. Sie wird dich unter einem Vorwand ins Dorf schicken, und unterwegs triffst du dich mit Ansgar.«

Laya nickte und beobachtete Hilda genau. »Dir liegt doch noch etwas auf der Seele. Mittlerweile kenne ich dich gut genug, also spuck es aus.«

»Ich möchte dich nochmals warnen. Sei darauf bedacht, Ansgar nicht zu nah an dich herankommen zu lassen. Im Moment ist er auf unserer Seite, aber nur weil es seinen eigenen Interessen dient. Das kann sich jederzeit ändern. Erzähle ihm nichts, was er später gegen uns verwenden könnte.« Hilda stockte und sah Laya flehentlich an.

»Glaubst du etwa, ich wäre auf ein zärtliches Abenteuer aus?«, fragte Laya entrüstet. »Ich habe wahrlich andere Dinge im Kopf.«

Hilda merkte auf. »Ach ja? Welche denn?«

Laya biss sich auf die Unterlippe und suchte fieberhaft nach einer Erklärung für ihren Ausrutscher. »Ich will der Magistra gute Ergebnisse liefern. Vielleicht darf ich dann hierbleiben.«

»Du willst in den Orden eintreten?«, fragte Hilda und klang erfreut.

»Ich bin mir noch nicht sicher, ob das wirklich mein Weg ist. Jedenfalls bin ich darauf bedacht, mir nichts zuschulden kommen zu lassen.«

Hilda schien den Brotkrumen geschluckt zu haben. Sie lächelte mitfühlend und, wie Laya irritiert bemerkte, auch etwas erleichtert.

Aufgeregt und voller Tatendrang für ihre Mission erwachte Laya am nächsten Morgen. Doch ihre Euphorie erlangte einen herben Dämpfer, als sie feststellte, dass ein weiterer Schneesturm das Kloster umtoste.

Erst eine Woche nach Ansgars Zeichen in der Messe konnte Laya das Kloster schließlich mit einem Weidenkorb auf dem Rücken verlassen.

Seit zwei Tagen schien wieder die Sonne und sagte dem Winter den Kampf an. Sie hatte die Schneeverwehungen schmelzen lassen, die den Weg in das Tal versperrt hatten. Auch Eis und Schnee auf dem Hof waren weggetaut und hatten kleine Seen hinterlassen. Die Dächer, die sich in den Innenbereich neigten, waren per Hand weitgehend von ihrer Schneelast befreit worden, damit sich nicht in einem ungünstigen Augenblick eine Lawine löste und jemanden unter sich begrub.

Layas offizieller Auftrag war, im Wald Brennholz zu sammeln. Erst gegen Einbruch der Dunkelheit wurde sie zurückerwartet. Sie wusste, dass Ansgar etwa eine Stunde vor ihr aufgebrochen war und im Schutz der Bäume auf sie warten würde. So hatten sie es jedenfalls miteinander verabredet.

Mittlerweile hatte Ansgar an einer Stelle aus der Trennmauer im Garten den Mörtel aus den Fugen gekratzt und ein kleines Versteck geschaffen. Dort deponierte er die Nachrichten, die Laya oder Hilda von der anderen Seite entnehmen konnten.

Laya war stolz, dass ihre Lesekenntnisse inzwischen so weit fortgeschritten waren, dass sie Ansgars Gekrakel meistens entziffern konnte.

Das Tor des Klosters schlug hinter ihr zu und holte Laya in die Gegenwart zurück. Bruder Eberhard hatte sie kaum angesehen, als befürchtete er, ihr Anblick allein würde seiner Seele Jahrzehnte im Fegefeuer einbringen.

Laya war das sehr recht. Je seltener sie Kontakt zu ihren Mitmenschen hatte, desto weniger, so hoffte sie, würden sie über die Dienerin nachdenken, die dem Tode nahe an die Pforte geklopft hatte.

Sie schritt zielstrebig auf die Hängebrücke zu und verharrte mitten in der Bewegung. Obwohl die Sonne zwischen den Wolken hervorschaute, wirkte der Abgrund dunkel und bedrohlich. Sie wäre viel lieber die Strickleiter bei dem geheimen Ausgang hinuntergeklettert, doch Ansgar hatte davon nichts wissen wollen.

Sie hatten beide einen Auftrag erhalten und es war wichtig, dass man sie getrennt gehen und kommen sah. Allerdings hatte er ihr versprochen, den Fluchtweg einmal auszuprobieren, damit sie ihn im Ernstfall auch von unten finden konnten. Laya stand immer noch am Brückenkopf und starrte in die Schlucht. Sie atmete mehrfach tief durch und sprach sich Mut zu. Ansgar wartete auf sie, und sie sollte keine weitere Zeit verschwenden.

Sie streckte die rechte Hand aus und umklammerte das Seil. Vorsichtig trat sie auf das erste Brett. Die Brücke hatte kurz zuvor noch Ansgars Gewicht standgehalten, da würde sie ihres erst recht tragen können. Plötzlich hatte sie das Gefühl, Ansgars Stimme zu hören. »Du kannst nicht danebentreten. Hebe das Kinn an, schau auf dein Ziel. Setze immer einen Fuß vor den anderen, sieh nicht nach unten.«

Obwohl es windstill war, schwankten die Planken leicht

unter ihrem Gewicht, als sie Schritt für Schritt voranging. Laya fühlte Schwindel in sich aufsteigen und wäre am liebsten umgekehrt. Sie musste stark bleiben. Sie hatte die Brücke bereits einmal überquert und das zu weit weniger guten Bedingungen, sowohl in Bezug auf ihre körperliche Verfassung als auch das Wetter. Außerdem, was sollte Ansgar von ihr denken, wenn sie nicht erschien? Bestimmt wäre er enttäuscht.

Der Gedanke daran, dass sich ihr hier die Möglichkeit bot, irgendwann ihren Vater zur Rede zu stellen und herauszufinden, warum er Julian und ihr die Totschläger hinterhergeschickt hatte, gab ihr schließlich die Kraft, die sie brauchte. Laya presste entschlossen die Lippen zusammen und setzte ihren Weg fort, den Blick unentwegt auf den gegenüberliegenden Brückenpfosten gerichtet, der langsam näher kam.

Als sie ihn erreichte, erlaubte sie sich einen triumphalen Ausruf. Sie warf einen Blick zurück zum Kloster, das sich friedlich an den Bergkamm schmiegte, wie ein schlafendes Kind an seine Mutter. Dabei wusste Laya nur zu gut, dass es im Inneren von Tannhöhe längst nicht so friedfertig zuging, wie es von außen den Anschein hatte.

Sie drehte sich wieder um und folgte dem Pfad, der sie bald darauf an die Waldgrenze führte. Ihr Herz machte einen kleinen Freudenhüpfer, als sie den Haufen Äste am Wegesrand entdeckte, auf den Ansgar gerade zwei weitere fallen ließ.

»Da bist du ja endlich«, begrüßte er sie brummig.

»Wie ich sehe, hast du die Wartezeit genutzt und Holz gesammelt«, grinste sie.

»Das habe ich nur getan, damit wir nicht noch mehr Zeit verlieren«, murrte er.

»Dennoch danke ich dir«, antwortete sie, stellte den Korb ab und legte die Äste hinein.

Ansgar half mit und die Trage war schnell gefüllt. Sie versteckten sie zwischen einigen Felsbrocken und deckten sie mit Tannenzweigen ab. Falls jemand zufällig durch den Wald streifte, sollte sie nicht direkt ins Auge fallen.

»Wohin wenden wir uns zuerst?«, fragte sie, als sie Seite an Seite den Hang hinabstiegen.

»Zunächst suchen wir die nächstgelegenen Dörfer auf. Sollten wir nichts erfahren, weiten wir den Kreis aus.« Ansgar nickte, wie um seine eigene Aussage zu bestätigen, und wandte sich ein wenig nach rechts, um einem Pfad zu folgen, der an drei verkrüppelten Kiefern vorbeiführte.

Laya stockte der Atem. Sie konnte sich dunkel an diese Baumgruppe erinnern, die sie auf ihrem Weg zum Kloster passiert hatte. Führte Ansgar sie etwa geradewegs auf die Stelle zu, an der sie überfallen worden war?

Sie erschauderte und ließ sich ein wenig zurückfallen. Hoffentlich stießen sie nicht auf Julians Überreste. Laya fühlte Übelkeit in sich aufsteigen und sie begann zu zittern.

Ansgar schritt zügig voran und schien nichts zu bemerken. Laya würgte, stürzte zu einem Baum und erbrach den Getreidebrei und den Kanten Brot, den sie zum Frühmahl gegessen hatte.

Mit wackeligen Knien richtete sie sich wieder auf. Ansgar stand neben ihr und hielt ihr wortlos die mit Wasser gefüllte Schweinsblase entgegen. Dankbar nahm sie einen Schluck, gurgelte und spuckte ihn auf den Waldboden.

»Erwartest du ein Kind?«, fragte er tonlos.

Laya bekämpfte erfolgreich die aufsteigenden Tränen und schüttelte vorsichtig den Kopf, weil ihr ein wenig schwindelig war. »Ganz gewiss nicht«, presste sie hervor.

Ansgar wandte sich ab und nahm wenige Schritte weiter auf einem breiten Baumstumpf Platz. Zögernd setzte sich Laya neben ihn, darauf achtend, ihn nicht zu berühren.

»Hast du Kinder?«, fragte sie nach einer Weile.

»Nicht, dass ich wüsste«, antwortete er lapidar.

»Woher weißt du denn, dass Frauen schlecht werden kann, wenn sie ein Kind erwarten?«

Ein Schatten huschte über sein Gesicht, und er wirkte plötzlich abweisend. Laya erwartete schon keine Antwort mehr, als er schleppend sagte: »Ich habe einen jüngeren Bruder.«

»Hast du noch mehr Geschwister?«

»Nein, und jetzt hör auf, mich auszufragen«, wiegelte er ab.

Laya gehorchte, wunderte sich jedoch. Soweit ihr bekannt war, schlugen normalerweise die jüngeren Geschwister die geistliche Laufbahn ein, während der älteste Sohn den Besitz erbte. Ansgar machte auf sie auch nicht den Eindruck, als hätte ihn der Ruf Gottes ereilt. Ganz im Gegenteil, es sah vielmehr so aus, als wäre sein Aufenthalt im Kloster erzwungen worden. Das wäre eine Erklärung für seine Unzufriedenheit, die nur in den Augenblicken verschwand, in denen ihm etwas Interessantes vor die Nase kam.

»Geht es wieder, können wir weitergehen?«, unterbrach er ihre Grübeleien.

Laya nickte bloß. Weit konnte es nicht mehr bis zur Stelle des Überfalls sein. Sie ballte die Hände zu Fäusten und grub ihre Fingernägel in die Innenflächen, als könnte es ihr zusätzlichen Halt verschaffen. Langsam folgte sie ihm, den Blick vor sich auf den Boden geheftet.

Wenig später stellte sie fest, dass sie den genauen Ort, an dem sie überwältigt worden waren, gar nicht mehr benennen konnte. Sie hatte anderes zu tun gehabt, als sich die Umgebung einzuprägen. Nichts deutete hier im Wald darauf hin, dass ein Mensch gewaltsam seines Lebens beraubt worden war. Ob nun die Tiere oder die Mörder alle Spuren beseitigt hatten, würde sich nicht mehr feststellen lassen.

Laya seufzte leise und schämte sich ein wenig wegen ihrer Erleichterung darüber. Ansgar wandte sich kurz zu ihr um und maß sie mit einem durchdringenden Blick.

Sie sollte sich an Hildas Rat halten und in seiner Gegenwart stets wachsam bleiben, ermahnte sich Laya. Ansgar war ein aufmerksamer Beobachter. Wenn sie auf seine Hilfe bei ihrem Vater bauen wollte, musste sie ihm die Wahrheit gestehen. Doch alles in ihr sträubte sich dagegen. Laya knetete gedankenverloren mit den Zähnen ihre Unterlippe, während sie Ansgar folgte.

Je weiter sie den Pfad hinabgingen, desto weniger Schneereste fanden sich zwischen den Bäumen. Es war der Sonne aber noch nicht gelungen, das Laub zu trocknen, das den Boden bedeckte. Mit ihren Ledersohlen rutschten sie immer wieder aus, was Ansgar jedes Mal einen Fluch ausstoßen ließ.

Zu ihrer Freude erkannte Laya, dass Ansgar eine südliche Richtung einschlug. Ihr Dorf lag viel weiter nördlich, es war also unwahrscheinlich, dass sie einem ihr bekannten Gesicht begegneten.

Schließlich tauchten die ersten Giebel eines kleinen Dorfes vor ihnen auf. Weidenzäune um die einzelnen kleinen Gehöfte hielten das Vieh auf dem Hof. Eine Schar Kinder, die meisten mit laufenden Nasen und trotz des gerade weichenden Winters ohne Schuhe, spielte in zerlumpten und verschmutzten Kittelchen zwischen den Häusern Fangen.

Laya atmete tief durch und schloss zu Ansgar auf. Sie durfte sich durch den Anblick der Kleinen, die sie so sehr an ihre Geschwister erinnerten, nicht ablenken lassen.

Entgegen ihrer Erwartung, Ansgar würde nun von Tür zu Tür gehen und die Leute befragen, schritt er zielstrebig durch das Dorf und folgte dem dahinterliegenden Weg, der durch das eingesetzte Tauwetter ziemlich schlammig war. Feuchtigkeit kroch über Ansgars Kuttensaum und der weiße Rand nahm schnell eine braune Färbung an. Doch der Bruder dachte nicht daran, seine Kutte ein wenig höher zu halten. Wozu auch? Er musste sie schließlich nicht waschen. Ihn kümmerte es offensichtlich nicht, dass er anderen eine Menge zusätzliche Arbeit verursachte. Kein Wunder, dass die Wäscherin Elise von Albträumen über hartnäckige Flecken geplagt wurde.

In diesem Moment war Laya froh, dass ihr Gewand nicht auf den Boden reichte. Es genügte schon, wenn ihre Schuhe vollkommen beschmutzt waren. Sie ging deshalb am Rand des Wegs entlang, darum bemüht, möglichst die spärlichen Grasbüschel als Trittfläche zu nutzen. Dadurch kam sie langsamer voran und der Abstand zwischen ihr und Ansgar wurde zunehmend größer.

Sie schloss erst wieder zu ihm auf, als er an einer Weggabelung einen Blick über die Schulter warf und auf sie wartete.

»Weshalb trödelst du denn so?«, fragte er ungehalten.

»Reine Nächstenliebe«, erwiderte sie ebenso verdrossen.

Verwirrt sah er sie an. »Du nimmst Rücksicht auf mich?«

»Es dreht sich nicht alles nur um dich«, schnappte sie. Mit ausgestrecktem Zeigefinger deutete sie auf seine schlammbespritzte Kutte. »Männer wie du bescheren manchen von uns Nachtmahre.«

Auf seinen verständnislosen Blick hin klärte sie ihn über das Los der Wäscherinnen auf. Noch während sie sprach, erkannte sie an seinem stoischen Gesichtsausdruck, dass ihn das Schicksal der Frauen nicht kümmerte.

»Ein jeder von uns hat sein Kreuz zu tragen. Die Wäscherinnen sollten dankbar sein, dass sie Arbeit haben. Arbeit bedeutet Brot und einen gefüllten Magen.«

»Dennoch musst du ihnen die Tätigkeit nicht unnötig erschweren.« Laya fühlte Zorn in sich aufsteigen. Auch ihr Vater nahm nie Rücksicht, erachtete jede Handreichung als selbstverständlich.

»Für was?«, fragte er, und sein Tonfall wurde härter. »Damit sie schneller fertig werden und mehr Zeit fürs Tratschen haben?«

Für einen Augenblick blieb Laya die Luft weg. Sie verspürte plötzlich das unbändige Verlangen, in den Schlamm zu greifen und ihm eine Handvoll davon ins Gesicht zu schleudern.

»Was bildest du dir eigentlich ein, wer du bist?«, rief sie wütend. »Der hochwohlgeborene Sohn eines Königs oder Herzogs, der es nicht nötig hat, sich mit dem gemeinen Volk abzugeben und auf ihm herumzutrampeln? Du bist ein schlichter Bruder vor dem Herrn, der sich in Demut zu üben hat.«

Sie war zu weit gegangen. Laya bemerkte, wie Ansgars Halsader anschwoll und sein Gesicht rot wurde. »Ich lasse mir doch nicht von einer dahergelaufenen Küchenmagd die Leviten lesen«, polterte er. »Du weißt gar nichts über mich, und das wird auch so bleiben.« Ansgar schnaubte vor Wut, trat mit erhobener Faust einen Schritt auf sie zu.

Instinktiv duckte Laya sich, hob schützend die Arme und schloss die Augen. Als der erwartete Schlag ausblieb, öffnete sie ein wenig die Lider und blinzelte zwischen ihren Händen hindurch.

Ansgar hatte lediglich den Zeigefinger ausgestreckt, und es sah aus, als wäre er mitten in der Bewegung erstarrt.

Laya ließ mit klopfendem Herzen die Arme sinken. Ansgars Gesichtsausdruck wechselte von überrascht zu mitleidig. »Ich habe noch nie jemanden geschlagen, der schwächer ist als ich. Aber du scheinst Prügel gewohnt zu sein.«

Laya zuckte hilflos mit den Schultern. »Ich weiß es nicht.«

Ansgar öffnete die Faust und ließ die Hand sinken. »Dein Körper kann sich offenbar besser erinnern als der Kopf.«

Keimten in ihm etwa Zweifel an ihrer Geschichte? »Weshalb sollte ich dir glauben, dass du nicht zuschlägst?«, fragte sie, um ihn von weiteren Grübeleien abzuhalten.

»Von mir wurde einst gefordert, die Schwachen zu beschützen. Für mich bedeutet das auch, sie vor mir selbst zu schützen.«

»Armut, Keuschheit und Gehorsam«, wiederholte Laya die drei Gelübde, von denen Hilda ihr erzählt hatte. »Das sind die Versprechen des Ordens und seiner Gemeinschaft. Dein Schwur scheint nicht so recht dazu zu passen.«

»Diesen Schwur hatte ich auch nicht im Sinn. Ich habe an den Tag gedacht, an dem mir Schwert und Sporen verliehen wurden.«

Noch ehe Laya eine weitere Frage stellen oder ihr Erstaunen zum Ausdruck bringen konnte, drehte Ansgar sich um und beschritt den Weg, der nach rechts zwischen Wiesen hindurchführte und so breit war, dass zwei beladene Maultiere einander ausweichen konnten.

Sie folgte Ansgar schweigend. Er war einst ein Ritter gewesen, wie es sich für die älteren adeligen Söhne geziemte. Und doch war er letztendlich den Prämonstratensern beigetreten. Laya wurde neugierig, wollte die Geschichte dahinter erfahren. Doch sie wusste auch, dass sie jetzt nicht weiter in ihn dringen durfte.

Unerwartet stahl sich ein Lächeln in ihr Gesicht. Wenn Ansgar die Ritterwürde erhalten hatte, war er kampferprobt. Sollte jemand ihr Gewalt antun wollen, konnte er sie verteidigen, aber womit? Mit seinen bloßen Händen oder seinem Zingulum, dem schlichten Tuchgürtel um seinen Habit? Ohne Waffe nutzte Ansgar seine Kampfausbildung reichlich wenig. Dennoch fühlte Laya sich jetzt viel sicherer an seiner Seite.

Das Blöken eines Ochsens ließ sie den Kopf heben. Sie hatten das Ende des Weges fast erreicht. In einem sanften Bogen führte er auf eine Mühle zu. Ein Stück entfernt floss ein Bach entlang. Von ihm zweigte ein künstlich angelegter Graben mit Stauwehr ab, durch den das unterschlächtige Mühlrad betrieben wurde. Ein kleiner Karren mit einem eingespannten Ochsen stand vor dem hölzernen Gebäude. Auf der kurzen Ladefläche lag ein Sack, den sich ein schmächtiger junger Mann gerade über die Schulter warf und, ohne die beiden Neuankömmlinge zu bemerken, in die Mühle trug.

An einer der Mühlenwände tauschte ein Knecht gerade ein Brett aus, während ein anderer einen Korb mit Mahlabfällen in einen Koben mit zwei Schweinen schüttete, die sich quiekend und grunzend darauf stürzten.

Laya war die Gegend völlig unbekannt. Dem Hof ihres Vaters war eine andere Mühle zugewiesen, bei der er all sein Korn zu mahlen hatte und sowohl dem Müller als auch dem Grundherrn einen Teil des Mehls überlassen musste.

Doch als der Knecht, der die Schweine gefüttert hatte, sich umdrehte, stockte ihr der Atem, und sie legte sich keuchend die Hand an das Herz.

Wie konnte es sein, dass Julian den Überfall überlebt hatte?

11. Kapitel

Dietlind von Ravenstein drückte ihr Siegel in das weiche Wachs, das sie zuvor auf das Pergament getropft hatte. Sie war sich mit Brunos künftigem Schwiegervater, Gernot von Mettenheim, einig geworden. Die Vermählung ihres Sohnes würde Ravensteins Besitz mehren und den Fortbestand der Familie sichern. Dietlind war davon überzeugt, dass Brunos Braut schüchtern und anschmiegsam war. Zumindest wenn sie den Versicherungen ihres Vaters Glauben schenken durfte. Wie auch immer, Dietlind dachte gar nicht daran, sich das Heft aus der Hand nehmen zu lassen. Sie war es, die die Geschicke auf Ravenstein lenkte, und das sollte sich bis zu ihrem Tod auch nicht ändern.

Sie hatte ihre Lektion gelernt. Auch sie war einmal jung gewesen und hatte auf ihr Herz gehört. Und was hatte es ihr eingebracht? Nichts als Ärger, Lügen und Betrug waren daraus erwachsen.

Allein ihrer Zähigkeit, Geistesgegenwart und Skrupellosigkeit war es zu verdanken, dass sie es bis hierher geschafft hatte. Dietlind war gewiss, dass viele andere Frauen in ihrer Lage in Schande gelebt und in der Gosse geendet hätten. Doch sie hatte das Beste aus dem gemacht, was geschehen war, hatte ihr Herz verschlossen und den Schlüssel weggeworfen.

Einzig ihr Sohn Bruno hatte sich einen winzigen Platz darin erobern können. Dietlind wusste, dass sie ihm gegenüber zu nachgiebig war. Wann immer sie es voraussehen konnte, hatte sie ihm die Steine aus dem Weg geräumt, über die er zu stolpern drohte. Nun hatte er den Platz eingenommen, der ihm nach ihrer Meinung von Anfang an zugestanden hatte. Es war allerdings leichter, eine Stellung zu erobern, als sie zu halten. Doch solange sie über ihn wachte, würde niemand für ihn eine Gefahr darstellen.

Dietlind löschte die Kerze, mit der sie das Wachs erwärmt hatte, und wog die Nachricht an Gernot von Mettenheim in der Hand. Diese Einigung war wie der Schlussstein eines Torbogens, ohne den der Bau nicht halten würde. Und dieser Schlussstein würde stolz das Wappen derer von Ravenstein tragen: einen Raben, der auf einem Felsbrocken stand.

Das Geräusch fester Tritte auf Steinplatten, die sich ihrer Kemenate näherten, riss Dietlind aus ihren Gedanken. Nach dem ersten Schrecken entspannte sie sich etwas, als sie erkannte, dass es nicht Brunos Schritte waren. Es war daher nicht notwendig, die Nachricht zu verstecken. Noch sollte ihr Sohn nicht erfahren, dass die Vermählung bereits in wenigen Wochen erfolgen würde.

Es klopfte, und nach ihrer Aufforderung betrat ihr Waffenknecht Hermann den Raum. Er zog die Kappe vom Kopf und verneigte sich tief. Dietlind bemerkte mit Unmut, dass sein schwarzes Haar stellenweise verfilzt war. Als er sich aufrichtete, fiel ihr Blick auf den deutlichen Bartschatten und die Fettflecken auf seinem Leinenhemd.

»Du weißt, dass ich einen solch verwahrlosten Anblick nicht schätze«, begrüßte sie ihn harsch.

»Verzeiht, edle Frau von Ravenstein. Ich bin soeben erst zurückgekehrt und wollte Euch gleich Nachricht geben.«

»Eine gute, wie ich hoffe«, sagte Dietlind, obwohl sie nicht daran glaubte. Hermann sah nicht aus, als hätte er Erfolg gehabt. »Ansonsten hätte es keine Eile gehabt, und dein Aussehen ist unentschuldbar.«

Hermann drehte die Kappe in den groben Händen und schien regelrecht in sich zusammenzusinken. Er heftete den

Blick auf das frische Stroh, das den Boden der Kemenate bedeckte, um die Kälte der Steine zu mildern.

»Verzeiht, Herrin. Mir war leider kein Glück beschieden.«

Dietlind ballte die freie Hand zur Faust, darum bemüht, ihren Ärger nicht allzu sehr zu zeigen.

»Wie ist das möglich?«, fragte sie gereizt.

»Ich habe überall herumgefragt, niemand hat sie gesehen. Es ist, als wäre sie vom Erdboden verschluckt worden.« Hermann bekreuzigte sich. »Sie lebt bestimmt nicht mehr.«

»Unsinn. Sie muss irgendwo sein. Das Wolfsrudel hast du doch aufgespürt und keinen Hinweis gefunden, dass sich die Tiere über den Leichnam hergemacht hätten.«

Dietlind warf den Brief auf den Tisch und schob den Faltstuhl ihres verstorbenen Gemahls zurück, dessen hölzernes Gestell mit geschnitzten Hundeköpfen und Pfotenabdrücken verziert war. Die lederne Sitzfläche bedeckte ein dunkles Schafsfell. Dietlind erhob sich und trat auf ihren Bediensteten zu. Sie streckte den Zeigefinger aus, ohne Hermann jedoch zu berühren.

»Gewiss versteckt sie sich irgendwo.«

Hermann trat einen halben Schritt zurück. »Wirklich, Herrin, ich habe mich überall umgehört. Ohne Hilfe überlebt niemand den Winter in den Bergen.«

»Hast du etwas über die anderen Mädchen herausfinden können, die spurlos verschwunden sind?«

Hermann schüttelte den Kopf. »Nein, edle Frau. Sobald ich danach fragte, traf ich auf eine Mauer des Schweigens.«

Dietlind seufzte. Sie war sich nicht sicher, ob Hermann wirklich alles versucht hatte, die Leute zum Reden zu bringen. Irgendwer würde schon plaudern, er hatte nur noch nicht den Richtigen gefunden.

»Du musst wachsam bleiben und gleichzeitig nach Mädchen Ausschau halten, die in das Muster passen.«

Hermann verneigte sich und verließ die Kemenate.

Dietlind fühlte sich erschöpft. Wenn sie nur wüsste, wie sie dem Treiben Einhalt gebieten könnte.

***

Ansgar hörte Layas ersticktes Stöhnen. Sofort war er an ihrer Seite, doch sie schien ihn gar nicht wahrzunehmen. Ununterbrochen starrte sie den jungen Knecht an, der langsam auf sie zuschritt. Mehlstaub bedeckte seine einfache Kleidung und Ansgar hätte nicht sagen können, ob die Haare, die unter seiner Kopfbedeckung hervorschauten, wirklich hell waren oder nur durch den Staub so erschienen. Blaue Augen schauten sie fragend an.

Wen immer Laya glaubte erkannt zu haben, dieser Mann war es jedenfalls nicht. Zumindest zeigte er keine Reaktion, die den Schluss zuließ, dass er Laya schon einmal begegnet wäre. Möglicherweise war es auch der Müllerbursche, der unter Gedächtnisverlust litt, und nicht seine Begleiterin.

Ansgar stellte sich und Laya vor und fragte nach dem Müller. Der Knecht riss die Kappe vom Kopf und deutete eine Verbeugung an. »Wir fühlen uns durch Euren Besuch geehrt, hochwürdigste Eminenz. Der Herr ist in der Mühle und wiegt gerade das Korn ab, das Balthasar gebracht hat.«

Ansgar war unklar, ob Balthasar nun der Name des Ochsen oder der des Mannes war, dem das Tier gehörte. Die ihm gegenüber gebrauchte Anrede amüsierte ihn allerdings köstlich.

»Bruder Ansgar reicht völlig, ich bin ja kein Kardinal«, klärte er den Knecht auf. »Und wie lautet dein Name?«

Laya hielt sichtbar den Atem an und stieß ihn erleichtert aus, als der junge Mann sich mit »Julius« vorstellte. Das war demnach nicht der Name, den sie erwartet hatte.

»Was schwatzt du da mit dem Mönch herum, du Taugenichts?«, brüllte jemand. Ansgar drehte den Kopf und sah den

Müller vor dem Eingang zur Mühle stehen, die Hände in die Hüften gestemmt. »Du solltest die Schweine füttern und danach das Korn mahlen.«

Julius zog die Schultern hoch, murmelte »Ja, Vater« und lief los. Als er an dem Müller vorbeikam, verpasste der dem jungen Mann einen Schlag auf den Hinterkopf, sodass er stolperte, sich im letzten Moment jedoch wieder fing.

Laya kniff die Augen zusammen und presste missbilligend die Lippen aufeinander. Ansgar beschloss, den Müller nicht nur über die verschwundenen Mädchen und die geringer gewordenen Abgaben zu befragen, sondern auch über seinen Sohn.

Sie schritten auf den Müller zu, und Ansgar behauptete selbstbewusst: »Wir wurden ausgesandt, um uns nach den ausstehenden Abgaben zu erkundigen.« Aus den Augenwinkeln bemerkte er Layas Erstaunen.

»Da könnte ja jeder kommen«, antwortete der Müller unwirsch. »Wo ist Bruder Gebhard?«

»Ich bin sein Gehilfe und wurde geschickt, weil er sich nicht wohlfühlt. Der Magen macht ihm zu schaffen.«

Der Müller lachte dreckig und hielt sich den vorstehenden Bauch. »Wahrscheinlich läuft ihm die Galle über, so schlecht gelaunt, wie der immer ist.«

Ansgar musste dem Mann im Stillen beipflichten, verkniff sich jedoch jegliches Zeichen der Zustimmung. »Es fehlten bei der letzten Lieferung zwei Säcke Mehl«, log er.

»Das kann nicht sein. Bruder Gebhard hat selbst die Lieferung beaufsichtigt. Ich kann Euch gerne das Kerbholz zeigen. Fünf Säcke stehen dem Kloster zu und fünf habe ich dem Bruder ausgehändigt. Sonst hätte er sich doch direkt beschwert. Wenn nur drei in Tannhöhe angekommen sind, solltet Ihr Euren Cellerar fragen, wo der die beiden anderen unterwegs verloren hat.«

Ansgars Nasenflügel weiteten sich. Wenn Gebhard die Lieferungen immer selbst beaufsichtigte, konnte er nicht fündig werden. Dann hatte der Müller recht und der Cellerar musste die Abgaben selbst irgendwo versteckt haben. War das etwa das kleine Geschäft, das Bruder Gebhard in dem belauschten Gespräch mit dem Abt erwähnt hatte? Ansgar wollte nicht, dass der Müller gegenüber dem Kloster misstrauisch wurde. Deshalb fragte er: »Das hier ist doch die Mühle am Mosleitnerbach, richtig?«

Der Müller schüttelte wie erwartet den Kopf. »Aber nein, das hier ist der Glambach.«

»Bei allen Heiligen«, fuhr Ansgar gespielt auf. »Dann habe ich mich ja völlig verlaufen.«

»Zum ersten Mal Ausgang, wie?«, fragte der Müller gehässig. »Zum Mosleitnerbach müsst Ihr gute vier Stunden in die andere Richtung gehen.« Er zeigte nach Westen.

»So weit?«, fragte Ansgar betrübt. »Meine Begleiterin ist müde, dürfen wir hier ein wenig ausruhen?«

»Solange Ihr keine Bewirtung erwartet«, erhielt er brummig zur Antwort.

Von Gastfreundschaft hatte der Mann offenbar noch nie etwas gehört. Der Müller zeigte auf den Bach. »Dort könnt Ihr Euch erfrischen.«

»Herzlichen Dank, wir sind versorgt«, erwiderte Ansgar übertrieben freundlich. Er öffnete seinen Beutel und holte einen der weichen Schafskäse hervor, die er vorsorglich eingepackt hatte. Wie erhofft trat in die Augen des Müllers ein gieriger Glanz.

»Dürft Ihr den überhaupt essen?«, fragte der sogleich. »Es ist doch noch Fastenzeit bis Ostern.«

»Der ist auch nicht für mich, sondern für Laya. Aber wenn deine Arbeit es erlaubt und du dich zu uns setzen magst, teilt sie gerne mit dir.«

Der Müller grinste erfreut. »Wartet am Ufer, ich komme gleich nach.«

Ansgar zwinkerte Laya zu, während sie auf einen Baumstamm zugingen, der in der Nähe des Bachs lag. »Mal sehen, ob wir dem Kerl nicht doch noch ein paar Hinweise entlocken können.«

Der Müller kehrte bald darauf mit einem duftenden Brot unter dem Arm, einem Krug und drei Bechern zurück.

»Das hier ist besser als Wasser«, erklärte er, nachdem er ebenfalls auf dem Stamm Platz genommen hatte. Er schenkte sich selbst großzügig von dem Wein ein, ehe er den Krug weiterreichte. Als er die frische Brotkrume zerbrach, knurrte Ansgars Magen vernehmlich. Bald darauf saßen sie alle schweigend und kauend beisammen, wobei Ansgar es zutiefst bedauerte, nicht auch selbst von dem Käse essen zu dürfen. Doch er konnte sich nicht erlauben, den Argwohn des Müllers zu schüren.

»Ich habe noch nie einen Mönch gesehen, der mit einer Frau umherwandert«, sagte der Mann plötzlich.

»Sie hat im Kloster ausgeholfen und ich bringe sie zurück zu ihrer Familie«, antwortete Ansgar und verkniff sich, den Müller darauf hinzuweisen, dass er Kanoniker und kein Mönch war.

Laya verschluckte sich an dem Wein und begann zu husten. Wären sie allein gewesen, hätte Ansgar ihr ohne zu zögern auf den Rücken geklopft, doch im Beisein des Müllers wagte er es nicht.

»So kehrt wenigstens eine junge Frau zu ihrer Familie zurück«, warf er den Köder aus.

Der Müller hielt mitten in der Kaubewegung inne, besann sich kurz und antwortete: »Ich weiß nicht, wovon Ihr sprecht.«

»Im Kloster geht das Gerücht um, dass immer wieder junge Menschen verschwinden und ganze Familien deshalb schon die Gegend verlassen hätten. Meist handelt es sich dabei wohl um Töchter.«

»Ich habe keine Kinder«, brummte der Müller.

Ansgar stutzte. »Und was ist mit dem jungen Mann? Er nannte dich Vater.«

»Meine Frau kann keine Kinder empfangen. Sie hat ihn als Säugling von einer Familie bekommen, die ihn nicht behalten konnte.«

»Du magst den Jungen nicht besonders«, stellte Ansgar fest.

Der Müller zuckte mit den Schultern. »Meine Frau liebt den Burschen über alles und hat ihn entsprechend verzogen. Wenn ich an all das Unglück denke, das mir widerfahren ist, seit der Bengel bei uns ist ...«

Ansgar vermutete, dass der Mann eifersüchtig auf die Liebe war, die seine Frau dem Jungen schenkte und die ihn in den Hintergrund treten ließ. »Das meiste Unglück, das einem widerfährt, hat man selbst herbeigeführt«, sagte er streng.

Kurz blitze in ihm der Gedanke auf, dass das auch auf ihn und seinen Ungehorsam zutraf. Er verdrängte die Erinnerung und fuhr schärfer werdend fort: »Du kannst den Jungen nicht für Missernten, Entscheidungen von anderen und dergleichen verantwortlich machen. Deine Frau hat sich barmherzig gezeigt und ihn aufgenommen. Wer weiß, welch ein Schicksal ihm sonst widerfahren wäre. Außerdem bin ich sicher, dass er dir stets eine große Hilfe bei den Arbeiten in und um die Mühle herum ist. Meinst du nicht, deine Frau würde es freuen, wenn du ihn freundlicher behandeln würdest?«

Der Müller wich seinem Blick aus und betrachtete eine Hummel, die diese ersten warmen Tage für die Nahrungssuche nutzte. Laya hingegen sah Ansgar mit einer Mischung aus Erstaunen und Dankbarkeit an, die sein Blut auf merkwürdige Weise schneller durch die Adern fließen ließ. Plötzlich fand auch er die Hummel interessant und verfolgte, wie sie sich brummend von der Blüte erhob und zur nächsten flog.

»Dann sollte sie erst einmal netter zu mir sein«, murrte der Müller nun.

»Das wird sie bestimmt, sobald du dein Verhalten änderst«, konterte Ansgar

Der Mann starrte ihn misstrauisch an. »Weshalb mischt Ihr Euch da ein?«

Ansgar lächelte entschuldigend. »Er erinnert mich stark an jemanden.« Nicht nur der Müller wurde bei diesen Worten blass. Auch Laya wechselte die Gesichtsfarbe. Im ersten Moment hatte er von sich selbst gesprochen, doch ihre Reaktion brachte ihn auf einen neuen Einfall. Ansgar beschloss, noch einen Schritt weiterzugehen.

»Ich möchte sogar behaupten, er war dem anderen jungen Mann wie aus dem Gesicht geschnitten.« Er beobachtete Laya genau. Ihre Hände zitterten stark.

»Sicher hatte er Geschwister, vielleicht sogar einen Zwillingsbruder«, stieß Ansgar einer Eingebung folgend hervor.

Laya sah ihn aus schreckgeweiteten Augen an, während der Müller heftig den Kopf schüttelte. »Davon weiß ich nichts.«

Zwillinge galten als Unheilszeichen. Nicht selten wurde einer der Säuglinge gleich nach der Geburt getötet. Heimlich natürlich oder als vorgeblicher Unfall, denn Kindsmord wurde hart bestraft. Mit einem Mal bekamen Ansgars Worte von eben eine vollkommen neue Bedeutung.

»Hast du ihm seinen Namen gegeben?«, meldete Laya sich zum ersten Mal zu Wort. Ihre Stimme klang höher als sonst und erstaunlich dünn.

Erneut ein Kopfschütteln. »Der hieß schon so, als meine Frau ihn mitbrachte.«

Laya grub ihre Zähne in die Unterlippe und versank erneut in Schweigen. Inzwischen war Ansgar sich sicher, dass Laya sich an mehr erinnern konnte, als sie vorgab. Sie glaubte, diesen jungen Mann erkannt zu haben, und auch wenn er nicht der war, den sie erwartet hatte, so musste es jemand anderen geben, der diese Reaktion bei ihr auslöste.

Ansgar wollte die Angelegenheit allerdings nicht vor den Ohren des Müllers erörtern und ließ sie deshalb zunächst auf sich beruhen.

»Erinnert er sich an seine Vergangenheit?«, wollte Ansgar stattdessen vom Müller wissen.

»Nein, er war doch viel zu klein, als er zu uns kam, aber er weiß, dass wir nicht seine leiblichen Eltern sind.«

Ansgar verzog verärgert den Mund. »Wie ich dich einschätze, hast du ihn das auch immerzu spüren lassen. Nichts konnte er dir recht machen. Stattdessen hast du ihm ständig vorgehalten, wie gut es ihm ginge und dass er dir gefälligst etwas mehr Dankbarkeit und Respekt zollen sollte.« Er merkte selbst, wie er sich in Wut redete, und brach abrupt ab. Das Schicksal des Jungen ging ihn nichts an, auch wenn er zu gut nachvollziehen konnte, was es bedeutete, in den Augen des Vaters ein Nichtsnutz zu sein.

Er sah kurz zu Laya, die ihn forschend musterte. Hatte er selbst nun den gleichen Fehler gemacht wie sie und zu viel von sich preisgegeben? Er glaubte zu sehen, wie es hinter ihrer Stirn arbeitete und sie sich aus dem Gesagten eine Geschichte über ihn zusammenreimte, die nicht stimmen konnte. Zumindest war er sicher, der leibliche Sohn seines Vaters zu sein. Was sein Los noch um einiges tragischer erscheinen ließ.

Er holte tief Luft und wandte sich wieder dem Müller zu, der aufgehört hatte, an dem Kanten Brot zu kauen, und ein wenig schuldbewusst dreinblickte.

Das reichte Ansgar. Er hoffte, einen Stein ins Rollen gebracht zu haben, und konzentrierte sich wieder auf ihren eigentlichen Auftrag. »Worauf ich eigentlich hinauswill, sind die verschwundenen Mädchen, die ich bereits erwähnt habe. Kannst du uns etwas über sie oder ihre Familien sagen?«

»Ich habe noch nicht gehört, dass im Dorf jemand seine Tochter vermisst«, wich der Müller aus.

»Und was ist mit den anderen Dörfern und umliegenden Höfen?«, hakte Ansgar nach.

Er erhielt keine Antwort. »Willst du wirklich behaupten, dass noch nie jemand, der sein Korn zu dir gebracht hat, darüber ein Wort verloren hätte? Lügen ist Sünde, das weißt du wohl. Einen Mann wie mich zu belügen, der sich dem Dienst an unserem Herrn verschrieben hat, bringt deiner Seele zehn zusätzliche Jahre im Fegefeuer ein.«

Der Müller erschrak sichtlich. »Niemand redet darüber. Es bringt Tod und Verderben.«

»Aber du kannst mir sicherlich einen Hinweis geben, wo ich suchen soll. Ich gelobe bei unserer Heiligen Jungfrau, dass ich es keiner Menschenseele verraten werde. Wenn du mir hilfst, werde ich für dich beten und dir als Dank für deine gute Tat noch einen Käse schenken.«

Ansgar wartete gespannt, ob seine Angebote für den Müller reizvoll genug waren, um seine Zunge zu lösen. Wenn jemand etwas wusste, dann er, zu dem so viele Bauern aus der Umgebung kamen.

Der Mann rutschte unbehaglich auf dem Stamm hin und her. »Ihr habt noch einen Käse dabei?«, vergewisserte er sich.

Wortlos kramte Ansgar in dem Beutel und holte einen weiteren Schafskäse heraus.

»Und Ihr betet für mein Seelenheil?«

Ansgar legte die Hand aufs Herz und nickte feierlich. »Das gelobe ich dir.«

»Also gut.« Der Müller beugte sich vor und wisperte, obwohl ihn ohnehin niemand sonst hören konnte: »Geht nach Gladen, etwa zwei Stunden Fußmarsch in östliche Richtung.

Fragt dort nach dem Haus des Krüppels. Er ist Tuchhändler und wird Euch sicherlich weiterhelfen.«

Ansgar drückte dem Müller den Käse in die ausgestreckte Hand. »Wenn du mich belogen hast, werde ich dafür beten, dass du in der Hölle schmorst.«

»Das habe ich ganz gewiss nicht«, versicherte der Müller hastig. »Verratet Hanno nur nicht, dass ich es war, der Euch auf seine Fährte gesetzt hat. Ich muss für eine Familie sorgen und will keinen Ärger bekommen.«

Das sagte Ansgar leichten Herzens zu. Er glaubte einen wertvollen Hinweis erhalten zu haben. Der Müller schien zu dieser Sorte Mensch zu gehören, die sich durch Drohungen ihr Seelenheil betreffend leicht einschüchtern ließen. Auf den Einfall, dass es für einen Mann Gottes unvereinbar war, dafür zu beten, dass eine Seele in die Hölle fuhr, war er nicht gekommen. Bruder Gebhard würde mit Freuden die Rute auf Ansgars Rücken tanzen lassen, sollte er je davon erfahren.

Ein Grinsen verbergend, trank Ansgar seinen Becher leer, stand auf und streckte sich. Er brannte darauf zu erfahren, was es mit dem jungen Mann auf sich hatte, den Laya offenbar kannte, und er hoffte stark, dass Hanno, der Tuchhändler aus Gladen, ihnen im Hinblick auf die Verschwundenen weiterhelfen konnte.

12. Kapitel

Laya war dankbar, als Ansgar sich endlich erhob. Sie reckte den Hals, konnte aber Julius nirgends entdecken. Vermutlich ging er im Inneren der Mühle seiner Arbeit nach. Im ersten Augenblick hatte sie wirklich geglaubt, Julian wäre von den Toten auferstanden. Beinahe hätte sie sich bekreuzigt und dadurch endgültig verraten, dass ihr Gedächtnisverlust nur vorgetäuscht war. Ansgar war ohnehin schon misstrauisch geworden. Weshalb sonst hätte er dem Müller all diese Fragen stellen sollen?

Mit gemischten Gefühlen beobachtete sie, wie Ansgar kurz in der Mühle verschwand, angeblich, um sich von Julius zu verabschieden.

Den beiden Jungen war großes Unglück widerfahren. Julian war tot, der andere wuchs bei einem hartherzigen Stiefvater auf. Laya hoffte sehr, dass Ansgars Ansprache ein Umdenken bei dem Müller bewirkte. Wäre es nach ihr gegangen, hätte Ansgar ihm ruhig erneut mit der Hölle drohen können, wenn er Julius nicht besser behandelte.

Als Ansgar wieder aus der Mühle kam, war seine Miene ernst, und er schritt so zielstrebig aus, als wüsste er den Weg. Sie folgte ihm auf dem geschlungenen Pfad, der durch ein lichtes Waldstück führte. Ohnehin hatte sie den Eindruck, dass Ansgar sich in der Gegend gut auskannte.

Nachdem sie den Wald hinter sich gelassen hatten, wurde der Weg breiter. Zur Rechten lagen Äcker, auf denen Männer zum Teil mit einem hölzernen Hakenpflug den Boden aufbrachen. Andere trieben Ochsen an, welche einen Scharpflug hinter sich herzogen. Links von ihnen suchte sich ein sanfter Bachlauf seinen Weg durch die Wiesen.

Ansgar ließ sich etwas zurückfallen, sodass er nun neben Laya ging. »Ich warte immer noch auf eine Erklärung«, begann er.

Laya schluckte. »Was meinst du?«

»Du erinnerst dich an deine Vergangenheit. Wage ja nicht, es zu leugnen«, brummte er.

»Es tut mir leid, aber ich weiß nicht, was du meinst«, versuchte Laya das Offensichtliche hinauszuzögern.

Ansgar blieb stehen. Seine Augenbrauen zogen sich verärgert zusammen. »Du hast Julius zunächst für jemand anderen gehalten. Das war dir deutlich anzumerken. Nur deshalb habe ich seinem Stiefvater diese Fragen zu ihm gestellt.«

»Dann hast du den Müller belogen, als du sagtest, du wärst einem jungen Mann begegnet, der seinem Stiefsohn wie aus dem Gesicht geschnitten war?« Laya wusste nicht, ob sie darüber erleichtert sein sollte.

»Und wenn schon«, tat Ansgar ihre Schlussfolgerung achselzuckend ab. Er stemmte die Hände in die Hüften und beugte sich leicht zu ihr hinunter. »Sag mir jetzt, wer du bist, wen du kennst, der Julius so ähnlich sieht, dass er sein Zwilling sein könnte, und was es mit deiner Zuflucht ins Kloster auf sich hat.«

Laya unterdrückte den Impuls, vor ihm zurückzuweichen. Sie zwang sich die Schultern zu straffen. Geradewegs sah sie ihm in die Augen und hielt dem bohrenden Blick stand. »Als ich den Müllersohn sah, durchfuhr es mich wie ein Blitz. Es war, als würde sein Gesicht aus dem Dunkel meines Gedächtnisses aufsteigen, wie der Morgennebel aus dem Tal.«

»Weiter«, forderte Ansgar Laya auf, als sie stockte.

»Deshalb habe ich mich so erschrocken. Ich glaubte, das Gesicht schon einmal gesehen zu haben, aber an mehr kann ich mich nicht erinnern.«

»Du musst mich für blind, taub und ganz schön dämlich halten, Laya. Mir ist dein erleichtertes Ausatmen nicht entgangen, als Julius uns seinen Namen nannte. Du kannst mir erzählen, was du willst, aber du hast ihn für jemand anderen gehalten.«

Ansgar tippte mit dem Zeigefinger gegen ihr Brustbein. »Sage mir jetzt endlich, wer du bist, oder soll ich es aus dir herausprügeln?«

Jetzt trat Laya doch einen Schritt zurück, löste jedoch nicht den Blickkontakt. »Vorhin hast du noch gesagt, du würdest auf Gewalt Schwächeren gegenüber verzichten. War auch das gelogen oder sprichst du jetzt nur eine leere Drohung aus, wie dem Müller gegenüber?«

»Ich hasse spitzfindige Weiber«, stieß er zu ihrer Überraschung leidenschaftlich hervor. »Ihr bringt einem Mann nichts als Ärger, besonders wenn ihr auch noch rothaarig seid.«

»Was hat denn meine Haarfarbe damit zu tun?«, fragte sie verblüfft.

»Ich stelle hier die Fragen«, polterte er. »Rede! Wer bist du?«

»Ich kann dir nicht mehr sagen, als du bereits weißt.« Laya presste die Lippen fest aufeinander.

»Wie du willst«, schnappte Ansgar erbost. »Ich kann es selbst herausfinden. Der Mann, an den Julius dich erinnert, wird mir Auskunft über dich geben können.«

»Viel Glück dabei«, rutschte es Laya heraus.

Sofort erwachte Ansgars Misstrauen erneut. »Was willst du damit andeuten? Weißt du, dass die Suche vergebens sein wird?«

»Natürlich nicht«, versuchte Laya ihren Fehler wiedergutzumachen. »Wenn es dir gelingt, ihn aufzuspüren, erfahre auch ich endlich mehr über meine Vergangenheit.«

»Du willst mir doch bloß einen Bären aufbinden«, brummte

Ansgar. »Aber eins schwöre ich dir, holde Maid, früher oder später werde ich dir dein Geheimnis entreißen.« Mit diesen Worten drehte er sich um und stapfte mit großen Schritten voraus.

Nachdem sie sich bei mehreren Passanten nach dem Weg erkundigt hatten, erreichten sie die Ortschaft mit dem Namen Gladen gute eineinhalb Stunden später.

Sie war erheblich größer, als Laya in dieser Gegend vermutet hätte, hatte viel mehr Ähnlichkeit mit einer kleinen Stadt denn mit einem Dorf. Einfache, mit Stroh gedeckte Holzhäuser, von einem kleinen Zaun umgeben, bildeten den äußeren Bereich. Gleichmäßige Hammerschläge drangen aus der Schmiede zu ihnen herüber. Sie gingen geradewegs weiter.

Der Weg gabelte sich mehrfach und führte an immer größeren Häusern vorbei. Holzbauten und Gebäude aus Stein wechselten einander ab. In der Mitte des Ortes stand eine einschiffige, hölzerne Kirche mit einem kleinen Turm. Auf dem halbrunden Platz davor gab es einen Ziehbrunnen, der mit einem kleinen Dach als Wetterschutz ausgestattet war. Auf der Seite war ein Wappen angebracht, das einen Raben auf einem Stein zeigte, der mit erhobenem Kopf in die Ferne blickte. Tier und Felsbrocken waren sorgfältig aus dem Stein gemeißelt worden, sodass Laya den Eindruck gewann, der Vogel wollte sich gleich in die Lüfte erheben. Sie vermutete, dass es sich um das Wappen der örtlichen Grundherren handelte, die den Bau des Brunnens entweder beauftragt oder sich zumindest an den Kosten beteiligt hatten.

Zwei Frauen standen dort und starrten zu ihnen herüber. Die etwas ältere, die gerade dabei gewesen war, einen Eimer aus dem Brunnenschacht zu ziehen, hielt mitten in der Bewegung inne.

»Warte hier«, raunte Ansgar Laya zu und ging gemessenen Schrittes zur Kirche.

Die beiden Mägde musterten sie immer noch. Laya nickte ihnen zu. Das riss sie aus ihrer Erstarrung. Sie sahen sich gegenseitig an und kicherten. Die ältere holte den ledernen Eimer nach oben und kippte das Wasser in den mitgebrachten um. Bestimmt wunderten sie sich, weshalb ein Ordensbruder mit einer Frau unterwegs war.

Laya beschloss, die beiden zu ignorieren. Sie betrachtete die Häuser, die den Platz und die Kirche umgaben und mit Holzschindeln statt mit Stroh eingedeckt waren. Teils mehr, teils weniger kragten die oberen Geschosse über, sodass durch die Gassen noch ein Karren passte, aber oben mehr Wohnraum geschaffen wurde. Die Fassaden waren je nach Bauart frisch gekalkt oder farbig gestrichen. Dieser Ort schien keine Not zu leiden.

Auch die beiden Frauen am Brunnen sahen wohlgenährt aus. Ihre Kleidung war einfach, aber sauber und gepflegt. Laya überlegte schon, sie selbst anzusprechen und nach dem Haus des Tuchhändlers zu fragen, als Ansgar aus der Kirchentür trat und sie herbeiwinkte.

Aus den Augenwinkeln sah Laya, wie die ältere Magd der anderen hinter vorgehaltener Hand etwas zuflüsterte, worauf beide wieder in Gelächter ausbrachen.

Laya wurde zornig. Derartige Tratscherei hatte in ihrem Dorf sicherlich auch zu ihrer jetzigen Lage beigetragen. Das Gerede von ihrer Liebschaft mit Julian hatte ihren Vater bereits erreicht, als sie eigentlich noch ein Geheimnis gewesen war.

Hätte sie ihm doch nur früher von Julian erzählt! Vielleicht wäre dann alles anders gekommen, und sie hätten ruhiger miteinander reden können. Doch so hatte der Vater sie kaum zu Wort kommen lassen, ihr den Umgang mit Julian strikt untersagt, sodass sie schließlich keinen anderen Ausweg als die gemeinsame Flucht gesehen hatten.

Ansgar und sie hingegen mussten auf die Bewohner wirken wie eine Kuh mit zwei Köpfen. Faszinierend und abstoßend zugleich. Dieses Geschwätz würde jedoch nicht an die Ohren ihres Vaters dringen, und wenn, dann würde er niemals seine Tochter hinter der Frau vermuten, die mit einem Geistlichen durch die Gegend zog. Er musste davon ausgehen, dass sie tot war.

»Nicht einschlafen, Laya.« Ansgar wurde ungeduldig.

Laya begnügte sich damit, den tuschelnden Frauen einen bösen Blick zuzuwerfen, und ging auf Ansgar zu. Der deutete mit dem Kinn in die Gasse, die auf der rechten Seite der Kirche verlief.

»Wir müssen dort entlang. Der Tuchhändler wohnt nicht weit von hier.«

Laya betrat hinter Ansgar die Gasse. Die hineinkragenden Obergeschosse der Häuser schluckten so viel Licht, dass es hier trotz des hellen Tags schummerig war.

»Achtung da unten!«, erscholl es plötzlich von oben.

Ansgar und Laya drückten sich sofort an die nächstgelegene Hauswand, als der Inhalt eines Nachttopfs aus der oberen Fensteröffnung auf dem Boden landete, aufspritzte und einen dunklen Fleck auf der abgetrockneten Erde hinterließ.

»Immerhin wurden wir gewarnt«, stellte Ansgar fest und grinste dabei ein wenig.

Laya fiel zum ersten Mal auf, wie sich sein Gesicht veränderte. Die steile Falte, die meist zwischen seinen Brauen zu sehen war, verschwand. In seine Augen trat ein amüsiertes Funkeln, und er wirkte viel jünger als sonst.

Erst jetzt bemerkte sie, wie eng sie an ihn gedrückt stand. Sofort rückte sie ein Stück von ihm ab. Ansgars Lächeln verschwand, und der gewohnte mürrische Ausdruck brach wieder durch.

»Wir müssen weiter«, brummte er.

Er führte sie die Gasse entlang, bog bald darauf nach links ab, bis sie einen kleineren Platz erreichten. Hier gab es keinen Brunnen, dafür schien der Weg zum Bach zu führen. Eine Gruppe von Frauen, die alle Wäschekörbe trugen, kam lachend und schwatzend an ihnen vorbei. Wieder streiften sie neugierige Blicke und Laya hätte sich am liebsten versteckt. Die Häuser standen so eng beieinander, dass sie oftmals den Eindruck hatte, als ginge eins ins andere über. Die Pfade dazwischen waren so schmal, dass nicht einmal ein Pferd hindurchgepasst hätte. Laya vermutete, dass sie in die hinter der Häuserzeile liegenden Gärten führten.

Ansgar ging auf einen Jungen zu, der ein Schwein am Strick hinter sich herzog. Laya blieb stehen und beobachtete, wie der Kleine die Kappe abnahm, sich am Kopf kratzte und schließlich auf ein Haus mit einem großen Tor auf der gegenüberliegenden Seite zeigte.

Sie wichen einem Mann mit einem Handkarren aus, überquerten den Platz und blieben vor dem geschlossenen Holztor stehen, welches an einer Seite eine kleinere Türöffnung aufwies. Ansgar klopfte dagegen. Wenig später wurde die Tür geöffnet und ein vom Alter gebeugter Knecht stand vor ihnen.

»Ihr wünscht?«, fragte der Grauhaarige und musterte sie skeptisch.

»Ich muss in einer dringenden Angelegenheit mit Hanno von Gladen sprechen. Ist er daheim?«, fragte Ansgar höflich.

Der Mann wackelte mit dem Kopf und Laya konnte nicht sagen, ob das ein Nicken oder ein Kopfschütteln war. Offenbar das Erstere, denn der Alte ließ sie eintreten und bat sie, neben der Tür zu warten.

Ein wenig erinnerte der Innenhof Laya an einen Kreuzgang. Ringsum war er von Gebäuden umschlossen, deren obere Geschosse auf einem Ständerwerk ruhten, sodass es möglich war, trockenen Fußes darunter herzugehen. Im Hof stand ein

Fuhrwerk. Die Plane war zurückgeschlagen, und Laya konnte mehrere Tuchballen in leuchtenden Farben auf der Ladefläche erkennen, wie sie sie noch nie zuvor gesehen hatte. Daneben gab es welche aus gewalkter Schafwolle, ein hervorragender Stoff für die Arbeit im Freien. Der Schulze in ihrem Heimatdorf hatte sich einst einen Mantel aus dem Loden fertigen lassen, der ihn gut vor Wind und auch vor Regen schützte, wenn der nicht zu heftig ausfiel. Gerade hob ein Mann einen weiteren Ballen von der Ladefläche und verschwand damit im Inneren eines Gebäudes, dessen breite Tür weit offen stand.

Der Knecht war ebenfalls darin verschwunden. Ansgar malte mit der Schuhspitze Muster auf den sandigen Boden. Sie erinnerten Laya an mehrere ineinander verschlungene Kreuze. Fasziniert beobachtete sie, wie immer neue Windungen hinzukamen, als er plötzlich mit der Sohle quer darüberwischte und die Zeichnung verschwinden ließ.

Verwirrt blickte sie auf. Der alte Mann winkte ihnen, doch Ansgar hielt sie zurück.

»Ich gehe allein«, bestimmte er. »Zusammen scheinen wir nicht vertrauenswürdig zu sein. Besser, er sieht dich vorerst nicht.«

Am liebsten hätte Laya aufbegehrt, sah aber ein, dass Ansgar wohlmöglich recht hatte. So blickte sie ihm nach, als er dem Knecht zurück ins Gebäude folgte, in dem sie das Warenlager vermutete.

Die Sonne gewann zunehmend an Kraft und Laya begann leicht zu schwitzen. Bestimmt hatte niemand etwas dagegen einzuwenden, wenn sie sich in den Schatten stellte. Als sie die Überdachung erreichte, vernahm sie leise Stimmen aus dem Inneren. Stück für Stück näherte sie sich dem Warenlager. Neben der Tür befand sich eine Fensteröffnung. Wenn sie sich eng an der Wand hielt, konnte sie mit etwas Glück Worte verstehen.

Sie hatte Glück. Klar und deutlich konnte sie Ansgar jetzt sagen hören: »Ihr müsst mir glauben, ich will Euch helfen.«

Laya fiel auf, dass Ansgar dieses Mal die höfliche Anrede für Fremde benutzte, während er den Müller als Rangniederen direkt geduzt hatte. Aber natürlich, dachte sie mit einem Anflug von Unmut, diesmal konnte er den Mann nicht von oben herab behandeln und ihn bedrohen. Der reiche Tuchhändler hatte eine gewisse Position in der Gesellschaft, die Ansgar nicht einfach übergehen durfte. Schon gar nicht, wenn er etwas erreichen wollte. Jetzt musste er freundlich sein und um Auskunft bitten.

»Wer auch immer Euch meinen Namen genannt hat, irrt oder wollte Euch auf eine falsche Spur setzen«, antwortete eine sehr tiefe Stimme, die Laya an einen mächtigen Bären denken ließ.

»Das denke ich nicht«, widersprach Ansgar ruhig.

»Selbst wenn dem nicht so wäre, weshalb sollte ich Euch trauen? Weil Ihr ein Diener Gottes seid und den Schlüssel zur Kirche besitzt?« Das unterschwellige Lachen klang verbittert.

»Ich habe keinen Kirchenschlüssel, dennoch führe ich nichts Böses im Schilde.« Ansgar atmete gepresst aus.

»Ihr könntet es mir beim Leben Eures Vaters schwören und ich würde Euch nicht glauben.« Der Händler war unerbittlich.

Laya überlegte fieberhaft, wie sie Ansgar helfen könnte. Ihre Mission musste von Erfolg gekrönt sein. Laya wollte der Magistra beweisen, dass sie ihr vertrauen konnte und ihre Ausflüge nicht umsonst waren.

Sie fasste sich ein Herz, trat in den Eingang und sagte: »Er fragt meinetwegen und ich vertraue ihm.«

Im ersten Moment konnte Laya nichts erkennen, weil sie vom Licht ins Dunkel schaute. Dann erblickte sie Ansgar, der sie mit einer Mischung aus Erstaunen und Verärgerung ansah. Doch wo war der Händler?

Hinter Ansgar machte sie Bretter entlang der Wände aus, auf denen Stoffe in unterschiedlichen Farben und Arten gelagert wurden. In den dunkleren Ecken gab es Wandhalterungen, in denen Kerzen steckten. Für Laya der endgültige Beweis, dass der Kaufmann über ein gewisses Vermögen verfügte.

Überall stapelten sich auf flachen Tischen Tuchballen. In der Mitte des Raumes stand ein hohes Pult. Auf ihm lag ein Griffel und wartete offenbar darauf, zum weiteren Beschreiben einer danebenliegenden Wachstafel genutzt zu werden, auf der vermutlich der Wareneingang eingeritzt wurde. Doch den Händler konnte sie immer noch nicht entdecken.

»Würdet Ihr die Güte haben, mir zu erklären, weshalb Ihr meine Begleiterin in so unziemlicher Weise anstarrt?«

Laya folgte Ansgars Blickrichtung und glaubte ihren Augen nicht zu trauen. An der Seite des Pults stand ein Mann. Zumindest sah sein Oberkörper aus wie der eines Kerls, der es verstand, mit seinen großen Händen zuzupacken. Seine Beine jedoch waren klein wie die eines Kindes. Zudem waren sie schmal und ein wenig nach außen gebogen. Er reichte aufgerichtet gerade mal bis an die Kante des Pults. Das Gesicht war umrahmt von einem fuchsroten Vollbart und lockigem Haupthaar, das eine Spur heller war. Die grauen Augen musterten sie eindringlich.

Hanno von Gladen machte ein paar unbeholfene Schritte auf sie zu. Beim Gehen sah es aus, als watschelte er wie eine Ente. Laya unterdrückte den Drang zu schmunzeln und sah auf ihn hinunter.

»Dieses Haar«, murmelte er verzückt. »Darf ich es berühren?«

Überrascht warf Laya Ansgar einen Blick zu. Der hatte die Brauen zusammengezogen und schüttelte sacht den Kopf.

Laya beschloss, etwas zu riskieren. »Gern, wenn Ihr uns die Auskunft gebt, für die wir hergekommen sind.«

Hanno betrachtete sie einen Moment lang nachdenklich, ehe er nickte. »Quid pro quo«, antwortete er.

»Dies für das«, übersetzte Ansgar. »Gut, wir erlauben Euch, Layas Haar genauer zu betrachten.«

Laya zog das Tuch vom Kopf, griff nach ihrem geflochtenen Zopf und hielt das Ende dem Händler hin.

Hanno von Gladen deutete auf die Tür. »Ich muss es im Sonnenlicht sehen.«

Laya trat zurück auf den Hof. Hanno folgte ihr, während Ansgar sich mit der Schulter an den Türrahmen lehnte, die Arme verschränkte und sie mit Argusaugen beobachtete.

»Unglaublich, diese Ähnlichkeit«, stieß Hanno hervor. Seine erhobene Hand zitterte ein wenig, als er das Zopfende durch die Finger gleiten ließ. »Und so weich«, murmelte er verzückt.

»Das reicht jetzt«, brummte Ansgar verdrossen. »Wem ähnelt sie? Woher rührt Eure Faszination?«

Hanno ließ den Zopf mit einem Seufzer los. »Es ist nur das Haar Eurer Begleiterin, nicht sie selbst. Es gleicht dem meiner Schwester.«

»Warum streichelt Ihr nicht ihr übers Haar?«, fragte Laya. Hanno presste die Lippen aufeinander, und plötzlich verstand Laya: »Eure Schwester ist verschwunden!« Jetzt nickte der Mann betrübt.

»Es ist über ein Jahr her, damals lebte unser Vater noch. Ich hatte Besorgungen gemacht und war einige Stunden nicht zu Haus gewesen. Als ich zurückkam, war sie fort. Ich habe sie überall gesucht, konnte sie jedoch nirgends finden.« Ansgar stieß sich vom Türrahmen ab und trat näher, in seiner ganzen Haltung die Aufforderung weiterzusprechen. Hanno blickte sie beide traurig an. »Lasst uns hineingehen, bei einem Becher Wein und etwas zu essen lässt es sich besser reden.«

Bald darauf saßen sie in einem Nebenraum der Küche, sodass die Hitze der Herdstelle den Raum erwärmte, ohne ihn gleichzeitig zu verrauchen. Der Tisch war aufwendig gearbeitet, und seine Beine zierten Schnitzmuster. Auf einer Seite befand sich eine Bank, und es gab zudem noch mehrere Stühle.

Laya zwang sich, nicht an ihr Zuhause zu denken, in dem nicht mal ein einziger Stuhl zu finden war, nur Bänke oder Hocker.

Ansgar prostete ihnen zu und biss sichtlich vergnügt in das Schmalzgebäck, das die Köchin ihnen auf einem großen Tonteller mitten auf den Tisch gestellt hatte, der innen glasiert und mit einem wirren Muster bemalt war. Laya fuhr mit dem Zeigefinger die bunten Linien auf dem Tellerrand entlang.

»So etwas habe ich noch nie gesehen«, bekannte sie.

»Ich habe ihn von einem Kaufmann aus Florenz, der ihn wiederum aus dem Orient mitgebracht hat«, erklärte Hanno freimütig.

»Eure Geschäfte gehen sehr gut, wenn ich mich hier so umsehe«, mischte sich Ansgar ein.

»Ich würde ohne zu zögern alles hergeben und wieder in der ärmlichen Behausung von früher leben, wenn Linda nur wieder zu mir zurückkäme«, brach es aus Hanno heraus.

»Daraus schließe ich, dass Ihr Euren Reichtum erst nach dem Verschwinden Eurer Schwester angehäuft habt«, stellte Ansgar fest.

»So ist es.«

»Das klingt, als hättet Ihr sie verkauft.« Ansgar schnaubte abfällig und Laya konnte sehen, wie Hannos Wangen für einen Moment rot anliefen, bevor die Farbe einer wächsernen Blässe wich. Leise antwortete er: »Ich fürchte, genau das hat er getan.«

13. Kapitel

Ansgar war verwirrt. »Von wem sprecht Ihr?«

»Von meinem Vater – von allen Vätern, die ihre Töchter weggegeben haben, damit sie ein besseres Leben führen können«, antwortete Hanno bitter.

»Wer, die Töchter oder die Väter?«, fragte Ansgar, immer noch ratlos.

»Sowohl als auch«, antwortete Hanno kryptisch.

Ansgar runzelte die Stirn. »Wollt Ihr damit sagen, sowohl die Mädchen als auch deren Familien hätten aus der Sache Vorteile gezogen?«

Zu seiner Verwunderung nickte der Händler. »So scheint es jedenfalls.«

Ansgar hatte das Gefühl, vor einer Mauer zu stehen. Sein Hirn wollte nicht mitarbeiten, er konnte nicht nachvollziehen, was hier vor sich ging. Er blickte zu Laya, die ebenso wenig zu verstehen schien wie er.

»Ich bin bisher davon ausgegangen, die Mädchen würden verschleppt und getötet«, murmelte Ansgar.

»Verschleppt werden sie sicherlich nicht«, antwortete Hanno. »Aber ich würde doch gerne wissen, ob es meiner Schwester gut geht.«

»Aber wenn nie eine der Töchter zu ihrer Familie zurückgekehrt ist, woher wollt Ihr dann wissen, dass sie noch leben?«

»Das versuche ich ja herauszufinden.« Hannos Blick wanderte zu Laya. »Nun zu dir. Du passt genau in das Muster. Was also hast du mit der ganzen Sache zu tun, da du offenbar nicht verschwunden bist?«

Die vertrauliche Anrede ärgerte Ansgar, gleichzeitig erschrak er über die Andeutung. »Was für ein Muster?«, fragte er entsetzt.

»Jung, weiblich, rothaarig und von niederem Stand.«

Jedes von Hannos Worten bohrte sich einer Messerspitze gleich in Ansgars Fleisch.

Die Beschreibung passte genau auf Laya. Denn dass sie kein Edelfräulein war, sah man mit einem Blick. Allerdings wäre es Ansgar trotzdem lieber gewesen, Hanno hätte sie förmlicher angesprochen, einfach weil es mehr Distanz wahrte.

Er sah Laya prüfend an. Kam es ihm nur so vor, oder war sie tatsächlich ein wenig blasser geworden?

Hanno wollte wissen, was Laya mit der Angelegenheit zu schaffen hatte. Auf den ersten Blick scheinbar nichts. Aber was, wenn Ansgar behauptete, ihr Vater hätte sie ebenfalls verkauft? Da sie sich angeblich an nichts erinnern konnte, würde sie das auch nicht bestreiten können. Auf alle Fälle würde er so Hannos Interesse wecken und sein Vertrauen gewinnen.

Ansgar räusperte sich vernehmlich. »Laya kann Euch leider nicht weiterhelfen. Sie hat ihr Gedächtnis verloren. Aber ich glaube, dass sie die Erste ist, die dem Verschwinden entkommen ist.«

Hanno setzte den Becher, aus dem er gerade trinken wollte, hart auf der Tischplatte auf. Laya öffnete den Mund, als wollte sie widersprechen, schloss ihn jedoch wieder, ohne etwas zu sagen.

»Wie kommt Ihr darauf?«, fragte Hanno und beugte sich vor, damit ihm auch kein Wort entging.

»Sie klopfte vor ungefähr drei Monaten blutüberströmt und am Ende ihrer Kräfte an die Klosterpforte. Ihr ganzer Körper war mit Verfärbungen übersät, die nur von Faustschlägen oder Tritten herrühren konnten, wie die Schwester des Infirmariums uns erklärte.«

Ansgar machte eine künstliche Pause und warf Laya einen aufmunternden Blick zu, damit sie seine Aussage durch ein Nicken bestätigte. Doch sie tat es nicht. Laya hatte die Lippen fest aufeinandergepresst, und Ansgar glaubte, ihre Gedanken zu hören. Er war sich selbst bewusst, dass er mit seinen Äußerungen vorsichtiger sein sollte. Es könnte immerhin sein, dass ein Händler wie Hanno, der weit herumkam und viele Kontakte hatte, auch in etwa wusste, wie es in einem prämonstratensischen Doppelkloster zuging. Dann würde seine Lüge, Schwester Almut habe mit den Brüdern über Layas Zustand gesprochen, schnell auffliegen.

»Was, sie wurde misshandelt?«, brach es entsetzt aus Hanno heraus.

»Ihr habt doch wohl nicht wirklich geglaubt, dass die Mädchen ein gutes Leben führen?«, fragte Ansgar säuerlich. »Profitiert haben von dem Handel lediglich der Verkäufer, also Euer Vater, und letztlich Ihr. Ich denke, die Mädchen fristen entweder irgendwo ein erbärmliches Leben oder verrotten in einer Gletscherspalte. Wobei ich eher Letzteres vermute.«

Hannos Augen füllten sich mit Tränen. »Ich habe es befürchtet, aber nicht glauben wollen«, flüsterte er. »Mein Vater hat mir immer hoch und heilig versichert, dass es Linda gut gehen würde. Erst auf dem Sterbebett hat er mir offenbart, dass ihm irgendwann Zweifel gekommen sind. Er hatte sie an einen Mann verkauft, der nach blonden, besser noch rothaarigen Mädchen für seinen weit entfernt in einem fremden Land lebenden Herrn suchte. Sie sollte ihm eine Weile dienen und würde dafür fürstlich entlohnt, so hatte man ihm versprochen. Bedingung war allerdings, dass sie ihre Familie nie wiedersehen würde. Ein Leid geschehen würde ihr jedoch nicht. Jedes Mädchen bekäme eine Mitgift und einen ehrbaren christlichen Ehemann, wenn die Zeit des Dienens beendet war.«

Ansgar schnaubte. »Ammenmärchen. Eure Schwester wird nicht einmal einen halben Pfennig erhalten haben, falls sie überhaupt noch auf Erden wandelt. Nach dem, was mit Laya geschehen ist, behaupte ich, keines der Mädchen hat überlebt.«

Der Kaufmann sah Laya flehentlich an. »Du musst dich erinnern, Mädchen. Du musst mir den Mann beschreiben, der dich deiner Familie abgekauft und mitgenommen hat.«

Laya hob die Schultern und erwiderte Hannos Blick offen. »Ich habe keine Ahnung, wovon Ihr sprecht. Ich kann mich an nichts dergleichen erinnern.«

Ansgar wurde das Gefühl nicht los, dass sie zwar die Wahrheit sagte, aber dennoch etwas zurückhielt, doch er kam nicht dahinter, was es war.

»Erzähl mir bitte, was du noch weißt. Jede Einzelheit könnte wichtig sein.« Hanno hielt den Atem an und stieß ihn enttäuscht aus, als Laya den Kopf schüttelte.

»Als ich aufwachte, war ich allein. Mein ganzer Körper schmerzte, und ich wusste nicht, wer ich bin und wie ich in den Wald gekommen war.«

»Zum Glück hat dein Ortsgedächtnis nicht gelitten und du wusstest, wo unser Kloster liegt«, bemerkte Ansgar trocken.

Ein Schatten flog über ihr Gesicht. Laya blickte ihn direkt an und er konnte den Zorn hinter ihren Worten hören: »Ein wenig mehr Gottvertrauen würde dir gut stehen, Bruder Ansgar. Der Herr höchstselbst hat sich meiner erbarmt und mich zu euch geführt.«

Ansgar wurde wütend. Was bildete sich das Weibsbild ein, ihn zu maßregeln, noch dazu vor fremden Ohren?

»Jeder vernünftige Mensch wäre den Berg hinabgestiegen, um Hilfe in einem Dorf zu finden. Hinauf steigt nur jemand, der weiß, dass dort oben ein Kloster liegt.«

»Jemand wie Gott meinst du?«

Ansgar holte Luft für eine scharfe Erwiderung, doch Hanno unterbrach den Streit. »Das führt zu nichts. Wir können froh sein, dass Laya den Weg zum Kloster gefunden hat, mit wessen Hilfe auch immer. Sonst wärt Ihr jetzt nicht hier, Bruder.«

Da er nur mürrisches Schweigen zur Antwort erhielt, fuhr er fort: »Wir müssen zusammenarbeiten, wenn wir die Wahrheit ans Licht zerren wollen. Die betroffenen Familien reden nicht. Auch mein Vater hat erst kurz vor seinem Tod darüber gesprochen.«

»Das ist doch verständlich«, sagte Ansgar. »Es wäre etwas anderes, wenn die Mädchen entführt worden wären. Aber bei einem Verkauf haben die Familienoberhäupter sich selbst mit Schuld beladen, aus welchen Gründen auch immer. Wenn jemand viele Kinder zu ernähren hat, ist er möglicherweise froh, wenn er eins los ist. Da fällt es leicht, sich einzureden, dass es dem Kind an nichts mangeln wird.«

Er warf Laya einen prüfenden Blick zu, doch sie zeigte keine auffällige Reaktion. Ansgar war ein wenig enttäuscht. Es hätte so gut zu ihrer Geschichte gepasst. Offenbar lag er falsch und ihr Vater hatte sie nicht verkauft. Aber was stimmte dann nicht mit ihr? Sie wusste etwas, da war sich Ansgar ganz sicher.

Mit einem Seufzer wandte er sich wieder an Hanno. »Von wie vielen verschwundenen Mädchen wisst ihr?«

»Aus Gladen sind es zwei, meine Schwester mitgerechnet. Aber das weiß ich nur, weil ich beide kannte. In drei weiteren Ortschaften habe ich über Nachbarn erfahren, dass sie dort jeweils ein Mädchen vermissen. Angeblich sind sie in andere, sehr weit entfernte Dörfer verheiratet worden. Ich habe aber herausfinden können, dass alle Mädchen rothaarig oder zumindest blond waren, wenn wohl auch nicht immer von so einer dunklen Farbe wie das Haar von Laya und meiner Schwester.«

»Wisst Ihr etwas über ganze Familien, die weggezogen sind?«, bohrte Ansgar weiter.

Hanno wiegte den Kopf. »Von einer wurde mir berichtet«, gab er schließlich zu. »Die Familie eines freien Bauern war nach dem Verlust der Tochter unverhofft zu Geld gekommen und fortgezogen.«

Ansgar erinnerte sich an das Gespräch, das er und Laya zwischen dem Abt und dem Cellerar belauscht hatten. Bruder Gebhard hatte die Auffassung vertreten, dass die von Ravensteins wohl kaum darin verwickelt wären, wenn doch ihre eigenen Dörfer davon betroffen waren. Das sah Ansgar jedoch anders.

Die Mädchen wurden verkauft, also musste der Käufer über entsprechend umfangreiche Geldmittel verfügen. Wie Ansgar bereits vorher vermutet hatte, musste der Mörder demzufolge in höheren Kreisen zu suchen sein. Gladen lag im Herrschaftsgebiet von Ravenstein, wie unschwer an dem Wappen auf dem Brunnen zu erkennen gewesen war.

Es mochte sein, dass der Hund nicht im eigenen Stall wilderte, doch Menschen waren gerissen und in der Lage, falsche Spuren zu legen.

»Gehören die anderen Dörfer auch zu Ravensteiner Besitz?«

»Danach habe ich nicht gefragt«, gab Hanno zu. »Glaubt Ihr, dass das wichtig ist?«

Ansgar zuckte lediglich mit den Schultern. Es war möglich, aber noch wollte er sich dazu nicht näher äußern. »Danach solltet Ihr Euch vorsichtshalber erkundigen.«

Nach dem, was sie heute erfahren hatten, glaubte Ansgar nicht mehr daran, dass die zu geringen Abgaben an das Kloster etwas mit fehlenden Arbeitskräften zu tun hatten. Er war sich sicher, dass der Müller die Wahrheit gesagt und die Abgaben wie vereinbart an Bruder Gebhard geleistet hatte. Der

Frage, warum sie nicht im Kloster ankamen, würde er später auf den Grund gehen.

Doch es gab noch einen weiteren Punkt, in dem er Gewissheit haben wollte. Deshalb fragte er: »Was ist mit den jungen Männern, die ihr Zuhause verlassen und nicht wieder aufgetaucht sind?«

Hanno sah ihn verblüfft an. »Männer sind auch verschwunden? Davon weiß ich nichts.«

»Mir wurde gesagt, dass einige, die ihre Liebsten oder Verwandten vermisst haben, ebenfalls nicht mehr da sind.«

»Ich weiß nur von der Familie, von der ich Euch eben berichtet habe«, wiederholte Hanno.

»Dann wäre das doch ein weiterer Ansatzpunkt, um nachzuforschen. Nachbarn und Freunde müssen dazu befragt werden.« Ansgar lehnte sich zufrieden zurück, als er sah, dass seine Worte auf fruchtbaren Boden gefallen waren.

In Hannos Augen trat ein lebhafter Glanz. »Das ist ein sehr guter Einfall. Dem werde ich nachgehen.«

»Seid vorsichtig«, gemahnte Laya zu Ansgars Verwunderung. »Möglicherweise wird mit Euch nicht viel Federlesen gemacht, wenn Ihr der Wahrheit zu nahe kommt.«

»Was willst du damit sagen?«, fragte er deshalb.

Laya sah ihn überrascht an, als läge das auf der Hand. Ihr Tonfall klang dementsprechend ein wenig ungeduldig. »Vorausgesetzt, es sind in dem Zusammenhang wirklich ganze Familien verschwunden, dann können wir wohl davon ausgehen, dass diese nach ihren Liebsten gesucht haben. Das wiederum wird wohl kaum im Interesse des Käufers sein und er sorgt dafür, dass die Gefahr, die das Geheimnis, worin auch immer es bestehen mag, zu lüften droht, beseitigt wird.«

Hanno wiegte bedächtig den Kopf. »Das wäre möglich.« Er lächelte Laya an. »Es freut mich, dass du dich um mich sorgst, und ich verspreche dir, auf der Hut zu sein.«

»Wohl eher aus Angst um Euch selbst, wie ich annehme«, knurrte Ansgar.

»Seid ihm deshalb bitte nicht gram, Herr Hanno. Bruder Ansgar hat ein schweres Los im Kloster und ist leider oft etwas bärbeißig«, bat Laya und biss genüsslich in einen Honigwecken.

Es hätte nicht viel gefehlt und Ansgar hätte mit der Faust auf den Tisch geschlagen. Im letzten Moment beherrschte er sich und begnügte sich lieber damit, Laya einen drohenden Blick zuzuwerfen.

Sie hatte recht, die Stimmung etwas aufzulockern. Sie waren auf Hannos Hilfe angewiesen. Selbst Ansgar war es nicht möglich, ständig das Kloster zu verlassen, um die Bewohner der umliegenden Dörfer auszufragen. Solange er abends wieder in Tannhöhe im Dormitorium sein musste, war sein Radius zudem stark eingeschränkt. Noch schwieriger war es, wenn er Laya mitnehmen wollte. Er musste allerdings zugeben, dass er ohne sie bei Hanno keinen Schritt weitergekommen wäre.

»Verzeiht bitte meine Unbeherrschtheit«, brachte er halbherzig eine Entschuldigung vor.

Hanno akzeptierte sie mit einem Nicken. »Ich werde mich umhören. Ist es Euch möglich, wieder nach Gladen zu kommen, oder ist es Euch lieber, wenn ich Euch im Kloster aufsuche?«

»Es mag für mich bequemer sein, wenn Ihr den Weg nach Tannhöhe auf Euch nehmt, allerdings gibt es mir da oben zu viele Ohren, die möglicherweise das hören, was nicht für sie bestimmt ist.«

Hanno merkte auf. »Verdächtigt Ihr etwa eines der Ordensmitglieder, in die Sache verwickelt zu sein?«

Nein, das tat Ansgar nicht. Dennoch zögerte er absichtlich mit der Antwort, um Hanno das Gefühl zu geben, dort oben nicht sicher zu sein, und so zu verhindern, dass er doch eines

Tages spontan dort aufkreuzte. Sie verabredeten, sich in einem Monat wieder in Gladen zu treffen. Sollte Hanno zuvor eine entscheidende Entdeckung machen, so würde er einen Weg finden, Ansgar unauffällig zu benachrichtigen.

Der Blick des Kaufmanns wanderte zu Laya. Er betrachtete ihr Haar und runzelte die Stirn.

»Spuckt es schon aus«, forderte Ansgar ihn argwöhnisch auf.

»Ich dachte gerade daran, dass ich Laya als Magd einstellen könnte.«

Ansgars Augen verengten sich zu Schlitzen. »Braucht Ihr dringend Hilfe oder hegt Ihr Hintergedanken?«

»Sie passt genau ins Bild und würde einen wunderbaren Lockvogel abgeben.«

»Nein!« Ansgars Faust donnerte nun doch noch auf die Tischplatte. »Das kommt nicht infrage.«

»Weshalb nicht?«, bohrte Hanno nach. »Ich würde gut auf sie aufpassen. Sollte der Käufer sich hier herumtreiben, fällt sie ihm sicherlich ins Auge. So könnte ich womöglich seine Identität leicht enttarnen.«

»Und was, wenn er sie als sein entkommenes Opfer erkennt?« Allein die Vorstellung sorgte bei Ansgar für ein flaues Gefühl im Magen.

»Und was, wenn das der Auslöser ist, damit Layas Gedächtnis zurückkehrt?«, erwiderte Hanno heftig.

»Ich habe Nein gesagt. Das ist viel zu gefährlich. Ich setze Layas Leben nicht aufs Spiel für Eure Hirngespinste.«

»Zum Glück habt Ihr das nicht zu bestimmen.«

Zu Ansgars Verdruss sprach Hanno Laya direkt an: »Was hältst du von meinem Einfall, Laya? Du könntest hier arbeiten und hättest ein gutes Auskommen.«

Ansgar spürte förmlich ihre Zerrissenheit. Eigenes Geld zu besitzen, musste für jemanden wie sie sehr verlockend sein. Dass sie jedoch so lange mit der Antwort zögerte, zeigte

Ansgar, wie sehr sie die Vorteile gegen die Gefahr abwog, in die sie sich begeben würde.

»Das kann ich nicht entscheiden«, sagte sie schließlich. »Ich werde die Magistra dazu befragen. Bruder Ansgar kann Euch ihre Antwort überbringen, wenn er Euch wieder aufsucht.«

Hanno verzog enttäuscht die Mundwinkel, während Ansgar erleichtert aufatmete. Er erhob sich. Es war alles gesagt.

Ansgar dankte Hanno für die Bewirtung, und sie verabschiedeten sich von dem Händler, der ihnen ein wenig niedergeschlagen nachblickte.

Der Rückweg dauerte entschieden länger als der Hinweg, da sie ausschließlich bergan gehen mussten. Zunächst gingen sie schweigend Seite an Seite, später, als der Pfad schmaler wurde, hintereinander.

Ansgar grübelte darüber nach, wie er Laya davon abhalten könnte, mit der Magistra zu sprechen. Er wollte nicht, dass sie sich als Lockvogel zur Verfügung stellte, und er konnte nicht einschätzen, wie die Magistra auf den Vorschlag reagieren würde. Einerseits konnte er es sich nicht vorstellen, dass Philippa von Berg dem Vorhaben zustimmen würde, andererseits kannte er sie zu wenig. Wenn er Abt Elmar glaubte, war sie starrköpfig und verfolgte ihre Ziele gnadenlos.

Wenn sie überzeugt werden konnte, dass die Verschwundenen nichts mit den geringeren Abgaben zu tun hatten, dann würde sie Laya bestimmt keiner Gefahr aussetzen.

Doch dazu reichten Vermutungen nicht aus. Der Müller hatte behauptet, dem Cellerar die vereinbarte Anzahl an Mehlsäcken übergeben zu haben. Folglich musste Bruder Gebhard sie entweder versteckt oder an jemand anderen weitergegeben haben. Da der Bruder auch die Buchführung innerhalb des Klosters übernahm und alle Lieferungen aufzeichnete, musste er demzufolge dort weniger aufschreiben, als er tatsächlich erhalten hatte.

Abt Elmar wusste davon, dessen war Ansgar sich sicher, doch er verließ so gut wie nie das Kloster, außer für das Generalkapitel, zu dem die Klostervorsteher der Prämonstratenser sich jährlich versammelten. Es musste noch jemanden in Tannhöhe geben, der den Cellerar unterstützte, und es war unwahrscheinlich, dass Gebhard einen der Laienbrüder ins Vertrauen gezogen hatte.

Frodewin!, schoss es Ansgar durch den Kopf. Der Dicke war zugänglich und lebte schon lange im Kloster. Er hatte offen mit Ansgar über seine Verfehlung an der Pforte gesprochen. Seine Aussage über das unbeobachtete Auftauchen des Cellerars hatte Ansgars Verdacht auf einen Fluchtweg erhärtet. Vielleicht wusste Frodewin mehr, als er ahnte, und würde ihn zumindest auf die richtige Spur bringen können.

Ansgar grinste vergnügt. Er nahm sich vor, den Bruder morgen abzupassen und ihm ein paar Fragen zu stellen. Wenn sie heute ins Kloster zurückkehrten, wäre es bereits zu spät dafür. Sie mussten sich ohnehin sputen, wenn sie das Kloster noch vor dem Abendgebet erreichen wollten.

Die Sonne berührte bereits den Horizont, als sie die versteckte Trage mit dem Brennholz erreichten. Ansgar hätte sich am liebsten selbst auf die Schulter geklopft. Es war ein guter Einfall gewesen, sie bereits zu füllen, so konnten sie das letzte Stück zügig zurücklegen.

Ohne auf Layas erstaunte Miene einzugehen, drückte er ihr den nun leeren Proviantbeutel in die Hand und schulterte die Trage.

»So können wir nicht in Tannhöhe ankommen«, sagte sie und beeilte sich, mit seinen Schritten mitzuhalten.

»Ich will nicht noch mehr Zeit verlieren. Keine Sorge, wir trennen uns rechtzeitig und ich lasse dich zuerst über die Brücke gehen.«

Am Waldrand blieb er kurz stehen, legte den Kopf ein wenig in den Nacken und suchte die Gegend nach etwas Verdächtigem ab. Da er nichts entdecken konnte, ging er weiter. Er hielt erst wieder an, als er den Felsvorsprung erreichte, hinter dem Tannhöhe in Sichtweite lag. Er lud die Trage ab und wartete, bis Laya zu ihm aufgeschlossen hatte. Ihre Brust hob und senkte sich heftig. Schnell bergan zu gehen, war sie offenbar nicht gewohnt. Das erhärtete seinen Verdacht, dass sie aus einem der Täler stammte.

Schnaufend hielt sie sich die Seite. »Musst du so rennen?«

»Ich möchte gerne noch etwas in den Magen bekommen und muss dir auch noch einen angemessenen Vorsprung lassen. Sei dankbar, dass ich dir das Holz abgenommen habe.«

»Purer Eigennutz, weil du Hunger hast«, wehrte sie ab.

Verärgert, weil das tatsächlich nicht allein der Grund gewesen war, sondern er ihr das Schleppen des Brennholzes nicht hatte zumuten wollen, drückte Ansgar Laya die Trage in die Hand und nahm den leeren Beutel. »Beeil dich. Ich will nicht ewig hier warten.«

Flüchtig hatte er den Eindruck, als wollte sie doch noch etwas sagen, unterließ es aber. Sie zog die Trage auf den Rücken und war zwei Wimpernschläge später hinter dem Felsvorsprung verschwunden.

Lange hielt Ansgar das Warten nicht aus. Vorsichtig lugte er um den Felsen. Laya hatte die Brücke erreicht. Sie zögerte.

»Geh, Mädchen, dir wird schon nichts geschehen«, raunte Ansgar gegen den Stein gepresst.

Zufrieden beobachtete er, wie Laya den Rücken durchdrückte und die Planken betrat. Langsam, aber stetig, überquerte sie die Schlucht, ohne nach unten zu blicken. Sicher erreichte sie das gegenüberliegende Brückenende. Wenig später öffnete sich die Luke im Tor. Für Ansgars Empfinden dauerte es erstaunlich lange, ehe ihr die kleine Tür geöffnet wurde, die im Tor eingelassen war.

Er kniff die Augen zusammen und glaubte einen dicken Bauch zu erkennen, der hinter der Kante hervorstand. Laya ging hindurch, doch die Tür wurde nicht geschlossen.

Das war jedenfalls nicht Bruder Eberhard. Offenbar wurde er durch Frodewin vertreten. Ansgar erschien es deshalb unsinnig, noch länger zu warten. Selbst wenn Frodewin Verdacht schöpfen würde, weil er kurz nach Laya in Tannhöhe ankam, würde er nichts sagen.

Ansgar eilte über die Brücke. Noch immer stand die Tür offen und Ansgar konnte es nicht unterlassen, ihr einen Schubs zu geben. Ein überraschter Ausruf war zu hören, gefolgt von einem Stöhnen und einem dumpfen Geräusch. Ansgar trat ein.

Frodewin rieb sich mit schmerzverzerrtem Gesicht über die Stelle, wo der Türriegel sein Fleisch getroffen hatte.

»Wie zuvorkommend von Euch, mir ohne zu klopfen bereits zu öffnen«, frotzelte Ansgar.

»Jaja«, antwortete Frodewin abwesend.

Jetzt betrachtete Ansgar den Bruder genauer. Ein feiner Schweißfilm zeigte sich über Frodewins Oberlippe. Seine Bewegungen wirkten fahrig und seine Gesichtsfarbe glich der einer frisch gekalkten Wand.

»Ist Euch nicht wohl?«, fragte er besorgt.

»Doch, doch, es ist alles bestens«, erwiderte Frodewin hastig.

»Lügen könnt Ihr wahrlich schlecht.«

Der Dicke plusterte sich plötzlich auf, und auf der feisten Stirn erschien tatsächlich eine Zornesfalte. »Mach, dass du reinkommst, und kümmere dich gefälligst um deine eigenen Angelegenheiten. Abt Elmar hat schon mehrfach nach dir gefragt.«

Mit einem Knall schlug Frodewin die Tür zu und schob den Riegel vor.

Ansgar erkannte, dass es keinen Sinn machte, Frodewin weiter zu reizen. Der Bruder war viel zu aufgewühlt. Auf dem Weg zurück zum Haupthaus überlegte Ansgar, was den Dicken wohl so aus der Fassung gebracht haben könnte. Vor ihm war doch nur Laya …

Abrupt hielt Ansgar inne. Kannte Frodewin Laya aus einem der Täler und wusste, wer sie war? Vielleicht würde er endlich das Rätsel lösen können. Ansgars Herz schlug vor Aufregung schneller, ehe ihm einfiel, dass es noch eine weitere Möglichkeit gab.

Übelkeit stieg in ihm auf. Laya hatte rotes Haar, wie die verschwundenen Mädchen. Was, wenn Bruder Frodewin mehr über diese dunklen Machenschaften wusste, vielleicht sogar daran beteiligt war? Was an dieser Begegnung hatte den munteren Bruder so erschüttert?

14. Kapitel

Hilda warf immer wieder prüfende Blicke zu Laya hinüber, die etwas verspätet zur abendlichen Mahlzeit erschienen war. Seit Layas Aufbruch am frühen Morgen hatte Hilda versucht, sich zu beschäftigen, um nicht an sie und Ansgar zu denken. Die Zeit war einer Schnecke gleich vorangekrochen. Hilda hatte im klostereigenen Garten geholfen, der auf der Seite der Frauen in einer geschützten Ecke angelegt war. Die schlechten Samen der Ackerbohnen mussten aussortiert und die keimfähigen in die Erde gelegt werden. Obwohl die Bohnen nicht frostempfindlich waren, deckten die Schwestern sie großzügig mit Stroh ab. Die Nächte in den Bergen konnten noch empfindlich kalt werden.

Zudem hatte Hilda sich weiteres Unterrichtsmaterial für Laya herausgesucht. Zwar hatte sie den Eindruck gewonnen, dass Laya die Geschichte des Ordens völlig gleichgültig war, aber Lesen und Schreiben zu lernen bereitete ihr viel Freude. Sie hatte schon gute Fortschritte erzielt, und weshalb sollte sie ihre Fähigkeiten nicht dadurch vertiefen, dass sie mehr über den Ordensgründer erfuhr? Vielleicht gelang es Hilda doch noch, den Funken in Laya zu entzünden, sodass sie sich ein Leben in Tannhöhe vorstellen konnte.

Hilda wusste selbst, dass es noch zu früh für solche Zukunftspläne war. Laya hatte ihr Gedächtnis noch immer nicht wiedererlangt. Was, wenn sie verheiratet war? Das konnte Hilda sich zwar nicht vorstellen, aber wer wusste das schon? Ihr blieb nur die Hoffnung, dass Laya sich eines Tages wieder erinnern konnte und sich fürs Hierbleiben entschied.

Vielleicht trug der heutige Ausflug mit Ansgar dazu bei. Ob die beiden wohl etwas Wichtiges herausgefunden hatten? Hoffentlich war ihnen nichts zugestoßen. Eine verdeckte Spalte, ein loser Stein und von den Wölfen nicht zu reden. Viele Gefahren lauerten in den Bergen und manch einer war nicht mehr heimgekehrt.

Letztendlich hatte Hilda sogar die Magistra aufgesucht. Philippa von Berg hatte sie beruhigt und ihr versichert, dass sie Laya am Abend zurückerwartete. Nach dem Abendgebet hätte sie Hilda und Laya zur Wache im Schafstall eingeteilt. Eine der Auen, die das letzte Lammen beinahe nicht überlebt hätte und wieder trächtig war, sollte genau beobachtet werden.

Hilda wusste genau, dass es lediglich eine Ausrede war, damit der Schein gewahrt wurde und Laya die Möglichkeit erhielt, Hilda alles zu erzählen, was sie heute erlebt und herausgefunden hatten, die wiederum die Magistra unterrichten sollte.

Sie seufzte unhörbar und blickte erneut zu Laya hinüber, die gerade in ihrer Schüssel die Reste des Gemüseeintopfs mit einem dunklen Kanten Brot auswischte. Als Laya aufsah, gab Hilda ihr unauffällig ein Zeichen. Immer, wenn sie heimlich miteinander reden mussten, presste eine von ihnen kurz mit Daumen und Zeigefinger ihre Lippen zusammen.

»Wo?«, fragte Laya bloß, als sie auf dem Weg zum Abendgebet das Refektorium verließen.

»Anschließend Wache im Schafstall«, raunte Hilda ihr zu, ehe sie Schwester Notburga den Arm reichte, um die alte Frau zu stützen.

Der Stall befand sich im hinteren Bereich des Klosters und war aus einfachen Brettern errichtet, die auf einem Sockel aus Bruchsteinen ruhten. Im vorderen Bereich zur Schlucht hin bot die Einfriedung aus Palisaden dem Kloster Schutz und eine sichtbare Begrenzung des Klosterareals zum weltlichen Leben. Auf der Rückseite schloss sich eine überschaubare

Hochebene an, beidseitig eingefasst von den Berggipfeln, zwischen denen das Kloster erbaut worden war.

Auf dieser Ebene weideten im Frühjahr die Schafe und Ziegen, ehe sie später täglich von den Laienbrüdern auf die tiefer gelegenen und vor allem saftigeren Wiesen getrieben wurden. Die Versorgung der Tiere innerhalb des Klosters lag jedoch allein in der Hand der Frauen.

Hilda setzte sich im Stall auf einen umgedrehten Eimer und wartete. Durch die Öffnungen schien der Mond herein. Das musste als Helligkeit genügen, denn ein Licht anzuzünden wagte sie bei dem herumliegenden Stroh und Heu nicht. Die meisten Tiere schliefen in ihrem Verschlag, manche kauten noch auf den Halmen herum, die jetzt, Ausgang des Winters, ihren blumigen Duft nahezu verloren hatten.

Hilda ergriff eine Handvoll Heu und hielt es sich unter die Nase. Ganz leicht haftete ihm noch der Geruch des vergangenen Sommers an, mehr zu erahnen als wirklich zu riechen. Sie ließ es fallen, als die Stalltür geöffnet wurde. Layas Umrisse erschienen im Rahmen. Sie duckte sich ein wenig, um sich nicht den Kopf an dem Querbalken zu stoßen, und trat ein.

Laya setzte sich auf den Schemel, den Hilda ihr bereitgestellt hatte. Ein wissendes Lächeln umspielte ihre Lippen, als sie ihn vor dem Verschlag ein wenig zurechtrückte. Eins der Zaupelschafe mit dunklerem Fell streckte neugierig den Kopf zwischen den Streben hindurch. Laya kraulte die Aue an der Stirn, was das Tier sichtlich genoss.

Hilda verflocht ihre Finger ineinander und zwang sich zu warten. Es erschien ihr eine Ewigkeit, in der sie zusah, wie Laya das Schaf kraulte. Die Rasse lieferte nur grobe, dafür aber reichlich Wolle und wenig Fleisch, aber sie war sehr robust und genügsam. Außerdem zeichnete sie sich durch eine hohe Fruchtbarkeit aus, die ihr auch ihren Namen verliehen hatte.

»Bewundernswert«, sagte Laya und strich dem Tier noch ein letztes Mal über den Kopf, ehe sie ihren Blick auf Hilda richtete.

»Von wem redest du, von mir oder dem Schaf?«

Laya lachte kurz auf. »Von dir natürlich. Du musst doch vor Neugier beinahe platzen, und trotzdem sitzt du ruhig auf dem Eimer und wartest geduldig.«

»Das sieht nur so aus«, wiegelte Hilda ab. »Du hast recht, ich will unbedingt wissen, ob und was ihr herausgefunden habt.«

Laya erzählte von dem Besuch der Mühle und dem Müller, der ihnen dank des Schafskäses den Hinweis mit dem Händler gegeben hatte. Sie beschrieb Hilda Hanno von Gladen und berichtete von dem Verlust seiner Schwester. Zu ihrem Schrecken erfuhr sie, dass allen Mädchen rotes oder blondes Haar gemein war. Instinktiv drehte Hilda sich die Haarsträhne um den Finger, die sich unter ihrem Schleier hervorgewagt hatte.

»Dein Haar ist ohnehin zu dunkel«, sagte Laya.

Hilda zuckte zusammen. Daran hatte sie nicht gedacht, oder doch? »Und du bist sicher, dass dir nicht dasselbe widerfahren sollte wie den anderen?«, fragte sie, um Laya von sich abzulenken.

Laya hob die Schultern. »Ich kann es mir beim besten Willen nicht vorstellen. Bei mir muss es andere Gründe haben.«

Hilda, die von der Magistra unter dem Siegel der Verschwiegenheit über Layas Schwangerschaft informiert worden war, antwortete lieber nicht darauf. Sie hatte das dumpfe Gefühl, dass Laya etwas vor ihr verheimlichte.

»Wie geht es nun weiter?«

Das Schaf stupste Laya von hinten an, und sie drehte sich ein wenig, damit sie es erneut zwischen den Ohren kraulen konnte.

»Bruder Ansgar und Herr Hanno wollen sich treffen, sobald Hanno herausgefunden hat, ob tatsächlich auch Männer verschwunden sind. Wenn dem nicht so sein sollte, gehen wir nämlich davon aus, dass die gesunkenen Einkünfte für das Kloster andere Ursachen haben müssen. Ich glaube ja, dass der Cellerar und vielleicht sogar der Abt selbst dahinterstecken. Aber Ansgar will alle anderen Möglichkeiten ausschließen, ehe er in dieser Richtung weiterforscht.« Hilda hielt für einen Moment die Luft an. Es war ein schwerer Vorwurf, den Laya da vorbrachte, doch das war nicht alles.

»Laya, ich sehe dir doch an der Nasenspitze an, dass dir etwas auf der Seele liegt, also raus damit«, forderte Hilda.

»Da ich ins Muster passe, hat Herr Hanno vorgeschlagen, mich als Dienstmagd einzustellen, um den Käufer erneut anzulocken.«

Hilda erschrak zutiefst. »Das ist doch wohl nicht sein Ernst«, stieß sie atemlos hervor. »Was, wenn er der Täter ist?«

Laya wurde blass. »Daran habe ich noch gar nicht gedacht.« Sie hob den Kopf und sah Hilda an. »Ansgar war ohnehin dagegen, und ich sagte Herrn Hanno, dass ich das nicht entscheiden könne, sondern nur die Magistra.«

Hilda seufzte erleichtert. »Ich werde sie davon unterrichten, bin mir jedoch sicher, dass sie das ablehnen wird. Letztendlich geht es ihr um die Mindereinnahmen, die unsere Gemeinschaft bedrohen, nicht um ein paar verschwundene Mädchen. Wenn ihr recht habt und zwischen den beiden Fällen kein Zusammenhang besteht, gibt es sicher keinen Grund, dich einer solchen Gefahr aussetzen.«

Laya rutschte auf ihrem Schemel ein wenig hin und her. »Dennoch würde ich das Kloster gerne nochmals ohne Bruder Ansgar verlassen, um allein mit Hanno von Gladen zu sprechen. Ich bin mir sicher, dass er noch etwas zurückhält, das er in Ansgars Anwesenheit nicht preisgeben wollte. Ansgar hätte ohne mich kein Wort aus ihm herausbekommen.«

Hilda kniff die Augen zusammen. »Das erscheint mir zu gefährlich. Aber ich werde die Magistra fragen, ob du dich abermals auf den Weg machen darfst. Jedoch kann ich dir gleich sagen, dass sie das aus Sicherheitsgründen ohne Begleitung nicht gestatten wird.«

Laya presste missbilligend die Lippen aufeinander. Hilda spürte, dass sie einen Vorwand suchte, um hinaus zu dürfen. Sie führte etwas im Schilde, was möglicherweise gar nichts mit Hanno von Gladen zu tun hatte. Etwas musste vorgefallen sein, das Laya zum Handeln drängte. Ob ein Bruchstück ihrer Erinnerung wieder aufgetaucht war? Als Hilda Laya darauf ansprach, schüttelte diese vehement den Kopf. Dennoch war Hilda nicht ganz überzeugt. Aber sie würde Philippa von Berg morgen nach der Kapitelversammlung alles berichten. Die Magistra konnte sich bestimmt einen Reim auf Layas Verhalten machen und würde eine Entscheidung treffen.

***

Nach der Abendmahlzeit erstattete Ansgar Abt Elmar kurz Bericht. Er erzählte, wie er auf Hanno von Gladen gestoßen war und was er von ihm erfahren hatte.

»Ich bin inzwischen sicher, dass die Mädchen von ihren Familien verkauft wurden. Man hat sie in dem Glauben, ihnen ein besseres Leben zu ermöglichen, an einen reichen Mann in weiter Ferne veräußert. Von verschwundenen jungen Männern wusste der Händler allerdings nichts. Er hat aber versprochen, sich umzuhören«, erklärte er das Erlebte.

Ansgar hatte den Eindruck, dass Abt Elmar nicht sonderlich an seinen Schilderungen interessiert war. Er folgte seinem Bericht gleichgültig und teilnahmslos, ohne auch nur eine Nachfrage zu den Vermissten zu stellen. Zum Schluss wollte er lediglich wissen, ob Ansgar sonst noch etwas aufgefallen wäre. Als dieser verneinte, faltete Abt Elmar sichtlich zufrieden die Hände über seinem Bauch und schickte Ansgar fort.

Sofort eilte dieser zum Pförtnerhaus, doch Bruder Eberhard hatte wieder seine Aufgabe als Torwächter übernommen. Frodewin hatte ihn also nur kurzfristig vertreten. Ansgar lief weiter, doch auch in seinem Geräteschuppen fand er den Bruder nicht. Mittlerweile nahte die Zeit für die Komplet, und so blieb Ansgar nichts anderes übrig, als sich auf den Weg in die Kirche zu machen.

Dort entdeckte er Frodewin. Der Bruder wirkte abwesend. Ansgar konnte es kaum erwarten, bis das Stundengebet vorüber war und hielt den Bruder ständig im Blick. Nach der Komplet würde er ihn abfangen und befragen.

Doch sein Plan ging nicht auf. Es schien, als habe er sich in Luft aufgelöst, und auch sein Platz im Schlafsaal blieb leer.

Nach und nach kehrte Ruhe im Dormitorium ein. Ansgar lauschte den verschiedenen Atemrhythmen, die zunehmend in gleichmäßige Schnarchgeräusche übergingen. Das war eins der Dinge, die ihn am Klosterleben am meisten störten. Es war etwas anderes, mit anderen Männern unter freiem Himmel oder während einer Schlacht im Zelt zu nächtigen. Es war ihm jederzeit möglich gewesen, sich zu entfernen und sein Nachtlager woanders aufzuschlagen. Hier war er sprichwörtlich gefangen, war diesen störenden Geräuschen schutzlos ausgeliefert. Selbst wenn er sich Lumpenreste in die Ohren steckte, dauerte es meist lange, bis ihn der Schlaf übermannte, nur um einige Zeit nach Mitternacht zum ersten Gebet, der Matutin, wieder herausgerissen zu werden.

Frodewins Lager war noch immer verwaist. Langsam begann Ansgar sich zu sorgen. Weit konnte der Dicke nicht sein, dennoch wurde Ansgar immer unruhiger. Außerdem wollte er unbedingt von ihm wissen, weshalb ihn Layas Anblick so aus der Fassung gebracht hatte.

Ein letztes Mal vergewisserte sich Ansgar, dass die Männer um ihn herum schliefen. Er erhob sich lautlos und verließ das Dormitorium. Zunächst öffnete Ansgar die Tür zum Skriptorium. Keine Spur von Frodewin. Er stieg die Treppe hinab, warf einen Blick ins Refektorium, suchte sogar die Latrinen auf, vergeblich.

Ansgar runzelte die Stirn. Wo würde er hingehen, wenn er ungestört nachdenken wollte? Der Raum unter der Sakristei fiel ihm ein, doch von dem wusste Frodewin nichts – oder etwa doch?

Nein, der Raum war lange nicht benutzt worden. Dennoch betrat Ansgar den Kreuzgang. Es konnte nicht schaden, sich zu vergewissern. Auf dem Weg zur Kirche passierte er den Kapitelsaal. Durch die offenen Arkaden sah er sofort, dass Frodewin sich auch hier nicht aufhielt.

Vor der Kirchentür hielt Ansgar inne. Es war unwahrscheinlich, dass jemand zwischen Komplet und Matutin die Kirche aufsuchte, dennoch zog er vorsichtig an dem eisernen Knauf und schlüpfte kurz darauf durch den Spalt. Ein schwacher Lichtschein zu seiner Linken, umhüllt von Dunkelheit, zog seine Aufmerksamkeit auf sich. Ein rhythmisches Klatschen, gefolgt von einem tiefen Stöhnen, brachte die Härchen auf seinen Armen dazu, sich aufzurichten.

Ansgar verfluchte seinen hellen Habit. Im dunklen Gewand der Benediktiner wäre es ein Leichtes gewesen, mit den Schatten zu verschmelzen und sich anzuschleichen. So blieb ihm nichts anderes übrig, als hinter eine der nächstgelegenen Säulen zu huschen, die das Mittelschiff stützten und von dem Seitenschiff trennten.

Er verharrte einen Moment, vergewisserte sich, dass er nicht bemerkt worden war. Gleichmäßiges Gemurmel, dessen Worte jedoch nicht zu verstehen waren, drangen an sein Ohr. Geduckt schlich Ansgar hinter die nächste Säule und lugte vorsichtig um den Stein herum. Die Seitenkapelle wurde von einem großen, bunt angemalten Kruzifix aus Lindenholz beherrscht. Links und rechts davon brannte je eine Stundenkerze. Auf den Steinfliesen davor kniete ein sehr stämmiges Ordensmitglied. Die Stirn war an den Boden gepresst, auf seinem bloßen, mit Striemen überzogenen Oberkörper reflektierte frisches Blut den Schein der Kerzen. Die Arme waren zur Seite ausgestreckt. Neben der rechten Hand entdeckte Ansgar eine Geißel. Am Kopf des Peitschenstiels waren mehrere Lederriemen befestigt, die in kleinen Knoten endeten.

Der Büßer murmelte in gleichmäßigem Ton vor sich hin. Ansgar glaubte zu erkennen, dass er einen Psalm betete. Jetzt richtete sich der Mann auf. Sein Habit bauschte sich um seine Hüften. An einigen Stelle war die Haut des Rückens aufgeplatzt. Feine Blutfäden rannen über sein Fleisch hinab.

Ansgar hielt kurz den Atem an. Niemals hätte er vermutet, dass Frodewin sich selbst geißelte. Was hatte dieser fröhliche und stets hilfsbereite Mensch getan, das ihn zu solch einer schmerzhaften Bußübung trieb?

Da Ansgar ein wenig seitlich von Frodewin stand, bemerkte er zu seiner Verwunderung, dass dieser sein Zingulum vor sich abgelegt hatte. Bei den anderen Prämonstratensern in Tannhöhe bestand der Gürtel aus Leinen, Frodewins hingegen war ein Strick. Ansgar erinnerte sich, dass er ihn bereits einmal darauf angesprochen und zur Antwort erhalten hatte, dass Frodewin einen Strick bußfertiger fand und außerdem das selbstgemachte Holzkreuz besser daran befestigt werden konnte. Die Sache mit der Buße hatte Ansgar ihm nicht abgenommen, doch jetzt kamen ihm Zweifel.

Frodewin nahm das Kreuz in die linke Hand und drückte es an seine Lippen. Beinahe liebevoll streichelte er mit der rechten über den Strick. »Mein Heil und mein Untergang – nah beieinander und stets bei mir.« Diesmal verstand Ansgar die Worte genau und runzelte die Stirn. Weshalb bezeichnete Frodewin das Kreuz als seinen Untergang? Oder war es möglicherweise etwas anderes? Frodewin war sehr geschickt im Anfertigen von Holzarbeiten. Besaß das Kreuz möglicherweise ein geheimes Fach, in dem der Dicke etwas versteckt hielt? Etwa verbotener persönlicher Besitz? Ansgar musste das Stück untersuchen, nur wie? Frodewin trug den Gürtel Tag und Nacht um den Bauch.

Ein Poltern an der Kirchentür ließ ihn zusammenfahren. Frodewin, der eben nach der Geißel hatte greifen wollen, wandte den Kopf. Mit einer Geschwindigkeit, die Ansgar dem Dicken niemals zugetraut hätte, kam er auf die Füße und zog den Habit wieder über die Schultern.

Ansgar nutzte die Ablenkung und schlich geduckt weiter in das Dunkel der Kirche hinein. Vorsichtshalber verbarg er sich hinter einem der Tücher, die den Frauenbereich von dem der Männer trennte. Da die Schwestern erst zum Morgengebet wieder die Kirche betreten würden, waren diese zwar noch gerafft, boten aber ausreichend Deckung. Die Kerzen im Radleuchter über ihm waren noch nicht entzündet, und da Ansgar vom Dunkeln ins Helle sah, glaubte er sich einigermaßen sicher.

Als er den nächtlichen Besucher erkannte, hätte er sich vor Überraschung beinahe verraten. Ansgar hatte den Cellerar vermutet, der auf der Suche nach abtrünnigen Schäfchen gerne die Gemäuer durchstreifte, jedoch nicht mit dem Abt gerechnet.

Frodewin band sich den Strick wieder um den Leib, bevor er trotzig das kaum vorhandene Kinn vorreckte und dem Ehrwürdigen Vater offen entgegenblickte.

Abt Elmar trat auf ihn zu und schüttelte traurig den Kopf. Laut genug, sodass Ansgar ihn ohne Mühe verstehen konnte, sagte er: »Ich habe dir die Absolution für deine Sünden erteilt.

Hast du neue begangen oder glaubst du nicht an die Vergebung?«

»Neue«, gab Frodewin zu.

»Dann werde ich dir die Beichte abnehmen, aber ich verbiete dir die Selbstgeißelung. Wir hätten dich schon einmal beinahe verloren, nachdem deine Wunden begonnen hatten zu schwären.«

»Es wäre Gottes Wille.«

Elmar wurde lauter. »Maße dir nicht an, den Willen des Herrn zu kennen.« Er streckte gebieterisch die Hand aus. »Du gibst mir die Geißel und meldest dich morgen nach der Kapitelversammlung beim Bruder Infirmarius. Er soll dir dieses Kräuterbad zubereiten, das dir so gut geholfen hat.«

Frodewin senkte ergeben den Kopf und überreichte Elmar die Peitsche.

»Zuvor will ich aber hören, welchen Verfehlungen du dich schuldig gemacht hast. Ich hoffe nur, es hat nicht wieder mit dieser Sache zu tun.«

»Leider doch, Ehrwürdiger Vater.«

»Was war es diesmal?« Elmar klang ungehalten.

Ansgar musste sich anstrengen, Frodewins nächste Worte zu verstehen. »Das Mädchen«, wisperte er.

»Von wem sprichst du?«

»Ich war heute Nachmittag zum Pförtnerdienst eingeteilt. Sie kam vom Holzsammeln zurück und stellte sich mir als Laya vor. Ehrwürdiger Vater, ich war wie vom Blitz getroffen. Sie hat genau dieses dunkelrote Haar, dass mich in manchen Nächten in den Wahnsinn treibt.«

Abt Elmar hob gebieterisch die Hand. »Schweig, das reicht für heute. Davon will ich jetzt nichts hören.«

Zu Ansgars Überraschung packte der Abt, der sonst eher träge war und dem Ansgar ein solch energisches Auftreten niemals zugetraut hätte, Frodewin an den Schultern. Er schüttelte ihn sogar, was bei dem stämmigen Bruder lediglich ein leichtes Wackeln des Halses verursachte.

»Du wirst jetzt in den Schlafsaal zurückkehren und ihn bis zum Wecken nicht mehr verlassen. Wir werden einen Weg finden, deine Dämonen zu bekämpfen.«

Frodewin sah nicht überzeugt aus.

***

Philippa von Berg schwieg eine Weile, nachdem Hilda geendet hatte. Sie hatte die Fingerspitzen aneinandergelegt. Die Zeigefinger berührten ihre Lippen und über sie hinweg starrte Philippa Hilda an, ohne sie wirklich wahrzunehmen. Ihr fiel die Stille nicht auf, die sich im Sprechzimmer ausbreitete. Philippas Gedanken ratterten einem Mühlrad gleich. Wie passte das alles zusammen und was hatte es mit Tannhöhe zu tun?

Wenn sie den Annahmen Ansgars und Layas glauben schenkte, würde das bedeuten, dass sowohl der Cellerar als auch der Abt hinter den Mindereinnahmen stecken mussten. Doch was hatte es dann mit den Mädchen auf sich? Nutzten die beiden Männer deren Verschwinden nur als Vorwand, um den eigentlichen Grund zu vertuschen? Oder hatten die beiden gar selbst etwas damit zu schaffen? Konnte es sein, dass sie mithilfe des Bischofs Handlanger verpflichtet hatten, nur um ihr, Philippa, eine plausible Erklärung für den Rückgang der Abgaben zu liefern?

Das konnte, nein, das wollte sie nicht glauben. Unschuldige junge Frauen verschleppen und womöglich töten und dafür entsprechend Geld zu investieren, nur um falsche Machenschaften zu vertuschen? So viel Schuld auf sich zu laden, traute sie Abt Elmar einfach nicht zu. Andererseits hatte er sich lange gesträubt, dem nachzugehen, hatte einen Zusammenhang immer wieder bestritten. Weshalb – um Philippa hinzuhalten und möglichst lange in dem Glauben zu belassen, weil er wusste, dass es gar keinen Zusammenhang gab?

Das erschien ihr wesentlich wahrscheinlicher. Bruder Gebhard und Abt Elmar hatten die verkauften Mädchen lediglich als Vorwand genutzt. Es gab keine Verbindungen zum Kloster.

Insofern war es für Philippa keine Option, Laya als Dienstmagd zu Hanno von Gladen zu senden. Wenn sie den Opfern so ähnelte, dann war sie bei dem Händler in großer Gefahr, ganz gleich, ob er selbst etwas damit zu schaffen hatte oder nicht. Einen Nutzen für Tannhöhe konnte Philippa derzeit nicht erkennen, wenn Laya den Lockvogel spielte.

Dennoch führte das Mädchen etwas im Schilde. Wenn selbst Hilda der Überzeugung war, dass Laya etwas vor ihr verbarg, dann mussten sie alles daransetzen, das Geheimnis zu lüften. Immerhin bestand die Möglichkeit, dass Laya etwas wusste, das der Klostergemeinschaft Schaden zufügen konnte. Und das wollte Philippa mit allen Mitteln verhindern.

»Laya möchte also nochmals das Kloster verlassen«, sagte sie und bemerkte verwundert, wie Hilda unter dem plötzlichen Klang der Stimme, die die Stille zerschnitt, zusammenzuckte.

»Das sagte sie. Um Herrn Hanno aufzusuchen«, bekräftigte Hilda.

»Hat sie das genau so ausgedrückt?«, bohrte Philippa nach.

»So ungefähr. Laya will das Kloster verlassen, weil sie glaubt, dass der Händler noch etwas vor ihnen verbirgt, was er in Bruder Ansgars Gegenwart nicht aussprechen will.«

»Sehr geschickt, aber ich glaube nicht, dass sie zurück nach Gladen will. Ihr ist etwas ein- oder zumindest aufgefallen, dem sie auf den Grund gehen will.« Philippa gönnte sich einen tiefen Atemzug, ehe sie fortfuhr: »Teile Laya mit, dass ich ihren Ausgang erlaube. Er muss jedoch heimlich erfolgen und sie soll zum Abendgebet zurück sein.«

Hilda sah unglücklich drein. »Ist das nicht gefährlich, so ganz allein? Was, wenn ihr etwas zustößt?«

»Sie wird nicht allein sein. Bruder Ansgar soll ihr folgen.«

»Aber dann wird Layas Plan nicht aufgehen, Herr Hanno wird in Ansgars Gegenwart sein Geheimnis nicht preisgeben.«

Philippa wurde ungehalten. »Natürlich wird er das, Hilda. Bemühe dein hübsches Köpfchen mal, ein bisschen weiter zu denken.«

Hilda überlegte sichtlich angestrengt. Philippa wollte dem schon ein Ende bereiten, als in den blauen Augen ihres Gegenübers Erkenntnis aufblitzte.

»Bruder Ansgar soll sich verborgen halten, sodass sie nichts davon erfährt? Durch den Geheimgang kann Laya unentdeckt das Kloster verlassen und Bruder Ansgar ihr in gebührendem Abstand unbemerkt folgen. So kann er zur Not eingreifen. Vielleicht gelingt es ihm sogar, Laya zu belauschen, wenn sie mit jemandem redet. Wenn er uns anschließend berichtet, was er erfahren hat, können wir Laya mit der Wahrheit konfrontieren.«

Philippa nickte zufrieden. »Also geh zu Laya und sag ihr, ich werde sie noch über den Tag unterrichten, an dem sie aufbrechen darf. Sorge dafür, dass Bruder Ansgar ihr folgt.«

15. Kapitel

Bruder Claudius, der Leiter des Infirmariums, blickte erstaunt auf, als Ansgar ihm im Anschluss an die Kapitelversammlung auf die Schulter tippte. Im Kapitelsaal war es durch die Öffnungen zum Kreuzgang oft empfindlich kalt. Deshalb saßen die jüngeren Brüder auf der oberen der beiden ringsum laufenden steinernen Stufen, während die Älteren auf deren Füßen saßen.

So kroch den Betagteren die Kälte nicht so sehr das Rückgrat hinauf und wärmte gleichzeitig die Füße der anderen.

Ansgar beugte sich vor. »Der Ehrwürdige Vater bat mich, Euch heute zu unterstützen«, wisperte er, damit vor allem Frodewin ihn nicht hörte, der im Bereich zum Kreuzgang stehen geblieben war und offensichtlich auf Bruder Claudius wartete.

Der runzelte die Stirn. »Bisher hatte ich den Eindruck, dass nicht eine meiner Bemühungen, dir die Kräuter- und Heilkunde näherzubringen, etwas gefruchtet hätte.«

»Ich bin heute zum Wasserschleppen für das Füllen des Bades eingeteilt«, entgegnete Ansgar. In Wahrheit hatte er Abt Elmar vor der Versammlung abgepasst und ihn gebeten, ihm noch einmal die Möglichkeit zu geben, sich bei der Arbeit im Infirmarium zu beweisen. Wie erwartet hatte sich der Ehrwürdige Vater erfreut gezeigt und gemeint, dass ausgerechnet heute seine Hilfe wohl willkommen wäre, da er einem der Brüder ein Bad verordnet hätte.

»Der österliche Badetag steht doch noch gar nicht an, oder ist jemand krank?«, fragte Bruder Claudius verwundert.

»Das weiß ich nicht, ich habe nur vom Ehrwürdigen Vater den Auftrag erhalten, Euch zur Seite zu stehen und die schwere Arbeit abzunehmen. Wenn ich die Zeichen jedoch richtig deute, dann wartet Bruder Frodewin im Kreuzgang auf Euch. Sagt ihm bitte nicht, dass ich Euch helfe. Das könnte sein Missfallen erregen und ihn glauben lassen, der Ehrwürdige Vater hätte sich verplappert.«

»Hältst du mich für einen Schwätzer, Bursche?«, fuhr Claudius aus seiner mageren Haut. »Sieh lieber zu, dass du heißes Wasser in die Badekammer bringst. Wenigstens dabei kannst du nicht viel falsch machen.«

Ansgar nickte betont ehrerbietig und verkniff sich das Lächeln. Sein Plan war aufgegangen. Jetzt musste er nur noch Frodewins Holzkreuz in die Finger bekommen.

Die Badekammer war nichts weiter als ein abgeteilter Raum, der an das Infirmarium anschloss. Dort standen zwei hölzerne Wannen, die durch Vorhänge voneinander getrennt waren.

Das Wasser wurde in einem großen Kessel über einer offenen Feuerstelle im hinteren Bereich des Herbariums erhitzt, das sowohl einen Zugang zur Badekammer als auch zum Infirmarium besaß. Im vorderen Bereich des Raums, den die heißen Dämpfe nicht erreichen konnten, hingen von den Deckenbalken verschiedene Kräuterbündel herab. Auf den Wandbrettern standen Tiegel und Tontöpfe in unterschiedlichen Größen. An einer Wand war ein großer Tisch platziert, auf dem Bruder Claudius die Kräuter zerhackte, Salben anrührte oder Tinkturen mischte.

Ansgar schüttete mehrere Eimer mit kochend heißem und mit kaltem Wasser in einen der Zuber. Bruder Claudius schob den Ärmel seines Habits nach oben und prüfte mit dem Ellbogen die Wassertemperatur. Er nickte zufrieden, ehe er das Band des mitgebrachten Leinensäckchens öffnete und die Hälfte des Inhalts hineinstreute. Getrocknete Blätter und Blüten schwammen auf der Oberfläche. Ansgar stieg der Duft nach Lavendel, Rosmarin und Ringelblumen in die Nase.

Der Leiter des Infirmariums rührte die Kräuter sorgfältig um. »Nun, Junge, kannst du mir einige benennen und sagen, wozu sie dienen?«

Oh, bitte nicht! Beinahe hätte Ansgar seinen Gedanken ausgesprochen, biss sich jedoch im letzten Moment auf die Zunge. Er murmelte die Namen der Kräuter, die er erkannt hatte, und entlockte Bruder Claudius immerhin ein zustimmendes Brummen. »Scharfgabe und Salbei hast du vergessen, zumindest bei den Pflanzen, welche die Heilung unterstützen und verhindern sollen, dass die Wunden zu schwären beginnen. Aber es sind auch Kräuter zur Beruhigung dabei, auch eins, das noch nicht genannt wurde.«

Ansgar ermahnte sich, die Ruhe zu bewahren. »Lavendel«, erinnerte er sich. Er sog ein weiteres Mal den Duft des warmen Wassers in seine Nase, konnte jedoch kein weiteres Heilkraut bestimmen. Er beschloss, auf gut Glück zu raten. »Melisse?«

Der Leiter des Infirmariums ließ sich tatsächlich dazu hinreißen, Ansgar auf die Schulter zu klopfen. »Sieh mal einer an. Du hast doch etwas von meinem Unterricht behalten. Ich bin gerne bereit, es nochmals mit dir zu versuchen.«

Das Geräusch sich nähernder Schritte enthob Ansgar einer Antwort. »Ich glaube, der Kranke ist eingetroffen«, sagte er stattdessen, weil er sicher war, dass Bruder Claudius nicht mehr so gut hörte.

Der klemmte auch sogleich das Leinensäckchen an seinen Zingulum und zog die Tücher vor. »Du wartest hier und nimmst Bruder Frodewins Bekleidung an dich«, lautete seine Anweisung.

Ansgar stellte die Eimer beiseite. Gehorsam und mit gesenktem Blick blieb er neben dem Zuber stehen. Dennoch entging ihm nicht der überraschte Gesichtsausdruck, mit dem Frodewin ihn kurz darauf musterte.

Er drehte sich so, dass Ansgar seinen Rücken nicht sehen konnte, als er sich auszog. Mit ausdrucksloser Miene nahm Ansgar Gürtel und Habit in Empfang. Sein Herz klopfte schneller, als seine Finger sich um das Holzkreuz schlossen. Er trat hinter den Vorhang und legte Frodewins Gewandung ordentlich gefaltet auf einen Schemel. Ansgar lauschte kurz auf das gleichförmige Gemurmel, mit dem Bruder Claudius auf Frodewin einsprach. Ein Platschen kündete davon, dass der Bruder in die Wanne gestiegen war.

Ansgar betrachtete das Kreuz eingehend von allen Seiten. Irgendwo vermutete er einen geheimen Mechanismus, doch er konnte keine Unregelmäßigkeiten feststellen. Das Kreuz schien aus einem einzigen Stück Holz geschnitzt zu sein. Die Enden ließen sich nicht drehen und er fand auch keinen Pfropfen, der einen Hohlraum verbarg.

Was hatte Frodewin gesagt? Mein Heil und mein Verderben? Dabei war eine Hand über den Strick gewandert, der aus drei miteinander verdrehten Seilen bestand. Ansgar tat es ihm gleich, konnte jedoch auch hier nichts Ungewöhnliches entdecken. Verärgert wollte er schon den Gürtel auf den Habit legen, als ihm ein Gedanke kam.

Eine Handspanne vom Kreuz entfernt drehte er den Strick ein wenig auf – nichts. Dennoch fuhr Ansgar damit fort, arbeitete sich Stück für Stück weiter vor. Er hatte schon mehr als die Hälfte untersucht, als der Vorhang sich plötzlich bewegte. Hastig legte er den Gürtel zurück. Offenbar hatte Bruder Claudius jedoch nur aus Versehen das Tuch berührt. Das Gemurmel war zwar verstummt, aber wegen der gleichmäßigen Geräusche und des Plätscherns des Wassers glaubte Ansgar, dass Claudius noch immer Frodewins Rücken wusch.

Ansgar nahm den Strick wieder auf und setzte seine Untersuchung fort. Er war schon fast am anderen Ende wieder am Holzkreuz angelangt, als in der Mitte der auseinandergedrehten Stelle ein Stück Leinentuch sichtbar wurde.

Instinktiv ließ Ansgar die Hände sinken, sah sich um und lauschte auf die Geräusche hinter dem Vorhang. Er bemerkte nichts, was darauf schließen ließ, dass sein Tun entdeckt würde. Neugierig drehte er den Strick weiter auf. Der Leinenstreifen war nicht viel länger als sein Mittelfinger. Es sah aus, als würde er etwas umwickeln. Ansgar wollte ihn nicht aus der Mitte des Gürtels nehmen, weil er unsicher war, ob er ihn wieder genauso platziert bekäme. Daher schlug er behutsam die beiden überlappenden Seiten auseinander.

Ansgar schnappte hörbar nach Luft. Das Entsetzen umschloss seine Kehle wie eine eisige Faust, die stetig zudrückte. Von dem hellen Leinen hob sich deutlich eine dunkelrote Haarlocke ab.

***

Laya stieß einen Seufzer der Erleichterung aus, als ihr die Erlaubnis der Magistra überbracht wurde, das Kloster verlassen zu dürfen. Sie setzte den Weidenkorb mit den verschmutzten Habits ab, den sie zu den Wäscherinnen bringen sollte.

»Aber du sollst sehr vorsichtig sein«, gemahnte Hilda. »Wir wollen nicht, dass dir etwas zustößt.«

»Mir geschieht schon nichts«, behauptete Laya fest und hoffte, dass Hilda das leichte Zittern ihrer Stimme nicht bemerkte.

Sie selbst war sich da nämlich längst nicht so sicher, wie sie tat. Hanno von Gladen war weder für sie noch für andere eine Gefahr, davon war sie überzeugt. Doch selbst wenn, sie hatte nicht die Absicht, ihn aufzusuchen, sondern dies lediglich vorgeschoben, um die Ausgangserlaubnis zu erhalten. Die Magistra wollte das Rätsel gelöst wissen. Doch Laya war nicht so naiv zu glauben, dass Philippa von Berg auch nur irgendetwas an ihr selbst lag. Dennoch, stieße Laya etwas zu, so würde das unangenehme Fragen aufwerfen, und die war die Magistra nicht gewillt zu beantworten.

Laya musste sich nach ihrer Rückkehr eine Ausrede überlegen, weshalb sie bei dem Händler nichts erreicht hatte. Aber sie war zuversichtlich, dass ihr zu gegebener Zeit etwas einfallen würde.

»Wann darf ich gehen?«, fragte sie.

Hilda hob die Schultern. »Bald, ich gebe dir Bescheid.«

»Weshalb soll ich den geheimen Ausgang nutzen?«

Ratlosigkeit breitete sich auf Hildas Gesicht aus. »Ich vermute mal, die Magistra würde gerne wissen, wohin er führt.«

»Und sollte ich nicht zurückkehren, so kann sie sich ahnungslos stellen und mich suchen lassen.«

»Du tust ihr unrecht«, erwiderte Hilda überzeugt. »Wenn du die Brücke nehmen würdest, müsste sie dem Abt erklären können, wohin du erneut gehst.«

»Stimmt, daran hatte ich nicht gedacht«, lenkte Laya ein, der es im Grunde gleich war, welchen Weg sie nehmen sollte. Hauptsache, sie konnte das Kloster verlassen und ihren Vater aufsuchen.

Es war höchste Zeit, ihn zur Rede zu stellen. Der Besuch bei Hanno von Gladen hatte Laya aufgerüttelt. Seit sie mit Julian geflohen war, führte ihre Schwester Adele den Haushalt. Sie hatte wie Laya das dunkelrote Haar ihrer Mutter geerbt.

Was, wenn ihr Vater dem Mädchenkäufer begegnete? Seit Layas Fortgang hatten sie daheim zwar eine Esserin weniger, aber es fehlte ihnen auch eine gute Arbeitskraft. Würde der Vater seine zweitälteste Tochter verkaufen, um sich und den anderen ein besseres Leben zu ermöglichen?

Die Antwort lautete Ja. Laya musste Adele warnen und auch ihren Vater von der Gefahr unterrichten, die seiner Tochter drohte, wenn er auf den Handel einging. Sie könnte es sich nie verzeihen, wenn ihrer Schwester etwas zustieße.

Allerdings wollte Laya auch nicht mehr zurück in ihr altes Leben. Sie hatte Adele versprochen, sie und die anderen Geschwister nachzuholen, sobald Laya mit Julian ein neues Zuhause gefunden und sich etwas aufgebaut hatte. Tannhöhe war jedoch kein Platz für sie alle. Hilda hatte in einer ihrer Unterrichtsstunden mal erwähnt, dass manche Männer sogar ihre ganze Familie mit ins Kloster genommen hätten, nachdem sie der Glaubensgemeinschaft beigetreten waren. Aber das waren Adelige gewesen, die der Ordensgemeinschaft ihren Besitz überschrieben hatten, und die Gemahlin und die kleineren Kinder wurden einfach im Frauentrakt untergebracht.

Laya hingegen besaß nichts und war selbst nur geduldeter Gast im Kloster und konnte froh und dankbar sein, dass ihr in Tannhöhe Unterschlupf gewährt wurde. Für ihre Familie würde keine Ausnahme gemacht werden. Sie sah keinen Ausweg, Adele und die anderen nachzuholen. Ihr blieb nichts übrig, als mit ihrer Schwester darüber zu sprechen. Sie musste ihr von Julians Tod berichten und dass all ihre Hoffnungen zerschlagen worden waren.

Um ihre eigene Zukunft machte sich Laya derzeit keine Gedanken. Sie hatte sich mit Julians Tod zerschlagen. Für immer ein gottesfürchtiges Leben in einer klösterlichen Gemeinschaft zu führen, konnte sie sich nicht vorstellen. Für Laya hatte immer die Familie im Mittelpunkt gestanden. So war sie selbstverständlich davon ausgegangen, eines Tages zu heiraten und ebenfalls Kinder zu bekommen. Dank Julian war sie ihrem Ziel ein großes Stück näher gekommen. Doch ihr Traum hatte durch die beiden Mörder ein jähes Ende genommen.

Hilfloser Zorn schwappte über sie hinweg. Laya bückte

sich zu dem Wäschekorb hinunter, damit Hilda nicht ihre vor Wut geröteten Wangen bemerkte. Sie zupfte an einem lehmbespritzten Habit herum und wurde den Gedanken nicht los, dass es sich dabei um Ansgars handelte. Luise würde fluchen, wenn sie ihn schrubben musste, und nachts wieder von Flecken träumen.

Laya schob den hellen Stoff unter den anderen und unterdrückte das aufkommende Verlangen, kurz an ihm zu riechen. Irritiert hob sie den Korb hoch, warf Hilda ein Lächeln zu und schritt über den Hof davon.

***

Ansgar ging in den Garten, um für Bruder Claudius ein paar Thymianzweige zu holen. Der Auftrag kam ihm gerade recht. Er brauchte ein wenig Zeit, um über das nachzudenken, was er entdeckt hatte. Mit Sicherheit gehörte die Locke aus Frodewins Zingulum nicht Laya.

Herr im Himmel, es passte so gut zusammen! Frodewin, der Buße tat, indem er sich geißelte, die rote Haarsträhne in seinem Gürtel und letztendlich sein Eingeständnis gegenüber Abt Elmar, neue Sünden begangen zu haben. Dennoch war Ansgar sicher, dass der Dicke niemals Hand an ein Mädchen legen würde.

Eins stand jedoch für ihn fest: Frodewin wusste etwas und hatte dies dem Abt unter der Beichte anvertraut. Es war zwecklos, herausfinden zu wollen, um was es sich dabei handelte. So schrullig der Ehrwürdige Vater auch manchmal anmutete, niemals würde er das Beichtgeheimnis brechen. Abt Elmar hatte von Absolution gesprochen. Demnach konnten Frodewins Sünden nicht so schwer wiegen. Denn ginge es um Mord, würde sich der Beichtvater in gewisser Weise selbst schuldig machen, wenn er nichts weiter unternahm. Dann würde es gewiss nicht ausreichen, einen reuigen Sünder der Gnade Gottes zu überlassen.

Oder hatte er Glück und der Abt hatte sich selbst in einen Zwiespalt manövriert, in dem er sich zwischen der Einhaltung des Beichtgeheimnisses und der Erleichterung seiner eigenen Seele entscheiden musste?

Gedankenverloren betrachtete Ansgar die kleine Spinne, die zwischen den noch dunkelgrünen und braunen Blättchen des winterharten Thymians herumkrabbelte. Die ersten winzigen hellgrünen Spitzen der neuen Blätter begannen sich zu entfalten. Der Frühling nahte.

Ansgar rupfte einige der harten Stängel ab und steckte sie unter den Gürtel. Dann schob er seine Hände in die Ärmel seines Habits und tastete nach dem Stückchen Pergament, das er darin aufbewahrte. Er musste für Laya im Versteck der Gartenmauer eine Nachricht hinterlegen. Auch wenn er es für unwahrscheinlich hielt, so wollte er doch von ihr wissen, ob sie den Bruder erkannt hatte, der sie ins Kloster hineingelassen hatte.

Ansgar ging entlang der Mauer bis zu der Stelle, an der er den Stein gelockert hatte. Erst jetzt bemerkte er den Kiesel oben auf der Krone. Das war ihr Zeichen, wenn eine neue Nachricht im Versteck lag. Er nahm ihn und ließ ihn auf der anderen Seite der Mauer zu Boden fallen, damit Laya und Hilda sahen, dass er ihre Nachricht erhalten hatte.

Dann nahm er den vorderen Stein auf seiner Seite heraus. Zum Vorschein kam ein Stück Pergament, auf dem lediglich stand: Treffen nach der Sext.

Überrascht blickte Ansgar auf die fein säuberlich gemalten Buchstaben. Das war Hildas Werk. Was mochte sie von ihm wollen? Ein kleiner Stich der Enttäuschung durchfuhr ihn. Er hätte lieber mit Laya gesprochen. Ansgar ermahnte sich, nicht unverschämt zu werden und zu viel zu erwarten. Er hatte seit seiner gestrigen Rückkehr bereits mehr in Erfahrung gebracht, als er erhofft hatte. Vielleicht konnte Hilda auch etwas dazu beitragen, und falls nicht, so konnte sie zumindest Laya mitteilen, dass er sie treffen wollte. Ihm kam nicht in den Sinn, Hilda darum zu bitten, Laya nach Frodewin zu fragen und ihm die Antwort zu überbringen.

Bis zum Mittagsgebet war es nicht mehr lang. Es war ohnehin an der Zeit, dem Leiter des Infirmariums die gewünschten Kräuter zu bringen. Bestimmt wartete Bruder Claudius schon sehnsüchtig darauf und würde Ansgar schelten, weil er so lange im Garten verweilt hatte. Im Grunde war es Ansgar gleich, doch er wollte es sich nicht direkt wieder mit dem Bruder verscherzen. Vor allem hatte er so die Gelegenheit, sich unauffällig im Kräutergarten aufzuhalten. Besser gelaunt trat Ansgar den Rückweg an.

Nach der Sext musste Ansgar sich bezähmen, nicht gleich aus der Kirche zu stürzen. Kaum hatte er den Klosterhof erreicht, schritt er jedoch schneller, als es sich geziemte. Aus dem Werkzeugschuppen holte er sich ein gebogenes Messer. Bruder Claudius war hocherfreut, als Ansgar sich angeboten hatte, nach dem Mittagsgebet die unerwünschten Wildkräuter zu entfernen, die sich am Fuß der Gartenmauer angesiedelt hatten.

Heute Abend würde Ansgars Rücken schmerzen, das wusste er jetzt schon. Wahrscheinlich würde er noch im Schlaf dem Klee zu Leibe rücken. Doch darin sah er die einzige Möglichkeit, sich unauffällig an der Mauer aufzuhalten. Er musste ja auch nicht fertig werden. Vielleicht war in der Zeit auch ein kleines Nickerchen möglich.

Den Griff des Messers fest umschlossen, näherte Ansgar sich der Mauer. Etliche Hummeln waren bereits eifrig am Werk. Bald würden auch die Bienen aus ihren Verstecken kommen und den Garten in ein summendes und brummendes Paradies verwandeln. Das waren Geräusche, die Ansgar an guten Tagen ein wenig Frieden schenkten. Daheim hatte ihn der Garten nie interessiert. Er war ausschließlich das Revier der Küchendienerschaft und natürlich seiner Stiefmutter gewesen, die über den gesamten Haushalt gewacht hatte. Und der war er lieber aus dem Weg gegangen.

Ansgar schüttelte den Gedanken an sein unerfreuliches Heim ab und packte einen großblättrigen Ampfer am noch kleinen Schopf. Er lockerte die Erde um ihn herum, bevor er die Pflanze samt ihrer jetzt schon recht langen Pfahlwurzel herauszog.

Stück für Stück arbeitete er sich am Mauerfuß entlang, bis er die Stelle erreicht hatte, an der sie die Nachrichten austauschten. Ansgar sah sich nochmals um, doch hier, im hinteren Teil des Gartens, war niemand zu sehen.

Er zog den Stein aus der Wand und sah zu seiner Überraschung, dass der auf der Gegenseite bereits entfernt war. Kurz konnte er hindurchsehen, ehe die Öffnung von einem rundlichen Gesicht verdunkelt wurde.

»Was gibt es denn?«, brummte er. Erst jetzt bemerkte er, dass er im Stillen gehofft hatte, dass es Laya wäre, die mit ihm sprechen wollte, und Hilda für sie lediglich die Nachricht geschrieben hätte.

»Es geht um Laya«, wisperte Hilda.

Schlagartig war Ansgars Anflug von schlechter Laune verflogen. »Was ist geschehen?«

»Sie will unbedingt das Kloster verlassen.«

»Für immer?« Der Schreck fuhr Ansgar in die Glieder und er hoffte, dass Hilda es seiner Stimme nicht anmerkte.

»Nein, sie will zu dem Händler nach Gladen.«

Ansgar wurde blass. »Hat die Magistra etwa bestimmt, dass Laya sich in Gefahr begeben soll, um den Täter aus seinem Versteck zu locken?«

»Natürlich nicht«, antwortete Hilda und Ansgar konnte den Stoßseufzer der Erleichterung nicht unterdrücken.

»Sie will ihn noch einmal allein aufsuchen, sagt sie. Angeblich hätte er in deiner Gegenwart nicht offen gesprochen.«

»Unsinn«, behauptete Ansgar sofort.

»Das glaubt die Magistra auch. Laya hat mit Sicherheit etwas anderes im Sinn und deshalb sollst du ihr heimlich folgen.«

Ansgar unterdrückte ein zufriedenes Grinsen. Das war für ihn eine gute Gelegenheit, mehr über Laya und ihre Geschichte herauszufinden. Wenn die Magistra recht hatte, und davon ging Ansgar aus, würde Laya jemand anderen aufsuchen. Möglicherweise um den oder vielmehr diejenige zu warnen. Denn dass die ermordeten Frauen oft rothaarig waren, hatte sie erst in Gladen erfahren, sofern er ihre Reaktion richtig gedeutet hatte.

»Ansgar?«, riss Hilda ihn aus seinen Grübeleien. »Hast du mir zugehört?«

»Jaja, ich soll ihr hinterhergehen.«

»Und zwar durch den Geheimgang«, betonte Hilda.

Hatte sie das eben gesagt oder hatte er einen Teil verpasst? »Durch den Geheimgang«, wiederholte er halb fragend, halb bestätigend.

»Auch Laya wird den Gang nutzen. Das macht es für die Magistra einfacher, weil sie keine Erklärung für Layas Ausflug braucht. Für dich ist es doch gewiss ebenfalls von Vorteil. Solltest du vermisst werden, kannst du behaupten, irgendwo eingeschlafen zu sein.«

»Guter Einfall, Hilda«, lobte Ansgar. »Mein Ruf als schwarzes Schaf der Herde wird damit neue Nahrung erhalten.«

Durch den Spalt konnte er sehen, wie ihr Gesicht mit einer feinen Röte überzogen wurde. Ob sie sich über das Lob freute, weil ihr die Ironie seiner Worte entgangen war, oder ob sie sich ein wenig schämte, weil seine Hilfsbereitschaft für ihn

Schwierigkeiten nach sich zog, konnte er nicht feststellen. Im Grunde interessierte es ihn auch nicht. Seine Neugier, hinter Layas Geheimnis zu kommen, war zu groß. Er würde sich ohnehin nicht davon abhalten lassen, es zu ergründen.

Kurz überlegte er, Hilda doch von seiner Beobachtung über Bruder Frodewin zu erzählen. Es konnte sein, dass die Magistra mehr über den Dicken wusste, zumal beide schon länger in Tannhöhe lebten als er und die Mädchen. Doch dann entschied er sich dagegen. Zum einen wollte er die Frauen nicht beunruhigen, zum anderen wollte er nicht, dass Frodewin unter einen Verdacht geriet, an dem er wohlmöglich gänzlich unbeteiligt war.

»Wir sind dir sehr dankbar für deine Hilfe. Sollte sich die Gelegenheit ergeben, wird die Magistra deine Unterstützung lobend erwähnen.«

Beinahe hätte Ansgar laut aufgelacht. Philippa von Berg musste ihn für reichlich dämlich halten, sich aufgrund einer solch schwammigen Aussage, die im Kern noch dazu höchst unwahrscheinlich war, irgendwelche Hoffnungen zu machen.

»Natürlich«, erwiderte er mit einem leicht gehässigen Unterton. »Sag mir lieber, wann es endlich losgeht.«

»Übermorgen.« Ansgar nickte, murmelte einen kurzen Abschiedsgruß und verschloss die Mauer von seiner Seite wieder.

Immerhin musste er nicht lange warten. Geduld hatte noch nie zu seinen Stärken gezählt.

16. Kapitel

Das Mädchen wimmerte leise. Um dessen Handgelenke hatte er Stricke gewunden, die durch zwei Eisenringe an der Decke liefen, ehe er sie an den Wandhaken befestigt hatte. Er war gnädig gewesen und hatte die Seile nur so weit gespannt, dass ihre Arme zwar gestreckt wurden, ihre Fußsohlen jedoch noch den Boden berührten.

Als er begonnen hatte, sie zu schlagen, hatten ihre Knie jedoch bald nachgegeben und ihre Arme waren nun bis zum Äußersten gestrafft. Auf dem zuvor makellosen Rücken waren nur wenige Peitschenhiebe zu erkennen.

Dennoch begann die Wut, die ihn bis gerade so beherrscht hatte, sich aufzulösen. Das war ein Fortschritt. Sein Beichtvater würde das als gutes Zeichen sehen und ihm Absolution erteilen – wie jedes Mal. Er würde für ihn beten, dass er seine Dämonen überwand und es das letzte Mal war, dass sie ihn heimsuchten.

Er betrachtete sein Werk, begann wieder klarer zu sehen. Jetzt fiel ihm wieder ein, was ihn zu Beginn gestört hatte: Auch das Haar dieses Mädchens war viel zu hell, wies noch nicht einmal einen leicht rötlichen Ton auf.

Er knurrte unzufrieden. Wahrscheinlich war es gerade das helle Haar, das seinen Zorn nicht aufs Äußerste entfachte und schnell wieder verrauchen ließ. Dabei brauchte er diese Schleuse, um den Druck abzulassen und um nach außen hin gelassen auftreten zu können. Seine Wut durfte im Alltag nicht die Kontrolle über ihn bekommen, um nicht auch alles Gute in seinem Leben zu vernichten. Er wusste, wenn ihm kein Wunder widerfuhr, würde er sich wieder eine junge Frau besorgen lassen.

Aber vielleicht zeigte Gott ein Einsehen und schickte ihm ein heilsames Zeichen. Tief in seinem Herzen glaubte er selbst nicht daran, aber er wollte widerstehen. Eines Tages würde man ihm auf die Schliche kommen. Möglich, dass ein Teil von ihm genau das wollte, um endlich frei zu sein.

Er stieß einen tiefen Seufzer aus und löste die Stricke von den Haken. Das Mädchen sank auf dem kalten Boden zusammen, der nur notdürftig mit Stroh bedeckt war. Beinahe fürsorglich legte er eine Decke über sie.

***

Hilda zog den Truhendeckel zurück, damit Laya leichter an ihm vorbeikam. Sie betrat den Geheimgang, drehte sich nochmals nach Hilda um und lächelte ihr aufmunternd zu.

»Pass auf dich auf!«, ermahnte Hilda die Freundin ein letztes Mal und schob den Truhendeckel weitgehend wieder vor den Zugang. Sie hatten verabredet, dass Hilda die Sachen wieder so drapierte, dass Laya sich auf ihrem Rückweg immer noch zwischen ihnen hindurchzwängen könnte.

Laya schirmte ihr Licht mit der Hand ab und schritt den Gang entlang. Sie kam an dem Abzweig zu dem geheimen Raum vorbei und erreichte bald darauf die Tür, die zum Abstieg führte. Sie griff nach dem Riegel, um ihn zurückzuziehen, und erschrak heftig. Die Tür war nur angelehnt und öffnete sich beinahe lautlos.

Achtsam taste sich Laya voran. Obwohl draußen der Tag heraufgezogen war, war es hier noch immer stockdunkel. Sie hob das Licht ein wenig höher und beugte sich ein Stück über den Abgrund. Geschätzte zehn Fuß unter sich konnte sie den Boden erkennen, denn dort drang von links Helligkeit in den Schacht.

Laya blickte hinüber zur Strickleiter. Sie war herabgelassen! Das bedeutete, dass bereits vor ihr jemand den geheimen Abstieg genutzt hatte. Bestimmt war das Ansgar gewesen, der wissen wollte, wohin der Ausgang führte. Aber ausgerechnet heute? Hatten Hilda und die Magistra ihn etwa dazu genötigt, ein achtsames Auge auf sie zu werfen? Mit Ansgar an ihrer Seite würde sie ihr Vorhaben, ihre Familie aufzusuchen, nicht umsetzen können.

Verärgert presste Laya die Lippen zusammen. Dem würde sie was erzählen und Hilda später auch! Sie entnahm ihrem Beutel einen langen Kienspan, entzündete ihn an dem Talglicht, bevor sie es löschte, und wartete kurz, bis es abgekühlt war, ehe sie es einsteckte. Den Kienspan klemmte sie sich zwischen die Zähne und kletterte beherzt die Strickleiter herab. Da sie Ansgar überraschen wollte, bemühte sich Laya, möglichst kein Geräusch zu machen. Natürlich knarzten die Trittstufen etwas und klackten hin und wieder leise, wenn sie die Felswand berührten.

Wenig später erreichte sie heil und unentdeckt den Boden. Laya löschte jetzt auch den Kienspan, da nun genug Licht durch den von Felsen überwölbten Zugang zur Höhle fiel. Sie wollte gerade vorsichtig um die Ecke sehen und nach Ansgar Ausschau halten, als sie hinter sich ein Geräusch vernahm, das klang, als würde ein Truhendeckel zugeschlagen.

Erschrocken sah sie sich um, ihr Blick verlor sich jedoch in der stetig dunkler werdenden Tiefe der Höhle. Von einem Augenblick zum anderen wurden die aufragenden Felswände durch den flackernden Schein einer Flamme in ein unheimliches Licht getaucht.

Laya blieb einen Augenblick erstarrt stehen, ehe sie geistesgegenwärtig nach draußen hastete und sich hinter einem Felsen verbarg. Sie wartete zwei Atemzüge, ehe sie es wagte, in den Schacht zu sehen. Dort stand ein Bruder, der ihr den

Rücken zudrehte. Er hielt eine brennende Fackel in der Hand und entzündete an ihr einen Kienspan. Im Schein der Fackel tauchten die Umrisse eines Eimers auf, der zu seinen Füßen stand. Der Mann tauchte die Fackel hinein, löschte ihr Feuer, ehe er sie in eine Halterung an der Wand steckte und begann, mit dem kleinen rußenden Licht die Strickleiter emporzuklimmen.

Ansgar war das jedenfalls nicht. Seinen dunklen Haarschopf und die breiten Schultern hätte Laya sofort erkannt. Der Mann hier war wesentlich schmaler und viel älter, wie sie an seinen Händen zu erkennen glaubte. Die langen Finger griffen geschickt nach den Stufen und bald darauf war er ihren Blicken entschwunden.

Laya wartete noch eine Weile. Wenig später musste sie zu ihrem Entsetzen hilflos zusehen, wie die Strickleiter nach oben gezogen wurde. Sie unterdrückte einen Fluch. Jetzt musste sie wohl über die Hängebrücke ins Kloster zurückkehren und sich eine Ausrede einfallen lassen oder etwas mitbringen. Aber darüber konnte sie sich später noch den Kopf zerbrechen.

Jetzt wollte sie erst einmal nachsehen, wo der Bruder so plötzlich hergekommen war. Laya entnahm ihrem Beutel das Schlageisen, einen kleinen Feuerstein und ein wenig von dem Heu, das sie für diese Zwecke eingesteckt hatte. Zunächst schlug sie Funken in das getrocknete Gras und half ein wenig mit ihrem Atem nach, bis eine kleine Flamme zu sehen war, an der sie ihre Lampe erneut entzündete und wieder die Höhle betrat.

Vorsichtshalber schirmte Laya ihr Licht mit der Hand ab, sodass es von oben hoffentlich nicht direkt zu sehen war. Sie war zwar überzeugt, dass der Bruder den Geheimgang wieder betreten und vermutlich auch die Tür verriegelt hatte, wollte eine unnötige Entdeckung jedoch vermeiden.

Als Erstes nahm sie den Eimer in Augenschein. Es befand sich Sand darin, wie sie kurz darauf feststellte. Laya nahm die Fackel aus der Wandhalterung und zündete sie mithilfe der offenen Flamme ihres kleinen Talglichts an. Sofort wurde der Fels um sie herum in warmes Licht getaucht. Jetzt erkannte sie von der Seite auch den Felsvorsprung, der eine Öffnung verdeckte. Von vorn wirkte es wie eine massive Felswand, doch trat man darauf zu und sah von der Seite darauf, öffnete sich ein bequemer Zugang. Laya hob die Fackel ein wenig höher und betrat den dahinterliegenden Hohlraum.

Der Boden war mit Sand bedeckt. Entlang der Wände stapelten sich Holzkisten und Fässer. Zu ihrer Verwunderung hingen im hinteren Teil, wo die Decke etwas niedriger war, zwei luftgetrocknete Schinken und einige Würste herab. Hilda hatte behauptet, die Prämonstratenser äßen kein Fleisch, lediglich die Kranken bekämen hin und wieder etwas zur Stärkung. Und nach ihren bisherigen Erfahrungen konnte Laya das nur bestätigen. Demzufolge waren unter den Männern entweder viele krank oder einige hielten sich nicht an die Speiseregeln.

Auch wenn sie dem Mann noch nie begegnet war, vermutete sie, dass es sich dabei um Bruder Gebhard gehandelt hatte. Ansgars Beschreibungen waren genau genug gewesen, um den Cellerar zu erkennen. Da hatte sie ihm doch glatt unrecht getan mit ihrer Vermutung, er würde ihr auflauern. Nach ihrer Rückkehr musste sie ihm unbedingt von ihrer Entdeckung berichten und der Magistra natürlich auch. Philippa von Berg würde innerlich toben und gleichzeitig triumphieren, das Geheimnis gelüftet zu haben. Schwester Gisela, die Köchin, gab sich alle Mühe, mit dem Wenigen, was ihr zur Verfügung stand, eine ordentliche Mahlzeit auf den Tisch zu bringen, und die Männer horteten hier heimlich Bier, Wein und – den drei Säcken nach zu schließen, die neben den Kisten standen – Mehl.

Kurz überlegte Laya, ob sie den Inhalt der Kisten untersuchen sollte, entschied sich dann jedoch dagegen. Einerseits würde es für Ansgar ein Vergnügen sein, die geheimen Schätze des Cellerars selbst zu entdecken, und sich darüber wie ein Kind über einen Honigkuchen freuen. Andererseits wollte sie keine weitere Zeit verlieren. Der Weg in ihr Dorf war noch weit.

Laya verließ den Raum durch die Felsspalte. Sie hatte gerade das Feuer der Fackel in dem Sandeimer gelöscht, als sie von oben ein Geräusch vernahm. Es klang, als würde der Riegel der Geheimtür erneut zurückgeschoben. Ob Bruder Gebhard etwas vergessen hatte?

Sie steckte die Fackel in die Halterung zurück und schickte ein Stoßgebet zum Himmel, dass der Cellerar nicht bemerken würde, dass sie erneut entzündet worden war. Das Klacken der herabfallenden Strickleiter gemahnte sie zur Eile.

Laya hastete hinaus. Ohne sich nochmals umzudrehen, lief sie über den steinigen Pfad hinab, der zwischen kleineren Felsen hindurchführte. Er endete schließlich an einer Bergwiese. Laya überquerte die Alm und erreichte bald darauf die ersten Bäume. Erst jetzt gönnte sie sich eine kleine Verschnaufpause und blickte zurück. Von hier aus deutete nichts darauf hin, dass hinter der Wiese ein versteckter Pfad begann. Kurz glaubte sie, eine Bewegung hinter dem Felsen wahrzunehmen. Sie kniff die Augen zusammen, doch es geschah nichts weiter. Sie zuckte mit den Schultern und setzte ihren Abstieg fort.

Schon bald traf sie auf den Hauptweg, der zum Kloster führte. Laya klaubte drei faustgroße Steine vom Boden und legte sie an den Fuß einer Tanne. Auch wenn sie den Rückweg über die Brücke nehmen musste, so würde sie notfalls wissen, wo der Abzweig zum Schacht begann.

Ein letztes Mal sah sie sich um, bemerkte jedoch nichts Verdächtiges. Sie atmete tief durch und begann zügig den Abstieg. Sie musste sich sputen, wenn sie heute Abend zurück im Kloster sein wollte. Vorsichtshalber hatte sie Hilda gesagt, dass sie bei dem Händler übernachten würde, sofern sie absehen konnte, dass sie den Rückweg nicht mehr vor Einbruch der Dunkelheit bewältigen würde. Seltsamerweise hatte Hilda keine Fragen gestellt, nur kurz gestutzt und dann genickt. Laya war das sehr recht gewesen. Zu viele Fragen waren das Letzte, was sie gebrauchen konnte. Zur Not würde sie in einer Scheune übernachten, Proviant hatte sie genug dabei.

Der Schnee, der bei ihrem letzten Ausflug mit Ansgar noch Teile des Berghangs bedeckt hatte, war vollends in der zunehmend warmen Frühlingssonne geschmolzen. An den Laubbäumen nahm Laya bereits einen ersten Hauch von zartem Grün wahr. Als sie den Fuß des Berges erreichte, wandte sie sich nach Norden. Sie mied die kleinen Siedlungen und Einzelgehöfte entlang ihres Wegs, weil sie nicht gesehen werden wollte. Es würde schwer genug sein, unerkannt in ihr Dorf zu kommen. Sie wollte den Bewohnern nicht erklären müssen, weshalb sie plötzlich wieder da und wo sie die ganze Zeit gewesen war. Das Letzte, was sie gebrauchen konnte, war die Begegnung mit Julians Familie.

Laya wusste, dass es feige und nicht rechtens war, Julians Eltern über den Verbleib ihres Sohnes im Unklaren zu lassen. Sie nahm ihnen die Möglichkeit, um ihren Sohn zu trauern und für ihn zu beten. Vielleicht konnte sie Adele bitten, ihnen mitzuteilen, dass ihr Sohn verunglückt war. Laya selbst durfte keine Zeit verlieren. Sie musste nur ihre Schwester warnen, mit ihrem Vater sprechen und anschließend so schnell wie möglich wieder nach Tannhöhe zurück. Dass sie sich unterwegs eine Ausrede überlegen musste, weshalb sie bei dem Tuchhändler nichts erreicht hatte, darüber würde sie sich auf dem Rückweg Gedanken machen.

Laya spürte von dem langen Marsch bereits ihre Füße. An einem Bach legte sie eine kurze Rast ein, trank etwas und füllte ihre Gurde wieder auf. Die Kätzchen der Weiden am Ufer wurden von Hummeln und Wildbienen auf der Suche nach Nahrung umschwärmt. Das dumpfe Summen klang in Layas Ohren wie Musik. Die Sonnenstrahlen wärmten Laya und sie reckte ihnen ihr Gesicht entgegen. Der Frühling war gekommen und würde sich nun bestimmt nicht mehr vertreiben lassen.

Es war kurz vor Mittag, als Laya ihr Heimatdorf erreichte. Auf den ersten Blick schien sich in Buchingen nichts verändert zu haben. Die bäuerlichen Gehöfte mit ihren Wohn- und Wirtschaftsgebäuden verteilten sich wie zufällig vom Wind herangetragene Flugsamen des Löwenzahns in der Niederung des Tals. Jede der Hofanlagen mit den dazugehörigen Gemüse- und Kräuterbeeten war umzäunt. Rings um das Dorf erstreckten sich die Äcker, von denen die Bauern ein oder mehrere Parzellen besaßen und die nach der Ernte als Stoppelweiden für das Dorfvieh dienten. Beidseitig des Flüsschens erstreckten sich die Wiesen, die sich im Besitz einzelner Bauern befanden. Außerhalb der aufgeteilten Grundstücke begann die Allmende, die Wald- und Wiesenflächen, die von den Bauern gemeinschaftlich genutzt wurden.

Laya unterdrückte ein verächtliches Stöhnen. Natürlich stand dem Bauern mit dem größten Hof auch der größte Anteil zu. Hier war das Heinrich von Buchingen, der Dorfschulze. Ein Mann, der eine gewisse Ähnlichkeit mit dem plumpen Äußeren eines Schneemanns hatte. Zu der massigen Erscheinung passten nicht so recht die etwas zu kurz geratenen Arme, die immer ein wenig vom Körper abstanden. Den Hals, sofern er denn einen besaß, denn er verschwand beinahe unter seinem massigen Kinn und war kaum zu sehen, konnte er nicht vollbekommen. Er war der reichste Bauer in Buchingen, und sein Sohn Michel glich dem Vater schon jetzt viel zu sehr.

Laya wusste, dass ihr Vater eine Verbindung zwischen ihr und dem reichen Hoferben sehr gerne gesehen hätte. Doch sie hatte sich mit Händen und Füßen gegen den Wunsch des Vaters gesträubt. Laya wollte Michel auf keinen Fall begegnen. Sie hatte gesehen, wie locker seine Hand saß, wenn er mit dem Gesinde umging. Doch Layas Vater hatte sich taub gestellt bezüglich ihrer Zukunftsängste. Wie anders war doch Julian gewesen mit seinen sanften Augen und dem fröhlichen Lächeln. Laya schüttelte den Kopf, um die Gedanken an ihn zu vertreiben.

Jetzt musste sie sich auf das Gespräch mit ihrer Schwester konzentrieren. Um die Mittagszeit würde sie im Haus sein, das Essen für die Familie zubereiten und nebenbei die jüngsten Geschwister beaufsichtigen, die noch zu klein waren, um tatkräftig mit anzupacken.

Laya erreichte unbehelligt das Gehöft. Das Zauntörchen wurde nur mit einer Schlaufe aus gedrehten Weidenruten am Pfosten geschlossen. Sie legte die Hand auf das Kopfholz und schaute sich nochmals um. Zwischen den anderen Höfen sah sie kleinere Kinder Fangen spielen. Eine Magd mit einem Milchkrug in der Hand wich ihnen geschickt aus und verschwand in einem der Häuser. Ein Pferd wieherte, Schafe blökten und die Gänse auf dem Nachbarhof schnatterten. Alles war so wie immer. Dennoch konnte sich Laya des Gefühls nicht erwehren, dass sie beobachtet wurde.

Ein mulmiges Gefühl breitete sich in ihrem Bauch aus. Laya schluckte. Doch jetzt konnte sie ohnehin nichts mehr ändern. Entschlossen holte sie tief Luft, öffnete das Tor und schritt hindurch.

Der fette rote Kater, der die Mäuse und Ratten in der Scheune fangen sollte, lag auf der hölzernen Sitzbank vor dem Wohnhaus, die aus einem halben Baumstamm bestand.

»Na, Leo, lässt du es dir wieder gut gehen?« Laya ging auf

ihn zu. Der Kater öffnete verschlafen ein Auge, ehe er sich auf den Rücken rollte, alle Pfoten von sich streckte und genüsslich gähnte. Unwillkürlich musste Laya grinsen. Sie setzte sich neben ihn und kraulte ihn am Kopf. Leo drehte sich zurück auf die Seite und begann zu schnurren.

»Hast du mich vermisst?«

Ein weiteres Gähnen musste ihr als Antwort wohl genügen. Sie fuhr dem Tier noch einmal durch sein struppiges Fell und stand auf. Leo blinzelte zunächst verschlafen, bevor er den Kopf anhob. Dann sah er Laya abschätzig an und begann sich über die Pfoten zu lecken.

»Wasch dich nur tüchtig. Dein Fell hat es wahrlich nötig.«

Den Kater beeindruckte die Ermahnung wenig. Er schleckte einmal über die andere Pfote und wischte damit über ein Ohr. Leo war offenbar der Ansicht, damit genug getan zu haben, und legte sich wieder nieder.

Laya ging auf die Tür zu. Sie überlegte zu klopfen. Gewiss war sie nicht von innen verriegelt, trotzdem schien es ihr wie ein Überfall, einfach einzutreten, auch wenn das hier ihr Zuhause war.

Sie hob die Faust, doch noch ehe sie das Holz berühren konnte, wurde die Tür aufgerissen.

Adele stand vor ihr und musterte sie kurz mit großen Augen, ehe sie der älteren Schwester um den Hals fiel und unter Tränen stammelte: »Lena, bist du es wirklich? Gesund und munter?«

Laya drückte die Jüngere liebevoll an sich. »Lena ist tot. Man nennt mich jetzt Laya. Ich fand einen sicheren Unterschlupf, führe ein anderes Leben, und dazu passt, dass ich einen neuen Namen trage. Aber lass uns drinnen sprechen. Ich möchte nicht länger als nötig vor der Türe stehen.«

Adele wischte sich schniefend mit dem Schürzenzipfel über die geröteten Augen, ehe sie ihre Schwester in den Wohnraum winkte. Wie Laya vermutet hatte, hing über der offenen Feuerstelle ein Kessel, in dem leise eine Suppe blubberte. Auf der rissigen Tischplatte aus grobem Holz lagen ein Brot, das nicht mehr ganz frisch aussah, und ein Messer. Daneben befanden sich eine große Schüssel, in welche ein Teil der Suppe zum Essen umgeschöpft wurde, und drei Löffel. Eine eigene kleine Suppenschüssel für jeden, so wie Laya das aus Tannhöhe kannte, gab es daheim nicht.

Sie ließ ihren Blick durch den Raum schweifen. »Ich nehme an, du isst mit den Kleinen allein, und Tom hat das Essen für sich und Vater aufs Feld gebracht.«

Adele nickte. »Da du wohl kaum vergessen haben wirst, dass im Lenzmond der Boden bestellt wird und Vater um diese Zeit deshalb auf dem Feld ist, willst du ihm bestimmt nicht begegnen.«

»Es stimmt, ich wollte erst zu dir und mit dir allein reden. Ich muss dich warnen, aber mit Vater will ich auch noch sprechen. Ich werde dir gleich alles erklären, auch weshalb du bis heute nichts von mir gehört hast, doch erzähle mir zuerst, wie es dir ergangen ist.«

Layas Schwester zog einen Schemel heran und setzte sich Laya, die auf der Holzbank am Tisch Platz genommen hatte, gegenüber. Sie berichtete zögerlich, wie aufgeregt die Leute im Dorf gewesen waren, weil sie und Julian plötzlich verschwunden waren. Alle hatten sofort gewusst, dass sie beide gemeinsam weggegangen waren.

»Wir haben geglaubt, dass es euch gut geht, und ich wusste ja, dass du dir an seiner Seite ein neues Leben aufbauen wolltest, um uns später nachzuholen.« Adele brach ab, und erneut liefen Tränen über ihre Wangen. »Und dann, nach der Schneeschmelze, hat man Julian gefunden«, wisperte sie.

Laya stockte der Atem. »Wie?«, brachte sie unter Anstrengung hervor.

Adele schniefte. »Du erinnerst dich doch an Johannes, den fahrenden Händler mit der krummen Nase?«

Laya nickte kurz. Der Mann bot mancherlei Tand auf seinem Wagen feil, mit dem er durch die Dörfer und auch über die Alpen zog. Nicht, dass sie je eins der kostbaren Dinge von ihm hätte erwerben können. Sie sah noch jetzt die bunte Brosche aus Emaille vor sich, die sie einmal sacht mit den Fingerspitzen berührt hatte. Julian hatte die Sehnsucht in ihren Augen bemerkt und ihr versprochen, dass sie als seine Frau eines Tages ein solches Schmuckstück tragen würde. Doch dazu würde es nun niemals kommen. Sie wischte den Gedanken beiseite, um sich wieder auf das Gespräch mit ihrer Schwester zu konzentrieren.

»Johannes war auf dem Weg nach Curia. Er wollte dort warten, bis die Alpenpässe frei werden. Ein Stück seines Wegs war nach einem Schneerutsch von Schlamm und Geröll versperrt. Als er über eine freie Feldfläche auswich, fiel ihm ein ungewöhnlich großer Stofffetzen ins Auge. Johannes grub ein wenig und stellte zu seinem Entsetzen fest, dass ein Arm zum Vorschein kam. Er grub weiter und legte Schultern und Kopf frei.«

Adele schluckte und starrte auf ihre Fingerspitzen. »Das Gesicht war in der Kälte des Winters gut erhalten geblieben, wenn auch mit Wunden übersäht. Johannes wurde klar, dass er den jungen Mann aus unserem Dorf kannte. Er kam sofort zurück, um die Nachricht zu überbringen. Julians Familie hat ihn geholt und ihn auf dem Gottesacker neben der Kirche beisetzen lassen.«

Laya schlug sich die Hand vor den Mund. Nun traten auch ihr die Tränen in die Augen. In ihrer Kehle hatte sich ein Kloß gebildet und sie brachte kein Wort heraus.

»Wir haben alle geglaubt, dass ihr beide im Gebirge umgekommen seid. Ich bin so froh, dass dir nichts passiert ist.«

Adele sprang auf, setzte sich neben Laya auf die Bank und umarmte ihre Schwester fest. »Ist Julian abgestürzt? Und wo warst du die ganze Zeit über?«

»Julian ist nicht abgestürzt, er wurde ermordet«, presste Laya hervor. »Deshalb werde ich Vater zur Rede stellen. Ich muss wissen, ob er Männer bezahlt hat, die Julian und mich umbringen sollten, weil wir uns seinem Willen widersetzt haben.«

»Dich?«, quiekte Adele auf. »Warst auch du in Gefahr?«

»Ich bin ihnen nur entkommen, weil sie mich für tot hielten. Nach ihrem Angriff bin ich einen Abhang hinuntergestürzt und dort liegen geblieben. Für einen Moment war ich bewusstlos, doch als ich wieder zu mir kam, war mir klar, dass meine einzige Chance zu überleben war, meinen Tod vorzutäuschen. Deshalb harrte ich in der Kälte aus, bis ich sicher war, dass sie sich aus dem Staub gemacht hatten. Erst dann schleppte ich mich mit meiner letzten Kraft weiter, bis ich in Sicherheit war.«

Adele zitterte am ganzen Körper. »Ihr könntet den Wegelagerern doch zufällig begegnet sein.«

Laya schüttelte entschieden den Kopf. »Das waren keine Wegelagerer. Die Männer sind uns gefolgt und hatten es gezielt auf uns abgesehen. Dass wir keine gut gefüllten Geldkatzen mit uns führten, war uns schließlich anzusehen.«

Plötzlich runzelte sie die Stirn. Ein abwegiger Gedanke bemächtigte sich ihrer. »Ich frage mich nur, weshalb sie uns so schnell aufgespürt haben«, dachte sie laut.

Laya sah ihre Schwester scharf an, die den Blick daraufhin abwandte. »Bisher bin ich davon ausgegangen, dass Vater die Männer beauftragt und uns nachgeschickt hatte. Aber woher hätte er wissen sollen, in welche Richtung Julian und ich uns gewandt hatten? Der Überfall ist so bald nach unserer Abreise passiert, dass es kein Zufall gewesen sein kann, dass sie uns gefunden haben. Es gab nur einen Menschen, dem ich verraten habe, dass wir über die Alpen wollten – dir!«

Adele schlug sich die Hände vors Gesicht und brach in Tränen aus.

17. Kapitel

Bruno von Ravenstein saß in einem breiten Armlehnenstuhl seinem Oheim, dem Bischof Odo von Halltau, gegenüber und tippte die Fingerspitzen nachdenklich aneinander. Er hatte Feuerholz im Kamin nachlegen lassen, dennoch vertrieben die lodernden Flammen nicht die Kälte, die trotz des schönen Tages tief in den dicken Mauern des Gebäudes saß.

Seine Mutter weilte in der Nähe auf der mit Kissen gepolsterten Bank in der Fensternische. Die ölgetränkte Tierhaut, die in der kalten Jahreszeit zum Schutz vor Wind und Regen meist vor der Maueröffnung hing, war entfernt worden, und nun schienen die Sonnenstrahlen hindurch.

Dietlind von Ravenstein beugte sich über ihre Stickerei und tat so, als gäbe es für sie nichts Wichtigeres, als den nächsten Stich akkurat auf den Kissenbezug zu setzen. Unter ihren geschickten Händen entstand das lebendig wirkende Bild einer Blumenwiese, auf der sich Schmetterlinge und Bienen tummelten.

Doch Bruno wusste, dass der Schein trog. Seine Mutter sog jedes Wort, das gewechselt wurde, in sich auf. Als ihr Bruder Odo von dem Staatsstreich berichtete, der sich am siebten Tag des Lenzmonds zugetragen hatte, hatte sie sogar für einen kurzen Moment ihre Handarbeit sinken lassen.

Der Bischof war außer sich auf Ravenstein eingetroffen, hatte sogar die angebotenen Speisen verschmäht und sich mit einem Becher heißem gewürztem Wein begnügt. Immer wieder hatte er seine Stirn mit einem kleinen Tuch abgetupft, auf dem schon einige Schweißränder zu sehen waren, wie Bruno angewidert feststellte.

So aufgebracht hatte Bruno seinen Oheim noch nie erlebt. Doch es wunderte ihn nicht. Odo war ein Anhänger des Herzogs von Bayern aus dem Haus der Welfen. Heinrich, wegen seines auffahrenden Wesens mit dem Beinamen ›der Stolze‹ belegt, gierte als Schwiegersohn des verstorbenen Kaisers nach dem Thron. Heinrich war bei den weltlichen und geistlichen Fürsten jedoch nicht sehr beliebt. Zu viele Titel und Macht hatte er angehäuft, und sein aufbrausender Charakter, gepaart mit einem übersteigerten Rangbewusstsein, stießen bei den meisten auf wenig Gegenliebe. Im Gegensatz zu seinem Gegenspieler Konrad aus dem Haus der Hohenstaufen sah Heinrich auch keinen Grund darin, sich mit den Fürsten gut Freund zu machen. Er war nun einmal der Favorit des verstorbenen Kaisers Lothar gewesen, und dieser hatte ihm vor seinem Tod als potenziellem Nachfolger die Reichskleinodien übergeben. Heinrich war sich seiner Sache sicher gewesen.

Doch dann war es dem Staufer gelungen, auf dem letzten Feldzug des Kaisers in das Reich südlich der Alpen Verbindungen zu knüpfen und sein Ansehen beim Herrscher erheblich zu steigern. Plötzlich war er als der geeignetere Kandidat erschienen, und die Königswahl zu Pfingsten versprach eine spannende Angelegenheit zu werden.

Nun allerdings hatte der Erzbischof von Trier Konrad in Coblenz voreilig zum König erhoben. Nur wenige Fürsten, natürlich alles Anhänger des Staufers, und zwei päpstliche Legaten gehörten der Gruppe an, welche die Wahl vollzogen hatten.

»Das ist einfach ungeheuerlich«, stieß Odo zum wiederholten Male aus. »Die Wahl muss angefochten werden. Normalerweise wird sie vom Erzbischof von Mainz geleitet und der König in Aachen vom Coellener Erzbischof gekrönt. Konrad wurde jedoch sechs Tage später vom päpstlichen Legaten gesalbt.«

Bruno ließ die Fingerspitzen ruhen und schaute seinen Oheim darüber hinweg belustigt an. »Ihr glaubt also, die Wahl wäre deshalb ungültig? Lieber Ohm, ich muss Euch doch nicht erläutern, dass es letztlich nur darauf ankommt, welcher der beiden Kandidaten sich durchsetzen kann. Und da hat Konrad eindeutig das bessere Blatt.«

»Wir müssen unseren Herzog Heinrich unterstützen, nicht diesen staufischen Emporkömmling.« Odo rang nach Luft.

»Ich werde gar nichts tun. Mir ist es nämlich herzlich gleichgültig, wer von beiden das Reich regieren wird. Ich halte es außerdem für besser abzuwarten, zu welcher Seite sich die Waagschale neigen wird, bevor ich mich für eine entscheide.«

Bruno warf einen Blick zu seiner Mutter hinüber, die gerade einen Faden mit den Zähnen durchbiss. Eine dunkelrote Locke hatte sich unter ihrem Gebände hervorgewagt und umschmeichelte ihre bleiche Wange.

Er widerstand dem Verlangen, sie um den Finger zu wickeln und heftig daran zu ziehen, um seine Mutter auf ihr unschickliches Äußeres aufmerksam zu machen. Stattdessen räusperte er sich in ihre Richtung und deutete an seine Schläfe, als sie ihn ansah.

Dietlinds Lippen wurden noch eine Spur schmaler. Bruno wusste, wie sehr sie es hasste, von ihm zurechtgewiesen zu werden. Umso köstlicher war der Genuss, es zu tun. Seine Mutter ließ die Stickarbeit in den Schoß sinken und stopfte die Locke zurück unter das Gebände.

»Hast du mir überhaupt zugehört?« Odo von Halltau plusterte sich in seinem Stuhl auf.

»Entschuldige, ich war mit meinen Gedanken gerade woanders. Was habt Ihr gesagt?« Bruno grinste seinen Oheim frech an.

Eine verräterische Röte kroch über Odos Wangen und zeugte von der Wut, die in ihm tobte. Seine Halsschlagader pulsierte, und Bruno fiel wieder einmal die Ähnlichkeit zwischen den Geschwistern auf. Nur dass seine Mutter scharfsinniger war und ihre Gefühle besser in der Gewalt hatte als der Bischof.

»Ich sagte, mit dem Staufer als König wirst du alles verlieren!«

Bruno blinzelte. »Was hat der mit mir zu tun?«

Odo blickte hilfesuchend zu Dietlind hinüber, die erneut konzentriert die Nadel ansetzte und durch das Leinen führte. Ohne den Kopf zu heben, antwortete sie: »Tannhöhe untersteht dem König. Was, glaubst du, geschieht, wenn Ansgar Konrad um seine Entlassung bittet?«

»Aber er hat dem Orden doch ewige Treue geschworen«, wandte Bruno ein und versuchte, gelassen zu klingen.

Jetzt hob Dietlind den Blick und sah ihn scharf an. »Sei nicht kindisch.«

Bruno trank einen Schluck Wein, um nicht sofort reagieren zu müssen. Seine Mutter hatte recht. Wenn Ansgar nicht den Weg zu Gott gefunden hatte, und das bezweifelte Bruno sehr stark, würde er sich den Teufel um sein Gelübde scheren und alles dafür tun, den Gebetsbrüdern den Rücken zu kehren. Beim König würde er den nötigen Rückhalt finden, der ihm zurzeit versagt war.

Dietlind lächelte. »Ich sehe, du hast verstanden, dass dann deine Tage als Herr von Ravenstein gezählt sind.«

Bruno nickte schwer. Nicht nur sein Leben würde auf den Kopf gestellt. Er konnte sich gut vorstellen, dass Ansgar Dietlind keinen Augenblick länger als nötig unter diesem Dach beherbergen würde.

»Wollt Ihr ein Heer von Söldnern ausheben, um Konrad entgegenzutreten?«, fragte Bruno seinen Oheim und bemühte sich, keine Miene zu verziehen.

»Natürlich nicht. Ich bin doch kein Kriegsherr und außerdem fehlen mir dazu jegliche Mittel«, wehrte Odo ab. »Ich werde jedoch Herzog Heinrich unterstützen und für ihn bei den mir bekannten Fürsten und Bischöfen werben. Zunächst ist es jedoch wichtig, dass der Abt des Klosters über die Entwicklung unterrichtet wird. Er soll vor allem Stillschweigen gegenüber Ansgar bewahren, damit der unsere Pläne nicht hintertreiben kann.«

»Wann wollt Ihr aufbrechen?«

»Am besten gleich. Hoffentlich komme ich noch rechtzeitig.«

Bruno erhob sich. »Hermann wird Euch und Eure Männer begleiten. Er steht treu zu unserer Familie und wird Euch zur Not Ansgar vom Hals halten.«

Odo atmete erleichtert auf. »Gepriesen sei der Herr, dass du den Ernst der Lage erkannt hast. Ich hegte schon die Befürchtung, du wolltest nichts unternehmen. Jetzt würde ich doch noch gerne auf die Einladung zum Essen zurückkommen.«

Dietlind erhob sich beflissen, und auch Bruno schob seinen Stuhl zurück. »Entschuldigt mich, ich habe noch etwas zu erledigen.«

Ohne den anderen noch einen Blick zu gönnen, verließ er den Palas und schlug den Weg zur Waffenkammer ein. Wie er richtig vermutet hatte, fand er dort Hermann, der gerade die Armbrustbolzen auf Beschädigungen untersuchte. Der Söldner blickte auf, als Bruno eintrat, und erhob sich mit einer Langsamkeit, die schon an Unverschämtheit grenzte. Der Herr von Ravenstein ließ ihm das durchgehen, denn auf Hermann war immer Verlass. Es lohnte nicht, ihn wegen solch einer Kleinigkeit zu verärgern. Er führte alle Aufträge gewissenhaft aus, mochten sie ihm auch noch so ungewöhnlich erscheinen. Natürlich stellte er niemals Fragen und war absolut verschwiegen und zögerte noch nicht einmal, jemanden ins Jenseits zu befördern, wenn es von ihm verlangt wurde.

»Ich möchte, dass du Odo von Halltau morgen ins Kloster Tannhöhe begleitest«, forderte Bruno nun.

Hermann neigte den massigen Schädel mit dem dichten schwarzen Haar. Der Blick aus dunklen Augen war unergründlich, als er sagte: »Ich werde über das Leben Eures Oheims nach besten Kräften wachen.«

Bruno wedelte abwehrend mit der Hand. »Darum geht es mir gar nicht, was schert mich Odo? Wenn er Sicherheit will, soll er sich eigene Männer anschaffen. Ich will, dass du meinem Bruder eine Nachricht überbringst.«

***

»Es tut mir so leid, das habe ich nicht gewollt«, schluchzte Adele.

Laya erstarrte. Ihre Hände, die sie bereits nach ihrer Schwester ausgestreckt hatte, um sie tröstend an sich zu ziehen, sanken schwer herab. »Du hast es Vater gesagt?«, fragte sie tonlos, obwohl sie die Antwort bereits kannte.

»Er hat sogleich entdeckt, dass du fort warst. Meine Ausrede, du wärst ins Nachbardorf zum Markt gegangen, hat er nicht geglaubt. Wie ein wild gewordener Eber ist er zu Julians Eltern gerannt. Danach wusste er, dass du mit ihrem Sohn durchgebrannt sein musstest, denn auch Julian war nirgends zu finden.«

»Er ist also zurückgekommen und hat die Wahrheit aus dir herausgeprügelt«, schloss Laya und spürte einen Hauch von Verständnis in sich aufsteigen. Ihre Schwester traf im Grunde keine Schuld.

Adele schniefte. »Er hat es versucht, aber da habe ich noch nichts gesagt, obwohl ich mir so sehr gewünscht habe, dich wieder hier zu haben. Ich wurde erst schwach, als er anfing zu weinen.«

Laya glaubte, sich verhört zu haben. Ihr Vater weinte nie. Er wurde wütend, tobte und schrie, schlug um sich, doch noch nie hatte sie Tränen auf seinen Wangen gesehen. Ihr drängte sich ein Verdacht auf: Hatte ihr Vater verstanden, dass er mit Prügel diesmal nichts erreichen würde, und sich eine andere Taktik überlegt, mit der er das Herz seiner zweiten Tochter erweichen wollte?

»Was hat er zu dir gesagt? Die Tränen allein sind es wohl nicht gewesen, weshalb du mich verraten hast«, wollte Laya verbittert wissen.

»Ich habe Vater noch nie so gesehen, nicht einmal bei Mutters Tod war er derart verzweifelt.« Adele hob den Blick und rieb sich über die Arme. »Das war echt, Le… Laya. Diese Gefühle hätte er niemals so spielen können. Er hatte große Angst und sagte, Wohl und Leben unserer ganzen Familie hingen davon ab, dass du und Julian schnell gefunden würdet. Wir alle würden mit unserem Leben bezahlen, wenn du nicht sofort nach Hause zurückkehren würdest.«

»Und das hast du ihm geglaubt?« Laya schnaubte verächtlich.

»Ja, das habe ich. Wenig später klopfte es an der Tür und ich spürte Vaters Angst. Er schickte mich mit den Kleinen zur Hintertür hinaus, doch ich blieb in der Nähe und lauschte. Leider konnte ich nur hin und wieder ein paar Satzfetzen aufschnappen. Ein Mann, dessen Stimme ich nie zuvor gehört hatte, war eingetreten. Er war wütend, das war deutlich, und er sprach von einer Vereinbarung. Vater beschwor ihn, leiser zu sprechen, deshalb verstand ich danach kaum noch etwas. Erst kurz bevor der Mann wieder ging, hörte ich, wie ein Säckchen auf den Tisch geworfen wurde, das dem Klimpern nach zu urteilen voll mit Geld gewesen sein muss. Außerdem sagte Vater laut, er solle es nachzählen, es fehle nicht eine Münze. Kurz darauf ging der Mann wieder.«

»Hast du ihn erkennen können?«

Zu Layas Bedauern schüttelte Adele den Kopf. »Ich wollte ihm nachsehen, aber Vater rief uns zurück ins Haus. Er drückte uns alle der Reihe nach fest an sich und sagte, wir hätten dich verloren.« Adele begann erneut zu weinen. »Ich habe nicht verstanden, was er damit meinte. Schließlich wusste ich, dass du zurückkommen wolltest, sobald du dir mit Julian ein Heim geschaffen hattest. Und dann fand Johannes ihn.«

Layas Schwester hielt kurz inne, ehe sie leiser fortfuhr: »Vater war derart niedergeschmettert, dass er zwei Tage in der Scheune verbracht und unseren gesamten Biervorrat ausgetrunken hat. Er hat getobt und geschrien, dann wieder war er still oder flehte die Heiligen um Gnade für seine verderbte Seele an. Niemand durfte ihn stören. Ich war außer mir vor Angst, wusste nicht, was ich tun sollte. Bisher warst du immer diejenige gewesen, die alles geregelt und sich schützend vor uns gestellt hatte. Du hast dir dafür so oft einen Schlag eingefangen.«

Adele wischte sich mit dem Ärmel ihrer dunkelbraunen Tunika über die Augen. »Also bin ich zum Priester gelaufen, aber der hat mich ausgeschimpft. Ich sei ein dummes Mädchen und solle den Schmerz meines Vaters über den Verlust seiner ungehörigen Tochter nicht noch vergrößern. Du hättest deine Strafe von Gott erhalten und damit würde Vater hadern. Pater Hildebrecht war zuversichtlich, dass Vater nach seiner Trauer zu ihm käme und um Absolution für die große Sünde bitten würde, Gottes Willen nicht zu respektieren.«

»Was er wahrscheinlich auch tat und eine entsprechende Buße auferlegt bekam, die eine saftige Spende an die Kirche beinhaltete«, vermutete Laya ärgerlich.

»Je schwerer die Sünde, desto härter die Buße«, erwiderte Adele mit gesenktem Kopf. »Mit ein paar Unschlittkerzen ist dem nicht Genüge getan.«

»Natürlich nicht. Für die Kirche, und wenn es nur eine aus Holz ist, durch deren Ritzen der Wind pfeift, muss es natürlich

Bienenwachs sein. Selbst in den meisten Klöstern werden die nur für den Altar genutzt«, stieß Laya hervor.

»Pater Hildebrecht verlangte, da Vater eine Wachsspende nicht leisten konnte, der Kirche bis Ostern jede Woche fünf Eier zu geben«, antwortete Adele kleinlaut.

Laya wäre beinahe aus der Haut gefahren. Eier zählten zu den Fleischspeisen und waren in der Fastenzeit verboten. Da die Hühner auch im Winter Eier legten, wenn aufgrund des geringeren Tageslichts auch weniger als zu den übrigen Jahreszeiten, wurden sie in Tannhöhe allesamt gekocht und sorgfältig aufbewahrt. Schließlich durften solch wertvolle Lebensmittel nicht verschwendet werden. Nur die Kranken erhielten hin und wieder trotz der Fastenzeit eine stärkende Mahlzeit aus Eiern und gelegentlich auch Fleisch.

Der Pater hingegen hielt nicht viel vom Fasten, seinem Leibesumfang nach zu urteilen. Laya konnte sich nicht vorstellen, dass er die Eier ebenfalls der Regel entsprechend aufsparte und erst zu Ostern verputzte, das dieses Jahr Anfang des nächsten Monds gefeiert werden würde.

Weshalb musste sie jetzt ausgerechnet an Ansgar denken? Sie konnte sich lebhaft vorstellen, was er dem Pfaffen zu sagen hätte. Die wöchentliche Eierspende könnte Pater Hildebrecht sich nach einer Konfrontation mit ihm jedenfalls aus dem Kopf schlagen. Laya lächelte unwillkürlich.

»Was amüsiert dich daran?«, fragte Adele erstaunt.

Laya wurde sofort wieder ernst und wischte die Vorstellung von einem Ansgar beiseite, der den Pater am Kragen packte und heftig durchrüttelte, sodass die feisten Wangen hin und her wackelten.

»Gar nichts, ich dachte an etwas anderes«, wich Laya einer Antwort aus. Ernst betrachtete sie ihre Schwester. »Weißt du, woher Vater das Geld hatte, das er dem Mann gab?«

Adele verneinte.

Für Laya stand fest, dass es sich bei dem Besucher um den Mann gehandelt haben musste, der sie entweder selbst mit einem Kumpel überfallen oder zwei seiner Schergen dazu gedungen hatte. Und selbst wenn ihr Vater seine Tat in diesem Moment bereute und sie, seine Tochter, zurückhaben wollte – nach den Schilderungen ihrer Schwester glaubte Laya inzwischen fest, dass seine Trauer um ihren Tod echt gewesen war –, hatte er seine Handlanger dafür bezahlen müssen. Die Handlanger, die er beauftragt hatte, um seine Tochter von ihrer Flucht abzuhalten, und die sie vermeintlich ermordet hatten.

Sie presste die Finger in ihre Handflächen, öffnete sie wieder und atmete tief durch. Um ihren Vater würde sie sich später kümmern. Jetzt musste sie auf den eigentlichen Grund ihres Besuchs zu sprechen kommen – Adele zu warnen.

Ihre Schwester hörte ungläubig zu, als Laya von den verschwundenen Mädchen berichtete.

»Du glaubst, dass Vater mich verkaufen würde?«, rief Adele entsetzt.

Laya zuckte mit den Schultern. »Weshalb nicht? Zumal er offenbar für meine Ergreifung viele Münzen bezahlt hat, und das vollkommen vergebens. Das Geld wird nun an anderer Stelle fehlen. Er muss es wiederbeschaffen.«

Adele sprang auf. »Du glaubst doch nicht ernsthaft, dass Vater den Mann beauftragt hat, Julian zu ermorden.«

»Nein, ich glaube nicht, dass das der Auftrag war, aber ich bin sicher, dass er jemanden angeheuert hat, der mich zum Hof zurückschleifen sollte. Dumm nur, dass wir uns gewehrt haben. Julian haben sie getötet und mich geschlagen und getreten und schließlich für tot gehalten und liegen lassen. Mag sein, dass ihr Temperament mit ihnen durchgegangen ist und ihr Auftrag anders lautete oder aber dass er sich nicht klar genug ausgedrückt hat, aber das wird mir Vater selbst beantworten müssen.«

Entschlossen strich Laya sich eine Haarsträhne hinters Ohr zurück, die sich aus ihrem Zopf gelöst hatte. »Ich vermute, er hat nichts mehr von den Männern gehört, nachdem sie Julian und mich getroffen hatten.«

Jetzt musste Laya schlucken und die Bilder des Toten zurückdrängen. »Bestimmt war Vater davon ausgegangen, sie hätten uns nicht gefasst, doch nach dem Fund musste ihm klar gewesen sein, dass uns in den Bergen ein Unglück zugestoßen ist. Er muss den Zusammenhang zwischen Julians Tod und den Schergen erkannt haben, die er bezahlt hat. Auf jeden Fall fühlte er sich schuldig, weil er dachte, meinen Tod auf sein Gewissen geladen zu haben. Und dass er den wirklich nicht gewollt hatte, das glaube ich.«

Laya verstummte und sah Adele an, die energisch den Kopf schüttelte. »Nein, das kann nicht stimmen. Du reimst dir da etwas zusammen. Wie sollte Vater denn an so viel Geld gekommen sein? Du weißt doch selbst, wie wenig wir für schlechte Zeiten auf die Seite legen können.«

Dafür hatte Laya keine Erklärung und hob ratlos die Schultern.

Plötzlich riss Adele weit die Augen auf. »Denkst du etwa, Vater hat dich verkauft?«

»Es gilt Geld gegen Ware«, widersprach Laya. »Du sagtest jedoch, Vater hätte dem Mann den Beutel gegeben, und nicht umgekehrt. Ich kann mir nicht vorstellen, dass der Mädchenhändler im Voraus für die Töchter bezahlt, um sie später zu holen. Weshalb sollte ein skrupelloser Mensch ein solches Wagnis eingehen?«

Das sah Adele ein. Sie setzte sich wieder neben Laya, legte die Hände in den Schoß und schniefte leise. »Ich habe das alles nicht gewollt.«

Laya legte die Arme um Adele und zog sie an sich. Sie drückte ihr einen Kuss auf den Scheitel und streichelte über ihren Rücken. »Es ist nicht deine Schuld. Du konntest nicht wissen, was Vater vorhatte. Mich erstaunt nur seine Vorgehensweise. Dass er zuschlägt, wenn er nicht weiterweiß oder ihn etwas erzürnt, kenne ich ja zur Genüge. Sich jedoch so verzweifelt zu geben, um die Wahrheit aus dir herauszupressen, ist neu.«

Adele hob den Kopf, und der Blick ihrer blauen Augen schien bis in Layas Innerstes vorzudringen. »Du verzeihst mir?«

»Ja, Adele, natürlich tue ich das. Ich habe dich mit meinem Geheimnis belastet, dich mit all dem hier zurückgelassen, um mein eigenes Glück zu finden. Du hast nach deinem Gewissen gehandelt, und das könnte ich dir niemals nachtragen. Aber Vater verzeihe ich nicht.«

Ihre Schwester atmete erleichtert auf. Ein dankbares Lächeln erschien kurz auf ihren Zügen, bevor sie sichtlich verunsichert fragte: »Du denkst, Vater hätte seine Verzweiflung nur vorgetäuscht?«

»Natürlich. Du sagtest selbst, dass du ihn zuvor noch nie so gesehen hättest.«

»Und gerade deshalb glaubte ich ihm.« Adele rückte ein Stück von Laya ab und ergriff die Hände ihrer Schwester.

Ihre Stimme war so leise, dass Laya Mühe hatte, sie zu verstehen. »Er wollte dich mit Michel verheiraten und du hast dich ihm widersetzt. Natürlich war er wütend.«

Laya unterbrach sie erbost. »Das gibt ihm noch lange nicht das Recht, mir diese Kerle hinterherzuschicken. Michel ist schlimmer als ein wildes Tier.«

Sie holte tief Luft und fuhr fort: »Wie du weißt, habe ich Julians Kind unter dem Herzen getragen. Vater war sehr erzürnt, dann aber der Ansicht, ich könnte das Kind als Michels ausgeben, wenn ich nur schnell genug mit ihm vermählt würde. Michel ist gewalttätig, aber nicht dumm. Wer weiß, was der mir angetan hätte, hätte er die Wahrheit erfahren.«

Adele sah sie mitleidig an. »Hast du das Kind durch den Überfall verloren?«

Laya presste die Lippen aufeinander und nickte.

Adele drückte tröstend ihre Hände. »Mittlerweile hat Vater eingesehen, dass du Michel richtig eingeschätzt hast. Er hat beobachtet, wie er eine Magd misshandelte. Er gab ihr einen Schubs, als sie an ihm vorbeiging, schimpfte, sie solle nicht trödeln. Sie stolperte und stürzte. Der Korb mit den Eiern fiel ihr aus der Hand und es gingen etliche zu Bruch. Michel hat vollkommen die Beherrschung verloren. Er hat auf die Magd eingeprügelt und sogar getreten, bis ein Knecht seinen Vater hinzurief. Heinrich von Buchingen hat seinen Sohn lediglich milde getadelt und die junge Frau angeherrscht, wieder an ihre Arbeit zu gehen und sich vorher von der Köchin die wunden Glieder versorgen zu lassen. Immerhin ist die Magd sein Eigentum und das möchte er natürlich nicht so beschädigt sehen, dass sie nicht mehr arbeiten kann.«

»Die Arme, das tut mir so leid. Dennoch wundert es mich, dass Vater glaubte, Michel könnte auch mich so behandeln.«

»Das Schlimmste weißt du noch gar nicht. Es ging anschließend das Gerücht durchs Dorf, die Magd habe von Michel ein Kind erwartet. Wenn er schon die Frau so misshandelt, die sein eigen Fleisch und Blut in sich trägt, was würde er erst dir antun? Das hat Vater verstanden. Ich bin davon überzeugt, dass er zwar wütend über dein Verschwinden war, aber auch ein Stück weit froh, dass Michel dich nicht in die Finger bekommen hat.«

Die Hintertür wurde aufgerissen und enthob Laya einer Antwort. Die beiden Kleinen hatten die Hühner gefüttert und versuchten, sich gemeinsam durch die Öffnung zu zwängen. Der vierjährige Hans zog seine ein Jahr jüngere Schwester am Zopf, um sie zurückzuhalten. Annelie kreischte auf und boxte Hans in die Seite.

»Schluss jetzt«, brüllte Adele und stand auf. »Hört auf zu streiten und schaut mal, wer hier ist.«

Die beiden hielten tatsächlich für einen Moment inne. Laya erhob sich ebenfalls und ging leicht in die Hocke. Hans erfasste die Situation als Erster. Mit einem Freudenschrei rannte er los und stürzte sich in Layas ausgebreitete Arme, Annelie gleich hinterher.

Laya umfing die beiden und drückte sie an sich. Abwechselnd verteilte sie Küsse auf Scheitel und Wangen ihrer jüngsten Geschwister.

»Du bist wieder da«, rief Annelie glücklich und schmiegte sich noch enger an Laya.

»Ich hab immer gewusst, dass du zurückkommst«, behauptete Hans großspurig.

Laya wuschelte ihm zärtlich durch das hellrote Haar. Erst als Adele erstarrte und die Kinder plötzlich verstummten, erkannte Laya, dass noch jemand den Raum betreten hatte. Ahnungsvoll wandte sie sich um und blickte in das bleiche Antlitz ihres Vaters.

18. Kapitel

Dietlind von Ravenstein sah zu, wie Bischof Odo die gebratene Bachforelle mit Wurzelgemüse in Zwiebelsoße verspeiste. Seine Appetitlosigkeit hatte nicht lange angehalten, wie sie wenig verwundert feststellte. Dazu aß ihr Bruder allzu gern. Er pulte gerade eine Gräte zwischen seinen gelblichen Zähnen hervor, als Dietlind beschloss, lange genug geschwiegen zu haben.

»Ich habe eine Bitte an dich, wenn du den Abt aufsuchst«, begann sie ohne Umschweife.

Odo von Halltau hatte die Gräte erwischt und streifte sie neben den anderen auf dem Rand des Zinntellers ab. Er blickte seine Schwester mäßig interessiert an und forderte sie mit dem Wedeln seiner Hand auf fortzufahren.

»Wie du weißt, wird Bruno bald heiraten. Du sollst für mich die Auserwählte in Augenschein nehmen. Ich möchte keine böse Überraschung erleben, wenn du verstehst, was ich meine.«

Odo hustete kurz, bevor er einen Löffel mit den klein geschnittenen Pastinaken zum Mund führte.

Dietlind ließ sich ihre Ungeduld nicht anmerken. Ihr Blick wanderte zu der Stickarbeit, die jetzt unbeachtet auf der gepolsterten Bank lag und darauf wartete, wieder aufgenommen zu werden. Doch dazu fehlte ihr im Augenblick die nötige Gelassenheit. Sie wollte die Gewissheit haben, mit der Auswahl der Braut keinen Fehler zu begehen.

»Ich kann schlecht Abt Elmar darum bitten, mir das Mädchen zu zeigen«, wandte Odo ein, nachdem er das Gemüse hinuntergeschluckt hatte.

»Natürlich kannst du das«, widersprach Dietlind energisch. »Wenn alles nach Plan läuft, wird Tannhöhe bald Teil deines Bistums werden, was dem Abt sehr entgegenkommt. Nennen wir es einen Vorschuss auf deine künftige Befehlsgewalt. Sicher hat Abt Elmar Verständnis dafür, zumal die junge Dame ein Mitglied deiner Familie werden soll. Du hast mir erzählt, dass der Gottesmann Unbill möglichst aus dem Weg geht. Da wird er dich nicht enttäuschen wollen und dir gerne den Gefallen erweisen.«

Ihr Bruder schob die Rückenflosse der Forelle ebenfalls an den Rand. »Wenn Herzog Heinrich König würde, wäre es einfacher, das Kloster in meinen Besitz zu bringen«, murmelte er vor sich hin.

Dietlind seufzte laut. »Bruno hat recht. Warte erst einmal ab, welche Seite den Sieg davonträgt. Selbst wenn Konrad die Krone halten kann, so hat er doch anderes zu tun, als sich um ein kleines Bergkloster zu kümmern. Wichtig ist nur, dass Ansgar davon vorerst nichts gewahr wird und wir so Bruno genügend Zeit verschaffen, sich als Anhänger des Staufers einen Namen zu machen.«

Odo sah sie verblüfft an. »Du meinst also, dein Sohn soll sich bei Konrad einschmeicheln?«

Missbilligend kniff Dietlind die Lippen zusammen. »Seine Loyalität unter Beweis stellen, trifft es eher. Hier kommt ihm zu Hilfe, dass Ansgar bereits in Konrads Diensten stand.«

»Aber sein Vater war aufseiten Heinrichs!«

»Was ich ins Feld zu führen gedenke, falls sich der Herzog von Bayern im Kampf um die Krone durchzusetzen vermag. Es ist immer gut, mehr als nur ein Eisen im Feuer zu haben.« Dietlind nickte zur Bekräftigung. »Odo, denk doch mal nach«, fuhr sie in weicherem Tonfall fort. »Ein Kloster, dass über keine Reputation verfügt, das keine Machtschmiede darstellt, steht niemals im Mittelpunkt von herrschaftlichen Interessen. Wenn du es geschickt anstellst, werden weder

Konrad noch Heinrich etwas gegen die Übergabe vorbringen. Im Vorfeld darfst du es dir jedoch mit keinem von beiden verscherzen. Wir sollten das Ergebnis der offiziellen Königswahl zu Pfingsten abwarten. Gut möglich, dass Konrad durch sein vorschnelles Handeln bereits Fakten geschaffen hat, die auf dem Hoftag nur noch bestätigt werden. Dann wäre es höchst unklug, sein Fähnchen jetzt in den erschlaffenden Wind des bayerischen Herzogs zu hängen.«

Odo brummte und Dietlind war unsicher, ob es nun Zustimmung oder Missfallen ausdrücken sollte.

Sie entschied sich für Ersteres und kam auf den eigentlichen Punkt ihres Anliegens zurück. »Was ist nun mit der kleinen Mettenheim?«

Odo nickte bedächtig. »Ich werde sie mir ansehen, wenn es möglich ist. Aber ist es nicht ohnehin zu spät dafür? Die Eheverhandlungen sind doch abgeschlossen, so wie du mir berichtet hast. Hast du es dir noch einmal überlegt und willst den Vertrag lösen?«

Dietlind schüttelte den Kopf. »Auf keinen Fall. Die Verbindungen, die sie in die Ehe mitbringt, sind zu wichtig für den Fortbestand und das Aufsteigen unserer Familie. Ich hätte nur gerne vorher gewusst, was für ein Mensch sie ist. Sieh mir meine Neugierde nach.«

Odo lachte gepresst. »Du willst mir doch nicht ernstlich weismachen, dass dich lediglich die Neugierde antreibt.«

Er beugte sich ein Stück zu seiner Schwester hinüber. »Ich glaube vielmehr, du willst das Mädchen vorher möglichst genau einschätzen und berechnen können, damit du richtig auf ihr Verhalten reagieren kannst. Das wiederum davon abhängt, was du im Sinn hast.«

Dietlind schenkte ihm ein sanftes Lächeln. »Es ist doch nur natürlich, dass ich den Charakter meiner Schwiegertochter zuvor ein wenig ergründen möchte.«

»Um zu wissen, ob sie sich leicht lenken lässt und dir nicht in deine Haushaltsführung hineinredet?«, fragte Odo mit erhobenen Augenbrauen.

»Es könnte doch durchaus sein, dass sie so liebreizend ist, dass Bruno ernsthaft Gefallen an ihr findet.«

»Und dich von deinem Thron stürzt, ist es das?«

Ihr Bruder sah sie lauernd an, wie eine Katze, die den rechten Moment zum Sprung auf die Beute abwartet. Er hatte sie durchschaut, musste Dietlind eingestehen, wischte den Einwand dennoch mit einer Handbewegung zur Seite. »Was du immer denkst. Ich habe nur das Beste für alle Beteiligten im Sinn und möchte lediglich vor unliebsamen Überraschungen gefeit sein.«

Odo lehnte sich wieder zurück und verschränkte die Hände vor der Brust. »Wie du wünschst. Ich werde mir diese Gunthild von Mettenheim einmal ansehen.«

Diese Worte ließen Dietlind hochzufrieden nicken und ihre Stickarbeit wieder aufnehmen, während ihr Bruder sein Mittagsmahl fertig aß.

***

Laya stockte kurz der Atem. Sie erhob sich ein wenig schwankend. Tom, ihr dreizehnjähriger Bruder, drängte sich an seinem Vater vorbei, der nicht in der Lage zu sein schien, auch nur einen Finger zu rühren.

»Lena, du lebst!«, rief er, stürzte auf seine Schwester zu, blieb jedoch kurz vor ihr stehen, als wäre ihm sein gefühlsbetonter Ausbruch peinlich.

Laya verzog den Mund zu einem Lächeln, aber sie spürte, wie angespannt sie angesichts ihres Vaters war, der sie nach wie vor stumm musterte. Deshalb wuschelte sie dem Bruder kurz durch das lockige rötliche Haar und bemerkte am Rande, dass Tom über den Winter ein gutes Stück gewachsen war, denn sie musste die Hand viel höher heben als zuvor.

»Stell dir vor, es ist ein Stück vom Pflug abgebrochen. Deshalb sind Vater und ich zurückgekommen. Sonst hätten wir dich gar nicht getroffen, oder bleibst du jetzt wieder bei uns?«

Langsam schüttelte Laya den Kopf.

»Aber wo willst du denn hin und wo warst du überhaupt?«, fragte Tom weiter.

»Wieso willst du schon wieder gehen?«, greinte Annelie dazwischen.

»Du bist doch gerade erst gekommen«, bekräftigte Hans.

Jetzt kam Bewegung in Layas Vater. Folkerts Brustkorb weitete sich, er öffnete den Mund und brüllte: »Raus hier!«

Es war, als hätte sich eine eisige Decke über den Raum gesenkt und den Winter zurückgebracht. Das Geplapper der Geschwister verstummte. Annelie versteckte sich hinter Laya, Hans zog den Kopf ein, und auch Tom machte einen Schritt zur Seite.

Auf einmal musste Laya an Ansgar denken und bemerkte erstaunt, dass ihr das Kraft gab. Sie nahm die Schultern zurück und reckte das Kinn vor. Niemals mehr wollte sie sich von ihrem Vater einschüchtern lassen.

Mutig trat sie einen Schritt auf ihn zu und war froh, dass ihre Stimme fest klang: »Ich gehe erst, wenn ich ein paar Antworten von dir bekommen habe.«

Folkert starrte zurück und sagte eine Spur milder: »Dich habe ich nicht gemeint, sondern deine Geschwister.«

Layas Augen weiteten sich vor Überraschung. Wollte ihr Vater tatsächlich mit ihr reden? Äußerlich hatte er sich seit ihrem Fortgang stark verändert. Sein ehemals blondes Haar war fast vollständig ergraut. Das hagere Gesicht wirkte noch verhärmter, und der Ausdruck in den hellen Augen, die bereits seit dem Tod der Mutter das Leuchten eingebüßt hatten, war vollständig abgestumpft.

»Kommt, Kinder, wir sehen mal nach dem Vieh«, sagte Adele und schob die Kleinen bereits zur Hintertür.

»Ich will, dass Adele bleibt«, forderte Laya bestimmt und wunderte sich, dass ihr Vater tatsächlich nickte.

Nachdem Adele hinter Tom, dem sie die Verantwortung für Hans und Annelie übertragen hatte, die Tür geschlossen hatte, setzte sie sich auf die Bank und legte abwartend die Hände in den Schoß.

Laya nahm neben ihr Platz und sah mit klopfendem Herzen zu, wie ihr Vater die Eingangstür schloss und sich schwer auf die Bank ihnen gegenüber niederließ.

Er senkte den Kopf, seine Schultern hoben und senkten sich ungleichmäßig. Laya wartete einige Augenblicke, um ihm Gelegenheit zu geben, sich zu sammeln und das Gespräch zu beginnen. Folkert schwieg jedoch weiterhin.

Sie wollte gerade selbst das Wort ergreifen, als ihr Vater den Blick hob. Tränen schimmerten in seinen Augen, und Laya blieb ihre Anklage im Hals stecken.

»Lena, ich weiß nicht, wo ich beginnen soll«, brachte Folkert stockend hervor und rieb sich mit beiden Händen über das Gesicht, in das sich tiefe Sorgenfalten eingegraben hatten.

»Wie wäre es mit: Es tut mir leid?«, fragte Laya spitz. »Und nenn mich nicht bei meinem Taufnamen. Lena ist an Julians Seite gestorben.«

»Natürlich bedaure ich Julians Tod, aber ich kann nichts dafür, dass er in den Bergen abgestürzt ist.«

»Ach nein? Du weißt doch ganz genau, was passiert ist. Schließlich hast du uns doch die Halsabschneider hinterhergeschickt«, klagte sie ihn verbittert an.

Ihr Vater erwiderte ihren Blick überrascht. »Wovon redest du? Ich habe niemanden nach euch ausgesandt.«

»Das glaube ich dir nicht.« Laya richtete sich so gerade auf, als hätte sie einen Stock verschluckt. »Du warst wütend, weil ich Michel nicht heiraten wollte und von Julian ein Kind erwartete. Deshalb hast du uns die Mörder auf den Hals gehetzt. Sie sollten Julian töten, und das haben sie getan. Aber was hattest du mit mir vor? Sollte auch ich ermordet werden, oder sollten sie mich zu dir zurückschleppen?«

Folkert reagierte nicht. Laya glaubte regelrecht zu sehen, wie es hinter seiner Stirn arbeitete. Der Zorn, den sie so lange unterdrückt hatte, bahnte sich nun seinen Weg.

Laya schlug mit der flachen Hand auf den Tisch. »Dass ich hier vor dir sitze, ist allein dem Umstand zu verdanken, dass ich mir den Kopf an einem Stein aufgeschlagen habe und deine Handlanger mich für tot hielten. Jetzt sag mir endlich die Wahrheit!«

Sie konnte selbst nicht fassen, dass sie ihrem Vater gegenüber diesen Ton anschlug, und vor allem, dass er nicht schon längst zugeschlagen hatte.

Folkert indessen war bei Layas Worten komplett in sich zusammengesunken. Seine Stimme war so leise, dass Laya sich anstrengen musste, ihn zu hören. »Das habe ich nicht kommen sehen. Ich wollte doch nur das Beste für dich.«

»Du gibst also zu, schuld an Julians Tod zu sein?«, bohrte Laya weiter.

Ihr Vater nickte. »Ja, das bin ich, aber nicht so, wie du denkst.«

Er atmete tief durch, und Laya zwang sich, ruhig zu bleiben. Offenbar wollte ihr Vater endlich mit der wahren Geschichte herausrücken.

»Ja, ich war wütend, sehr sogar«, gab er zu. »Aber noch größer war meine Angst vor dem, was deine Flucht hätte auslösen können. Zum Glück ist nichts weiter passiert.« Folkert brach kurz ab, ehe er murmelte: »Das dachte ich zumindest.«

Laya warf Adele einen aufmunternden Blick zu, die ihn leise seufzend erwiderte.

»Ich habe Le… Laya bereits von dem Mann erzählt, der dich am Tag ihres Verschwindens aufgesucht hat. Und von dem Geld, das du ihm bezahlt hast.« Adele zog die Schultern hoch, als wollte sie sich vor der Wut des Vaters schützen.

Doch der sah bloß entsetzt von ihr zu Laya. »Glaubt ihr wirklich, ich hätte ihn für die Gräueltaten bezahlt?«

Laya nickte. »Es passt gut zusammen, nicht wahr?«

Folkerts Augen verengten sich und sein Blick wurde zornig.

»Nur weil es gut passt, ist es noch lange nicht so gewesen. Was soll auch schon dabei rauskommen, wenn Weiber sich etwas zusammenreimen? Und du, Adele, hast also gelauscht.« Die Stimme des Vaters gewann wieder etwas an Kraft, und Adele rutschte auf der Sitzfläche ein wenig nach hinten, schien den Kopf einzuziehen.

Laya zwang sich, ruhig zu antworten: »Vater, ich habe schreckliche Dinge erfahren. Ich bin zurückgekommen, um euch zu warnen. Adele passt genau in das Muster eines Mannes, der es darauf angelegt hat, junge rothaarige Frauen zu kaufen.«

»Du weißt es also schon?«, fragte Folkert brüchig. Seine Wut verflog genauso schnell, wie sie aufgeblitzt war. »Du musst mir glauben, Kind, ich hatte nur das Beste für uns im Sinn.« Jetzt klang er fast bittend.

Laya erschrak zutiefst, als ihr klar wurde, was ihr Vater damit andeutete. Ihr Herz raste, der Nacken kribbelte und ihre Handflächen wurden feucht. »Du hast mich an diesen Mann verkauft!« Es war keine Frage.

»Er kam eines Tages auf mich zu, als ich auf dem Feld war. Er suchte für seinen Herrn nach einem Mädchen, das genau seinen Vorstellungen entsprach, und du würdest perfekt in das Bild passen. Er bot mir so viel Geld, dass wir von hier weggehen könnten und niemals mehr Hunger leiden würden. Du weißt, dass unsere Familie zu den letzten Altfreien hier zählt.

In den vergangenen Jahren wurden die Ernten immer schlechter. Wenn es so weitergeht, muss ich unser Land, wie die meisten anderen im Dorf auch, an unseren Grundherrn verkaufen. Es war eine einmalige Gelegenheit, sich nicht in die Abhängigkeit zu begeben. Im Gegenzug dürfte ich mit niemandem über den Handel reden. Dennoch lehnte ich zunächst ab, aber der Mann schwor mir beim lebendigen Gott, dass es dir so gut gehen würde wie niemals zuvor. Nie wieder müsstest du arbeiten oder würden dich Sorgen bedrücken. Einzig deine Familie dürftest du nicht wiedersehen.«

»Weißt du, was mit anderen jungen Mädchen geschehen ist?«, fragte Laya, als ihr Vater eine Atempause einlegte.

»Jetzt kann ich es mir denken«, gab Folkert zu. Sein Blick zuckte zwischen Adeles verstörter und Layas verbissener Miene hin und her. »Aber ich versichere dir, ich habe wirklich geglaubt, in deinem und unser aller Sinn zu handeln.«

»Weshalb wolltest du dann unbedingt, dass ich Michel heirate?«

»Wollte ich nicht. Ich durfte dir doch nicht sagen, dass ich anderes mit dir vorhatte. Deshalb wurde ich auch so wütend, als ich von dem Kind erfuhr. Das machte meine Pläne mit dir zunichte. Ich hatte dem Mann versichert, dass du noch unberührt seiest. Daraufhin hatte ich einen Teil der Summe bereits erhalten. Als er kam, um dich abzuholen, musste ich ihm gestehen, dass du just an dem Tag mit deinem Geliebten fortgelaufen bist, um jenseits der Alpen dein Glück zu suchen. Ich erzählte ihm auch von dem Kind und gab ihm das Geld zurück. Zum Glück hatte ich noch keine Münze angerührt.«

Folkert atmete einmal tief durch, ehe er fortfuhr: »Er war zornig und bedrohte mich. Er würde das Geld nehmen und gehen, aber sollte er je erfahren, dass ich über unser Abkommen geredet hätte, würde es mir und meiner Familie schlecht ergehen.«

Adele verschloss ihren Mund mit beiden Händen, dennoch war ihr entsetztes Keuchen zu hören. Laya hingegen hatte das Gefühl, als hätte jemand einen Kübel mit Eiswasser über ihrem Kopf ausgeschüttet. Sie zitterte am ganzen Leib und schlang schützend die Arme um sich.

»Als Julian gefunden wurde, dachten alle, du wärst ebenfalls abgestürzt. Ich gestehe, dass ich das gehofft habe. Julian war schlimm zugerichtet, wie mir berichtet wurde. Das konnte natürlich ausschließlich von dem Sturz herrühren, aber was, wenn nicht? Was war dann mit dir geschehen?«

»Deshalb bist du zu Pater Hildebrecht gerannt und stopfst ihm nun wöchentlich unsere Eier in seinen gierigen Schlund«, sagte Laya scharf.

»Noch nicht einmal ihm habe ich von dem Mann erzählt. Eine halbe Beichte ist keine Beichte. Ich gebe der Kirche deshalb alles, was sie fordert, um wenigstens einen Teil meiner Schuld von meiner Seele abzuwaschen.« Folkert presste die Lippen zusammen und sah Laya durchdringend an.

»Und rede nicht so despektierlich über unseren Priester«, wies er sie zurecht.

Laya schnaufte verächtlich. Erneut kam Ansgar ihr in den Sinn. Sie konnte sich vorstellen, was er in dieser Situation erwidern würde. »Pater Hildebrecht ist ein eingebildeter, selbstsüchtiger Mensch, der Latein kaum besser beherrscht als ich. Dort, wo ich war, haben sie mir das Lesen beigebracht. Stell dir das mal vor – mir, einem Bauernmädchen! Gott mag uns auf einen Platz im Leben gestellt haben, aber er scheint auch nichts dagegen zu haben, wenn man nach Höherem strebt.«

Folkert bekreuzigte sich. »Das ist Gotteslästerung. Und was soll es dir auch nutzen, dass du nun lesen kannst? Es setzt dir nur Flausen in den Kopf.«

»Glaubst du wirklich, die Schwestern in …«

Doch ihr Vater unterbrach sie barsch. »Wo auch immer du in der Zeit gewesen bist – verrate es niemandem. Du musst sofort wieder verschwinden. Ich hoffe, dich hat auf deinem Weg hierher niemand gesehen. Du bringst uns alle in Gefahr, wenn du bleibst.«

»Aus dem Dorf ist mir keiner begegnet und ich trug die ganze Zeit die Kapuze«, beruhigte Laya ihn.

Ihr Vater sah erleichtert zu ihrer Schwester. »Adele, du musst mit den Kindern sprechen. Niemand darf auch nur ein Sterbenswörtchen von dem erzählen, was sich heute hier zugetragen hat. Besonders bei den beiden Kleinen mache ich mir deshalb große Sorgen.«

»Du denkst also, der Mann könnte zurückkommen und vollenden, was ihm und seinem Kumpan misslungen ist?«, schlussfolgerte Laya.

Folkert nickte langsam. »Wir haben einen großen Herrn schrecklich verärgert. Weshalb hätte er dir sonst diese Männer hinterhergeschickt?«

Das sah Laya ein. Dennoch fragte sie sicherheitshalber nochmals nach. »Du hast wirklich nichts mit dem Überfall auf uns zu tun?«

Ihr Vater hob beide Hände. »Er ist nicht in meinem Auftrag passiert, das schwöre ich dir beim Leben des lebendigen Gottes.«

Laya nickte langsam. »Ich glaube dir.« Der Fremde, der sie überfallen hatte, war ihr aus eigenem Antrieb gefolgt. Sie konnte sich gut vorstellen, dass er das Geld für sich behalten wollte, das er von ihrem Vater zurückbekommen hatte, und seinem Herrn deshalb trotzdem ein Mädchen liefern musste. Was lag also näher, als die Frau, von der er wusste, dass sie äußerlich dem Geschmack seines Herrn entsprach, wieder einzufangen. Doch zu seinem Pech hatten sie sich gewehrt, und Laya war dabei auf den Stein gestürzt.

Sie schüttelte den Gedanken ab und erhob sich. »Es wird Zeit für mich zu gehen, wenn ich nicht unterwegs in einer Scheune übernachten will. Hast du denn von anderen verschwundenen Mädchen gehört?«

Folkert neigte zustimmend den Kopf. »Zuerst hatte ich fest geglaubt, der Mann hätte nur dich im Auge gehabt und dass du ein Leben als ehrbare Ehefrau an der Seite eines reichen Mannes führen würdest.«

»Ach, wie war das mit dem von Gott zugewiesenen Platz, den man nicht infrage stellen darf? Eben hast du mich noch der Blasphemie bezichtigt und redest dich nun selbst damit heraus, dass du für mich etwas Besseres wolltest, mich an höherer Stelle sahst?«, fiel Laya ihm ins Wort.

Ihr Vater sah sie verärgert an. »Du hast dich verändert. Wo immer du auch bist, der Umgang tut dir nicht gut. Ich habe dich anders erzogen. Du hast deinen Respekt mir gegenüber verloren.«

»Das, Vater, hast du ganz dir selbst zuzuschreiben. Den Respekt vor dir habe ich durch dein Verhalten mir gegenüber verloren, nicht dadurch, dass ich nun woanders lebe.«

Folkert runzelte die Stirn, ging jedoch nicht weiter darauf ein. »Um auf deine Frage zurückzukommen: Ich habe vor Kurzem durch Zufall erfahren, dass auch zwei Mädchen aus Gladen verschwunden sind. Das Dorf liegt in einem anderen Herrschaftsbereich, nämlich dem von Ravenstein. Allerdings habe ich dem keine Bedeutung zugemessen und es nicht in Zusammenhang mit der Abmachung gebracht, die ich geschlossen hatte.«

Layas Vater stand ebenfalls auf und deutete mit ausgestrecktem Zeigefinger auf die Tür. »Es wird Zeit für dich, dieses Haus für immer zu verlassen. Du hast dich für einen anderen Weg entschieden und bringst uns durch dein Auftauchen in Gefahr. Komm nie wieder nach Buchingen. Für uns bist du gestorben und vergessen, so ist es für uns alle sicherer. Geh zurück, wo du hergekommen bist, und lerne ruhig weiter lesen und schreiben. Einen Mann wirst du so ganz sicher nicht finden.«

»Das ist auch nicht meine Absicht, Vater.« Das letzte Wort spuckte Laya ihm regelrecht vor die Füße.

»Es ist alles gesagt.« Ein Schatten huschte über Folkerts Miene, und Laya konnte nicht einschätzen, ob es Trauer war. Sie wandte sich an Adele. »Ich werde euch nicht helfen können. Das bedauere ich zutiefst, aber Vater hat recht. Solange keiner dem Mörder und seinem Auftraggeber das Handwerk gelegt hat, ist es besser, wenn ich von allen für tot gehalten werde. Du musst es den Kleinen erklären. Ich hätte mich gerne noch von ihnen verabschiedet, aber es ist besser, sie sehen mich nicht wieder, und vor allem dürfen sie zu niemandem über meinen Besuch sprechen, dafür musst du sorgen. Erzähle ihnen eine Geschichte, durch die sie das verstehen werden.«

Adele kämpfte mit den Tränen, stand auf und umarmte Laya fest. »Mach dir um uns keine Sorgen. Wir schaffen das schon. Wenn der Mädchenkäufer entdeckt, dass du ihm entkommen bist, wird er dich jagen. Ich hoffe nur, dass der Ort wirklich sicher ist, an dem du dich versteckst.«

»Das ist er«, antwortete Laya und fragte sich im gleichen Moment, ob das nicht etwas vorschnell gedacht war. Wenn wirklich ein hoher Herr dahintersteckte, reichten sein Arm und seine Verbindungen möglicherweise bis nach Tannhöhe.

Sie verdrängte das ungute Gefühl, das in ihr aufsteigen wollte. Laya würde auf ihrem Rückweg darüber nachdenken, ob es an der Zeit war, Hilda und der Magistra die Wahrheit zu sagen. Sie wollte in Tannhöhe niemanden gefährden, aber auch nicht ihre Zufluchtsstätte verlassen, ehe sie wusste, wie es weitergehen sollte.

Laya küsste ihre Schwester liebevoll auf die Wange, ehe sie ihrem Vater kühl zunickte. »Lebt wohl und grüßt die Kleinen von mir.«

Erst als sie wieder vor der Tür stand, fiel ihr ein, dass sie noch um eine Schüssel Suppe hätten bitten können, um sich für den Rückweg zu stärken. Doch sie besaß noch einen Kanten Brot, den sie vor Aufregung nicht hatte essen können. Jetzt fiel die Anspannung von ihr ab. Sie zog sich die Kapuze über und verließ den Hof.

Mit gesenktem Kopf schritt sie zwischen den Häusern hindurch. Hin und wieder sah sie Frauen und Kinder, die sie kurz musterten, sich dann jedoch wieder ihrer Arbeit oder ihrem Spiel zuwandten.

Dennoch hatte Laya das Gefühl, als würde sie beobachtet. Abrupt blieb sie stehen und wandte sich um. War da nicht eben ein Mann in einem braunen Mantel hinter der letzten Häuserecke verschwunden? War Julians Mörder hierher zurückgekehrt und hatte nur darauf gewartet, dass sie ihre Familie aufsuchte?

Mit klopfendem Herzen setzte Laya ihren Weg fort. Sie nahm sich vor, ihrem Verfolger eine Falle zu stellen. Sie kannte sich in ihrem Heimatdorf im Gegensatz zu ihm bestens aus. Etwas entfernt gab es eine geeignete Stelle zwischen zwei eng stehenden Gebäuden, von der aus sie die Gasse überblicken, selbst jedoch nicht gesehen werden konnte. Dazu musste sie jedoch an Julians Elternhaus vorbei. Dem wollte Laya lieber keinen Blick schenken, um nicht schmerzvolle Erinnerungen heraufzubeschwören.

Entschlossen setzte sie ihren Weg fort. Der Pfad war teils ein wenig schlammig und Pfützen hatten sich in den Kuhlen gebildet. Laya raffte den Saum ihres Gewandes, nahm Anlauf und sprang über eine große Lache, die fast die gesamte Breite des Wegs einnahm. Dabei rutschte ihre Kapuze vom Kopf. Noch ehe es ihr gelungen war, sie wieder überzuziehen, verfolgte sie eine wütende Stimme: »Bleib stehen, du Miststück!«

19. Kapitel

Ansgar fluchte innerlich und bog hastig in den Raum unter der Sakristei ab, in dem er bereits einmal mit Laya gewesen war, als sie den geheimen Gang erforscht hatten. Er nahm aus Richtung des Ausgangs, der in den Abgrund führte, Schritte wahr, die sich langsam näherten. Diese schlurfende Aufeinanderfolge kam ihm nur allzu bekannt vor. Er schirmte das spärliche Licht des Kienspans mit seinem Körper ab. Durch die verwinkelten Wände war er sicher, dass Bruder Gebhard den Lichtschein nicht gewahr wurde.

Sein Herz begann zu rasen, als die Geräusche auf dem Gang verstummten. Ansgar wagte nicht zu atmen. Nach einem Moment der Ewigkeit fanden die Schritte wieder in ihren Rhythmus zurück.

Ansgar wartete noch ein Weilchen, bis er sicher war, dass der Cellerar den Rückweg durch den versteckten Zugang, der in die Sakristei führte, angetreten hatte. Er atmete erleichtert aus und versuchte seinen pochenden Herzschlag zu beruhigen.

So ein Pech! Hoffentlich war Laya ihm nicht in die Arme gelaufen. Vielleicht hatte sie das Kloster auch noch gar nicht verlassen, obwohl auf Hildas Aussage normalerweise Verlass war. Auf jeden Fall hatte Bruder Gebhard hinter sich die Strickleiter wieder hochgezogen und Laya den Rückweg abgeschnitten.

Ansgar überlegte kurz, ob er nicht besser den Weg über die Brücke nehmen sollte. Denn es konnte immerhin sein, das Bruder Gebhard zurückkehren und dann stutzig werden würde, wenn er die Strickleiter herabgelassen vorfände. Doch dann entschied er sich dagegen. Zum einen fiel ihm kein glaubhafter

Grund ein, mit dem er so spontan um eine Ausgangserlaubnis bitten könnte. Vermutlich würde Bruder Gebhard sich ohnehin eher selbst infrage stellen und annehmen, die Leiter nicht richtig befestigt zu haben, als zu vermuten, jemand anders hätte den Gang entdeckt.

Wenig später zog Ansgar vorsichtig den Riegel zurück und lauschte. Da er nichts Verdächtiges hörte, tastete er sich bis zur Leiter vor und ließ sie in den Schacht hinunter.

Er klemmte sich den Kienspan zwischen die Zähne, hängte das Seil seines Beutels über die Schulter und hangelte sich die Strickleiter hinab. Das Klappern der hölzernen Sprossen, wenn sie hin und wieder die Felswand berührten, dröhnte in seinen Ohren unerträglich laut. Wenn Laya in der Nähe war, musste sie es unweigerlich hören.

Bald darauf hatte er den Boden erreicht. Sofort eilte er dem Tageslicht entgegen, das ihm den Ausgang aus der Höhle wies. Als Ansgar die mannshohe Öffnung passierte, schirmte er die Augen gegen die Helligkeit ab und kniff sie leicht zusammen. Ein steiniger Pfad wand sich zwischen kleineren Felsformationen hinab, die in einiger Entfernung an eine Bergwiese grenzten. Plötzlich sah er eine Gestalt in einem dunklen Mantel zwischen den Steinen hervortreten. Zielstrebig machte sie sich daran, die Alm zu überqueren.

Laya war es also tatsächlich gelungen, Bruder Gebhard auszuweichen. Doch nun durfte er ihren Vorsprung nicht allzu groß werden lassen. Sonst würde er ihre Spur verlieren, sobald sie das Tal erreichte. In Windeseile öffnete er den Beutel und entnahm ihm ein braunes Hemd, eine etwas dunklere Hose und eine passende Kopfbedeckung. Laya in seinem hellen Habit zu verfolgen, war ihm widersinnig erschienen und so hatte er sich heimlich aus der Kleiderkammer bedient. Ab und an gelangte das Kloster in den Besitz weltlicher Kleidung. Meist waren es vergessene Überbleibsel von Besuchern, teils auch Spenden oder Bezahlungen für die Pflege von weltlichen Kranken.

Nachdem er sich umgezogen hatte, stopfte er sein klösterliches Gewand in den Beutel und verbarg diesen hinter einem Fels. Er steckte sich ein wenig Proviant in die Taschen und eilte Laya nach.

Bald darauf erreichte er die Stelle, wo der Pfad auf die Wiese mündete. Er wollte gerade um einen größeren Felsbrocken biegen, als er zurückprallte. Laya stand auf der anderen Seite der Alm und sah herüber. Hatte sie ihn bemerkt?

Er hoffte nicht, denn sie drehte sich nach einigen Atemzügen wieder um und setzte ihren Weg fort. Ansgar gemahnte sich, vorsichtiger zu sein, und wartete noch eine ganze Weile, nachdem Laya zwischen den Bäumen verschwunden war. Auf der Wiese hatte er keinerlei Deckungsmöglichkeiten, und er wollte sie auch nicht bäuchlings überqueren, obwohl das in Hemd und Hose viel einfacher zu bewerkstelligen war als in seinem Habit.

Ansgar genoss es sehr, dass seine Beine wieder einzeln von Stoff umhüllt waren, der sich an der Innenseite seiner Schenkel ungewohnt und doch vertraut anfühlte. Endlich konnte er wieder einmal rennen. Und das nutzte er weidlich aus, als er wenig später über die Wiese lief, so schnell er konnte. Völlig außer Atem erreichte er den Waldrand. Er beugte sich vor und stützte die Hände auf den Knien ab. Dieses gemächliche Gehen und ständige Beten waren seiner körperlichen Leistungsfähigkeit abträglich. In diesem Zustand war mit ihm keine Fehde mehr zu gewinnen, dachte er selbstkritisch.

Ansgar gönnte sich noch einige tiefe Atemzüge, ehe er sich aufrichtete und dem Weg weiter folgte. Als er den Hauptweg erreichte, entdeckte er drei Steine, die den Fuß einer Tanne schmückten. Ob Laya sich den Abzweig markiert hatte? Unwillkürlich musste er schmunzeln. So eine Füchsin!

Es dauerte nicht lange, bis er Laya entdeckte. In gebührendem Abstand folgte er der jungen Frau, die sich nach Norden wandte und zielstrebig ausschritt. Zu wem auch immer sie wollte, Hanno von Gladen war es jedenfalls nicht.

Je weiter die Zeit voranschritt, desto sicherer wurde Ansgar, dass Laya sich bestens in der Gegend auskannte. Sie nutzte Schleichwege, um die Dörfer oder Weiler zu umgehen, die er ohne sie niemals gefunden hätte. Schließlich durchquerte sie doch ein Dorf. Sie hielt den Kopf gesenkt und achtete deutlich darauf, dass die Kapuze ihres Mantels ihr Gesicht verdeckte. An einer Umzäunung, die zu einem kleineren Bauernhof gehörte, hielt sie schließlich an und sah sich wachsam um.

Ansgar verbarg sich hinter der Ecke einer Scheune und beobachtete, wie Laya zunächst die rote Katze kraulte, die auf der Bank lag. Das Tier gähnte ausgiebig und genoss die Streicheleinheiten.

Für Ansgar stand nun fest, dass es sich hier um Layas Zuhause handeln musste. Seine Annahme bestätigte sich, als eine jüngere Ausgabe von Laya auf deren Klopfen hin die Tür öffnete und die beiden sich nach einem kurzen Überraschungsmoment in die Arme fielen. Er musste hilflos beobachten, wie Laya im Haus verschwand. Zu gerne hätte er gelauscht, sah aber keine Möglichkeit, sich ungesehen anzuschleichen, weil sich zwei kleinere Kinder im hinteren Teil des Hofs aufhielten und die Hühner fütterten.

Er überlegte, ob er sich derweil im Dorf umhören sollte, entschied sich jedoch dagegen. Laya durfte ihm nicht entwischen. Sie würde ihm wohl kaum ausweichen können, wenn er sie im Anschluss zur Rede stellte.

So wartete er in seinem Versteck und bemerkte, wie ein Mann, der seine besten Jahre bereits hinter sich gelassen hatte, an der Seite eines Jünglings den Hof betrat. Das musste Layas Vater sein. Ob sie in Schwierigkeiten steckte?

Die kleinen Kinder waren ins Haus gegangen, er könnte sich also unentdeckt nähern. Ansgar hatte gerade den Entschluss gefasst, sein Versteck zu verlassen, als die Kinder in Begleitung ihres älteren Bruders wieder den Hinterhof betraten und seinen Plan zunichtemachten. Er musste also weiter abwarten, wenn auch nicht sehr lange, dann trat Laya erneut vor die Tür, wieder hatte sie die Kapuze ihres Umhangs weit in die Stirn gezogen und machte sich auf den Rückweg durch das Dorf.

Ansgar folgte ihr in einigem Abstand und erschrak, als sie plötzlich stehen blieb und sich umdrehte. Mit einem beherzten Sprung hinter die nächste Hausecke rettete er sich aus ihrem Blickfeld.

Sein Herz klopfte laut vor Schreck, als er sich an die Wand lehnte und einige Atemzüge abwartete, ehe er vorsichtig um die Ecke sah. Laya setzte ihren Weg energisch, aber mit gesenktem Kopf fort. Dabei wich sie geschickt den Pfützen aus. Sich möglichst dicht im Schatten der Häuser haltend, folgte Ansgar ihr.

In einem Garten, der zu einem lehmverputzten Gebäude gehörte und von einem Staketenzaun gegen ungewolltes Eindringen von Mensch und Tier gesichert war, erntete eine Frau den letzten Winterkohl. Sie richtete sich auf, und ihre Blicke saugten sich an Laya fest. Als sie über eine Pfütze sprang und ihre Kapuze vom Kopf rutschte, ließ die Frau den Korb samt Kohl fallen und schrie: »Bleib stehen, du Miststück.«

Schnellen Schrittes eilte sie auf das Tor zu, während Laya auf der Mitte des Weges stehen geblieben war und der Frau zutiefst erschrocken entgegenblickte.

Ansgar nutzte die Gelegenheit und schlich näher an die beiden heran, die sich gegenseitig mit Blicken zu erdolchen schienen. Er stieg über den niedrigen Zaun des benachbarten Gebäudes und duckte sich hinter einen Karren, der mit Stallmist beladen war.

Die wütende Frau öffnete das Tor und stemmte die Hände in die Hüften. »Dass du es wagst, hier aufzutauchen, wo du doch meinen Sohn auf dem Gewissen hast.«

Laya schüttelte heftig den Kopf und hob abwehrend die Hände. »Nein, Söldnerin, ich kann nichts dafür. Julian und ich haben ein Geröllfeld überquert. Die Steine waren feucht und wir verloren den Halt. Plötzlich lösten sich etliche Brocken aus den Felsen über uns. Wir wurden mehrfach getroffen und ich verlor das Bewusstsein.«

Die Frau deutete mit ausgestrecktem Zeigefinger auf Laya. »Du hast ihn im Stich gelassen und nur daran gedacht, deine eigene erbärmliche Haut zu retten.«

Laya trat einen Schritt auf sie zu. »So war das nicht. Ich hatte Glück, wurde gefunden und gesund gepflegt, konnte mich aber bis vor Kurzem an nichts mehr erinnern. Deshalb bin ich erst jetzt zurückgekehrt und habe gerade eben von meiner Familie erfahren, dass Julian gefunden wurde.«

Ansgar kniff die Augen zusammen. Weshalb belog Laya die Frau? Sie war nicht gefunden worden, sondern hatte sich selbst zum Kloster geschleppt. Außerdem befand sich in der Nähe des Klosters kein Geröllfeld. Jedenfalls war ihm keins bekannt. So zugerichtet, wie sie an die Pforte geklopft hatte, konnte ihr Weg nicht allzu weit gewesen sein.

Verdrossen beobachtete er, wie Laya auf die Frau zutrat und leise auf sie einsprach. Jetzt konnte er nichts mehr verstehen, ohne seine Deckung zu verlassen, und das wagte er nicht. Aber er sah, wie die harten Züge der Frau weicher wurden. Schließlich hielt sie sich beide Hände vors Gesicht und begann zu schluchzen. Laya rieb ihr ein wenig hilflos über die Arme. Zwei weitere Frauen kamen aus den Nachbarhäusern hinzu.

Ansgar bemerkte, wie unangenehm Laya das war, doch er konnte ihr nicht helfen. Die Geschichte mit ihrem Gedächtnisverlust glaubte er schon lange nicht mehr. Ihr Besuch in ihrem Heimatdorf bestätigte ihn darin. Doch dass Laya mit einem Mann namens Julian unterwegs gewesen war, versetzte ihm einen schmerzhaften Stich. Er ahnte, dass dieser mehr für sie gewesen war als ein schlichter Wegbegleiter.

Ihm fiel der Besuch bei dem Müller ein und er erinnerte sich an Layas entsetzten Blick, als sie dessen Ziehsohn zu Gesicht bekommen hatte. Wie hieß der Junge noch gleich – Julius? Ansgar schnappte nach Luft. War es dieser Julian, den sie in dem Müllersburschen erkannt zu haben geglaubt hatte? War der Junge tatsächlich der Bruder, so hatte die Frau ein Recht darauf zu erfahren, dass ihr zweiter Sohn noch lebte, auch wenn sie selbst ihr Kind vor langer Zeit weggegeben hatte. Möglicherweise bereute sie es inzwischen bitter.

Söldnerin hatte Laya Julians Mutter genannt. Das deutete darauf hin, dass ihr Mann seine Familie nicht von dem kleinen Hof ernähren konnte und sich ein Zubrot als Tagelöhner verdienen musste. Ob Laya mit dem Sohn fortgelaufen war?

Das ergab einen Sinn, denn das Anwesen von Layas Vater war um einiges größer als das des Kleinbauern, und der würde die Hand seiner Tochter sicherlich nicht einem Habenichts geben wollen. Doch weshalb hatten die beiden nicht bis zum Frühjahr gewartet?

Erneut durchzuckte Ansgar ein Stich, wenn er daran dachte, dass den beiden dazu möglicherweise keine Zeit mehr geblieben war. Doch Laya erwartete kein Kind, wie er sich mit einiger Erleichterung ins Gedächtnis rief.

Ansgar entschied, Laya zur Rede zu stellen, sobald sie außer Sichtweite des Dorfes waren, und endlich dafür zu sorgen, dass sie die Wahrheit sagte.

Während er in seine Grübeleien versunken war, hatten sich noch mehr Dorfbewohner um Laya geschart. Julians Mutter hatte sich wieder in der Gewalt und stieß Laya grob von sich.

»Geh mir aus den Augen, du Metze. Mit Worten warst du schon immer bewanderter als unsereins und hast damit auch meinen Julian in dein Netz gelockt.«

»Das ist nicht wahr, ich habe ihn geliebt«, rief Laya empört und Ansgar hatte plötzlich das Gefühl, keine Luft mehr zu bekommen. Aus einem Impuls heraus musste er plötzlich hüsteln und war dankbar, dass keiner der Anwesenden etwas davon bemerkte.

Kurz darauf wurde ihm klar, weshalb das so war. Die Aufmerksamkeit aller richtete sich auf einen sehr rundlichen jungen Mann mit einem kleinen Doppelkinn und einer Nase, die an eine rote Knolle erinnerte, der zielstrebig auf die Gruppe zuschritt. Seine Füße steckten in Lederstiefeln und sein Umhang war aus grün gefärbter Wolle von guter Qualität. Die schlammfarbenen Haare klebten feucht an seinen Schläfen und der Blick seiner hellblauen Augen war fest auf Laya gerichtet.

Die Menge verstummte und bildete eine Gasse, durch die der Neuankömmling mit einer Selbstverständlichkeit hindurchschritt, die Ansgar zeigte, dass der Mann hier im Dorf etwas zu sagen hatte.

Laya hatte sich zu ihm umgedreht und wirkte unnatürlich blass, was Ansgar instinktiv dazu veranlasste, die Muskeln anzuspannen. Seine Finger tasteten unwillkürlich zu dem Dolch, den er am Gürtel trug.

»Sieh an, wen haben wir denn da?«

Die ölige Stimme verursachte Ansgar einen Schauder, der ihm den Rücken hinunterlief. Seine Nackenhaare stellten sich auf.

»Wenn das nicht die davongelaufene Tochter vom alten Folkert ist.« Sein Blick wanderte anzüglich über Layas Figur und verharrte für Ansgars Geschmack ein wenig zu lange auf ihrem Ausschnitt. »Jetzt, wo dein Geliebter in der Hölle schmort, kommst du also zu mir zurückgekrochen.«

Julians Mutter stieß einen gequälten Laut aus und bekreuzigte sich. Laya hielt den Rücken gerade, erwiderte jedoch nichts.

»Wenn du glaubst, ich würde dir jetzt noch einen Platz als meine Gemahlin anbieten, dann hast du dich geschnitten. Ich will keine beschädigte Ware.« Der Mann blieb auf Armeslänge vor Laya stehen. Um seinen Mund hatte sich ein grausamer Zug gebildet. »Immerhin trägst du keinen Bankert unter dem Herzen.« Er packte Laya am Oberarm. »Komm mit mir.«

Sie wehrte sich und versuchte, sich aus seiner Umklammerung zu befreien. »Lass mich los, Michel. Ich bin nicht deinetwegen hier und gehe nirgends mit dir hin.«

Ansgar richtete sich hinter dem Karren auf. Die anderen Frauen standen reglos da und folgten dem Schauspiel. Er konnte Häme und Schadenfreude, aber teils auch Mitleid auf ihren Mienen lesen.

»Halsstarriges Weib! Ich werde dir die Flausen schon noch austreiben.« Mit diesen Worten hob Michel die freie Hand und schlug Laya ins Gesicht. Ihre Lippe platzte auf und Tränen des Schmerzes schossen in ihre Augen. Doch sie ließ sich nicht einschüchtern, sondern trat nach ihrem Peiniger, der trotz seiner Körperfülle behände auswich. Michel wollte erneut nach Laya greifen, doch da hatte Ansgar schon rüde zwei Frauen beiseitegeschubst und seinen erhobenen Arm gepackt.

»Lass die Finger von ihr«, zischte er böse.

Laya keuchte überrascht auf, doch zu Ansgars Erstaunen ließ Michel sie tatsächlich los. »Misch dich nicht ein, Fremder. Ich kann meine Magd züchtigen, wie es mir beliebt.«

Er trat einen Schritt zurück und Ansgar löste seinen Griff.

»Sie ist nicht deine Magd. Laya gehört zu mir.« Weshalb hatte er das gesagt? Noch ehe er darüber nachdenken konnte, verzog Michel höhnisch den Mund.

»Laya? Ihr Name ist Lena. Weißt du das etwa nicht?«

Ansgar ignorierte den Stich des Misstrauens und lächelte kalt. »Für mich heißt sie Laya, es gefällt mir nun mal besser.« Er schob sich zwischen die beiden und drehte Laya den Rücken zu. »Ich habe ihr lediglich zugestanden, ihre Familie aufzusuchen, und nehme sie jetzt wieder mit mir.«

»Aber sie war allein unterwegs«, widersprach Julians Mutter.

Ansgar warf ihr einen bösen Blick zu und deutete mit dem Daumen über seine Schulter. »Ich habe da hinten an der Ecke mein Wasser abgeschlagen und sie ist vorausgegangen, vorlautes Weib.«

Die Frau machte Anstalten, ihm zu widersprechen, doch er kam ihr zuvor. »Halt den Mund, sonst überlege ich es mir nochmals und du wirst nie erfahren, was ich über deinen Sohn weiß.«

Die Söldnerin schluckte und schwieg.

Michel hatte derweil die Hände zu Fäusten geballt und legte den Kopf ein wenig in den Nacken, damit er Ansgar in die Augen sehen konnte.

»Lass dich nicht von ihrem hübschen Gesicht täuschen. Sie hat den Teufel im Leib und lockt die Männer ins Verderben.«

Einige der Umstehenden bekreuzigten sich.

Ansgar lachte gezwungen auf. »Und dennoch willst du sie für dich?«

»Sie gehört hierher und darf nicht einfach gehen«, wiederholte Michel bockig.

»Weshalb? Ist sie eine Hörige?« Ansgar blieb ruhig, dennoch fuhr ihm der Schreck durch die Glieder. So wie die meisten Bauern gehörte auch sie bestimmt mittlerweile zu den Unfreien, die fest mit dem Land, das sie bewirtschafteten, verbunden waren und zusätzliche Frondienste für den Grundherrn leisten mussten. Dann würde es Ärger für das Kloster geben, wenn er sie einfach wieder mitnahm. Auch wenn ihn dies nicht davon abhalten würde.

»Ich bin die Tochter eines freien Bauern und kann gehen, wohin ich will«, erklang Layas Stimme in seinem Rücken.

Ansgar unterdrückte ein erleichtertes Aufatmen. Es juckte ihn in den Fingern, dem feisten Kerl auf schmerzhafte Weise den Schlag zu vergelten, den er Laya versetzt hatte, und beschloss, ihn ein wenig zu provozieren. »Jetzt mach den Weg frei, Bursche, sonst liegst du gleich im Dreck.«

Michel biss die Zähne zusammen, griff ihn jedoch nicht an, wie Ansgar gehofft hatte. Deshalb wandte er sich zu Laya um. Sie sog hörbar die Luft ein und ihre Augen weiteten sich vor Schreck. Sein Plan war aufgegangen.

Blitzschnell fuhr er herum. Mit dem linken Arm wehrte er Michels Faust ab, um ihn seinerseits mit einer geraden Rechten mitten ins Gesicht zu treffen. Mit einem Stöhnen taumelte sein Angreifer zurück und bedeckte seine Nase mit beiden Händen. Mit Genugtuung bemerkte Ansgar das Blut, das zwischen dessen Fingern hindurchtropfte.

Er setzte nach und verpasste Michel einen Schwinger in den Magen und noch einen gegen die Rippen, die ihn zusammenklappen ließen wie einen Faltstuhl. Ansgar musste sich zurückhalten, ihm nicht nochmals in die Seite zu treten. Die Wut darüber, wie der Mann Laya behandelt hatte, schwelte noch immer in ihm. Doch einen Wehrlosen zu misshandeln, war seiner nicht würdig.

So richtete er seinen Zorn auf die Umstehenden. »Was steht ihr herum und sperrt den Maulaffen gleich die Münder auf? Geht eurer Wege, hier gibt es nichts mehr zu sehen.«

Obwohl Ansgar im Grunde nicht besser gekleidet war als sie, strahlte er das natürliche Selbstbewusstsein eines Höhergestellten aus, der es gewohnt war, dass ihm widerstandslos gehorcht wurde. Die Weiber murrten zwar vereinzelt, drehten sich aber um und gingen wieder ihren Beschäftigungen nach.

Eine jüngere Frau versuchte Michel aufzuhelfen, doch der

wischte ihre Hand unwirsch beiseite. »Das wirst du mir büßen«, drohte er, nachdem er sich aufgerappelt hatte und einige Schritte zurückgetreten war. Seine Nase blutete noch ein wenig und einige rote Tropfen zierten nun die Vorderseite seines hellen Leinenhemds.

Ansgar nahm die Worte nicht sonderlich ernst. Michel trachtete lediglich danach, sein Gesicht zu wahren. Ansgar hielt ihn für einen Feigling, dennoch war es vorsichtshalber besser, ihn vor unbedachten Handlungen zu warnen. »Hüte dich vor meiner Familie, Bauer«, sagte er deshalb scharf. »Du hast nicht den Hauch einer Ahnung, wer dir gegenübersteht und mit wem du dich gerade anlegst.«

Zufrieden bemerkte er, wie sich Unsicherheit auf Michels Zügen ausbreitete. Sein Gegenüber wischte sich nochmals mit dem Hemdsärmel über die Nase. Dadurch verschmierte er das Blut bis zum Kinn und verteilte es auf dem Stoff. Es sah schlimmer aus, als es war, und Ansgar konnte sich lebhaft vorstellen, wie Michel daheim behaupten würde, er wäre von mehreren Männern angegriffen worden.

In den Augen des anderen blitzte Gehässigkeit auf, als er an Ansgars Schulter vorbei auf Laya starrte. »Ich hoffe, du hast gerade verstanden, zu was dein neuer Buhle fähig ist.«

Zornig trat Ansgar einen Schritt auf Michel zu. »Ich zeige dir gleich, zu was ich noch fähig bin, wenn du nicht augenblicklich das Weite suchst.«

Michel zog den Kopf zwischen die Schultern, warf ihm noch einen letzten bösen Blick zu, ehe er sich umdrehte und bald darauf zwischen den Häusern verschwand.

Erst jetzt drehte Ansgar sich zu den verbliebenen beiden Frauen um. Layas Ausdruck konnte er nicht richtig deuten. Er glaubte, Erleichterung auf ihren Zügen zu erkennen, aber da war noch etwas anderes. Verlegenheit? Verwunderung? Schuldbewusstsein?

»Geht es dir gut?«, fragte er mit Blick auf ihre angeschwollene Lippe.

Sie nickte stumm.

»Was wisst Ihr über meinen Julian?«, erinnerte die Frau ihn an sein gegebenes Versprechen.

Ansgar fiel auf, dass sie die förmliche Anrede benutzte, und war sich nicht sicher, ob sie nur höflich sein wollte, um an ihr Ziel zu gelangen, oder sie gar erkannt hatte, dass er nicht der einfache Mann war, den seine Kleidung vortäuschte.

»Gar nichts«, antwortete er gelassen.

Julians Mutter schnappte hörbar nach Luft. Ihre ohnehin vergrämte Miene wurde noch ein wenig schwermütiger, als der Hoffnungsschimmer in ihren Augen erlosch.

Ansgar näherte sich und beugte sich zu ihr hinunter, sodass er seinen Mund nah an ihr Ohr brachte. Dabei drehte er den Kopf, sodass sein Blick fest auf Laya ruhte. Er sprach gerade so laut, dass auch sie es hören konnte: »Ich meinte deinen anderen Sohn – Julius.«

20. Kapitel

Laya starrte Ansgar verblüfft an. Dann fiel ihr ein, dass er schon nach dem Besuch des Müllers den Verdacht geäußert hatte, dass Laya in dem Müllersburschen jemanden wiedererkannt hatte. Ansgar war gescheit, doch sie war unsicher, ob ihr das nicht eines Tages zum Verhängnis werden konnte.

»Julius?« Ruthilds Stimme klang brüchig. Sie begann zu zittern und ihre Knie drohten nachzugeben. Ansgar packte sie an den Oberarmen und verhinderte einen Sturz.

»Setzen wir uns«, entschied er und deutete mit dem Kinn auf die schmale Holzbank, die neben der windschiefen Eingangstür des kleinen, mit Stroh gedeckten Hauses stand. Laya hielt das Gartentor auf, bis die beiden hindurchgegangen waren, wobei Ansgar Julians Mutter stützte. Vorsichtig ließ er sie auf der Bank nieder und setzte sich daneben. Mangels Platzes blieb Laya vor den beiden stehen.

»Woher kennt Ihr seinen Namen? Und woher wisst Ihr, dass er mein Sohn ist? Habt ihr wirklich Nachricht von Julius? Er lebt und Ihr habt ihn gesehen?«, hob Ruth an und betrachtete Ansgar misstrauisch.

»Er lebt ein gutes Stück entfernt von hier bei einem Müller am Glambach«, begann Ansgar und ergriff ihre bebenden Hände. Angst zeichnete sich auf ihrem Gesicht ab, als hegte sie die Befürchtung, Ansgar könnte sie dafür zur Verantwortung ziehen, dass sie ihr Kind damals fortgegeben hatte. »Laya schien den Sohn eines Müllers, den wir kürzlich aufsuchten, zu erkennen oder vielmehr zu verwechseln. Als wir erfuhren, dass der Bursche nicht das leibliche Kind des Müllers war, kam ich zu dem Schluss, dass es sich hier wahrscheinlich um einen verlorenen Zwilling handeln musste. Ein Gespräch mit der Ziehmutter des Jungen bestätigte meinen Verdacht. Layas Reaktion auf das scheinbare Erkennen des Müllerssohnes gepaart mit dem Wissen, dass sie, wie es aussieht, mit deinem Sohn aus ihrer Heimat geflohen ist und er auf dieser Flucht ums Leben kam, lässt mich zu dem Schluss kommen, dass es Julian sein muss, den sie in Julius, dem Sohn des Müllers, erkannt zu haben glaubte.«

»Wisst Ihr außerdem noch etwas über meinen Julian und über die Umstände seines Todes?« Ein giftiger Blick aus ihren grauen Augen traf Laya.

»Nein«, erwiderte Ansgar und sah Laya beschwörend an. »Aber nachdem wir Julius trafen, hat sie mir von Julian erzählt. Laya hat ihn wirklich geliebt und war außer sich, sie wollte dich unbedingt aufsuchen, um es dir zu berichten.«

Den ungläubigen Ausdruck auf dem von Gram gezeichneten Gesicht mit den eingefallenen Wangen ignorierend, fuhr er fort: »Dem Herr hat es gefallen, dir einen Sohn zu nehmen, aber durch Laya erhältst du mit Gottes Willen deinen anderen zurück, den du als Kind seinem Schicksal überlassen hast.«

»Wir wussten uns nicht anders zu helfen«, jammerte Ruthild leise. »Wir hatten kaum das Nötigste zum Leben und dann auch noch eine Zwillingsgeburt. So ein Unglück! Mein Gemahl verdächtigte mich der Unzucht, weil es heißt, dass Mehrlingsgeburten durch mehrfache Vereinigung entstehen. Ich habe mich bei den Gebeinen der Heiligen Susanna gegen diese Verleumdung gewehrt. Schließlich glaubte er mir, zwang mich jedoch, mich für eins der Kinder zu entscheiden. Ich gab den Zweitgeborenen in gute Hände und bete seitdem für seine Seele.« In ihren Augen schimmerten Tränen. »Und es geht Julius wirklich gut?«

Ansgar nickte. »Seine Ziehmutter liebt ihn sehr.« Er ließ Ruthilds Hände los und erhob sich.

Die Frau schniefte leise und wischte sich mit dem Ärmel über die Nase. »Dem Herrgott gefällt es wahrlich, meine Familie zu prüfen und zu strafen.«

»Was meinst du damit?«, fragte Ansgar, der nicht verstand, weshalb Ruthild nicht vor Freude über ihren wiedergefundenen Sohn außer sich wär.

Die Söldnerin seufzte schwer. »Letztes Jahr ist meine Nichte ebenfalls tot aufgefunden worden. Ihr gesamter Rücken war mit Peitschenhieben übersät und jemand hatte sich an ihr vergangen. Der Mörder wurde nie gefasst. Dabei war meine Schwester so glücklich gewesen, sprach von einer einmaligen Gelegenheit, die sich für meine Nichte geboten hatte und die großes Glück verheißen sollte.«

Ansgar atmete tief durch. »Welche Haarfarbe hatte das Mädchen?«

Mochte der Frau seine Frage auch ungewöhnlich vorkommen, so ließ sie sich nichts anmerken und antwortete gehorsam: »Dunkelblond.«

Ansgar tauschte mit Laya einen wissenden Blick. Ihr Verdacht, was mit den Mädchen geschehen war, hatte sich bestätigt.

»Wir müssen weiter«, sagte er. Ansgar sah keinen Sinn darin, der Frau noch mehr Schmerzen zuzufügen, indem er ihr die Wahrheit über den Tod ihrer Nichte eröffnete. Deshalb lenkte er ihre Gedanken wieder zurück auf ihren verlorenen Sohn. »Du weißt nun, wo du Julius finden kannst, und denke daran, dass du ohne Laya nie von ihm erfahren hättest.«

Ruthild blickte zu ihr auf. »Du nennst dich jetzt also Laya?«

Die seufzte. »Ich will mein altes Leben hinter mir lassen. Sobald die Pässe offen sind, gehe ich über die Alpen nach Süden. Ich wünsche dir alles Gute und dass du Julius bald in deine Arme schließen kannst.«

Ansgar sah sie überrascht an, schwieg jedoch.

Sie verabschiedeten sich von Ruthild, in deren Augen ein Hoffnungsschimmer zurückgekehrt war, und verließen unbehelligt das Dorf.

***

Auf dem Rückweg kamen sie schneller voran, da sie die Höfe und Weiler nicht mehr umgingen. An Ansgars Seite würde niemand Laya erkennen, dennoch versteckte sie in der Nähe der Häuser vorsichtshalber ihr Haar unter der Kapuze und hielt den Kopf gesenkt.

Sie war angespannt, warf dem schweigenden Ansgar immer wieder einen verstohlenen Blick zu. Weshalb sagte er nichts? Es mussten doch viele Fragen auf seiner Zunge brennen. Ob er darauf wartete, dass sie den Anfang machte?

Doch sie musste erst einmal selbst das Erfahrene verarbeiten. Ihr Gefühl hatte sie also nicht getrogen und sie war verfolgt worden. Zum Glück von Ansgar und nicht von dem Häscher, der für seinen Herrn Mädchen beschaffte und umbrachte.

Sie fröstelte plötzlich und zog ihren Mantel enger um sich. Mit Ansgar an ihrer Seite fühlte sie sich sicher. Er wusste sich zu verteidigen. Sie warf ihm einen kurzen Blick zu. Die weltliche Kleidung, wenn sie auch einfach war, stand ihm ausgesprochen gut. Er bewegte sich darin geschmeidig und strahlte eine Eleganz aus, als wären Hemd und Hose aus kostbaren Stoffen gewebt.

Dennoch konnte sie einen Anflug von Ärger nicht unterdrücken. Bestimmt war es Hilda zu verdanken, dass die Magistra Ansgar auf ihre Fährte gesetzt hatte, um herauszufinden, was sie im Schilde führte. War etwa allen bewusst gewesen, dass sie ihr Gedächtnis gar nicht verloren hatte? Das konnte Laya nicht glauben. Möglicherweise hatten sie sich lediglich um ihre Unversehrtheit gesorgt. Es wäre ein leichtes gewesen, Ansgar einfach danach zu fragen, doch die Worte wollten nicht über ihre Lippen kommen.

Konnte es sein, dass ihr Wohl fremden Menschen mehr am Herzen lag als ihrem eigenen Vater? Laya dachte an ihr Gespräch mit ihm zurück und schniefte unwillkürlich. Einerseits war sie erleichtert, dass er nicht die Mörder gedungen hatte, andererseits war sie immer noch entsetzt, dass er sie verkauft hatte. Auch wenn er es angeblich in der besten Absicht getan hatte, um ihre Geschwister vor einem Leben als Hörige zu bewahren, so war es nicht recht gewesen. Sie konnte nur hoffen, dass es ihn aufgerüttelt hatte, von den toten Mädchen zu erfahren. Jetzt, wo er wusste, was mit ihnen geschah, würde er Adele bestimmt niemals diesem Schicksal ausliefern.

Laya seufzte hörbar auf. Nein, so grausam war ihr Vater nicht.

»Kann ich dir helfen?«, riss Ansgar sie aus ihren Gedanken.

»Was?«, brachte sie irritiert hervor.

Er blieb stehen und maß sie mit einem verächtlichen Blick. »Du seufzt und stöhnst zum Gotterbarmen. Plagt dich das schlechte Gewissen, weil du uns alle belogen hast, oder hast du Angst, das warme Nest, in das du dich eingeschlichen hast, umgehend verlassen zu müssen? Ach, ich vergaß, du willst dich ja ohnehin auf den Weg nach Süden machen, wenn die Alpenüberquerung gefahrlos möglich ist.«

Er war zutiefst verärgert, und Laya konnte es ihm nicht einmal verdenken. »Ich glaube, ich bin dir eine Erklärung schuldig«, sagte sie leise.

»Das wäre wirklich zu gütig von Euch, edles Fräulein«, antwortete er bissig.

Layas Mut sank. Um etwas Zeit zu gewinnen und weil ihre Kehle ausgedörrt war, nahm sie die Gurde vom Gürtel und trank zügig einige Schlucke. Wortlos hielt sie Ansgar den

Kürbis hin, der ihn nach einem kurzen Zögern ergriff und ebenfalls seinen Durst stillte.

»Danke, dass du mich gerettet hast«, begann sie, verschloss die Gurde wieder und war geneigt, eine kurze Rast einzulegen. Doch die Sonne hatte bereits die obersten Bergspitzen erreicht. Das Tageslicht würde bald schwinden, und der anstrengendste Teil des Weges stand ihnen noch bevor. Es war besser weiterzugehen.

Ansgar quittierte ihren Dank mit einem Brummen. Das trug nicht dazu bei, Laya zu ermuntern. Ihr Herz schlug heftig und ihr Nacken wurde heiß.

»Nun spuck es schon aus«, knurrte Ansgar. »Ich werde dir bestimmt nicht dein hübsches Köpfchen von den Schultern reißen. Außerdem weiß ich mittlerweile bereits einiges von dir.«

Er fand sie hübsch? Laya war irritiert, versuchte dem jedoch keine Bedeutung beizumessen. Wahrscheinlich war es nur seine Art, sie aufzumuntern, und zudem hatte er allem Weltlichen mit seinem Eintritt in den Orden entsagt.

Sie raffte ihren restlichen Mut zusammen und bekannte: »Du hast recht, ich habe mein Gedächtnis nicht verloren. Ich bin gegen den Willen meines Vaters mit Julian fortgelaufen, um ein neues Leben fern von unserer Heimat zu beginnen. Doch wir sind nicht weit gekommen. Im Wald auf dem Weg nach Curia, unterhalb von Tannhöhe, wurden wir überfallen und Julian dabei getötet.«

Sie stockte, als erneut das Bild von Julians gebrochenem Blick vor ihrem inneren Auge entstand.

»Du wurdest geschlagen und getreten. Haben sie dich für tot gehalten, sodass du ihnen entkommen konntest?«, fragte Ansgar mit belegter Stimme und blieb stehen. Sein Blick war undurchschaubar.

Laya bestätigte seine Vermutung mit einem knappen Nicken. »Die beiden Männer hielten mich für tot, weil ich während des Kampfes einen Abhang hinabgerutscht und mit dem Kopf auf einem Stein aufgekommen bin. Für einen Moment habe ich das Bewusstsein verloren. Zu meinem Glück war ich, als ich wieder zu mir kam, geistesgegenwärtig genug, mich weiterhin tot zu stellen. Nachdem sie gegangen waren, nutzte ich die Gelegenheit und floh mit meiner letzten Kraft den Berg hinauf. Auch wenn mein Dorf nichts mit Tannhöhe zu schaffen hat, so wusste ich doch, dass das Kloster hier irgendwo in der Nähe sein musste. Letztendlich hatte ich einfach Glück im Unglück.«

Ansgar schnalzte tadelnd mit der Zunge. »Das musst du anders formulieren. Wenn du deine Geschichte der Magistra erzählst, sagst du gefälligst, dass Gott dich zu uns geführt hat.«

»Natürlich hat er das, und ich denke, ich weiß jetzt auch weshalb.«

Erstaunt hob Ansgar die Brauen. »Da bin ich aber gespannt.«

Laya erwiderte offen seinen Blick. »Um Julians Mördern das Handwerk zu legen und gleichzeitig zu verhindern, dass weitere junge Frauen verschleppt und missbraucht werden.«

Zum ersten Mal erlebte sie Ansgar sprachlos. Es schien ihr, als würde sogar die Farbe aus seinem Gesicht weichen. Doch bereits einen Moment später hatte er sich von seiner Überraschung erholt. Er trat auf sie zu und packte sie an den Schultern. »Willst du mir damit sagen, du warst für den geheimnisvollen Unbekannten bestimmt?«

»Ich dachte, mein Vater hätte die Männer beauftragt, uns zu verfolgen und mich zurückzubringen. Ich gelobte, ihn zur Rede zu stellen und für Julians Tod büßen zu lassen. Doch nach dem Besuch bei Hanno kamen mir erste Zweifel. Deshalb bin ich zurück nach Buchingen gegangen. Mein Vater eröffnete mir, dass er mich an den Mann verkauft hat, der uns überfiel.«

Während sie Ansgar alle Einzelheiten des Gesprächs berichtete, das in ihrem Elternhauses stattgefunden hatte, und auch nochmals genauer den Hergang des Überfalls wiedergab, rutschten seine Finger langsam von ihren Schultern ab. Sichtlich erschüttert lauschte er ihrer Schilderung. Als sie geendet hatte, umklammerte er plötzlich ihre Oberarme und schüttelte sie.

»Was hast du dir nur dabei gedacht, du dummes Mädchen, deinen Vater allein aufzusuchen? Es hätte wer weiß was passieren können. Ohne mich wäre die Sache im Dorf vielleicht nicht so glimpflich ausgegangen. Allenfalls glaubten Julians Mörder, dass du tot wärst, aber spätestens seit heute wird sich deine Wiederauferstehung herumsprechen wie ein Lauffeuer. Im schlimmsten Fall haben die Mörder Kenntnis von Kloster Tannhöhe. Dann ist es doch nur eine Frage der Zeit, bis sie dort auftauchen.«

Laya schüttelte den Kopf. »Und wenn schon, sie werden wohl kaum in den Frauentrakt spazieren und sich nach mir erkundigen.«

Erneut wurde sie kurz durchgeschüttelt. »Begreifst du denn nicht, dass das nicht nötig sein wird? Sie brauchen bloß den Abt oder den Pförtner zu fragen. Über den Winter haben wir keine Gäste beherbergt, aber nun ist das Frühjahr da und es werden wieder Menschen kommen, die auf einem der Alpenpässe die Berge überqueren wollen. Unter dieser Tarnung finden sie ganz schnell heraus, dass vor dem Christfest eine junge Frau in erbärmlichem Zustand an die Klosterpforte geklopft hat und Aufnahme fand.«

Ansgar hatte sich zu ihr hinuntergebeugt und sah ihr streng in die Augen. Sie spürte seinen Atem auf ihrem Gesicht. Nach einem kurzen Moment des wortlosen Verharrens stieß er sie mit einem verärgerten Ausruf von sich.

Heiße Angst überflutete sie. Er hatte recht, dieser Gedanke

war ihr trotz aller Vorsicht nicht gekommen. »Und wie soll es nun weitergehen?«, fragte sie angespannt.

Die Frage freute ihn offensichtlich, denn Ansgars Stimme wurde erheblich sanfter. »Zunächst sollten wir uns sputen, wenn wir das Kloster noch vor dem Abendgebet erreichen wollen. Dabei überlegen wir uns, welche Geschichte du der Magistra auftischst.«

Ansgar schritt zügig aus, und Laya hatte Mühe, ihm zu folgen, denn von nun an führte der Weg steil bergauf.

»Wie meinst du das?«, schnaufte sie, schon ganz außer Atem. »Ich werde ihr die volle Wahrheit sagen müssen.«

»Was deine Herkunft und den Überfall angeht, schon, aber im Hinblick auf deinen angeblichen Gedächtnisverlust solltest du ein wenig schwindeln. Behaupte einfach, deine Erinnerung wäre erst nach dem Besuch in Gladen zurückgekehrt. Wie ich die Magistra einschätze, hat sie ohnehin Verdacht geschöpft, aber dann stehst du nicht vollkommen als Lügnerin da.«

»Ich befürchte, sie wird mir die Tür weisen«, wandte Laya ein, die das Unvermeidliche gerne noch hinausgeschoben hätte.

Ansgar schüttelte den Kopf. »Wenn sie weiß, dass du in Gefahr schwebst, wird sie nichts dergleichen tun. Sie sorgt sich um dein Wohlergehen, oder glaubst du, ich wäre zufällig auf dich gestoßen?«

»Nein, ich habe mir schon gedacht, dass du einen Hinweis bekommen hast.«

Ansgar nickte zufrieden. »Jetzt spar deinen Atem, das Licht wird immer schwächer und wir müssen zügig vorankommen.«

Es stimmte, die Sonne war hinter den Bergen untergegangen, und ein Teil der verbliebenen Helligkeit wurde zusätzlich durch die eng stehenden Bäume geschluckt. Es reichte kaum noch für die Augen, als sie den Abzweig zu dem Pfad erreichten, der zu dem geheimen Zugang führte.

Laya atmete heftig. »Welchen Weg nehmen wir?«, stieß sie angestrengt hervor.

»Den kürzeren«, entschied er und deutete auf den Pfad. »In dem offenen Gelände haben wir noch etwas länger Licht, darüber hinaus habe ich dort meinen Habit versteckt. Ich hoffe bloß, dass Bruder Gebhard nicht erneut der Hafer gestochen hat, das Kloster zu verlassen, und die Strickleiter noch herabgelassen ist.«

Erst jetzt dachte Laya wieder an die Höhle, die sie entdeckt hatte. Davon würde sie Ansgar aber erst berichten, wenn sie dort waren.

Über die Wiese kamen sie rasch voran, doch zwischen den Felsen verließ sie auch der letzte Rest des Lichts. Laya kramte aus ihrem Beutel die Öllampe, Feuerstein, Zunder und ein Schlageisen hervor.

Ansgar entzündete den Docht und richtete sich auf. »Bleib dicht hinter mir. Die Lampe spendet kaum genug Licht, den Weg zwischen den Steinen zu finden.«

Laya schulterte den Sack und achtete darauf, möglichst seinen Fußstapfen zu folgen. Sie kamen nur sehr langsam voran. Die fahle Sichel des Mondes spendete trotz des fast sternenklaren Himmels kaum Helligkeit. Ab und an trat sie fehl, und einmal knickte ihr Fuß leicht um und gemahnte sie, noch vorsichtiger zu gehen.

Sie atmete hörbar auf, als sie endlich den Eingang zum Schacht erreichten. Doch Ansgar betrat ihn nicht, sondern hob die Lampe höher und sah sich um. Schließlich drückte er sie Laya in die Hand und trat auf einen Felsbrocken zu, dessen oberer Teil auffällig abgebrochen schien. Er räumte einige kleinere Steine an dessen Fuß zur Seite und förderte ein sorgfältig verschnürtes Bündel zutage.

Ansgar klemmte es sich unter den Arm und betrat hinter Laya den Eingang zum Schacht.

Im schwachen Schein der Lampe erkannte sie zu ihrer großen Erleichterung, dass die Strickleiter noch nach unten hing. Demnach hatte der Cellerar keinen weiteren Ausflug unternommen.

Ansgars Magen knurrte vernehmlich. »Hast du etwas zu essen dabei? Wir haben die abendliche Mahlzeit verpasst, und ich wäre dir dankbar, wenn ich nicht hungrig ins Bett müsste.«

Laya schmunzelte zum ersten Mal an diesem Tag. »Was ich mitgenommen hatte, habe ich meiner Schwester gegeben. Aber wenn du nicht zu gierig bist, würde ich dir gerne etwas zeigen.«

Seinen verwirrten Blick ignorierend, ging sie auf die Felswand zu, hinter der sich die Höhle befand.

Ansgar stieß einen Laut der Überraschung aus, als er die Kisten und Fässer sah. »Da hol mich doch der Leibhaftige«, rief er, trat auf den ersten Kasten zu und öffnete ihn.

Säuberlich gestapelte weiße Leinentücher kamen zum Vorschein, die nächste wesentlich kleinere Kiste enthielt Bienenwachs, und eine dritte war angefüllt mit Bechern und Tellern aus Zinn und Bronze.

Ansgar öffnete einen Deckel nach dem anderen, fand verschiedene Arten von Federn, daneben Garne, Seifen, Flachs und Felle. Er trat leicht gegen den ersten Sack, und eine kleine Mehlwolke stob aus dem Verschluss am oberen Ende. Beim Tritt gegen die beiden nächsten raschelte es und zeigte, dass sie ganze Getreidekörner enthielten.

»Da haben wir wohl Bruder Gebhards Versteck gefunden«, brummte er.

Laya lag die Erwiderung auf der Zunge, dass er gar nichts gefunden hatte, schluckte sie jedoch hinunter. Sie sah schweigend zu, wie Ansgar nun auf die Würste zuschritt und eine von ihnen abnahm. Er zog seinen Dolch aus dem Gürtel und teilte sie in mundgerechte Stücke, den Kistendeckel dabei als

Unterlage nutzend. Genüsslich kauend spießte er das nächste Stück auf und hielt es Laya hin.

»Iss«, kommandierte er.

»Und was sage ich, wenn Abt Elmar mir das nächste Mal die Beichte abnimmt?«, fragte sie, griff aber danach.

Ansgar winkte ab. »Einen kleinen Verstoß gegen die Fastenzeit finde ich nicht so tragisch. Du wirkst geschwächt, und Kranken ist es durchaus erlaubt, kräftigendes Fleisch zu essen.«

»Das hast du dir ja schön zurechtgebogen, aber auf deine Meinung kommt es dabei nicht an«, antwortete sie, biss nach einem letzten Zögern jedoch herzhaft in das fettige Wurststück.

In Windeseile war das Würstchen verputzt und Ansgar schielte nach dem nächsten.

»Nicht, es darf niemandem auffallen, dass wir hier waren«, hielt Laya ihn zurück.

Ansgar seufzte wie unter Schmerzen, nickte jedoch zögernd und erhob sich. Ungläubig beobachtete Laya, wie er begann, die Schnüre seines Hemdes zu öffnen.

»Was hast du vor?«, fragte sie.

»Du glaubst nicht wirklich, dass ich in dieser Kleidung zurück ins Kloster gehe, oder?«, erwiderte er, während er sich das Hemd über den Kopf zog.

Laya starrte auf seine muskulöse Brust, auf der nur wenige schwarze Härchen zu sehen waren. Sein Bauch war flach und deutlich zeichneten sich darauf die gut trainierten Muskeln ab. Ein Kämpfer, schoss es ihr durch den Kopf, und sie dachte kurz an Julians mageren Oberkörper. Auch er war schlank und kräftig von der Arbeit auf dem Feld gewesen, jedoch eher sehnig und seine Muskeln längst nicht so ausgeprägt.

Hitze schoss ihr in die Wangen und ihr Herz begann schneller zu schlagen, zumal Ansgar nun damit begann, die Hosenbeine von der Bruoch zu lösen.

»Du darfst dich auch umdrehen«, grinste er.

Verlegen folgte sie seinem Rat, hörte auf das Rascheln der Kleidung und wartete, bis sie sicher war, dass er den Habit übergestreift hatte.

Als sie sich wieder zu ihm drehte, bot er das gewohnte Bild, und Laya konnte sich das Bedauern nicht erklären, das sie bei seinem Anblick erfasste.

»Wir schleichen uns durch die Sakristei zurück«, bestimmte Ansgar und Laya war dankbar, dass er durch seine plötzliche Eile und Sachlichkeit den Anblick seines nackten Oberkörpers vertrieb, der noch immer vor ihrem inneren Auge weilte.

Sobald sie oben angekommen waren, zogen sie die Strickleiter hinauf und verließen den geheimen Gang. Laya hatte kaum Zeit, die Schmuckborten oder den Wandbehang in der Sakristei zu bewundern, denn Ansgar drängte sie weiter. In der Kirche war es still. Nur hin und wieder knarzte und knackte es im Gebälk des Dachstuhls.

»Wir treffen uns morgen Nachmittag an der Gartenmauer. Ich will wissen, wie die Magistra deine Geschichte aufgenommen hat. Sag ihr aber noch nichts von der Höhle mit den Vorräten. Ich muss erst darüber nachdenken, wie wir die Karte am besten ausspielen.«

Laya nickte und wollte sich abwenden, als Ansgar nach ihrem Arm fasste und sie zurückhielt.

»Ist alles in Ordnung mit dir?«, fragte er besorgt.

»Es geht mir gut«, antwortete sie abwesend.

Nun ergriff er auch ihren anderen Oberarm, sodass sie ihm ins Gesicht sehen musste. Sie hielt die Öllampe zur Seite, damit sie nicht versehentlich ihre Kleidung in Brand setzte.

Ansgars Miene war ernst, als er eindringlich sagte: »Du brauchst dir keine Sorgen zu machen. Ich werde nicht zulassen, dass dir etwas zustößt, und wir finden den Kerl, der dir und den anderen Mädchen das angetan hat.«

Jetzt, hier in der Kirche und in diesem Augenblick, mit Ansgar vor ihr, überschwemmte Zuversicht Layas Herz, und sie brachte sogar ein Lächeln zustande.

»Ich vertraue dir«, murmelte sie.

Ansgars Griff wurde fester, und kurz hatte sie das Gefühl, er würde sie an seine Brust ziehen wollen, doch dann ließ er sie los und trat einen Schritt zurück.

»Ich finde den Weg auch im Dunkeln. Gute Nacht, Laya.«

Bald darauf hörte sie ein wenig beklommen, wie eine Tür geöffnet und geschlossen wurde. Laya wandte sich um und verließ die Kirche auf der anderen Seite. Sie betrat den Kreuzgang und wollte gerade das Licht löschen, als leises Schluchzen an ihr Ohr drang.

Sie folgte dem Geräusch und entdeckte Hilda in einer der Nischen sitzend. Sie hatte die Hände vors Gesicht geschlagen und ihre Schultern bebten heftig. Sofort eilte sie zu ihrer Freundin, stellte die Lampe ab und zog das Mädchen in eine Umarmung.

Hilda barg ihren Kopf an Layas Schulter und schniefte.

»Was um Himmels willen ist denn geschehen? Ist jemand gestorben?«, fragte Laya und eine eisige Faust griff nach ihrem Herzen.

Hilda schüttelte den Kopf. »Viel schlimmer«, presste sie zwischen zwei Schluchzern hervor. »Ich muss heiraten.«

21. Kapitel

Hilda saß im Sprechzimmer der Magistra und knetete die Hände in ihrem Schoß.

Die übermüdete Laya hatte auf dem Stuhl neben ihr Platz genommen. In der letzten Nacht hatten beide zu wenig geschlafen. Kurz nach Layas Aufbruch am gestrigen Morgen hatte die Magistra Hilda zu sich gerufen und ihr eröffnet, dass ihr Vater einen Gemahl für sie ausgesucht hatte.

Bruno von Ravenstein war der Neffe des hiesigen Bischofs und versprach ein aufstrebender Stern am Machthimmel der umliegenden Grundherrschaften zu werden. Philippa von Berg versuchte Hilda damit zu trösten, dass Bruno jung war und ganz ansehnlich sein sollte. Doch Hilda war in Tränen ausgebrochen, hatte gebettelt und gefleht, sie im Kloster zu belassen, bis die Magistra schließlich sogar ein wenig zornig geworden war und Hilda auf ihre Pflichten und die mit ihrem Vater geschlossene Vereinbarung hingewiesen hatte.

Auch Laya hatte sie nicht trösten können. Das geruhsame Leben im Kloster gegen ein weltliches einzutauschen, verursachte bei Hilda nur Angst und Schrecken. Sie war so mit ihrem eigenen Kummer beschäftigt, dass sie Laya nicht danach gefragt hatte, ob sie bei ihrem Ausflug etwas herausgefunden hatte.

Jetzt blieb ihr jedoch beinahe die Luft weg, als Laya zugab, ihr Gedächtnis wiedergefunden zu haben. Sie lauschte sprachlos, wie ihre Freundin von dem Überfall berichtete und was sie bei ihrem Vater erfahren hatte. Ansgar erwähnte sie nur kurz, als sie die Begegnung mit der Mutter des jungen Mannes schilderte, der ums Leben gekommen war.

Als sie geendet hatte, herrschte eine unangenehme Stille im Raum. Die Magistra lehnte sich auf ihrem Stuhl hinter dem Tisch zurück und verschränkte die Arme. Die steile Falte zwischen ihren Brauen zeigte, wie angestrengt sie überlegte. Ob sie Laya jetzt des Klosters verweisen würde? Aber nur hier war sie vor dem Mörder sicher.

Die dunklen Augen der Magistra funkelten, als sie bedächtig sagte: »Die Morde an den jungen Frauen haben also nichts mit den schwindenden Einnahmen unseres Klosters zu tun.« Auf Layas wiedergefundenes Gedächtnis ging sie nicht ein. Es erschien Hilda fast, als hätte sie ihr die Geschichte ohnehin nicht abgenommen.

Laya nickte zögernd. »Aber es liegt nahe, dass ein hoher Herr in unserer Nähe diese in Auftrag gibt.«

Philippa von Berg löste die Arme und beugte sich vor. »So schlimm das auch alles sein mag, es geht uns nichts an.«

»Was?«, keuchte Laya entsetzt auf. »Ihr wollt nichts tun?«

»Das ist nicht unsere Aufgabe, Kind. Danke dem Herrn, dass du entkommen bist, aber überlass dies der weltlichen Gerichtsbarkeit.«

Laya schnaubte, und Hilda sah ihr an, dass ihre Freundin sich nicht damit zufriedengeben würde. Sie wollte die Stimme erheben, als die Magistra sie unterbrach.

»Hilda, Bischof Odo ist im Kloster eingetroffen und möchte dich kennenlernen.«

»Was, so schnell?«, brachte sie unter Anstrengung hervor und schluckte heftig, weil ihr Mund plötzlich ganz trocken wurde.

»Die Vermählung soll gleich nach dem Osterfest stattfinden, das ist nicht mehr weit.« In der Stimme der Magistra schwang ein Hauch von Verständnis mit. Philippa von Berg wusste nur zu gut, wie angsterfüllt Hilda in die Zukunft blickte.

Hilda wusste aber auch, dass es zwecklos war, sich gegen den Wunsch ihres Vaters aufzulehnen. Er hatte sich ohnehin mehr als großzügig gezeigt. Sie fasste sich ein Herz und wisperte beinahe: »Ich möchte, dass Laya dabei ist, wenn ich dem Bischof vorgestellt werde.«

»Das ist ungewöhnlich«, hob die Magistra an.

»Bitte, bitte«, flehte Hilda und biss sich auf die zitternde Unterlippe, um zu verhindern, dass sie erneut in Tränen ausbrach.

»Es macht mir nichts aus«, meldete sich Laya zu Wort. »Wenn ich ihr damit helfen kann, tue ich es gern.«

Hilda sah der Magistra an, sie würde Laya am liebsten zurechtweisen, dass es auf die Meinung eines Bauernmädchens nicht ankäme. Doch nach einem weiteren Moment zuckte Philippa von Berg gleichgültig mit den Schultern. »Meinetwegen«, stimmte sie zu. »Ihr beide werdet jetzt ein Bad nehmen und Laya darf ausnahmsweise noch etwas schlafen. Von den Arbeiten ist sie heute befreit. So erschöpft, wie sie aussieht, hast du sie bestimmt die halbe Nacht wachgehalten, Hilda.«

Die so Gescholtene senkte schuldbewusst den Kopf. Laya ergriff ihre Hand und drückte sie sanft. Sogleich fasste Hilda neuen Mut. Mit Laya an ihrer Seite würde sie die Begegnung durchstehen.

***

Stunden später betrat Laya mit gesenktem Blick hinter Hilda und der Magistra den Raum, in dem Laya der Einrichtung nach zu urteilen das Sprechzimmer des Abtes vermutete. Sie waren in der Kirche von einem Bruder erwartet worden, der sie durch den Trakt der Männer geführt hatte. Die Räumlichkeiten waren ihrem Teil des Klosters ähnlich, jedoch spiegelverkehrt angeordnet.

Die beiden Stühle hinter dem breiten Tisch, an dessen Seite ein Rinderhorn, ein Gänsekiel, ein Pergamentbogen und zwei

Wachstafeln samt Griffel lagen, waren besetzt. Auf dem linken saß Abt Elmar, auf dem rechten ein gut genährter geistlicher Würdenträger, dessen rotblondes Haar beidseitig unter der Kopfbedeckung hervorschaute. Die breiten Finger spielten mit dem silbernen Kreuz, das an einer langen Kette auf seinem Wanst auflag. Es war mit kleinen, kostbar wirkenden Edelsteinen verziert. Der Blick der wasserhellen Augen ruhte einen Moment auf Hilda, die züchtig den Kopf gesenkt hielt, ehe er zu Laya wanderte.

Die Magistra grüßte und stellte sie beide vor. Abt Elmar begann von der großen Ehre zu sprechen, die Hilda zuteilwürde, weil sie durch die Heirat in die Familie von Ravenstein auch mit dem hier anwesenden Bischof verwandtschaftliche Bande knüpfte.

Odo von Halltau hingegen schwieg. Laya hob den Blick und sah ihm direkt ins Gesicht. Die hängenden Wangen erzitterten, weil sein ganzer Kopf ein wenig wackelte. Sein Mund stand offen und zeigte einen dunkel verfärbten Zahn im Unterkiefer. Ein Speicheltropfen löste sich von der Lippe und fiel auf den Tisch. Keiner der Anwesenden schien das zu bemerken oder ignorierte es geflissentlich.

Laya fühlte sich unbehaglich. Sie war dem Bischof noch nie begegnet und fand sein Gebaren höchst seltsam, zumal er jetzt den Zeigefinger ausstreckte und sagte: »Ich will das Haar sehen.«

Die Magistra schnaubte entrüstet, doch Abt Elmar forderte sie mit einem knappen Nicken auf, dem Befehl zu folgen. Hilda löste gehorsam den Schleier. Laya zögerte zunächst, nahm dann jedoch ihr Kopftuch ab.

Ein scharrendes Geräusch von Stiefeln auf dem Steinfußboden, das aus der Ecke rechts hinter ihr kam, ließ sie den Kopf wenden. Sie entdeckte einen breitschultrigen, schwarzhaarigen Mann in ledernen Hosen und einem hellbraunen Hemd, der mit verschränkten Armen an der Wand lehnte. Nichts in seiner undurchdringlichen Miene ließ darauf schließen, dass er Laya erkannt hatte. Lediglich in seinen dunklen Augen zeigte sich kurz ein triumphierendes Funkeln.

Layas Herz hingegen setzte einen Schlag lang aus, um danach umso heftiger gegen ihre Rippen zu pochen. Julians Mörder hatte sie gefunden!

Sie wusste später nicht mehr, wie sie den Raum verlassen hatte. Alles in ihr drehte sich nur um den einen Gedanken: Hier war sie nicht mehr sicher. Der Mörder schien in den Diensten des Bischofs zu stehen, und so, wie Odo von Halltau auf sie reagiert hatte, bestand für sie kein Zweifel, dass er der Auftraggeber war.

Laya brauchte dringend Luft. Sie ließ die zutiefst traurige Hilda und die Magistra stehen, rannte hinaus Richtung Garten.

Sie musste fort von Tannhöhe, so schnell wie möglich. Der Bischof streckte schon seine gierigen Finger nach dem Kloster aus, wenn sie der Magistra Glauben schenken konnte. Es wäre ein Leichtes für ihn, sie durch seinen Knecht umbringen zu lassen.

Laya stockte der Atem. Es sei denn, sie kam ihm zuvor. Nein, widersprach sie sich selbst. Sie wollte zwar, dass der Mörder zur Rechenschaft gezogen wurde, aber ihn töten kam für sie nicht in Betracht. Zu so etwas wäre sie nicht fähig. Davon abgesehen, könnte sie den Kerl höchstens vergiften, denn körperlich war sie ihm weit unterlegen. Außerdem hatten der Mann und sein Kumpan im Auftrag ihres Herrn gehandelt. Ihm musste das Handwerk ebenso gelegt werden.

Sie erkannte, dass niemand der weggelaufenen Tochter eines Bauern Gehör schenken würde, die einen Bischof und seine beiden Knechte des Mordes anklagte. Niemand – außer Ansgar!

Sein Wort hatte mehr Gewicht als ihres. Er würde einen Weg wissen, wie sie am besten vorgehen sollte, weil er selbst aus einer adeligen Familie stammte, da war sie sich inzwischen sicher, auch wenn er das bisher nicht zugegeben hatte.

Laya hob entschlossen das Kinn und schritt an der Trennmauer entlang. Ihr wurde ein wenig leichter ums Herz. Zudem fiel ihr ein, dass Ansgar gestern ein Treffen am heutigen Nachmittag vorgeschlagen hatte, um zu erfahren, wie die Magistra ihr Geständnis aufgefasst hatte. Vielleicht war er schon an ihrem geheimen Treffpunkt. Sie ging schneller, umrundete die Beete, die säuberlich geharkt auf die kommende Einsaat warteten.

Auf der Mauer lag ein Kiesel. Laya schnippte ihn zurück auf Ansgars Seite und zog den gelockerten Stein aus der Wand. Sie entdeckte ein zusammengefaltetes Stück Pergament.

Laya griff nach Ansgars Nachricht, doch sie hatte sich in einer Ritze verklemmt. Sie zerrte und rüttelte daran, bis sie sich löste. Dabei stieß sie so hart gegen den rückseitigen Stein, dass dieser ebenfalls aus der Mauer fiel.

Sie fluchte kurz, beruhigte sich aber damit, dass Ansgar sicherlich bald kommen und den Schaden beseitigen würde. Sie faltete das Pergament auseinander. In der Mitteilung stand bloß: Eine Stunde vor der Abendmahlzeit.

Erleichtert lehnte sie die Stirn an die Mauer. Sie war genau zum richtigen Zeitpunkt gekommen. Da sie den Stein auf der anderen Seite hindurchgestoßen hatte, konnte sie nun einen Blick in den anderen Garten erhaschen. Die Beete waren ebenso ordentlich angelegt und gepflegt wie auf ihrer Seite. Laya konnte auch die gleichen Heilkräuter und Gewürzpflanzen ausmachen.

Sie drehte den Kopf ein wenig, um den Blickwinkel zu verändern. Ihr Herz begann plötzlich schneller zu schlagen und helle Freude durchströmte sie, als sie Ansgar mit wehendem Habit durch den Garten auf sie zukommen sah.

Er hatte beinahe die Mauer ein Stück oberhalb ihres Treffpunkts erreicht, als eine harsche Stimme in seinem Rücken erklang: »Herr Ansgar, wartet einen Moment. Ich habe eine Nachricht für Euch.«

Laya verschluckte sich an ihrem Speichel, hustete und begann zu zittern. Sie brauchte den Neuankömmling nicht zu sehen um zu wissen, dass es sich dabei um Julians Mörder handelte.

Jetzt kam der Mann in ihr Blickfeld, verneigte sich leicht vor dem wartenden Ansgar und begann leise zu sprechen.

Mit weichen Knien schlich Laya an der Mauer entlang, bis sie auf Höhe der beiden Männer angekommen war und die Worte verstehen konnte.

»Ich danke dir, Hermann. Das ist wirklich eine interessante und wichtige Neuigkeit. Ich hoffe, dass meine Tage in diesem Kloster gezählt sind. Aber sag, was treibt dich hierher? Du hast den beschwerlichen Weg doch bestimmt nicht nur meinetwegen beschritten, auch wenn du der loyalste Knecht bist, der mir je untergekommen ist.«

»Nein, Herr. Tatsächlich habe ich den Bischof von Halltau begleitet.«

»Was macht denn mein lieber Odo schon wieder hier? Muss ich mir langsam Sorgen machen?«

»Er war hier, um die Braut von Herrn Bruno zu sehen.«

»Bruno soll heiraten?« Das klang verblüfft. Ansgar lachte trocken auf. »Und wer soll die Glückliche sein?«

»Gunthild von Mettenheim.«

Es dauerte einen Moment, ehe Ansgar zu verstehen schien, wen Hermann damit meinte. »Die brave Hilda ist aber so gar nicht sein Fall«, sagte er schließlich.

»Nein, Herr, das ist sie ganz sicher nicht.«

»Komm, Hermann, wir suchen uns ein ruhiges Plätzchen und du berichtest mir mehr von Konrads Erhebung zum König.«

»Wir müssen nur achtgeben, dass der Bischof uns nicht zusammen sieht.«

»Das lässt sich einrichten. In diesem Kloster gibt es genug verschwiegene Winkel«, antwortete Ansgar leichthin.

Die Schritte der beiden Männer entfernten sich. Auf ihrer Seite hockte Laya am Fuß der Mauer. Auf Ansgars Hilfe konnte sie nicht mehr hoffen. Julians Mörder war nicht der Diener des Bischofs – sondern seiner.

Hermann trachtete nach ihrem Leben und er würde das Kloster nicht verlassen, ohne sein Ziel erreicht zu haben. Und Ansgar würde ihm dabei helfen, ob wissentlich oder unwissentlich. Das Ergebnis blieb gleich.

Verzweiflung, ihren einzigen wirklichen Verbündeten verloren zu haben und Ansgar nicht mehr vertrauen zu können, übermannte Laya. Sie konnte die vor Angst aufsteigende Übelkeit nicht länger unterdrücken und erbrach sich geräuschvoll ins Gras.

***

Ansgar wälzte sich unruhig auf dem schmalen Lager hin und her. Er konnte einfach keinen Schlaf finden. Hermanns Nachricht, dass Konrad von Hohenstaufen vorab zum König erklärt worden war, erfüllte ihn mit Hoffnung.

Hermann und der Bischof blieben über Nacht im Kloster. Ansgar hatte dem Bediensteten eine Nachricht für König Konrad übergeben. Er wollte dem Staufer seine Treue versichern und ihn bitten, für eine Dispens zu sorgen, um aus dem Orden der Prämonstratenser entlassen zu werden.

Ansgar hätte auch keine Gewissensbisse, das Kloster ohne Erlaubnis zu verlassen, falls es erforderlich sein sollte. Er musste sich nur rückversichern, dass der König hinter ihm stand und ihn in seine Dienste nahm. Nach Hause konnte er nicht zurück, und es lag auch nicht in seiner Absicht, Konrad zu bitten, ihm als rechtmäßigen Erben den Familienbesitz zurückzugeben. Sich über den Willen seines toten Vaters hinwegzusetzen, würde bei dem frommen und stets auf die Familie bedachten König einen schlechten Eindruck hinterlassen.

Zudem lag Ansgar auch nicht viel daran, auf Ravenstein zu herrschen, solange seine Stiefmutter dort weilte. Er hätte zwar die Möglichkeit, sie in ein Kloster zu verbannen, aber das würde seinen Bruder gegen ihn aufbringen.

Besser war es, den beiden den Grund zu lassen und selbst sein Auskommen in der Nähe des Königs zu finden. Ansgar ging fest davon aus, dass Konrad sich bei der kommenden Wahl zu Pfingsten behaupten würde.

Als er das erste Mal vor über zehn Jahren zum Gegenkönig aufgestellt worden war, hatte er sich nicht durchsetzen können. Lothar hatte als damaliger Herzog von Sachsen den Sieg davongetragen. Doch nun war sein Gegner der stolze und bei den Fürsten wenig gelittene Heinrich aus dem Haus der Welfen und Herzog von Bayern und Sachsen. Insofern war Ansgar zuversichtlich, dem richtigen Mann seinen Dienst anzutragen.

Er war Herzog Heinrich zweimal anlässlich der Auseinandersetzungen mit den Staufern begegnet und hatte den machtbesessenen Menschen von Beginn an nicht ausstehen können. Ihm zu folgen, hatte Ansgar deshalb für sich ausgeschlossen und dadurch seinen eigenen Vater gegen sich aufgebracht.

Allerdings hatte Ansgar nicht vermutet, dass er damit jeglichen Anspruch auf sein Erbe verwirken und in ein Kloster abgeschoben würde. Er seufzte vernehmlich und drehte sich nochmals auf die andere Seite.

So wichtig die Nachricht auch für ihn war und sosehr es ihn freute, sein geistliches Leben in absehbarer Zeit hinter sich zu lassen, ein Wermutstropfen enthielt das Ganze dennoch, und der hieß Laya.

Er war auf dem Weg in den Garten gewesen, als Hermann ihn abgepasst und dadurch sein Treffen mit Laya verhindert hatte. Ihm war der herausgefallene Stein in der Mauer aufgefallen, doch im Beisein des Waffenknechts hatte er nicht gewagt, sich der Öffnung zu nähern. Als er später nochmals den geheimen Treffpunkt aufgesucht hatte, fehlte wie erwartet seine Nachricht. Aber zu seinem Verdruss lag keine neue dort. Er hatte den Stein wieder zurück in die Mauer geschoben und war enttäuscht zur Tagesordnung übergegangen.

Ob er bei der gemeinsamen Messe mit den Frauen nochmals schräg singen sollte? Ansgar wollte unbedingt wissen, wie die Magistra Layas Geständnis aufgenommen hatte und ob sie im Kloster bleiben durfte. Zudem hatte er gestern vollkommen vergessen, sie nach Bruder Frodewin zu fragen.

Er steckte sich die Zeigefinger in die Ohren, um das mehrstimmige Schnarchen, das den Raum erfüllte, auszublenden, und kniff fest die Augen zu. Es half nichts. Ihm war, als würden Ameisen unter seiner Haut umherkrabbeln, die ihn dazu drängten aufzustehen.

Mit einem kleinen Seufzer gab er auf. Bestimmt würde ihm niemand einen großen Vorwurf machen, wenn er die Zeit in der Kirche verbrachte und vorgab zu beten.

Ansgar schlug die Wolldecke zurück und griff nach seinen Schuhen. Da er Unterhemd und Kukulle auch nachts nicht ablegen durfte, musste er sich nicht erst ankleiden und verließ schon wenig später das Dormitorium. Vorsichtig schlich er die Treppe hinunter. Er brauchte kein zusätzliches Licht, das ihn nur verraten hätte. Ihm reichte die Helligkeit von Mond und Sternen, sich in dem bekannten Gemäuer zurechtzufinden. Auf diese Weise konnte er sicher sein, von anderen nicht sofort bemerkt zu werden. Wie er seine Mitbrüder kannte, würden die meisten niemals nachts ohne Licht durch die Gänge schleichen, von dem Cellerar einmal abgesehen.

Umso überraschter war Ansgar, als er im Kreuzgang plötzlich einen Schatten wahrnahm, der sich auf die Kirchentür zubewegte. Als die Person mit dem dunklen Umhang kurz verharrte, verbarg Ansgar sich hinter einer der Arkaden. Nach Größe und Gestalt zu urteilen, handelte es sich hier keinesfalls um Bruder Gebhard, sondern um einen kräftigen Mann, der ebenfalls ohne Lampe in der Hand die Tür öffnete.

Das versprach interessant zu werden. Ansgar wartete zur Sicherheit noch einige Augenblicke ab, damit der Mann ausreichend Zeit hatte, sich von der Kirchtür zu entfernen, und schlich ihm nach.

Die Kirche war das einzige Gebäude auf dem Klostergelände, dessen Fensteröffnungen verglast waren. Dadurch war es im Innern nicht so kalt wie draußen, wenn das Gotteshaus auch weit davon entfernt war, als warm zu gelten.

Ansgar blieb in der Nähe der Tür stehen und lauschte. Er glaubte, kaum wahrnehmbare Geräusche von Stiefeln zu hören, die über die Steinfliesen schritten. Diese verstummten augenblicklich, als sich ein Lichtschein von der gegenüberliegenden Seite zügig auf die Sakristei zubewegte.

Beinahe wäre ihm ein unbedachter Laut entschlüpft, als das Licht auf das Gesicht der Trägerin fiel. Warum bei allen Heiligen wollte Laya um diese Zeit in den geheimen Gang?

Er konnte sich nicht vorstellen, dass es ihr nach den Würsten und Schinken in Bruder Gebhards Versteck gelüstete. Schemenhaft nahm Ansgar wahr, dass Laya ein Bündel mitführte. Wollte sie etwa das Kloster verlassen? Nachts durch die Berge zu streifen, war kein guter Einfall. Es sei denn, sie befand sich in höchster Not.

Es war doch Hilda, die verheiratet werden sollte und deshalb eher in Sorge um ihre Zukunft sein musste. War Laya gar in ihrem Auftrag unterwegs?

Ansgar entschloss sich, das herauszufinden, und verharrte

noch auf der Stelle, nachdem Laya die Tür zur Sakristei wieder hinter sich geschlossen hatte. Er wollte ihr Gelegenheit geben, den Gang zu erreichen, denn dort unten konnte er sicher sein, dass niemand sie stören würde, wenn er sie zur Rede stellte.

An den Mann, der vor ihm die Kirche betreten hatte, dachte er nicht mehr. Deshalb zuckte er kurz zusammen, als er erneut das Geräusch der Stiefel vernahm.

Vorsichtig wurde die Tür zur Sakristei ein weiteres Mal geöffnet und der Fremde folgte Laya. Jetzt hielt Ansgar nichts mehr. Sein Nacken wurde heiß und sein Herz schlug schneller. Hatte es der Verfolger etwa auf die junge Frau abgesehen?

Er stürzte auf die Sakristei zu, riss die Tür auf und stand in nahezu vollkommener Dunkelheit. Fluchend erinnerte er sich, dass es hier nur eine einzige Öffnung in der Mauer gab und selbst bei Tag meist ein schummriges Licht herrschte.

Es kostete ihn wertvolle Augenblicke, bis er mit ausgestreckten Armen den leeren Raum durchquert hatte und nach dem geheimen Riegel tasten konnte. Wahrscheinlich hatte Laya die Tür sogar offen gelassen. Wie hätte ihr Verfolger sonst so schnell den richtigen Zugang finden können?

Ansgar steckte Zeigefinger und Daumen in die dafür vorgesehenen Löcher und zog an der geheimen Tür. Sie schwang auf und gähnende Schwärze empfing ihn. Auch wenn er überzeugt war, sich sogar im Dunkeln dort unten zurechtzufinden, war es ratsamer, eine Lampe oder zumindest einen Kienspan mitzunehmen.

Er wollte gerade auf dem Absatz kehrt machen, als ein spitzer Schrei des Entsetzens zu ihm heraufgellte. Die Härchen an seinen Armen stellten sich auf, und seine Kehle wurde so eng, dass er nach Luft rang. So schnell er konnte, mit einer Hand immer an der Wand entlangtastend, hastete er die Stufen hinunter und wandte sich nach rechts in die Richtung, in der er den Ausgang zum Schacht wusste.

Keuchen und schmerzvolles Stöhnen drang ihm entgegen. Bald darauf erhellte der Schein einer Lampe die Wände. Er lief schneller, stolperte kurz über seine eigenen Füße, fing sich wieder und flog regelrecht um die Biegung, die das Geschehen bis dahin vor seinen Blicken verborgen hatte.

Das Öllämpchen auf dem Boden warf seinen flackernden Schein auf Laya, die mit angstvoll aufgerissenen Augen auf dem Rücken lag, würgende Geräusche von sich gab und mit den Fäusten nach ihrem Angreifer schlug. Der hatte seine langen Finger um ihren Hals gelegt und drückte unerbittlich zu.

Ansgar hechtete vor, schlang seinen Unterarm um die Kehle des Mannes und riss ihn nach hinten.

Laya rang nach Luft, und ihn durchfuhr eine unglaubliche Erleichterung. Er war gerade noch rechtzeitig eingetroffen.

Doch der Kerl wusste sich zu wehren. Er warf sich nach hinten und drückte Ansgar gegen die Wand. Stöhnend vor Schmerz, weil sich ein spitzer Stein in seinen Rücken drückte, löste er seinen Griff ein wenig. Das reichte dem Angreifer, um ihm den Ellenbogen in den Bauch zu rammen und sich endgültig zu befreien.

Der Kerl schnellte herum, die Kapuze immer noch tief über die Stirn gezogen, und ging nun seinerseits auf Ansgar los. Doch der wich im letzten Moment dem Faustschlag aus, der seinem Gesicht gegolten hatte, und versetzte dem anderen einen Schwinger in den Magen.

Sein Gegner krümmte sich kurz. Ansgar schlug erneut zu und erwischte den anderen am Kinn. Der stolperte einen Schritt rückwärts und stürzte. Hart schlug er mit dem Rücken auf dem Boden auf. Sofort war Ansgar über ihm. Mörderische Wut und Angst um Laya hatte sich seiner bemächtigt. Er hob erneut die Fäuste, um den Mann zu schlagen, als er mitten in der Bewegung innehielt.

Die Kapuze war seinem Gegner vom Kopf gerutscht und der Schein der Lampe fiel auf ein Gesicht, das ihm nur allzu bekannt war. Er ließ die erhobene Faust sinken.

»Hermann«, stieß er überrascht hervor.

»Oh, Ihr seid es, Herr Ansgar«, krächzte der Waffenknecht. »Ich wäre Euch dankbar, wenn Ihr mich freigeben würdet.«

Ansgar, der immer noch auf Hermanns Brustkorb kniete, warf Laya einen fragenden Blick zu. Sie hatte sich mittlerweile an der Wand des Ganges zum Sitzen aufgerichtet, hatte die Beine angezogen und umfasste mit ihren Händen ihren Hals. Selbst in dem unruhigen Licht war ihre durchscheinende Blässe gut zu sehen. Ihre Augen waren nach wie vor von Panik erfüllt und sie machte den Eindruck, als wollte sie jeden Augenblick aufspringen und davonlaufen.

Das hielt Ansgar davon ab, seine überlegene Position aufzugeben. Er zog die Augenbrauen zusammen und musterte Hermann mit einem düsteren Blick. »Sag mir, weshalb du Laya verfolgt und angegriffen hast.«

»Laya?« Der Knecht hustete schwach. »Ist das der Name, den sie Euch genannt hat?«

»Das ist der Name, den sie jetzt trägt. Aber das tut nichts zur Sache. Ich kenne ihre Geschichte, und sie steht unter meinem Schutz.«

Etwas in Hermanns Miene ließ Ansgar aufmerken. Zuerst glaubte er Entsetzen und Angst über dessen Gesichtszüge huschen zu sehen, doch jetzt verzogen sich die Lippen zu einem wölfischen Grinsen. »Das ist ja lustig«, antwortete er bloß.

Laya stieß entrüstete die Luft aus und rief: »Dieser Mann ist Julians Mörder!«

Ansgar glaubte, sich verhört zu haben. »Wie bitte? Was hat es damit auf sich? Wer hat dich beauftragt?«

Als Hermann nicht reagierte, packte Ansgar seine Schultern und schüttelte ihn. »Rede endlich, das ist ein Befehl.«

»Ich stehe nicht in Euren Diensten«, erwiderte Hermann so ruhig, wie es ihm unter den gegebenen Umständen möglich war.

»Mal sehen, ob die Klinge dich gesprächiger macht«, sagte Ansgar zornig. Er tastete nach Hermanns Gürtel, zog das Messer heraus und setzte es ihm an die Kehle.

22. Kapitel

Laya glaubte, dass ihr Herz jeden Augenblick zerspringen müsste, so heftig klopfte es.

Ansgar war ihr erneut zu Hilfe geeilt, und dieses Mal hatte er sogar ihr Leben gerettet. Anders als Julian war er ein erfahrener Kämpfer und hatte den Mann überwältigt, der sie angegriffen hatte. Zuerst war ihr der Schreck erneut in die Glieder gefahren, als sie dachte, Ansgar würde den Kerl wieder aufstehen lassen, nachdem er ihn erkannt hatte.

Doch offenbar wollte Ansgar sie wirklich beschützen und war entgegen ihrer ersten Vermutung nicht der Auftraggeber, der diesen Hermann auf sie angesetzt hatte.

Die Klingenspitze des Dolchs, den Ansgar mit sicherer Hand führte, bohrte sich in Höhe der Schlagader ein wenig in die Haut ihres Verfolgers. Ansgars Gesichtsausdruck war so düster und bedrohlich, dass eine Gewitterwolke dagegen freundlich wirkte.

»Du bist also derjenige, der die Frauen kauft. Für wen? Ist es jemand aus meiner Familie, etwa mein Bruder? Oder bist du doch nicht so loyal, wie ich immer angenommen habe, und bist nebenbei auch anderen zu Diensten? Aus eigenem Antrieb hast du bestimmt nicht gehandelt.«

Was redete Ansgar da? Fassungslos starrte Laya ihn an. Traute er solche Schandtaten ernsthaft einem seiner Familienmitglieder zu?

Laya wartete gespannt, doch Hermann gab keine Antwort.

»Rede endlich, sonst schlitze ich dir die Kehle auf«, rief Ansgar ungeduldig. Seine Drohung verhallte wirkungslos.

»Ich habe meinem Herrn Treue bis in den Tod geschworen, von mir werdet Ihr kein Wort erfahren.«

Ansgar sah resigniert auf ihn hinab. »Du weißt, dass ich dich nicht gehen lassen kann.«

Hermann versuchte mit den Achseln zu zucken, doch da seine Arme von Ansgars Knien zu Boden gedrückt wurden, scheiterte der Versuch kläglich. »Ich trage Eure Nachricht an den König bei mir. Wenn Ihr diesem Kloster entfliehen wollt, müsst Ihr mich loslassen.«

»Damit du weiterhin Laya und andere Frauen jagen kannst?«

»Tötet mich und es werden andere kommen. Tötet Ihr mich nicht, so gewinnt Ihr immerhin Eure Freiheit zurück. Lasst mich meinen Auftrag erledigen, niemand wird davon erfahren, was hier in diesem Gang geschehen ist. Kein Mensch wird nach dem Verbleib des Mädchens forschen, und ich verspreche Euch, selbst zu König Konrad zu reiten und ihm von Euch zu berichten.«

Layas Kehle zog sich zusammen und ihr blieb die Luft weg, als hätte Hermann erneut seine Hände um sie gelegt. Das Angebot war verlockend und Ansgar im Grunde ein Narr, wenn er es ablehnte. Was bedeutete schon das kümmerliche Leben einer Bauerntochter gegen die Freiheit eines Adeligen?

»Niemals!«, erwiderte Ansgar fest, und Layas Herz machte einen Satz bei diesen Worten. »Ich werde einen anderen Weg finden, zum König zu gelangen. Layas Leben ist zu kostbar und der Herr spricht, was ihr dem geringsten meiner Diener antut, das tut ihr mir an.«

Wäre die Situation nicht so ernst gewesen, hätte Laya über Ansgars Verdrehung des Zitats geschmunzelt. So jedoch sah sie die Erkenntnis in Hermanns Augen, dass sein Versuch auf unfruchtbaren Boden gefallen war.

»Was habt Ihr jetzt mit mir vor?«, krächzte er.

»Ich werde dich der Gerichtsbarkeit überstellen und des Mordes an Julian aus Buchingen anklagen. Laya wird das bezeugen, und wenn du nicht freiwillig sagst, wer dahintersteckt, dann werden sie das Geständnis aus dir herausfoltern.«

»Befürchtet Ihr nicht, dass dadurch der Ruf Eurer Familie ruiniert wird?«, wandte Hermann ein.

»Du meinst die Familie, die mich schmählich im Stich gelassen hat und nach deren Wunsch ich hier hinter Klostermauern verrotten soll? Deren Ruf ist mir in der Tat vollkommen gleichgültig.«

»Bedenkt, dass ich Euch ohne die Anweisung Eures Bruders nicht aufgesucht hätte und Ihr die Neuigkeiten über den König nicht erfahren hättet.«

»Früher oder später wäre ich dessen schon gewahr geworden. Du kannst mich nicht umstimmen, Hermann. Ich werde dafür sorgen, dass Laya keine Angst mehr haben muss und du deiner gerechten Strafe nicht entgehst.«

Ansgar sah so entschlossen aus, dass Laya nicht an seinen Worten zweifelte. Seiner Mimik nach zu urteilen schätzte Hermann das ebenfalls so ein. Er schloss die Lider. Seine Lippen zucken leicht, doch er blieb still.

»Betest du etwa?«, schnaubte Ansgar. »Angesichts deiner Taten dürfte es dafür wohl zu spät sein.«

Hermann öffnete die Augen und blickte Ansgar an. »Sprecht ein Gebet für meine Seele.«

Noch ehe Ansgar reagieren konnte, hob Hermann ruckartig den Kopf. Der Dolch, den Ansgar noch immer fest an seine Kehle gepresst hatte, durchtrennte die Schlagader wie einen Block weiche Butter.

Laya keuchte erschrocken, und Ansgar sprang entsetzt auf. Dabei zog er den Dolch aus der Wunde. Blut spritze einer Fontäne gleich hervor und besudelte Hermanns Kleidung. Unter seinem Hals bildete sich eine dunkle Lache auf den Steinen. Julians Mörder röchelte noch kurz, ehe er das Bewusstsein verlor und sein Blick brach.

Erschüttert starrte Ansgar auf den Toten hinab, den Dolch noch immer fest in der Hand haltend. Laya hingegen durchströmte das glückselige Gefühl unendlicher Erleichterung. Julians Mörder würde auf ewig in den Feuern der Hölle brennen. Wie ein Feigling hatte er sich selbst gerichtet und damit eine der größten Sünden überhaupt begangen. Selbst wenn Ansgar jeden Tag für Hermanns Seele beten würde, sie war für alle Zeit verloren.

Langsam stand Laya auf und rückte ihr Kopftuch zurecht, das während des Kampfes in den Nacken gerutscht war. Am liebsten hätte sie Ansgar umarmt, doch das wagte sie nicht.

»Danke, dass du mich gerettet hast«, stieß sie glücklich hervor. Als er nicht reagierte, fuhr sie fort: »Was sollen wir jetzt tun? Wir können ihn nicht hier liegen lassen.«

Ansgar rieb sich mit der linken Hand über die Augen. »Lass mich nachdenken. Wenn wir ihn ins Kloster bringen, müssen wir viele Fragen beantworten. Vielleicht glaubt uns Abt Elmar, dass Hermann sich selbst getötet hat, Bischof Odo allerdings wird das auf keinen Fall, schon gar nicht, wenn er hinter allem steckt. Als Selbstmörder steht Hermann kein christliches Begräbnis zu und seine Seele ist für immer verdammt. Es wird ihm also nicht schaden, wenn wir ihn verschwinden lassen.«

»Du meinst, wir verbuddeln ihn irgendwo, wie einen toten Hund?«, fragte Laya. Der Gedanke gefiel ihr ausgesprochen gut.

Ansgar schüttelte den Kopf. »Wir können auf dem felsigen Untergrund kein Loch ausheben. Aber nicht allzu weit von hier gibt es eine Felsspalte. Die soll seine letzte Ruhestätte werden.«

»Meinst du nicht, deine Familie wird ihn vermissen und nach ihm suchen?«

Laya hörte deutlich, wie Ansgar mit den Zähnen knirschte.

»Letztendlich war er bloß ein Bediensteter, also niemand, der unersetzbar wäre.«

Sie spürte, dass da noch mehr hinter seinen Worten verborgen lag. Wenn seine Familie schon den Sohn des Hauses in das Vergessen hinter Klostermauern verbannte, würden sie wohl an einen Niederen keinen unnützen Gedanken verschwenden. Laya nahm sich vor, Ansgar später danach zu fragen, aber zunächst mussten sie den Leichnam loswerden.

Ansgar hob Hermann an den Schultern an, Laya übernahm die Füße. Die Lampe stellten sie auf seinem Bauch ab. Obwohl der Weg bis zum Ausgang nicht weit war, rannen Laya die Schweißperlen über die Stirn, als sie den Schacht erreicht hatten. Der Tote war ein kräftiger Mann gewesen und seinen erschlafften Körper anzuheben verlangte ihr alles an Kraft ab.

»Uns fehlt ein Seil, um ihn hinabzulassen«, stellte Laya schwer atmend fest.

Mit einem Tritt beförderte Ansgar die Strickleiter in die Tiefe. »Das wird nicht nötig sein«, brummte er.

Ungläubig sah Laya zu, wie er die Lampe zur Seite stellte, Hermanns sterbliche Überreste über den Rand hievte und einfach fallen ließ. Der Körper prallte mehrmals gegen die Seitenwände, bevor er mit einem dumpfen Geräusch auf dem Boden landete.

»Hol deinen Beutel«, befahl Ansgar. »Hast du auch Kienspäne eingepackt?«

Laya nickte, nahm die Lampe an sich und überließ Ansgar der Dunkelheit. Sie konnte immer noch nicht fassen, was soeben geschehen war. Julians Mörder stand vor dem höchsten Richter, so wie sie es gewollt hatte. Dennoch wusste sie, dass er nur eine Schachfigur gewesen war, gesteuert von jemandem, der weit über ihm stand. Der Mann hatte recht gehabt. Das Morden würde weitergehen.

Im Lichtschein tauchte ihr Beutel mit Proviant und Kleidung auf. Sie hatte ihn fallen lassen, als Hermann sich auf sie gestürzt hatte. Erneut begann sie zu zittern. Unwillkürlich fasste sie sich an die Kehle und schluckte. Laya zwang sich, das Bild ihres Angreifers zurückzudrängen. Der triumphierende Blick seiner dunklen Augen und die von einem bösartigen Lächeln umspielten Mundwinkel – er schien den Moment ihrer Hilflosigkeit geradezu ausgekostet zu haben. Doch es war vorbei. Der Gedanke an ihre Erlösung durch Ansgar entließ sie zurück in die Wirklichkeit. Sie griff nach dem Beutel und nahm auch die zusammengerollte Decke mit, um die sie zwei Lederriemen gebunden hatte.

Ansgar nickte zufrieden, als sie zurückkehrte, nahm einen an der Lampe entzündeten Kienspan aus ihrer Hand entgegen und machte sich an den Abstieg. »Lass dein Bündel hier. Wir kommen zurück, nachdem wir die Arbeit erledigt haben. Nimm aber die Lederriemen von der Decke mit.«

Laya wagte keinen Widerspruch. Außerdem hatte er recht. Die unmittelbare Gefahr war zunächst gebannt, und sie konnte wieder ins Kloster zurückkehren. Sie folgte Ansgar über die Leiter nach unten.

Hermanns linkes Bein lag in einem unnatürlichen Winkel vom Körper abgespreizt. Sie schleppten ihn nach draußen. Ansgar zog einen Lederriemen fest um die Fußknöchel des Toten, mit dem anderen legte er eine Schlaufe und befestigte sie so, dass sie ihm einen guten Griff zum Tragen bot.

»Ich ziehe und du hilfst am Kopfende nach, wenn er hängen bleiben sollte.« Ansgars Stimme war grimmig, wie so oft, dennoch spürte Laya darin neben Unmut auch Entschlossenheit.

Während Ansgar den Toten über den steinigen Untergrund des Pfads schleifte, der zwischen den Felsen stetig bergab führte, griff Laya gelegentlich unterstützend ein. Sosehr sie den Mann auch gefürchtet und gehasst hatte, die Prozedur jagte ihr immer wieder kalte Schauer über den Rücken.

Sie versuchte sich abzulenken, indem sie über das Gespräch zwischen Ansgar und Hermann nachdachte. Ansgar vermutete den Teufel, der für das Verschwinden der jungen Frauen verantwortlich war, in seiner Familie. Unvermittelt durchfuhr Layas Glieder ein heißer Schreck und sie hätte beinahe den Kienspan fallen lassen. Hilda sollte Bruno von Ravenstein heiraten, und soweit sie es verstanden hatte, war Bruno ein naher Verwandter von Ansgar. Nicht auszudenken, wenn er etwas mit dem Mädchenhandel zu tun hatte. Hilda konnte doch unmöglich das Bett mit einem solchen Dämon teilen.

»Wir sind da.« Ansgar atmete heftig und ließ Hermanns Füße los.

Laya starrte in den schwarzen Abgrund, der sich vor ihnen auftat. Hatte Hermann auch die sterblichen Überreste der jungen Frauen, die bisher nicht gefunden worden waren, in solch eine Spalte geworfen? Oder hatte er sie wenigstens vergraben? Manchmal gaben die Berge die Toten wieder frei. Bei Hermann würde Gott gewiss nichts geschehen lassen, damit er gefunden wurde. Der Mann hatte skrupellos gemordet und zum Schluss sogar sich selbst gerichtet. Der Riss im Fels konnte nicht tief genug sein, um ihn zu verschlucken.

»Bestimmt kann der Teufel ihn leichter holen, wenn er schon in der Nähe der Hölle liegt«, sagte sie verbittert.

Ansgar schlug das Kreuz über dem Toten, bevor er die Lederriemen abnahm und ihn über die Kante rollte. Dieses Mal waren keine Geräusche eines Aufpralls zu hören, zu tief war die Spalte.

Ansgar betete laut das Vaterunser, aber Laya konnte sich nicht dazu durchringen, in das Gebet einzustimmen. Sie stand mit verschränkten Armen am Rand und musste an sich halten, dem Leichnam nicht hinterherzuspucken.

»Amen«, beendete Ansgar seine Ansprache, in der er Gott gebeten hatte, nicht allzu streng mit Hermanns Seele ins Gericht zu gehen. »Er war im Grunde kein schlechter Mensch«, fuhr er an Laya gewandt fort.

»Aber einer, der Schlechtes getan hat«, erwiderte sie ungehalten.

»Er hat wahrscheinlich erhaltene Befehle ausgeführt.«

»Das spricht ihn nicht von der Schuld frei, getötet zu haben, zuletzt sogar sich selbst, um nicht die Wahrheit sagen zu müssen.«

»Nein, das sicherlich nicht«, gab Ansgar zu. »Aber auch ich habe schon Männer getötet.«

Laya tat das mit einem Achselzucken ab. »Es ist etwas völlig anderes, jemanden im Kampf zu besiegen, als unschuldigen Mädchen das Leben zu nehmen.«

»Aber für den Besiegten ist das Ergebnis dasselbe, ganz gleich aus welchen Beweggründen es geschehen ist.«

»Du hast den Mann ziemlich gut gekannt, will mir scheinen«, gab sie dem Gespräch eine andere Richtung.

Ansgar seufzte und rieb sich über die Stirn. »Lass uns zurückgehen, dann sollst du alles erfahren.«

Bald darauf waren sie am Beginn des geheimen Ausgangs angekommen, rollten die Strickleiter wieder ordentlich auf und verschlossen die Tür.

Ansgar schritt in dem Gang voran, und Laya fragte sich gerade, ob er sein Versprechen vergessen hatte, als Ansgar den Abzweig zu dem kleinen Raum betrat, der sich unter der Sakristei befand.

Er steckte den Kienspan in eine der Wandhalterungen. Überrascht stellte sie fest, dass das muffig riechende Stroh in den Kissen gegen frisches ausgetauscht worden war, das einen angenehmen Duft verströmte. Der Staub auf dem Tisch war verschwunden und der alte Stuhl durch zwei neue ersetzt worden.

»Hast du das getan?«, fragte sie.

Ansgar nickte bloß und zog sich einen Stuhl heran. »Ich dachte, es könnte nützlich für uns werden. Wenn die Tage länger und wärmer werden, können wir uns nicht mehr so heimlich im Garten treffen. Hier wird uns niemand stören. Ein Lichtschein ist vom Gang aus nicht zu sehen, und hören wird man uns wohl auch nicht, wenn wir uns in normaler Lautstärke unterhalten.«

Laya stellte die Lampe auf dem Tisch ab und setzte sich auf den zweiten Stuhl. Sie hatte den Eindruck, als würde eine leichte Röte Ansgars Wangen überziehen. Doch sie konnte nicht sagen, ob dies von der bisherigen Anstrengung herrührte oder ob es Verlegenheit war.

»Mein vollständiger Name lautet Ansgar von Ravenstein«, begann er ohne weitere Umschweife.

Laya biss sich kurz auf die Unterlippe. »Das habe ich befürchtet.«

Auf Ansgars erstaunten Blick fügte sie erklärend hinzu: »Ich war im Garten, als du dich mit Julians Mörder unterhalten hast. Er war dein Knecht oder zumindest diente er deiner Familie. Bruno von Ravenstein kennst du auch und glaubst, dass Hilda nicht sein Fall sein wird. Deshalb hatte ich schon vermutet, dass du mit ihm verwandt bist.«

Ansgar erbleichte und machte Anstalten, über dem Tisch nach ihren Händen zu greifen. »Herr im Himmel, Laya, was musst du für Ängste ausgestanden haben. Du hast vermutlich geglaubt, ich steckte mit Hermann unter einer Decke.«

Laya zuckte zurück und verschränkte die Finger in ihrem Schoß, noch ehe Ansgar sie berühren konnte. »In der Tat. Deshalb habe ich mein Bündel gepackt und die Sicherheit der Nacht genutzt, um von hier zu fliehen. Als der Mann mich angriff, war ich überzeugt, bald vor unseren Schöpfer zu treten. Aber du hast mich gerettet.« Sie lächelte ihn dankbar, aber ein wenig unsicher an.

Ansgar faltete seine Hände und blickte ihr ernst in die Augen. »Ich habe nichts mit dem Verschwinden der Frauen zu tun. Als ich mich mit dir gemeinsam auf die Suche nach der Wahrheit gemacht habe, wusste auch ich genauso viel wie du. Hermann hat mich bloß aufgesucht, weil er mir die Nachricht überbracht hat, dass Konrad von Hohenstaufen zum König erhoben worden ist.«

Laya runzelte die Stirn. »Ist deshalb auch der Bischof von Halltau hier?«

Verblüfft hob Ansgar die Brauen. »Du weißt davon?«

»Hilda wurde ihm vorgestellt und ich habe sie begleitet. Ich verstehe nur nicht weshalb. Ist der Bischof im Auftrag Brunos von Ravenstein hier, um dessen Braut in Augenschein zu nehmen?«

»Davon hat mir Hermann leider nichts erzählt. Ich denke aber nicht, dass es mein Bruder war, der seinen Oheim dazu genötigt hat, sich hierher auf den Weg zu machen. Für den Besuch des Bischofs ist sicherlich meine Stiefmutter verantwortlich, die dafür sorgen will, dass die Linie derer von Ravenstein nicht ausstirbt.«

»Dann ist Bruno von Ravenstein dein Bruder, Hilda wird deine Schwägerin und der Bischof ist dein Onkel?« Laya fühlte sich plötzlich allein und konnte nicht einmal sagen warum.

»Odo von Halltau ist der Bruder meiner Stiefmutter. Ich habe im Grunde nichts mit ihm zu schaffen«, grummelte Ansgar.

»Du magst ihn nicht«, stellte Laya fest. Sie erhielt keine Antwort. »Ich fände es nur richtig, wenn du mir deine Geschichte erzählen würdest. Du kennst meine, und ich weiß nichts über dich. Gerne wüsste ich auch mehr über deinen Bruder. Vielleicht kann ich Hilda dadurch ein wenig die Angst nehmen.«

Ansgar räusperte sich verächtlich. »Ihre Angst ist durchaus berechtigt.«

Erschrocken hielt Laya kurz den Atem an. »Was willst du damit sagen?«

»Sie muss sich vor meiner Stiefmutter in Acht nehmen. Mit Dietlind ist nicht zu spaßen. Sie wird sich mit Sicherheit nicht das Zepter aus der Hand nehmen lassen. Ich kann mir gut vorstellen, dass sie für Bruno eine sanfte und anschmiegsame Frau sucht, die nicht danach trachtet, die Haushaltsführung an sich zu reißen.«

»Aber welchen Charakter hat dein Bruder?«, bohrte Laya nach.

Ansgar zuckte mit den Schultern. »Nett, nehme ich an.«

»Was ist denn das für eine nichtssagende Antwort?« Verärgert verschränkte Laya die Arme. »Du musst doch wissen, was dein Bruder für ein Mensch ist – immerhin weißt du, welche Frauen ihn interessieren, oder vielmehr, welche nicht.«

»Du meine Güte, er ist sechs Jahre jünger als ich. Ich begann die Ausbildung zum Pagen, als er gerade laufen lernte. Danach habe ich ihn nur gesehen, wenn ich auf Ravenstein weilte. Er war wie alle kleinen Brüder – anstrengend. Ständig hing er mir am Bein und buhlte um meine Aufmerksamkeit. Wollte, dass ich Abenteuer mit ihm erlebte. Eine richtige Klette war er, nirgends hatte ich meine Ruhe vor ihm.«

Laya hätte beinahe die Augen verdreht. »Also wirklich, Ansgar, glaubst du, Hilda interessiert, wie er dir nachgelaufen ist, als er ein kleiner Junge war? Sie wird wissen wollen, wie er aussieht, ob er ein sanftes Wesen hat oder schnell wütend wird. Kurz gesagt, sie brennt darauf zu erfahren, ob sie es gut mit ihm getroffen hat.«

»Sie weiß doch gar nicht, dass er mein Bruder ist.«

»Ich muss es ihr erzählen, und wenn ich dich nicht vorher über ihn ausgefragt habe, wird sie maßlos enttäuscht sein, dass ich die Gelegenheit verstreichen ließ, alles irgend Mögliche über ihren Zukünftigen zu erfahren. Sie wird gegen ihren

Willen verheiratet. Ihr Vater besteht auf diese Ehe, während Hilda lieber für immer in Tannhöhe bleiben würde. Kannst du mir irgendetwas über ihn sagen, was ihr gefallen könnte?«

Ansgar grinste. »Er sieht ganz ansehnlich aus. Nicht so gut wie ich, aber doch nicht zu verachten.«

Laya stöhnte. »Oh bitte, komm endlich auf den Punkt.«

»Er ist schlank, etwa einen halben Kopf kleiner als ich, hat dunkelblondes Haar und blaugrüne Augen.«

Laya nickte zufrieden. Offenbar war die Magistra in dem Punkt richtig informiert worden, und wenigstens in dieser Hinsicht waren Hildas Befürchtungen grundlos.

»Bruno ist kein übler Kerl. Als Kind war er ein richtiger Strahlemann, und ich habe mich oft gefragt, von wem er das wohl geerbt hat. Jeder mochte ihn und sein sonniges Gemüt.«

»Und das hat dich geärgert?«, fragte Laya vorsichtig.

Ansgar hob die Schultern und ließ sie wieder fallen. »Vater war mir gegenüber immer sehr streng. Ich konnte mich abmühen, wie ich wollte, nie kam ein freundliches Wort über seine Lippen. ›Wenn ich dich nicht tadle, dann ist das Lob genug‹, war seine Devise.«

»Das verstehe ich gut. Nach dem Tod meiner Mutter hat sich auch mein Vater verändert.«

»Ich kann mich an meine kaum noch erinnern«, sagte Ansgar leise.

Laya verspürte Schmerz und Trauer mit dem kleinen Jungen, der liebevolle Mutterhände kaum gekannt hatte.

»Und deine Stiefmutter?«

Ansgar machte eine wegwerfende Handbewegung. »Dietlind ist kalt wie ein Fisch. Sie sah in mir immer nur das lästige Anhängsel meines Vaters. Du kannst dir denken, wie froh ich war, als ich mit sieben Jahren meine Familie verlassen habe, um meine Ausbildung in einem anderen Haushalt zu beginnen, wie das für einen jungen Adeligen üblich ist. Als Bruno in das Alter kam, eine Ausbildung zu erhalten, blieb er zunächst auf der Burg. Vater ließ ihn von einem ehemaligen Waffengefährten ausbilden. Immer, wenn ich auf Ravenstein weilte, kämpften wir miteinander. Besiegt hat er mich nie.« Unverhohlene Genugtuung schwang in seiner Stimme mit. »Wie es jetzt damit aussähe, weiß ich allerdings nicht. Die letzten Jahre seiner Ausbildung verbrachte er anderswo.«

Laya konnte sich gut vorstellen, wie Ansgar Bruno bei ihren Kämpfen dafür bestrafen wollte, dass er als jüngerer Spross das Herz des Vaters erobert hatte, wo doch ihm als älterem Sohn und Erben dieser Platz zustand.

»Wie kam es dazu, dass Bruno und nicht du auf Ravenstein herrscht?«, legte sie den Finger in die Wunde.

Ansgar kniff kurz die Lippen aufeinander und rang sichtlich mit sich, ob er ihr mehr darüber erzählen sollte. Laya wartete ruhig ab, bis er ihr knapp schilderte, wie enttäuscht sein Vater gewesen war, als Ansgar sich dem Gegenkönig Konrad von Hohenstaufen angeschlossen hatte, während er selbst fest hinter Heinrich gestanden hatte.

»Kaiser Lothar verzieh Konrad vor drei Jahren und machte ihn sogar zu seinem Bannerträger auf dem Zug ins südliche Reich, doch mein Vater schickte mich ins Kloster, um darüber nachzudenken, was einen gehorsamen Sohn ausmacht.« Ansgar wandte den Kopf und spuckte auf den Boden.

»Glaubst du nicht, dein Vater hätte dich nach einer gewissen Zeit wieder aufgenommen, wenn du dein Verhalten ehrlich bereut hättest?«

»Ich hatte gehofft, er würde mir erlauben, das Kloster zu verlassen. Doch er ist vor Kurzem gestorben und hat mich somit der Möglichkeit beraubt, eine Dispens zu erlangen. Mit seinem Einverständnis wäre das vielleicht möglich gewesen, doch sein Tod hatte mich dieser Hoffnung beraubt. Ravenstein ist für mich ohnehin verloren, denn Vater hat in seinem letzten Willen Bruno statt meiner zu seinem Erben ernannt. Aber nun ist Konrad König und so bete ich, dass er als weltlicher Herr dieses Klosters ein gutes Wort für mich einlegt.«

Laya erschrak über den plötzlichen Stich, den ihr der Gedanke versetzte, Ansgar würde Tannhöhe verlassen und sie ihn niemals wiedersehen. Ihr fiel wieder ein, was Hermann zu ihm gesagt hatte. Dass Ansgar ihr Leben über seine schnelle Freiheit gestellt hatte, bedeutete nicht, dass er ganz auf sie verzichtete.

Laya schluckte und versuchte, den Kloß in ihrem Hals hinunterzuwürgen. Eben noch hatte sie selbst verschwinden wollen, doch das war etwas anderes gewesen. Die Angst hatte ihre Sinne vernebelt, und sie war nur dem Fluchtinstinkt gefolgt. Ihr Vertrauen in Ansgar war erschüttert worden, und sie hatte keine andere Möglichkeit gesehen. Nun war sie sicher, sich jederzeit auf ihn verlassen zu können.

Daran sollte sie jetzt nicht denken, sondern sich ganz darauf konzentrieren, Hilda möglichst viel über ihren künftigen Gemahl zu berichten. In Gedanken ging sie nochmals alles durch, was Ansgar über seinen Bruder erzählt hatte. Erst jetzt bemerkte sie, dass er vor allem darüber gesprochen hatte, wie sein Bruder als Kind gewesen war.

»Ich würde gerne wissen, zu welch einem Mann sich dein Bruder entwickelt hat. Über seine Kindheit habe ich genug erfahren«, forderte sie ihr Gegenüber auf.

Ansgar wich ihrem Blick aus und betrachtete versonnen die Flamme der Lampe. »Ich sagte doch schon, dass ich selten auf Ravenstein weilte. Es nutzt Hilda nicht viel, wenn ich mich in Mutmaßungen über Brunos Charakter ergehe.«

Layas Mund wurde schlagartig trocken, als sie daran dachte, was er zu Hermann gesagt hatte. Sie legte die Hände auf der Tischplatte ab, beugte sich vor und suchte seinen Blick. »Du verdächtigst deinen eigenen Bruder?«

23. Kapitel

Ansgar erwiderte stumm Layas forschenden Blick. Seine Gedanken rasten. Er war unschlüssig, ob er ihr die Hintergründe für seinen furchtbaren Verdacht anvertrauen sollte. Vielleicht waren das auch alles nur Hirngespinste und er wollte in Hilda keinesfalls unnötige Angst schüren.

Deshalb entschloss er sich, zunächst bloß einen Teil der Wahrheit preiszugeben. »Bruno hat sich verändert. Von dem Sonnenschein, der er einmal gewesen ist, ist nicht mehr viel zu spüren. Ich kann dir nicht sagen, was geschehen ist, er hat nie ein Wort darüber verloren. Etwas hat ihn zerbrochen. Er kann immer noch unglaublich charmant sein, wenn er will, aber oft ist er zynisch und von einer unterdrückten Wut erfüllt.«

Ansgar sah, wie Laya zurückschreckte. Sofort bedauerte er seine Offenheit. Deshalb sagte er hastig: »Aber ich kann mir nicht vorstellen, dass er Hilda jemals etwas zuleide tun würde. Sie ist so freundlich und herzlich. Sie wird Bruno guttun.«

»Und wer tut Hilda gut? Von deiner Fisch-Stiefmutter hat sie wohl nicht viel Freundlichkeit zu erwarten und von einem stets schlecht gelaunten Gemahl, der eine Bürde mit sich herumschleppt, wohl auch nicht.«

Laya war aufgebracht, und Ansgar konnte es ihr nicht verdenken. Plötzlich wich alle Farbe aus ihrem Gesicht und sie begann heftig zu zittern. »Was, wenn dein Bruder tatsächlich hinter all den Morden steckt?«

Ansgar stockte der Atem. Wie konnte es sein, dass diese junge Frau genauso schnell wie er diesen Schluss gezogen hatte und zu dieser Vermutung gelangt war? Ja, es war Brunos

Knecht, der Laya verfolgt und beinahe umgebracht hätte. Doch das bewies noch nichts. Er wischte sich mit dem Handrücken über die Stirn.

»Hermann ist in Begleitung des Bischofs hergekommen. Es könnte auch sein, dass er in seinem Auftrag gehandelt hat«, startete er einen kläglichen Versuch, den Verdacht von seinem Bruder abzulenken, auch wenn er selbst nicht daran glaubte.

Umso besorgter war er, als sich eine steile Falte zwischen Layas Brauen bildete. »Unsere Begegnung war in der Tat ein wenig unheimlich.«

Ansgar richtete sich gerade auf. »Wie meinst du das?«

»Der Bischof hat mich mit offenem Mund angestarrt und er fing regelrecht an zu sabbern«, antwortete sie sichtlich angeekelt. »Ich glaube nicht, dass es sonst jemandem aufgefallen ist, aber sein Blick hat mich beinahe durchbohrt.«

»Das kann ich ihm nicht verdenken. Du bist sehr anziehend! Doch ich vermute, das ist es nicht, was ihn irritiert hat. Auch ich habe geglaubt, meinen Augen nicht trauen zu dürfen, als ich dich das erste Mal im Tageslicht erblickte.«

Laya versteifte sich. »Weshalb?«, fragte sie spröde. »Erinnere ich euch an jemanden?«

»Ich muss schon sagen, für eine Bauerntochter hast du einen ziemlich scharfen Verstand.« Es war als Kompliment gedacht, doch er hatte sie verletzt.

»Du kennst bestimmt nur diejenigen Frauen niederen Standes, die dir das Bett gewärmt haben, und da hattest du anderes im Sinn, als zu reden«, schnappte sie.

Ganz unrecht hatte sie mit ihrer Vermutung nicht. Dennoch wollte Ansgar den Vorwurf nicht auf sich sitzen lassen. »So habe ich das nicht gemeint. Der Verstand meiner Stiefmutter ist so scharf wie eine Schwertklinge. Sie hat aber auch entsprechend ihrer Herkunft eine Bildung genossen, während du selbstverständlich noch nicht einmal lesen oder schreiben konntest, als du hier ankamst. Dennoch kannst du Zusammenhänge schnell erfassen und ziehst richtige Schlüsse. Das bin ich nicht gewohnt. Meine Bemerkung über deinen Verstand sollte ein Lob sein, kein Tadel«, bekräftigte er.

Mit einem knappen Nicken gab sie ihm zu verstehen, dass sie seine Erklärung akzeptierte. »Ich rate mal, dass ich deiner Stiefmutter sehr ähnlich bin.«

Ansgar schüttelte den Kopf. »Nicht so ganz. Tatsächlich ist dein Gesicht völlig anders geschnitten. Deine Augen sind braun, stehen weiter auseinander, und deine Züge sind nicht so scharfkantig. Außerdem ist in deinen Augen ein Feuer, das man bei meiner Stiefmutter niemals sehen wird. Aber es ist dein Haar. Es hat wirklich genau ihre Farbe. Dieses dunkle Rot habe ich sonst noch bei keiner Frau gesehen. Deshalb musste ich sofort an meine Stiefmutter denken, als ich dich sah. Trotzdem bin ich auch nach unserem Besuch beim Müller nicht darauf gekommen, eine Verbindung zwischen dem Verschwinden der Mädchen und deinem Auftauchen bei uns zu sehen. Geschweige denn darauf, dass ein Zusammenhang zwischen den Gräueltaten und meiner Familie bestehen könnte. Erst als ich sah, wie Hermann dir folgte, fiel es mir wie Schuppen von den Augen.« Ansgar machte eine kurze Pause, ehe er leise hinzufügte: »Ich vermute, dass die Haarfarbe meiner Stiefmutter der Grund für die Vorliebe des Mörders für rothaarige Mädchen ist.«

Laya schürzte die Lippen. »Willst du damit sagen, dass dem Mörder der Mut fehlt, seine Wut auf deine Stiefmutter an ihr selbst auszuleben, und deshalb unschuldige Mädchen an ihrer Stelle drangsaliert, die ihr entfernt ähneln?«

Ansgar begann mit dem Finger verschlungene Muster auf die Tischplatte zu zeichnen, weil er Laya nicht in die Augen sehen wollte. Für ihn deutete inzwischen alles darauf hin, dass es genauso war, wie sie sagte.

»Ich glaube allerdings, es liegt nicht daran, dass ihm der Mut fehlt, er braucht Dietlind. Sie ist es, die mit eiserner Hand über Ravenstein herrscht und die ihm, wer auch immer es ist, genau dadurch von Nutzen ist. Unser Mörder ist auf sie angewiesen.«

Sein Finger hielt mitten in der Bewegung inne, als Laya sagte: »Da stimmt etwas nicht. Hermann war derjenige, der mich ermorden wollte. Wenn es seinem Auftraggeber eigentlich um Dietlind geht und die Wut oder den Hass, den er gegen sie hegt, weshalb mordet er dann nicht selbst? Weshalb überlässt er den Mord an den Mädchen und die Genugtuung, die ihm dieser verschaffen würde, jemand anderem?«

Ansgar hob den Zeigefinger, bemüht, nicht allzu selbstgefällig dreinzusehen. »Jetzt bist du etwas voreilig. Wir wissen, dass Hermann dich heute töten wollte. Doch war das auch von Anfang an der Plan? Ich gehe davon aus, dass du durch deine Flucht mit Julian alles durcheinandergebracht hast. Hermann sollte dich holen und musste sich dann auf die Jagd nach dir machen. Nach deinem Sturz war er von deinem Tod ausgegangen, und als er dich jetzt entdeckte – niemand wusste, dass du hier bist –, musste er seinen Fehler wiedergutmachen und dich möglichst schnell beseitigen, bevor du sein Geheimnis verraten kannst.«

»Daran habe ich nicht gedacht«, gab sie zu. »Wobei mir gerade doch eine Erklärung dafür einfällt, weshalb Hermann die Morde begehen könnte. Angenommen es wäre der Bischof. Dann würde er weniger Schuld auf sein Seelenheil laden, wenn er nicht selbst tötet.«

Ansgar ließ die Hand wieder sinken. »Unsinn, den Auftraggeber trifft dieselbe Schuld.«

Laya schnaubte ungehalten. »Du glaubst nicht, wie sich manche dieser Priester die Welt schönreden. Wenn ich da nur an unseren Dorfpfarrer, Pater Hildebrecht, denke.«

»Das mag stimmen, aber es gibt noch ein weit stichhaltigeres Argument dafür. Ein Mord wird immer von der weltlichen Gerichtsbarkeit geahndet, da er in der Regel mit dem Tod bestraft wird und die Kirche nicht nach Blut dürstet. Die Misshandlung wird sicherlich innerhalb der geistlichen Gemeinschaft behandelt und gesühnt. Insofern könnte Odo von Halltau sicher sein, der Todesstrafe zu entgehen, während Hermann die volle Wucht treffen würde.«

»Das sehe ich ein«, gab Laya zu, und Ansgar gewann den Eindruck, dass sie sich ein bisschen darüber ärgerte, weil sie diese Möglichkeit nicht in Betracht gezogen hatte.

»Du glaubst also, dass Hermann auch für den Bischof gearbeitet haben könnte?«

Ansgar wiegte den Kopf. »Er ist Dietlinds Bruder. Sollte er sie oder Bruno darum gebeten haben, ihm Hermann gelegentlich für einen Dienst zu überlassen, hätten sie dem gewiss zugestimmt. Insofern sollten wir Odo noch nicht von der Liste streichen.«

»Er wird sich jetzt einen neuen Gehilfen suchen müssen.«

Ansgar seufzte. »Hermann war sicherlich sehr gerissen, aber unser Auftraggeber wird einen anderen finden. Aber es gibt noch einen dritten Verdächtigen, den ich nicht ganz ausschließen mag: Bruder Frodewin.«

»Wer ist das denn?«, fragte Laya stirnrunzelnd.

»Der dicke Bruder, der den Pförtnerdienst für Bruder Eberhard übernommen hat, als wir von unserem Besuch bei Hanno von Gladen zurückkehrten«, erläuterte Ansgar. »Ich hatte glatt vergessen, dich vorgestern nach ihm zu fragen.«

Laya zuckte ratlos mit den Schultern. »Ich kann mich schwach an ihn erinnern. Aber ich habe den Mann noch nie zuvor gesehen.«

Das beantwortete immerhin eine von Ansgars Fragen. »Gut zu wissen, somit wird die Locke in seinem Gürtel nicht von dir sein.«

»Locke? Wovon sprichst du?«

»Ich wurde misstrauisch, weil er dir wie vom Donner gerührt nachstarrte und völlig fahrig war, als er mir kurz nach dir die Pforte öffnete«, gab Ansgar zu und erzählte Laya von Frodewins Selbstgeißelung und wie er die versteckte Haarsträhne entdeckt hatte.

Sie sah ihn überrascht an. »Du glaubst also, sie ist von deiner Stiefmutter?«

»Vom Alter her würde es passen. Es ist gut möglich, dass er ihr als junger Mann begegnet ist und die Locke als Erinnerung an sie bei sich trägt. Vielleicht hasst er Dietlind von ganzem Herzen, weil sie ihn verschmäht hat, und rächt sich nun an jeder Frau, die ihr ähnelt, weil er ihrer nicht habhaft werden kann.« Ansgar glaubte das zwar selbst nicht, denn wie hätte Frodewin Hermann dazu bringen sollen, in seinem Auftrag zu handeln? Doch irgendwie war der Dicke mit dem Schicksal der Familie von Ravenstein verbunden.

»Schon einmal daran gedacht, dass es auch ein Andenken aus Liebe sein könnte?«

Ansgar hätte beinahe laut aufgelacht. Einfälle hatte das Mädel! »Du kennst Dietlind nicht. Es ist unmöglich, sie zu lieben.«

»Dein Vater hat es offenbar getan, sonst hätte er sie nicht geheiratet«, erwiderte sie trocken.

»In unseren Kreisen vermählt man sich nicht aus Liebe«, belehrte er sie. »Besitz und Verbindungen sind viel wichtiger.«

»Manchmal kommt das eine zum anderen«, konterte sie beharrlich. »Zudem war sie seine zweite Frau. Somit wird er schon bei der ersten darauf geachtet haben, sein Ansehen und seinen Reichtum zu mehren.«

Da Ansgar nichts darauf erwiderte, fuhr sie fort: »Stell dir vor, Frodewin ist aus Gram darüber, dass sie einen anderen geheiratet hat, ins Kloster eingetreten.«

»Das ist er bestimmt nicht. Frodewin liebt das Leben hier. Es hat mir gegenüber oft betont, dass es seine Bestimmung ist«, widersprach er.

Laya ließ sich davon nicht beeindrucken. »Das mag er dir erzählt haben, vielleicht, weil er es selbst glauben will. Aber ob das die Wahrheit ist, wissen wir nicht.«

In Ansgar stieg Verärgerung auf. »Ich werde ihn mit meinem Fund konfrontieren und sehen, was er dazu sagt.«

»Tu das«, ermutigte sie ihn. »Denkst du, er könnte etwas mit den verschwundenen Mädchen zu tun haben?«

»Das kann ich mir kaum vorstellen, aber ich will ihn auch noch nicht ganz ausschließen«, wehrte Ansgar entschieden ab. Ihm war auch der ungeheuerliche Verdacht gekommen, als er die Locke entdeckt hatte. Aber wie hätte Frodewin das anstellen sollen?

Als er Laya an seinem Gedanken teilhaben ließ, stieß sie ungläubig die Luft aus. »Muss ich dich daran erinnern, dass er den Geheimgang benutzt haben könnte?«

»Den kennt er nicht«, antwortete er entschieden, ehe ihm siedend heiß das Gespräch mit Frodewin über einen zweiten Fluchtweg aus dem Kloster einfiel. Hatte der Bruder gelogen? Ansgar fiel Frodewins angstvolle Reaktion ein, als er im Scherz die Selbstgeißelung erwähnt hatte. Unbewusst hatte er damit genau die Wahrheit getroffen.

»Außerdem ist er viel zu behäbig«, setzte er hinzu, um seinen Schrecken zu verbergen. »Ich kann mir nicht vorstellen, dass es Frodewin gelingen würde, die Strickleiter hinab- und vor allem wieder hinaufzusteigen.«

»Vielleicht hast du recht.« Laya wickelte sich gedankenverloren eine Haarsträhne um den Zeigefinger und ließ sie wieder los. Sie kringelte sich und schmiegte sich an ihre Wange.

Ansgar entging diese Geste nicht, und er konnte seinen Blick nur mit Mühe lösen. Er verspürte plötzlich ein seltsames Kribbeln im Bauch, und auf unerklärliche Weise schien auch sein Nacken von einem auf den anderen Augenblick zu glühen. Er wollte gerade das schwer zwischen ihnen lastende Schweigen brechen, als sie ihn anlächelte. Die Worte, die ihm auf der Zunge lagen, verflüchtigten sich. Er versank in diesen warmen braunen Augen, in denen die widerspiegelnde Flamme des Öllichts wie ein Feuer brannte. Laya senkte die Lider und brach so den Bann, unter dem er stand.

Ansgar fasste sich wieder. »Außerdem wüsste ich keine Verbindung, die zwischen Frodewin und Hermann bestehen könnte, es sei denn, sie kennen sich ebenfalls von früher. Dann wiederum stellt sich mir die Frage, warum erst seit einigen Monaten Mädchen verschwinden und nicht schon seit mehreren Jahren. Was könnte ein Auslöser gewesen sein? Dafür haben wir bis jetzt jedoch noch keinen Anhaltspunkt.«

»Dennoch würde ich ihn noch nicht ganz ausschließen.«

Er wollte gerade etwas erwidern, als sie ihre Hand auf die seine legte. Ansgar brachte nur noch ein Krächzen zustande. Heiße Wellen durchliefen seinen Körper. Es war das erste Mal, dass sie freiwillig seine Haut berührte. Er schluckte heftig.

Laya sah ihn mitleidig an. »Ich weiß, du magst Bruder Frodewin sehr, und ich glaube auch nicht, dass er unser Mann ist. Frag ihn nach der Locke, aber bleibe ruhig dabei. Vielleicht findest du etwas heraus.« Sie zog ihre Hand zurück, und Ansgar konnte wieder freier atmen. »Aber lass dir nicht mehr allzu viel Zeit. Hildas Hochzeit ist für die Woche nach Ostern angesetzt.«

»Was hat das damit zu tun?«, fragte er ahnungsvoll. »Du wirst doch keine Dummheit begehen wollen?«

»Der Mörder stammt höchstwahrscheinlich aus deiner Familie. Eine bessere Gelegenheit, als auf der Hochzeit nähere Nachforschungen zu betreiben, wird sich mir nicht bieten. Ich werde Hilda als ihre Dienerin nach Ravenstein begleiten.«

Ansgar blieb kurz die Luft weg, ehe er brüllte: »Das wirst du nicht tun! Ich erlaube nicht, dass du dich in eine solche Gefahr begibst.« Seine Stimme hallte einem Donnergrollen gleich von den Wänden wider.

Kurz flackerte Angst in Layas Blick auf, ehe sie die Schultern zurücknahm und leise sagte: »Du hast mir nichts zu befehlen, ich stehe nicht unter deiner Munt.«

»Das bedaure ich gerade zutiefst«, entschlüpfte es ihm, ehe er sich zurückhalten konnte. Etwas milder setzte er hinzu: »Ich will doch nur nicht, dass dir etwas zustößt.«

Laya sah ihn ernst an. »Dafür danke ich dir. Aber ich habe gelobt, Julians Mörder zu finden. Ich bin jetzt schon so weit gekommen und kann nicht kurz vor dem Ziel umkehren. Wenn es sein muss, gäbe ich sogar mein Leben dafür.«

Ansgar erwiderte traurig ihren Blick. Ihm wurde bewusst, dass er ihre Entscheidung akzeptieren musste. Aber er würde alles in seiner Macht Stehende tun, um sie zu beschützen.

Einige Tage später ergab sich endlich die Möglichkeit, auf die Ansgar gewartet hatte, um mit Frodewin zu sprechen. Der Bischof von Halltau war am Morgen, nachdem er Hilda und Laya getroffen hatte, wieder abgereist. Zwar hatte er sich über Hermanns Ausbleiben gewundert, jedoch kaum Zeit mit der Suche verschwendet, genau wie Ansgar es vermutet hatte.

Da Ansgar sicher war, dass die Schlucht die sterblichen Überreste des Knechts niemals freigeben würde, hatte er sich eine plausible Erklärung für Hermanns Verschwinden zurechtgelegt. Sollte Odo auf ihn zukommen, würde er ihm einen Teil der Wahrheit sagen, nämlich dass er durch Hermann von Konrads Erhebung zum König wusste und ihn mit einem Brief dem durchs Land reisenden Monarchen hinterhergeschickt hatte, in dem er den König bat, seine Dispens zu befürworten.

Hermann würde natürlich niemals bei Konrad eintreffen. Doch zumindest hatte Ansgar die Nachricht vorsichtshalber bei dem Toten belassen. Sollte er allen Widrigkeiten zum Trotz doch eines Tages gefunden werden, so lag nahe anzunehmen, dass er aus Unachtsamkeit in die Spalte gestürzt sein musste. Wäre die Verwesung noch nicht weit genug fortgeschritten und der Messerstich noch zu erkennen, lenkte es den Verdacht von ihm ab. Statt seiner rückten dann der Bischof, vielleicht sogar der Abt in den Kreis der Verdächtigen. Sie waren es, die vermeiden wollten, dass Tannhöhe in König Konrads Fokus rückte.

Ansgar ging gemächlich über den Hof auf den Werkstattschuppen zu. Sein Atem formte kurzlebige Wölkchen in der Luft, ehe sie von dem eisigen Wind, der heute um die Mauern pfiff, erfasst wurden. Fröstelnd rieb er sich über die Arme, zwang sich jedoch, den gemessenen Schritt beizubehalten. Bruder Gebhard hatte seine Augen scheinbar überall und lauerte nur auf einen Grund, Ansgar erneut zu bestrafen. Dabei hatte er selbst etwas zu verbergen. Doch Ansgars Interesse herauszufinden, was es mit den Machenschaften des Cellerars auf sich hatte, war angesichts der neusten Entwicklung in den Hintergrund getreten. Vorrangig galt es zu erfahren, wer hinter den Morden steckte, schon allein um Laya zu schützen.

Ansgar war ehrlich genug, sich einzugestehen, dass ihn diese Morde nur halb so sehr berührt hätten, wenn es nicht ausgerechnet Laya wäre, die den Vorlieben des Drahtziehers entsprach und somit in höchster Gefahr schwebte.

Ausgerechnet in dieser brenzligen Situation wollte sie mit Hilda die schützenden Klostermauern verlassen, um nach Ravenstein zu gehen.

Sein Bauchgefühl sagte ihm, dass sein Bruder in die dunklen Machenschaften verwickelt war, auch wenn er wünschte, es wäre anders. Hätte er offener zu Laya sein müssen, ihr Angst vor Bruno machen sollen?

Ansgar stöhnte gequält auf, und der Wind riss den Ton sofort mit sich. Endlich erreichte er den Schuppen und lehnte sich an die Bretterwand, an der vom Kloster abgewandten und windgeschützten Seite.

Es stimmte, was er Laya erzählt hatte, sein Bruder hatte sich verändert. Doch er hatte ihr verschwiegen, wie sehr.

Ansgar konnte sich noch gut an das Fuchsfohlen mit den vier weißen Fesseln erinnern. Sein Vater war stolz auf den kleinen Hengst gewesen, der einst ein prächtiges Streitross abgeben würde. Doch tags darauf hatte er mit einem verdrehten Vorderhuf im Stroh gelegen. Bruno hatte sich erboten, das Tier von seinem Leiden zu erlösen. Als Ansgar später hinzukam, war das Fohlen mit Messerstichen übersät gewesen, während sich seine Flanken noch sacht unter unregelmäßigen Atemzügen gehoben hatten. Er hatte Bruno mit einem Faustschlag niedergestreckt und selbst das Leiden des kleinen Hengstes beendet.

Als Kind hatte Bruno alle Tiere immer sehr geliebt und nie hätte er ihnen etwas zuleide getan. Ansgar war schockiert gewesen von diesem Erlebnis.

Auf seine wütenden Vorwürfe hin hatte Bruno lediglich mit den Schultern gezuckt und sich herausgeredet, er hätte nicht gewusst, wie man ein Pferd tötet. Ansgar hatte ihm das nicht abgenommen, zumal er seinen Bruder auf der kurz darauf stattfindenden Jagd dabei beobachten konnte, wie er einem Rothirsch unter den stolzen Blicken seines Vaters einen sauber geführten Gnadenstoß gab.

Kurz bevor Ansgar abreisen wollte, hatte Bruno ihn damals angefleht, ihn als seinen Knappen mitzunehmen. Doch Bruno hatte ihm keinen Grund nennen können oder wollen, warum er der elterlichen Burg unbedingt den Rücken kehren wollte, und so hatte Ansgar abgelehnt. Der Vorfall mit dem Fohlen und die anschließende offensichtliche Lüge taten ihr Übriges.

Er brauchte einen Knappen, dem er vertrauen konnte, und das war bei Bruno nicht der Fall. Er hatte Bruno damit abgespeist, dass Knappen auf dem Schlachtfeld nicht gegen Pfeile und Schwerthiebe gefeit wären und er während des Kampfes nicht auf ihn acht geben könne. Keinesfalls wolle er sich mitschuldig am Tod seines kleinen Bruders machen.

»Mein Tod wird dennoch auf deiner Seele lasten«, hatte Brunos damals geantwortet und Ansgar damit zutiefst erschüttert. Trotzdem hatte er seine Meinung nicht geändert, allerdings das Gespräch mit seinem Vater gesucht und ihm dargelegt, wie wichtig es für Brunos Kampffertigkeiten und Fortkommen war, in einen anderen Haushalt zu wechseln. Schließlich hatte sein Vater eingewilligt und Bruno durfte für die noch verbliebene Zeit seiner Ausbildung Ravenstein verlassen.

Jetzt sah er die Äußerungen und Geschehnisse von damals in einem vollkommen neuen Licht. Welche Dämonen hatten Brunos Seele derart gequält, dass er als junger Mann von fünfzehn Jahren seinen Tod vor Augen wähnte? War das Quälen des Tieres Ausdruck einer Verzweiflung gewesen, die er nicht mehr losgeworden war? War Bruno inzwischen dazu übergegangen, Frauen zu malträtieren statt Tiere? Und das Schlimmste für ihn selbst: Trug er durch seine Weigerung, die Verantwortung für seinen Bruder zu übernehmen und ihn an seiner Seite lernen zu lassen, eine Mitschuld daran?

Es war nicht nur sein Beschützerinstinkt gegenüber Laya, der ihn zu den Nachforschungen trieb, gestand Ansgar sich ein. Auch um seinen Seelenfrieden wiederzuerlangen, wollte er hinter das Geheimnis kommen. Er betete, dass Bruno sich als unschuldig erweisen würde.

Ansgar atmete nochmals tief durch und holte eine Heugabel aus dem Verschlag neben der Scheune. Er brach den mittleren der drei hölzernen Zinken ab, bevor er eine schuldbewusste Miene aufsetzte und die Werkstatt betrat.

Wie erwartet stand Bruder Frodewin an der Werkbank und ließ seine Finger über den frisch geschliffenen Stiel einer Harke gleiten.

Das Lächeln, das er seinem Besucher schenkte, erreichte jedoch nicht die traurig dreinblickenden Augen.

»Ansgar, dich habe ich schon länger nicht hier gesehen. Was hast du dieses Mal kaputt gemacht?«

Wortlos streckte er Frodewin die Gabel und den Zinken entgegen.

»Der Bruch ist noch ganz frisch. Ist dir das gerade erst passiert?«

»Ich brauchte einen Vorwand, um mit Euch zu reden«, erwiderte Ansgar offen. »Jetzt haben wir beide eine Ausrede, sollte Bruder Gebhard danach fragen.«

Überrascht ließ sein Gegenüber die Gabel sinken. »Was hast du auf dem Herzen? Wie kann ich dir helfen?«

Ansgar kniff die Lippen zusammen. Diesen freundlichen und stets hilfsbereiten Mann konnte er sich einfach nicht als Mörder vorstellen, und er wünschte so sehr, dass er recht hatte.

»Kennst du Laya, die junge Frau, die du vor einiger Zeit vor mir durch die Pforte hereingelassen hast? Als ich nach ihr das Kloster betrat, wirktest du fahrig und dein Blick verloren.«

Wie erwartete schüttelte Frodewin den Kopf. »Sie hat mich lediglich an jemanden erinnert«, gab er freimütig zu.

»An die Herrin von Ravenstein vielleicht?«, schoss Ansgar seinen Pfeil ab.

Frodewins Erstaunen war echt. »Die kenne ich nicht, wie kommst du darauf?«

»Ich habe dich beobachtet, wie du dich selbst geißelst, für eine Schuld, die dich schwer bedrückt, und ich habe die Locke gefunden, die du in deinem Gürtel versteckst. Es geschehen schlimme Dinge in den Dörfern rund um Ravenstein und es sind junge rothaarige Mädchen, die darin zu Schaden kommen. Als ich die Locke fand, befürchtete ich, du könntest darin verwickelt sein.«

Feine Schweißperlen bildeten sich auf der Stirn des beleibten Bruders. Verlegen strich er über den gedrehten Strick, der seinen Habit hielt.

»Die Geschichte liegt lange zurück, in einer Zeit, noch bevor ich in das Kloster eingetreten bin. Vor langer Zeit hatte ich ein Mädchen, das ich sehr geliebt habe, und es gibt Nächte, da denke ich an sie und frage mich, ob mein Weg der richtige war.«

»Wie kann er falsch sein, wenn er Euch zu Gott geführt hat?«, erwiderte Ansgar und konnte selbst kaum glauben, dass er es aussprach, doch er wusste keine bessere Erwiderung auf das Geständnis des Bruders.

Frodewin verzog spöttisch die Mundwinkel. »Diese Antwort hätte auch von Bruder Gebhard stammen können.« Dann wurde er wieder ernst. »Ich habe mit meiner Entscheidung ein Herz gebrochen, vielleicht sogar zwei. Mit dieser Schuld muss ich leben und dafür büße ich.«

Ansgar drang nicht weiter in ihn. Die ganze Geschichte sollte Frodewins Geheimnis bleiben, sie tat nichts zur Sache. Denn wenn er sich schon für etwas so Banales wie einige Zweifel und eine Jugendliebe geißelte, die in eine Zeit vor seinem Klostereintritt gehörte, würde er unter der Schuld eines Mordes zerbrechen. Unter keinen Umständen war der gutmütige Mann der Täter, das war Ansgar nun endgültig klar. Und damit kamen nun nur noch Odo und Bruno infrage.

»Geh nicht zu hart mit dir ins Gericht, Bruder. Liebe ist keine Sünde, ohne sie wäre die Welt ein trostloser Ort. Und dass du zweifelst und dennoch bleibst, zeugt in meinen Augen von einer Stärke, die gelohnt, nicht bestraft werden sollte.« Er klopfte dem Dicken tröstend auf die Schulter, der nicht ein Wort des Vorwurfs geäußert hatte, weil Ansgar ihn hintergangen hatte, und ließ ihn mit der Reparatur der Heugabel in seiner Werkstatt allein.

Auf dem Rückweg über den Hof fiel Ansgar Hanno von Gladen ein. Es war an der Zeit, dass er den Händler erneut aufsuchte, und bei dieser Gelegenheit würde er einen Brief an Edelbrecht von Sunthovun mitnehmen und Hanno bitten, ihn zu überbringen. Bei dem Adligen hatte Bruno seine letzten Knappenjahre verbracht. In der Nachricht wollte Ansgar sich auf seinen Vater berufen und Edelbrecht bitten, Hanno Auskunft darüber zu erteilen, ob es während Brunos Aufenthalt zu besonderen Zwischenfällen gekommen war und, wenn ja, worin diese bestanden hatten.

Aber noch etwas Wichtigeres lag Ansgar am Herzen: Er musste Hanno darum bitten, ebenfalls die Hochzeit zu besuchen und Laya im Auge zu behalten.

24. Kapitel

Das Fest, das die Auferstehung Christi feierte und das höchste im kirchlichen Jahr war, fiel heuer mit dem Anfang des Ostermonds zusammen. In wenigen Tagen musste Hilda Tannhöhe für immer verlassen.

Philippa von Berg saß in ihrem Sprechzimmer und starrte nachdenklich auf die Tischplatte vor sich. Ihr tat das Mädchen ein wenig leid. Sie hätte Hilda gerne in Tannhöhe behalten, aber was nicht war, konnte ja noch werden. Wenn Bruno von Ravenstein sich tatsächlich als der Mann erwies, der den Handel mit den jungen Frauen beauftragte, war ihm der Tod durch das Schwert gewiss.

Laya hatte Philippa von den Ergebnissen ihrer Nachforschungen berichtet und verkündet, sie wolle Hilda auf die Burg begleiten. Niemals hätte die Magistra ein solches Unterfangen selbst vorgeschlagen, doch sie erkannte den Nutzen in Layas Plan. Philippa hoffte nur, dass die beiden jungen Frauen dabei nicht zu Schaden kamen. Sie mochte sie beide aufrichtig und hatte Laya das Versprechen abgenommen, ins Kloster zurückzukehren, sobald die Ehe zwischen Bruno und Hilda gescheitert war.

Eine aufgeweckte junge Frau wie Laya, die draußen vor dem Klostertor Augen und Ohren für sie offen hielt, konnte Philippa gut gebrauchen. Sie verstand, dass es Laya wichtig war, den Mörder ihres Geliebten zur Rechenschaft zu ziehen, aber danach wollte Philippa sie wieder hier haben, im Schutz der Klostermauern und unter ihrer Aufsicht.

Inzwischen hatte Laya ihr außerdem von Bruder Gebhards geheimem Lager berichtet.

Philippa vermutete, dass nicht nur er und Abt Elmar in diese unlauteren Machenschaften verwickelt waren. Möglicherweise bestand ein Zusammenhang mit Bischof Odos auffällig häufigen Besuchen in Tannhöhe. Sie brauchte Laya, um dem auf den Grund zu gehen. Und solange Ansgar ebenfalls in Tannhöhe weilte, hatten sie auch einen Verbündeten auf der anderen Seite der Trennmauer.

Allerdings machte sich Philippa keine Illusionen. Sollte sich Bruno von Ravenstein als Mörder herausstellen, konnte er den Besitz nicht halten und Ravenstein würde in Ansgars Hände fallen. Er war ein Anhänger des jetzigen Königs und würde das Kloster verlassen, sobald sich die Gelegenheit bot.

Philippa neigte den Kopf ein wenig zur Seite, als wollte sie den Betrachtungswinkel ändern. Das war einerseits bedauerlich, andererseits hätte sie dann einen Fürsprecher bei Konrad. Denn sie war sicher, dass Ansgar sich schon deshalb auf ihre Seite schlug, um dem Abt und dem Cellerar eins auszuwischen. War es möglich, dass auch eine der Schwestern in den Betrug um die Lebensmittel verwickelt war?

In Gedanken stellte sich Philippa eine nach der anderen vor. Sie traute keiner der Frauen vollständig, nicht einmal Schwester Almut. Aber diese Überlegungen mussten warten, bis Laya zurückkam. Sie selbst würde allein vorerst nichts weiter ausrichten können, musste sie doch weiterhin ihre Unwissenheit vortäuschen, um irgendwann die Wahrheit herauszufinden.

Sie stand auf und vergewisserte sich, dass sie den Riegel vorgeschoben hatte. Dann zog sie das Pergament mit der Zeichnung aus dem Regal und rollte es vor sich auf dem Tisch aus.

Konrad von Hohenstaufen war König, und sie wünschte, dass das auch so blieb. Sie schätzte den Staufer zugänglicher ein als den Welfen. Es musste ihr gelingen, Konrad mit Ansgars Hilfe von ihrem Traum zu überzeugen. Und dazu war ihr jedes Mittel willkommen.

Philippas Mundwinkel hoben sich zu einem aufrichtigen Lächeln, während sie die Kohlezeichnung eines Frauenklosters betrachtete.

***

Hilda warf einen letzten Blick zurück, bevor sie in den kastenförmigen Reisewagen stieg, der am Fuß des Berges wartete, um sie und Laya in ihr künftiges Zuhause zu bringen. Der Pfad, der zum Kloster hinaufführte, verschwamm vor ihren Augen, als sich Tränen darin sammelten. Tannhöhe selbst war schon längst ihrem Blickfeld entschwunden und sie würde es niemals wiedersehen.

Bleischwer senkte sich die Trauer auf ihr Gemüt. Laya wollte sie unbedingt begleiten. Sie hatte Hilda von Bruno berichtet, ihn als charmant bezeichnet. Laya hatte nicht gewusst, was das Wort bedeutete, schien jedoch erleichtert zu sein, als Hilda es ihr erklärte. Bruno war nach Ansgars Schilderung liebenswürdig, großzügig und einfühlsam. Das war zu schön, um wahr zu sein. Etwas stimmte gewiss nicht mit ihrem zukünftigen Gemahl, weshalb sonst willigte er ein, eine vollkommen Fremde zu heiraten, ohne sie jemals auch nur in Augenschein genommen zu haben?

Hilda konnte nicht genau sagen, was es war, aber sie spürte, dass Laya ihr etwas verschwieg. Natürlich war es auch möglich, dass Ansgar ihr nicht die ganze Wahrheit gesagt hatte, doch etwas in Layas Verhalten ließ sie stutzen.

Sie warf einen Blick durch die viereckige Öffnung, die ein wenig Licht in den dunklen Wagen ließ. Das Rumpeln der Räder auf dem steinigen Weg schien sie zu verhöhnen. Wie sehr hatte sie sich gewünscht, für immer im Kloster zu bleiben. Wie oft hatte sie die Heilige Jungfrau auf Knien angefleht, ihren Vater keinen Gemahl für sie finden zu lassen.

Hilda wischte sich verstohlen eine Träne aus dem Augenwinkel. Das Schwanken des Wagens verursachte ihr eine leichte Übelkeit. Laya wirkte ebenfalls weiß um die Nase und sah unglücklich drein.

Hildas Vater erwartete sie bereits auf Ravenstein. Die Hochzeit sollte in zwei Tagen in Halltau stattfinden, wo sie von Bischof Odo getraut würden.

Sie verschränkte ihre Hände im Schoß. Heute trug sie seit langer Zeit wieder ihre schlichte grüne Tunika, mit der sie in Tannhöhe angekommen war. Ihr dunkles Haar fiel ihr offen über die Schulter. Geschmückt wurde ihr Haupt durch ein mit Bändern und Goldfäden verziertes Schapel, das Hildas Vater ihr durch den Diener überbracht hatte.

Laya war wie immer mit ihrer grauen Tunika bekleidet und ihr unbedecktes Haar zu einem Zopf geflochten. Hilda beschloss, dass sie künftig hübschere Stoffe tragen sollte. Blau würde bestimmt hervorragend zu ihren dunkelroten Locken passen.

Hilda war fest entschlossen, alles in ihrer Macht Stehende zu tun, dass Laya sich auf Burg Ravenstein wohl fühlte und niemals die Absicht hegte, sie zu verlassen. Sie war ihr eine wunderbare Freundin geworden, und wenn sie schon nicht ihrer Bestimmung folgen und ein Leben im Kloster führen konnte, so wollte sie wenigstens eine vertraute Seele an ihrer Seite wissen.

Sie erreichten ihr Ziel erst am späten Abend, da der Wagen zweimal im Morast stecken geblieben war und einmal sogar ein weiteres Ochsengespann aus dem nächsten Dorf herbeigeholt werden musste, um sie wieder herauszuziehen.

Hilda hätte nichts dagegen einzuwenden gehabt, eine letzte Nacht in einer Herberge zu verbringen, doch davon wollte ihr Reiseführer nichts wissen.

Sie stieß einen Seufzer aus, als der Wagen im Vorhof der Burg hielt und das doppelflügelige Holztor hinter ihnen geschlossen wurde. Hilda konnte das Gefühl nicht abschütteln, in eine Falle geraten zu sein, die soeben zugeschnappt war.

Sie verließ den Wagen und zog fröstelnd den Mantel enger. Immerhin hatte Bruno von Ravenstein keine Mühen gescheut, den Familiensitz in Licht zu tauchen. Entlang der Mauer, die den großen Vorhof mit seinen Wirtschaftsgebäuden vom Haupthof trennte, steckten Pechfackeln in eisernen Halterungen. Sie beleuchteten einen schmalen und mit großen Steinen gepflasterten Weg, der steil bergan auf das nächste Tor zuführte, das gerade geöffnet wurde.

Ihrem Führer folgend, fasste Hilda nach Layas Hand. Deren Finger waren ebenso kalt wie ihre, stellte sie ein wenig verwundert fest. Auch der nächste Hof war mit Fackeln erleuchtet. Ringförmig schmiegte er sich um das doppelstöckige, steinerne Hauptgebäude, zu dem einige, in den Fels geschlagene Stufen hinaufführten. Das Wiehern eines Pferdes, dem weitere antworteten, verriet Hilda, dass in der Nähe der Stall für die wertvolleren Tiere zu finden war.

Layas Hand in der ihren begann zu zittern, oder war es ihre eigene? Die Angst vor der Begegnung mit ihrem künftigen Gemahl nahm stetig zu.

Auf dem Weg zum Palas begegneten ihnen einige Knechte und Mägde, die Hilda ehrerbietig grüßten. Das abendliche Mahl musste demnach schon vorüber sein. Hilda war es gleich, wenn sie nichts mehr zu essen bekäme. Ihr Magen fühlte sich ohnehin an, als hätte ihn jemand zugeschnürt.

Ihr Begleiter kündigte sie an. Schweren Herzens ließ Hilda Layas Hand los und trat vor ihr durch die Tür.

Ihr Blick wurde sofort von dem hell lodernden Feuer im Kamin angezogen, vor dem einige Personen an der verbliebenen Tafel im Raum saßen. Hilda sah sich kurz um. Die übrigen Tafeln waren nach dem Essen bereits aufgehoben und an der Kopfwand hochkant aufgestellt worden. Die gekalkten

Wände waren mit Blumenranken verziert, die Bänke beidseitig der jetzt mit Läden verschlossenen Fensteröffnungen mit Kissen bedeckt. Auf der der Tür gegenüberliegenden Wand war das Familienwappen, ein Rabe auf einem Felsbrocken, in doppelter Mannshöhe aufgemalt.

»Das wurde aber auch Zeit.« Die ungehaltene Stimme ihres Vaters, der sich nun von der Tafel erhob, lenkte ihre Aufmerksamkeit zurück auf die Anwesenden.

Hilda senkte züchtig die Lider und schritt auf ihn zu. Trotz des Feuers war es in der Halle kühl und sie fröstelte ein wenig.

»Das ist meine Tochter Gunthild«, erklärte Gernot von Mettenheim und warf den Kopf zurück, sodass die schulterlangen grauen Haare nach hinten fielen. Auf seiner roten Tunika konnte Hilda in Brusthöhe einen dunklen Fleck erkennen. Bratensaft, vermutete sie und wagte es nun, den Blick zu heben. Die schlanke, etwas kühl wirkende Frau neben ihrem Vater betrachtete sie eingehend.

»Herzlich willkommen auf Ravenstein, meine Liebe. Du wirst dich sicherlich bald hier einleben. Ich werde dir jederzeit mit Rat und Tat zur Seite stehen.« Die netten Worte entbehrten jeglicher Spur von Wärme, und auch der Blick, der auf ihr lag, war kalt und abschätzend.

Hilda bekam einen Kloß im Hals und nickte stumm.

»Bruno«, zischte ihre zukünftige Schwiegermutter kaum hörbar.

Jetzt erst wagte es Hilda, den blonden Mann an der Tafel näher zu betrachten, und erschrak vor dem Ausdruck von Abscheu auf seinem Gesicht, mit dem er ihr entgegenblickte. Doch dann erkannte sie, dass er gar nicht sie betrachtete, sondern sein Blick über ihre Schulter hinter sie gerichtet war, wo Laya stand.

Hilda schämte sich sogleich über die Erleichterung, die sie durchströmte. »Guten Abend, Bruno«, sagte sie sanft.

Kurz glaubte sie, Angst in seinem Blick aufflackern zu sehen, ehe er sich ihr vollends zuwandte. Die ausgeprägten Wangenknochen und das etwas zu spitze Kinn verliehen ihm ein markantes Aussehen. Seine Augen waren von einem tiefen Grünblau, umrahmt von langen dunklen Wimpern, auf die jede Frau neidisch sein musste.

Hilda war sprachlos, als sich seine schmalen Lippen zu einem strahlenden Lächeln verzogen und er sichtlich erleichtert aufatmete. »Dem Willkommensgruß meiner Mutter schließe ich mich von ganzem Herzen an. Ich will dir ein fürsorglicher Gemahl sein und alles dafür tun, damit du dich hier wohlfühlst und das Kloster nicht allzu sehr vermisst.«

Ihr Herz begann heftig zu klopfen. Konnte es wirklich sein, dass ihr Vater einen mitfühlenden Mann für sie ausgesucht hatte, der es ihr erleichtern wollte, ihre Pflicht zu erfüllen? Hilda wagte das kaum zu hoffen.

***

Laya kannte es bisher so, dass die Brautmesse am Tag nach der eigentlichen Vermählung stattfand. In Ravenstein wurde von dem Brauch abgewichen.

Am Vormittag hatten Bruno und Hilda vor dem eigens dafür vorgesehenen und mit einem Baldachin überdachten Nordportal der Kirche in Halltau zunächst den Segen des Bischofs empfangen, bevor die Messe in der Kirche gefeiert wurde.

Laya hatte gehofft, Ansgar unter den Anwesenden zu entdecken, doch er war nicht gekommen. Auch jetzt, bei dem anschließenden Festmahl, blieb er Ravenstein fern. Sie schalt sich eine Närrin. Er hatte der Welt entsagt und würde wohl kaum die Erlaubnis erhalten, für ein Fest voll weltlicher Freuden das Kloster zu verlassen. Sie ignoriere die Stimme, die ihr zuflüsterte, dass er sicherlich einen Weg gefunden hätte, wenn es ihm nur wichtig genug gewesen wäre.

Gernot von Mettenheim lachte in diesem Moment lauthals auf und klopfte seinem frisch gebackenen Schwiegersohn gönnerhaft auf die Schulter, der die Gunstbezeugung mit einem schiefen Grinsen erwiderte. Laya biss ein weiteres Stück von ihrer Fleischpastete ab. Bruno war anders, als sie ihn sich vorgestellt hatte.

Nach ihrer ersten Begegnung, bei der er Laya angesehen hatte, als wäre sie eine fette Ratte, die aus seiner Schüssel naschte, sah er geflissentlich durch sie hindurch. Bisher hatte er noch nicht einmal das Wort an sie gerichtet. Zu Hilda verhielt er sich allerdings ausgesucht höflich und zuvorkommend.

Für ihre Freundin hoffte Laya sehr, dass sein Verhalten eine Weile andauerte. Zumindest so lange, bis sie ihn der Gräueltaten überführt hatte. Natürlich hatte sie Hilda nichts über ihren Verdacht erzählt. Ihre Freundin war so glücklich gewesen, weil Laya sie begleiten wollte. Sie ahnte nicht, dass ihr Aufenthalt nur von kurzer Dauer sein würde und sie beide vermutlich schon bald nach Tannhöhe zurückkehren würden. So lautete zumindest Layas Plan.

Draußen hatte sich längst die Dunkelheit herabgesenkt und die Halle war durch Fackeln und Talglichter erleuchtet. Laya hob den Blick zu den brennenden Kerzen, die über ihren Köpfen in einem großen Radleuchter steckten. Bisher hatte sie solche nur in großen Kirchen gesehen. Aber vielleicht war vieles anders in einer Familie, die einen Bischof hervorgebracht hatte.

Hilda saß mit sichtlich geröteten Wangen an der Tafel und lehnte ab, als ein Page ihr Wein nachschenken wollte. Sie nickte dem Bischof und ihrer Schwiegermutter zu und stand auf. Brunos fragenden Blick erwiderte sie mit einem scheuen Lächeln, während sie ihren Vater vollkommen ignorierte, der gerade ein Stück von einem knusprig gebratenen Kapaun abbiss und sich anschließend mit dem Handrücken über die fettig glänzenden Lippen wischte.

Laya schluckte den letzten Happen der Pastete hinunter und erhob sich ebenfalls. Ihre Freundin konnte jetzt jeden Beistand gebrauchen. Auf dem Weg zum Brautgemach, das Hilda von nun an mit Bruno teilen würde, griff Hilda nach ihrer Hand und ließ sie erst los, nachdem sie den Raum betreten hatten.

Eine Magd huschte herein, entzündete das aufgeschichtete Holz im Kamin und die beiden Kerzen, von denen eine auf dem Tisch, die andere auf einem Wandbrett stand.

Eine Blumengirlande schmückte den Baldachin über dem ehelichen Bett, dessen Duft nach frischem Stroh Laya in die Nase stieg. Laya hieß Hilda, auf dem Stuhl Platz zu nehmen. Zunächst entfernte sie die Blüten aus ihrem Haar und breitete die dunklen Flechten aus.

Laya öffnete die hölzerne Schatulle, die Hilda aus dem Kloster mitgebracht hatte und die ihren persönlichen Besitz enthielt. Sie entnahm ihr einen Kamm aus poliertem Horn und fuhr damit gleichmäßig durch das Haar ihrer Freundin.

»Ich habe Angst vor dem, was mich gleich erwartet«, unterbrach Hilda plötzlich die Stille, in der bisher nur das Knistern der Flammen zu hören gewesen war.

Die hatte Laya auch, konnte das aber schlecht zugeben. Sie hegte die Hoffnung, dass Bruno sich bei seiner Gemahlin zurückhielt und in ihr nicht eines seiner Opfer sah, zumindest ließ sein Verhalten bisher darauf hoffen. Doch wer wusste schon, was im Rausch der Leidenschaft geschehen konnte?

»Du musst dich nicht fürchten. Er mag dich und wird zärtlich und einfühlsam sein. Dennoch wird es wehtun.«

Erschreckt drehte Hilda sich zu ihr um, sodass Laya der Kamm aus den Fingern gerissen wurde und im Haar stecken blieb. »Du weißt, wie es ist?«

Sie ergriff Layas Hände und sah sie beschwörend an. »Ich

habe nicht gewagt zu fragen, was zwischen dir und Julian war. Aber ich bitte dich inständig, mir von deinen Erfahrungen zu berichten.«

»Da gibt es nicht viel zu erzählen. Beim ersten Mal hat es geschmerzt und ein wenig geblutet, danach nicht mehr. Julian war stets sanft, hat nie mehr gefordert, als ich zu geben bereit war.« Laya seufzte traurig, doch ihre Augen blieben trocken.

»Sei ehrlich zu deinem Gemahl«, fuhr sie fort. »Zeig ihm, was dir gefällt, wenn er deine Haut streichelt oder deine Brüste küsst. Dann wird es für euch beide schön.«

»Ich mag ihn und will ihm gefallen«, antwortete Hilda, und Laya unterdrückte ein Stöhnen.

»Natürlich willst du das, doch nur, wenn du selbst dich wohlfühlst bei dem, was ihr tut, kannst du auch seine Wünsche erfüllen.« Am liebsten hätte sie ihre Freundin davor gewarnt, sich zu sehr an ihren Gemahl zu gewöhnen, und hoffte gleichzeitig, dass sie doch falschlag mit ihrer Vermutung. In einem kläglichen Versuch bemühte sie sich, Hilda auf dem Boden der Tatsachen zu halten. »Noch auf der Fahrt hierhin hast du dich nach Tannhöhe und dem Leben dort gesehnt, und jetzt hast du so schnell deine Meinung geändert?«

Hilda schüttelte den Kopf. »Nein, ich kann mir immer noch nichts Schöneres vorstellen, als mein Leben mit Gott zu verbringen. Aber der Weg ins Kloster ist mir versperrt und ich muss das Beste aus dem machen, was mir bestimmt ist.«

Laya bewunderte Hildas Fähigkeit, sich demütig in ihr Schicksal zu fügen. Ihr selbst fehlte sie. Für sie war es das einzig Richtige gewesen, gegen ihren Vater aufzubegehren – wie sich gezeigt hatte, hatte es ihr das Leben gerettet.

»Lass uns weitermachen«, forderte sie ihre Freundin auf.

Kurz darauf umspielten Hildas Haare ihre Schultern wie ein dunkler Schleier, und Laya legte den Kamm sorgsam zurück in die Schatulle.

»Ist der Beischlaf immer gleich?«, fragte Hilda und besah sich verlegen ihre sauber gestutzten Fingernägel.

»So oft habe ich Julian nicht beigelegen, aber die wenigen Male waren immer etwas unterschiedlich gewesen.«

»Und mit einem anderen Mann?«

Weshalb musste Laya jetzt ausgerechnet an Ansgar denken? Sie erinnerte sich an die kleine Flamme, die in ihrem Innern aufzuzüngeln schien und wohlige Wärme in ihr aufsteigen ließ, immer wenn er ihr nahe kam. Sie wusste nicht weshalb, aber dieses Flämmchen brannte viel heißer als in Julians Gegenwart.

Um nicht direkt zu antworten, half sie Hilda zunächst die Oberbekleidung und die Cotte abzustreifen. Jetzt trug ihre Freundin nur noch ein fein gewebtes Unterhemd aus Leinen.

»Ich war noch nie mit einem anderen zusammen«, sagte sie schließlich entrüstet und verdrängte gewaltsam das Bild von Ansgar, wie er im Kellergewölbe sein Hemd auszog.

Beinahe war sie erleichtert, als die Tür geöffnet wurde und Bruno von Ravenstein in den Raum trat. »Ich bleibe vor der Tür, falls du etwas brauchst«, wisperte sie Hilda ins Ohr und drückte aufmunternd ihren Arm.

Laya warf Bruno einen prüfenden Blick zu, als sie an ihm vorbeihuschte. Er ignorierte sie abermals vollkommen und streckte beide Hände in Hildas Richtung aus. Er lächelte sie warm an. Seine Augen erstrahlten im Licht der Kerzen und des Feuers. Laya schloss die Tür von außen und presste ihr Ohr gegen das Holz.

Von innen drang ruhiges Gemurmel zu ihr, einzelne Worte konnte sie jedoch nicht verstehen. Einmal glaubte sie sogar, Hilda kurz kichern zu hören. Laya fühlte sich schlecht, wollte nicht länger horchen. Es reichte sicherlich auch, neben der Tür Posten zu beziehen. So setzte sie sich auf den Boden und lehnte den Rücken an die Wand. Es dauerte nicht lange und ihr fielen die Augen zu.

Laya schreckte auf, als sie ein schmerzhafter Tritt in die Seite traf. Bruno von Ravenstein stand über ihr und sah missbilligend auf sie herab. »Hast wohl Wache gehalten, wie?«, knurrte er. »Lass dich ja nicht noch einmal von mir dabei erwischen.«

Er ruckte mit dem Kopf Richtung Kammer. »Spute dich! Schau nach, ob Hilda etwas braucht, und hilf ihr beim Ankleiden. Sie wird hungrig sein.« Mit einem anzüglichen Lächeln schritt er den Gang hinunter.

Laya beeilte sich, seinem Befehl nachzukommen. Wie hatte sie nur so tief einschlafen können? Brauchte ihre Freundin Hilfe?

Doch Hilda lag noch im Bett und rekelte sich genüsslich, als Laya die Kammer betrat.

»Guten Morgen«, grüßte sie erleichtert und setzte sich einfach neben Hilda auf das Laken.

»Den wünsche ich dir auch«, erwiderte ihre Freundin lächelnd.

»Es war also nicht schlimm?«, vergewisserte sie sich dennoch.

Hilda riss erstaunt die Augen auf. »Schlimm? Nein, gar nicht. Der Schmerz ist schnell verflogen und danach war es einfach nur wunderschön. Und bei den anderen Malen hat es nicht mehr wehgetan.«

»Er hat dir öfter beigelegen?«, brachte Laya erstaunt hervor.

»Dreimal«, gestand Hilda kichernd und eine flammende Röte zog sich über Hals und Wangen. »Er hat mich an Stellen geküsst, die ich noch nicht einmal mit Worten beschreiben würde.«

Laya war unschlüssig, ob sie sich für ihre Freundin freuen oder sie lieber warnen sollte, dass Zärtlichkeit und Leidenschaft möglicherweise nicht lange anhalten könnten.

Sie entschied sich für einen Mittelweg. »Männer haben oft zwei verschiedenen Seiten«, sagte sie und rieb verstohlen über die Stelle, an der Brunos Stiefel sie getroffen hatte.

»Natürlich haben sie das. Bruno muss seinen Untergebenen und Gegnern ein anderes Gesicht zeigen. Aber solange er mir gegenüber freundlich und zuvorkommend bleibt, ist mir das herzlich gleich.«

Laya verkniff sich eine Antwort. Stattdessen hob sie den Zeigefinger und zwang sich, Hilda in einem schelmischen Tonfall zu necken: »Du scheinst dabei zu sein, dich in deinen Gemahl zu verlieben.«

Hilda wurde ernst. »Nein, Laya, du irrst dich. Ich mag Bruno wirklich, das gebe ich gerne zu, und die Nacht mit ihm hat alles übertroffen, was ich mir vorstellen konnte. Aber alles andere hier gefällt mir überhaupt nicht. Meine Schwiegermutter beobachtet mich wie ein Habicht die Maus und scheint nur darauf zu lauern, dass mir ein Fehler unterläuft. Sie hat mich gestern beiseitegenommen und mir unmissverständlich klargemacht, dass ich mich auf meine Aufgabe, einen Erben für Ravenstein zu gebären, besinnen soll. Die Haushaltsführung werde weiterhin sie übernehmen. Um ehrlich zu sein, ist mir das sogar ganz recht. Auch wenn ich die gemeinsame Zeit mit meinem Gemahl genieße, so würde ich doch jederzeit nach Tannhöhe zurückkehren, wenn das möglich wäre.«

Laya stieß einen Seufzer der Erleichterung aus.

25. Kapitel

Dietlind stand in der Küche und kontrollierte, ob die Mägde nicht bummelten. Zu Ehren von Brunos Vermählung sollte am kommenden Tag mit Erlaubnis des Bischofs ein Markt auf Ravenstein stattfinden. Da sie einige Gäste von den umliegenden Rittersitzen und natürlich auch ihren Bruder erwartete, hatte Dietlind die Bediensteten angewiesen, hurtig mit den Vorbereitungen des gemeinsamen Essens zu beginnen. Bruno war mit seinen Männern von einer erfolgreichen Jagd zurückgekehrt und hatte reichlich Wildbret mitgebracht. Der letzte Winterlauch war von den Beeten geerntet worden und bildete neben einigen Kräutern eine willkommene frische Zutat zu den eingelagerten Wurzelgemüsen vom vergangenen Herbst.

Missbilligend beobachtete Dietlind eine junge Magd, die ungeschickt die Zwiebeln klein schnitt und sich immer wieder über die Augen wischte. Dabei wanderten ihre Gedanken zu Hermann. Der Waffenknecht war noch nicht zurückgekehrt. Bischof Odo hatte lediglich mit den Schultern gezuckt. Ihn interessierte es nicht, wo der Mann abgeblieben war.

Dietlind wunderte sich allerdings, dass Bruno ebenso gleichgültig auf Hermanns Verschwinden reagiert hatte. Das konnte nur bedeuten, dass er wieder einmal in seinem Auftrag unterwegs war. Doch normalerweise kehrte Hermann nach wenigen Tagen zurück. Bruno hatte ihre Befürchtungen, dem treuen Knecht könnte etwas zugestoßen sein, als unnütze Sorgen eines Weibes abgetan. Daher hatte sie selbst die Initiative ergriffen.

Hermann war zuletzt in Tannhöhe gewesen. Da ihr Bruder mit den Vorbereitungen für die Brautmesse beschäftigt gewesen war, hatte sie Ulrich, einen weiteren Knecht, zum Kloster geschickt. Seit Brunos Vermählung war über eine Woche verstrichen, und auch Ulrich blieb verschwunden. Ob Ansgar etwas damit zu tun hatte?

Sie wusste, dass sie Ansgar nichts Schlimmeres hätte antun können, als dafür zu sorgen, dass er hinter Klostermauern versauerte. Ein selbstgefälliges Lächeln huschte über ihr Gesicht, als sie sich ihren Stiefsohn vorstellte, wie er jeden Tag mehrfach beim Beten auf den Knien rutschte. Zu wissen, wie sehr er es hassen musste, sich den Befehlen alter Männer zu beugen, die in ihrem Leben noch niemals ein Schwert in der Hand gehalten hatten, verschaffte ihr eine außerordentliche Genugtuung.

Durch den Aufstieg Konrads von Hohenstaufen drohte allerdings die Gefahr, dass sich die Situation änderte. Sofern Ansgar einen Weg fand, dass sich der König für ihn einsetze, hätte er die Chance, das Klosterleben hinter sich zu lassen.

Verärgert drehte Dietlind sich um und stieß mit dem Ellbogen gegen eine Schüssel mit getrockneten Erbsen, die zu nah an der Kante des Arbeitstischs stand. Die Schüssel fiel hinunter und die Erbsen hüpften und kullerten in allen Richtungen über den steinernen Küchenboden.

»Weshalb sind die noch nicht eingeweicht?«, herrschte sie die ältere Magd an, die vor Schreck das Messer auf die Platte fallen ließ, auf der sie den Lauch in Streifen schnitt.

Die Frau senkte schuldbewusst den Kopf und machte sich unter Zuhilfenahme zweier weiterer Mägde daran, die Erbsen wieder einzusammeln.

»Ich will morgen nicht auf harte Erbsen im Eintopf beißen, also beeilt euch gefälligst«, schimpfte Dietlind weiter.

Ein dunkelroter Schopf tauchte in der Küche auf und zog sofort ihre Aufmerksamkeit auf sich. Die Dienerin ihrer Schwiegertochter schien sie nicht zu bemerken. Sie ging direkt auf die Köchin zu und fragte nach etwas Naschwerk für Hilda.

Dietlind räusperte sich vernehmlich. »Du kommst gerade recht. Wir können hier jedes Paar Hände gebrauchen.«

Die junge Frau zögerte sichtlich, ehe sie auf Dietlind zutrat. »Hilda wartet auf mich, Herrin.«

»Da wird sie sich wohl noch etwas gedulden müssen«, antwortete Dietlind streng. Ihr Blick blieb an den Strähnen hängen, die sich aus dem geflochtenen Zopf gelöst hatten.

»Außerdem erwarte ich von dir, dass du künftig dein Haar bedeckst, und zwar vollständig.«

Sie sah Überraschung und Widerspruchsgeist in den braunen Augen der jungen Frau aufblitzen.

»Dein Name ist Laya, richtig?«, fragte Dietlind eine Spur sanfter. Nach einem knappen Nicken ihres Gegenübers fuhr sie fort: »Ich kann es dir jetzt nicht näher erklären, aber es ist nur zu deinem Besten.« Dietlind zwang sich zu einem Lächeln. »Nun hilf, die Erbsen aufzusammeln.«

Laya gehorchte und hockte sich neben die anderen auf den Boden. Mit flinken Fingern machte sie sich ans Werk.

Dietlind sah ihr kurz zu. Eigentlich schade, aber Laya würde Ravenstein über kurz oder lang verlassen müssen.

Sie stellte eine Gefahr für den Familienfrieden dar. Darüber musste sie mit Bruno sprechen. Es war von Vorteil, ihn auf ihrer Seite zu wissen, wenn sie Laya davonjagte.

Ein heftiges Schnaufen in ihrem Rücken ließ Dietlind den Kopf wenden. In der Tür stand Mathilde, ihre persönliche Dienerin, welche die Hand auf den heftig wogenden Busen gelegt hatte. Die Haube saß schief auf dem grauen Haar, das ihr vollmondrundes Gesicht umschmeichelte. An Mathilde war alles rund, sogar ihre Stupsnase glich einer Kugel. Sie bewegte sich gewöhnlich mit einer Langsamkeit, die selbst einer Schnecke Ehre gemacht hätte. Wenn sie nun gelaufen war, musste etwas Dringendes anliegen.

Dietlind durchquerte die Küche und bedeutete Mathilde,

zurück in den Gang zu treten. Was immer sie auch mitzuteilen hatte, es war nicht für fremde Ohren bestimmt.

Ihre Dienerin rang noch immer nach Luft und lehnte ermattet ihren massigen Körper gegen die Wand. Dietlinds Ungeduld kribbelte bis in ihre Zehenspitzen, doch sie ließ sich nichts anmerken. Sie wusste, dass es selbst für sie beinahe unmöglich war, Mathilde aus ihrem Trott zu reißen. Sie duldete dies nur, weil sie die Vorteile der Magd zu schätzen wusste. Sie fragte niemals nach dem Grund eines Befehls und führte Anweisungen haargenau und fehlerfrei aus. Eigenständiges Denken war nicht Mathildes Sache, aber darauf legte Dietlind auch keinen besonderen Wert. Ihre Magd mochte zwar einfältig sein, aber ausgesprochen loyal, und das war in vielen Situationen wichtiger als ein kluger Kopf.

»Was gibt es denn so Dringendes?«, fragte Dietlind, nachdem Mathildas hochrotes Gesicht langsam blasser wurde.

»Ulrich«, presste diese hervor.

»Ist er zurück? Ist ihm etwas zugestoßen?« Gegen ihre Gewohnheit packte sie Mathilde bei den Schultern.

Ihre Dienerin schüttelte so heftig den Kopf, dass mehrere Wellen über das Doppelkinn liefen. Dietlind wollte sie gerade anfahren, auf welche ihrer Fragen sich ihre Geste bezog, als Mathilde erneut den Mund öffnete. »Kemenate.«

Dietlind ließ sie los. Ohne sich nochmals nach ihr umzudrehen, schritt sie so schnell den Gang entlang, wie ihre Tunika es erlaubte. Wenn Ulrich in ihrer Kemenate auf sie wartete, dann musste er eine Nachricht bringen, die nur für sie bestimmt war.

Ihr Herz klopfte ein wenig schneller, als sie die Tür öffnete und ihren Raum betrat. Ulrich stand an der Maueröffnung und hatte ihr den Rücken zugedreht. Mit einem flüchtigen Blick durch den Raum erkannte Dietlind, dass er nichts angerührt hatte. Der Stickrahmen lag noch immer auf dem Tisch neben der verlöschten Kerze. Das Bett mit dem schweren roten Baldachin, der Wandbehang an der Außenmauer, auf dem in einem Waldsee badende Nymphen sich mit Faunen vergnügten, und ihre mit Eisen beschlagene Truhe, alles sah aus wie immer.

»Ich höre«, sagte Dietlind, schloss die Tür und ließ sich auf dem Faltstuhl neben dem Tisch nieder.

Ulrich fuhr herum, verbeugte sich und riss sich die lederne Kappe vom Kopf. Auf den ersten Blick ähnelte er Hermann. Struppiges Haar, wenn auch nicht so dunkel wie das seines Kumpans, breite Schultern und grobe Gesichtszüge. Eine gezackte Narbe, die quer über das Kinn lief, und ein Bart, der die Wangen nur spärlich bedeckte, verlieh ihm ein gefährliches Aussehen. Doch im Gegensatz zu Hermann brauchte Ulrich immer sehr genaue Anweisungen, damit ein Auftrag zufriedenstellend ausgeführt wurde.

»Herrin, ich bringe keine guten Neuigkeiten.« Ulrich drehte die Kappe zwischen den Fingern. Mit dem linken Fuß scharrte er über eine Stelle des Dielenbretts, von der sich ein Splitter gelöst und einen helleren Streifen zurückgelassen hatte.

Dietlind wurde ungehalten. »Die schlechte Nachricht wird nicht besser, wenn du sie verschweigst.«

Ulrich war verschwitzt und wirkte erschöpft. Stiefel und Hosen wiesen etliche Schlammspritzer auf, und durch einen Riss im rechten Hemdsärmel konnte Dietlind seine helle Haut leuchten sehen. »Ich habe Hermann nicht finden können. Er ist wie vom Erdboden verschluckt.«

Dergleichen hatte sich Dietlind schon gedacht. »Du siehst abgekämpft aus, als hättest du Tag und Nacht im Sattel gesessen«, stimmte sie einen versöhnlicheren Ton an.

»Das habe ich, Herrin. Ich bin sogar bis nach Coellen geritten, wo der König das Osterfest verbracht hat. Doch leider vergeblich. Hermann ist nie dort angekommen.«

Dietlind erschrak heftig. »Wovon bei allen Heiligen sprichst du? Was wollte er bei dem Staufer?«

»Ich habe ihm eine Nachricht von Ansgar überbracht.«

»Du hast *was*?« Dietlind sprang auf und machte einen Schritt auf Ulrich zu, der sogleich zurückwich.

»Ich habe …«, setzte der Diener zur Wiederholung an, doch Dietlind fiel ihm barsch ins Wort.

»Ich habe dich schon beim ersten Mal verstanden, du Tölpel. Berichte gefälligst von vorne. Was ist geschehen, nachdem du in Tannhöhe eingetroffen bist?«

Ulrich holte tief Luft und warf ihr einen unsicheren Blick zu. »Wie Ihr befohlen habt, habe ich im Kloster nach Hermann gefragt. Genau wie Bischof Odo konnten weder der Abt noch der Cellerar mir Auskunft geben, wo er abgeblieben ist. Dann trat jedoch Herr Ansgar auf mich zu. Er sagte, er hätte Hermann mit einer Nachricht zu König Konrad gesandt. Da er von mir erfuhr, dass Hermann noch nicht nach Ravenstein zurückgekehrt ist, war er der Ansicht, es wäre wohl das Beste, ihm nachzureiten. Das ergab für mich durchaus Sinn. Herr Ansgar gab mir nochmals eine Nachricht für den König mit, falls Hermann dort nicht angekommen sein sollte, sollte ich diese überbringen. Das war er tatsächlich nicht, also übergab ich den Brief und machte mich sofort auf den Rückweg nach Ravenstein.«

»Du Narr!«, zischte Dietlind ihm entgegen, sodass ein feiner Speicheltropfen Ulrichs Hemd traf. »Ansgar hat dich lediglich für seine Zwecke benutzt. Und er ist nicht länger dein Herr, du hast ihm also nicht zu gehorchen und keinen seiner Aufträge zu erfüllen.«

Ulrich zog die Schultern beinahe bis zu den Ohren, als wollte er seinen Kopf schützen. »Verzeiht mir, Herrin. Ich wollte Euch nicht verärgern.«

»Geh mir aus den Augen«, schnappte sie. Ulrich war schon

an der Tür, ehe sie ihm versöhnlicher zurief: »Ruhe dich bis morgen aus. Ich brauche dich jetzt nicht mehr.«

Ulrich bedankte sich erleichtert und verließ die Kemenate.

Dietlind lehnte sich mit verschränkten Armen an die Wand und blickte durch eine Maueröffnung auf den Hof hinaus. Für den morgigen Markttag wurden bereits die ersten Stände aufgestellt. Die meisten Händler waren schon auf Ravenstein eingetroffen. Sie nächtigten zwar in den umliegenden Herbergen, hielten sich jedoch tagsüber im Hof auf, um den Aufbau durch ihre eigens mitgebrachten Hilfskräfte zu beaufsichtigen und Anweisungen zu geben, wie die mitgebrachten Tische, Kisten, Stangen und Planen anzuordnen waren.

Ansgar wusste also, dass der neue König Konrad von Hohenstaufen hieß, und er hatte die Gelegenheit, dem Klosteralltag zu entkommen, gleich genutzt. Das konnte sie ihm nicht verübeln, sie hätte es ebenso gemacht. Dietlind wunderte sich nur, woher Ansgar darüber Bescheid wusste. Odo hatte ihm nichts gesagt, da war sie sicher.

Nachdenklich trommelte Dietlind mit den Fingern auf ihre Armbeuge. Hermann war verschwiegen und treu und handelte nur, wenn er einen Auftrag erhielt. Doch so dumm konnte Bruno nicht sein, oder doch?

Es gab nur eine Möglichkeit, das herauszufinden. Sie musste ihren Sohn aufsuchen und ihn mit ihrem Verdacht konfrontieren.

Nach einem Rundgang durch die Gemächer fand sie ihn endlich im Badehaus.

Für den dunklen Raum in der Nähe der Küche hatte Dietlind diese Bezeichnung schon immer als zu hoch gegriffen empfunden. Der Begriff Badestube wäre wohl der Ausstattung des Raumes eher angemessen gewesen. Nur durch eine winzige Maueröffnung fiel spärlich Tageslicht auf die beiden Holzzuber, die deshalb oft im Schein zusätzlicher Lampen mit warmem Wasser aus der Küche gefüllt wurden.

An diesem Ort hatte Markwart von Ravenstein zu seinen Lebzeiten gerne ein Schwätzchen mit seinen Gästen gehalten. Selbst Odo von Halltau hatte er ins Wasser gezwungen.

Dietlind schüttelte die Gedanken an damals ab und blickte auf ihren Sohn, der vornübergebeugt in der Wanne saß und sich von einer Magd den Rücken schrubben ließ. Obwohl er ihr Eintreten bemerkt haben musste, hob er nicht den Kopf, sondern schöpfte mit den hohlen Händen Wasser und schüttete es sich über das Haar. Nass wirkte es eher braun als blond. Brunos Schultern waren ein ganzes Stück breiter geworden, seit sie ihn das letzte Mal nackt gesehen hatte, die Oberarme sehnig und kräftig zugleich. Er glich in diesem Moment so sehr seinem Vater, dass Dietlind einen schmerzhaften Stich in der Brust verspürte.

Sie durfte das Gefühl der Erinnerung nicht zulassen und räusperte sich laut. Die Magd blickte auf und ließ die Bürste sinken, als Dietlind ihr mit einer herrischen Kopfbewegung zu verstehen gab, dass sie mit ihrem Sohn allein zu sein wünschte.

Bruno reagierte erst, als das Mädchen die Tür hinter sich zuzog. Er wischte sich mit beiden Händen über das Gesicht und anschließend durch das Haar, ehe er die Augen öffnete. Zwischen seinen Brauen erschien eine tiefe Unmutsfalte und sein Blick wurde abweisend. Er zog die Beine an und umschlang seine Knie mit den Armen.

»Ich wünsche allein zu baden.«

Dietlind seufzte und zog sich einen Schemel näher. »Ich bleibe nicht lange, aber es gibt Neuigkeiten, die du erfahren musst.«

Ein Funken Interesse glomm in den grünblauen Augen ihres Sohnes auf, doch er antwortete nicht.

»Ulrich ist zurückgekehrt. Er hat mir berichtet, dass Hermann in Ansgars Auftrag mit einer Nachricht zum König geritten ist. Dort kam er allerdings nie an, wie Ulrich feststellen musste.«

Brunos Mundwinkel begannen zu zucken. »Wollt Ihr mir damit sagen, dass es meinem Bruder zweimal gelungen ist, Konrad von Hohenstaufen einen Boten zu senden?«

»Von dem zumindest einer angekommen ist«, setzte Dietlind bissig hinzu.

Jetzt verlor Bruno endgültig den Kampf gegen das Grinsen. »Das muss Euch wahrlich übel aufstoßen, Mutter.«

»Allerdings! Dir ist wohl die Bedeutung dessen nicht klar. Wenn der König sich einmischt, kann er den letzten Willen deines Vaters rückgängig machen.«

»Und dann wird Ansgar das Kloster verlassen, meint Ihr?«

»Nicht nur das, Konrad wird einen Weg finden, ihn mit Ravenstein zu belehen. Dann verlierst du deinen Besitz und deine Stellung.«

Das Grinsen auf Brunos Gesicht wurde spöttisch. »Ihr meint wohl, dass Ihr dann alles verlieren würdet. Denn wenn ich falle, ziehe ich Euch mit in den Abgrund.«

Dietlind schnappte empört nach Luft. »Du warst es, der Hermann beauftragte, Ansgar zu informieren, dass der Staufer die Macht an sich gerissen hat.«

Bruno zuckte mit den Achseln. »Es ist wahr. Ansgar hat Besseres verdient, als ständig zu beten, zu fasten, sich zu geißeln oder was auch immer die dort oben in dem Kloster treiben.«

Dietlind sprang auf, sodass der Schemel nach hinten kippte und auf den Steinfußboden polterte. »Diese Liebe zu deinem Bruder wird noch dein Untergang sein. Ihn kümmert es im Gegenzug nicht, was aus dir wird.«

In einer einzigen geschmeidigen Bewegung löste ihr Sohn sich aus seiner Position und schlug die rechte Faust mit Wucht auf das Wasser, sodass Dietlind zurückwich, um nicht nassgespritzt zu werden. Brunos Augen glühten vor Hass. »Ohne ihn hätte ich mich schon längst in die nächste Schlucht gestürzt.«

Dietlind keuchte entsetzt auf. Sie wusste, dass Bruno mit seinen Dämonen zu kämpfen hatte, aber sie hätte nie vermutet, dass er jemals daran gedacht hatte, sich das Leben zu nehmen.

»Beruhige dich, so schlimm wird es schon nicht werden. Ansgar macht uns bestimmt keine Schwierigkeiten«, lenkte sie ein. »Ich bin nur betroffen, weil wir mit Hermann einen ausgesprochen loyalen Bediensteten verloren haben.«

»Was meine Schuld ist, wolltet Ihr das sagen?«

Dietlind wunderte sich, dass Bruno der Verlust offenbar wenig berührte. »Nein, er hätte in den Bergen jederzeit abstürzen können. Das passiert auch den Besten.«

Ihr Sohn ließ ein Brummen hören, das sie als Friedensangebot auslegte. Sie bückte sich, richtete den Schemel wieder auf und setzte sich erneut.

»Mir bereitet noch etwas anderes Sorgen«, begann sie vorsichtig, um ihn nicht gleich wieder bis aufs Blut zu reizen. »Wie kommst du mit Gunthild zurecht?«

»Besser als befürchtet«, gab er unumwunden zu. »Sie ist liebenswürdig, stellt keine Forderungen und ist zudem auch noch nett anzusehen. Ich hätte es weit schlimmer treffen können. Da muss ich Euch wohl dankbar sein.«

»Aber bringt sie dein Blut auch in Wallung?«

»Falls Ihr wissen wollt, ob ich meinen ehelichen Pflichten nachkomme, so kann ich Euch beruhigen. Aber es ist eine Pflichterfüllung, mehr nicht.«

Das klang gut. Es war Dietlind sehr recht, wenn ihr Sohn keine tieferen Gefühle für Gunthild entwickelte. Allerdings gab es da noch einen Punkt, den sie gerne geklärt hätte.

»Was ist mit ihrer Dienerin, die sie vom Kloster mitgebracht hat?«

»Laya?«

Bruno wusste auf Anhieb ihren Namen, stellte Dietlind leicht beunruhigt fest. Selbst bei langjährigen Bediensteten war das nicht immer der Fall. Sie wertete das als Hinweis, dass ihr Sohn sich schon mit Laya beschäftigt hatte. »Etwas stimmt mit dem Mädchen nicht. Es wäre mir lieb, wenn du sie fortschickst.«

»Das wird Hilda nicht gefallen. Was genau stört Euch denn an ihr?«

Dietlind sah, wie sich seine Augen verengten und er sie durchdringend musterte. »Ich kann nicht den Finger darauflegen, aber sie ist mir unheimlich.«

Bruno schwieg einige Augenblicke, ehe er schleppend antwortete: »Ich denke darüber nach.«

Mehr konnte sie im Moment nicht bei ihm erreichen, das spürte sie. Nur mäßig zufrieden stand Dietlind auf.

»Bruno, du bist der einzige Mensch, der mir etwas bedeutet. Denke immer daran, ich will nur dein Bestes.«

Er verzog angewidert die Lippen. »Das habt Ihr Euch doch längst genommen. Und nun lasst mich endlich allein.«

Ratlos verließ Dietlind den Raum. Sie war wütend und verletzt. Hatte sie nicht immer die Hand über Bruno gehalten? Ihn vor sich selbst geschützt?

Dietlind presste ihre Fingernägel in die Handflächen, um ihrer Verärgerung nicht lautstark Luft zu machen. Letzten Endes war es doch die Schuld ihres Bruders. Wenn Odo zur Mehrung seines Ansehens und Reichtums nicht so erpicht darauf wäre, sich Kloster Tannhöhe anzueignen, wäre Bruno niemals eingefallen, Hermann zu Ansgar zu schicken. Er hätte den politischen Machtwechsel vielleicht mit Interesse verfolgt, aber wohl kaum die Initiative ergriffen. Sie konnte sich einfach nicht vorstellen, dass Bruno die Konsequenzen bedacht hatte. Bestimmt war er deshalb so grantig gewesen, weil ihm erst jetzt die Tragweite seines Handelns bewusst geworden war.

Dietlind atmete erleichtert auf. Bruno hatte ebenso große Angst wie sie, von Ravenstein vertrieben zu werden, und versuchte das hinter seinem Zorn zu verstecken. Sie würde ihren Bruder aufsuchen. Odo war bereits heute eingetroffen, weil er morgen vor Marktbeginn in der Hauskapelle eine Messe zelebrieren wollte. Dietlind würde ihm ordentlich den Kopf waschen und ihm unmissverständlich klarmachen, dass ihn eine große Mitschuld traf, wenn ihre Familie unterging.

***

Die morgendliche Frühlingssonne strahlte auf Ravenstein herab und brachte die teils farbigen Zeltdächer der Marktstände zum Leuchten. Zahlreiche Händler waren gekommen, sodass sich der Markt durchaus mit denen in Halltau oder Gladen vergleichen ließ.

Er schlenderte zwischen den schmalen Gassen entlang, wo letzte Aufbauarbeiten durchgeführt wurden. Noch waren die Tore für das gemeine Volk geschlossen, aber nach der Messe würde der Hof mit Lachen und Grölen erfüllt sein. Sein Blick blieb an einem Gaukler haften, der in einem Winkel mit drei Bällen jonglierte.

Die Schellen an dessen bunter Kappe klingelten fröhlich, waren jedoch nicht in der Lage, seine dunklen Gedanken zu vertreiben. Die gestrige Auseinandersetzung mit Dietlind von Ravenstein brodelte noch immer in seinem Blut. Es fehlte nicht viel und er hätte wütend gegen eine der Stangen getreten, die den Baldachin des nächstgelegenen Standes abstützten. Dieses Weib war eine Seuche, mischte sich in alles ein.

Er presste die Lippen zusammen und wollte gerade ins Haus zurückkehren, als er Gunthilds Dienerin erblickte. Sie trat aus dem Eingang und hatte sich ein Tuch um den Kopf geschlungen, das ihr herrliches Haar vollkommen verdeckte. Bedauerlich, aber er wusste selbst, dass es für ihn so besser war.

Laya sah sich um und entdeckte offenbar nicht denjenigen, nach dem sie suchte. Selbst aus der Entfernung sah er, wie ihre Miene angespannt war, als sie sich nun das Tuch vom Haupt zog.

Die Sonnenstrahlen erfassten das Haar und ihm war, als würde ihn ein roter Blitz mitten ins Herz treffen. Er stolperte geradezu hinter den nächsten Verkaufsstand, auf dessen Tisch der Händler getöpferte Krüge, Schüsseln und Becher feilbot.

Er presste die Lider zusammen und bekämpfte den aufsteigenden Drang, sich den Zopf um die Hand zu wickeln und ihren Kopf so heftig nach hinten zu ziehen, dass er den Schmerz in ihren Augen erkennen konnte.

Das Vögelchen hatte selbst schuld, wenn es so aufreizend vor der Nase des Katers herumflatterte. Es war nicht verwunderlich, wenn es eines Tages seine Krallen zu spüren bekäme.

Er zwang sich, ruhiger und tiefer zu atmen. Diese Laya war nun einmal hier und er musste sich zusammenreißen. Zumindest so lange, bis er einen Weg gefunden hatte, sich ihrer unauffällig zu entledigen. Dieses Mädchen würde sich nicht wie die anderen mit viel Geld verlocken lassen, das spürte er genau. Aber er wollte sie haben, sie war einfach perfekt für ihn, und dann musste sie verschwinden.

Das schrille Klingeln der Schellenkappe des Gauklers holte ihn aus seinen Träumen. Er öffnete die Augen und stieß einen Seufzer aus. Zunächst musste er die Messe überstehen, damit der Markt eröffnet werden konnte. Vielleicht lenkte ihn das bunte Treiben ein wenig ab, doch allzu große Hoffnung setzte er nicht darauf.

26. Kapitel

Laya atmete auf, als die Messe endlich vorbei war und sie hinaus auf den Hof treten konnte. Heute Morgen hatte sie schon einmal einen flüchtigen Blick auf den Marktplatz geworfen. Sie hatte Dietlind von Ravenstein nirgends entdeckt und deshalb gewagt, ihr Tuch kurz vom Kopf zu ziehen. Offenbar wusste Brunos Mutter mehr, als sie zugab. Sonst hätte sie von Laya wohl kaum gefordert, ihr Haar vollständig zu bedecken.

Daraus schloss Laya, dass Dietlind den Mörder kannte oder zumindest einen Verdacht hegte. Sowohl der Bischof als auch ihr Sohn hatten der Messe beigewohnt. Wen wollte sie schützen? Laya konnte sich nicht vorstellen, dass Dietlinds Besorgnis ihr selbst galt, jedenfalls nicht ausschließlich.

Doch sie war jetzt kein unbekanntes Mädchen mehr, sondern die Dienerin der neuen Herrin von Ravenstein. Sollte ihr etwas zustoßen, würde Hilda nicht eher ruhen, bis der Schuldige gefunden und verurteilt war.

Laya ahnte, dass ihr nicht mehr viel Zeit blieb, den Täter zu überführen. Bestimmt suchte Brunos Mutter schon fieberhaft nach einer Möglichkeit, sie loszuwerden.

Der Markt stellte für Laya eine willkommene Gelegenheit dar, sowohl dem Bischof als auch Bruno näher zu kommen. Später gab es ein Mahl für die geladenen Gäste, dessen Zubereitung Dietlind beaufsichtigte. Sie hatte demnach nicht die Muße, sich zwischen den Ständen umzusehen und Laya zu beobachten.

Ehe der Mut sie verließ, nahm sie das Kopftuch ab und schritt erhobenen Hauptes die Stufen hinunter auf den Hof. Die Tore waren geöffnet worden, und immer mehr Menschen strömten herbei. Der Duft frisch gebackenen Brotes stieg ihr in die Nase, die Klänge von Flöten und Trommeln drangen an ihr Ohr. Drei Musikanten spielten auf und scharten schnell etliche Leute um sich. Die hungrigen Besucher stürzten sich auf die feilgebotenen Pasteten, die bei dem geringen Preis allerdings nur mit minderwertigen Schlachtabfällen gefüllt sein konnten. Kein Vergleich zu den köstlichen Pasteten aus der Ravensteiner Küche, die mit gutem Fleisch, durchwachsenem Speck oder frisch erlegtem Wildbret gefüllt waren.

Laya musste über sich selbst den Kopf schütteln. Einmal hatte sie ihren Vater zu einem Markt auf einer Insel im Bodensee begleiten dürfen. Damals hatte sie die einzige Pastete, die ihr Vater ihr zugebilligt hatte, heißhungrig verschlungen und sie für die beste der Welt gehalten.

Ohnehin war für sie dieser Tag sehr aufregend gewesen. Sie konnte sich noch gut an die Überfahrt zu der Insel erinnern. Einst von vielen Lindenbäumen bewachsen, trug sie den Namen Lindoua.

Auf dem Markt war viel Hanf dargeboten worden, den die Fischer rund um den See beim Bau ihrer Boote benötigten, um die Nähte zwischen den Planken der Bootsrümpfe abzudichten. Aus den Erträgen des nicht allzu weit entfernten Klosters Sankt Gallen waren Wein, Obst und Gemüse verkauft worden, und die Bauern des Umlands hatten Milchprodukte, Getreide und Vieh feilgeboten.

Mit jenem großen Ereignis ließ sich der kleine Markt auf Ravenstein natürlich nicht vergleichen, aber immerhin gab es neben den Händlern von Gewürzen, Käse und sonstigen Schleckereien auch Possenreißer und Musiker. Weiter hinten an der Mauer glaubte Laya einen Stand mit Stoffen zu erkennen.

Sie wollte gerade darauf zugehen, als sie gegen einen Mann stieß, der sich von einer Auslage gefilzter Kappen abwandte.

»Holla, hübsches Ding, wohin so eilig?«

Er packte sie bei den Oberarmen und hinderte sie daran weiterzugehen. Laya blickte auf und hätte beinahe einen Schrei ausgestoßen. Sie erkannte den Mann als Hermanns Begleiter wieder, der Julian und sie verfolgt und überfallen hatte. Vor Entsetzen brachte sie keinen Ton heraus.

Die Angst musste ihr deutlich anzusehen sein, denn der Mann setzte ein beruhigendes Lächeln auf. »Na, na, meine Kleine. Du brauchst dich nicht vor mir zu fürchten.«

Kaum hatte er seinen Satz beendet, als seine Miene sich veränderte. Er kniff die Augen zusammen und betrachtete sie argwöhnisch. »Sag mal, kennen wir uns?«

Laya schüttelte heftig den Kopf.

»Ich weiß nicht«, grunzte der Mann. »Irgendwie kommst du mir bekannt vor. Sicher, dass wir uns nicht schon einmal begegnet sind?«

Laya nahm all ihren Mut zusammen und löste sich von ihm. »An einen so stattlichen Kerl wie dich würde ich mich bestimmt erinnern«, behauptete sie mit einem Flattern im Magen. »Ich bin die Dienerin der Herrin von Ravenstein und erst seit einer guten Woche hier.«

Das Augenpaar, von dem Laya die Farbe zwischen Grün und Braun einordnen würde, blickte zweifelnd auf sie hinab.

»Du entsprichst so gar nicht dem Bild einer Dienerin, wie Frau Dietlind sie bevorzugt.«

»Ich meinte die neue Herrin, ehemals Gunthild von Mettenheim, die frisch mit Bruno von Ravenstein vermählt wurde.«

»Oh, das ist natürlich etwas anderes«, antwortete ihr Gegenüber. Er beugte sich ein wenig vor und Laya erschauderte, als sein nach Bier riechender Atem ihre Nase erreichte.

»Es wäre besser, wenn du dein Haar verhüllen würdest. Es gibt hier Menschen, die eine Abneigung gegen Rothaarige hegen, und du willst gewiss nicht die Aufmerksamkeit der falschen Leute auf dich ziehen.«

»Vielen Dank für die Warnung«, antwortete Laya und band sich das Tuch wieder um den Kopf.

Der Mann nickte ihr nochmals freundlich zu, ehe er sich abwandte und zum Herrenhaus schritt.

Mit klopfendem Herzen sah Laya ihm nach. War es ihr gelungen, ihn zu täuschen? Hatte er sie wirklich nicht erkannt, oder tat er nur so, um sie in Sicherheit zu wiegen?

Wie dem auch sei, die Zeit zerrann zwischen ihren Fingern. Sie hielt weiterhin Ausschau, ob sie Bruno oder den Bischof in der Menge ausmachen konnte.

Statt derer entdeckte sie einen krummbeinigen, rothaarigen Mann mit einem Vollbart, dem die Auslagen auf den Tischen bis fast an die Brust reichten. Er gestikulierte wild und wies zwei Männer an, die Tuchballen neu zu ordnen: »Wolle nach rechts, Leinen nach links, lasst den Platz in der Mitte frei, den brauchen wir noch«, hörte sie ihn rufen.

Erfreut, den Händler wiederzusehen, trat Laya hinter ihn. »Wie geht es Euch, Herr Hanno?«

Hanno von Gladen fuhr herum, als hätte ihn eine Wespe gestochen. Er strahlte über das ganze Gesicht, als er Laya erkannte, und streckte ihr beide Hände entgegen, die sie sofort ergriff. »Laya, ich hatte gehofft, dich hier wiederzusehen.«

Noch ehe sie sich von ihrer Überraschung erholt hatte, zog er sie beiseite. Einer seiner Knechte legte gerade einen grünen Tuchballen auf die frei gelassene Fläche in der Mitte des Tisches. Obwohl es nahezu windstill war, schien ein Lufthauch über die Oberfläche des feinen Gewebes hinwegzustreichen.

»Das ist Seide«, erklärte er der verständnislos dreinblickenden Laya. »Ich habe das Tuch aus Balermus, der Hauptstadt des normannischen Königreichs Sizilien. Du darfst es gerne einmal anfassen.«

Ehrfürchtig streckte Laya die Hand aus und rieb die oberste Lage zunächst vorsichtig zwischen Daumen und Zeigefinger, ehe sie der Länge nach über den Ballen strich. »Es ist so zart und leicht, als bestünde es aus Luft. Ich habe noch nie so ein wundervolles Tuch gesehen. Stammt es aus einer Pflanze oder von einem Tier?«

»Von einem Schmetterling«, antwortete Hanno schmunzelnd. »Seine Larven spinnen sich darin ein. Die Kokons werden mit heißem Wasser überbrüht und die Fäden, aus denen sie gewunden wurden, vorsichtig abgewickelt.«

»Weshalb bringt Ihr ein so kostbares Tuch ausgerechnet zu diesem kleinen Markt nach Ravenstein?« Laya trat beiseite, weil zwei Frauen in bäuerlicher Kleidung an den Stand traten. Sie reckten die Hälse und waren im Begriff, die Hände auf den Seidenballen zu legen.

»Finger weg«, brauste Hanno sofort auf. »Ihr könntet euch nicht einmal einen Fußbreit von dem Stoff leisten. Er ist nur etwas für sehr begüterte Herrschaften.«

»Ihr bezweckt doch etwas mit diesem außergewöhnlichen Angebot«, ließ Laya nicht locker.

Hanno nickte. »Das stimmt. Bruder Ansgar hat mich aufgesucht und mir berichtet, was bislang auf Tannhöhe vorgefallen ist. Jetzt spielst du zu seinem großen Missfallen doch den Lockvogel. Deshalb bin ich hier, um ein Auge auf dich zu haben. Doch der Markt ist morgen wieder vorbei. Damit meine Person die herrschaftliche Aufmerksamkeit bekommt, die sie benötigt, um unauffällig in deiner Nähe sein zu können, habe ich diesen Stoff mitgebracht. Ich hoffe sehr, dass die Herrin von Ravenstein einen so großen Gefallen daran findet, dass sie mich einlädt, eine Weile auf der Burg zu bleiben.«

»Der Stoff soll ein Geschenk für Dietlind sein?«, fragte Laya verblüfft.

»Nicht der ganze Ballen, aber ein Stück davon. Es muss großzügig, aber nicht übertrieben wirken. Ansgar hat mir eingeschärft, den Bogen nicht zu überspannen. Dietlind von Ravenstein ist ein gerissenes Weibsstück.«

»Sie weiß auf jeden Fall viel mehr über das, was in ihrer Familie vor sich geht, als ich auf den ersten Blick vermutet hätte. Sie hat mich gewarnt, mein Haar offen zu zeigen, und mich gezwungen, das Kopftuch zu tragen. Das bedeutet aber nicht, dass es gelingen könnte, sie auf unsere Seite zu ziehen.«

Hanno rieb sich den Nacken. »Das kann ich mir auch nicht vorstellen. Gewiss steckt sie in einem Konflikt. Sie schützt den Mörder, indem sie dich schützt. Würde er sich an dir vergreifen, besteht die Gefahr, dass seine Taten aufgedeckt werden. Sie kann es sich nicht leisten, dass Bruno seiner gerechten Strafe zugeführt wird. Sein Niedergang würde auch ihren Fall bedeuten.«

Laya beugte sich zu dem Händler hinunter und flüsterte: »Was macht Euch so sicher, dass es Bruno ist? Habt Ihr etwas herausgefunden?«

Hannos Nicken ließ Layas Herz schmerzhaft pochen. »Auf Ansgars Geheiß war ich in Sunthovun, wo Bruno seine Ausbildung vollendete. Nach einigem Suchen bin ich in Nordhovun einer jungen Frau begegnet, die in das Muster passte. Eine feine Narbe zog sich quer über die linke Wange – das ließ mich stutzen. Zuerst wollte sie nicht sprechen, aber einige Silberlinge haben dann doch ihre Zunge gelöst.«

»Ich bin auch begierig darauf zu erfahren, was es damit auf sich hat. Könntet Ihr nicht etwas lauter sprechen?«

Die dunkle Stimme, der trotz des spöttischen Untertons Wut anzumerken war, gehörte zu einem großen Mann, der mit einem schlichten braunen Hemd und einfacher Hose bekleidet war und die Kapuze seines Umhangs weit ins Gesicht gezogen hatte. Er lehnte mit verschränkten Armen und gekreuzten Knöcheln an der Stange des Baldachins, die sich unter seinem Gewicht ein wenig durchbog.

Wilde Freude tobte durch Laya und zauberte ein Lächeln auf ihr Gesicht, als sie den Mann erkannte. »Es ist auch schön, dich zu sehen. Was machst du hier?«

Ansgar stieß sich von der Stange ab und brachte damit die Plane gehörig ins Schwanken. Hanno warf einen besorgten Blick nach oben, doch die Bedachung hielt.

»Lasst uns da hinten sprechen, dort sind wir ungestört.« Ansgar deutete auf einen Vorsprung an der umlaufenden Mauer.

Kurz darauf stellten sie fest, dass die Ecke nur deshalb verlassen war, weil sie den Besuchern offenbar dazu diente, ihr Wasser abzuschlagen. Ansgar rümpfte die Nase, tat aber so, als würde er den beißenden Geruch nach Urin nicht bemerken. Laya verkniff sich das Grinsen.

»Also, Hanno, was hast du entdeckt?«

Laya fiel die vertrauliche Anrede auf. Das war wohl nicht weiter verwunderlich, wenn man gemeinsam einen Plan ausheckte.

»Wie gesagt, ich habe ein Mädchen gefunden, das mir bestätigte, von Bruno misshandelt worden zu sein, als er in Sunthoven war. Er hat ihr Geld geboten dafür, dass er mit ihr machen durfte, was er wollte. Natürlich war sie zunächst davon ausgegangen, dass er seine fleischliche Lust an ihr befriedigen wollte. Aber er hat ihr ziemlich deutlich gesagt, dass das nicht in seinem Sinne wäre. Ihre Jungfräulichkeit sollte sie behalten.«

Ansgar prustete verächtlich. »Auf die hat sie offenbar keinen Wert gelegt, wenn sie die nicht ohnehin schon längst verloren hatte.«

»Darum geht es doch gar nicht«, mischte sich Laya ein. »Fest steht, dass dein Bruder derjenige ist, der die Mädchen misshandelt und getötet hat.«

Ansgar schüttelte entschieden den Kopf. »Wir wissen mit Sicherheit nur, dass er diesem Mädchen Gewalt angetan hat und dass es überlebt hat. Für die anderen Taten fehlt uns der Beweis.«

»Das wird auch schwierig, wenn er sie in eine der vielen Bergschluchten hat werfen lassen«, antwortete sie scharf. Sie konnte nachvollziehen, dass es Ansgar widerstrebte, den eigenen Bruder überführt zu sehen, und hoffte, er verstand ihre Anspielung auf das, was sie mit Hermann getan hatten.

»Hat das Mädchen sonst noch etwas gesagt?«, murrte Ansgar.

»Sie hat mir beschrieben, wie er vorgegangen ist. Er hat sie gefesselt, nachdem sie dem zugestimmt hatte.«

»Moment mal«, rief Ansgar erregt. »Er hat sie vorher gefragt?«

»Das hat er. Zudem hat er ihr gesagt, was er vorhat, nämlich sie zu schlagen. Ihr war das gleich, sie hatte nur die Münzen vor Augen, die er ihr versprochen hatte, und das, was sie für sie bedeuten würden. Allerdings hatte sie nicht damit gerechnet, dass er eine Peitsche auf ihrem Rücken tanzen lassen würde. Zum Glück hatte sie ihre Kleidung anbehalten dürfen. So war ihre Haut weitestgehend geschützt und sie hat keine größeren Blessuren davongetragen. Nur der Stoff hat die Misshandlung nicht überstanden. Als Bruno sich dessen gewahr wurde, legte er noch etwas Silber obenauf, mit dem sie sich neue Kleider kaufen sollte.«

»Und die Narbe in ihrem Gesicht?«, fragte Laya.

»Auch wenn sie für mich der Auslöser war, das Mädchen anzusprechen, trug Bruno daran keine Schuld. Als Kind hatte sie sich die Wange an einem aus der Stallwand hervorstehenden Nagel aufgeschlitzt und davon diesen Makel zurückbehalten.«

Ansgar stöhnte. »Es klingt danach, als wäre sie sein erstes Opfer gewesen, wenn es während seiner Ausbildung zum Ritter geschehen ist. Entweder hat er zunehmend seine Skrupel verloren, oder jemand anderer wusste von dem Vorfall, ahmt ihn jetzt nach und geht dabei wesentlich brutaler vor.«

»Er litt sogar unter sehr starken Gewissensbissen«, beteuerte Hanno. »Nachdem er das Mädchen losgebunden hatte, ist er in Tränen ausgebrochen, erzählte sie mir. Er hat ihr gegenüber mehrmals beteuert, wie leid es ihm tue, und sie musste ihm schwören, darüber niemals ein Wort zu verlieren.«

»Das Versprechen hat sie wohl gebrochen«, stellte Ansgar nüchtern fest.

»Das Ganze liegt schon einige Zeit zurück. Bruno ist mittlerweile erwachsen und ein ausgezeichneter Jäger, wie ich feststellen konnte«, warf Laya ein. »Er weiß zu töten, und ob Mensch oder Tier, spielt dann vermutlich keine Rolle mehr.«

»Und ob es das tut«, widersprach Ansgar hitzig. »Aber das kann ein Bauernmädchen wohl nicht verstehen.«

Verletzt wandte Laya sich ab.

Ansgar wirkte sofort zerknirscht. »Das hätte ich nicht sagen dürfen.« Er streckte die Hand aus, berührte ihr Kinn sacht mit den Fingerspitzen und drehte ihren Kopf zu sich. Die Berührung durchfuhr sie wie ein Blitz. Die Wärme seiner Haut schien ein glühendes Mal auf ihrem Kinn zu hinterlassen, und ein wohliger Schauer erfasste sie. »Bitte verzeih mir«, setzte er hinzu, als ihre Blicke sich kreuzten.

Laya musste schlucken, ehe sie antworten konnte. Sie nickte knapp. »Ich kann verstehen, dass dich die Wahrheit schmerzt. Du hast mir Bruno als Sonnenschein beschrieben, und es muss grausam sein, in ihm nun einen Mörder zu sehen.«

Ansgar ließ die Hand wieder sinken. »Ich will es einfach nicht glauben.«

»Inwieweit ist seine Gemahlin eingeweiht?«, wollte Hanno wissen.

»Sie weiß von den verschwundenen Mädchen, aber nicht, dass wir Bruno verdächtigen. Sie sollte ihm vorbehaltlos gegenübertreten, auch um sich und uns nicht unabsichtlich zu verraten und in Gefahr zu bringen«, kam Laya Ansgar zuvor.

Sie wollte noch etwas hinzufügen, verstummte jedoch, weil sich ein Mann in einem hellen Hemd näherte. Noch im Gehen zog er es sich aus dem Bund und begann bereits an seiner Hose zu nesteln, als Ansgars drohender Tonfall ihn mitten in der Bewegung innehalten ließ.

»Wage es ja nicht, dich hier zu erleichtern.« Er deutete mit ausgestrecktem Arm auf das Tor. »Such dir gefälligst draußen einen Busch.« Der Gescholtene zog den Kopf ein und beeilte sich, das Gelände zu verlassen.

»So respekteinflößend ist er immer«, sagte Laya an Hanno gewandt. »Jeder Zoll ein adeliger Herr. Selbst wenn er wollte, er könnte gar nicht anders.«

Ihr Lächeln verblasste. »Ich muss euch noch etwas sagen. Hermann hat mich bekanntlich nicht allein überfallen, und bisher habe ich vergeblich nach dem zweiten Mann Ausschau gehalten. Gerade eben bin ich ihm begegnet, kurz bevor ich auf Hanno traf. Ein großer braunhaariger Kerl mit einer Narbe am Kinn.«

»Ulrich. Verdammt«, fluchte Ansgar. »Das hätte ich mir eigentlich denken können.«

Er fuhr sich mit beiden Händen über das Gesicht. »Er war bei mir, um sich nach Hermanns Verbleib zu erkundigen. Also habe ich die Gelegenheit genutzt und ihn mit einem Schreiben zum König geschickt unter dem Vorwand, dass er Hermann bestimmt dort antreffen werde. Hätte ich geahnt, dass Ulrich mit Hermann gemeinsame Sache gemacht hat, hätte ich ihn niemals ziehen lassen. Ich könnte mir niemals verzeihen, wenn dir etwas zugestoßen wäre.«

Laya berührte ihn sacht am Arm. »Selbst wenn du es gewusst hättest, was hättest du tun wollen? Du bist kein kaltblütiger Mörder, sondern tötest nur aus Notwehr.«

Ansgar blickte ernst auf sie hinab. »Hat er dich erkannt?«

»Wir haben sogar kurz miteinander gesprochen. Zuerst glaubte er, mich schon einmal gesehen zu haben, aber ich hoffe, ich konnte ihn vom Gegenteil überzeugen.«

Laya holte tief Luft. »Wie dem auch sei, uns bleibt nicht mehr viel Zeit.«

»Das habe ich mir gedacht, deshalb bin ich hier«, brummte Ansgar.

»Dabei hattest du doch mich damit beauftragt, ein Auge auf sie zu halten«, warf Hanno ein und wirkte eine Spur verletzt. »Du glaubst wohl, ich wäre dazu nicht in der Lage.«

Ansgar hob begütigend beide Hände. »Ganz und gar nicht, aber ich hatte das Gefühl, hier gebraucht zu werden, deshalb habe ich mich davongeschlichen. Soweit möglich, wird Bruder Frodewin mich decken.«

»Das ist aber nett von ihm«, sagte Hanno.

»Ich habe etwas über ihn herausgefunden, und als ich ihn heute um seinen Beistand bat, wollte er wohl nicht ablehnen, aus Frucht, mir könnte ein unbedachtes Wort entschlüpfen.«

»Aber erpresst hast du ihn damit nicht, oder?«, fragte Laya.

»Du traust mir auch alles Schlechte zu, was?«, antwortete er grummelnd.

»Du weißt, dass dem nicht so ist. Ich freue mich wirklich, dich zu sehen.«

Jetzt blickte er sie überrascht an. »Tatsächlich?«

Hanno räusperte sich vernehmlich. »Wir sollten uns überlegen, wie wir den Fuchs aus seinem Bau locken. Vorschläge?«

»Nicht weit von hier gibt es eine Jagdhütte. Laya könnte sowohl Bruno als auch Odo einladen, sie dort heute Nacht heimlich zu treffen. Natürlich werde ich statt ihrer dort sein.«

»Nein, ich will Julians wahrem Mörder ins Gesicht blicken«, sagte Laya bestimmt. »Außerdem müssen wir sicher sein, den Richtigen zu erwischen. Er muss Hand an mich legen, damit wir ihn überführen können.«

»Das gefällt mir ganz und gar nicht«, widersprach Ansgar.

»Laya hat recht«, mischte sich Hanno ein. »Eure Aussagen werden vor dem Blutgericht keine Bestandskraft haben, wenn er die Taten leugnet und ihr nicht zweifelsfrei beweisen könnt, dass ihr den Schuldigen gefasst habt. Bedenkt, dass es sich hier um einen Ritter oder sogar einen Bischof handelt.«

Zähneknirschend sah Ansgar das ein. Sie berieten, wie sie es anstellen sollten, damit die Falle zuschnappte.

»Du machst dich jetzt am besten auf den Weg zur Hütte. Es ist zu riskant, wenn dich hier jemand sieht«, schlug Hanno vor und drückte Ansgar ein Geldstück in die Hand. »Davon kaufst du dir etwas zu essen. Dein Magen knurrt schon die ganze Zeit vernehmlich.«

»Du passt derweil gut auf sie auf, hörst du?«, erwiderte er, ohne sich für die Münze zu bedanken.

»Ich werde Laya heute nicht mehr von der Seite weichen«, versprach Hanno feierlich. »Und jetzt wird es höchste Zeit, dass ich mich wieder um meinen Stand kümmere, sonst haben meine Knechte womöglich die Stoffe zu einem Spottpreis verkauft, nur um sich selbst auf dem Markt vergnügen zu können.«

Das konnte sich Laya jedoch nicht vorstellen, zumal Hanno ihnen den entgangenen Gewinn gewiss vom Lohn abziehen würde. Sie lächelte Ansgar zuversichtlich an.

»Heute Nacht finden wir die Wahrheit heraus, danach sehen wir weiter.«

Er nickte zögerlich und wandte sich nach einem letzten Gruß ab. Laya sah ihm wehmütig nach, als er den Stand mit den Backwaren ansteuerte und auf zwei Schmalzkringel deutete. Was würde wohl mit Ravenstein geschehen, wenn sich herausstellen sollte, dass Bruno die Morde begangen hatte? Würde der Besitz zurück an Ansgar fallen? Wie dem auch sei, Laya wusste, dass seine Tage im Kloster gezählt waren. Bestimmt würde er ihr nicht folgen, wenn sie dorthin zurückkehrte. Sie stieß einen tiefen Seufzer aus.

Ein sachter Stoß in die Rippen holte sie aus ihren Träumereien. »Wenn ich mein Versprechen gegenüber Ansgar halten soll, jederzeit auf dich zu achten, muss ich an dem Festmahl teilnehmen. Dafür ist es erforderlich, mich bei Dietlind von Ravenstein einzuschmeicheln, und das gelingt nur, wenn ich ihr persönlich die Seide anbieten kann.«

Sie wandten sich gerade ab, als zwei Männer an ihnen vorbei an die Mauer traten, um sich zu erleichtern. Unwillkürlich warf Laya einen Blick in die Richtung, in die Ansgar verschwunden war, doch sie konnte ihn nicht mehr ausmachen.

Zurück an Hannos Stand, erkannte sie, dass seine Sorge unbegründet gewesen war. Die Tuchballen lagen noch so da, wie er sie verlassen hatte. Einer seiner Gehilfen maß mit einem Stock gerade ein Stück von einem roten Leinenstoff ab.

Die Seide fand viele Bewunderinnen, doch keine war in der Lage, den aufgerufenen Preis zu bezahlen. Laya überlegte schon, ob sie zurück ins Haus gehen und Dietlind unter einem Vorwand auf den Markt locken sollte, als sie Hilda entdeckte.

Ihre Freundin hatte sich bei ihrem Gemahl untergehakt und kam die Gasse entlanggeschlendert. Sie sah immer noch glücklich aus und Laya fragte sich, ob sie wohl schon Brunos Kind unter dem Herzen trug.

Hilda hob den Blick, erkannte sie und winkte. Laya erwiderte den Gruß und sah mit gemischten Gefühlen zu, wie ihre Freundin Ansgars Bruder mit sich zog und auf sie zukam.

»Das ist Bruno von Ravenstein«, raunte Laya Hanno zu, der sich sichtlich versteifte und sich dazu zwingen musste, sein geschäftsmäßiges Lächeln beizubehalten.

»Hier treibst du dich rum«, strahlte Hilda, ehe sie den Händler musterte. »Ihr seid gewiss Hanno von Gladen.«

Der Tuchhändler nickte knapp.

»Laya hat mir vom Verlust Eurer Schwester erzählt. Das bedauere ich sehr, und ich hoffe, der Kerl, der ihr das angetan hat, wird dafür zur Rechenschaft gezogen.«

Hilda wandte sich sich an Bruno, der betont gelangweilt die Stoffe betrachtete. »Du musst wissen, dass seit einiger Zeit hier in der Gegend immer wieder Mädchen verschwinden und nicht zurückkehren. Die Schwester des Händlers war eine von ihnen.«

Laya hatte das Gefühl, mit einem Kübel Eiswasser übergossen zu werden.

27. Kapitel

Hilda bemerkte, wie Laya erstarrte, und fragte sich, ob sie etwas Falsches gesagt hatte. Das Gesicht des Händlers wirkte plötzlich verschlossen, sogar Bruno an ihrer Seite war für einen Augenblick wie versteinert, ehe er Hanno von Gladen kurz durchdringend ansah.

»Wovon sprichst du?«, fragte er an Hilda gewandt. Lediglich milde Neugier lag in seiner Stimme.

In diesem Moment trat Laya ihr heftig auf den Fuß. Hilda unterdrückte nur bedingt ein Stöhnen.

»Hast du Schmerzen?«, erkundigte sich ihr Gemahl besorgt und ergriff ihren Ellbogen.

»Nichts, nur ein plötzlicher Krampf im Magen. Ist schon wieder vorbei. Ich hätte heute Morgen wohl lieber auf die kandierten Früchte zu dem Getreidebrei verzichten sollen.« Sie schenkte Bruno ein gequältes Lächeln.

»Du sagtest eben, es wären Mädchen aus der Gegend verschwunden«, erinnerte er sie.

Hildas Nacken wurde heiß. Offenbar wollten Laya und der Händler nicht in Brunos Beisein darüber sprechen. Fieberhaft suchte sie nach einem Ausweg, als Hanno ihr zu Hilfe kam.

»Meine Schwester ist mit einem jungen Kerl durchgebrannt, der sie anschließend sitzen ließ. Er hat wohl einige junge Mädchen hier aus der Umgebung verführt.«

»Eure Schwester hat den Halunken wohl hoffentlich gemeldet«, erwiderte Bruno ernst.

Hanno schüttelte den Kopf. »Sie hat sich das Leben genommen.«

Ihr Gemahl bekreuzigte sich, und Hilda beeilte sich, es ihm gleichzutun. »Das ist wirklich furchtbar.«

Bruno schien ehrlich erschüttert. Etwas, das Hilda in ihrer Vermutung bestärkte, dass er ein mitfühlendes Herz besaß.

Laya warf ihr einen warnenden Blick zu, den sie mit einem kaum wahrnehmbaren Nicken bestätigte. Hilda hatte verstanden, dass sie das Gespräch auf einen anderen Gegenstand lenken sollte. Sie nahm sich vor, Laya später nach den Gründen zu fragen.

»Was ist das für ein exquisiter Stoff?«, wechselte sie deshalb das Thema und deutete auf den grünen Tuchballen.

Sie staunte, als Hanno sie über die Seide aufklärte und sie das feine Gewebe berührte. »Wunderschön«, hauchte sie verzückt.

»Nennt mir Euren Preis«, verlangte Bruno gebieterisch.

Hilda verschlang ihre Finger miteinander, als Hanno verneinte. Eine Zornesfalte bildete sich zwischen Brunos Augenbrauen und seine Halsschlagader begann heftig zu pulsieren. Schon erwartete sie einen Ausbruch, als der Händler eine Verbeugung andeutete.

»Erlaubt mir, Eurer liebreizenden Gemahlin und Eurer Frau Mutter einige Ellen als Geschenk zu überlassen.«

»Das ist wirklich außerordentlich großzügig«, antwortete Bruno verblüfft. Seine aufgeschäumte Wut verrauchte ebenso schnell, wie sie gekommen war.

»Erlaubt mir, Euch im Gegenzug bei unserem Gastmahl zu begrüßen«, entgegnete er höflich.

Hanno von Gladen nahm die Einladung dankend an und wechselte anschließend einen verstohlenen Blick mit Laya, der Hilda nicht entging. Sie musste mit ihrer Freundin unbedingt ein paar Worte unter vier Augen wechseln.

»Meine Schwester wird nicht erfreut sein, wenn sie ein zusätzliches Maul stopfen muss.«

Hilda fuhr herum und sah Odo von Halltau erschrocken an. Bruno hingegen drehte nicht einmal den Kopf. Er strich betont langsam über die Seide und antwortete: »Ich bin der Herr auf Ravenstein. Sie hat sich meinem Willen zu fügen.«

»Ein bisschen mehr Dankbarkeit stünde dir gut zu Gesicht, mein Lieber, nach allem, was deine Mutter und ich für dich getan haben.«

Brunos Halsschlagader schwoll erneut an, und er ballte die Hand auf dem Tuchballen kurz zur Faust. Jetzt sah er seinen Oheim an und Hilda erschrak vor der kalten Wut in seinem Blick. »Glaubt mir, ich habe nichts vergessen. Und ich tue alles in meiner Macht Stehende, um mich bei Euch beiden dafür erkenntlich zu zeigen.«

»Dann wirst du dich wohl mehr anstrengen müssen, denn davon ist bisher nicht viel zu merken.«

Bruno hob eine Augenbraue. »Wo bleibt Euer Gottvertrauen, Ohm Odo? Es dauert gewiss nicht mehr lange und Ihr werdet die Auswirkungen meiner Bemühungen ernten.«

»Du redest wirr, mein Junge. Ich kann dir gerne die Beichte abnehmen«, bot der Bischof mit Blick auf Hilda an und leckte sich über die Lippen. »Das erleichtert dein Gewissen.«

»Gedenkt Ihr länger zu bleiben?«, fragte Bruno missmutig, ohne darauf einzugehen.

»Ein paar Tage noch.« Odo musterte Hilda abschätzig, und sie trat instinktiv einen Schritt näher an Bruno heran, der seinen Zorn überwunden hatte und überheblich lächelte.

»Womit wir wieder beim Anfang wären, der Feststellung, unnötige Mäuler zu stopfen.«

Hilda sog scharf die Luft ein. Das Gesicht des Bischofs nahm eine tiefrote Färbung an. Odo von Halltau schnaufte entrüstet und ging ohne ein weiteres Wort davon. Er hatte noch nicht einmal Hilda die Gelegenheit gegeben, zum Abschied seinen Ring zu küssen.

Eine unangenehme Stille breitete sich zwischen ihnen aus, die Hilda überbrücken wollte.

»Mein Lieber, willst du deiner Mutter nicht eine Freude bereiten und ihr von dem großzügigen Geschenk berichten? Vielleicht glättet das die Wogen zwischen euch ein wenig.«

Bruno hatte Hilda erzählt, dass seine Mutter zornig auf ihn war, allerdings den Grund dafür verschwiegen. Sie hatte schon befürchtet, dass es etwas mit ihr selbst zu tun hatte. Dietlind war ihr ein wenig unheimlich. Ihre Schwiegermutter hatte sie zwar stets höflich, aber auch mit einer gewissen Herablassung behandelt. In ihrer Gegenwart fühlte sich Hilda so nutzlos wie ein Tisch mit drei Beinen.

Doch nun hegte sie den Verdacht, dass der Konflikt zwischen Bruno, seiner Mutter und seinem Oheim bestand.

»Harmonie ist dir wichtig, nicht wahr?«, fragte Bruno sanft und von seiner Wut war nichts mehr zu spüren. »Meinetwegen.«

Hilda strahlte über das ganze Gesicht. »Ich bleibe derweil hier und bewundere noch ein wenig den feilgebotenen Tand.« Sie sah ihm nach, bis sie ihn zwischen den Menschen nicht mehr ausmachen konnte.

Jetzt erst wandte sie sich Laya und Hanno zu. »Nun raus mit der Sprache, was wird hier gespielt?«

Nach dem abendlichen Gastmahl hatte sich Hilda früh zurückgezogen. Wie ein gefangenes Frettchen in seinem Käfig lief sie in ihrem Gemach auf und ab. Sie hoffte sehnsüchtig, dass Laya sich in Bruno getäuscht hatte und er schon bald durch die Tür kommen würde.

Sie war zutiefst erschüttert über Layas Plan, auch wenn sie ihre Beweggründe sehr gut nachvollziehen konnte. Ihre Freundin setzte sich bewusst einer großen Gefahr aus und die Magistra hatte davon gewusst. Hätte Laya Hilda früher über ihr Vorhaben in Kenntnis gesetzt, sie hätte darauf bestanden, dass Laya in Tannhöhe blieb. Sicher hatte Laya genau das vermutet. Auch damit, dass sie Bruno sicher von Beginn an mit großem Misstrauen, wenn nicht gar Angst begegnet wäre, hatte sie richtig erkannt. Es war besser gewesen, dass sie unvoreingenommen nach Ravenstein gereist war.

So hatte sie ihn als einen Menschen kennengelernt, der eine sanfte und liebenswürdige Seite besaß. Sie wusste aber auch, dass seine Stimmung ebenso schnell umschlagen konnte, wie das Wetter in den Bergen.

Die familiären Wogen hatten sich nicht geglättet. Zwar hatte Dietlind sich über das großzügige Geschenk gefreut und Hanno von Gladen herzlich als Gast an der Tafel begrüßt, doch mit ihrem Sohn hatte sie nur die nötigsten Worte gewechselt.

Hilda war aufgefallen, dass Odo von Halltau Laya, die ihr Haar vollständig verhüllt trug, immer wieder Blicke zuwarf. Sowohl ihm als auch Bruno hatte Laya eine kurze Nachricht zugeschoben, in der sie um ein geheimes Treffen in der Jagdhütte bat.

Ob Bruno die Nachricht gelesen hatte, war ihm nicht anzumerken gewesen. Er hatte die Gespräche mit dem Tischnachbarn fortgeführt und sich eine der Fasanenkeulen schmecken lassen. Der Bischof hatte drei der Vögel als Gastgeschenk aus einem seiner Klöster mitgebracht. Umso mehr musste ihn Brunos Bemerkung über zusätzlich zu stopfende Mäuler verletzt haben.

Hilda hielt mitten in der Bewegung inne. War vom Gang her das Geräusch sich nähernder Schritte vernehmbar? Sie hatte sich geirrt, stellte sie kurz darauf enttäuscht fest und setzte ihre Runden durch den Raum fort. Was würde mit ihr geschehen, sollte ihr Gemahl all die Mädchen ermordet haben? Wurde er überführt, so war ihm der Tod durch das

Schwert gewiss. Dann wäre sie Witwe, und Ravenstein würde wohl an seinen nächsten männlichen Verwandten fallen.

Konnte sie dann nach Tannhöhe zurückkehren? Nicht für lange, kam Hilda nach einigen Überlegungen zu dem Schluss. Ihr Vater würde bestimmt nicht ruhen, bis er einen neuen Gemahl für sie gefunden hatte. Ob der dann ebenfalls nett zu ihr und zudem ansehnlich wäre, wagte Hilda stark zu bezweifeln.

Sie griff nach dem Stickrahmen, nur um ihn gleich wieder sinken zu lassen. Das Feuer im Kamin war schon fast heruntergebrannt und spendete kaum noch Helligkeit. Doch sie konnte sich nicht aufraffen, weitere Scheite nachzulegen. Verzagt ließ sie sich auf den Stuhl sinken und starrte in die Glut.

Schon wieder bildete sie sich ein, Brunos Schritte zu hören. Doch dieses Mal wurde die Tür tatsächlich geöffnet.

»Hilda, was sitzt du denn hier im Dunkeln?«

»Ich habe auf dich gewartet und muss wohl eingenickt sein«, log sie schnell. Laya hatte ihr eingeschärft, sich nichts anmerken zu lassen, egal wie die Dinge sich entwickelten.

»Ich will nicht, dass du frierst«, sagte er fürsorglich, kniete neben dem Feuer nieder und legte Holz nach.

Hildas Augen wurden feucht, während sie den auflodernden Flammen zusah, die um das Holz herum züngelten. Einen besseren Mann als ihn würde sie niemals finden.

Sie räusperte sich. »Es war ein langer Tag, du musst müde sein.«

Bruno nickte. »Dennoch ist er nicht vorbei. Ich habe da noch eine Sache zu erledigen, wird nicht lange dauern. Spätestens um Mitternacht bin ich wieder zurück.«

»Tu, was du tun musst.«

Überraschung blitzte in seinen Augen auf. »Keine Frage nach dem Wohin und Weshalb?«

Hilda zuckte mit den Achseln und zwang sich, gleichmäßig weiterzuatmen. »Sieh es bitte nicht als Gleichgültigkeit meinerseits an. Aber ich denke, du wirst es mir schon sagen, wenn du es für wichtig erachtest.«

Er lächelte sie an und strich ihr sacht über die Wange. »Ich habe wirklich großes Glück mit dir. Wenigstens etwas, das meine Mutter richtig gemacht hat.«

Bruno drückte ihr einen Kuss auf die Stirn und verließ das Gemach. Hildas Herz wurde bleischwer.

***

Er sog tief die kühle Abendluft in seine Lungen. Seine Fingerspitzen berührten das kleine Stück Pergament in seiner Tasche. Die Nachricht war verlockend und bedrohlich zugleich. Dieses Weib hatte keine Ahnung, was sie damit bei ihm anrichtete. Aber heute musste es enden. Er war zuversichtlich, dass es ihm gelingen würde, die Geister der Vergangenheit endlich abzuschütteln. Sie würde sein Abschluss sein – sein perfekter Abschluss. Wie heute früh auf dem Markt, als die Sonnenstrahlen ihren tiefroten Schopf durchflutet und zum Leuchten gebracht hatten, fühlte er wieder diesen qualvollen Stich in seinem Herzen.

Der Drang, Laya Schmerzen zuzufügen, und die damit verbundene Aufregung wurden plötzlich so stark, dass er innehielt. Er wartete einige Augenblicke, bis sich sein Pulsschlag wieder beruhigt hatte, ehe er dem Pfad zur Jagdhütte folgte. Er brauchte kein Licht, der Mond war hell genug, und ein Licht hätte ihn nur frühzeitig verraten.

Das Vogelgezwitscher war verstummt. Nur der gelegentliche Ruf einer Eule hallte durch die Nacht und hin und wieder das Todesfiepen einer Maus, die den scharfen Krallen ihres Jägers nicht entkommen war.

Das leise Klimpern aus dem Beutel an seinem Gürtel zauberte ein Lächeln auf seine Lippen. Laya war die Erste, der er zuvor kein Geld angeboten hatte, um sie gefügig zu machen. Er hatte es vielmehr aus Gewohnheit mitgenommen.

Plötzlich verharrte er. Was, wenn sie ihn in eine Falle locken wollte? Er hatte Laya keinen Anlass gegeben, sich ihm zu nähern, und doch war sie auf ihn zugekommen. Er nickte, als wollte er seine Vermutung selbst bestätigen.

Da musste es einen Haken an der Sache geben. Sie war einfach ein zu ideales Opfer. Hatte er einen Fehler gemacht? War jemand hinter sein dunkles Geheimnis gekommen?

War Hermann tatsächlich auf dem Weg zum König etwas zugestoßen oder hatte er geplaudert und sich abgesetzt? Oder hatte er den Mund gehalten und war getötet worden?

Das konnte er sich wiederum nicht vorstellen. Dann hätte es nur auf Klostergrund passiert sein können, und dazu war Ansgar nicht fähig.

Entsetzt hielt er die Luft an, als ihm einfiel, dass Laya ebenfalls aus Tannhöhe kam. Zwar lebten Männer und Frauen in Doppelklöstern streng getrennt, aber wer konnte schon sagen, ob nicht doch heimliche Verbindungen existierten?

Es gab nur einen Weg, es herauszufinden. Er musste Laya danach befragen, und er wusste, wie er ihre Zunge lösen konnte. Beinahe zärtlich ließ er seine Fingerspitzen über das Heft seines Dolchs gleiten. Sie würde ihm alles sagen, bevor er sie … Nein, daran durfte er jetzt nicht denken, es lenkte ihn zu sehr ab.

Stoisch setzte er einen Fuß vor den anderen, bis er nur noch einen Pfeilschuss von der Jagdhütte entfernt war. Sie stand windgeschützt vor einer Gruppe Tannen. Wie er erwartet hatte, waren die Läden geschlossen, doch durch die Ritzen der Holzverkleidung konnte er Licht schimmern sehen.

Kurz vor der Hütte verließ er den Pfad und wandte sich nach links. Dort befand sich ein kleiner Anbau, in dem Äxte und Werkzeuge der Waldarbeiter gelagert wurden. Er untersuchte den Riegel und fand ihn vorgeschoben.

Es hielt sich also niemand dort drinnen auf. In dem schwachen Licht konnte er auch keine Fußspuren auf dem weicheren Boden ausmachen. Auf dem felsigen Untergrund war es ohnehin vergebens. Aber vielleicht versteckte sich jemand in der Hütte oder Laya war gar nicht da.

Sich immer wieder umsehend und lauschend, damit ihn niemand von hinten überraschen konnte, schlich er näher an eine der Ritzen heran und spähte ins Innere der geräumigen Hütte, die größer war als manche Bauernkate.

Dort lag sie auf dem schmalen Bettgestell, hatte die Beine angezogen und die Augen geschlossen. Aus ihrem Zopf hatten sich so viele Strähnen gelöst, dass sie ihr Gesicht umrahmten.

Er löste sich von dem Anblick, der den Hass einem Feuer gleich durch seine Adern schickte, und sah durch die nächste Ritze, dann durch eine weitere.

Jetzt erst war er sicher, dass Laya allein war. Niemand konnte sich dort drinnen versteckt halten. Die Decken lagen ordentlich zusammengefaltet am Fußende des Bettes, dessen Füße so niedrig waren, dass sich bestenfalls ein Kind darunter hätte zusammenrollen können.

Er schloss kurz die Augen, ehe er auf die Tür zutrat und sie aufstieß.

Laya schreckte von ihrem Lager hoch. Als sich ihre Blicke trafen, glaubte er für einen kurzen Moment Enttäuschung in ihrem Blick zu erkennen, doch er musste sich geirrt haben. Sie hatte ihn zu sich eingeladen, sie hatte ihn erwartet.

***

Laya starrte Bruno von Ravenstein an und zwang sich zu einem Lächeln.

Ein Teil von ihr hatte so sehr gehofft, dass er nicht der Mann war, nach dem sie suchten. Hilda mochte ihn und hatte es nicht verdient, an einen solchen Dämon gefesselt zu sein. Mit Ansgar empfand sie ebenfalls Mitgefühl. Immerhin war Bruno von seinem Fleisch und Blut, wenn sie auch nicht dieselbe Mutter hatten. Dennoch liebte er seinen jüngeren Bruder.

Sie schüttelte die leidigen Gedanken ab und konzentrierte sich auf ihre Aufgabe. Spielerisch griff Laya nach ihrem Zopf und warf ihn über die Schulter nach hinten. Keck neigte sie ihren Kopf etwas zur Seite und schlug anmutig ihre Augen auf. Es verunsicherte sie ein wenig, dass Brunos Blick eine Mischung aus Zorn und Verachtung ausdrückte. Sie hätte vielmehr Begehren erwartet.

Ihr fiel der Beutel an seinem Gürtel auf. Hatte er ihr Geld mitgebracht? Weshalb? Sie war doch aus freien Stücken hier. Zumindest musste er das annehmen.

Bruno konnte nicht ahnen, dass Ansgar sich in dem Wäldchen rückseitig der Hütte versteckt hielt. Durch das Öffnen der Tür wusste er, dass der Mörder in die Falle getappt war. Er würde heranschleichen und seinen Bruder überwältigen. Ansgar hatte sich eine der Holzfälleräxte aus den Kisten im Anbau angeeignet, da er als Klosterbruder ja keine Waffe trug.

Laya wusste, dass es nicht seine Absicht war, Bruno zu verletzen. Er wollte ihn entwaffnen, wie er es schon so oft getan hatte. Der mitgebrachte Strick wartete zusammengerollt auf dem kleinen Tisch darauf, Brunos Hände und Füße zu fesseln.

Ansgars Bruder zögerte einen Moment. Layas Blick fiel auf das Heft des Dolches, der an der rechten Seite seines Schwertgürtels befestigt war. Der Gürtel war so lang, dass er Brunos Taille zweimal umwand. Auf der gegenüberliegenden Seite zog das Schwert in seiner ledernen Scheide den Riemen eine Handbreit unter die Hüfte. Unruhig bemerkte Laya, dass sich die Finger seiner rechten Hand wie zufällig um das Heft des Dolches legten. Sie schluckte, behielt jedoch ihr aufreizendes Lächeln bei, als er zwei Schritte auf sie zuging.

»Schön, dass du da bist«, begrüßte sie ihn so formlos, wie sie dachte, dass eine Hübschlerin es auch tun würde. Sie streckte die Hand aus, um ihn an der Schulter zu berühren, doch er wich ihr aus.

»Fass mich nicht an, Weib«, befahl er barsch.

Laya ließ den Arm wieder sinken. Ihr Magen flatterte, und sie wusste nicht recht, was sie tun sollte.

Bruno wandte sich ab und trat auf den Tisch zu. Er löste den Geldbeutel vom Gürtel und warf ihn geräuschvoll auf die Platte. Dann begutachtete er das Seil. Zu Layas Entsetzen maß er einige Handlängen davon ab, zog den Dolch und durchtrennte es.

Seile waren kostbar, sie wurden nicht einfach zerschnitten, schoss es Laya durch den Kopf, ehe ihr wieder bewusst wurde, dass sie hier keinen armen Tagelöhner vor sich hatte.

»Ich weiß nicht, warum du mich hierher eingeladen hast. Du scheinst meiner Frau eine gute Freundin zu sein, und dennoch hintergehst du sie. Doch es ist mir egal. Das, was ich mit dir zu tun beabsichtige, ist vermutlich nicht das, was du erwartet hast. Um jemals Absolution für meine Taten zu bekommen, muss ich dich vorher um dein Einverständnis bitten. Ich muss dir Schmerzen zufügen und dich leiden sehen, vermutlich wirst du einige Wunden davontragen, wenn ich mit dir fertig bin. Diese Münzen dort sollen dich entschädigen. Doch es gibt eine Bedingung: Nach heute Nacht wirst du weder Burg Ravenstein noch Hilda jemals wiedersehen.« Langsam und bedächtig nickte Laya.

Seine Stimme klang gleichmütig mit einem Hauch Resignation, als er sie daraufhin aufforderte, sich umzudrehen und die Handgelenke auf dem Rücken zu kreuzen.

Laya zögerte. Eigentlich wollte sie zuerst von ihm erfahren, weshalb er den Drang verspürte, Mädchen wie sie zu quälen und zu töten, doch sie sah ein, dass sie ihm kein Wort darüber entlocken konnte, solange er sich nicht sicher fühlte.

So ließ sie zu, dass er geschickt ihre Hände fesselte. Der

Knoten saß perfekt. Sie konnte die Gelenke kaum bewegen und doch schnürte der Strick nicht die Blutzufuhr ab. Für sie der Beweis, dass Bruno das schon oft getan hatte.

»Was hast du nun mit mir vor? Willst du mir die Kehle aufschlitzen?«, fragte sie ängstlich, als sie ihm wieder ins Gesicht blickte. Sie hoffte sehr, dass Ansgar vor der Tür stand und gleich hereinstürmte.

Bruno runzelte die Stirn. »Wie kommst du denn darauf? Zunächst will ich ein wenig Spaß mit dir haben.«

»Du siehst wenig erfreut aus«, erwiderte sie. Sie war selbst nicht sicher, woher sie den Mut nahm, mit ihm zu sprechen.

»Du redest zu viel. Weißt du eigentlich, was du Hilda antust?«, blaffte er sie an.

Laya hatte nicht damit gerechnet, dass seine Wut etwas mit ihrer Freundin zu tun haben könnte. »Ich?«, fragte sie verdattert. »Du bist ihr Gemahl und eure Hochzeit war erst vorgestern und du bist aus freien Stücken hier, niemand hat dich gezwungen, mich aufzusuchen und zu fesseln. Ich denke, mir steht die Frage zu, was genau du mit mir anstellen willst?«

»Du hältst dich wohl für ziemlich schlau, was?«, zischte er und ein feiner Speicheltropfen traf Layas Wange. »Hilda vertraut dir blind und sie wäre maßlos enttäuscht, wenn sie wüsste, dass du versucht hast, mich zu verführen.«

Er zog Layas Nachricht hervor und hielt sie ihr vor die Nase. »Hast du die Worte selbst geschrieben, dass du hier in der Jagdhütte sehnsüchtig auf mich wartest?«

Sie nickte. »Hilda hat es mir beigebracht.«

Das schien ihn noch wütender zu machen. Er ließ das Pergamentstück fallen. »Und so dankst du es ihr?«

Der Schlag mit dem Handrücken kam so schnell, dass Laya ihn erst realisierte, als ihr Kopf zur Seite flog. Ihre Wange brannte wie Feuer. Der Schmerz trieb ihr die Tränen in die Augen und sie stöhnte auf.

»Wenn ich etwas absolut nicht ausstehen kann, dann sind das intrigante Weiber«, schrie er sie an. »Am liebsten würde ich dir dein hübsches Gesicht nach hinten drehen oder dich mit deinem eigenen Zopf erwürgen.«

»Das würde Hilda bestimmt nicht gefallen«, brachte Laya hervor. Sie wusste nicht, ob der Mut, das zu sagen, von ihrer Todesangst herrührte oder von der Verzweiflung. Wo blieb Ansgar nur? Sie musste jede Möglichkeit nutzen, um ihm die nötige Zeit zu verschaffen, die Hütte zu stürmen und Bruno zu überwältigen.

»Und Ansgar auch nicht«, setzte sie deshalb hinzu.

»Was hast du mit meinem Bruder zu schaffen?«, rief er misstrauisch.

»Er hat sich meiner angenommen, nachdem ich deinen Häschern schwer verletzt entkommen bin.«

»Verdammt, wovon sprichst du?«

Das Brennen ihrer Wange ging in ein sanfteres Pochen über. Der nachlassende Schmerz ließ Laya wieder klarer denken. Der zweite Knecht fiel ihr ein, den sie heute auf dem Markt getroffen hatte.

»Ulrich hat dir doch gewiss von mir erzählt. Ich bin sicher, dass er mich erkannt hat.«

»Was redest du da für wirres Zeug? Mein Knecht ist vom Hof des Königs zurückgekehrt, dem er eine Nachricht von Ansgar überbracht hat. Über dich haben wir nicht gesprochen.«

War es ihr also wirklich gelungen, Ulrich zu täuschen und davon zu überzeugen, sich in ihr geirrt zu haben? Sie hätten noch Zeit gehabt, den Plan genauer auszutüfteln und nichts zu überstürzen, doch jetzt war es zu spät.

Laya straffte die Schultern. »Ich habe dafür gesorgt, dass Ansgar deinen Verbrechen ein Ende setzt. Du wirst keine Mädchen mehr ermorden.«

Dieses Mal sah sie den Schlag kommen. Sie wich der Faust aus, die auf ihr Kinn gerichtet war, und stolperte nach hinten. Ihr Schrei war eine Mischung aus Wut und Verzweiflung.

»Was hast du meinem Bruder erzählt, du Schlange?«, schrie Bruno und streckte beide Hände nach ihr aus, als wollte er sie erwürgen.

Die Tür wurde aufgerissen und schlug krachend gegen die Hüttenwand. Ein Schwall kalter Luft fegte herein, und im Rahmen stand Ansgar, die Axt in den Händen und er sah so mörderisch wütend aus, wie Laya ihn noch nie gesehen hatte. So stellte sie sich einen rachewütigen Erzengel vor. Ihr Herz begann schneller zu schlagen.

Bruno flog herum. »Ansgar!«, rief er freudig aus, erstarrte jedoch, als er die Waffe sah.

»Du lässt deine dreckigen Finger von Laya, sonst hacke ich sie dir einzeln ab«, brüllte er und stürmte vor.

Bruno zog blank. »Was immer dir die Metze erzählt hat, es stimmt nicht. Du musst mir glauben, Bruder.«

Weiter kam er nicht. Er konnte gerade noch den Schlag parieren, mit dem Ansgar ihm um ein Haar den Kopf gespalten hätte.

28. Kapitel

Dietlind lief in ihrer Kemenate auf und ab, nachdem ihr Bruder die Tür hinter sich geschlossen hatte. Was sollte sie nur tun?

Ihr Blick fiel auf die Nachricht, die Laya dem Bischof geschrieben hatte und die er Dietlind überreicht hatte. Odo von Halltau war völlig außer sich gewesen, als er seiner Schwester davon erzählte.

»Das Weib muss Ravenstein sofort verlassen«, hatte er immer wieder betont. Das hatte Dietlind natürlich schon längst erkannt, aber gehofft, mehr Zeit zu haben, um Laya aus Brunos Nähe zu entfernen. Doch nun hatte das Mädchen selbst die Initiative ergriffen.

Dietlind machte sich nichts vor. Wenn Laya dem Bischof eine Nachricht geschrieben hatte, vermutete sie den Täter innerhalb ihrer Familie und hatte ihren Sohn bestimmt ebenfalls benachrichtigt. Offenbar wusste das Mädchen mehr, als gut für es war, und versuchte nun hinter das ganze Geheimnis zu kommen. In diesem Moment klopfte es an der Tür und Ulrich betrat den Raum.

»Suche meinen Sohn und sage ihm, dass ich ihn sofort sprechen muss«, befahl Dietlind. Sie knetete ihre Finger und flehte die Heilige Jungfrau an, dass Ulrich bald mit Bruno zurückkehren würde. Hoffentlich machte ihr Junge keine weiteren Dummheiten.

Dietlind stieß einen leisen Fluch aus. Sie musste ruhig bleiben und mit Bedacht handeln. Was sie als Nächstes unternehmen konnte, würde sich zeigen, sobald sie mit Bruno gesprochen hatte. Sie musste ihn einfach davon überzeugen, dass es das Beste war, Laya fortzuschicken und zu vergessen. Wenn sie ihn in der Jagdhütte erwartete, wäre es wohl am geschicktesten, wenn Dietlind sich selbst auf den Weg machen würde. Zu viel war in der letzten Zeit schiefgegangen, und wenn sie ihre Familie schützen wollte, dann musste sie selbst mit Laya reden. Sie war überzeugt, dass das Mädchen auf sie hören würde.

Die Tür öffnete sich erneut. Dietlind hielt inne und blickte enttäuscht auf Ulrich, der allein im Türrahmen stand. »Ich konnte Herrn Bruno nicht finden. Frau Hilda weiß auch nicht, wo er ist. Er hat ihr lediglich gesagt, dass er noch etwas zu erledigen habe.«

Dietlind erbleichte und schwankte leicht. Dienstbeflissen trat Ulrich auf sie zu, doch sie hob abwehrend die Hand.

»Mein Sohn wird auf dem Weg zur Jagdhütte sein. Wir müssen ihm folgen, bevor er eine Dummheit macht.«

»Wir, Herrin? Ihr wollt Euch selbst auf den Weg machen? Aber das kann ich doch für Euch erledigen. Sagt mir, was ich tun soll.«

Sie schenkte ihm ein sorgenvolles Lächeln. »Nein, Ulrich. Ich fürchte, es ist an der Zeit, der Wahrheit ins Gesicht zu blicken. Es ist meine Aufgabe, Bruno aufzuhalten und seinem Treiben ein Ende zu setzen.«

Dietlind ließ sich von Ulrich den Mantel umlegen. »Bete zu den Heiligen, dass wir rechtzeitig eintreffen, um zu retten, was noch zu retten ist.«

***

Ansgar hegte natürlich nicht die Absicht, seinen Bruder zu erschlagen, als er wie ein wild gewordener Stier auf ihn zustürzte. Schließlich wollte er verstehen, was Bruno zu diesen schändlichen Taten getrieben hatte. Er hatte es nicht glauben wollen, als er seinen Bruder die Hütte betreten sah. Dennoch hatte er weiterhin gehofft, dass sich alles als Irrtum herausstellen würde.

Leider war es Laya nicht gelungen, ihm ein Geständnis zu entlocken. Bei dem Schlag, der ihre Wange getroffen hatte, hätte Ansgar beinahe die Beherrschung verloren. Er hatte die Zähne fest zusammengepresst und sich gezwungen abzuwarten. Leider vergeblich. Bruno gab sich unwissend oder erfasste die Zusammenhänge nicht. Vielleicht wollte er aber auch einfach nicht mit einem Bauernmädchen darüber sprechen. Als Laya dem darauffolgenden Faustschlag auswich, war er in die Hütte gestürmt.

Die rostige Axt erzitterte heftig, als sie auf die ordentlich geölte Waffe seines Bruders traf. Die waagerechte Parade blockte Ansgars Schlag, und er spürte die Auswirkungen bis in die Oberarme. Er trat einen Schritt zurück, holte über die rechte Seite aus und versuchte das Knie zu treffen. Wieder sah Bruno den Angriff kommen und parierte.

Ansgar fühlte sich an ihre Übungen auf Ravenstein erinnert. Er war immer derjenige gewesen, der angegriffen hatte, während Bruno sich lediglich verteidigte, bis Ansgar ihn aufforderte, die Positionen zu wechseln.

Laya war bis zur Hüttenwand ausgewichen, um ihnen genügend Raum zu geben und nicht versehentlich verletzt zu werden. Mit ihren gefesselten Händen konnte sie ohnehin nicht eingreifen, und Ansgar war dankbar dafür. Wer wusste schon, was in ihrem Kopf vorging? Ihre vor Schreck geweiteten Augen zeigten ihm, dass sie um sein Leben bangte. Musste sie nicht, er war immer besser gewesen als Bruno.

Der sengende Schmerz folgte sofort auf den Riss seines Ärmels und bestrafte ihn umgehend für die kurze Unachtsamkeit.

Ansgar konnte nicht hinsehen, weil Bruno nun einen Schlag gegen die andere Seite führte, aber er fühlte, wie Blut über seinen Oberarm rann.

»Du bist aus der Übung, Bruderherz.« Bruno lachte ihn aus.

Er durfte sich nicht reizen lassen. Das verleitete nur zu Fehlern. Ansgar fluchte und griff erneut an. Das Lächeln verschwand aus Brunos Gesicht und er hatte alle Mühe, die schnell aufeinanderfolgenden Schläge abzuwehren.

Ansgar glaubte schon, dem Sieg nah zu sein und Bruno in Kürze bezwungen zu haben, als ihn ein harter Tritt gegen sein Schienbein nach hinten taumeln ließ. Bruno setzte nach und attackierte ihn. Ansgar gab sein Bestes, musste aber einsehen, dass Bruno im Vorteil war. Die Axt lag nicht gut in der Hand und der Stil hatte sich während des Kampfs gelockert. Außerdem hatte Bruno recht, er war aus der Übung. Im Kloster wurde gesungen, gebetet und gearbeitet, nichts, was ihm jetzt helfen konnte.

Gerade täuschte sein Bruder einen Angriff von rechts an, bevor er blitzschnell die Schwerthand wechselte und Ansgars Schneide stoppte. Er wirbelte herum. Seine Klinge durchschlug den hölzernen Stil der Axt unterhalb des Blattes, das mit einem Scheppern zu Boden fiel.

Ansgar stieß einen wütenden Schrei aus. Er ließ sich fallen, rutschte über den Boden und versuchte, seinem Bruder die Beine wegzutreten. Doch Bruno war darauf vorbereitet. Er hüpfte mit einer Lässigkeit, die schon an Arroganz grenzte, über Ansgars Beine hinweg und setzte schließlich die Schwertspitze an Ansgars Kehle.

»Du stehst jetzt ganz langsam auf und machst keine Dummheiten. Du kannst mich nicht mehr besiegen.« Bruno sah ernst auf ihn herab.

»Das lag bloß an der schlechten Waffe«, murrte Ansgar und kam wieder auf die Füße. Er warf Laya einen um Verzeihung bittenden Blick zu. Er hatte seinen Bruder unterschätzt und es gründlich verbockt. Jetzt blieb ihm nur noch abzuwarten und auf eine günstige Gelegenheit zu hoffen, Bruno doch noch zu überwältigen.

»Was hast du mit ihr zu schaffen?« Bruno trat einen Schritt zurück und senkte das Schwert. Dem Axtblatt gab er einen Tritt, sodass es aus Ansgars Reichweite rutschte. Die freie Hand legte er auf das Heft seines Dolchs.

»Offenbar ist dir das Mädchen wichtig. Deshalb rate ich dir, keine Dummheiten zu machen, wenn mein Dolch sie nicht durchbohren soll.«

Ansgar nickte schwer. Bruno war in der besseren Position und offener Widerstand zwecklos.

»Du hast mir einst versprochen, dass es niemand schaffen würde, sich zwischen uns zu stellen«, begann sein Bruder empört. »Aber heute wolltest du mich umbringen.«

»Nein, ich wollte dich unschädlich machen, nicht töten«, antwortete er.

Bruno schnaubte verächtlich. »Unschädlich? Du musst doch wissen, dass es nicht mein Bestreben war, dir dein Erbe zu nehmen. War ich es nicht, der Hermann zu dir geschickt hat? Ohne mich hättest du nicht so schnell von der Amtsanmaßung des Staufers erfahren.«

»Es geht mir nicht um Ravenstein«, stellte Ansgar klar.

Sein Bruder drückte den Rücken durch. Er war nur eine Handbreit kleiner als Ansgar und blickte ihm geradewegs in die Augen. »Sie hat dich gegen mich aufgehetzt«, sagte er und deutete mit dem Finger auf Laya.

»Das war gar nicht nötig. Ich habe selbst herausgefunden, was du getan hast.«

»Was ich getan habe?«, fuhr Bruno auf. »Sie ist selbst auf mich zugekommen und hat mich in diese Hütte gelockt.«

»Ich weiß, wir haben keine andere Möglichkeit gesehen, dir

ein Geständnis zu entlocken. Gefallen hat mir das auch nicht, aber wir mussten davon ausgehen, dass Ulrich dir gesagt hat, dass Laya in Wahrheit Lena heißt und aus Buchingen kommt.«

Sein Bruder sah ihn ratlos an. »Ich kenne überhaupt keine Lena und ich habe das Weib nie zuvor gesehen.«

»Natürlich hast du das nicht«, donnerte Ansgar, die Geduld verlierend. »Aber du hast Hermann doch beauftragt, Mädchen für dich zu kaufen, oder etwa nicht?«

Bruno erbleichte. »Hat er dir das verraten?«

»Nein, das hast du hiermit selbst getan. Was wir wussten, war, dass Hermann im Auftrag eines höhergestellten Herrn handelte. Als wir mit unseren Nachforschungen begannen, wussten wir nur, dass regelmäßig Mädchen verschwinden. Schon bald danach fanden wir heraus, dass Familien ihre Töchter gegen Bezahlung jemandem überlassen haben, der ihnen ein neues glückliches und sorgenfreies Leben versprach. Erst als Hermann auf Tannhöhe auftauchte und versuchte, Laya zu töten, sind wir auf deine Spur gekommen oder zumindest die unserer Familie. Es hätte natürlich auch Odo sein können, deshalb haben wir auch ihm eine Nachricht hinterlassen.«

Sein Bruder verzog angewidert das Gesicht. »Hast du wirklich angenommen, unser Ohm würde Vergnügen an Mädchen finden? Das ist lächerlich.«

»Ich hatte es gehofft, Bruno«, erwiderte Ansgar betrübt. »Dir und Hilda zuliebe.«

Bruno machte eine abwehrende Handbewegung, als wollte er eine hartnäckige Wespe vertreiben. »Hilda hat nichts damit zu tun. Ich will nicht, dass sie in die Sache hineingezogen wird.«

»Zu spät«, warf Laya ein. »Sie weiß, dass du einer der Verdächtigen bist.«

Sein Bruder warf ihr einen wütenden Blick zu. »Sie muss nichts von meiner Beteiligung erfahren. Es muss ohnehin ein Ende haben. Durch sie habe ich endlich einen Grund dafür.«

Ansgar seufzte traurig. »Ich glaube, du redest dir etwas ein, Bruno. Ich sehe, wie hasserfüllt dein Blick wird, wenn er Laya streift. Und du bist nur hier, um ihr dasselbe anzutun wie allen anderen.«

Bruno schwieg. Ansgar wertete es als Eingeständnis, dass er mit seiner Vermutung richtiglag.

Erst jetzt bemerkte er den Geldbeutel auf dem Tisch. Verwirrt runzelte er die Stirn. Hatte sein Bruder Laya Geld angeboten wie den anderen? Das ergab keinen Sinn. Er musste davon ausgegangen sein, dass sie sich ihm aus freien Stücken anbot. Für was hätte er sie bezahlen sollen?

Als er danach fragte, wich Bruno seinem Blick aus. »Das, was ich von den Mädchen brauche, kann ich nicht ohne Gegenwert von ihnen verlangen. Außerdem wollte ich, dass sie fortgeht und niemals wiederkommt. Hilda mag dieses Weib sehr und ich will meiner Gemahlin keinen Schmerz zufügen, aber Laya ist für mich eine höllische Prüfung.«

»Du hast mir gegenüber zugegeben, dass du mich am liebsten umbringen würdest«, rief Laya aufgebracht.

Bruno hob gleichmütig die Achseln und blickte Ansgar an. »Findest du nicht, sie sieht ihr unglaublich ähnlich?«, fragte er leise.

Ansgar brauchte einen Moment, bis er begriff, dass Bruno von Dietlind sprach. »Das scheint nur auf den ersten Blick so«, sagte er.

Laya sah ihn verwirrt an, deshalb fuhr er fort. »Wenn du genauer hinsiehst, wird dir auffallen, dass ihre Augen braun sind. Sie hat sogar ein paar Sommersprossen auf der Nase. Ihre Gesichtszüge wirken nicht wie gemeißelt und ihr Lächeln ist fröhlich und aufrichtig. Ihr Wesen ist völlig anders. Ränkespiele sind ihr fremd.«

Ansgar täuschte einen Hustenanfall vor, weil ihm gerade einfiel, dass Laya alles andere als offen und ehrlich zu ihm gewesen war. Aber sie hatte aus Angst gehandelt. Zu tief hatte das Erlebte gesessen und zu groß war die Furcht vor Julians Mördern gewesen. Wie hätte sie da jemandem vertrauen sollen, den sie kaum kannte? Er konnte nachvollziehen, warum sie ihm die Wahrheit verschwiegen hatte.

»Sie ist nicht wie deine Mutter, kein bisschen«, betonte er. Plötzlich schimmerten Tränen in Brunos Augen, und seine Hände begannen heftig zu zittern. Das Schwert bebte in seiner Hand, doch er ließ es nicht los. Im Gegenteil, er packte das Heft fester, als könne es ihm den nötigen Halt geben.

Ansgar warf Laya einen warnenden Blick zu, damit sie jetzt kein unbedachtes Wort äußerte.

»Kannst du mir nun endlich erzählen, was sie dir damals angetan hat?«

Zu Ansgars Entsetzen löste sich eine Träne und rollte über Brunos Wange. Sein Bruder schloss kurz die Augen. Seine Lippen wirkten fast ebenso farblos wie sein Gesicht. Als sie sich bewegten, konnte Ansgar kein Wort hören.

»Bruno?«

»Ich kann nicht darüber sprechen«, wisperte er. »Es ist zu abscheulich. Keine Mutter sollte ihrem Sohn so etwas antun.«

»Ich erinnere mich noch, wie verändert du warst, als ich eines Tages nach Ravenstein zurückkam. Du hast mich angefleht, dich mitzunehmen.«

Sein Bruder nickte gedankenverloren. »Aber du hast mein Ansinnen abgelehnt.«

»Dich als meinen Knappen mit auf die Feldzüge zu nehmen, war mir zu gefährlich. Ich konnte nicht die Verantwortung für dich tragen. Zu sehr war ich noch mit mir selbst und der Festigung meiner Fähigkeiten beschäftigt. Ich war viel zu unsicher, um auf dich aufzupassen. Niemals hätte ich es mir verziehen, wenn dir etwas zugestoßen wäre. Außerdem unterstützte ich nach Vaters Ansicht das falsche Lager. Er hätte es uns beide teuer bezahlen lassen, so hat sein Zorn nur mich getroffen. Außerdem wolltest du mir schon damals nicht sagen, was dich von Ravenstein forttrieb.«

Ansgars Stimme wurde eindringlicher. »Aber ich habe mit Vater gesprochen, wenn du dich erinnerst. Er hat zugestimmt, dass du deine Ausbildung in Sunthovun fortsetzen und Ravenstein verlassen kannst. Damit wollte ich dir helfen, Bruno. Du bist mein einziger Bruder und mir wirklich wichtig. Und ich will, verdammt noch mal, wissen, weshalb du diese Gräueltaten begangen hast.«

Die Tränen tropften lautlos auf Brunos Surcot, doch er schwieg beharrlich.

Laya blies sich eine Haarsträhne aus den Augen. In ihrer Stimme klang nicht eine Spur Mitleid, als sie sagte: »Wir haben eine junge Frau aus Nordhovun ausfindig gemacht. Sie gab zu, von dir geschlagen worden zu sein. Im Anschluss hast du es bedauert und ihr Geld gegeben, damit sie schweigt.«

Sein Bruder schloss kurz die Augen und schluckte. »Ich habe mir vorgestellt, dass sie meine Mutter ist, die ich schlage. Zuerst hat es geholfen. Es hat mich erleichtert und ich war endlich diesen Druck losgeworden, der auf meiner Seele lastete. Erst als ich meine Ausbildung beendet hatte und nach Ravenstein zurückkehren musste, kehrte er zurück.«

»Was war es, das ihn ausgelöst hat? Hat sie dir erneut das Gleiche angetan wie damals?«, versuchte Ansgar erneut, Bruno zum Reden zu bringen.

Bruno schnaubte. »Ich war nicht mehr der Jüngling, der es nie gewagt hatte, seiner Mutter zu widersprechen. Ja, sie hat es versucht, doch jetzt war ich vollends erwachsen und habe mich verweigert. Nach Vaters Tod wurde ihre Nähe für mich unerträglich. Ich hatte oft das Gefühl, nicht mehr atmen zu können. Die Mädchen zu schlagen, hat mir geholfen, dieses Gefühl zu ertragen und nach außen hin den Platz einzunehmen, der eigentlich dir zustand.«

»Du wagst es ernsthaft, jetzt mir die Schuld für deine Verbrechen in die Schuhe zu schieben?«, brauste Ansgar auf.

»Nein, du konntest nichts dafür, dass Vater dich enterbt hat. Es hat mich selbst überrascht, dass er so hart durchgegriffen hat. Ich war immer davon ausgegangen, dass dein Aufenthalt im Kloster nur vorübergehend wäre. Er hatte niemals eine Andeutung gemacht, dass er mich als Herrn von Ravenstein einsetzt. Dabei hätte ich dich verdammt noch mal an meiner Seite gebraucht!«

Den letzten Satz schrie Bruno ihm entgegen. Ansgar zuckte zurück vor dem Schmerz und der Qual, die sich auf dem Gesicht seines Bruders abzeichneten. Doch er durfte sich davon nicht täuschen lassen. Bruno war ein Mörder, und das war durch nichts zu entschuldigen, ganz gleich, was Dietlind ihm angetan hatte.

Wut und Trauer rangen gleichermaßen in ihm, gepaart mit dem Entsetzen, dass sein kleiner geliebter Bruder zu solchen Abscheulichkeiten fähig war.

»Hast du es selbst getan oder hast du auch damit Hermann beauftragt?«, presste er hervor.

»Die ersten beiden Mädchen habe ich selbst angesprochen. Hermann kam auf mich zu und erklärte mir, dass es zu auffällig sei. Wenn er mein Vorgehen entdecken könne, dann auch jeder andere. Ich habe eingesehen, dass es für das Ansehen unserer Familie besser war, wenn ich nicht direkt damit in Verbindung gebracht wurde. Also habe ich Hermann die Aufgabe übertragen, hin und wieder nach geeigneten jungen Frauen zu suchen. Ich war nicht immer mit seiner Auswahl zufrieden, aber er hat sich große Mühe gegeben. Weißt du zufällig, wo er ist?«

»Tot«, gab Ansgar unwirsch zu. »Ich habe ihn umgebracht.« Das stimmte zwar nicht direkt, aber er wollte sehen, wie Bruno auf die Hiobsbotschaft reagierte.

Sein Bruder hob verblüfft die Augenbrauen. »Weshalb hast du eine solche Sünde auf dich geladen?«

»Weil er Laya töten wollte. Er hat sie ihrem Vater für dich abgekauft und erkannt, als er ihr im Kloster wiederbegegnete.«

Bruno schüttelte zornig den Kopf. »Das ergibt keinen Sinn. Das Weib hat dich schamlos belogen. Wenn sie wirklich für mich gedacht war, hätte Hermann keinen Grund gehabt, sie zu ermorden.«

»Hast du mir eben nicht zugehört?«, polterte Ansgar. »Ich habe herausgefunden, dass Hermann Laya für dich gekauft hat, doch er kam zu spät. Laya ist gemeinsam mit einem jungen Mann von zu Hause fortgelaufen. Vermutlich in dem Wissen, dass Laya mit ihrer Haarfarbe die perfekte Kandidatin für dich wäre, haben Hermann und Ulrich sie verfolgt und eingeholt. Doch Laya wehrte sich und so kam es zum Kampf. Layas Begleiter haben sie erstochen und sie selbst nach einem schweren Sturz für tot gehalten. Mit ihrer letzten Kraft hat sie sich vor das Tor des Klosters geschleppt und um Einlass und Schutz gebeten. Seitdem ist sie auf der Suche nach den Mördern ihres Begleiters, und ich habe ihr beigestanden. Als Hermann im Kloster auftauchte, konnte ich gerade noch verhindern, dass er Laya erwürgt.«

»Und du glaubst jetzt, das wäre mein Befehl gewesen?«, fragte Bruno mit weit aufgerissenen Augen und trat einen Schritt zurück, als hätte Ansgar sich plötzlich in eine Hydra mit neun Köpfen verwandelt.

»Nicht unbedingt. Nach ihrer Flucht wollte er sie schlicht wieder in seine Gewalt bringen. Weil er jedoch davon ausgegangen war, dass sie das Zusammentreffen mit ihm nicht überlebt hatte, hatte er sie achtlos in den Bergen zurückgelassen.

Er muss bei ihrem Wiedersehen in Tannhöhe ebenso überrascht gewesen sein wie sie. Erst da hat er vermutlich den Entschluss gefasst, dass er nicht riskieren konnte, von ihr enttarnt zu werden. Es bestand die Gefahr, dass sie jemandem davon erzählt, also hat er versucht, das Problem zu lösen.«

»Du musst mir glauben, Ansgar, davon wusste ich nichts«, bat Bruno verzweifelt. »Das schwöre ich dir bei allem, was mir heilig ist.«

Laya stieß ein empörtes Zischen aus. Natürlich glaubte sie ihm kein Wort. Es war ein Leichtes für Bruno, nun alle Schuld auf Hermann abzuwälzen, der nicht mehr in der Lage war zu dementieren.

Ansgar rieb sich mit der Hand über die Stirn. »Ich glaube dir – was Laya betrifft.«

Brunos erleichtertes Aufatmen ging in ihrem abfälligen Schnauben unter.

»Es ergibt Sinn«, wandte Ansgar sich direkt an Laya, die ihn mit zusammengekniffenen Brauen musterte. »Wenn sich ausschließlich Hermann um die Beschaffung der Frauen gekümmert hat, kannte Bruno sie nicht. Also wusste er wirklich nichts von dir.«

»Hat Hermann dir nicht erzählt, dass ich ihm entkommen bin?«, wollte Laya von Bruno wissen.

»Er hat nie etwas dergleichen erwähnt und ich habe auch nicht danach gefragt. Hermann brachte mir die Frauen. Woher sie kamen oder wer sie waren, war mir vollkommen gleichgültig. Außerdem wussten sie, worauf sie sich einließen.«

»Erzähl mir doch keine Geschichten«, fauchte Laya. »Ich selbst wusste rein gar nichts, bis ich meinen Vater bezüglich des Überfalls zur Rede stellte. Ich wurde nicht nach meiner Meinung gefragt, und ich vermute, dass es bei den anderen nicht viel anders war. Ihre Eltern haben sie verkauft, um Schulden zu begleichen oder ihr Vermögen zu vermehren.

Ich glaube kaum, dass die Töchter dabei um Erlaubnis gefragt wurden. Sie haben sich eingeredet, dass auch die Mädchen anschließend ein besseres Leben führen würden, und mit Glück haben sie ihnen das Gleiche versprochen.«

»Das stimmt ja auch. Sie haben für die eine Nacht mit mir mehr Geld bekommen, als sie je in ihrem Leben gesehen haben.«

»Das kann ich mir gut vorstellen«, antwortete Laya bitter. Sie deutete mit dem Kinn auf den Beutel, der auf dem Tisch lag. »Du hast mit dem Münzsack vor ihrer Nase gewedelt, damit sie sich nicht wehren, und anschließend hast du es wieder eingesteckt.«

»Die Eltern haben die erste Rate erhalten und das Mädchen den Rest, nachdem ich mit ihm fertig war. Willst du mir etwa Unehrlichkeit unterstellen?«, rief Bruno erbost.

»Unehrlichkeit ist wohl das geringste deiner Vergehen«, giftete Laya zurück.

Ansgar hob die Hand und war selbst erstaunt, dass sie daraufhin verstummte. »Wir wissen, dass du den Familien durch Hermann hast ausrichten lassen, dass ihre Tochter zwar ein gutes und sorgenfreies Leben führen, aber niemals wieder zu ihnen zurückkehren wird. Da Hermann die Opfer aus den niederen Ständen anwarb, war dir der Erfolg oft gewiss.«

»Das soll ich ihm befohlen haben?«, warf Bruno verwirrt ein.

»Immerhin ist nicht eins der Mädchen zurückgekehrt.«

»Aber dafür kannst du doch nicht mich verantwortlich machen. Ich kann sehr gut verstehen, dass sie ihre Möglichkeit genutzt und sich mit dem Geld aus dem Staub gemacht haben. Wären sie zurückgekehrt, hätten ihre Väter es ihnen sicherlich abgenommen.«

»Du … du hast sie gehen lassen?«, stotterte Ansgar.

Bruno starrte ihn an. »Aber natürlich, was glaubst du, was ich sonst getan habe?«

»Du hast sie nicht ermordet und hast auch Hermann nicht damit beauftragt, sie zu beseitigen?«, hakte Ansgar fassungslos nach.

Sein Bruder bekreuzigte sich. »Um Himmels willen! Ich gelobe beim lebendigen Gott, dass mich jede der Frauen aufrecht und lebendig auf ihren eigenen Füßen verlassen hat. Alle wurden meinem Versprechen gemäß bezahlt, und ich habe sie weder umgebracht noch jemandem den Befehl dazu erteilt. Wie konntest du so etwas auch nur einen Augenblick von mir denken, Bruder?«

»Aber du hast sie geschändet.«

Bruno schüttelte wild den Kopf. »In der Hinsicht habe nie eine von ihnen angerührt.« Er wirkte schwer verletzt und Ansgar schämte sich entsetzlich für sein Misstrauen. Gleichzeitig hätte er Bruno vor Erleichterung umarmen können und hätte es vermutlich auch getan, wenn der nicht noch immer das Schwert in der Hand gehalten hätte.

»Deshalb lebt das Mädchen aus Sunthovun noch«, unterbrach Laya die eingetretene Stille. »Niemand wusste von ihr, und sie besaß tatsächlich noch ihre Jungfräulichkeit. Aber wenn du es nicht warst, wer hat dann die Frauen ermorden lassen?«

»Kannst du dir das nicht denken?«, fragte eine kühle Stimme hinter ihm.

29. Kapitel

Laya sah zur Tür. Dietlind, gefolgt von Ulrich, betrat die Hütte. Ihre hellen Augen, mit denen sie Ansgar musterte, erinnerte Laya an einen Gebirgssee im Winter – eiskalt, unergründlich tief und voll drohender Gefahren. Der eng anliegende Stoffstreifen ihres Gebändes verlieh ihrem schmalen Gesicht zusätzlich einen kalten und unnahbaren Ausdruck. Instinktiv zog Laya die Schultern ein wenig hoch.

»Du bist natürlich auch gleich aus deinem Loch gekrochen und witterst Morgenluft«, begrüßte sie ihren Stiefsohn verächtlich.

Ansgar verzog die Mundwinkel, erwiderte jedoch nichts. Dietlind sah kurz zu Laya, der ein Schauer über den Rücken rann, ehe sie sich an Ulrich wandte. »Du bist dir ganz sicher?«

Der Waffenknecht nickte. »Das ist das Weib, das Hermann und mir entwischt ist. Wirklich schade, mit der hätten wir uns auch gerne vorher noch vergnügt, wie mit den anderen.«

Diese widerlichen Dreckskerle! Layas Herz begann wild zu pochen. Es war ihr also nicht gelungen, Ulrich zu täuschen. Sie hatte nur nicht vermutet, dass es die Herrin von Ravenstein gewesen war, in deren Auftrag er gehandelt hatte.

Ohne von Bruno daran gehindert zu werden, der Ulrich angewidert musterte, trat Ansgar neben Laya und verschränkte die Arme vor der Brust. Obwohl er unbewaffnet war, verlieh seine unmittelbare Nähe ihr Zuversicht.

»Ich würde gerne hören, was dich dazu bewogen hat, all diese Frauen ermorden zu lassen«, sagte er erstaunlich ruhig.

Wollte er sie ablenken, um nach einer Möglichkeit zu suchen, sie alle zu überrumpeln? Laya spürte Angst um ihn in sich aufsteigen und Bedauern, ihn in ihre Sache verwickelt zu haben.

»Zu große Neugier kann gefährlich sein, Ansgar.« Dietlind verzog die Lippen zu einem Lächeln, dem jegliche Wärme fehlte.

Bruno ließ sein Schwert zurück in die Scheide gleiten. »Ich möchte auch verstehen, was Euch diese Mädchen getan haben.«

Dietlinds Ausdruck wurde ein wenig weicher, als sie ihren Sohn betrachtete. »Meinetwegen, aber zuvor muss Ansgar gefesselt werden. Wir wollen ihn doch nicht in Verlegenheit bringen, etwas Dummes zu tun.«

Sie nickte Ulrich zu, doch Bruno kam ihr zuvor. »Ich übernehme das, Mutter.«

Seine Initiative erfreute Dietlind sichtlich. »Ein ausgezeichneter Einfall, mein Sohn.«

Laya konnte Brunos Gesichtsausdruck nicht deuten, als er nun auf Ansgar zutrat und mit ihm einen langen Blick tauschte. Ohne Widerstand legte Ansgar die Hände auf den Rücken. Bruno nahm den Strick vom Tisch, umrundete Ansgar und fesselte ihn. Da Laya mit Ansgar Schulter an Schulter stand, wagte sie nicht, einen Schritt nach hinten zu treten, um den Knoten zu begutachten.

Bruno ging zurück an seinen vorherigen Platz, von wo aus er den ganzen Raum, das verhangene Fenster und die Tür im Blick hatte, und hakte die Daumen vor dem Bauch in seinen Schwertgürtel ein. »Ich höre«, forderte er seine Mutter auf.

Dietlind rieb sich fröstelnd über die Arme. Ulrich verstand das Zeichen und schloss die Tür.

»Zuvor würde ich aber gerne wissen, wo Hermann steckt«, sprach sie Ansgar direkt an.

»Dort, wo er keinen Schaden mehr anrichten kann«, erwiderte er ruhig.

»Ich habe von Anfang an gewusst, was für ein Bastard du bist«, zischte sie. »Hermann hat dir gewiss nichts getan.«

»Er wollte Laya töten, das habe ich verhindert.«

Dietlinds Blick bekam etwas Raubvogelhaftes. »Weshalb? Wärmt sie dein Bett?«

»Das geht dich zwar nichts an, aber nein, tut sie nicht.«

»Weshalb stehst du ihr dann bei?«

Ansgar dehnte die Schultern. »Das Klosterleben ist nicht besonders aufregend. Und wenn eine geheimnisvolle Unbekannte auftaucht, die von den Bediensteten meiner Familie gejagt wird, dann finde ich das ziemlich spannend. Ich wollte wissen, was dahintersteckt.«

»Und jetzt hast du herausgefunden, dass Bruno in die Sache verwickelt ist, und witterst eine Möglichkeit, dir Ravenstein wieder unter den Nagel zu reißen.« Dietlinds Augen verengten sich zu Schlitzen.

»Herrgott noch mal, das ist das Einzige, was dir dazu einfällt?«, donnerte Ansgar, nun die Beherrschung verlierend. »Ich musste davon ausgehen, dass Bruno die Mädchen geschändet und getötet hat. Mein kleiner Bruder ein Vergewaltiger und Mörder! Kannst du dir auch nur ansatzweise vorstellen, welchen Schmerz mir das bereitet hat?«

Dietlind winkte ab. »Hör auf, sonst kommen mir noch die Tränen. Wo bleibt denn jetzt dein Jubel darüber, dass du nun weißt, dass er nichts mit dem Verschwinden der Weiber zu tun hatte?«

»Weshalb hast du die jungen Frauen umbringen lassen«, fragte Ansgar zornig, ohne auf ihre Provokation einzugehen.

Dietlind stieß ein Geräusch zwischen Zischen und Lachen aus. »Das liegt doch auf der Hand.«

»Des Geldes wegen?«, mischte sich Bruno ein. War er bisher eher blass gewesen, nahm sein Gesicht nun eine kräftigere Färbung an und zeigte deutlich die Wut, die er zu unterdrücken versuchte. Für Laya ein Zeichen, dass sich Erregung und Zorn stetig in ihm aufstauten.

»Das war ein Punkt.« Dietlind deutete auf den Beutel auf dem Tisch. »Du hast die Familien schon reichlich entlohnt und den Weibern hast du zusätzliche Münzen in den Rachen geworfen. Ich habe nie verstanden, weshalb du denen auch noch Geld bezahlst, nur um sie zu schlagen. Du bist ohnehin höhergestellt und musst dein Handeln nicht rechtfertigen. Zumal wir doch nun wahrlich genug Leibeigene haben, an denen du dich umsonst austoben könntest. Aber nein, der feine Herr will sein Gewissen beruhigen, fragt die Huren um Erlaubnis und entlohnt sie. Das konnte ich nicht zulassen.«

»Das Geld hat mir nichts bedeutet«, erwiderte Bruno beinahe sanft.

»Aber mir!« Eine Zornesfalte erschien zwischen Dietlinds Augenbrauen.

Zu Layas Überraschung lächelte Bruno. »Ich weiß, Mutter, genau deshalb war ich damit auch so großzügig.«

Dietlind trat einen halben Schritt zurück und legte sich die Hand auf die Brust. »Meinetwegen?«, hauchte sie entsetzt.

»Ja, Euretwegen, alles nur Euretwegen«, rief Bruno bitter. »Ich wusste, dass Ihr der Auffassung wart, dass ich mein Erbe verschleudere, und genau damit konnte ich Euch treffen. Aber ich hätte niemals gedacht, dass Eure Geldgier so weit geht, dass Ihr die Frauen töten lasst.«

»Mit dir war ja nicht zu reden«, fauchte Dietlind ihn an. »Mir blieb gar nichts anderes übrig, als die Angelegenheit in meinem Sinn zu regeln.«

»Zu regeln?«, brauste Bruno weiter auf. »So nennt Ihr das?«

Dietlind öffnete den Mund, doch Ansgar war schneller.

»Du sprachst eben noch von einem weiteren Punkt. Was war es noch, dass dich all diese Verbrechen durchführen ließ?«

»Was, glaubst du, wäre geschehen, wenn nur eins von den Mädchen geplaudert hätte?«, antwortete Dietlind kalt. »Das Ansehen unserer Familie wäre auf ewig beschmutzt und Bruno jeglicher gesellschaftlicher Aufstieg für immer verwehrt gewesen. Es war meine Pflicht, sie zum Schweigen zu bringen.«

»Ihr habt mich benutzt, wieder einmal!«, schrie Bruno sie an.

»Ich habe dich beschützt, wie ich es immer getan habe, weil ich dich über alles liebe«, rief Dietlind aufgebracht, weil ihr Sohn sie nicht verstehen wollte. »Aber nun ist es an der Zeit, dass du selbst etwas für diese Familie tust. Ich will mit eigenen Augen sehen, wie du Ansgar tötest.«

Laya hielt vor Schreck den Atem an und sah zwischen den Brüdern hin und her. Ansgar schien beinahe gelassen, während Bruno wieder bleich geworden war und abwehrend die Hände hob.

»Auf keinen Fall!«, begehrte er auf. »Ich werde niemals meinen Bruder ermorden.«

Ein Schatten glitt über Dietlinds Gesicht und sie hob zynisch die Mundwinkel. »Ansgar ist nicht dein Bruder.«

Laya wusste nicht, wo sie zuerst hinsehen sollte. Bruno taumelte zurück, als hätte er einen Schlag erhalten, und Ansgar begann am ganzen Leib zu zittern. Ihr selbst kroch eine nie gekannte Kälte in die Glieder.

»Was sagt Ihr da?«, krächzte Bruno.

»Ich trug dich bereits unter dem Herzen, als ich Markwart von Ravenstein heiratete. Du hast ihm und Ansgar gegenüber keinerlei Verpflichtungen.«

»Wer …«, brachte Bruno unter Anstrengung hervor und krümmte sich ein wenig, als hätte er einen Faustschlag in den Magen erhalten.

Dietlind wedelte mit der Rechten durch die Luft. »Das ist nicht wichtig.«

»Für mich ist es das. Ich will wissen, ob ich nicht gar der Sohn eines Stallknechts bin.« Bruno richtete sich wieder auf.

Seine Mutter maß ihn mit einem erstaunten Blick. »Nein, natürlich nicht. Er war von gleichem Stand, aber er wollte weder Weib noch Kind.« Ihre Gesichtszüge wurden weicher. »Du bist ihm unglaublich ähnlich, sowohl im Äußeren als auch im Charakter.«

»Habt Ihr mich deshalb damals als Knaben zu Euch ins Bett gezerrt, weil ich Euch an ihn erinnere?«, spie Bruno und Laya glaubte, sich verhört zu haben.

Die Stille, die sich daraufhin in der Hütte ausbreitete, dröhnte in ihren Ohren. Ansgar gab ein würgendes Geräusch von sich, als hätte er etwas sagen wollen, was ihm jedoch im Hals stecken geblieben war.

»Die Frauen hat er Euretwegen geschlagen, Frau Dietlind«, sagte Laya fest. »Er wollte Euch bestrafen für das, was Ihr ihm angetan habt.«

»Rede keinen Unsinn«, antwortete die Herrin von Ravenstein unwirsch.

»Ist dir nie aufgefallen, dass die meisten rotes Haar hatten, so wie du?«, fragte Ansgar sichtlich angewidert.

Dietlinds Lippen wurden schmal. »Ich habe die Frauen nie gesehen. Aber es tut auch nichts zur Sache, wie sie aussahen. Letztendlich ist es allein deine Schuld, dass mein Sohn sich von mir abgewandt hat, und dafür wirst du heute bezahlen.«

»Meine Schuld?«, brüllte Ansgar entrüstet. »Du krankes Miststück. Wer weiß, was du noch mit ihm angestellt hättest, wenn ich nicht dafür gesorgt hätte, dass Vater ihn fortschickt.«

»Du hast ihn mir weggenommen«, keifte Dietlind, die Beherrschung verlierend. »Nachdem Bruno zurückkam, war er verändert. Ich erkannte ihn nicht mehr wieder. Deinetwegen habe ich meinen Sohn verloren.«

»Nein, daran trägst allein du die Schuld. Nachdem er zurückkam, war er stark genug, sich gegen dich zu stellen, während du zuvor seine Schwäche und Unerfahrenheit ausgenutzt hast. Wahrscheinlich warst du es auch, die Vater dazu gebracht hat, mich ins Kloster abzuschieben.«

Dietlind lachte grell auf. »Ich habe deinem Vater zugesetzt und konnte ihn schließlich überzeugen, dass du unter Ordensmännern zur Besinnung kommen und deine politische Abtrünnigkeit überwinden würdest – eine Errungenschaft, deren Erreichen mir ferner nicht hätte liegen können. Der Zwist zwischen dir und deinem Vater war das Beste, was mir hätte passieren können. Ein entfernterer Orden wäre mir selbstverständlich lieber gewesen, doch dein Vater wollte dich in der Nähe wissen, und so musste ich mich mit Tannhöhe begnügen.«

Laya sah, wie Ansgar erbleichte und die Nachricht erst einmal verdauen musste.

»Habt Ihr ebenso dafür gesorgt, dass Ansgar enterbt wurde?«, fragte Bruno, sichtlich um Fassung ringend.

»Natürlich wollte ich, dass du über Ravenstein herrschst. Mein Sohn sollte es zu etwas bringen«, wich seine Mutter der direkten Antwort aus.

Brunos Gesichtsausdruck wurde eisig. »Jetzt sagt mir offen, habt Ihr die Schriftstücke gefälscht, die mich als einzigen Erben ausweisen?«

»Sie sind ordnungsgemäß gesiegelt und dein Ohm ist einer der Zeugen gewesen. Es hat alles seine Richtigkeit.«

Bruno spuckte auf den Boden. »Von wegen. Euer Bruder würde Euch jeden Gefallen tun. Von den vier anderen Zeugen kenne ich drei nicht, die werdet Ihr wohl für die Unterschriften bezahlt haben. Und der letzte kann weder lesen noch schreiben. Ihr habt Ansgar schamlos beraubt.«

Dietlind rang die Hände. »Junge, verstehst du denn nicht, was für Möglichkeiten ich dir dadurch eröffnet habe?«

»Ich verstehe nur, dass Ihr mir alles genommen habt. Meine Ehre, meinen Vater und meinen Bruder. Mein ganzes Leben ist eine verdammte Lüge«, brüllte er außer sich.

Seine Mutter sah ihn beschwörend an. »Das siehst du falsch. Du hast nun die Gelegenheit, mir und dir selbst zu beweisen, dass ich mich nicht in dir getäuscht habe. Du bist ein starker Mann, mein Sohn, nimm dir, was dir zusteht, und töte Ansgar. Wenn du es nicht tust, wirst du wirklich alles verlieren.«

Brunos innerer Kampf spiegelte sich auf seinem Gesicht wider. Laya verspürte sogar einen Hauch Mitleid mit ihm. Ihr Mitgefühl wich jedoch schlagartig blankem Entsetzen, als er langsam sein Schwert aus der Scheide zog.

»Bruno, sieh mich an«, forderte Ansgar ihn eindringlich auf. Seine Stimme war ruhig und fest. Nichts verriet nach außen hin die Gefühle, die in Wirklichkeit in ihm toben mussten. »Ganz gleich, ob durch unsere Adern dasselbe Blut fließt, Bruno, in meinem Herzen bist du mein kleiner Bruder. Du warst es immer und du wirst es immer sein. Niemand wird daran je etwas ändern können.«

Dietlind verzog höhnisch lächelnd den Mund. »Wie rührend, doch Bruno wird nicht auf deine süßen Worte hereinfallen, sondern dir den Schädel spalten.«

Als würde er von seiner Mutter an unsichtbaren Fäden gelenkt, hob Bruno mit starrem Blick das Schwert und trat einen Schritt auf Ansgar zu.

Instinktiv wich Laya zur Seite, was sofort Dietlinds Aufmerksamkeit auf sie zog. »Hilf deinem Herrn und töte das Mädchen, Ulrich.«

Der Waffenknecht zog nun ebenfalls blank. Er ließ die Klinge über seinem Kopf kreisen.

»Hinter mich«, zischte Ansgar Laya zu.

Ihr war nicht klar, wie das helfen sollte, sich gegen zwei bewaffnete Angreifer zu schützen, gehorchte ihm jedoch. Ihr Blick fiel auf die Fessel, die locker um Ansgars Handgelenke geschlungen war und deren Enden er festhielt. Ein Fünkchen Hoffnung glomm in ihr auf. Ansgar schien einen Plan zu haben.

Ulrich holte aus und machte einen großen Schritt auf sie zu. Im selben Moment warf Bruno sein Schwert durch den Raum. Ansgar ließ den Strick fallen und fing die Waffe geschickt auf. Gerade rechtzeitig gelang es ihm, Ulrichs Schlag zu parieren.

Dietlind kreischte empört auf. »Du Narr, was hast du getan?«, schrie sie Bruno an.

»Buhlin des Teufels, fahrt zur Hölle«, brüllte er und stürzte auf seine Mutter zu.

Das metallische Geräusch der Klingen, die aneinander entlangglitten, lenkte Layas Blicke erneut auf die Kämpfenden. Ansgars Bewegungen erschienen ihr zielgerichteter als zuvor. Er führte die Waffe mit einer Eleganz und Leichtigkeit, die ihm bei der Auseinandersetzung mit Bruno gefehlt hatten. Jetzt lag ein gutes Schwert in seiner Hand, und er stand einem Gegner gegenüber, bei dem er keine Skrupel verspürte, ihn zu töten, wenn es sein musste.

In schneller Folge griff Ansgar den behäbig wirkenden Ulrich an. Der wurde in die Defensive gedrängt, parierte die Schläge nur, anstatt seinerseits zu attackieren. Ein Schweißtropfen rann über seine Schläfe und verschwand zwischen den Bartstoppeln.

Laya presste die Lippen aufeinander und wagte kaum zu atmen. Sie hatte Angst um Ansgar. Ihr Herz schlug so heftig, als wollte es gleich aus der Brust springen.

Sie unterdrückte einen Aufschrei, als Ansgar eine Finte von rechts andeutete, sich blitzschnell drehte und von links zuschlug. Die Schneide grub sich in Ulrichs Bein. Der Knecht brüllte vor Schmerz, knickte ein und versuchte sein Schwert von unten in Ansgars Bauch zu stoßen. Dem gelang es gerade noch auszuweichen, und Ulrichs Schwertspitze stach ins Leere.

Ansgars Klinge war rot, als er sie aus dem Fleisch des Gegners zog, und aus Ulrichs Bein strömte unaufhörlich Blut, das den Stoff seiner Hose noch dunkler färbte. Der Mann versuchte vergeblich aufzustehen. Um Ansgar auf Abstand zu halten, nutzte er seine Waffe wie einen Speer und stieß immer wieder zu.

Aufs Äußerste angespannt grub Laya ihre Zähne in die Unterlippe, bis sie Blut schmeckte. Ansgar tänzelte um ihn herum und wartete auf seine Gelegenheit, wie ein Löwe auf dem Sprung. Plötzlich machte er einen Satz nach vorne. Er schlug kraftvoll von unten gegen Ulrichs Schwert und bohrte seine Klinge in dessen Körper. Sofort trat er den Knecht gegen die Schulter und zog die Waffe wieder heraus.

Ulrichs Blick wurde leer, und das Schwert entglitt seinen Fingern. Er kippte nach hinten und schlug mit einem dumpfen Laut auf dem Hüttenboden auf.

Ansgar warf das Schwert beiseite und stürzte auf seinen Bruder zu. »Bruno, um Himmels willen, nein!«

Laya hatte nur Augen für Ansgar gehabt und sah erst jetzt, dass Bruno die Hände um Dietlinds Hals gelegt hatte. Seine Mutter war im Gesicht blau angelaufen und zerrte vergeblich an Brunos Handgelenken. Seiner Kraft hatte sie nichts entgegenzusetzen.

Ansgar packte seinen Bruder und zog ihn mit einem Ruck nach hinten. Laya schrie warnend auf. Dietlinds linke Hand griff nach dem Dolch an Brunos Gürtel und zog ihn heraus. Brunos Finger lösten sich und er stolperte mit Ansgar zurück.

Dietlind rang nach Luft und nahm die Waffe in die Rechte. Sie umklammerte das Heft so fest, dass ihre Knöchel weiß hervortraten.

Ein plötzlicher kalter Luftzug von rechts ließ Laya den Kopf wenden. Der Fensterladen stand offen und im Halbdunkel nahm sie draußen eine Bewegung wahr.

»Vorsicht!«, brüllte sie den Brüdern zu, die noch immer miteinander rangen, weil Bruno erneut mit ausgestreckten Armen auf seine Mutter zustrebte und Ansgar ihn unbedingt daran hindern wollte. Mittlerweile standen sie sich von Angesicht zu Angesicht gegenüber, womit Ansgar Dietlind den Rücken zukehrte.

Die Herrin von Ravenstein hatte sich sichtbar erholt. In ihren Augen glaubte Laya ein irrsinniges Flackern zu erkennen, als ihr Blick sich mit dem ihrigen kreuzte. Dietlind hob angriffsbereit den Dolch. Bruno riss Ansgar zur Seite und beide stolperten der Länge nach über Ulrichs Körper.

»Ich werde dir nehmen, was du begehrst«, rief Dietlind in Ansgars Richtung und stürzte auf Laya zu.

Laya war nicht fähig, sich zu rühren. Wie gelähmt blickte sie Brunos Mutter entgegen.

»Laya, nein!«, gellte Ansgars Schrei durch den Raum, als Dietlind plötzlich ruckartig stehen blieb. Es schien, als wäre sie gegen eine unsichtbare Wand gelaufen. Den Arm noch immer zum Stich erhoben, senkte sie den Blick und betrachtete ungläubig den roten Fleck, der sich, schnell größer werdend, auf ihrem hellen Surcot ausbreitete.

Lautlos war der Bolzen durch das Fenster an Laya vorbeigeflogen und hatte Dietlind unterhalb der linken Brust getroffen.

Mit ihrem letzten Atemzug wandte sie ihren Kopf zu Bruno und schenkte ihm ein bitteres Lächeln, ehe ihr Blick brach und sie zu Boden fiel.

Ansgar war aufgesprungen und zog Laya von der Fensteröffnung weg. Bruno nahm sein Schwert wieder an sich. Er sah sich wachsam um, ehe er auf die Tür zuschritt und sie mit einem Ruck öffnete.

Im Rahmen stand Hanno von Gladen und hielt in der rechten Hand die gesenkte Armbrust, die Linke auf dem Weg zum Türgriff erhoben. Auf seinem Gesicht zeigte sich eine Mischung aus Trotz und Genugtuung.

»Ich habe dir versprochen, auf Laya aufzupassen und ihr nicht von der Seite zu weichen«, sagte er an Ansgar gewandt.

»Das bist du aber, sie ist allein hierher zur Hütte gekommen«, widersprach Ansgar energisch.

»Ich wusste doch, dass du auf sie wartest«, verteidigte sich Hanno achselzuckend und trat ein. »Ich habe mich derweil an die Fersen des Bischofs geheftet, weil ich ihn für den Schuldigen hielt.«

Bruno blickte verächtlich auf seine Mutter hinab, beugte sich über sie und wand ihr seinen Dolch aus den Händen, den sie noch im Tod umklammerte.

Wortlos reichte er ihn mit dem Heft voran an Ansgar weiter, der damit Layas Fesseln durchschnitt. Sie war versucht, ihre Handgelenke zu reiben, doch Ansgar zog sie heftig an seine Brust. Sie schlang die Arme eng um ihn und spürte seinen kraftvollen Herzschlag. Ihr Nacken begann zu kribbeln und eine Welle der Hitze flutete durch ihren Leib. Sie schloss kurz die Augen und dankte im Stillen der Heiligen Jungfrau, dass sie noch lebten. Die Berührung fühlte sich gut an. Für einen Moment konnte sie Ansgars wohldefinierte Muskeln spüren und gab sich ganz dem Gefühl von Geborgenheit hin, das sie so noch nie gespürt hatte, noch nicht einmal bei Julian. Der Gedanke erschreckte sie und hastig befreite sie sich aus der Umarmung.

»Wie hast du herausgefunden, dass Odo von Halltau nichts mit den Morden zu schaffen hatte?«, fragte Ansgar.

»Ich bin ihm gefolgt, als er mit Layas Nachricht seine Schwester aufsuchte. Unser Plan ging auf. Dank der großzügigen Tuchspende wurde mir ein Nachtlager angeboten. Ich versteckte mich in der Nähe und hörte, wie Dietlind von Ravenstein nach Ulrich rief, nachdem ihr Bruder sie verlassen hatte. Als sie kurz darauf gemeinsam aufbrachen, bin ich ihnen unbemerkt nachgeschlichen. Die Armbrust und die Bolzen gehören mir. Auf meinen Handelsreisen muss ich mich und meine Waren schützen können und führe sie deshalb immer mit.«

»Und Ihr könnt vortrefflich damit umgehen«, stellte Bruno mit einem Hauch von Anerkennung fest.

»Ich habe alles gehört«, fuhr Hanno fort, als wäre er nicht unterbrochen worden. »Ihr habt die Frauen geschlagen, aber nicht umgebracht.«

»Ich habe sie fürstlich dafür bezahlt und nichts getan, was nicht vorher abgesprochen war.« Bruno räusperte sich, und sein Blick wurde schuldbewusst. »Ich gestehe, ich habe manchmal fester zugeschlagen als beabsichtigt, aber ich habe keine von ihnen geschändet.«

Hanno kniff die Augen zusammen. »Meine Schwester auch nicht?«

»Keine, das schwöre ich. Ich kannte weder Namen der Mädchen noch habe ich mir die Gesichter genauer angesehen oder gemerkt. Für mich waren sie die Verkörperung meiner Mutter, Mittel zum Zweck für mich, um überleben zu können. Wenn sie diesen Zweck erfüllt hatten, habe ich ihnen das Geld gegeben und sie fortgeschickt. Ich war in jenen Momenten nicht in der Lage, ihnen Mitgefühl entgegenzubringen. Obwohl ich fest davon überzeugt war, dass sie zu ihren Familien zurückkehren würden, plagten mich hinterher oft Mitleid und Reue, aber was wirklich aus ihnen wurde, darum habe ich mich nie gekümmert.«

»Immerhin habe ich sie jetzt gerächt«, stellte Hanno mit Genugtuung fest.

»Wir müssen zurück nach Ravenstein, Hilda macht sich bestimmt schon große Sorgen«, mischte Laya sich ein, die erst jetzt wieder an ihre Freundin dachte.

»Vor allem müssen wir überlegen, wie es nun weitergeht«, sagte Ansgar.

Bruno nickte. »Ich schicke ein paar Leute hierher, die sich der beiden annehmen werden. Wir müssen uns nur genau überlegen, was wir sagen und wie wir den Tod der beiden erklären. Ohm Odo wird sicherlich Nachforschungen anstellen. Er war der Einzige, der wirklich an meiner Mutter hing.«

»Wir werden uns gar nichts überlegen, sondern die Wahrheit sagen«, forderte Ansgar scharf. Er hob den Zeigefinger und deutete auf Brunos Brust. »Du wirst für deine Taten Verantwortung übernehmen. Ohne dich wären die Morde nicht geschehen, auch wenn du sie nicht befohlen oder begangen hast.«

Laya atmete erleichtert auf. Sie hatte schon befürchtet, Ansgar würde seinen Bruder ohne Strafe davonkommen lassen.

30. Kapitel

Trotz der vorgerückten Stunde bestand Ansgar darauf, dass Bischof Odo und Hilda geweckt und zu einer Unterredung in den Palas gebeten wurden. Bruno wies vier Knechte an, die beiden Toten aus der Jagdhütte zu holen und in der Burgkapelle aufzubahren. Er scheuchte zwei Mägde auf, das Feuer neu zu entzünden, und schickte nach Wein und Bier. Etwas essen wollte niemand.

Odo von Halltau rieb sich verschlafen über die Augen, als er die Halle betrat. Er gähnte herzhaft und stutzte kurz bei Ansgars Anblick, kommentierte dessen Anwesenheit jedoch nicht weiter und schlurfte zu dem Stuhl, der dem Kamin am nächsten stand.

»Was gibt es denn so Dringendes, dass ich mitten in der Nacht aus dem Schlaf gerissen werde?«

»Ihr solltet das tägliche Aufstehen um diese Zeit eigentlich gewohnt sein, lieber Ohm«, erwiderte Bruno. »Oder lasst Ihr das Nachtgebet regelmäßig ausfallen?«

Der Bischof brummte etwas Unverständliches und legte das silberne Kreuz auf seiner Brust zurecht.

Ansgar winkte Bruno herbei. Gemeinsam rückten sie eine Bank ans Feuer und stellten zwei weitere Stühle in dessen Nähe. Die Nacht war kühl und sie konnten die Wärme gut gebrauchen. Laya, Hanno und Ansgar nahmen auf der Bank Platz, während Bruno auf und ab ging. Er verschränkte die Hände hinter dem Rücken und blickte immer wieder zum Eingang.

Als Hilda endlich erschien, wirkte sie munter und neugierig. Ihr Blick fiel auf Laya und sie lächelte erleichtert. Zielstrebig trat sie auf ihre Freundin zu und umarmte sie herzlich.

Verwundert bemerkte Ansgar, dass Brunos Unruhe zunahm. Seine Bewegungen wirkten fahrig, als er Hilda zu einem der beiden unbesetzten Stühle lenkte und selbst auf dem anderen Platz nahm.

»Wo ist denn deine Mutter?«, fragte der Bischof und sah sich um.

»Sie ist verhindert«, meinte Bruno lapidar und Ansgar fragte sich, was er mit dem Possenspiel beabsichtigte.

»Ich habe Euch etwas mitzuteilen«, fuhr er an seinen Onkel gewandt fort. »Aber zunächst will ich von Euch wissen, wer mein Vater ist.«

Ansgar hatte den Eindruck, als würden auf Odos Wangen rote Flecken erscheinen, doch der flackernde Feuerschein konnte ihm auch einen Streich spielen.

»Markwart von Ravenstein, wer sonst?«, antwortete der Bischof nach einer kurzen Pause.

Bruno beugte sich ein wenig vor. »Das ist hier die Frage. Ihr wisst, mit wem meine Mutter sich eingelassen hat.«

Odo hob abwehrend die Hände. »Ich habe keine Ahnung, wovon du sprichst.«

»Lügner!«, zischte Bruno. »Meine Mutter hat zugegeben, dass Ansgar nicht mein leiblicher Bruder ist.«

Ansgar nickte. »Das ist wahr, aber mehr wollte sie uns nicht sagen.«

Der Bischof sah von einem zum anderen und hob ratlos die Schultern. »Ihr müsst mir glauben, ich weiß es wirklich nicht. Dietlind hat mir seinen Namen nie verraten.«

»Könnt Ihr es Euch nicht denken? Sie sagte, ich sähe ihm sehr ähnlich.«

Sein Ohm schüttelte bedauernd den Kopf.

»Dann erzählt mir wenigstens, was Ihr wisst«, forderte Bruno ihn wütend auf.

Odo von Halltau begann seine Finger zu kneten. Sein Blick

wanderte über seinen Neffen hinweg zu dem aufgemalten Ravensteiner Wappen an der Wand.

»Ich war damals noch ein einfacher Priester«, begann er zögerlich. »Deine Mutter bat mich in ihrer Lage um Hilfe. Über den damaligen Bischof von Halltau hatte ich Markwart von Ravenstein kennengelernt. Er hatte einige Monate zuvor seine Frau verloren. Ich sorgte dafür, dass die beiden sich trafen. Schon bald darauf vermählten sie sich. Dietlind hat nie darüber gesprochen, aber ich vermute, sie hat Markwart verführt, woraufhin er sich verpflichtet fühlte, eine ehrbare Frau aus ihr zu machen.«

Erst jetzt erkannte Ansgar das gesamte Ausmaß des Betrugs. Er hatte anfangs angenommen, dass sein Vater von Brunos Herkunft gewusst hatte und ihm bewusst seinen Namen gegeben hatte, um ihm dennoch die besten Aussichten zu bieten. Tatsächlich hatte Dietlind ihn jedoch von Beginn an hintergangen, hatte ihm den Bastard verschwiegen und das Kind als sein eigenes untergeschoben. Für sie war sein Vater schlicht die einzige Möglichkeit gewesen, ein angenehmes Leben ohne Schmach und in Wohlstand zu führen und ihrem Sohn ein ansehnliches Erbe zu sichern.

Zornig sprang Ansgar auf. »Natterngezücht, alle beide!«, rief er. Er machte einen Schritt auf den Bischof zu, packte dessen Gewand mit beiden Händen und zerrte ihn aus dem Stuhl hoch. Er schüttelte ihn rüde. »Ihr sagt mir jetzt sofort, wer das Testament meines Vaters aufgesetzt hat. Und erzählt mir bloß nicht, Ihr wüsstet nichts davon. Immerhin habt Ihr es als Zeuge unterzeichnet.«

Odos Zähne schlugen aufeinander. Er warf Bruno einen fragenden Blick zu.

»Es hat mich ohnehin verwundert, dass unser«, Bruno verbesserte sich hastig, »Ansgars Vater dessen politische Abtrünnigkeit so hart bestraft haben sollte. Mir gegenüber hat er immer betont, den Aufenthalt im Kloster als eine vorübergehende Strafe zu sehen, bis mein Bruder zur Besinnung gekommen wäre. Niemals hätte er seinen Sohn enterbt, sosehr er ihm auch zürnte. Meine Mutter hat bereits zugegeben, dass sie die Beurkundung nach Markwarts Tod arrangiert habe.«

Ansgar ließ Odo los und der Bischof sackte zurück auf seinen Stuhl. »Es ist wahr«, gestand er. »Das Schreiben wurde gefälscht. Es wurde erst nach Markwarts Tod aufgesetzt. Dietlind besaß sein Siegel und seine Unterschrift nachzuahmen fiel ihr nicht schwer. Genügend Zeugen zu beschaffen, die eine intensivere Überprüfung verhinderten, war ebenfalls nicht sehr kompliziert. Niemand hat die Echtheit des Testaments angezweifelt, wusste doch jeder von dem Zwist zwischen deinem Vater und dir.«

Ansgar ballte die Hände zu Fäusten und starrte wütend auf Odo hinab, der die Schultern hochzog und immer kleiner zu werden schien. »Wir haben alle Schuld auf uns geladen«, hauchte er. »Wenn du nur einen Schritt auf deinen Vater zugemacht hättest und nicht so halsstarrig dem Staufer hinterhergerannt wärst, würde dieses Gespräch hier niemals stattfinden.«

»Meint Ihr das wirklich?«, fragte Ansgar abfällig und verschränkte die Arme vor der Brust. »Ich glaube vielmehr, dass Eure Schwester einen anderen Weg ersonnen hätte, mir mein Erbe zu entreißen und mich loszuwerden. Und ich wette, dass sie gerade mit dem Teufel um ihre Seele feilscht.«

»Was sagst du da?«, rief Odo entsetzt.

Hilda stieß ein erschrockenes Keuchen aus. Ansgar wandte sich ab und setzte sich wieder neben Laya auf die Bank.

»Ihr habt das schon richtig verstanden. Das vermaledeite Weibsstück ist tot. Gerichtet durch einen Armbrustbolzen«, ließ Bruno sich zu einer Erklärung herab.

Zu seiner Überraschung sah Ansgar Odos Augen feucht

schimmern. Höchstwahrscheinlich war er der einzige Mensch, der Dietlind aufrichtig zugetan gewesen war. Dennoch verspürte er kein Mitleid mit dem Geistlichen.

»Warum …?« Der Bischof brach ab und schnäuzte in seinen Ärmel.

Bruno ergriff Hildas Hand und drückte sie kurz. »Was du jetzt hören wirst, wird dich entsetzen, aber ich kann dir den Schmerz nicht ersparen.«

Hilda blickte ihrem Gemahl ruhig in die Augen. »Hast du etwas mit den verschwundenen Frauen zu schaffen?«

Bruno stieß einen tiefen Seufzer aus. »Ermordet habe ich sie nicht. Ich habe sie und ihre Familien für mein Vergnügen bezahlt, dennoch habe ich ihnen Schlimmes angetan, was kaum zu entschuldigen ist, und ich bin keinesfalls nicht frei von Sünde.«

»Ermordet?«, fiel Odo seinem Neffen erschüttert ins Wort.

»Allerdings«, sagte Ansgar und deutete auf Laya. »Sie ist Hermann und Ulrich seinerzeit entkommen und nach Tannhöhe geflohen. Gemeinsam haben wir versucht, das Geheimnis zu lüften, das hinter dem Verschwinden der Mädchen steckte. Auch Hannos Schwester zählte zu den Opfern, von ihren Familien verkauft und dann für immer verloren. Die Spur, der wir folgten, führte hierher nach Ravenstein. So waren wir sicher, dass nur Ihr oder Bruno der Täter sein könnt. Deshalb hat Laya Euch und Bruno eine Nachricht hinterlassen, die euch zur Jagdhütte locken sollte.«

»Ich habe meine Nachricht Dietlind gegeben, weil ich mir dachte, dass es eine Falle sein würde. Wenn Bruno die gleiche Nachricht erhalten hatte, dann würde er dem Lockruf nicht widerstehen können.«

»Ihr habt davon gewusst?«, fragte Hilda verstört.

»Er war es, der mir jedes Mal die Beichte abgenommen und die Absolution erteilt hat«, warf Bruno ein.

Odos Unterlippe begann zu zittern. »Mein Neffe hat stets sein Bestes getan, um die Taten zu büßen. Er hat ehrliche Reue gezeigt und die Frauen gut bezahlt, bevor er sie entließ.«

»Und Euch auch«, ergänzte Bruno bitter.

»Nicht mich, deine Abgaben kamen der Kirche zugute.«

»Wie dem auch sei. Wichtig ist, dass die Mädchen ihre Entlohnung nicht lange genießen konnten, denn Dietlinds Schergen haben die armen Dinger in ihrem Auftrag umgebracht und ihnen die Münzen anschließend wieder abgenommen«, donnerte Ansgar.

»Das glaube ich nicht. Eine solche Schuld hätte sie nie auf ihre Seele geladen«, verweigerte sich der Bischof der Wahrheit. »Ihr habt ein Komplott geschmiedet und meine Schwester kaltblütig ermordet. Ich werde euch anklagen und vor das gräfliche Blutgericht zerren.«

»Das solltet Ihr lieber bleiben lassen, Eure Exzellenz«, sagte Ansgar kalt.

Ihm war durchaus bewusst, wie sehr Odo Dietlinds Rat geschätzt hatte. Zu ihr hatte er offen sprechen können und bestimmt einen Plan ausgetüftelt, wie er trotz der politischen Wendung um den neuen König des Klosters habhaft werden konnte. Nun war er ihrer List und Gerissenheit beraubt worden und wurde unsicher.

Odo erinnerte Ansgar an einen ängstlichen Hund, der in eine Ecke gedrängt worden war. Er wusste nur zu gut, dass diese oft sinnlos um sich bissen. Das musste er verhindern.

Ohne etwas zu beschönigen, berichtete er von dem, was sich in der Hütte zugetragen hatte. Einzig die Tatsache, dass Bruno seiner Mutter die Hände um den Hals gelegt hatte, verschwieg er. Er wusste nicht, was passiert wäre, wenn er seinen Bruder nicht von dieser Dummheit abgehalten hätte, doch es tat nichts zur Sache. Dietlind war gestorben, weil sie den Dolch gegen Laya erhoben hatte.

»Ihr müsst einsehen, dass Hanno aus Notwehr gehandelt hat. Ohne ihn hätte sie Laya getötet«, schloss Ansgar scharf.

»Was bedeutet schon das Leben eines tumben Bauernmädchens gegen das einer Adeligen mit scharfem Verstand?«, heulte Odo auf.

»Alles! Außerdem ist Laya selbst scharfsinnig, zudem mutig und mitfühlend, liebevoll und herzlich. Das Wohl ihrer Mitmenschen liegt ihr am Herzen, und Hinterlist und Raffgier sind ihr völlig fremd«, steigerte sich Ansgar in Rage.

Layas Wangen färbten sich bei seinen Worten rosig, und Ansgar erkannte, dass er jedes seiner Worte genauso gemeint hatte. So hatte er noch nie über eine Frau gedacht, geschweige denn gesprochen. Verwirrt fiel er in Schweigen.

Hilda räusperte sich. »Hanno von Gladen hat Laya durch sein beherztes Eingreifen das Leben gerettet, seine eigene Schwester gerächt und gleichzeitig verhindert, dass ihr weitere Frauen zum Opfer fallen.«

»Sie hat doch nur versucht, ihren Sohn zu beschützen und gleichzeitig das Ansehen der Familie zu bewahren«, verteidigte Odo Dietlinds Taten. »Wenn ihr missratener Spross nicht diese krankhafte Leidenschaft für Rothaarige entwickelt hätte, wäre das alles nicht geschehen. Wenn wir sicher sein wollen, dass er nie wieder ein Mädchen quält, gehört er weggesperrt.«

»Das ist unnötig«, erwiderte Laya zu Ansgars Überraschung. »Ihr seht es völlig falsch. Es ging nie um eine Leidenschaft, die durch den Anblick von Rothaarigen entfacht wurde. Vielmehr war es ein Zwang, den Bruno nicht zu unterdrücken vermochte. Um den Hass und Ekel, den er seiner Mutter gegenüber verspürte, ertragen und mit dem umgehen zu können, was Frau Dietlind ihm angetan hatte, hat er versucht, einen Ersatz zu finden, an dem er seine Wut auslassen konnte. Ich bin sicher, dass er nun, da sie tot ist, keiner Frau mehr etwas zuleide tun wird.«

Auf Brunos Gesicht erschien ein erstauntes und zugleich dankbares Lächeln, das sich sogar noch ein wenig vertiefte, als Hilda ihm nun die Hand auf die Schulter legte.

»Bereust du aufrichtig, was du getan hast?«, fragte sie sanft.

Ansgar glaubte den Hauch eines Zögerns zu erkennen, ehe sein Bruder nickte. Er konnte sich gut vorstellen, dass Bruno die Schuld für sein Verhalten allein bei seiner Mutter sah. Aber Hildas fragender und zugleich hoffnungsvoller Blick zeigte ihm, wie wichtig ihr die Bestätigung der Frage war.

»Du musst dafür Buße tun«, sagte sie ruhig.

Ansgar runzelte die Stirn und wartete gespannt darauf, was als Nächstes kam. Sie schien auf etwas abzuzielen. Auch wenn er sie nicht gut kannte, war er sicher, dass mehr dahintersteckte als schlichte Gläubigkeit.

Bruno hob fragend eine Augenbraue. »Ich habe bereits die Absolution dafür erhalten.«

»Erstens hätte Euer Ohm Euch für alles die Absolution erteilt, sofern er sich und seine Stellung und vor allem seine Schwester damit schützen könnte und er genügend Münzen dafür erhalten hätte. Außerdem habt Ihr für das, was heute geschehen ist, noch keine Buße getan«, kam Laya ihrer Freundin zu Hilfe. »Eine allumfassende Beichte bei jemandem, der nicht mit Euch verwandt ist, würde Eurer Bußwilligkeit mehr Gewicht verleihen. Abt Elmar beispielsweise ist ein ausgezeichneter Beichtvater.«

Laya schien die Absicht ihrer Freundin schneller durchschaut zu haben als Ansgar. Worauf wollten die beiden Frauen hinaus, die gerade einen einvernehmlichen Blick miteinander tauschten?

»Ein ausgezeichneter Gedanke«, unterstützte auch Odo von Halltau den Vorschlag. »Ich bin gerne bereit, dich nach Tannhöhe zu geleiten, lieber Neffe, und ein gutes Wort beim Abt für dich einzulegen.« Der Bischof hauchte auf seinen Ring und wischte mit dem Ärmel darüber. »Vielleicht wäre es gut, wenn du eine Weile dortbleiben würdest, bis sich die Lage beruhigt hat«, fuhr er fort und betrachtete dabei eingehend den eingefassten Stein.

»Das wäre wunderbar«, flötete Hilda und klatschte in die Hände. »Ich werde dir natürlich nicht von der Seite weichen und mit dir nach Tannhöhe zurückkehren.« Jetzt verstand Ansgar und musste beinahe grinsen, als er bemerkte, wie sehr Odo den beiden Frauen in die Karten spielte.

Bruno sah sichtlich überrumpelt aus. »Verstehe ich das richtig? Ich soll an Ansgars Stelle dem Orden der Prämonstratenser beitreten?«

»Weshalb nicht?« Ansgar begann Gefallen an dem Gedanken zu finden. »Ich habe genug Zeit dort verbracht und bin sicher, dir würde es guttun, dich vom alltäglichen Leben zurückzuziehen und dich mit dir und deinen Verfehlungen zu beschäftigen. Auf Tannhöhe wärst du in guter Gesellschaft und hättest keine Möglichkeit, auf falsche Gedanken zu kommen.«

Er zwinkerte Bruno verschwörerisch zu. Der jedoch blies entrüstet die Wangen auf. »Gottlob bin ich verheiratet. Da wird das wohl kaum möglich sein.«

»Das ist kein Hinderungsgrund«, verkündete Hilda strahlend. »Wir können gemeinsam ins Kloster zurückkehren. Gottfried von Cappenberg beispielsweise, ein Graf aus Westfalen, hat zunächst seine Burg für die Gründung eines Prämonstratenserklosters zur Verfügung gestellt und ist schließlich selbst mit seiner Gemahlin dem Orden beigetreten. Es gibt noch viele weitere Beispiele, wo ganze Familien ins Kloster gegangen sind.«

»Wenn Hilda das sagt, ist es wahr. Mit der Geschichte des Ordens kennt sie sich gut aus und wird Euch alles darüber erzählen können«, unterstützte Laya sie erneut.

Bruno blickte hilflos zu Ansgar. Der konnte sich dunkel erinnern, dass Jutta von Cappenberg wohl nicht ganz freiwillig den Schleier genommen hatte, sondern von ihrem Gemahl dazu genötigt worden war. Hildas Ausführungen entsprachen der Wahrheit: Die Ehe war kein Hinderungsgrund. Er wollte gerade etwas erwidern, als Bruno ihm zuvorkam.

»Was ist, wenn du mein Kind unter dem Herzen trägst, Hilda?«

Sie lächelte glücklich. »Dann würde es im Kloster aufwachsen, in geschützter Umgebung. Eine Tochter bliebe bei mir und erführe die Fürsorge der Schwestern, während ein Sohn nach angemessener Zeit zu dir in den Männertrakt wechseln würde und unter euch Brüdern aufwachsen könnte. Ein eheliches Zusammenleben ist wegen des Keuchheitsgelübdes natürlich nicht möglich.«

Bruno verschränkte die Arme und sah grimmig drein. »Das gefällt mir nicht. Wir müssen eine andere Lösung finden.«

Laya zupfte Ansgar am Ärmel. »Schick deinen Oheim hinaus. Er muss diese Diskussion nicht mitbekommen, und die Hintergründe haben ihn nicht zu interessieren«, flüsterte sie ihm ins Ohr, nachdem er sich ihr zugeneigt hatte.

Hatte Ansgar es sich doch gedacht, dass da mehr dahintersteckte. »Ohm Odo, ich denke, Eure Anwesenheit hier ist nicht länger vonnöten. Morgen früh werden wir Euch wissen lassen, wie Bruno sich entschieden hat.«

Der Bischof erhob sich schwerfällig. Er maß Ansgar mit einem bösen Blick und deutete mit dem Finger auf Hanno. »Meinetwegen, aber ich erwarte, dass sich der Wicht für seine Taten vor Gericht verantwortet.«

»Ich werde dafür Sorge tragen, dass alles mit rechten Dingen zugeht«, versprach Ansgar gelassen. In seinen Augen blitzte es bedrohlich auf. »Aber ich erwarte, dass Ihr Euch aus der Sache heraushaltet. Ferner werdet Ihr meine Dispens unterstützen. Im Gegenzug werde ich gerne behaupten, dass Ihr nicht wusstet, dass die letzte Verfügung meines Vaters gefälscht war.«

Der Bischof presste verärgert die Lippen aufeinander, nickte jedoch nach einer kurzen Bedenkzeit. »So sei es.«

Kaum hatte Odo den Palas verlassen, als Ansgar sich an Hilda wandte. »Raus mit der Sprache, weshalb bist du so erpicht darauf, dass mein Bruder mit dir ins Kloster geht?«

»Weil ich dann endlich frei bin«, antwortete Hilda mit einem strahlenden Lächeln. »Es war schon immer mein größter Wunsch, die ewigen Gelübde abzulegen und ein frommes Leben zu führen. Mein Vater wollte nichts davon wissen. Doch jetzt habe ich die Möglichkeit, ins Kloster zurückzugehen. Solange mein Gemahl lebt, hat mein Vater nicht mehr über mich zu bestimmen. Ich schätze Bruno sehr und werde ihm als meinem Gemahl stets zugetan sein. Doch er hat Schreckliches getan, und ich fürchte um sein Seelenheil, wenn er nicht aufrichtig bereut und ehrlich Buße tut. Ich hoffe auch, dass er seinen Frieden finden kann. Hier in der weltlichen Welt war es ihm nicht vergönnt.«

»Ich bin nicht dafür geschaffen, mit den Händen im Dreck zu wühlen oder den ganzen Tag auf den Knien umherzurutschen«, widersprach Bruno. »Wenn es dir so wichtig ist, Hilda, bekommst du aber gerne meine Erlaubnis, den Schleier zu nehmen.«

»Nun, ein Opfer werdet Ihr schon bringen müssen. Aber es gibt noch andere Gründe, weshalb es gut wäre, wenn Ihr Euch entschließen könntet, nach Tannhöhe zu gehen«, ergriff Laya das Wort.

»Da bin ich aber gespannt«, spottete Bruno.

»Das Leben im Kloster ist alles andere als langweilig. Es scheint dort einiges nicht mit rechten Dingen zuzugehen. Euer Oheim treibt sich ziemlich häufig dort herum. Wir glauben, dass er sich das Kloster aneignen will. Ansgar und ich konnten allerdings noch nicht aufdecken, wie er das anstellen will, doch wir sind uns sicher, dass sowohl der Abt als auch Eure Mutter in seinen Plan involviert waren, wenn er nicht sogar auf ihr Bestreben hin entstanden ist. Ich vermute, die Genugtuung, dass ihre Intrige Erfolg hat, wollt Ihr ihr auch nach ihrem Tode nicht gönnen.«

Bruno runzelte die Stirn und wirkte nicht mehr ganz so ablehnend. Diese Sichtweise schien ihm zu gefallen. »Du meinst also, ich sollte mich an seine Fersen heften und so sein Vorhaben vereiteln?«

Laya nickte. »Wir sind auf ein weiteres Rätsel gestoßen. Bruder Gebhard, der Cellerar …«

»Ein vertrockneter griesgrämiger Geselle«, warf Ansgar ein, der sich zurückhalten musste, um Laya nicht anerkennend auf die Schulter zu klopfen. »Er zweigt Vorräte ab, die für das Kloster bestimmt sind. Was er damit bezweckt, wissen wir noch nicht, auch nicht, wer im Kloster mit ihm unter einer Decke steckt und ihn dabei unterstützt«, fuhr er fort. »Bruder Gebhard hat mir das Leben zur Hölle gemacht. Es wäre für mich eine Genugtuung, wenn du ihn überführen und mich damit rächen würdest. Du bist in diesen Dingen wesentlich geschickter als ich. Wenn es einem gelingt, den Alten um den Finger zu wickeln und sein Vertrauen zu gewinnen, dann dir.«

Bruno fühlte sich sichtlich geschmeichelt. »Dennoch fände ich es grauenvoll, hinter diesen Mauern eingesperrt zu sein.«

Ansgar winkte lässig ab. »Das wirst du nicht, wenn du es richtig anstellst. Als Mann kannst du das Kloster mit Erlaubnis jederzeit verlassen.«

Er wusste selbst, dass das übertrieben war, aber über den Geheimgang wollte er ihn noch nicht unterrichten. Das konnte Hilda zu einem späteren Zeitpunkt übernehmen. In Brunos Augen trat ein interessiertes Leuchten.

»Was ihr beschreibt, klingt nach einer Aufgabe ganz nach meinem Sinn«, sagte er schließlich. »Und es tut gut zu wissen, dass ich zumindest die Möglichkeit habe, nach draußen zu kommen, wenn es mir zu eng wird und ich mich eingesperrt fühle.«

Der Anflug eines schlechten Gewissens streifte Ansgar, doch er schob die Bedenken beiseite. Bruno liebte die Jagd. Nun würde er zukünftig dem Ursprung von Verbrechen hinterherjagen und die Hirsche und Wildschweine der Gegend würden verschont bleiben. Hatte er einmal Witterung aufgenommen, würde sein Bruder nicht eher ruhen, bis er die Beute gestellt hatte, da war Ansgar sicher.

»In mir hast du außerhalb des Klosters einen Verbündeten«, versuchte Ansgar Bruno die Angelegenheit noch schmackhafter zu machen. »Wir werden Hand in Hand arbeiten und Informationen austauschen. Auch Hanno von Gladen wird dich unterstützen. Wir werden dafür sorgen, dass er ab und an im Gästehaus des Klosters übernachten kann. So kann er Botschaften überbringen.«

Der Händler blickte zunächst erschrocken auf, nickte dann aber zögerlich. Als Handelsreisender konnte er ohne Probleme Informationen sammeln, bewahren und überbringen.

Bruno wiegte nachdenklich den Kopf. »So ganz überzeugt habt ihr mich noch nicht. Den letzten Plan meiner Mutter und ihres Bruders zu vereiteln, würde mir gefallen, doch was bleibt mir, wenn das erledigt ist? Ebenso verhält es sich mit den verschlagenen Machenschaften dieses Cellerars. Was bleibt da wirklich für mich?«

»Mein Gemahl, du vergisst, dass es hier nicht um dein Vergnügen geht. Du sollst ehrlich Buße tun für das, was du diesen Mädchen angetan hast. Ein Vaterunser und eine großzügige Spende an deinen Ohm werden dich nicht von deinen Sünden befreien, davon bin ich überzeugt. Deine Reue muss ehrlich sein und du solltest eine gewisse Opferbereitschaft zeigen«, erklärte Hilda mit einer ungewohnten Schärfe in der Stimme. Sie zeigte auf Hanno. »Hier sitzt ein Mensch, der deinetwegen seine Schwester verloren hat und dir dennoch helfen will, die Last deiner Sünden zu erleichtern.«

»Du hast ja recht«, gab Bruno zu. »Dennoch hadere ich mit dem Gedanken, mein Leben auf Ravenstein gänzlich aufzugeben. Außerdem drängt es mich, mich auf die Suche nach meinem leiblichen Vater zu machen. Diese Genugtuung wird mir dann wohl verwehrt bleiben.«

»Vielleicht weiß Ohm Odo doch mehr, als er zugibt«, versuchte Ansgar seinem Bruder ein wenig Mut zu machen.

»Ich glaube ihm, dass er keine Ahnung hat«, mischte sich Laya zu seiner Überraschung ein. »Wie ich Frau Dietlind einschätze, wird sie den Namen niemandem verraten haben. Sie war zu gerissen und kannte ihren Bruder zu gut, um einen solchen Fehler zu begehen. Doch mit etwas Glück, gibt es im Kloster auch hierfür eine Spur. Es gibt dort einen Bruder, der Euch vielleicht weiterhelfen kann. Allerdings ist er äußerst misstrauisch und wird sein Geheimnis nicht so einfach in die Welt posaunen.«

Bruno beugte sich vor und sah seinen Bruder an. »Stimmt das?«

Ansgar fuhr sich mit gespreizten Fingern über die kurz geschorenen Haare. Er wusste, dass Laya von Frodewin sprach. Doch der Dicke hatte ihm gegenüber bestritten, die Herrin von Ravenstein zu kennen. Andererseits hatte Dietlind vor ihrer Heirat mit Markwart von Ravenstein einen anderen Namen getragen, nach dem Ansgar den Ordensmann nicht gefragt hatte. Vielleicht war das ein Köder, den Bruno schlucken und der ihn überzeugen würde. Also nickte er schließlich.

»Wir haben herausgefunden, dass Bruder Frodewin eine rote Haarlocke in seinem Zingulum versteckt. Wir wissen nicht, von wem die Locke stammt, aber die Farbe stimmt mit Dietlinds überein«, erklärte er. »Vom Alter her könnte es durchaus passen, aber da wir ihn als Mörder ausgeschlossen haben, haben wir die Spur nicht weiterverfolgt.«

»Sehe ich ihm ähnlich?«, fragte Bruno aufgeregt.

»Zum Glück nicht«, erwiderte Ansgar trocken.

»Das sagt er nur, weil Frodewin ziemlich korpulent ist«, versuchte Laya den enttäuschten Bruno zu beschwichtigen und warf Ansgar einen auffordernden Blick zu.

»Ich habe nie darauf geachtet, ob seine Gesichtszüge deinen ähneln, doch ich bin mir sicher, er kann dir in deiner Suche weiterhelfen«, versuchte er seine spontane Äußerung von eben zu retten.

Bruno stöhnte gequält. »Ich komme mit nach Tannhöhe. Meinem Seelenheil wird es auf jeden Fall zuträglich sein. Natürlich fällt es mir schwer, mir vorzustellen, ein Leben zu führen, das sich nur noch innerhalb der Mauern und strengen Regeln des Klosters befindet. Dennoch muss ich gestehen, dass mich die politischen Ränkespiele, in die ich als Herr von Ravenstein verwickelt gewesen bin, nie wirklich interessiert haben und die Verantwortung für Burg und Gesinde mir stets eine Last waren.«

Mit zufriedenen und strahlenden Mienen beglückwünschten die im Palas Versammelten ihn zu dieser Entscheidung. Besonders Hilda lachte glücklich und umarmte ihren Gemahl fest. Ansgar konnte die Zuneigung spüren, die sie für seinen Bruder hegte und die auch dessen Taten nicht hatten mindern können.

Das Feuer im Kamin war mittlerweile heruntergebrannt und die nächtliche Kälte kroch trotz der geschlossenen Läden durch die Fensterluken herein. Noch einen Moment hielt die Gruppe inne und vereinbarte, am nächsten Morgen das weitere Vorgehen zu besprechen, dann brachen sie zur Nachtruhe auf.

Ansgar gedachte in seinem ehemaligen Gemach zu schlafen. Auch wenn er erst darauf warten musste, seine Dispens gewährt zu bekommen, war er doch fest entschlossen, nicht mehr nach Tannhöhe zurückzukehren. Kaum hatten sie den schwach beleuchteten Gang betreten, hielt er Laya an der Schulter zurück. Hilda warf ihnen einen skeptischen Blick zu, ging jedoch mit den anderen weiter.

Laya wirkte müde im Licht der Pechfackel, die unruhige Schatten auf ihr Gesicht malte. Ansgar widerstand dem Verlangen, sie an sich zu drücken und für einen Moment ganz festzuhalten. »Du bist in Sicherheit«, sagte er rau. »Niemand wird dir mehr etwas tun.«

Sie nickte und doch erschien ein trauriger Zug um ihren Mund, der ihn aufmerken ließ. »Ich habe überlebt, aber Julian und mein Kind sind tot.«

»Du hast ein Kind von ihm erwartet?« Ansgars Herz wurde schwer. Er konnte nicht sagen, weshalb ihn diese Nachricht so betrübte. »Hast du ihn geliebt?«

»Julian war anders als alle anderen Männer, die ich kannte. Er war sanft und mitfühlend, niemals aufbrausend oder gar gewalttätig. Ja, ich habe ihn geliebt. Es war eine zärtliche Liebe, die keine Forderungen stellte, und ich habe mir eine Zukunft mit ihm ausgemalt. Weshalb fragst du mich das jetzt?«

Ansgar wurde heiß und kalt zugleich. Er schluckte schwer, während er ihr tief in die Augen sah und das Gefühl hatte, seinen Herzschlag bis in die Kehle zu spüren. »Ich will, dass du bei mir bleibst«, sagte er rau.

***

Laya stockte der Atem. Hatte sie ihn richtig verstanden? Ihr Herz pochte heftiger und ihr Nacken begann zu kribbeln, als würden ein Dutzend Ameisen darübertanzen.

»Warum soll ich bleiben?« Sie schaute fragend zu ihm auf.

Er räusperte sich verlegen. »Du bist ein Mensch, der sich gerne in Schwierigkeiten bringt. Hier kann ich besser auf dich achtgeben.«

»Hast du eben nicht selbst gesagt, dass niemand mir mehr ein Leid antun wird und ich in Sicherheit bin?«

Ansgar schüttelte den Kopf. »Du gehst den Dingen gerne auf den Grund, und im Kloster gibt es noch genug Geheimnisse zu entdecken, die dir gefährlich werden könnten.«

»Es kann dem Herrn von Ravenstein doch gleich sein, was mit einem Bauernmädel geschieht«, bohrte Laya weiter.

»Sollte es, ist es aber nicht«, zischte er.

Die Ameisen in ihrem Nacken begannen erneut zu tanzen, und einige von ihnen trugen dieses wunderbare Kribbeln bis in ihren Magen.

»Weshalb?«, brachte sie tonlos hervor.

Er antwortete zunächst nicht, hob die Schultern und ließ sie wieder fallen.

Laya wandte sich enttäuscht ab, doch als sie gerade den ersten Schritt von ihm weg machen wollte, schlossen sich seine Finger um ihr Handgelenk. Sanft und doch bestimmt zog er sie zurück, bis sie sich wieder zu ihm umdrehte. Er legte ihr beide Hände an die Wangen und sah ihr tief in die Augen. Ihre Wangen begannen unter seiner Berührung zu glühen. Die Hitze kroch über ihren Nacken und schien jede Zelle ihres Körpers zu erobern. Langsam kam er ihr näher und Laya nahm den dunklen Glanz in seinen Augen wahr.

»Du bist mir wichtig und ich will in deiner Nähe sein.«

Laya wollte etwas entgegnen, doch Ansgar schloss die letzte kleine Lücke zwischen ihnen und berührte mit seinem Mund den ihren. Zunächst lagen ihre Lippen behutsam aufeinander. Für einen kurzen Moment wagte keiner von ihnen sich zu bewegen, bevor sie begannen, einander vorsichtig zu erkunden.

Dann wurde sein Kuss fordernder. Er löste die Hände von ihren Wangen, ließ eine in ihr Haar gleiten, umfasste liebevoll ihren Hinterkopf, während er die andere über ihren Rücken strich, bis sie auf ihrem Gesäß lag. Seine starken Arme zogen sie fest an seine Brust. Laya glaubte, ihr Herz müsse vor Erregung zerspringen.

Sie schloss die Augen, um seine Berührung intensiv wahrnehmen zu können. Ansgars leises Stöhnen verriet ihr, dass auch er immer erregter wurde. Seine Zunge drang fordernd in ihren Mund und umspielte die ihre. Laya schlang die Arme um seinen Hals, erwiderte seine Liebkosungen mit gleicher Leidenschaft. Ihr gesamter Körper stand in Flammen.

Es war kein Vergleich zu diesem vorsichtigen Herantasten und Ausprobieren, den beinahe unschuldigen und manchmal unbeholfenen Berührungen, die sie mit Julian getauscht hatte. Auch sie waren voller Gefühl gewesen, doch Ansgar glich einem Wirbelsturm, der sie mitriss.

Seine Lippen lösten sich von ihren, hinterließen eine brennende Spur, als sie über ihren Hals wanderten, hinauf zu der empfindlichen Stelle hinter ihrem Ohrläppchen.

»Jetzt weißt du, warum«, flüsterte er.

Laya spürte ihren Herzschlag bis in ihre Kehle und war sicher, dass auch er ihn fühlen musste, so nah war er ihr.

»Willst du mich etwa zu deiner Frau nehmen?«, fragte sie.

Ansgar erstarrte und trat einen halben Schritt zurück. »Das kann ich nicht«, gestand er, ohne sie dabei anzusehen.

Obwohl ihr klar war, dass seine Antwort so lauten musste, trafen seine Worte sie wie ein Schwall eiskaltes Wasser.

»Aber als deine Buhlin bin ich dir gut genug?« Sie verstand selbst nicht, wieso seine Zurückweisung sie so schmerzte.

Er griff nach ihren Händen. »Laya, ich muss dir doch nicht erklären, dass Ehen in meiner Position aus politischem Kalkül geschlossen werden. Ich werde zum König reiten müssen und ihm meine Treue versichern, bevor ich Ravenstein wieder in Besitz nehmen kann. Ich weiß nicht, was mich dort erwarten wird. Es ist möglich, dass Konrad von Hohenstaufen als Zeichen meiner Ergebenheit von mir verlangt, eine eheliche Verbindung einzugehen, die für ihn von strategischem oder gesellschaftlichem Nutzen ist. Doch solch eine Verbindung wird nicht auf Zuneigung beruhen. Sie wird reine Pflichterfüllung sein, um meine Position zu stärken, während ich dich wirklich an meiner Seite haben möchte. Ich werde für dich sorgen, und du wirst es immer gut bei mir haben.«

»Solange du mich begehrst, meinst du?« Sie atmete tief durch und entzog ihm ihre Hände. »Verzeih, Ansgar, aber das reicht mir nicht. Außerdem stehe ich bei der Magistra im Wort. Ich habe ihr versprochen zurückzukehren, falls der Bischof nichts mit den Morden zu tun hat. Aus Dankbarkeit für meine Rettung werde ich ihr helfen, seine Machenschaften aufzudecken. Sie ist sich sicher, dass er gemeinsam mit dem Abt etwas im Schilde führt, was ihr und den Ordensfrauen schaden wird.«

»Laya, lass dich nicht für Philippas persönlichen Rachefeldzug benutzen. Sie ist eine sehr berechnende Frau und wird immer zuerst auf ihren eigenen Vorteil bedacht sein.«

»So wie du?« Ihre Stimme troff vor Bitterkeit.

Ansgar atmete hörbar ein und wieder aus. »Ich kann dir nicht geben, was du dir wünschst, und wenn ich es noch so sehr will, versteh das doch.«

Laya wich ihm aus, als er versuchte, eine Haarsträhne hinter ihr Ohr zu streichen. »Ich weiß, denn dafür braucht es Mut, und der fehlt dir. Aber keine Sorge, im Kloster wird mich schon kein anderer wegschnappen. Solltest du eines Tages deine Ansicht ändern, weißt du, wo du mich findest.«

Im unruhigen Schein der Fackel schimmerten seine Augen feucht. Er blickte sie zutiefst verletzt an, doch Laya wusste, dass sie hart bleiben musste, selbst wenn es ihr das Herz zerriss.

»Leb wohl, Ansgar von Ravenstein, und danke für alles, was du für mich getan hast.« Ohne eine Antwort abzuwarten, wandte sie sich ab und schritt erhobenen Hauptes davon.

Doch ihre Kehle brannte vor ungeweinten Tränen. Sie spürte seine Blicke wie Pfeile in ihrem Rücken und noch immer die Berührung seiner Lippen auf ihren. Laya schloss für einen Moment die Augen, atmete tief durch und straffte die Schultern noch ein wenig mehr. Er sollte nicht sehen, wie sehr er sie mit seinen Worten verletzt hatte und wie kurz davor sie war, auf dem Absatz kehrtzumachen und in seine Arme zurückzulaufen. Dennoch lauschte sie angestrengt, darauf hoffend, seine Schritte auf dem Steinfußboden hinter ihr zu hören. Es blieb still.

Als der Gang eine Biegung machte, erlaubte Laya es sich endlich, ihre stolze Haltung aufzugeben. Seinen Blicken entzogen, lehnte sie sich mit zitternden Beinen an die Mauer. Ansgar war ihr nicht gefolgt.

Epilog

Die Frühlingssonne strahlte auf Tannhöhe hinab und tauchte das Kloster in ein warmes Licht, als Laya die Seilbrücke erreichte. Sie empfand den Anblick als Zeichen des Willkommens. Hier war ihr Zuhause und sie würde alles tun, um ihr Wort zu halten, das sie der Magistra gegeben hatte.

Die Träger, die nun ebenfalls an der Schlucht ankamen, setzten die Sänfte auf dem Platz vor der Hängebrücke ab. Der Bischof entstieg dem Tragesitz ein wenig steif, reckte und dehnte sich.

Hilda und Bruno waren, ebenso wie Laya, zu Fuß den Berg hinaufgestiegen. Mit skeptischen Blicken musterte Ansgars Bruder die Brücke.

Hilda trat neben Laya und umarmte sie kurz. »Ich bin so froh, dass du mit uns zurückgekehrt bist. Ich hatte schon befürchtet, du würdest auf Ravenstein bleiben.«

»Als Magd und Buhlin des Hausherrn?«, fragte Laya niedergeschlagen.

Hilda lächelte tröstend. »Zu mehr wird er sich wohl niemals durchringen können. Das musst du verstehen, doch ich bin froh, dass du deinen Wert kennst und dich dagegen entschieden hast.«

Laya seufzte. »Ich weiß, ich muss mit dem Platz auf Erden zufrieden sein, auf den Gott mich gestellt hat.«

Hilda schob ihre Hand in Layas und drückte sie sanft. »Du weißt nicht, was die Heilige Jungfrau noch für dich bereithält. Meinen größten Wunsch, dem Orden beitreten zu können, hat sie mir erfüllt, und du warst eines ihrer Werkzeuge.

Setze dein ganzes Vertrauen in sie. Gewiss hat sie noch einiges mit dir vor. Auch du wirst dein Glück finden.«

»Glaubst du, dass ich Ansgar je wiedersehen werde?«

Ihre Freundin hob ratlos die Schultern. »Ich kann es dir nicht sagen, doch wenn er für dich bestimmt ist, werdet ihr euch finden. Du musst Geduld haben, Gottes Mühlen mahlen langsam und seine Wege sind unergründlich. Widme dich einstweilen den Aufgaben, die nun im Kloster auf dich warten.« Hilda zwinkerte ihr zu und neigte den Kopf in Richtung Bischof.

Laya blickte nach vorne auf die hölzernen Planken der Brücke, die ihr inzwischen kaum noch Angst einjagten.

Hilda hatte recht, es gab noch einige Rätsel zu lösen, ihre Geschichte war noch nicht zu Ende.